河南省高等學校人文重點學科開放研究中心
河南省教育廳重點研究基地河南大學中國古代史研究中心

U0667312

# 詩地理考校注

宋·王應麟 撰

張保見 校注

四川大學出版社

责任编辑:庄 剑
责任校对:何 静 王会豪
封面设计:罗 光
责任印制:李 平

图书在版编目(CIP)数据

诗地理考校注 / 张保见校注. —成都：四川大学出版社，
2009.7
ISBN 978-7-5614-4462-7

Ⅰ. 诗… Ⅱ. 张… Ⅲ. 诗经－历史地理－考证 Ⅳ.
I207.22 K928.62

中国版本图书馆 CIP 数据核字（2009）第 122098 号

书名　诗地理考校注

著　者　宋·王应麟
校　注　张保见
出　版　四川大学出版社
地　址　成都市一环路南一段24号 (610065)
发　行　四川大学出版社
书　号　ISBN 978-7-5614-4462-7
印　刷　郫县犀浦印刷厂
成品尺寸　185 mm×260 mm
印　张　19.75
字　数　520 千字
版　次　2009 年 7 月第 1 版
印　次　2009 年 7 月第 1 次印刷
定　价　58.00 元

◆读者邮购本书,请与本社发行科
联系。电 话:85408408/85401670/
85408023 邮政编码:610065
◆本社图书如有印装质量问题,请
寄回出版社调换。
◆网址:www.scupress.com.cn

版权所有◆侵权必究

# 前 言

　　《詩地理考》，今本六卷，南宋王應麟撰，是現存對《詩經》地理問題加以考述的最早專著，也是歷史地理名著之一。

## 一

　　王應麟，字伯厚，號厚齋、深寧老人，世居浚儀（今河南開封），後遷居慶元府（今浙江寧波），是宋末著名學者。

　　宋寧宗嘉定十六年（1223）年七月，王應麟生。理宗紹定四年（1231），九歲，通六經。嘉熙二年（1238），十六歲，從鄉先生吳參倚學。嘉熙四年，十八歲，試國子監。淳祐元年（1241），十九歲，登進士第，假館閣書讀之。父通判婺州，侍親在婺，從王埜受學，得呂祖謙、真德秀之傳。寶祐四年（1256），三十四歲，以從事郎、新揚州教授試博學宏詞科，中選。寶祐六年，外補通判台州。召為太常博士，擢祕書郎。景定五年（1264），四十二歲，遷著作佐郎。十月，度宗即位，攝禮部郎官，兼崇政殿說書。咸淳元年（1265），四十三歲，遷著作郎，守軍器少監，權直學士院。咸淳三年，四十五歲，遷將作監，兼侍立修注官，遷秘書少監，兼侍講，遷起居舍人，兼權中書舍人。咸淳五年，四十七歲，以祕閣修撰主管建康崇禧觀。咸淳七年，四十九歲，召為祕書監，權中書舍人，力辭，不許，兼國史編修、實錄檢討，兼侍講，遷起居郎。恭帝德祐元年（1275），五十三歲，授中書舍人，兼直學士院。兼同修國史、實錄院同修撰，兼侍讀。遷禮部侍郎，兼中書舍人。尋轉尚書，兼給事中。以疏論丞相留夢炎之非不報而引歸，遣中使以翰林學士召，辭不赴。德祐二年，宋恭帝出降元，宋亡。自此杜門不出，取經史諸書講解論辯，撰輯著述。元成宗元貞二年（1296），七十四歲，六月，卒。

　　《延祐四明志》卷四、《宋史》卷四三八有傳。此外，錢大昕、張大昌、陳僅等著有王應麟年譜，亦可資參考。

　　從其生平可見，王應麟一生嗜學，年輕時即得借閱館閣之書，其後又久歷館閣，得以博覽群書。宋亡後，長達二十年閉門不仕，精研著書。此外，王應麟交遊學林賢俊，治學得以博採眾長。《宋元學案》云："四明之學多陸氏，深寧之父亦師史獨善以接陸學，而深寧紹其家訓，又從王子文以接朱氏，從樓迂齋以接呂氏，又嘗與湯東澗遊，東澗亦兼治朱、呂、陸之學者也，和齊斟酌，不名一師。"即王氏之學得以師承朱熹、呂祖謙、陸九淵三大派。這些條件，為其從事寫作和編撰工作提供了很好的條件，再加上自身的勤奮，終於成就了王應麟豐富的著述①。據文獻記載，王應麟共撰輯有《易考》、《周易鄭康成注》、《詩辯》、《詩草木鳥獸蟲魚廣疏》、《詩考》、《詩地理考》、《尚書草木鳥獸譜》、《春秋三傳會考》、《論語考异》、《孟子考異》、《蒙訓》、《小學紺珠》、《詞學指南》、《詞學題苑》、《筆海》、《小學諷詠》、《姓氏急就篇》、《補注急就篇》、《六經天文編》、《漢藝文志考證》、《通鑑地理考》、《通鑑地理通釋》、《漢制考》、《集解踐阼篇》、《補注王會篇》、《困學紀聞》、《深寧集》、《玉堂類稿》、《掖垣類稿》②、《玉海》、《通鑑答問》、《論語鄭康成注》、《三字經》等凡三十三種著述③。

　　現存者為《周易鄭康成注》、《詩考》、《詩地理考》、《小學紺珠》、《姓氏急就篇》、《補注急就篇》、《六經天文編》、《漢藝文志考證》、《通鑑地理通釋》、《漢制考》、《集解踐阼篇》、《補注王會篇》、《困學紀聞》、《玉海》、《通鑑答問》、《論語鄭康成注》、《三字經》等十八種，另有明人所輯王應麟文章而成之《四明文獻集》一種。其中，宋翔鳳以為《論語鄭康成注》系惠棟所輯而假托王應麟；學界一般認為《三字經》是王應麟之作，近來李良品、李健明認為是區適子所著。

　　王氏著述以現存各書為例，相當部分都具有較大影響，如輯佚工作而成的《周易

----

　　① 有關王應麟著述問題，儘管在一些文章中有所提及，如李永忠認為"遺著有三十一種，七百多卷"（李永忠《王應麟著目著作評述》，《山東圖書館季刊》，1991年3期），張祝平認為有"二十餘種著作"（張祝平《王應麟〈詩考〉版本源流厘正》，《南通師專學報》，1994年2期），魏殿金等云"三十四種，六百餘卷"（魏殿金、楊渭生《論王應麟的學術成就及其特點》，《浙江學刊》，1995年3期），布仁圖稱"其重要著作即有20餘種，600多卷"（布仁圖《篳路藍縷，開前人之所未開——談王應麟在文獻學方面的貢獻和成就》，《內蒙古社會科學》，1997年5期），唐燮軍道"可確考者，凡33種、700餘卷"（唐燮軍《論王應麟的蒙學》，《寧波大學學報（教育科學版）》，2001年2期），方如金等稱"30餘種，600餘卷（今僅存14種，387卷）"（方如金、陳欣《王應麟的考據學理論及其對清代的影響》，《安徽師範大學學報（人文社科版）》，2004年2期），武利紅作"凡30餘種，600餘卷（今僅存14種，387卷）"（武利紅《王應麟與圖書編撰學》，《山東圖書館季刊》，2005年3期），展龍等認為有"二十餘種著作，六百多卷"（展龍、吳漫《〈困學紀聞〉版本流傳考述》，《圖書館工作與研究》，2006年1期），李健明據《宋史》王應麟本傳作有"23部著作"（李健明《〈三字經〉作者考》，《圖書館論壇》，2006年1期）。然而以上諸文之資料均為粗略估計，未能將王應麟之著作逐一考查。

　　② 《浚儀遺民自志》："《制稿》凡四十五卷。"《延祐四明志》卷四："《內外制》四十五卷。"是《玉堂類稿》、《掖垣類稿》均為朝廷制詞。胡文學《甬上耆舊詩》卷二作"《玉堂類稿》十三卷，《掖垣類稿》二十二卷"，誤。今有王應麟《四明文獻集》五卷，四庫館臣云："所著《深寧集》本一百卷，然《宋志》已不著錄，焦竑《國史經籍志》亦不載其名，則散佚久矣。此本乃鄞縣鄭真、陳朝輔所輯《四明文獻》之一種，故一人之作冒總集之名也。通一百七十餘篇，制誥居十之七，蓋捃拾殘剩，已非其舊矣。應麟以詞科起家，其《玉海》、《詞學指南》諸書剩馥殘膏尚多所沾漑，故所自作無不典雅溫麗，有承平館閣之遺，且所載事蹟多足與史傳相證"，"則雖零章斷簡，固不以殘缺棄矣。"可以斷定《四名文獻集》所輯之文，大多為《玉堂類稿》、《掖垣類稿》之遺，部分為《深寧集》所有，是三書雖佚，睹此可窺一斑。

　　③ 若以《玉堂類稿》、《掖垣類稿》二種合作一種，則為二十九種。又，有爭議撰著三部，其中《通鑑答問》一書雖遭四庫館臣質疑，然缺乏證據，故仍可視為王應麟之著述。由於各種專書之卷次史籍記載差異較大，如《深寧集》，《延祐四明志》卷四作八十卷，《宋史》王應麟本傳作一百卷；《蒙訓》一書，《宋史·藝文志》作四十四卷，《宋史》王應麟本傳作七十卷。故總卷次不能確定。

鄭康成注》、《詩考》，"古書散佚，搜採爲難。后人踵事增修，較創始易於爲力。"四庫館臣云"篳路藍縷，終當以應麟爲首庸也。"《小學紺珠》爲後來同類著述之先導，張九成《群書拾唾》、宮夢仁《讀書紀數略》"實皆以是書爲藍本"，是以四庫館臣云："踵事者易，創始者難，篳路藍縷，又烏可没應麟之功歟?"《漢藝文志考證》是對《漢書·藝文志》加以研究的第一部專著，對后世學者示範意義重大。其讀書札記《困學紀聞》之考史方法更是對乾嘉學術影響巨大。

## 二

從學術史層面考察，王應麟不僅是南宋後期一位重要的博學通儒，而且其學術對當時和後世影響巨大，深得乾嘉學人的推崇，梁啓超稱王應麟"爲清代考證學先導"之斷語可謂中肯。在王應麟龐大的學術大廈中，以《通鑑地理通釋》、《詩地理考》以及《玉海》、《困學紀聞》相關地理部分爲代表的輿地之學是一個重要組成部分，且成績顯著。

王應麟對於地理資料輯錄功不可没，此一工作集中體現在《玉海》一書。在浩博的類書著述中，四庫館臣對於《玉海》尤其稱道，云："所引自經、史、子、集、百家傳記無不賅具，而宋一代之掌故率本諸《實錄》、《國史》、《日曆》，尤多後來史志所未詳，其貫串奧博，唐、宋諸大類書未有能過之者。"《玉海》繼承了唐代類書收錄地理資料的傳統并加以發揚光大，地理門自卷一四起而止於卷二五，凡十二卷，較之唐代類書篇幅有較大增加。地理門下又分地理圖、地理書、異域圖書、京輔、郡國、州鎮、山川、戶口、縣、河渠、陂塘堰湖、堤埭、泉井、道涂、關塞、標界、議邊十七個子目，較之唐代類書之收載更爲廣泛。此外，在"朝貢"、"宮室"、"食貨"、"兵捷"諸門中也輯錄有大量的地理資料。許多不得其詳的山經地志、地理名物實得《玉海》始得以保存，為今天的學術研究和相關愛好者提供了寶貴的文獻資料，在地理文獻流傳和整理方面王應麟做出了一定貢獻。

《通鑑地理通釋》是王應麟的學術名著之一。《通鑑地理通釋》雖冠"通鑑"之名，實則泛考古今地理，王應麟編著此書目的在於"以為興替成敗之鑒"，故於諸朝攻防形勢，關防要地致意再三，詳加考訂，并注意探討其成敗原因，其歷史軍事地理研究之成績亦不容小覷。因此，《通鑑地理通釋》也可以看作是一部傑出的歷史地理學經典著作。以至於有人認爲"這書可以視爲歷史地理撰著的一個首創"[①]，有人稱本書爲"流傳至今的第一部系統論述歷代疆域政區沿革的著作"，王應麟本人爲系統論述歷史"軍事地理的先驅"[②]，在中國古代地理學史上佔有一定地位。在宋代已經較多的"通鑑學"

---

① 靳生禾《中國歷史地理文獻概論》之《通鑑地理通釋》專題，193 頁，山西人民出版社，1987 年。

② 吳松弟《王應麟》，譚其驤主編《中國歷代地理學家評傳》第二卷，190 頁、192 頁，山東教育出版社，1990 年。

研究著述中，《通鑑地理通釋》突破了以考訂或評介《資治通鑑》史實爲研究對象的局限，從地理學、地名學的角度審視《資治通鑑》，使“通鑑學”的研究領域進一步得到擴展，也標志著“通鑑地理學”的形成，王應麟成爲事實上的開創者。《通鑑地理通釋》對於地理名物的闡釋遠遠超出了《資治通鑑》自身，尤其關注於對軍事形勢的探討，其編撰體例及學術着眼點、研究方法深刻影響了以胡三省和顧祖禹等爲代表的一批學者，影響可謂深遠。

《困學紀聞》爲考史的早期名著，也是王應麟重要的學術著作之一，卷一〇有“地理”一類，卷一六有“漢河渠”、“漕運”等專節，其他卷次也有不少地理考訂內容。《困學紀聞》的地理考訂方法和學術札記性質的撰寫體例，對於以顧炎武、錢大昕、閻若璩等爲代表的清代學者影響鉅大。

三

《詩地理考》是王應麟另外一部重要的學術著作。王應麟注意到“廣谷大川異制，民生其間者異俗”，且“聲音之道與政通”，而“詩由人心生”，“人之心與天地山川流通，發於聲，見於辭，莫不繫水土之風而屬三光五嶽之氣”，故應當“因《詩》以求其地之所在，稽風俗之薄厚，見政化之盛衰，感發善心而得性情之正，匪徒辨疆域云爾”①，從而蒐集“凡涉於詩中地名者，薈萃成編”②。

儘管《漢書·地理志》和《毛詩譜》已經注意到對《詩經》地理名物的記載和考述，“開啓了《詩》地理學這一新領域的研究”③，然而，就現存文獻及其記載來看，《詩地理考》無疑是第一部系統研究《詩經》地理學的專書。王應麟在書中較早提出并身體力行地考察了地理環境與風俗習慣、文學作品之間的關係，對於《詩經》文獻的解讀另闢蹊徑，因此有人認爲“王應麟是第一位在著作中提出并實踐其《詩》地理學觀點的學者”④。

清代部分學者對於《詩地理考》的學術成就評價不高，有人更是直接譏其“皆採摭群書，標目分隸而不自下一語，故不拘其說是非得失，一概并存，可謂博而寡要，勞而少功”⑤。四庫館臣持論相對較爲公允，一方面認爲它“皆採錄遺文，案而不斷，故得失往往并存”，同時又認爲其“兼採异聞，亦資考證”，“徵引該洽，固說詩者所宜考也。”今本《詩地理考》首列《地理總說》，卷一、卷二爲國風，卷三、卷四爲大、小雅，卷五爲商、周、魯頌，以上各卷依次摘取《詩經》及《毛序》中出現的地理名物加以考訂，卷六全文集中解釋《毛詩譜》中的地理名詞，對於《詩經》地理名物極

① 王應麟《詩地理考·自序》。
② 《四庫全書總目·經部十五·詩類一·詩地理考》。
③ 陳叙《試論〈詩〉地理學在漢代的發生》，《南京社會科學》，2006 年 8 期。
④ 陳叙《詩地理考》，《南京師範大學文學院學報》，2006 年 2 期。
⑤ 周中孚《鄭堂讀書記》卷八。

盡述考之能事，王氏此舉深爲後世學者所重視和效法。明代一些類書已經設《詩》地理類專目。至清代，有焦循《詩地理釋》四卷、朱右曾《詩地理徵》七卷、桂文燦《毛詩釋地》六卷、尹繼美《詩地理考略》三卷等一批著作問世，"詩地理學"在清代興盛一時。因此，完全有理由説王應麟是"詩地理學"的奠基人和開創者，《詩地理考》不僅是重要的歷史地理學名著，在《詩經》學史上亦有較高的學術價值。

此外，正是由於"兼採异聞"、"徵引該洽"，因此《詩地理考》引用資料極其豐富，具有較高的文獻學價值。當王應麟時，部分相關書籍尚存，其後歷宋末元初、明末清初兩次大的戰亂，圖書損佚至爲嚴重，《詩地理考》所引文獻相當部分今已失傳，或已經難明其所由來，實緣《詩地理考》所引，我們今天始得以睹其梗概，對於今天解讀《詩經》和《詩經》學史研究有重要參考價值，吉光片羽，彌足珍貴。此類引文在《詩地理考》中比比皆是，是《詩地理考》保存文獻之功不可沒。

《詩地理考》除具有輯佚已經散佚文獻之價值外，對於一些現存文獻的散脱、異文亦或有輯補、收錄之功。《詩地理考》卷二"四國"條小注引孔氏語："《書傳》稱周公二年救亂，二年克殷，三年踐奄。"（清）沈廷芳《十三經注疏正字》卷一三云："《書傳》云遂踐奄。案：《詩地理考》引孔氏曰《書傳》稱周公二年救亂，二年克殷，三年踐奄。今無文，疑脱也。"又歐陽修《集古錄》一書，四庫館臣云："採摭佚逸，積至千卷，撮其大要，各爲之説。至嘉祐、治平間，修在政府，又各書其卷尾，於是文或小異，蓋隨時有所竄定也。"《詩地理考》卷一"周南"條引《集古錄》："陝州石柱，相傳以爲周召分陝所立以別地里。"其文又見於王應麟《玉海》卷二五《地理·標界》之"周畿疆·畿封"條所引《集古錄》，而不見於今本《集古錄》。又《詩地理考》卷三"暴公"條引《風俗通》："暴辛公，周諸侯也。"今本《風俗通》亦無。

## 四

《詩地理考》成書後，版刻較多，而諸家所刻多祖《玉海》慶元路儒學刻本附刻，該本元順帝至元三年由慶元路郡學鐫刻，至元六年竣工，是爲最早刻本。至正十二年，應麟之孫王厚重加刊刻，是爲慶元路阿殷圖墅堂刻本，世稱初刻善本。

元版至明正德年間已有漫漶，補刻者間有墨塊，已不完善，而舊版猶得十之七八。嘉靖時又有修補。至萬曆年間，趙用賢再加修補，採用較多版本加以校勘，由於校勘較精，故雖只得元版之半，仍爲士林稱道。康熙丁卯，得李振裕之修補。乾隆戊午，熊本復補刊其缺，元刻舊版已名存實亡。乾隆乙丑，上元學宫失火，元刻舊版終付之一炬，灰飛烟滅。

是後不久，康基田加以重刻，所用之本即萬曆刻本，嘉慶十一年完成。光緒九年，浙江書局以文淵閣四庫全書本爲底本，校以元、明舊刻，再加刊刻，是爲浙江書局本。

而元、明、清及近代諸家刻印本皆爲以上幾類刻本之衍生本。

近年，日本中文出版社以日本、中國臺灣所藏元、明六種善本相互配補刊印出版，號爲“合璧本”，較爲引人注目，具有較高的版本價值。

# 五

《詩地理考》儘管擁有較高的學術和參考資料價值，但是書在使用時仍然存在不少問題。

首先，全祖望稱王應麟之書：“援引書籍奥博，難以猝得其來歷。”這個案語放在《詩地理考》上也是較爲允當的，本書在引用文獻資料時多作“某氏曰”而極少標明所引作者全名及其書名，故增加了閱讀難度，有必要考察其引文出處。

其次，行文時過於簡略，令人費解，加之多用典故，導致本書在使用時難度較高，對於一般文史愛好者尤其如此。如本書卷五“四嶽”條引孔氏曰：“諸書皆以岱、衡、華、恒爲四嶽，《爾雅·釋山》岱、泰、衡、霍，二文不同，一山而二名也。”初讀殊不解，及查閱《左傳》昭公四年“四嶽”條孔穎達疏原文：“諸書史傳讖緯皆以岱、衡、華、恒爲四嶽，四嶽必是此四山也。《釋山》又云：泰山爲東嶽，華山爲西嶽，霍山爲南嶽，恒山爲北嶽。岱、泰，衡、霍，二文不同者，此二嶽者，皆一山而二名也。”始暢曉其意。

第三，由於本書“兼採异聞”，致使許多問題糾結難明，如有關蟠冢及東、西漢水源流枝津及二者之關係、濟水與滎澤之關係、古韓城之地望等等，均有待梳理，而元、明尤其是清代學者在此類問題之研究方面多有所得，這些研究成果多有可取之處，是有必要呈現給讀者以解疑惑，或開拓思路。

第四，王應麟自身在引用史料時并不是十分嚴謹，對有些引文并未加以考訂和仔細核對，故有些史料出處有必要稽查來歷，部分史料有必要核對原文以稽其正誤，以免以訛傳訛，誤導讀者或後學。如《詩地理考》卷五“常許”條小注王應麟引《史記正義》：“嘗邑，在薛國之南。”今考《史記·孟嘗君列傳》“薛公文卒謚爲孟嘗君”條《集解》：“嘗在薛之南，孟嘗邑於薛城。”又《索隱》：“嘗邑在薛之旁。”又《正義》：“孟嘗君墓在徐州滕縣五十二里。”王應麟此處引文云出自《正義》，未詳所據，疑誤。又《詩地理考》卷五“允猶翕河”引孔氏曰：“今河間弓高以東至平原鬲、盤，往往有遺處焉。”“鬲盤”，孔穎達疏作“鬲津”。考漢無鬲津縣而有鬲縣，鬲津爲隋、唐時縣，此處孔穎達所引爲鄭玄語，是“鬲津”誤。又《續漢書·郡國志》平原國有般縣。《大清一統志》卷一二七《濟南府·古蹟》：般縣故城，在德平縣東北。漢置縣，屬平原郡，後漢、晉因之。是“盤”當作“般”。

第五，王應麟所釋地理名物，止於宋代政區建置及川澤區位，其後而元、明、清三代，部分政區建置及川澤變化較大，今已非古，故對於王應麟所釋有必要再加疏釋。王應麟《詩地理考》的學術斷限亦止於宋代所能達到的水平，元、明而清，尤其是清代，詩地理學有了長足進展，這些進展很有必要補注於《詩地理考》之下。

此外，在傳抄中錯、訛、脫、移較多，不同版本之間文字差异較大，有必要精加校勘，仔細考訂其正誤。如《詩地理考》卷五："《呂氏春秋》曰：有娀氏有二佚女，爲九成之臺。""《呂氏春秋》曰"原作"呂氏曰春秋"，《春秋》無有娀氏二佚女事，有娀氏二佚女之事見《呂氏春秋·季夏紀·音初》，此處顯係移文，據是當乙作"《呂氏春秋》曰"。又同卷"生商"條引李氏曰："生契謂之商者，契於商也。"似不可解。核對其他版本，則後一"契"字庫本作"封"。考《李黄毛詩集解》卷四二"天命玄鳥"條李樗曰："生契謂之商者，契封於商也。"是疑此處引文脱一"封"字，或此"契"字原作"封"。卷六"北隣於虢"條引《左傳》："制，巖邑也，虢叔死焉。"又引杜預注：虢叔，東虢國也。虢君，今滎陽縣、成皋縣，故虎牢，或曰制。注文顯然較爲混亂，核對庫本及杜注原文，則"東虢國"當作"東虢君"，"虢君"當作"虢叔"。卷六"野蒙羽之野"條引《元和郡縣志》："獲麟惟在縣東十二里。"其"惟"字庫本作"澤"，而《元和郡縣志》作"堆"，"堆"是。雍正《山東通志》卷九《古蹟志·兗州·嘉祥縣》："獲麟堆，在縣西二十五里，傳是西狩獲麟處。《都城記》云：鉅野縣十二里澤中有三臺，廣輪四十五步，俗謂之獲麟堆。"至於洛水源出商州洛南縣西冢嶺山而訛作"洛陽縣"、潁水出河南府陽城縣陽乾山而脱文作"乾山"、宋河中府榮河縣訛作"榮河縣"、滎澤在鄭州榮澤縣北四里而脱文作"滎縣"之類問題也爲數不少。

凡此種種，在一定程度上阻礙了《詩地理考》應有作用的發揮。作爲研讀《詩經》和研究《詩》地理學的重要資料之一，有必要對《詩地理考》加以梳理、點校。

在已有衆多刻印本中，浙江書局本是清光緒刻本，所出較晚，"集各本優點於一身，校勘精，字大，版面清楚"①，是目前所能見到的最好刻本。日本中文出版社"合璧本"雖具有較高的版本價值，但未經精校，只以諸本互補，《詩地理考》原書已有問題基本未加解決。故本次校注整理以經過精校的浙江書局本爲底本，校以元至元慶元路儒學刻本、"合璧本"及文淵閣四庫全書本。爬疏相關文獻，旁徵群書，補其脱漏，正其訛謬，力求把該書所引資料來源梳理清晰，對於一些引用過於簡略之處則加以補充，一些專有名詞及由於用典而不易理解之處則加以注釋，力求爲相關研究者和文史愛好者提供一個較好的校注整理本。由於整理者自身能力及水平所限，故錯誤在所不免，希望廣大讀者予以批評指正。

在本書的整理過程中，四川大學出版社的莊劍老師、王會豪先生從選題到本書的完成一直較爲關注并提出不少較好的意見和建議，付出了艱辛的勞動，家人、師友及同事馬小萍、郭聲波、李勇先、李耀偉、楊小召、付天星、苗書梅、馬玉臣、郭善兵、祁琛雲、任瑞興、馬强、朱聖鐘等在資料上和具體工作上、精神上給予了極大的支持和鼓勵，在此一并致謝。

整理者
二〇〇九年五月

① 張祝平《王應麟〈詩考〉版本源流厘正》，《南通師專學報》，1994年2期。

# 目　録

# 自　序①

　　《詩》可以觀。廣谷大川異制，民生其間者異俗，剛柔輕重、遲速異齊。聲音之道與政通矣，延陵季子以是觀之②。太史公講業齊③、魯之都，其作《世家》④，於齊，曰："洋洋乎！固大國之風也。"於魯，曰："洙泗之間斷

---

　　① 此序文庫本脱。

　　② 延陵季子：即季札，吳王壽夢第四子，辭讓不居王位。《史記》卷三一《吳太伯世家》云："季札封於延陵，故號曰延陵季子。"司馬貞《索隱》：襄三十一年，《左傳》："趙文子問於屈狐庸曰'延州來季子其果立乎？'"杜預曰："延州來，季札邑。"昭二十七年，《左傳》曰："吳子使延州來季子聘於上國。"杜預曰："季子本封延陵，後復封州來，故曰延州來。"成七年，《左傳》曰："吳入州來。"杜預曰："州來，楚邑，淮南下蔡縣是。"昭十三年，《傳》：吳伐州來。二十三年，《傳》：吳滅州來。則州來本爲楚邑，吳伐滅以封季子也。《地理志》云：會稽毗陵縣，季札所居。《太康地理志》曰："故延陵邑，季札所居，粟頭有季札祠。"《地理志》云：沛郡下蔡縣，古州來國，爲楚所滅，後吳取之。至夫差，遷昭侯於州來。《公羊傳》曰："季子去之延陵，終身不入吳國。"何休曰："不入吳朝廷也。"此云封於延陵，謂國，而賜之以采邑。杜預《春秋釋例·土地名》則云"延州來，闕"，不知何故而爲是言。高士奇《春秋地名考略》卷一一"延陵"："蓋吳時即有延陵之名，其稱延州來者，省文也。漢置毗陵縣，屬會稽郡。"後漢屬吳郡，晉初因之，後改屬毗陵郡。東海王越世子毗食采毗陵，没於石勒，元帝命少子哀王沖嗣之，為諱毗，改縣曰晉陵，遂為晉陵郡治。隋廢郡，置常州，唐、宋因之。元為路。明為府，今仍之。唐置武進縣，與晉陵俱附郭。明初，并晉陵入武進。《越絶書》：毗陵上湖中冢，季子冢也，名延陵墟。《皇覽》曰：季子冢，在暨陽鄉。杜氏《通典》：季札墓，在今縣北七十里申浦之西。再按杜佑《通典》：潤州有延陵縣，晉太康中分曲阿之延陵鄉立之，有季札祠，非古之延陵。古延陵，今晉陵縣是。孔子所書季子碑，歲久湮没。開元中，明皇勅殷仲容摹刻。大曆十四年，潤州刺史蕭定重刻之延陵鎮。由是世人知有潤州之延陵，不知常州延陵矣。"季札之延陵，今江蘇武進。

　　③ 太史公：漢司馬遷及其父相繼爲太史令，皆稱太史公。其所由來，解釋有三。首先是司馬貞《索隱》以爲司馬遷尊稱其父爲太史公，其說有缺憾。其次爲如淳引《漢儀注》以太史公爲漢官，位在丞相上，其説後人多以爲謬。再者爲晉虞喜之説。虞喜《志林》云：古者主天官者皆上公，自周至漢，其職轉卑，然朝會坐位猶居公上，尊天之道，其官屬仍以舊名尊而稱也。張守節《正義》云：按下文"太史公既掌天官，不治民，有子曰遷"，又云"卒三歲而遷爲太史公"，又云"太史公遭李陵之禍"，又云"汝復太史，則續吾祖矣"，觀此文，虞喜說爲長，乃書談及遷爲太史公者，皆自書之。

　　④ 世家：《史記》記載諸侯王的傳記。《索隱》云：世家者，記諸侯本系也，言其下及子孫常有國。故《孟》曰："陳仲子，齊之世家。"又董仲舒曰："王者封諸侯，非官也，得以代代爲家者也。"

斷如也①。”蓋深識夫子一變之意。班孟堅志地理②，叙變風十三國而不及二南③，豈知《詩》之本原者哉？夫詩由人心生也，風土之音曰“風”，朝廷之音曰“雅”，郊廟之音曰“頌”，其生於心一也。人之心與天地山川流通，發於聲，見於辭，莫不繫水土之風而屬三光五嶽之氣④，因《詩》以求其地之所在，稽風俗之薄厚，見政化之盛衰，感發善心而得性情之正，匪徒辨疆域云爾。世變日降，今非古矣。人之性情，古猶今也。今其不古乎？山川能説，為君子九能之一⑤，毛公取而載於傳⑥，有意其推本之也，是用據傳、箋、義、疏⑦，參諸《禹貢》⑧、《職方》、《春秋》、《爾雅》、《説文》、地志、

---

①　洙泗：即洙水及泗水，古水名。洙水，《春秋地名考略》卷二“洙”：《水經注》洙水出泰山蓋縣臨樂山北，西南流，至卞縣西南入泗水。又亂流，西南至魯縣東北，分為二流，北為洙瀆，南即泗水，孔子設教於洙、泗之間闕里是也。洙水又南，經瑕丘城，下流復入泗。《通志》：洙水故道自縣東北經孔林西而入泗，今曲阜縣北二里有洙水，不復與泗通，上流在孔林東，止一溝瀆，過夫子墓前，西南流，入於沂。其故道不可考矣。整理者按：泗水，又名泗河，發源於今山東泗水縣東陪尾山。歷代河道變遷很大。《漢書·地理志》：魯國卞縣，泗水西南至于與入沛，過郡西行五百里。《水經》：泗水出魯卞縣北山，西南徑魯縣北，又西過瑕邱縣東，屈從縣東南流，漷水從東來注之，又南過平陽縣西，又南過高平縣西，洸水從北西來注之，又南過方與縣東，菏水從西來注之，又屈東南，過湖陸縣南，泡涓水從東北來注之，又南過沛縣東。酈道元注云：余昔因公事路經洙、泗，尋其源流，水出卞縣故城東南桃墟西北。墟有澤，澤方十五里。澤西際阜俗謂之始亭山，自此連岡通阜西北四十餘里，岡之西際便得泗水之源也。《明會典》：泗河源出陪尾山，西流至兖州城東，又南流經橫河，與沂水合。元時，於兖州東門外五里金口作壩建閘，遏泗之南趨。明朝因而修築。每夏、秋水漲則啟閘放使南流會沂水，由港里河出佃家莊閘。冬春水微則閉閘，令由黑風口東經兖州城入濟。又南流會洸水，至濟寧，出天井閘入於運河。胡渭《禹貢錐指》：泗水自泗水縣歷曲阜、滋陽、濟寧、鄒縣、魚臺、滕縣、沛縣、徐州、邳州、宿遷、桃源至清河縣入淮，此禹跡也。《大清一統志》：源出泗水縣東陪尾山，西流，徑曲阜縣北八里又西南流，徑滋陽縣東五里轉南流，與曲阜縣之西沂水合，入金口閘，又東流，經鄒縣西南五十里，又南至濟寧州會洸水，由天井閘入運河，凡二百二十里。今其故道自徐州以南悉為黃河所占。明萬曆以前，舊漕河自徐州歷沛縣而北，即泗水也，其支流與汴水合，經二洪下接為淮，則泗水尚入淮也。自萬曆二十二年開濬泇河以避黃河水險，由是黃專合汴、泗入運，不復達淮。整理者按：清咸豐五年，黃河決口北流，原為黃河所奪之故道亦逐漸淤廢。因孔子曾設教於洙、泗之間，後人因以洙泗作為儒家代稱。

②　班孟堅：即班固，字孟堅，著《漢書》。

③　十三國：秦、魏、周、韓、趙、燕、齊、魯、宋、衛、楚、吳、粵。二南：周南、召南。

④　三光：一説日、月、星為三光，一説日、月合金、木、水、火、土等五星為三光。五嶽：《周禮·大宗伯》：“以血祭祭社稷、五祀、五嶽。”鄭玄注：“東曰岱宗，南曰衡山，西曰華山，北曰恒山，中曰嵩高山。”

⑤　九能：古代知識分子理想中具備的九種才能。《毛詩·鄘風·定之方中》“卜云其吉”毛氏傳云：“建邦能命龜，田能施命，作器能銘，使能造命，升高能賦，師旅能誓，山川能説，喪紀能誄，祭祀能語，君子能此九者，可謂有德音，可以為大夫。”

⑥　毛公：漢初治《詩經》的學者。陸德明《經典釋文》卷一《序錄·注解傳述人·詩》：《毛詩》者出自毛公，河間獻王好之。徐整云：子夏授高行子，高行子授薛倉子，薛倉子授帛妙子，帛妙子授河間人大毛公，毛公為《詩故訓傳》於家以授趙人小毛公（一云名萇）。小毛公為河間獻王博士，以不在漢朝，故不列於學。一云子夏傳曾申，申傳魏人李克，克傳魯人孟仲子，孟仲子傳根牟子，根牟子傳趙人孫卿子，孫卿子傳魯人大毛公。《漢書·儒林傳》云：毛公，趙人，治《詩》，為河間獻王博士。後人以毛亨為大毛公，毛萇為小毛公。

⑦　漢毛公傳，漢鄭玄箋，唐陸德明音義，孔穎達疏。

⑧　諸：朱彝尊《經義考》卷一〇九《詩地理考》條引此序文作“之”。

水經，罔羅遺文古事，傅以諸儒之說，列鄭氏《譜》一首①，為《詩地理考》。讀《詩》者觀乎此，亦升高自下之助云。王應麟伯厚父自序。

———————————

① 一：至元六年刻本、合璧本、《經義考》作"十"。

# 詩地理考總說①

《王制》②："天子五年一巡守。③""命大師陳詩以觀民風④。"

《書大傳》⑤："聖王巡十有二州⑥，觀其風俗，習其情性，因論十有二

---

① 此《總說》庫本置於卷一中，至元六年刻本、合璧本題目作"地理總說"。

② 王制：即《禮記》之《王制篇》。

③ 鄭玄注：天子以海內爲家，時一巡省之。五年者，虞、夏之制也，周則十二歲一巡守。

④ 鄭玄注：陳詩，謂採其詩而視之。大師，即太師，樂官之始。

⑤ 書大傳：即《尚書大傳》，漢伏勝著，《漢書·藝文志》作四十一篇，《隋書·經籍志》作三卷。鄭玄序云：章句之外別撰大義。《舊唐書·藝文志》云伏勝注《大傳》三卷、《暢訓》三卷。《新唐書·藝文志》則作伏勝注《大傳》三卷、《暢訓》一卷。《宋史·藝文志》不著録《暢訓》，當已散佚。至明代，僅留《大傳》殘本，脱略漫漶，殆不可讀。清孫之騄詮次其文，又博輯諸書所引，補其佚闕，成今本，凡卷中不注出處者皆殘本之原文，其注某書某書者皆之騄所蒐輯。刻成之後續有所得，不及逐條附入，因又別爲《補遺》一卷附於卷末。四庫館臣云："非伏生之舊矣。其《注》乃鄭康成作，今殘本尚題其名，新、舊《唐書》並作伏生注《大傳》，蓋史文之誤也。"引文今見孫輯本卷一《虞書》。

⑥ 十二州：傳說中虞舜所分之冀、兖、青、徐、揚、荆、豫、梁、雍、幽、并、營等十二州。《尚書·舜典》："肇十有二州。"但未列州名。《尚書·禹貢》有冀、兖、青、徐、揚、荆、豫、梁、雍九州，傳說爲禹之九州。《周禮·職方氏》有揚、荆、豫、青、兖、雍、幽、冀、并等九州，傳說爲周之九州。《爾雅》有冀、豫、雝、荆、揚、兖、徐、幽、營。王應麟《通鑑地理通釋》卷一"舜十二州"條云：冀、兖、青、徐、揚、荆、豫、梁、雍、幽、并、營。孔氏云：禹治水之後，舜分冀爲幽、并，分青爲營。馬氏云："禹平水土，置九州，舜以冀州之北廣大，分置并州；燕、齊遼遠，分燕爲幽，齊爲營。"《漢書·地理志》云：堯遭洪水，天下分絶爲十二州。禹平水土，更制九州，列五服。與孔、馬之說異。愚謂：《舜典》言肇十有二州，咨十有二牧，而後命禹平水土，當以《漢志》爲正。鄭氏謂分衛爲并，燕以北爲幽，分齊爲營。朱氏謂："分冀東恒山之地爲并，又東北醫無閭之地爲幽，又青之東北遼東等處爲營，而冀止有河内之地，今河東一路是也。"劉氏云："冀州之域，大於九州，於是分爲幽、并，以此二州北抵夷狄，使不得接於王畿。"《書大傳·虞夏傳》云："兆十有二州。"《注》："兆，域也，爲營域以祭十二州之分星也。"又《通典》卷一七二"議曰"：堯使鯀理水，功不成，復使禹理之，又舉舜歷試禹，因理水，遂別九州。故《尚書》云："東漸於海，西被流沙，朔南暨聲教，訖於四海，禹錫玄圭，告厥成功。"孔安國注云："堯錫玄圭以明之。"又舜自登庸二十年，始居攝位，"肇十有二州"。《注》云"肇，始也。禹理水之後，舜始置十二州，分冀州爲并州、幽州，分青州爲營州。"其後八年，堯崩。舜咨四岳曰："有能奮庸熙帝之載，使宅百揆，亮采惠疇。"僉舉禹爲司空。舜曰："汝平水土，惟時懋哉！"《注》云："四岳同辭曰禹理洪水，有成功，言可用。"故舜然其所舉，稱其前功以命之。懋，勉也。惟居是百揆，勉行之。則禹之績本在堯代，舜未居攝以前也。而《史記》云："堯崩後，舜以禹爲司空，命平水土以開九州。"又按：自鯀理水，績用不成，後至堯崩，凡二十八載，洪水爲害，下民昏墊，豈有年踰二紀方使伯禹理之？《漢書》亦云："堯遭洪水，天下分絶爲十二州，禹理水，更制九州。"則九州在十二州之後，乃與《舜典》乖互不同。馬季長云："禹平水土，置九州，舜以冀州之北廣大，分置并州，分燕置幽州，分齊爲營州。"則十二州在九州之後，與孔注符矣。若稽其證據，乃子長、孟堅之誤矣。"整理者按：要之，此所謂十二州州名，大抵爲歷代儒者以《禹貢》九州加《周禮·職方氏》及《爾雅》新出之幽、并、營而附會"肇十有二州"之說。

俗，定以六律①、五聲②、八音③、七始④。"《漢·食貨志》："孟春之月，羣居者將散，行人振木鐸⑤，徇於路以採詩，獻之大師，比其音律，以聞於天子⑥。"

太史公曰⑦：聞之董生，《詩》記山川谿谷禽獸草木，故長於風。匡衡曰⑧："竊考《國風》之《詩》：《周南》、《召南》被賢聖之化深，故篤於行而廉於色；鄭伯好勇，而國人暴虎⑨；秦穆貴信，而士多從死⑩；陳夫人好巫，而民淫祀；晉侯好儉，而民畜聚；大王躬仁，邠國貴恕⑪。由此觀之，治天下者審所上而已。"

鄭氏《詩譜·序》⑫："《詩》之興也，諒不於上皇之世⑬。大庭⑭、軒轅逮於高辛⑮，其《詩》有亡⑯，載籍亦蔑云焉。《虞書》曰：詩言志⑰，歌永

---

①　六律：律即定音器，樂律有十二，陰陽各六，陽爲律、陰爲呂。所謂六律指黃鐘、太簇、姑洗、蕤賓、夷則、無射。看看《國語·周語下》及韋昭注。
②　五聲：又作五音，古樂五聲音階的五個階名，即宮、商、角、徵、羽。
③　《周禮·春官·大師》："掌六律、六同以合陰陽之聲，陽聲黃鐘、太簇、姑洗、蕤賓、夷則、無射，陰聲大呂、應鐘、南呂、函鐘、小呂、夾鐘，皆文之以五聲：宮、商、角、徵、羽，皆播之以八音：金、石、土、革、絲、木、匏、竹。鄭玄注云：金，鐘鎛也。石，磬也。土，塤也。革，鼓、鼗也。絲，琴、瑟也。木，柷敔也。匏，笙也。竹，管、簫也。
④　王應麟《小學紺珠》卷一"七始"：黃鐘、林鐘、太簇，天、地、人之始；姑洗、蕤賓、南呂、應鍾，春、夏、秋、冬之始。
⑤　顏師古注云：行人，遒人也，主號令之官。鐸，大鈴也，以木為舌，謂之木鐸。
⑥　聞：庫本作"問"，誤。
⑦　太史公，即司馬遷，引文見《史記·太史公自序》。
⑧　匡衡：字稚圭，漢東海承（今山東棗莊）人，家貧力學，善說詩，元帝時官至丞相，後以侵占公家土地免爲庶人。《漢書》卷八一有傳。引文見《漢書》匡衡本傳。
⑨　顏師古注云：《詩·鄭風·太叔於田》之篇曰："襢裼暴虎，獻於公所。將叔無狃，戒其傷汝。"襢裼，肉袒也。暴虎，空手以搏之也。公，鄭莊公也。將，請也。叔，莊公之弟太叔也。狃，忕也。汝，亦太叔也。言以莊公好勇之故，太叔肉袒空手搏虎，取而獻之。國人愛叔，故請之曰："勿忕為之，恐傷汝也。"
⑩　《注》云：應劭曰："秦穆公與羣臣飲酒。酒酣，公曰：生共此樂，死共此哀。於是奄息、仲行、鍼虎許諾。及公薨，皆從死。《黃鳥》詩所為作也。"
⑪　顏師古注云：太王，周文王之祖，即古公亶父也。國於邠，修德行義，戎狄攻之，欲得地，與之。人人皆怒，欲戰。古公曰："以我故戰，殺人父子而居之，予不忍也。"乃與其私屬度漆沮，踰梁山，止於岐下。邠人舉國扶老攜弱，盡復歸古公於岐下，及它旁國聞古公仁，亦多歸之。邠，即今豳州，是其地也。言化太王之仁，故其俗皆貴誠恕。
⑫　鄭氏：即鄭玄，字康成，北海高密（今山東）人，東漢後期大儒，著《詩譜》。
⑬　孔穎達疏云：上皇，謂伏犧，三皇之最先者，故謂之上皇，鄭知於時信無詩者：上皇之時，舉代淳樸，田漁而食，與物未殊。居上者設言而莫違，在下者羣居而不亂，未有禮義之教，刑罰之威，為善則莫知其善，為惡則莫知其惡。其心既無所感，其志有何可言，故知爾時未有詩詠。
⑭　大庭：傳說中上古帝王名，或云即神農氏之別號。又作古國名，《左傳》：昭公十八年夏五月，"梓慎登大庭氏之庫以望之"。杜預注："大庭氏，古國名，在魯城內，魯於其處作庫，高顯，故登以望氣。"今山東曲阜。
⑮　軒轅：即傳說中的黃帝，姓公孫，以居於軒轅丘，故名，先後擊敗炎帝、蚩尤，諸侯尊為天子，後人以之爲中華民族之祖。《史記·五帝本紀》有傳。高辛：傳說中古帝帝嚳之號，黃帝之曾孫，傳說中古帝堯之父。《史記·五帝本紀》有傳。
⑯　詩：至元六年刻本、合璧本作"時"，鄭玄《詩譜·序》亦作"時"。
⑰　虞書：即《尚書·虞書》，引文見《舜典》。

言，聲依永，律和聲。然則詩之道昉於此乎①？有夏承之，篇章泯棄，靡有孑遺。遍及商王，不風不雅，何者？論功頌德，所以將順其美。刺過譏失，所以匡救其惡。各於其黨，則爲法者彰顯，爲戒者著明。周自后稷播種百穀②，黎民阻飢，茲時乃粒，自傳於此名也。陶唐之末③，中葉公劉亦世修其業，以明民共財④。至於大王⑤、王季，克堪顧天。文、武之德，光熙前緒，以集大命於厥身，遂爲天下父母，使民有政有居。其時《詩》風有《周南》、《召南》，雅有《鹿鳴》、《文王》之屬。及成王、周公致太平⑥，制禮作樂，而有頌聲興焉，盛之至也。本之由此風、雅而來，故皆錄之，謂之《詩》之正經⑦。後王稍更陵遲，懿王始受譖亨齊哀公。夷身失禮之後，邶不尊賢⑧。自是而下，屬也、幽也，政教尤衰，周室大壞。《十月之交》、《民勞》、《板》、《蕩》，勃爾俱作，眾國紛然，刺怨相尋。五霸之末⑨，上無

---

① 昉：至元六年刻本、合璧本、庫本作"放"，鄭玄《詩譜·序》亦作"放"。

② 后稷：傳爲周之先祖，據說其母欲將之丟棄，故名棄，後爲傳說中古帝舜之農官，封於邰，號后稷，別姓姬。事具《史記·周本紀》。

③ 陶唐：即傳說中的古帝堯，初居於陶，封於唐，爲諸侯，故稱陶唐。《史記·五帝本紀》有傳。

④ 孔穎達疏云：公劉者，后稷之曾孫，當夏時爲諸侯，以后稷當唐之時，故繼唐言之也。中葉，謂中世。后稷至於太王，公劉居其中。《商頌》云"昔在中葉"，亦謂自契至湯之中也。《祭法》云：黃帝正名百物，以明民共財。明民，謂使衣服有章。共財，謂使之同有財用。公劉在幽教民，使上下有章，財用不乏，故引黃帝之事而言之。

⑤ 大王：即古公亶父，傳說爲后稷第十二代孫，文王祖父，原居於豳，迫於戎狄，遷居岐山下，修后稷之教，周得以强盛，文王追尊爲太王。其子即王季。

⑥ 致：至元六年刻本、合璧本、庫本脫；太：至元六年刻本作"大"。

⑦ 孔穎達疏云：此解周詩并錄風、雅之意，以《周南》、《召南》之風，是王化之基本。《鹿鳴》、《文王》之雅，初興之政教。今有頌之成功，由彼風、雅而就，據成功之頌，本而原之，其頌乃由此風、雅而來，故皆錄之，謂之詩之正經。以道衰乃作者，名之爲變，此詩謂之爲正。

⑧ 孔穎達疏云：自此以下至"刺怨相尋"，解變風、變雅之作時節。變風之作，齊、衛爲先。齊哀公當懿王，衛頃公當夷王，故先言此也。莊四年《公羊傳》曰：齊哀公亨乎周，紀侯譖之。徐廣以爲周夷王亨之。鄭知懿王者，以《齊世家》云：周亨哀公，而立其弟靖爲胡公。當夷王之時，哀公母弟山殺胡公而自立。言夷王之時，山殺胡公，則胡公之立在夷王前矣。受譖亨人，是衰闇之主。夷王上有孝王，《書傳》不言孝王有大罪惡。《周本紀》云：懿王立，王室遂衰，詩人作刺。是周衰自懿王始，明懿王受譖矣。《本紀》言詩人作刺，得不以懿王之時《雞鳴》之詩作乎？是以知亨之者懿王也。《衛世家》云：貞伯卒，子頃侯立，頃侯厚賂周夷王，夷王命爲衛侯。是衛頃公當夷王時。《郊特牲》云：覲禮，天子不下堂而見諸侯。下堂而見諸侯，天子之失禮也。由夷王以下，是夷王身失禮也。《柏舟》言"仁而不遇"，是邶不尊賢也。

⑨ 孔穎達疏云：此言周室極衰之後，不復有詩之意。五霸之末，或作"五伯"。成二年《左傳》云："五伯之霸也。"《中侯》："霸免。"《注》云："霸，猶把也，把天子之事也。然則言伯者，長也，謂與諸侯爲長也。五伯者，三代之末，王政衰微，諸侯之强者以把天子之事，與諸侯爲長。三代共有五人。服虔云："五伯謂夏伯昆吾，商伯大彭、豕韋，周伯齊桓、晉文也。"知者，《鄭語注》云："祝融之後，昆吾爲夏伯矣，大彭、豕韋爲商伯矣。"《論語》云："管仲相桓公，霸諸侯。"昭九年，《傳》云："文之伯也。"是五者爲霸之文也。此言五霸之末，正謂周代之霸齊桓、晉文之後，明其不在夏、殷之霸也。齊、晉最居其末，故言五霸之末耳。僖元年《公羊傳》云："上無天子，下無方伯，天下諸侯有相滅亡者，桓公不能救，則桓公恥之。"是齊桓、晉文能賞善罰惡也。其後無復霸君，不能賞罰，是天下之紀綱絶矣。縱使作詩，終是無益，故賢者不復作詩，由其王澤竭故也。

天子，下無方伯。善者誰賞，惡者誰罰，紀綱絕矣。故孔子錄懿王、夷王時《詩》，訖於陳靈公淫亂之事，謂之變風、變雅①。以爲勤民恤功，昭事上帝，則受頌聲，宏福如彼②。若違而弗用，則被劫殺，大禍如此③。吉凶之所由，憂娛之萌漸，昭昭在斯，足作後王之鑒，於是止矣。夷、厲已上，歲數不明，大史《年表》自共和始，歷宣、幽、平王而得春秋次第，以立斯譜④。欲知源流清濁之所處，則循其上下而省之。欲知風化芳臭氣澤之所及，則傍行而觀之。此《詩》之大綱也⑤。舉一綱而萬目張，解一卷而衆篇明。於力則鮮，於思則寡。其諸君子亦有樂於是與。"

文中子曰⑥："諸侯不貢詩，天子不採風，樂官不達雅，國史不明變，斯則久矣⑦。""詩者，民之情性也。情性能亡乎？非民無詩，職詩者之罪也。"

---

① 孔穎達疏云：懿王時詩，齊風是也。夷王時詩，邶風是也。陳靈公，魯宣公十年為其臣夏徵舒所弒。變風齊、邶為先，陳最在後，變雅則處其間，故鄭舉其終始也。

② 宏：至元六年刻本、合璧本作"弘"，鄭玄《詩譜·序》亦作"弘"。孔穎達疏云：謂如文、武、成王世修其德，致太平也。

③ 孔穎達疏云：謂如幽、厲、陳靈惡加於民，被放、弒也。

④ 大史《年表》：即太史公司馬遷《史記·十二諸侯年表》。孔穎達疏云：《本紀》夷王已上多不記在位之年，是歲數不明。《周本紀》云厲王三十四年，王益嚴。又三年，王出奔於彘。召公、周公二相行政，號曰共和。《十二諸侯年表》起自共和元年，是歲，魯貞公之十四年，齊武公之十年，晉靖侯之十八年，秦仲之四年，宋釐公之十八年，衛僖侯之十四年，陳幽公之十四年，蔡武公之二十四年，曹夷伯之二十四年，鄭則於時未封。是太史《年表》自共和始也。又案《本紀》：共和十四年，厲王死於彘，宣王即位。四十六年，崩，子幽王立。十一年，為犬戎所殺，子平王立。四十九年，當魯隱公元年，計共和元年距春秋之初一百一十九年，春秋之時年歲分明，故云歷宣、幽、平王而得春秋次第，以立斯譜。

⑤ 之：庫本脫。

⑥ 文中子：隋王通，即唐王勃祖父，絳州龍門人，官蜀郡司戶書佐，大業末棄官歸，以著書講學為業。依《孔子家語》、揚雄《法言》例為客主對答之說，號曰《中說》，亦名《文中子》。卒，門人薛收等相與議謚曰"文中子"。四庫館臣云："所謂文中子者，實有其人。所謂《中說》者，其子福郊、福畤等纂述遺言，虛相夸飾，亦實有其書。第當有唐開國之初，明君碩輔不可以虛名動。又陸德明、孔穎達、賈公彥諸人，老師宿儒，布列館閣，亦不可以空談惑，故其人其書皆不著於當時，而當時亦無斥其妄者。至中唐以後，漸遠無徵，乃稍稍得售其說。"引文分見《中說》卷五《問易篇》、卷一〇《關朗篇》。

⑦ 斯：《中說》作"嗚呼斯"。

# 卷　一

**周南** 召南

《鄭氏譜》曰："周、召者，《禹貢》雍州岐山之陽地名<sup>①</sup>，今屬右扶風美陽縣<sup>②</sup>，地形險阻而原田肥美。周之先公曰大王者，避狄難，自豳始遷焉，而修德建王業。商王帝乙之初<sup>③</sup>，命其子王季為西伯。至紂，又命文王典治南國江、漢、汝旁之諸侯。於時三分天下有其二，以服事殷，故雍、梁、荆、豫、徐、揚之人咸被其德而從之<sup>④</sup>。文王受命，作邑於豐<sup>⑤</sup>，乃分岐邦周、召之地為周公旦、召公奭之采地，施先公之教於己所職之國。武王

---

① 雍州：《禹貢》：黑水西河惟雍州。

《大清一統志》卷一八三《鳳翔府·山川》：岐山，在岐山縣東北。《漢書·地理志》：美陽縣，《禹貢》岐山在西北。顏師古曰：其山兩岐，俗呼箭括嶺。《括地志》：岐山，亦名天柱山，在岐山縣東北十里。《寰宇記》：岐山，即天柱山，周鸑鷟鳴於山上，時人亦謂此山為鳳凰堆。或云其峰高峻，迥出諸山，狀若天柱，因以為名。胡三省曰：在鳳翔東四十里。《岐山縣志》：天柱山，在縣北十里，一名鳳凰山，一峰如柱。又云：岐山在縣東北五十里。蓋即指箭括山也。

② 《漢書》卷一九《百官公卿表》：主爵中尉，秦官，掌列侯。景帝中六年，更名都尉。武帝太初元年，更名右扶風，治內史右地。屬官有掌畜令、丞，又有都水、鐵官、廄、雍廚四長、丞皆屬焉。與左馮翊、京兆尹是為三輔，皆有兩丞。列侯更屬大鴻臚。元鼎四年，更置三輔都尉、都尉丞各一人。右扶風秩二千石，丞六百石。《漢書》卷二八《地理志》：右扶風，故秦內史。高帝元年，屬雍國。二年，更為中地郡。九年，罷，復為內史。武帝建元六年，分為右內史。太初元年，更名主爵都尉為右扶風。縣二十一：渭城、槐里、盩厔、鄠、斄、鬱夷、美陽、郿、雍、漆、栒邑、隃麋、陳倉、杜陽、汧、好畤、虢、安陵、茂陵、平陵、武功。美陽：《禹貢》岐山在西北中水鄉，周太王所邑，有高泉宮，秦宣太后起也。

《大清一統志》卷一九三《乾州·古蹟》：美陽故城，在武功縣西南。漢置縣，屬右扶風。後漢和帝初，封耿秉為侯邑。安帝永初五年，以羌亂，詔安定郡寄理美陽。《魏書·地形志》：扶風郡領美陽縣。又岐州領武功郡，太和十一年置，治美陽縣。章懷太子曰：美陽故城，在武功縣北七里。《寰宇記》：在今縣西七里，後魏孝文太和十一年移廢縣於古釐城中，後改武功為美陽縣。後周天和四年，還舊理。建德三年，省。《縣志》：在縣西原八里。今陝西武功。

③ 帝乙：商王，太丁子，紂王之父。

④ 《禹貢》：華陽、黑水惟梁州，荆及衡陽惟荆州，荆、河惟豫州，海、岱及淮惟徐州，淮、海惟揚州。

⑤ 《大清一統志》卷一八九《西安府·古蹟》：古豐邑，在鄠縣東，即古崇國也。《寰宇記》：文王作鄠，今長安縣西北靈臺鄉豐水上游是也。《雍錄》：武王改邑於鎬，豐宮元不移徙，每遇大事，如伐商、作洛之類，皆步自宗周而往，以其事告於豐廟。《鄠縣志》：周豐宮，在豐水西，去縣三十里。今陝西戶縣。

伐紂，定天下，巡守述職，陳誦諸國之詩，以觀民風俗。六州者，得二公之德化尤純，故獨錄之，屬之大師，分而國之。其得聖人之化者，謂之《周南》；得賢人之化者，謂之《召南》。言二公之德教自岐而行於南國也。乃棄其餘，謂此爲《風》之正經。初，古公亶父聿來胥宇，爰及姜女①。其後，大任思媚周姜，大姒嗣徽音②，歷世有賢妃之助，以致其治。文王刑於寡妻，至於兄弟，以御於家邦③。是故二國之詩以后妃、夫人之德為首，終以《麟趾》、《騶虞》，言后妃、夫人有斯德，興助其君子，皆可以成功，至於獲嘉瑞。《風》之始，所以風化天下而正夫婦焉。故周公作樂，用之鄉人焉，用之邦國焉。或謂之房中之樂者，后妃、夫人侍御於其君子，女史歌之以節義序故耳④。射禮⑤，天子以《騶虞》，諸侯以《貍首》，大夫以《採蘋》，士以《採蘩》為節。今無《貍首》，周衰，諸侯竝僭而去之，孔子錄《詩》不得也。爲禮、樂之記者，從後存之，遂不得其次序。周公封魯，謚曰文公。召公封燕，謚曰康公。元子世之。其次子亦世守采地，在王官，春秋時周公、召公是也。問者曰：周南、召南之詩為風之正經則然矣。自此之後，南國諸侯政之興衰何以無變風？答曰：陳諸國之詩者，將以知其缺失，省方設教為黜陟。時徐及吳、楚僭號稱王，不承天子之風，今棄其詩，夷狄之也。其餘江、黃、六、蓼之屬，既驅陷於彼俗，又亦小國，猶邾、滕、紀、莒之等，夷其詩，蔑而不得列於此。"黃氏曰⑥："二南皆文王之化而附之二公⑦，豈容有聖、賢之辨。"

---

① 《毛詩·大雅·緜》：古公亶父，來朝走馬。率西水滸，至於岐下。爰及姜女，聿來胥宇。孔穎達疏云：文王之先，久古之公曰亶父者，避狄之難，其來以早朝之時，疾走其馬，循西方水厓漆、沮之側，東行而至於岐山之下，於是與其妃姜姓之女曰大姜者，自來相土地之可居者。言大王既得民心，避惡早而且疾，又有賢妃之助，故能克成王業。

② 大任：摯國之中女，嫁與王季爲妻，爲文王之母。《毛詩·大雅·大明》："摯仲氏任，自彼殷商，來嫁於周，曰嬪於京。乃及王季，維德之行。"周姜：即大姜，古公亶父之妻，王季之母。大姒：文王之妻。《毛詩·大雅·思齊》："思齊大任，文王之母。思媚周姜，京室之婦。大姒嗣徽音，則百斯男。"毛傳：齊，莊。媚，愛也。周姜，大姜也。京室，王室也。大姒，文王之妃也。大姒十子，眾妾則宜百子也。

③ 《大雅·思齊》毛傳云：刑，法也。寡妻，適妻也。御，迎也。鄭玄箋云：寡妻，寡有之妻，言賢也。御，治也。文王以禮法接待其妻，至於宗族。以此又能為政治於家邦也。

④ 女史：女官名。《周禮·天官·春官》皆有女史。天官女史掌王后之禮，佐內治，爲內官。春官女史掌管文書，爲府史之屬。

⑤ 射禮：即習射之禮，凡有四種，即將祭擇士在郊舉行者爲大射，諸侯來朝或諸侯相朝在朝而射曰賓射，宴飲在寢之射曰燕射，卿大夫舉士後在州序所行之射爲鄉射。

⑥ 黃氏：即宋黃櫄，字實夫，龍溪（今福建漳州）人。淳熙中，以舍選入對，升進士兩科，調南劍州教授，終宣教郎。著《詩解》二十卷，《總論》一卷。引文又見佚名編《李黃毛詩集解》卷一"然則關雎麟趾之化"條"黃曰"。

⑦ 附：《毛詩集解》作"特附"。

孔氏曰①："或以為東謂之周，西謂之召。事無所出，未可明也。"陳氏曰②："周公、召公為天子之二老，分治岐之東、西。""自岐以東，周公主之。""然岐東之地，宗周在焉。故雖周公所治之國，其實王者之風也。"

朱氏曰③："周，國名。南，南方諸侯之國也。"文王"使周公為政於國中，而召公宣布於諸侯，於是德化大成於内，而南方諸侯之國江、沱、汝、漢之間莫不從化"。"成王立④，周公相之，制禮作樂⑤，乃採文王之世風化所及民俗之詩。""其得之國中者，雜以南國之詩，而謂之《周南》，言自天子之國而被於諸侯，不但國中而已也。其得之南國者，則直謂之《召南》，言自方伯之國被於南方而不敢繫於天子也⑥。岐周⑦，在今鳳翔府岐山縣⑧。"

---

① 孔氏：即孔穎達。引文見孔穎達《毛詩疏·毛詩譜》之"周公旦召公奭"條疏。
② 陳氏：即陳少南，名鵬飛，永嘉（今浙江溫州）人，宋高宗紹興間在世，以太學博士兼崇正殿說書，以言事貶死惠州，著《詩解》二十卷。引文又見《毛詩集解》卷一"然則關雎麟趾之化"條"李曰"。
③ 朱氏：即朱熹，字元晦，號晦庵，宋代大儒，著《詩經集傳》。引文見朱熹《詩經集傳》卷一《國風一》"周南一之一"條。
④ 成王：《詩經集傳》作"成王誦"。
⑤ 制禮作樂：《詩經集傳》作"制作禮樂"。
⑥ 敢：《詩經集傳》作"敢以"。
⑦ 《大清一統志》卷一八四《鳳翔府·古蹟》：杜陽故城，在麟游縣西北。《詩·大雅》：自土沮漆。顏師古《漢書注》：《齊詩》作"自杜"，言公劉避狄而來居杜與漆沮之地。《戰國策》：蘇代說向壽封小令尹以杜陽。漢置杜陽縣。晉廢。《水經注》：杜水東逕杜陽故城，東西三百步，南北二百步，世謂之故縣川。《寰宇記》：漢杜陽縣城，《郡國縣道記》云：杜陽，晉省，在今鳳翔府北九十里，普潤縣東南界，已失其所在。又按《郡國縣道記》云：隴州吳山縣四十五里，即岐山縣之西南界，有一故城，彼人謂之文王城。按：周文王都酆，不合於此更有城，其城恐是漢杜陽縣。又，岐山縣東十九里有杜陽谷，内亦有一杜陽故城。二縣俱在扶風郡界。若據《十三州志》郡道里數即隴州杜陽故城近之，據《漢志注》云"杜水南入渭"即普潤縣界文王城近之。
⑧ 《太平寰宇記》卷三〇《關西道六·鳳翔府》：鳳翔府，扶風郡，理天興縣。春秋及戰國時為秦都，秦德公初居雍，即今天興縣也。至獻公始徙櫟陽。始皇併天下，屬内史。項羽封章邯為雍王，亦此地。漢高帝更名中地郡，復為内史。景帝初，分屬右内史。武帝太初元年，更名右扶風，所以扶助京師行風化也，與京兆尹、左馮翊謂之三輔，理皆在城中。後漢出理槐里，即今興平縣東南七里故槐里城是。魏文帝除"右"字，但為扶風郡，亦是重鎮。晉太康八年，為秦國。後魏太武於今州理東五里築雍城鎮，文帝改為岐州。隋開皇元年，於州城内置岐陽宮，岐州移於今理。大業三年，罷州，為扶風郡。唐武德元年，復為岐州，領雍、陳倉、郿、虢、岐山、鳳泉等六縣。又割雍等三縣置圍川，屬稷州。貞觀元年，廢稷州，以圍川及麟州之麟遊、普潤等三縣來屬。七年，又置岐陽縣。八年，改圍川為扶風縣，省虢。天寶元年，改為扶風郡。至德二載，肅宗自順化郡幸扶風，置天興縣，改雍縣為鳳翔縣，並治郭下。初，以陳倉為鳳翔縣，乃改為寶雞縣。其年十月，復兩京。十二月，置鳳翔府，號為西京，與成都、京兆、河南、太原為五京。寶應元年，併鳳翔縣入天興縣。後罷京名。《宋史·地理志·陝西》：鳳翔府，次府，扶風郡，鳳翔軍節度。乾德初，置崇信縣。淳化中，割崇信屬儀州。熙寧五年，廢乾州，以好畤縣來隸。政和八年，又以好畤隸醴州。縣九：天興、岐山、扶風、盩厔、郿、寶雞、虢、麟遊、普潤。監一：司竹。

《括地志》："周公故城，在岐山縣北九里①。召公故城②，在岐山縣西南十里。此周、召之采邑也。"

《史記正義》③："太王居周原④，因號曰周。"《通鑑外紀》⑤：古公"邑於岐山之陽，始改國曰周"。

《郡國志》⑥：美陽，有周城⑦。《括地志》⑧："周城，一名美陽城，在雍

①　《大清一統志》卷一八四《鳳翔府·古蹟》：岐山故城，今岐山縣治。《元和志》：岐山縣，西至鳳翔府五十里，本漢雍縣地。周武帝天和四年，割涇州翽觚縣之南界置三龍縣。隋開皇十六年，移於岐山南十里，改為岐山縣。貞觀八年，移於今理。《太平寰宇記》：大業九年，移於今縣東北八里。唐武德元年，移理於今岐陽縣界張堡壘。七年，移理龍尾城。貞觀元年，又移理猪驛南，今縣理是也。《舊志》：三龍故城，在縣東北五十里。龍尾城，在縣東龍尾溝東五里，今為鎮，有故城址。今陝西岐山。

②　《明一統志》卷三四《鳳翔府·宮室》：召公亭，在岐山縣西八里召公村。公采邑在此，故後人建亭。今陝西岐山。《春秋地名考略》卷一"召"：扶風郡雍縣南有召亭，即其地也。《春秋》所書召伯，乃東遷後別受采邑，在今絳州垣曲縣之召原。《後漢志》：河東垣縣有召亭。《太平寰宇記》：召原，在王屋山下。元魏以其地為長平縣，屬邵州。後周武元年，改為王屋縣。隋屬邵州。唐初為邵伯縣。宋為垣曲、王屋兩縣，皆召原地。宋白曰：垣縣東六十里有召原。今山西垣曲。

③　《史記正義》：唐張守節撰。據該書《自序》作三十卷，晁公武《郡齋讀書志》、陳振孫《直齋書錄解題》均作二十卷。如同司馬貞《索隱》標字列注，後人散入《史記》原文各句下，已非其舊。明國子監刻《史記》，將其採附於《集解》、《索隱》之後，較為常見，但多有刪節，與本書有較大出入。張守節，事迹不詳，曾官諸王侍讀、率府長史。

④　雍正《陝西通志》卷一○《山川·鳳翔府·岐山縣》：周原，在縣東北四十里，周太王營邑處。《禹貢錐指》卷一一上"導岍及岐"條：岐山之南，周原在焉，《詩》所稱"周原膴膴"者也。東西橫亘，肥美寬平。在今岐山縣東北四十里。

⑤　《通鑑外紀》：即《資治通鑑外紀》，十卷，《目錄》五卷，劉恕撰，今存，撮周威烈王以前事迹為書，實為《資治通鑑》前紀。引文見《資治通鑑外紀》卷二"武乙"條。劉恕，字道原，司馬光受詔修《資治通鑑》，奏以恕同司編纂。熙寧四年，以忤王安石，乞終養，仍令就家續成前書，遂終於家。《宋史》有傳。

⑥　《郡國志》：即《續漢書·郡國志》，司馬彪撰。《續漢書》，《隋書·經籍志》、《舊唐書·經籍志》、《新唐書·藝文志》均作八十三卷。《宋史·藝文志》惟載劉昭《補注後漢志》三十卷而彪書不著錄，是至宋已僅存其八志。疑此前八志即已有單行本，至宋代，全書佚而志存。今所見《郡國志》為南朝梁剡令劉昭注，附於范曄《後漢書》中者，故又稱《後漢書·郡國志》，或作《後漢郡國志》、《續郡國志》等。

⑦　蔣廷錫《尚書地理今釋·周書·周》：《史記正義》曰：太王所居周原，因號曰周。文王因之。有岐城，亦名周城，在今陝西鳳翔府岐山縣。

⑧　《括地志》：又名《貞觀志》、《貞觀地記》、《魏王地記》、《坤元錄》，五百卷，李泰撰，至南宋已不見流傳。輯本以《岱南閣叢書》孫星衍輯本為較早，《漢唐地理書鈔》王謨輯本二卷。1980年中華書局版賀次君以孫輯本為基礎之輯校本較佳。1974年臺灣新世界書局版王恢《括地志新輯》有千餘條。李泰：李世民之子，兩《唐書》有傳。

州武功縣西北二十五里①，即太王城也②。"今京兆府③。

《左傳·周桓公注》："周采地，扶風雍縣東北有周城④。"《史記自序》："太史公留滯周南。"摯虞曰⑤："古之周南，今之洛陽。"張宴曰⑥："洛陽而謂周南者，自陝以

---

①　《元和郡縣志》卷一《關內道·京兆府》：周武王都豐、鎬，平王東遷，以岐、豐之地賜秦襄公。至孝公，始都咸陽。秦兼天下，置內史以領關中。項籍滅秦，分其地為三：以章邯為雍王，都廢丘（今興平縣是也）；司馬欣為塞王，都櫟陽，董翳為翟王，都高奴（今延州金明縣是也），謂之三秦。高祖入關，定三秦，復并為內史。景帝分置左、右內史。武帝太初元年，改內史為京兆尹，後與左馮翊、右扶風謂之三輔，其理俱在長安城中，又置司隸校尉以總之。光武都洛陽，以關中地置雍州，尋復立三輔。魏分河西為涼州，分隴右為秦州，三輔仍舊屬司隸。晉初省司隸，復置雍州。愍帝之後，劉聰、石勒、苻健、姚萇相繼竊據之。萇孫泓為劉裕所滅，東晉復置雍州及京兆郡。尋赫連勃勃所破，遣子隗鎮長安，號曰南臺。後魏太武破赫連昌，復於長安置雍州。孝武自洛陽遷長安，改為京兆尹。隋開皇三年，自長安故城遷都龍首川，即今都城是也。廢京兆尹，又置雍州。煬帝改為京兆郡。武德元年，復為雍州。開元元年，改為京兆府。管縣二十三：萬年、長安、昭應、三原、醴泉、奉天、奉先、富平、雲陽、咸陽、渭南、藍田、興平、高陵、櫟陽、涇陽、美原、華原、同官、鄠、盩厔、武功、好時。武功縣，畿，東至府一百四十里，漢舊縣。周平王東遷，以賜秦襄公。孝公作四十一縣，氂、美陽、武功各其一也。武功蓋在渭水南，今郿縣地是也。按：舊縣境有武功山，斜谷水，亦曰武功水，是則縣本以山水立名也。武德三年，分雍州之武功、好時、盩厔、扶風之郿四縣於今縣理置稷州，因后稷所封為名。貞觀元年，廢州，以縣屬京兆。

《大清一統志》卷一八四《鳳翔府·古蹟》：武功故城，在郿縣東。漢置縣，屬右扶風。後漢永平八年，移置武功縣於故氂城，此城廢。《寰宇記》：武功故城，在今郿縣東四十里鳳泉故縣北，渭水之南。《縣志》：有郿亭在縣東渭水南，東北距古郿城四十里，即武功故縣也。今陝西眉縣。

②　《春秋地名考略》卷一"又遷岐號曰周"：古公居豳，狄人侵之，去豳，踰梁山，邑於岐山之下。漢美陽縣在今武功縣境，今岐山縣正在武功之西北，彼時未有縣，故岐山在其境內也。後周置岐山縣於今長武境，歷隋、唐四遷而後定於今治，乃始有岐山縣矣。山之南有周原，周之國號蓋因乎此。原又東北，則太王之都在焉，所謂岐陽也。西魏大統十三年，宇文泰從魏主狩岐陽。唐貞觀七年，於其地置岐陽縣。二十二年，縣廢。永徽五年，復置。元和二年，又廢。宋為岐陽鎮。今在縣東北五十里。周原在縣東北四十里。按《括地志》云：美陽城，亦曰太王城，亦曰周城。《寰宇記》云：周城，一名美陽。皆誤也。後漢周城在美陽西北。《水經注》：岐水逕周城南，歷周原，其北則中水鄉成周聚，又東合姜水，逕美陽之中亭川，又東逕美陽故城注雍入渭。據此，則周城、美陽畫然二地矣。周城即指岐陽，今岐陽鎮在岐山縣之東境，與武功之美陽相去甚遠，中間尚隔扶風一縣。漢時美陽之境甚廣，扶風正為美陽地，故岐亦得在其西北耳，安得混為一地乎！《通典》云：美陽治中水鄉，城西即中亭川，尤繆。蓋中水鄉與周城本相近，故班固即以為太王邑，理可通矣。《隋志》：魏有周城縣，後周廢。今不知其處，與此無涉。王禕《周公廟記》曰：周城，今為岐陽鎮，遺址猶存。廣袤七八里，四圍皆深溝，南有周原。然則周城、周原固確有其地，無容混指矣。再按：隱六年，周桓公言於王。杜注：周采地，扶風雍縣東北有周城。按：此周城與前又別，蓋周公初封之邑也。孔穎達曰：春秋，周、召二公別於東都受采。考王封弟揭於河南以續周公之官職，蓋亦即受其采地。今則不可考。杜預但據始封之耳。魏收《志》雍縣有故周城。《括地志》：周公城，在岐山縣北九里。今岐山縣有周公邸、周公廟，知此周城亦在其境也。雍縣，即今鳳翔府治，今岐山縣在府東五十里。其東境漢屬美陽，其縣城及縣之西境漢屬雍縣。雍縣，漢屬扶風郡，晉仍之。

③　《宋史·地理志·京兆府》：領縣十三：長安、樊川、鄠、藍田、咸陽、涇陽、櫟陽、高陽、興平、臨潼、醴泉、武功、乾祐。監二：熙寧四年置鑄銅錢，八年置鑄鐵錢。

④　《大清一統志》卷一八四《鳳翔府·古蹟》：雍縣故城，在鳳翔縣南。《漢書·地理志》：右扶風雍，秦惠公都之。《水經注》：雍城，故秦德公所居也。《晉地道記》以為西虢地也。《魏書·地形志》平秦郡、岐州皆治雍城。《括地志》：雍縣故城，在今縣南七里，即秦大鄭宮城。《元和郡縣志·鳳翔府》：乾元元年，改鳳翔府，治天興縣，本秦雍縣。至德二年，分置鳳翔縣。永泰元年，廢，仍改雍縣為天興縣。《舊志》：舊鳳翔縣治，在府治東偏。今縣治在府治西北偏。今陝西鳳翔。

⑤　摯虞：字仲洽，京兆長安（今西安）人。少事皇甫謐，才學通博，注《三輔決錄》。官至太常卿。西晉末，遭洛陽荒亂而餓死。《晉書》有傳。

⑥　張宴：即張晏，字子博，三國魏中山（今河北定州）人，注《漢書》。

東皆周南之地。"

《補傳》曰①："武王克商，又分二公爲左、右。成王時，復分陝以東周公主之，分陝以西召公主之。"周公居東，爲洛陽。召公居西，即雍縣召亭。雍與洛皆周之中土，其化行於南國。孔子"論先王之道必及周、召，述三王之迹亦必及周、召②，見聖人屬意於此"③。"國風終於美周公，二雅終於思召公，聖人刪詩④，蓋傷衰亂之極，非周、召不能救也。"

《公羊傳》："自陝而東者，周公主之。自陝而西者，召公主之。"《注》：陝，蓋今弘農陝縣是也⑤。《水經·陝縣故城注》云：周、召分伯，以此城爲東、西之別。孔氏曰⑥："《公羊傳》，漢世之書。陝縣⑦，漢弘農郡所治⑧，其地居二京之中⑨，故以爲二伯分掌之界，周之所分，亦當然也。"朱氏曰⑩："公羊分陝之説可疑，蓋陝東地廣，陝西只是關中雍州之地⑪，恐不應分得如此不均。"

黃氏曰⑫："分陝當在武王得天下之後⑬，而二南之繫當在二公既分陝之後。"

《郡國志》：陝縣，有陝陌⑭，二伯所分。《括地志》："陝原，在陝州陝

① 補傳：即《詩補傳》，三十卷。今存。舊本題逸齋撰，不著名氏。明朱睦㮮《聚樂堂書目》作范處義撰，朱彝尊《經義考》亦定爲范處義撰。本書解詩以《序》爲據，兼取諸家之長。文義有闕，補以六經史傳。詁訓有闕，補以《説文》、《韻篇》。范處義，金華（今浙江）人，紹興中登張孝祥榜進士。逸齋，或其自號。引文見《詩補傳》卷一《國風·周南》。
② 召：至元六年刻本、合璧本脱。
③ 見：《詩補傳》作"以見"。
④ 聖人刪詩：《詩補傳》作"則聖人刪詩之際"。
⑤ 《漢書·地理志》：弘農郡，武帝元鼎四年置，屬縣十一：弘農、盧氏、陝、宜陽、黽池、丹水、新安、商、析、陸渾、上雒。《大清一統志》卷一七五《陝州·古蹟》：陝縣故縣，今州治。周初，周公、召公於此分治。漢置縣，後漢因之。晉永和十一年，秦苻生以苻庚爲豫州牧，鎮陝城。太和四年，苻堅以鄧羌爲洛州刺史，鎮陝城。五年，又以桓寅爲宏農太守，戍陝城。後魏始光三年，遣將軍周幾等襲夏陝城，弘農太守曹達棄城走，自是遂爲弘農郡治。太和中始爲陝州治，後又改縣曰北陝。隋初，仍爲陝縣。大業初，改屬河南郡。唐復爲陝州治，後俱相沿。明初始省陝縣。今河南三門峽西。
⑥ 孔氏：即孔穎達，引文見《尚書·周書·顧命序疏》
⑦ 陝縣：《顧命序疏》作"陝縣者"。
⑧ 漢：《顧命序疏》作"漢之"。
⑨ 二京：即兩漢之都城長安及洛陽。
⑩ 朱氏：即朱熹。引文見《晦庵集》卷四〇《答何叔京》。
⑪ 司馬貞《史記索隱》卷七《漢興以來將相名臣年表》"都關中"條："咸陽也，東函谷，南嶢、武，西散關，北蕭關，在四關之中，故曰關中，用劉敬、張良計都之也。"又《史記》卷六九《蘇秦列傳》"秦四塞之國"條，張守節《正義》："東有黃河，有函谷、蒲津、龍門、合河等關，南有南山及武關、嶢關，西有大隴山及隴山關、大震、烏蘭等關，北有黃河南塞，是四塞之國也。"又《太平御覽》卷一六四：《關中記》曰："秦西以關隴爲限，東以函谷爲界，二關之間，謂之關中，地東西方千餘里。"又《通鑑地理通釋》卷七《蕭何韓信論定三秦·關中》：《三輔舊事》云："西以散關爲限，東以函谷爲界。二關之中，謂之關中。"《雍録》云：此説未盡，顏氏曰"自函谷關以西總名關中"，徐廣曰"東函谷，南武關，西散關，北蕭關"，其説是也。
⑫ 黃氏：即黃櫄，引文見《毛詩集解》卷一"然則關雎麟趾之化"條"黃曰"。
⑬ 分陝：《毛詩集解》作"分陝之事"。
⑭ 《大清一統志》卷一七五《陝州·山川》：陝原，在州西南，亦名陝陌。

縣西南二十五里，分陝從原爲界。"《集古錄》①："陝州石柱②，相傳以爲周、召分陝所立，以別地里。"

《呂氏春秋》：禹巡省南土③，塗山氏之女候禹於塗山之陽④，乃作歌，曰"候人兮猗⑤"，實始作爲南音，周公、召公取風焉，以爲《周南》、《召南》。程氏曰⑥："《鼓鍾》之詩曰'以雅以南'⑦"，"季札觀樂，有舞南籥者⑧"，"二南之籥也"。"《文王世子》有'胥鼓《南》'⑨，則南之爲樂，信矣⑩。"《孔叢子》云⑪：孔子讀《詩》，曰吾於二南見周道之所成⑫。《左傳》：吳公子札觀周樂，歌《周南》、《召南》，曰："美哉，始基之矣，猶未也，然勤而不怨矣⑬。"《儀禮注》⑭：昔大王、王季居岐山之陽，躬行召南之教以興王業，及文王而行周南之教以受命。

## 自北而南

孔氏曰⑮：《書·西伯戡黎》注云："文王爲雍州之伯，南兼梁、荆。"

文王之國在於岐周，東北近於紂都，西北迫於戎狄，故其風化南行也，

---

① 《集古錄》：十卷，歐陽修撰。今存。四庫館臣云：古人法書惟重眞蹟。自梁元帝始集錄碑刻之文爲《碑英》一百二十卷，見所撰《金樓子》，是爲金石文字之祖，今其書不傳。曾鞏欲作《金石錄》而未就，僅製一序，存《元豐類稿》中。修始採摭佚逸，積至千卷，撮其大要，各爲之說。至嘉祐、治平間，修在政府，又各書其卷尾，於是文或小異，蓋隨時有所竄定也。引文今不見於《集古錄》，又見王應麟《玉海》卷二五《地理·標界》之"周畿疆·畿封"條。

② 雍正《河南通志》卷五二《古蹟下·陝州》：石柱，在州北城上，世傳爲周、召分陝所立。

③ 《水經注·江水》"又南過江陵縣南"條：秦昭襄王二十九年，使白起拔鄢、郢，以漢南地而置南郡焉。《周書》曰："南，國名也。南氏有二臣，力鈞勢敵，競進爭權，君弗能制，南氏用分爲二南國也。"按韓嬰《敍詩》云："其地在南郡、南陽之間，《呂氏春秋》所謂禹自塗山巡省南土者也，是郡取名焉。"今江漢平原一帶，疑此所謂"南土"或爲泛指南方之地，非確指。

④ 塗山氏之女候：《呂氏春秋》卷六《音初》作"塗山氏之女乃令其妾待"。塗山：又作"盒山"，傳說中古帝大禹會諸侯之處。具體所在其說有三：安徽懷遠，重慶巴縣，浙江紹興。

⑤ 兮：庫本《呂氏春秋》作"弓"。

⑥ 程氏：即程大昌，字泰之，徽州休寧（今安徽）人，官權吏部尚書，著《禹貢論》、《易原》、《雍錄》、《易老通言》、《考古編》、《演繁露》、《北邊備對》行於世。《宋史》有傳。引文見程大昌《考古編》卷一《詩論二》，又見（明）陸粲《左傳附注》卷二襄公"二十九年條"、顧炎武《左傳杜解補正》卷中"襄公二十九年"條。

⑦ 鍾：庫本作"鐘"，是。

⑧ 南籥：《考古編》作"象箾南籥"。《史記·吳太伯世家》裴駰《集解》云：賈逵曰："象，文王之樂武象也。箾，舞曲也。南籥，以籥舞也。"

⑨ 《文王世子》：即《禮記·文王世子》；有：《考古編》作"又有所謂"；胥鼓南：鄭玄注："南，南夷之樂也。胥掌以六樂之會正舞位，旄人教夷樂，則以鼓節之"；南：《考古編》作"南者"。

⑩ 信：《考古編》作"古"。

⑪ 《孔叢子》：漢佚名撰，舊題孔鮒撰。今存。載孔子而下子上、子高、子順之言行凡二十一篇，又以孔臧所著賦與書上、下二篇附綴於末，別名曰《連叢》。《文獻通考》作七卷，今本三卷。

⑫ 《孔叢子》卷上：孔子讀《詩》，及小雅，喟然而嘆曰："吾於《周南》、《召南》見周道之所以盛也。"

⑬ 杜預注云：《周南》、《召南》，王化之基，猶有商紂，未盡善也，未能安樂，然其音不怨怒。

⑭ 《儀禮注》：鄭玄撰，今存。引文見《儀禮注疏》卷四《鄉飲酒禮》：昔太王、王季居於岐山之陽，躬行召南之教以興王業，及文王而行周南之教以受命。

⑮ 孔氏：即孔穎達。引文見《毛詩·譜·周南召南譜疏》。

從岐周被江漢之域。

### 河　洲

朱氏曰[1]：“河，北方流水之通名。”《莊子音義》云[2]：“北人名水皆曰河。”

曹氏曰[3]：“周地東表大河。”《禹貢注》：雍州東據河。

《爾雅》：“水中可居曰洲。”

《韓詩章句》曰[4]：“河之洲，蔽隱無人之處。”《說文》作“州”。

### 南有樛木 南有喬木

毛氏曰[5]：“南，南土也。”鄭氏曰[6]：“南土，謂荆、揚之域。”

孔氏曰[7]：木盛莫如南土，《禹貢·揚州》：“厥木惟喬。”《周官》：“正南曰荆州。”“東南曰揚州。”二州竟界連接，故以南土為荆、揚。與“南有喬木”同。朱氏曰[8]：“南，南山也。”

---

① 朱氏：即朱熹。引文見朱熹《詩經集傳》卷一“在河之洲”條。

② 《莊子音義》：唐陸德明著。引文見陸德明《經典釋文》卷二八《莊子音義下·外物第二十六》之“制河”條。

③ 曹氏：即曹粹中，字純老，明州定海（今浙江鎮海）人。中宣和六年進士丙科，著《詩說》三十卷。引文又見段昌武《毛詩集解》卷一“關關雎鳩”條。

④ 《韓詩章句》：漢薛漢傳，杜撫定。《隋書·經籍志》作二十二卷，是後公私書目不載，而李善注《文選》尚多有引用，疑唐中期後當已亡佚。《韓詩》，即漢韓嬰所傳之《詩》，今僅存《外傳》。四庫館臣云：嬰，燕人，文帝時為博士。武帝時，至常山太傅。《漢書·藝文志》有《韓故》三十六卷、《韓內傳》四卷、《韓外傳》六卷、《韓說》四十一卷，歲久散佚，惟《韓故》二十二卷《新唐書》尚著錄，故劉安世稱嘗讀《韓詩·雨無正篇》。然歐陽修已稱今但存其《外傳》，則北宋之時士大夫已有見有不見，范處義作《詩補傳》在紹興中已不信劉安世得見《韓詩》，則亡在南北宋間矣。惟此《外傳》至今尚存，然自《隋志》以後即較《漢志》多四卷，蓋後人所分也。薛漢，字公子，淮陽（今屬河南）人，世習韓詩，父子以章句著名。建武初為博士，當世言詩者推漢為長。《後漢書》有傳。杜撫，字叔和，犍為武陽（今四川彭山）人。受業於薛漢，定《韓詩章句》，建初中為公車令。《後漢書》有傳。

⑤ 毛氏：即毛亨。引文見《毛詩·樛木》“南有樛木”條傳。

⑥ 鄭氏：即鄭玄。引文見《毛詩·樛木》“南有樛木”條箋。

⑦ 孔氏：即孔穎達。引文見《毛詩·樛木》“南有樛木”條疏。

⑧ 朱氏：即朱熹。引文見朱熹《詩經集傳》卷一“南有樛木”條。

## 南國

朱氏曰①："南方之國，即今興元府②、京西③、湖北等路諸州④。"《周書·大匡》曰⑤："三州之侯咸率。"《程典》曰："六州之侯奉勤於商。"六州：雍、梁、荊、豫、徐、揚，歸文王。

## 漢廣　江漢之域

《韓詩·漢廣》："悦人也。""江之漾矣。"漾，長也。《説文》作"羕"。

---

① 朱氏：即朱熹。引文見朱熹《詩經集傳》卷一"周南一之一"條。

② 《太平寰宇記》卷一三三：興元府，漢中郡，春秋、戰國地並屬楚。秦置三十六部，漢中其一也。漢高帝封漢王，都於此。後漢末，張魯據有其地，因改漢中曰漢寧。建安二十年，魏武帝復置漢中郡，仍於安陽西城置都尉治。三國時，又入於蜀。魏末克蜀，分廣漢、巴、涪陵以北七郡為梁州，理漢中之沔陽，今州八十四里沔陽故城是也。歷晉，太康中，州又移理漢中郡，領郡八。隋開皇初，郡廢，而州如故。大業初，州廢，復為漢川郡。唐武德元年，置梁州總管府，管梁、洋、集、興四州，領南鄭、褒中、城固、西四縣。二年，改城固為唐固，割兩縣置褒州。三年，置白雲縣。七年，改總管為都督，督梁、洋、集、褒等州。梁州領南鄭、褒中、城固、白雲四縣。八年，廢褒州，以西、金牛二縣來屬。九年，省白雲縣入城固。貞觀三年，復改唐固為城固，褒中為褒城。六年，廢都督府。八年，又置，依舊督梁、洋、集、壁四州。開元十三年，改梁州為褒州，依舊都督府。二年，又為梁州。天寶元年，改為漢中郡，仍為都督府。乾元元年，復為梁州。德宗以朱泚之亂幸梁洋，貞元元年升為興元府。宋因之。元領縣六，今三：南鄭、城固、褒城。二縣割出直屬京師：西縣、三泉。一縣廢：金牛入褒城。《宋史·地理志·利州路·興元府》：縣四：南鄭、城固、褒城、西。茶塲一，熙寧八年置。南渡後增縣一：廉水，紹興四年析南鄭縣置，以廉水為名。

③ 《宋史·地理志》：京西路舊分南、北兩路，後併為一路。熙寧五年，復分南、北兩路。南路府一：襄陽。州七：鄧、隨、金、房、均、郢、唐。軍一：光化。北路府四：河南、潁昌、淮寧、順昌。州五：鄭、滑、孟、蔡、汝。軍一：信陽。

④ 《宋史·地理志》：荊湖南、北路。紹興元年，以鄂、岳、潭、衡、永、郴、道州、桂陽軍為東路，鄂州置安撫司；鼎、澧、辰、沅、靖、邵、全州、武岡軍為西路，鼎州置安撫司。二年，罷東、西路，仍分南、北路安撫司。南路治潭州，北路治鄂，尋治江陵。北路府二：江陵、德安。州十：鄂、復、鼎、澧、峽、岳、歸、辰、沅、靖。軍二：荊門、漢陽。南渡後，府三：江陵、常德、德安。州九：鄂、岳、歸、峽、復、澧、辰、沅、靖。軍三：漢陽、荊門、壽昌。

⑤ 《周書》：即《逸周書》，《漢書·藝文志》作七十一篇，顏師古注：劉向云："周時誥誓號令也，蓋孔子所論百篇之餘也，今之存者四十五篇矣。"今本屢經改定，實存六十篇。《大匡》、《程典》為其中二篇。(清)朱佑曾《逸周書集訓校釋》較為詳備。

黄氏曰①："江水，自茂州汶山縣至通州海門縣入海②。漢水，二源：一

---

① 黄氏：即黄度，字文叔，紹興新昌（今浙江）人。南宋寧宗時，累官禮部尚書、龍圖閣學士，卒諡"宣獻"，作《詩説》、《尚書説》、《周禮説》，著《史通》，又有《藝祖憲監》、《仁皇從諫録》、《屯田便宜》、《歷代邊防》行於世。《宋史》有傳。引文見黄度《尚書説》卷二《禹貢》"荆及衡陽惟荆州"條。

② 《太平寰宇記》卷七八：茂州，通化郡，理汶山縣。本冉駹之國，漢武帝元鼎六年以為汶山郡。宣帝地節元年省，復置都尉。今州即漢蜀州汶江縣。後漢至齊皆因之。梁普通三年，置繩州，取桃關之路以繩為橋，因作州稱。後周武帝改為汶州，取汶水為名，并置汶山郡。隋開皇五年，改汶州為蜀州。六年，又改為會州，取西夷交會為名。煬帝初，州廢，改置汶山郡。唐武德元年，改為會州，領汶山、汶川、左封、通化、翼斜、交川、翼水等九縣。其年，割翼斜、左封、翼水三縣置翼州，以交川屬松州。三年，置總管府，管會、翼二州。四年，改為南會州。七年，改為都督府，督南會、翼、向、維、塗、冉、穹、炎、徹、祚十州。貞觀八年，改為茂州，以郡界茂濕山為名，仍置石泉縣。天寶元年，改為通化郡。乾元元年，復為茂州。元領縣四，今三：汶山、汶川、石泉。一縣舊廢：通化。汶山縣，舊五鄉，今三鄉。本漢汶江縣，屬蜀郡，故城今在縣北二里。晉置廣陽縣，屬汶山郡，在西北五百五十里，晉末廢。又立廣陽縣於石鏡山南六十里。至廣陽，即今縣也。後周為汶州，置汶山縣。《元豐九域志》、《輿地廣記》茂州管二縣：汶山、汶川。《宋史·地理志·成都府路》：茂州，通化郡。熙寧九年，即汶川縣置威戎軍使，以石泉縣隸綿州。縣一：汶山。砦一：鎮羌。關一：雞宗。南渡後增縣一：汶川。領羈縻州十：瑠、直、時、塗、遠、飛、乾、可、向、居。春祺城，本羈縻保州。政和四年，建為祺州，縣曰春祺。宣和三年，廢為城，隸茂州。壽寧砦，本羈縻直州。政和六年，建壽寧軍，在大皂江外，距茂州五里。八年，廢為砦。宣和三年，廢砦為堡，又廢敷文關為敷文堡。延寧砦，本威戎軍，熙寧間所建。政和六年，湯延俊等納土，重築軍城，改名延寧。宣和三年，廢為砦，隸茂州。四年，又廢砦及壽寧堡入汶川縣。

《大清一統志》卷三一四《茂州·古蹟》：汶江故城，在州北，漢置，為蜀郡北部都尉治。晉改置廣陽縣。隋改汶山縣。宋皆為茂州治。明初始省入州。《元和志》：汶山縣，本漢汶江縣地，汶江城在縣北三里。宋白《續通典》：晉置廣陽縣於汶江縣西北五十里，周移置於石鏡山南六十里，即今治也。今四川茂縣。

《太平寰宇記》卷一三〇：通州，理靜海縣。南唐李氏於海陵縣之東境置靜海制置院。周顯德中，世宗克淮南，升為軍，後以為通州。宋朝天聖元年，改為崇州。明道二年，復故。領縣二：靜海、海門。海門縣，東南隔海水二百餘里，六鄉，本東州鎮，因州升為海門縣。《宋史·地理志·淮南東路》通州縣二：靜海、海門。監一：利豐，掌煎鹽，太平興國八年移治於州西南四里。

《江南通志》卷三三《輿地志·古蹟·通州》：海門故縣，在州東。《續文獻通考》云海陵縣東境，其地為東沛洲，楊吳為東布鎮，南唐置縣，元、明間歷經江海侵逼，三徙治所。康熙十一年，縣城圮於海，遂縣入通州。今江蘇啓東。

源出秦州天水縣①，謂之西漢水，至恭州巴中縣入江②；一源出大安軍三

---

　　① 《太平寰宇記》卷一五〇：秦州，天水郡，舊上邽縣，今理成紀縣。周以前為西戎地，至孝王時其地始為秦邑。及幽王為西戎所殺，秦襄公將兵救周有功，平王賜襄公岐、豐以西之地，故春秋時為秦國。始皇分天下為三十六郡，此為隴西郡。漢武帝分隴西置天水郡。王莽末，隗囂據其地。建武中平後，更名天水為漢陽郡。至靈帝中平五年，分豲道立南安郡。魏黃初中，分隴右為秦州，因秦初封也，兼立涼州，領郡國十，理於此，以為重鎮。蜀漢時，諸葛亮引兵至，南安、漢陽皆應亮是也。西晉又分其城為天水、略陽二郡之地。後魏亦為略陽郡。至隋開皇初，廢郡為州。煬帝初，廢州為郡。唐武德二年，平薛舉，改置秦州，領上邽、成紀、秦嶺、清水四縣。四年，分清水置下邽。六年，廢邽州，以清水來屬。八年，廢文州，以隴州來屬。其年，又廢伏州，以伏羌來屬。九年，於伏羌廢城置鹽泉縣。貞觀元年，改鹽泉縣為夷賓。二年，省夷賓縣。六年，省長川縣。十年，廢秦嶺縣。開元二十二年，移治於成紀縣之敬親川。天寶元年，改為天水郡，其年復還治上邽。乾元元年，復為秦州。安祿山反，陷入吐蕃。大中三年八月，鳳翔節度使李㻱收復。今理於成紀縣，元在舊州南一百里。元領縣五，今六，并四寨：成紀、隴城、清水、大潭（本良恭、大潭二鎮合為一縣）、長道（成州割出）、天水（新置）。二縣廢：上邽廢為鎮，伏羌為寨。《元豐九域志》縣四：成紀、天水、清水、隴城。建隆三年，以良恭、大潭二鎮置大潭縣。熙寧七年，以長道、大潭二縣隸岷州。監一：太平，州東六十里。開寶初，於清水縣置銀冶，太平興國二年升為監。城二，建隆二年置伏羌寨。熙寧元年置甘谷城，三年，以伏羌寨為城。伏羌領得勝、榆林、大像、芳園、探長、新水、樨林、丙龍、石人、駝項、舊水十一堡。甘谷領隴陽、大甘、吹藏、隴諾、尖竿五堡。寨七，建隆二年置定西，開寶元年置三陽，太平興國三年置弓門，四年置靜戎，天禧二年置安遠，慶曆五年置隴城，治平四年置雞川，定西領寧西、牛鞍、上硤、下硤、注鹿、圓川六堡，三陽領渭濱、武安、下蝸牛、聞喜、伏歸、硤口、照川、土門、四顧、平戎、赤崖、秋西、青遠、近湫一十四堡，弓門領東鞍、安人、斫鞍、上、下鐵窟、坐交、得鐵七堡，靜戎領白榆林、長山、郭馬、靜塞、定平、永固、邦蹉、寧塞、長燋九堡。堡三，開寶九年置床穰寨，太平興國四年置冶坊寨，慶曆五年置達隆，熙寧五年改冶坊、八年改床穰並為堡，床穰領白石、古道、中城、東城、定戎、定安、西城、雄邊、臨川、德威、廣武、定川、抉河、鎮邊一十四堡，冶坊領子橋、古道、永安、博望、威塞、李子六堡。《宋史·地理志·陝西》：秦州，天水郡，縣四：成紀、隴城、清水、天水。監一：太平。城二：伏羌、甘谷。砦七：定西、三陽、弓門、靜戎、安遠、隴城、雞川。堡三：床穰、冶坊、達隆。
　　《大清一統志》卷一〇二《秦州·古蹟》：天水故城，在州西南。唐初，析上邽置天水縣，屬秦州。《寰宇記》：在州西七十里，古縣也，唐末廢，後唐長興三年於南治鎮置。《宋史·地理志》：紹興初，秦州入於金，分置南、北天水縣。十三年，隸成州。嘉定元年，升為天水軍。九年，移於天水縣舊冶。元初廢入成州。《通志》：天水廢縣在州西南七十里。又天水軍城在州西南九十里。
　　按：此江水上游實為今岷江，源於岷山北部羊膊嶺，經四川松潘至都江堰，經樂山合大渡河，至宜賓入長江。
　　② 《輿地廣記》卷三三：恭州，古巴子之都，戰國為秦所併，立巴郡，二漢因之。初平六年，分巴為二郡，以江州為永寧郡。建安六年，復為巴郡，蜀、晉、宋、齊因之。梁兼立楚州，西魏、後周因之。隋開皇初，郡廢，改州曰渝州。大業初，州廢為巴郡。唐武德元年曰渝州，天寶元年曰南平郡，蜀王氏因之，宋朝崇寧元年更名。縣三：巴、江津、璧山。《宋史·地理志·夔州路》：重慶府，本恭州，巴郡。舊為渝州，崇寧元年改恭州。後以高宗潛藩，升為府。舊領萬壽縣，乾德五年廢。雍熙中，又廢南平縣。慶曆八年，以黔州羈縻南、溱二州來隸。皇祐五年，以南平縣置南川縣。熙寧七年，以南川縣隸南平軍。縣三：巴、江津、璧山。羈縻州一：溱州，領榮懿、扶歡二縣，以酉首領之，後隸南平軍。整理者按：是恭州無巴中縣。又《元和郡縣志》卷三四：縣州巴西縣，本漢涪縣地，屬廣漢郡。先主定蜀，立梓潼郡，以縣屬焉。晉孝武帝徙梓潼郡於此。後魏改為巴中縣，隋開皇元年，避廟諱，改為巴西縣。疑此處"中"字為衍文。當作"恭州巴縣"。
　　《大清一統志》卷二九五《重慶府·建置沿革》：春秋巴國都，漢置江州，縣為巴郡治，後漢及晉、宋、齊因之，後改曰墊江。梁為楚州治。後周武成三年改曰巴縣。隋初為渝州治，後復為巴郡治。唐復為渝州治。宋為重慶府治。元為重慶路治。明為重慶府治，清朝因之。今重慶市。

泉縣①，謂之東漢水②，

---

① 《元和郡縣志》卷二五：興元府三泉縣，本漢葭萌縣地，蜀先主改爲漢壽縣。武德四年，置南安州，又置三泉縣。八年，州廢，以縣屬梁州。《太平寰宇記》卷一三三：三泉縣，本漢葭萌縣地。後魏正始中，分置三泉縣，以界内三泉山爲名。唐天寶元年，自縣西南一百二十里故縣移理今嘉陵江東一里，即今縣理也。李攸《宋朝事實》卷一九《陞降州縣二·利州路·大安軍》：乾德五年，以三泉縣直隸京師。至道二年，陞爲軍，以興元府西縣屬焉。三年，軍廢，復爲縣，而西縣還故屬。紹興七年，復爲軍。《方輿勝覽》卷六八《大安軍·建置沿革》：春秋、戰國爲蜀地。秦屬蜀郡。二漢屬廣漢郡，爲葭萌地。蜀改爲漢壽縣，屬梓潼郡。晉末，屬晉壽郡。唐初，析綿谷置三泉縣，於縣置南安州。尋廢州，以縣屬利州，改屬梁州，又置縣於關城倉陌沙水西，即今縣理。唐末，岐、蜀交兵，始成三泉。後唐伐蜀，戰於三泉。宋朝平蜀，先下三泉，建爲大安軍。未幾，廢爲縣。中興以來，諸將屯三泉以護蜀口，後以縣令權輕，奏復爲軍。今領縣一，治三泉。《宋史·地理志·利州路》：大安軍，本三泉縣，舊屬興元府。乾德三年，平蜀，以縣直屬京。至道二年，建爲大安軍。三年，軍廢，縣仍舊屬京。紹興三年，復升軍。領鎮二：金牛、青烏。南渡後，復置三泉縣隸軍。

傅澤洪《行水金鑑》卷七一：唐武德四年，分利州綿谷縣置三泉縣（其故城，在今寧羌州西北，東至西縣一百五十里，天寶初徙治於此，西南去舊縣一百二十里）。宋紹興三年，改建軍於西縣界，復置三泉縣隸軍（今爲大安驛，在沔縣西南九十里，接寧羌州界）。《大清一統志》卷一八五《漢中府》：寧羌州，隋爲義成郡縣谷縣地。唐武德四年分置三泉縣，兼爲南安州。八年州廢，縣屬梁州。天寶元年改屬漢中郡。宋紹興三年，復置大安軍，屬利州路。元初爲大安州，至元二十年降州爲大安縣，屬沔州，又省三泉縣入之。明初，省大安入沔縣，改置寧羌衛。成化二十二年，升爲寧羌州，屬漢中府，清朝因之。三泉故城，在寧羌州西北。《府志》：大安軍城在沔縣西一百八十里，又三泉故縣在軍東一里，瀕江。

② 有關嶓冢及東、西漢水源流枝津及二者之關係歷來聚訟紛紜，尤其是對於西漢水之水道各説各異，至清代始得胡渭之精加辨析，今錄之如下。

《禹貢錐指》卷一〇"嶓冢導漾東流爲漢"條《傳》曰："泉始出山爲漾水，東南流爲沔水，至漢中東流爲漢水。"易氏曰："漾水東流百八十里經興元之南鄭縣名漢水。"黄氏曰："漢有沔、漾之名，皆東漢水也。"《地理志》：西漢水，出西縣嶓冢山，南入廣漢白水。蓋潛漢也。《經》不著其所出，自古皆以爲東、西兩漢俱出嶓冢，則或然矣，而西漢固無沔、漾之名。《地理志》：漾水，出隴西氐道，至武都爲漢。武都東漢水受氐道水名沔，是則沔水俱爲東漢。獨氐道、武都脈絡不通，川渠阻隔，武都受漾爲不可據，而桑欽遂徙氐道漾水爲西漢之源，由是愈紛錯。酈道元委曲遷就，通之以潛伏之流，證之以難驗之論，更覺齟齬。故當盡廢諸説而一之以經文。杜佑《通典》：秦州上邽縣嶓冢山，西漢水所出，經嘉陵曰嘉陵江，經閬中曰閬江。漢中金牛縣嶓冢山，禹導漾水，東流爲漢，亦曰沔水。其説爲可據。《魏·地形志》：華陽郡嶓冢縣，有嶓冢山，漢水出焉。《元和志》：嶓冢山，在興元府金牛縣東二十八里，漢水出焉，經南鄭縣南，去縣一百步，《禹貢》"嶓冢導漾，東流爲漢"是也。南鄭，今陝西漢中府治，其故城在今府城東北，嶓冢故城在今沔縣白馬城東南五里，上邽故城在今鞏昌府秦州西南，金牛舊縣在今漢中府寧羌州西北。其嶓冢山在今沔縣西南接寧羌州界。

《漢·郊祀志》：秦祠沔於漢中。《地理志》：漢中有沔陽縣，武都下云東漢水一名沔。則沔、漢互稱，其來已久。而沮縣下又云沮水出東狼谷，南至沙羨南入江，荆州川。按《周禮》荆州川曰江、漢而無沮，是沮即沔也。《水經注》：沔水出武都沮縣東狼谷中，一名沮水（沮縣故城在今漢中府略陽縣界），東南經沮水戍（在略陽縣東南），又東南流注漢，所謂沔漢者也。東北流得獻水口，又東北合沮口（漢水自寧羌州東北流逕沔陽故大安軍南，又東北至青羊驛，沮口在焉。宋開禧二年，叛將吴曦退屯置口，即沮口也）。同爲漢水之源。故孔安國曰"漾水東流爲沔"，蓋與沔合也，至漢中爲漢水，是互相通稱矣。沔水又東，經白馬戍（一名陽平城，亦曰濊口城，在沔縣西南），又東經武侯壘（亦名石馬城，在今沔縣南），又東經沔陽縣故城南（按：沔陽故城，《寰宇記》云在西縣東南十六里，今在沔縣東南十里），又東經西樂城北（城在今沔縣西南漢水南岸），又左得度水口（在沔縣南二里），又東經萬石城下（在褒城縣東），又東經南鄭縣南。以今輿地言之，漾水出寧羌州北嶓冢山，東北流，經沔縣西南合沔水，又東經沔縣南，又東經褒城縣南，又東經南鄭縣南爲漢水。

王士禎昔典試四川，撰《蜀道驛程記》，其言嶓漢最為詳覈，《記》曰：出沔縣西門，曲折行亂山中，沔水流經其中，舒緩，不及褒水湍悍耳。西涉沮水，抵大安驛，自大安西南亂山益稠，至金牛驛北望見嶓冢山，戠然雲表，一小水自西東流，即所謂"嶓冢導漾"者也。水合五丁峽水，東流為沔，其流始大。金牛驛西三里稍南入五丁峽，一名金牛峽，寧羌州在亂山中，自州行十里渡水過百牢關，關下有分水嶺。嶺東水皆北流，至五丁峽北合漾水入沔。嶺西水皆南流，經七盤關龍洞合嘉陵水為川江。常璩言沔出嶓冢，合白水為西漢。明與導漾之文相悖。按《通典》：嶓冢山有二，一在天水上邽，一在漢中金牛。《雍大記》云：西漢水在西和縣，源出嶓冢山，西流與馬池水合。此乃上邽之嶓冢，在今秦州。又云漢江源出沔縣嶓冢山，東流入金州。此乃金牛之嶓冢。《禹貢》"嶓冢導漾"乃沔縣之嶓冢，非秦州之嶓冢。知嶓冢有二，則東、西二漢源流各自了然。漾之與沔本為一流，與隴西之嶓冢都無交涉，常氏之誤可不辯而明矣。

《漢志》隴西氐道下云：《禹貢》養水所出，至武都為漢。武都郡武都縣下云：東漢水受氐道水，一名沔，過江夏謂之夏水，入江（今鞏昌府成縣西北百里有仇池山，山上有仇池城，城東南有武都縣故城，即漢武都郡治也）。《水經》：漾水出隴西氐道縣嶓冢山，東至武都沮縣為漢水。常璩《華陽國志》：漢水有二源，東源出武都氐道縣漾山為漾水，《禹貢》"導漾東流為漢"是也。此皆依《漢志》以為言。然氐道漾水至武都為東漢水，卒莫有能言其所經者。今按酈注：濁水出濁城北（今成縣有濁水戍，亦曰濁水城。胡三省云在上祿縣東南武街城西北，東經武街城南（此城在今成縣西三十里），又東經白石縣南（白石縣，今為成縣治）。又東南，兩當水注之。水出陳倉縣之大散嶺，西南流入故道川，謂之故道水，西南逕故道城東，又西南入廣業郡界與沮水枝津合，謂之兩當溪。水上承武都沮縣之沮水瀆（沮縣，今略陽），西南流，注於兩當溪，又西南注於濁水。濁水南逕槃頭郡東（今略陽縣西北一百里有長舉廢縣，後魏於此置槃頭郡），而南合鳳溪水，又東注於漢水（謂西漢水）。觀此文，則《漢志》以沮水枝津上承氐道水，下為東漢水可知也。氐道雖未詳其處所，以地望度之，當在西縣之東，河池之西，上邽之南，下辨之北。濁水所受有丁令溪水、弘休水、渥陽水，皆出其北，蓋自氐道來也，其中或有《漢志》所謂養水者，但今無可考耳。然沮水枝津上承沮瀆，自東入西，非自西入東也。昔之觀水作記者不察地勢之高下，不辨川流之去來，遂以為氐道養水合濁水，兩當溪由枝津以達沮沔，是為東漢之源，而不知其非也。班固因之，故有此誤。《水經》於武都下加"沮縣"二字，蓋亦以氐道水下通沮水，為東漢之源也。然《漢志》不言養水出何山，而《水經》復附會之曰嶓冢，則氐道亦有嶓冢山矣。常璩知其非是，故又因水以名其山曰漾山，而為之殊目。要之，氐道水所出別是一山，非嶓冢也。近世言漢水者皆知班固之誤而不知其誤所由來，故詳著其原委如此。

《漢志》隴西西縣下云：《禹貢》嶓冢山，西漢水所出，南入廣漢白水，東南至江州入江（漢白水縣，今四川保寧府昭化縣之白水鎮是也，鎮在縣西百里，白水在縣北二十里，至縣東三里合嘉陵江）。過郡四（隴西、武都、廣漢、巴郡），行二千七百六十里。此與氐道之養水全無交涉。《水經》非一時一手作，《漾水篇》首云：漾水出隴西氐道縣嶓冢山，東至武都沮縣為漢水。此不過依《漢志》氐道一條以立文，惟加嶓冢、沮縣為不同耳。其所謂漢水即東漢也，亦與西縣之西漢全無交涉。及觀下文"東南逕白水、葭萌、閬中至江州入江"，則又確是西漢水，與武都一條全無交涉矣。首尾橫決，必魏、晉間人所續也。尋其意指，蓋以氐道水南合濁水、兩當溪，歷槃頭郡東而南為西漢水也（槃頭治長舉，亦漢沮縣地）。故酈注以為東、西兩川俱出嶓冢而同為漢水。其言曰：劉澄之云有水從沔陽縣南至梓潼漢壽入大穴，暗通罡山。郭景純亦言是矣。罡山穴小，本不容水，水成大澤而流，與漢合。庾仲邕又言漢水自武遂川南入蔓葛谷，越野牛逕至關城合西漢水。故諸言漢者多言西漢水至葭萌入漢，則兩川通波更在沮縣之南矣。嘗試以圖志考之，漾、沮雖有枝津與西漢通，要皆自東入西，非自西入東也。蓋嶓冢亙絕東西，俗謂之分水嶺，地勢東高而西下，故西漢水自略陽縣南入寧羌州界即折而西南，避高就下，其性則然，豈有東入之理？澄之所言即《禹貢》之潛，仲邕所言即通谷水也。二水皆東漢之枝津，西流入西漢水，而說者乃謂西漢水至葭萌入漢，顛倒之矣。今嶺東漾、沮枝津皆入西漢，嶺西谿澗之水亦皆入西漢，川流去來，有目者盡能驗之，其可是古而非今乎？

酈道元雖有東、西兩川俱出嶓冢之說，而終以西漢為主。《注》云：今西縣嶓冢山，西漢水所導也。西流，與馬池水合。又西南合楊廉川水，又西南經始昌峽始昌縣故城西，又西南經宕備戍南，又西南經祁山軍南，又西經蘭倉城南，又東入嘉陵道而為嘉陵水，又東南經瞿堆西，又屈經瞿堆南，又東南經濁水城南，又東南經恪城縣南，又東南於槃頭郡城南與濁水合，又東經武興城南，又西南經關城北，又西南經通谷，又西南寒水注之，又西經石亭戍，又經晉壽城西，又南合漢壽水，又東南經葭萌縣東北與白水合，又東南經巴郡閬中縣，又東南經宕渠縣，又東南合宕渠水，又東南經江州縣東南入於江。以今輿地言之：秦州、西和、禮縣、成縣、略陽、寧羌、廣元、昭化、劍州、蒼溪、閬中、南部、蓬州、南充、定遠、合州、巴縣諸州縣界中皆西漢水之所經也。《禹貢》雖無西漢水，然必周知其所歷之地而後可以折東漢受氐道水之妄。且廣元以下即《禹貢》之潛，昭化合白水亦即《禹貢》之桓，皆有關於經，故備著之。

　　《禹貢》以嶓冢繫梁州，而《漢志》嶓冢在雍域之隴西，一誤也。《禹貢》云嶓冢導漾，而《漢志》以嶓冢所出為西漢水，其漾水則出氐道，二誤也。《禹貢》之潛乃漾水枝津，西出為西漢水，而《漢志》西漢水出西縣之嶓冢，三誤也。《漢志》不言漾水出何山，而《水經》云出氐道縣嶓冢山，是氐道亦有嶓冢，四誤也。漾者，東漢之源，而續《水經》者以西漢接漾水為一川，五誤也。漾、沔枝津皆自東入西，而酈注從舊說，云西漢水至葭萌入漢，六誤也。川流離合，地上灼然可見，而酈注惑闊瞒之說，以為原始要終，潛流或一，故東、西俱受漢、漾之名，七誤也。羣言殽亂，學者靡所折衷。今說漢水當排棄諸家，專主《禹貢》，以沮、沔為漢之別源，以西漢為漾之枝津，而氐道水則存而不論，是亦理亂絲解連環之術也。

　　蔡《傳》：漾，水名。《水經》曰：漾水出隴西郡氐道縣嶓冢山，東至武都（遺"沮縣為漾水"五字）。常璩曰：漢水有兩源，此東源也。即《禹貢》所謂"嶓冢導漾"者。其西源出隴西嶓冢山會泉，始源曰沔，經葭萌入漢，東源在今西縣之西，西源在今三泉縣之東也，酈道元謂東、西兩川俱出嶓冢而同為漢水者是也。水源發於嶓冢為漾，至武都為漢。今按酈注引常璩《華陽國志》曰：漢水有二源，東源出武都氐道縣漾山為漾水，《禹貢》導漾東流為漢是也。西源出隴西嶓冢山會泉，經葭萌入漢，始源曰沔。而蔡氏所引割裂顛倒，文義盡失。泉本"白水"二字，傳寫者誤合為"泉"字，當作"會白水"，經葭萌入漢。而蔡氏不悟，意"會泉"為泉名，即始源曰沔，乃易置四字於經葭萌入漢之上，殊為可笑。常璩承《地志》、《水經》之謬而又撰漾水之名，以西源為沔，其謬滋甚。自魏收謂漢水出嶓冢縣，而杜佑復從而證明之，世亦知東、西兩川原委劃然為二矣。王象之《輿地紀勝》引《宋朝郡縣志》云：今之言漢水，以西縣之嶓冢山為源。此即後魏之嶓冢縣，隋更名西縣者，非隴西之西縣，今在秦州境者也（周廢西縣入上邽，隴西之西縣絕已久矣）。蔡氏云：東源在今西縣之西。亦似從《郡縣志》主隋之西縣，而謂西源在今三泉縣之東，則大非。三泉本漢葭萌縣地，唐武德初分置三泉縣，在利州東北一百五十里。天寶初移治嘉陵江東一里關城倉陌沙水之西，西南去故城一百二十里，即宋故大安軍也。今在寧羌州西北金牛驛西六十里（宋紹興三年，改建大安軍於今沔縣界，復置三泉縣隸軍，即今縣西南九十里大安驛也。蔡氏所指三泉縣蓋在沙水西者），北距隴西嶓冢山六百餘里，而謂西源在三泉之東，相去懸絕，總由不知宋之西縣即隋之西縣，隋之西縣非漾之西縣，故輾轉迷惑，終無是處。酈道元所謂兩川俱出嶓冢者，仍指隴西之山。蔡氏誤認在漢中，故又實其言以為東源出嶓冢山東，則當在西縣之西。西源出嶓冢山西，則當在三泉之東。是謂東、西兩川俱出嶓冢而同為漢水云爾，而不知其舛錯之已極也。又云水源發於嶓冢為漾，至武都為漢。夫武都縣遠在漢中之西北，兩源既並出漢中，豈復有西北流至武都者哉？隋人改嶓冢縣曰西縣，五百年後蔡氏獨受其誤，吾不能不為蔡氏轉恨隋人也。

　　蔡氏"岷嶓既藝"傳云：嶓冢山，《地志》云在隴西氐道縣，漾水所出。又云在西縣，今興元府西縣、三泉縣也。蓋嶓冢一山跨於兩縣云。今按：《漢志》氐道無嶓冢，《水經》始有之。西縣亦屬隴西，與隋之西縣相去懸絕，而蔡氏云一山跨兩縣，蓋與興元之西縣為隴西之西縣，又以興元之三泉當隴西之氐道也，既不知有二西縣，又不知有二嶓冢，故此《傳》云東源在今西縣之西，西源在今三泉縣之東，支離之說所自來矣。大抵東源出漢中，宋人皆以為然，而謂西源亦出漢中，則自蔡氏始。以余觀之，西漢水之名實以漾水枝津西南潛出，故謂之西漢。鄭康成云：漢別為潛流與漢合，大禹自道漢疏通即為西漢水。此古人名水之本義也。自班固以西縣所出為西漢之源，而其指乖矣。今若以從沔陽南流者為西漢之源，即謂西源在三泉之東，亦無不可。然傳者之意初不若是也。

　　整理者按：以今輿地言之，西漢水南源出甘肅天水寨子山，北源出天水長板梁子，匯合稱西漢水，又名犀牛江，東流入陝西略陽為嘉陵江。東漢水，即漢水，又名漢江，源出陝西寧強北嶓冢山，名漾水，東南經沔縣為沔水，東經褒城合褒水始為漢水。

至漢陽軍入江①。"《水經注》、《地理‧郡國志》竝言②：漢有二源，東出氐道③，西出西縣④，東、西兩川俱出嶓冢，而同為漢水。《通典》：秦州上邽縣嶓冢山⑤，西漢水所出，經嘉陵⑥，曰"嘉

———————————————

① 《輿地廣記》卷二八：漢陽軍，春秋屬鄖，後及戰國屬楚，秦屬南郡。二漢屬江夏郡，晉、宋、齊因之。梁屬沔陽郡，後周屬復州。隋屬沔州，州廢，屬沔陽郡。唐武德四年置沔州，建中二年州廢，四年復置。寶曆二年州又廢，屬鄂州。周置漢陽軍，宋朝因之。熙寧四年軍廢，屬鄂州。元祐元年復置。今縣二：漢陽、漢川。漢陽縣，本安陸縣地。二漢及晉屬江夏郡，東晉置沌陽縣，宋因之，後省。隋開皇十七年置漢津縣，屬復州。大業初改曰漢陽。唐屬沔州，州廢屬鄂州。周置漢陽軍，宋朝因之。《宋史‧地理志‧荊湖北路‧漢陽軍》：紹興五年又廢為縣，七年復為軍。漢川，太平興國二年自德安來隸，紹興五年廢，七年復。

② 地理郡國志：即《漢書‧地理志》、《續漢書‧郡國志》。

③ 氐道：《漢書‧地理志》屬隴西郡，具體位置不詳。《禹貢錐指》卷一一下：氐道，今不知所在。蓋自晉永嘉之亂，隴西沒於氐羌，郡縣荒廢，常璩、郭璞皆云氐道屬武都，而《晉志》武都郡無之，則此縣之不可考久矣。

④ 《大清一統志》卷二一〇《秦州‧古蹟》：西縣故城，在州西南。《史記‧秦本紀》：周宣王使秦莊公伐西戎，破之，於是復予其先大駱、犬邱地為西垂大夫，居故西犬邱，後置西縣。《地理志》：西縣屬隴西郡。後漢屬漢陽郡，建武八年，隗囂敗奔西城從楊廣，即西縣也。晉改置始昌縣而縣廢，孝武時，氐豪楊定求割天水之西縣屬仇池郡，蓋故縣也。《括地志》：西縣，在上邽縣西南九十里。《州志》：在州西南一百二十里。今甘肅天水。

⑤ 《大清一統志》卷二一〇《秦州‧古蹟》：上邽故城，在州西南。《史記》：秦武公十年，伐邽冀戎，初縣之。漢曰上邽縣，屬隴西郡。後漢屬漢陽郡。晉初置秦州及天水郡。《水經注》：上邽縣，舊天水郡治，五城相接。《元和志》：後魏避道武諱改曰上封，廢縣為鎮。大業元年，復為上邽縣。《唐書‧地理志》：秦州本治上邽，開元二十二年以地震徙治成紀之敬親川，天寶元年還治上邽，大中三年復徙治成紀。《寰宇記》：上邽縣，唐天寶末陷入吐蕃，大中初收復為鎮，後唐長興元年為清水縣理所。《宋志》：秦州治成紀縣。蓋宋復移秦州來治，兼移成紀縣於此也。明洪武初省縣入州。《舊志》：天水古郡在州東南一里，秦時古城也，今州城即唐天寶中所築雄武城，又韓公城即州之西關城也，宋慶曆二年韓琦築。按：州及成紀移還上邽之說，《九域志》、《宋志》皆不詳，然漢、唐之成紀在渭北，今州乃在渭南。又按：《寰宇記》，上邽時為清水縣治。《九域志》：清水縣在州東九十里。與今道里相合。當是太平興國後移清水縣還故治，改移成紀於此也。今甘肅天水。

⑥ 嘉陵：即嘉陵道，《漢書‧地理志》屬武都郡。《禹貢錐指》卷一四上：禮縣，本漢嘉陵道地，屬武都郡。雍正《甘肅通志》卷二三《古蹟‧階州‧成縣》：階陵廢縣，在縣西北，漢置嘉陵道，屬武都郡，後漢廢。《水經注》：漢水入嘉陵道為嘉陵水，世俗名之階陵，是嘉陵即階陵也。後魏改階陵。周改為倉泉，隋改為上祿。仇池山在南八十里。唐寶應初，州陷吐蕃，縣廢。

陵江”，經閬中①，曰“閬江”。漢中金牛縣嶓冢山②，禹導漾水至此為漢水，亦曰沔水。上邽，今廢入清水。金牛，今廢入褒城。蔡氏曰③：“東源在今西縣之西，西源在今三泉縣之東。”李氏曰④：

漢水出興元府西縣嶓冢山，《水經》鮒嵎山。東流，至漢陽軍大別山⑤，南入於

---

① 《大清一統志》卷二九八《保寧府·古蹟》：閬中故城，今在閬中縣西。《華陽國志》：巴子後治閬中，秦置縣。後漢建安六年，劉璋徙龐羲為巴西太守，是為三巴之一。《通典》：閬中城名高城，前臨閬水，郡據連岡。《舊唐書·地理志》：閬水迂曲經郡三面，故曰閬中。《太平寰宇記》：閬居蜀漢之半，當東道要衝，今郡城即古閬中城。宋立北巴西郡，梁天監中又於此立南梁州及北巴郡西。魏廢帝二年平蜀，改為隆州，取其地勢連岡高隆為名，尋又立盤龍郡，以郡中有盤龍岡為名。唐改閬州，以閬水為名。王象之《輿地紀勝》：《圖經》云貞觀十一年徙於州東，咸亨二年又徙盤龍山側，載初元年又徙張儀故城，即今治也。《宋史·地理志》：閬州，淳化二年移治大獲山。《城邑考》：府城舊為土城，在嘉陵江北岸，與錦屏山相峙，相傳漢建安中劉璋所築。元末，明玉珍始移而西。按酈道元《水經》：閬水經閬中縣東，漢城本在漢水之東，蓋自宋末移治之，後元雖移還故縣，不復故治，改於江北，寔非漢城故址。《城邑考》謂即劉璋所築，非也。今四川閬中。
② 《大清一統志》卷一八六《漢中府·古蹟》：金牛廢縣，在寧羌州東北。《元和志》：金牛縣，東至興元府一百八十里，本漢葭萌縣地。東晉孝武分置綿谷縣，武德二年，分綿谷縣通谷鎮置金牛縣，取秦時石牛出金為名。《舊唐書·地理志》：金牛縣，本屬褒州。武德八年，州廢，屬梁州。《唐書·地理志》：寶曆元年，省金牛入西縣。《寰宇記》：廢縣，在梁州西一百八十里，本漢褒中縣地。唐開元十八年，按察使韓朝宗自褒城縣西四十里故縣移就白土店置，南臨東漢水，西臨陳平水。《九域志》：金牛鎮，在三泉縣東六十里。《府志》：金牛故城，在沔縣西南九十里，即金牛驛也。今陝西寧強。
③ 蔡氏：即蔡沈，字仲默，號九峰，建陽人，蔡元定之子，事蹟附載《宋史·蔡元定傳》。引文見蔡沈《書經集傳》卷二“嶓冢導漾”條。
④ 李氏：即李樗，字若林，閩縣人，曾領鄉貢。著《毛詩詳解》三十六卷。引文見佚名編《毛詩集解》卷二“漢廣德廣所及也”條“李曰”。
⑤ 《大清一統志》卷八九《潁州府·山川》：大別山，在霍邱縣西南九十里，一名安陽山。酈道元《水經注》：決水出廬江雩婁縣南大別山。《寰宇記》：安陽山，在霍邱縣西九十里，接固始縣界，即古大別山。古安豐縣，在山東北。陽泉縣，在山西北。各取縣之一字為山名也。按《漢志》安豐縣有《禹貢》大別山，考《禹貢》大別山當漢水入江之處，在湖北漢陽縣。《大清一統志》卷二六一《漢陽府·山川》：大別山，在漢陽縣東北，一名魯山。《書·禹貢》：內方至於大別。《左傳》：定公四年，吳伐楚，子常濟漢而陳，自小別至於大別。杜預注：《禹貢》漢水至大別南入江，然則此二別在江夏界。酈道元《水經注》：江水東經魯山南，古翼際山也，《地說》曰“漢與江合於衡北翼際山旁”者也，山左即沔水口矣。李吉甫《元和郡縣志》：魯山，一名大別山，在漢陽縣東北一百步，前枕蜀江，北帶漢水。《輿地紀勝》：漢陽縣有梁城山，即魯山。《舊志》：山在漢陽縣，南北半里，漢江西岸，漢水經其南。漢水從西北來會於山之東南。

江。《水經》：至江夏沙羨縣北①，南入於江。今鄂州江夏縣②。江水出茂州汶山，岷山，又謂之汶山，今汶山縣。朱氏曰③："出永康軍岷山④。"東流，至蘇州許浦入海⑤。朱氏曰⑥："東

① 《大清一統志》卷二五九《武昌府·古蹟》：沙羨故城，在江夏縣西南。漢舊縣，吳省。晉武太康元年復立，治夏口。按：沙羨城或以為即夏口城，非也。沙羨，漢縣。夏口城，吳縣，權始築，至晉武帝以後則沙羨縣城始即夏口城耳。今武漢。

② 《太平寰宇記》卷一一二《鄂州》：鄂州江夏郡，今理江夏縣。春秋時為夏汭及楚地，至戰國猶屬楚。秦併天下，為南郡地。漢高祖初分南郡置江夏郡，今州即江夏郡之沙羨縣地。後漢因之。一名夏口，一名魯口。三國時吳主破黃祖於沙羨，收其地，名遂改武昌，後亦為重鎮。歷古為兵衝之地。至晉義熙六年，自臨鄣徙江夏郡於夏口，仍割荊、湘、江三州之地於此立為郢州，則江夏為郢州之地。其後梁武起兵襄陽，因分置北新州，尋分北新州為士、富、泗、泉、豪五州。梁末，北齊得之。後因二國通和，乃復歸陳。隋平陳，改為鄂州，取鄂渚以為州名。煬帝初，州廢，復為江夏郡。唐武德五年，復置鄂州。天寶元年，改為江夏郡。乾元元年，復為鄂州。永泰之後，置鄂岳觀察使，以鄂州為治所。元領縣九，今六：江夏、武昌、蒲圻、嘉魚、崇陽、永安。三縣割出：永興，置興國軍；通山，入興國軍；大冶，入興國軍。江夏縣，漢沙羨縣地，漢至晉猶為沙羨縣地。晉太康元年改為沙陽。東晉汝南郡流人寓於夏口，因僑立汝南郡，又為汝南縣焉。晉末改為江夏縣。晉、宋並以為江夏郡，齊因之，亦名重將鎮。隋平陳後置鄂州，治於此，以江夏郡為縣，居舊汝南縣界。隋開皇十年，使人韋焜就州東南焦樓度下置，大業十三年廢。唐武德四年，又權置縣宇。貞觀三年，移於城南平地置。《縣圖》云：縣先一十八鄉，於大曆二年分金城、豐樂、宣化等三鄉置永安場，今十五鄉存焉。《元豐九域志》卷八：縣八：江夏、崇陽、漢陽、武昌、蒲圻、咸寧、通城、嘉魚。監一：寶泉。《宋史·地理志·荊湖北路·鄂州》：縣七：江夏、崇陽、武昌、蒲圻、咸寧、通城（熙寧五年升崇陽縣通城鎮為縣。紹興五年廢為鎮，十七年復）、嘉魚。監一：寶泉（熙寧七年置，鑄銅錢）。南渡後，升武昌縣為壽昌軍。
《大清一統志》卷二五八《武昌府·建置沿革·江夏縣》：元為武昌路治，明為武昌府治，清朝因之。今武漢。

③ 朱氏：即朱熹，引文見《詩經集傳》卷一"漢廣"條。

④ 《太平寰宇記》卷七三：永康軍，今理灌口鎮，本彭州導江縣灌口鎮地。唐貞觀十年立為鎮靜軍，管四鄉。宋朝乾德三年平蜀，四年改為永安軍，仍割蜀之青城、彭州之導江二縣隸焉。太平興國三年，改為永康軍。領縣二：青城、導江。《輿地廣記》卷三〇《永康軍》：熙寧五年，軍廢。元祐初，復置。《宋史·地理志·成都府路》：熙寧五年廢為砦，九年復，即導江軍治置永康軍使，隸彭城。元祐初復故。

⑤ 《太平寰宇記》卷九一：蘇州，吳郡，今理吳、長洲二縣。周時謂吳國，築城在平門外，自太伯至王僚二十六王都之，今無錫縣有吳城是也。至吳子壽夢當魯成公時盛大稱吳，吳王闔閭興伯名於諸侯，築大小城都之，今州城是也。其子夫差為越王勾踐所滅，後又屬越。後六王至無疆，為楚威王所滅。後秦併其地，置會稽郡，漢因之，後分置吳郡。宋、齊亦為吳郡，與吳與丹陽為三吳，齊因之。陳置吳州。隋平陳，改吳州為蘇州，蓋因州西有姑蘇山以名郡。煬帝初，復曰吳州，尋改為吳郡。唐武德四年置蘇州，七年於故吳城分置嘉興縣，八年廢嘉興縣入吳縣。貞觀八年復置嘉興縣，領吳城、崑山、嘉興、常熟四縣。天寶元年改為吳郡，乾元元年復為蘇州。元領縣八：吳縣、長洲、崑山、常熟、吳江。三縣割出：嘉興、海鹽、華亭。《輿地廣記》卷二二：蘇州，政和三年陞為平江府，今縣五：吳、長洲、崑山、常熟、吳江。《宋史·地理志·兩浙路》：紹興初節制許浦軍。縣六：吳、長洲、崑山、常熟、吳江、嘉定（嘉定十五年析崑山縣置，以年為名）。
《大清一統志》卷五四《蘇州府》：許浦，在常熟縣北七十里，宋時以許浦、白茅及崑山之茜涇、下張、七鴉為五大浦。《縣志》：自縣東濠東行三十五里為梅李塘，又東北行三十五里為許浦，入江。許浦，亦作滸浦。許浦鎮，在常熟縣東北七十里，北抵揚子江，東抵海。宋紹興二年置許浦鎮，元置許浦通事漢軍萬戶府，明置巡司，清朝雍正四年裁。今江蘇常熟。

⑥ 朱氏：即朱熹。引文見朱熹《詩經集傳》卷一"漢廣"條。

流，與漢水合，東北入海。"杜氏曰①：經南郡②、江夏至廣陵入海③。**大別之東，彭蠡之西④，乃江、漢合流之處**。作《詩》者在江、漢合流之處。易氏曰⑤："江自歸州秭歸至鄂州武昌凡一

----

① 杜氏：即杜預，字元凱，晉京兆杜陵（今陝西西安）人，參與平定孫吳之役，著《春秋左氏經傳集解》，參考眾家譜第謂之《釋例》。引文見杜預《春秋釋例》卷七"（昭）三年江"條。

② 《晉書·地理志·荊州》：六國時，其地為楚。及秦取楚鄢、郢，為南郡。漢高祖分南郡為江夏郡。後漢獻帝建安十三年，魏武盡得荊州之地，分南郡以北立襄陽郡。及敗於赤壁，南郡以南屬吳。吳後遂與蜀分荊州，南郡屬蜀。蜀分南郡立宜都郡。劉備沒後，南郡之地悉復屬吳。及武帝平吳，分南郡為南平郡。南郡統縣十一：江陵、編、當陽、華容、鄀、枝江、旌陽、州陵、監利、松滋、石首。

③ 《晉書·地理志·荊州》：漢高祖分南郡為江夏郡。赤壁戰後，江夏屬吳。孫權分江夏立武昌郡。江夏郡統縣七：安陸、雲杜、曲陵、平春、鄳、竟陵、南新市。

《晉書·地理志·徐州》：秦兼天下，置泗水、薛、琅邪三郡。楚漢之際，分置東陽郡。漢以東陽屬吳國。景帝改吳為江都，武帝改江都為廣陵。廣陵郡，統縣八：淮陰、射陽、輿、海陽、廣陵、鹽瀆、淮浦、江都。

《大清一統志》卷六七《揚州府·古蹟》：廣陵故城，在府東北。《史記·六國表》：楚懷王十年城廣陵。秦置廣陵縣。《後漢書·志》注：吳王濞都廣陵，築城，周十四里半。《三國志》：魏移治淮陰，而以故城為邊邑。吳五鳳二年城廣陵。《方輿紀要》：晉太和六年，桓溫築廣陵城。謝安鎮廣陵，築新城以壯保障。《宋史》：周顯德五年，築故城東南隅為子城。李重進復安改築周城十二里。紹興中，復即遺址建築，與舊城南北對峙，中夾甬道，疏兩濠以轉餉，謂之火城。按《甘泉縣志》：唐時揚州城西據蜀岡，北扼雷陂，其城甚大。《夢溪筆談》所云城南北十五里一百一十步，東西七里三十步是也。至周所築之小城及李重進改築州城俱在唐城東南隅，宋即唐城遺址築大城曰保寨城，又築夾道以通於州，是謂三城。今之府城為明張德林等改築，乃截宋州城之半，非大城舊址也。今江蘇揚州。

④ 《大清一統志》卷二四三《南康府·山川》：彭蠡湖，在星子縣東南及都昌縣西一里，即鄱陽湖。南接南昌，東抵饒州府界。由都昌縣之南、西兩面歷星子縣東，又西北入九江府湖口縣注於大江。在星子縣南者名曰落星湖，因落星而名也。在縣東南及南昌界者名宮亭湖。在都昌縣西南者曰揚瀾湖。又北曰左蠡湖。其大湖又有東鄱、西鄱之別。《都昌縣志》：自介石以至於東山瑞虹謂之東鄱湖，由松門以達於昌邑吳城土目屏風謂之西鄱湖。又左蠡湖在縣西四十里左蠡山南。

⑤ 易氏：即易祓，字彥章，潭州寧鄉（今湖南）人，宋淳熙十一年上舍釋褐，慶元元年八月除著作郎，九月知江州。詔事蘇師旦，由司業上擢左司諫。師旦敗後貶死。著《周易總義》二十卷、《周官總義》三十卷。引文見易祓《周官總義》卷二〇"其川江漢"條。

千四百餘里①，漢自均州武當至漢陽軍漢陽縣凡一千四百餘里②，皆荊州之地，江、漢分流於其間，至是合流。"《括地志》："江水，源出岷州南岷山③，過荊州與漢水合④。漢水，源出梁州金牛縣東二十八里嶓冢山，至荊州與大江合爲夏水。"

夾漈鄭氏曰⑤："周爲河洛，召爲岐雍。河洛之南瀕江，岐雍之南瀕漢。江、漢之間，二南之地，《詩》之所起在於此。屈、宋以來⑥，騷人辭客多

---

① 《太平寰宇記》卷一四八：歸州，巴東郡，今理秭歸縣。周夔子之國，戰國時其地屬楚秦，爲南郡之地。漢於此置秭歸縣。三國吳置建平郡，甚爲重鎮。晉、宋、齊皆因之。隋屬巴東郡之秭歸縣。唐武德二年，割夔州之秭歸、巴東二縣置歸州。三年，分秭歸置興山縣，治白帝城。天寶元年改爲巴東郡，乾元元年復爲歸州。元領縣三：秭歸、巴東、興山。
《大清一統志》卷二七三《宜昌府·古蹟》：秭歸故城，今歸州治。漢置縣，後魏改曰長寧，隋復故，明省入州。縣城東北依山即坂，周迴二里，高一丈五尺，南臨大江，蓋劉備征吳所築也。《元史·地理志》：宋端平三年，元兵至江北，遂遷郡治於江南曲沱，次新灘，又次白沙南浦。《州志》：明洪武初治丹陽，四年徙長寧，與千戶所同城。嘉靖四十年，復遷於江北舊治。今湖北秭歸。
② 《太平寰宇記》卷一四三：均州，武當郡，今理武當縣治。春秋及戰國其地並屬楚。秦置南陽郡，其地屬焉。在漢爲武當縣，屬南陽郡。後漢因之，在荊州部。魏屬南鄉郡。晉屬順陽郡。齊永明七年，於今鄖鄉縣置齊興郡。梁武帝以此郡爲南始平郡，復有武功、武陽二縣，仍屬南雍州。太清元年，於梁州之齊興郡置興州。後魏廢帝元年改興州爲豐州，所因以豐城爲名。後周武成元年，自今鄖鄉城移於延岑城，即今理是也。隋開皇三年，罷郡，豐州不改。五年，改豐州爲均州，因界內均水爲名。大業初，廢州，改爲淅陽郡。義寧二年，割淅陽郡之武當、均陽二縣置武當縣，又置平陵縣。唐武德元年改爲均州，七年省平陵縣，八年省均陽入武當，其年以豐州之鄖鄉、堵陽、安福三縣來屬。貞觀元年廢均州，又省堵陽、安福二縣，以武當、鄖鄉二縣屬淅州。八年廢淅州，又以武當、鄖鄉二縣置均州，又廢上州，割豐利縣來屬。天寶元年改爲武當郡，乾元元年復爲均州。元領縣三，今二：武當、鄖鄉。一縣廢：豐利（入鄖鄉）。
《大清一統志》卷二七〇《襄陽府·古蹟》：武當故城，在均州北。戰國時均陵地，屬楚，漢置縣，唐移縣治而此城廢。《元史·地理志》：均州武當，兵亂遷治無常，至元十四年復置。按：武當故城據《通典》及《元和志》即延岑城，《元一統志》謂延岑城在穀城縣，似誤。今縣治元所置，亦非唐之舊也。今湖北十堰。
③ 《元和郡縣志》卷三九：岷州，在秦爲隴西郡洮縣地，自秦至晉不改。後魏文帝始於此置岷州，南有岷山，因以爲稱，仍領同和郡，又改爲臨洮郡。隋開皇三年罷郡屬岷州，大業三年復爲臨洮郡，義寧二年改置岷州。天寶元年改爲和政郡，乾元元年復爲岷州。上元二年因羌叛，陷於西蕃。管縣三：溢樂、祐川、和政。整理者按：史上所述之岷山即今四川松潘北綿亙川、甘兩省之岷山，爲長江與黃河之分水嶺，岷江、嘉陵江發源地，脈幹分爲二支，一爲岷山山脈，其南爲峨眉山；一爲巴山山脈，其東爲三峽。
④ 《太平寰宇記》卷一四六：荊州，江陵郡，今理江陵縣。春秋以來楚國之都，謂之郢都。秦以鄢、郢爲南郡，今州也。項羽改南郡爲臨江國。漢初復爲南郡，置南蠻校尉以領之。高帝末分南郡爲江夏郡，景帝又改南郡爲臨江國。漢末，南郡屬蜀，及劉備歿後復屬吳。晉書云泪于吳，又分南郡江南爲南平郡，頗爲重鎮。宋武帝分置荊、司、郢、雍、湘五州，皆州城地也。齊、梁因之。梁初陷於魏，後復之，梁元帝即位遂都之，爲西魏所陷，遷後梁居之，位爲藩國。隋初改爲江陵鎮，以隸襄州，至七年改爲荊州。煬帝初復爲南郡。唐武德四年改爲荊州，領江陵、枝江、長林、安興、石首、松滋、公安七縣，八年廢玉州以當陽縣來屬。貞觀元年廢郢州以章山來屬，八年省章山入長林，荊州領江陵、枝江、當陽、長陵、安興、石首、松滋、公安八縣。
⑤ 鄭氏：即鄭樵，字漁仲，宋興化軍莆田（今福建）人，居夾漈山，學者稱夾漈先生，著《通志》二百卷。引文見《通志》卷七五《草木昆蟲略序》。《大清一統志》卷三二七《興化府·山川》：夾漈山，在莆田縣西北廢興化縣西，一名東山，旁有西巖，即鄭樵讀書處。山之麓曰藻湖，一名萍湖。
⑥ 屈即屈原，名平，字原，戰國楚人，又名正則，字靈均，懷王時官左徒，後遭放逐，著《離騷》等，對後世影響較大，《史記》有傳。宋即宋玉，戰國時楚國鄢人，傳說爲屈原弟子，著《九辯》等。

生江、漢，故仲尼以二南之地為作《詩》之始。"林氏曰[①]："江、漢在楚地，《詩》之萌牙自楚人發之[②]，故云'江漢之域，《詩》一變而為楚辭[③]'，即屈原、宋玉為之倡[④]。是文章鼓吹多出於楚也。"

朱氏曰[⑤]："江漢之俗，其女好遊。漢、魏以後猶然，如《大堤之曲》可見也[⑥]。"《水經注》："方山下水曲之隈，云漢女昔遊處也。"張衡《南都賦》："遊女弄珠於漢皋之曲。"漢皋，即方山之異名，在襄陽縣。

孔氏曰[⑦]："江、漢之域，即荊、梁二州[⑧]。"

戴氏曰[⑨]："《漢廣》，採於江、漢而得之。"

嚴氏曰[⑩]："江水尤深闊，於漢故止言'不可泳'[⑪]，而江言'不可方'。"《爾雅》："漢南曰荊州。""江南曰揚州。"《注》："此蓋殷制。"陳氏曰[⑫]："汝墳是已被文王之化者，江漢是聞文王之化而未被其澤者。"

## 汝墳

《韓詩·汝墳》："辭家也。"《列女傳》[⑬]：周南大夫受命平治水土，過時不來，其妻恐其懈於王事，言國家多難，惟勉強之，無有譴怒，遺父母憂，乃作詩。

---

① 林氏：即林光朝，字謙之，興化軍莆田（今福建）人，孝宗時除中書舍人，《宋史》有傳。引文又見王應麟《困學紀聞》卷三、王應麟《漢藝文志考證》卷八"屈原賦二十五篇"條。
② 萌牙：《困學紀聞》作"萌芽"。
③ 故云江漢之域詩一變而為楚辭即屈原宋玉：《漢藝文志考證》作"詩一變為楚辭屈原"，《困學紀聞》作"故云江漢之域詩一變而為楚辭屈原"。
④ 倡：至元六年刻本、合璧本、庫本作"唱"，《漢藝文志考證》、《困學紀聞》亦作"唱"，是。
⑤ 朱氏：即朱熹。引文見朱熹《詩經集傳》卷一"漢廣"條。
⑥ 梁益《詩傳旁通》卷一《漢廣·大堤之曲》：夾漈鄭氏（樵）《通志略》曰："樂府清商曲襄陽樂（音洛）《大堤曲》者，宋隨王誕始為襄陽郡，元嘉末仍為雍州，夜聞諸女郎歌謠，因為之辭。古辭云：朝發襄陽城，暮至大堤宿。大堤諸女兒，花艷驚郎目。後世如李太白《大堤曲》等作，皆古樂府題。"
⑦ 孔氏：即孔穎達。引文見《毛詩·詩譜·周南召南譜》"江漢汝旁之諸侯"疏。
⑧ 荊梁：孔穎達《毛詩疏》作"梁荊"。
⑨ 戴氏：即戴溪，字肖望，永嘉（今浙江溫州）人，權工部尚書，《宋史》有傳。引文見戴溪《續呂氏家塾讀詩記》卷一"漢廣"條。
⑩ 嚴氏：即嚴粲，字坦叔，宋邵武（今福建）人，嘗官清湘令。引文見嚴粲《詩緝》卷一《漢廣》"不可方思"條。
⑪ 故：至元六年刻本、合璧本作"故漢"，《詩緝》亦作"故漢"。
⑫ 陳氏：即陳傅良，字君舉，溫州瑞安（今浙江）人，著《詩解詁》、《周禮說》、《春秋後傳》、《左氏章指》行於世，《宋史》有傳。引文又見朱鑑《詩傳遺說》卷四、《朱子語類》卷八一。
⑬ 《漢書·劉向傳》：向睹俗彌奢淫，而趙、衛之屬起微賤，踰禮制，向以為王教由內及外，自近者始，故採取《詩》、《書》所載賢妃貞婦興國顯家可法則及孽嬖亂亡者序次為《列女傳》，凡八篇，以戒天子。《隋書·經籍志·雜傳類》載《列女傳》十五卷，《注》曰：劉向撰，曹大家注。其書屢經傳寫，至宋代已非復古本。今存《古列女傳》八篇，《續列女傳》一篇為宋代王回所定。引文見《古列女傳》卷二《周南之妻》。

李氏曰①："汝水，周南之水也，出汝州魯山東南②。朱氏曰③：出汝州梁縣天息山④。《博物志》出燕泉山⑤。《水經注》亦出魯陽縣大盂山⑥。《地理志》出定陵縣高陵山⑦。魯陽，

---

① 引文又見段昌武《毛詩集解》卷一《汝墳》：李曰："汝水出汝州魯山東南，至蔡州褒信縣入淮，周南之水也。"嚴粲《詩緝》卷一《汝墳》所引與段氏所引同。又佚名《毛詩集解》卷二《汝墳》：李曰："汝水出汝州天息山東南，至蔡州褒信入淮，周南之水也。"疑此李氏即李樗。

② 《太平寰宇記》卷八：汝州，臨汝郡，今理梁縣。春秋時為周王畿，亦戎蠻子之邑，後為鄭、楚二國之境焉。戰國時梁屬魏。秦置三十六郡，屬三川郡。在漢為河南郡之梁縣地，後漢因之。魏、晉為河南、舞陽二郡之地。又《後魏·地形志》：梁縣屬汝北郡。後周屬南襄城郡。隋開皇三年罷郡，四年自陸渾縣界移伊州置於此，以伊水所經為名，尋又移伊州於今陸渾縣東北置。煬帝初改為汝州，以汝水為名，三年州廢，以其地入襄城、潁川二郡。唐武德四年改為潁川，領承休、梁、郟城三縣。貞觀元年以廢魯州魯山縣來屬，其年省梁縣，仍改承休為梁縣，八年改伊州為汝州，領梁、郟城、魯山三縣。證聖元年置武興縣，先天元年置臨汝縣。開元二十六年以仙州之葉縣來屬，天寶元年以許州之襄城來屬，仍改為臨汝郡。乾元元年復為汝州。元領縣七，今六：梁縣、葉縣、郟縣、魯山、龍興、襄城。一縣廢：臨汝，併入梁縣。梁縣，舊五鄉，今二鄉，漢舊縣。戰國時謂之南梁，以別大梁、少梁也。漢理在汝水之南，俗謂之治城，隔汝水與注城相對。其注城南面已為汝水所毀，後魏於此治置城縣，高齊省入今梁縣。隋大業二年改為承休縣，屬汝州，取漢舊承休城為名。貞觀元年復為梁縣。魯山縣，南一百五十里，舊三鄉，今二鄉，本漢魯陽縣地。隋末王充據有鞏、洛，於此立魯州。唐武德四年充平，州廢，後為縣，入伊州。貞觀八年改伊州為汝州。

《大清一統志》卷一七四《汝州》：魯山縣，漢置魯陽縣，屬南陽郡，後漢、魏、晉因之。後魏太和十一年，改曰山北，置魯陽鎮。十八年置荊州，二十二年罷州，置魯陽郡，永安中改置廣州。後周改曰魯州，縣曰魯山。隋開皇初郡廢，大業初州廢，縣屬襄城郡。唐武德初復置魯州。貞觀九年州廢，縣屬汝州。五代因之。宋屬汝州陸海軍。金、元、明俱屬汝州，清朝因之。今河南魯山。魯山，在魯山縣東十八里，孤高聳拔，為一邑巨鎮，縣以此得名，又曰露山。同書同卷《汝州·古蹟》：汝原故城，今州治，後魏置南汝原縣，後改汝原縣。隋曰承休。唐改梁縣，為汝州治。宋、金、元因之。明洪武初始省縣入州。今河南汝州。

《大清一統志》卷一六二《河南府·山川》：伏牛山，在嵩縣西南，接盧氏、內鄉二縣界，汝水所出。《漢書·地理志》：定陵縣高陵山，汝水出焉。《水經》：汝水出梁縣勉鄉西天息山。酈注：《地理志》曰高陵山，即猛山也。亦言出魯陽縣之大盂山，又言出盧氏縣還歸山。《博物志》曰：汝出燕泉山。並異名也。《元和志》：天息山，一名伏牛山，在魯山縣西一百五十里。《舊志》：伏牛山在嵩縣西南百里，汝水、白河皆出焉。

③ 朱氏：即朱熹。引文見朱熹《詩經集傳》卷一"汝墳"條。

④ 梁縣：《詩經集傳》無。疑此處引文為王應麟參考《水經》而加入"梁縣"二字。

⑤ 《博物志》：晉張華撰。《晉書·張華傳》作十篇。《魏書·常景傳》：刪正晉司空張華《博物志》數十篇。《隋書》、《舊唐書》之《經籍志》，《新唐書》、《宋史》之《藝文志》，《崇文總目》、《郡齋讀書志》均作十卷。《文淵閣書目》有張華《博物志》一冊。今本十卷，校之史籍所引多有出入，疑張華原書或有散佚，此系後人重加輯錄而成。

⑥ 大盂山：當作"大盂山"。《水經注·汝水》："余以永平中蒙除魯陽太守，會上臺下列山川圖，以方志參差，遂令尋其源流，此等既非學徒，難以取悉，既在逕見，不容不述。今汝水西出魯陽縣之大盂山蒙柏谷，巖鄣深高，山岫邃密，石徑崎嶇，人蹟裁交，西即盧氏界也。"《明一統志》卷三一《汝州·山川》：大盂山，在魯山縣西南七十里，山頂並窊，四圍若箕，俗呼為大團城、小團城山。

⑦ 《大清一統志》卷一六五《南陽府》：高陵山，在舞陽縣北定陵城西。定陵故城，在舞陽縣北十五里。漢置縣，屬潁川郡。《晉志》曰定陵縣，屬襄城郡。後魏皇興元年，又置北舞陽縣。永安中，又置定陵郡。隋開皇初郡改縣曰北舞，仍屬潁川郡。唐初縣廢，章懷皇太子《後漢書注》：定陵故城在今郾城西北。《寰宇記》：定陵城在舞陽縣北六十里。《九城志》：舞陽縣有北舞鎮，即故定陵縣也。今河南舞陽。

今汝州魯山縣。定陵，今潁昌府舞陽縣①。**至蔡州褒信縣入淮②。**"杜氏曰③："至褒信入睢。"朱氏曰④："逕蔡、潁州入淮⑤。"《地理志》：至新蔡入淮⑥。《說文》：出盧氏還歸山⑦，東入淮。

《爾雅》："汝為濆。"郭璞注引《詩》"遵彼汝濆"："大水溢出別為小水

---

① 《輿地廣記》卷九：南輔潁昌府，春秋許國，戰國屬韓，秦置潁川郡。漢高帝為韓國，尋復故，後漢因之。獻帝暫都之。魏、晉並為潁川郡，後魏亦同。西魏初得之。後入東魏，改曰鄭州。後周曰許州。隋開皇初郡廢，大業初州廢，復置潁州郡。唐武德四年曰許州，天寶元年曰潁川郡。《宋史·地理志·京西北路》：潁昌府，許昌郡，本許州，元豐三年陞為府。崇寧四年為南輔，隸京畿。大觀四年罷輔郡。政和四年復為輔郡，隸京畿。宣和三年復罷輔郡，依舊隸京西北路。縣七：長社、郾城、陽翟、長葛、臨潁、舞陽、郟。

② 《太平寰宇記》卷一一：蔡州，汝陽郡，今理汝陽縣。春秋沈、蔡二國之地，後為楚、魏二國之境，歷降為晉、宋、陳、魏、曹、衛、魯國之地，後又為韓、魏之地。秦兼天下，以其地為三川郡。漢改三川為汝南郡，後漢、魏、晉如之。宋文帝於此立司州，以為重鎮。《地形志》云：謂之懸瓠城，亦名懸壺城，皇興二年改為豫州。東魏置行臺，入梁。後周置總管府，尋改為舒州，後又改為豫州，其後又改為洛州，其後又以此為溱州，其後又改為蔡州，俄置汝南郡。大業二年廢郡復為蔡州。唐武德三年置豫州，領汝陽、平輿、真陽、吳房、上蔡五縣。貞觀元年廢平輿、上蔡二縣，復以道州之堰城，息州之新息，郎州之郎山，舒州之褒信、新蔡五縣來屬。天授三年又改平輿、西平二縣。開元四年以西平屬仙州，二十六年省仙州，復以西平來屬。天寶元年改為汝南郡，乾元元年復為豫州。寶應元年，避代宗廟諱，改為蔡州。元領縣十：汝陽、上蔡、平輿、西平、遂平、郎山、真陽、新息、褒信、新蔡。《元豐九域志》卷一：大中祥符五年，改朗山縣為確山。
《大清一統志》卷一七六《光州·古蹟》：褒信故城，在息縣東北七十里。後漢順帝初為褒信侯國，屬汝南郡。晉屬汝陰郡。劉宋改苞信縣，屬新蔡郡，蕭齊、後魏因之。梁置梁安郡，東魏因之。隋開皇初郡廢，大業初復曰褒信，屬汝南郡。《元和志》：縣西北至蔡州一百八十里。天祐中改曰包孚。宋復故。金泰和八年，改屬息州。元有。今為褒信鎮。今河南新蔡。

③ 杜氏：即杜預。引文又見呂祖謙《呂氏家塾讀詩記》卷二《汝墳》"遵彼汝墳"條。《史記·項羽本紀》：楚又追擊至靈壁東睢水上。《集解》：徐廣曰"睢水於彭城入泗水"。《括地志》云：睢水首受浚儀縣莨蕩水，東經取慮，入泗，過郡四，行至一千二百六十里者矣。整理者按：今睢水上游自河南睢陽以上河道為惠濟河所占，在杞縣、陳留之間更有一支入惠濟河，餘俱湮。下游在安徽蕭縣、宿遷、靈壁、泗縣等地若斷若續，入於淮。是褒信無睢水，此處杜氏所云顯誤，或因字形近似為傳抄時誤書。

④ 朱氏：即朱熹。引文見《詩經集傳》卷一《汝墳》"遵彼汝墳"條。

⑤ 《太平寰宇記》卷一一：潁州，汝陰郡，今理汝陰縣。春秋時胡子之國，戰國時屬楚，秦滅楚為潁川郡。兩漢為汝南郡之汝陰縣。魏於此立汝陰郡，此後廢為潁川郡地。後魏孝昌四年於此置潁州。高齊罷州置郡。隋初廢郡，大業初廢州置郡。唐武德四年於汝陰縣西北十里置信州，領汝陰、清邱、永安、高唐、永樂等六縣。六年改為潁州，移於今治，領高唐、永樂、永安三縣。貞觀元年省清邱縣，八年又以廢渦州之下蔡縣來屬。天寶元年改為汝陰郡，乾元元年復為潁州。元領縣五，今四：汝陰、沈邱、潁上、萬壽。《宋史·地理志·京西北路》：順昌府，汝陰郡，政和六年改為府。縣四：汝陰、泰和、潁上、沈丘。

⑥ 《大清一統志》卷一六八《汝寧府·建置沿革》：新蔡縣，春秋時蔡徙都此。秦置新蔡縣，漢屬汝南郡，後漢因之。晉分屬汝陰郡，惠帝分立新蔡郡，劉宋因之，後魏仍為新蔡郡治。東魏置蔡州，北齊州廢，改置廣寧。隋開皇初郡廢。十六年，縣改廣寧，置舒州，仁壽初改縣曰汝北，大業初州廢，縣復曰新蔡，屬汝南郡。唐武德初復置舒州，貞觀初州廢，縣屬豫州，寶應初屬蔡州，五代及宋因之。金泰和八年改屬息州，元至元三年省入息州。明洪武四年復置，屬汝寧府，清朝因之。今河南新蔡。

⑦ 《大清一統志》卷一七五《陝州·建置沿革》：盧氏縣，春秋西虢邑。漢置盧氏縣，屬弘農郡，後漢因之。晉屬上洛郡。劉宋仍屬弘農郡。後魏屬金門郡後，又分置漢安郡。西魏改置義州義川郡。隋開皇初郡廢，改置虢州。大業初廢，仍屬弘農郡。義寧元年置虢郡。唐武德元年復曰虢州，貞觀八年州移治弘農，以縣屬焉，五代、宋、金因之。元至元二年屬南京路，八年屬南陽府，十一年屬嵩州。明洪武三年屬陝州，弘治四年改屬河南府。清朝雍正十二年屬陝州。今河南盧氏。

之名。"又曰："汝有濆"。《疏》：李巡曰[1]："汝旁有肥美之地。"《水經注》：濆水，亦謂大瀙水。《爾雅》：汝有濆。濆者，汝別也。《周禮·大司徒》注："水厓曰墳。"毛氏曰[2]："墳，大防也。"《楚辭·哀郢》："登大墳以遠望。"朱氏曰[3]："水中高者曰墳，《詩》'汝墳'是也。"孔氏曰[4]：謂汝水之側厓岸汝墳之國，以汝厓表國所在，猶江漢之域，非國名也。伐薪宜於厓岸大防之上，不宜在汝濆之間，字當從土。《地理志》：汝南郡汝陰縣，莽曰汝墳[5]。《輿地廣記》[6]：汝陰縣，唐為潁州。

孔氏曰[7]："汝、漢之濱[8]，先被文王之敎。"

戴氏曰[9]："《汝墳》，採於汝墳之國而得之。"《郡國志·汝南郡汝陰》注："《地道記》有陶丘鄉[10]，《詩》所謂汝濆。"

## 王 室

朱氏曰[11]："王室，指紂所都也。""文王三分天下有其二，而率商之叛國以事紂，故汝墳之人猶以文王之命供紂之役。"段氏曰[12]：周民猶知商之

---

① 李巡：汝南人，後漢中黃門，有《爾雅注》三卷。
② 毛氏：即毛亨，爲《詩傳》。
③ 朱氏：即朱熹。引文見朱熹《楚辭集注》卷四《哀郢》"登大墳以遠望"條。
④ 孔氏：即孔穎達。引文見孔穎達《毛詩·序》及"遵彼汝墳"條疏。
⑤ 《漢書·地理志》：汝南郡，高帝置。縣三十七。
《大清一統志》卷八九《潁州府·古蹟》：汝陰故城，今府治，秦置縣。漢高祖六年，為汝陰侯國。後漢更始二年，為汝陰王國。三國魏始置汝陰郡。《寰宇記》：隋大業末郡城為賊房獻伯所陷，郡人江子建設柵為險以禦之。唐武德四年，子建舉州來屬，詔授子建信州刺史，即其柵處築城，謂之信州城，東南距故州城十里。貞觀二年，復為潁州，移入汝陰舊城，五代因之。宋開寶六年，移汝陰縣治於州城東南十里，後復舊。今安徽阜陽。
⑥ 《輿地廣記》：三十八卷，宋歐陽忞撰。今存。歐陽忞，事迹不詳，《直齋書錄解題》則以爲歐陽修從孫。
⑦ 孔氏：即孔穎達。引文見《毛詩譜·周南召南》"典治南國江漢汝旁之諸侯"條疏。
⑧ 汝：孔氏疏作"江"。
⑨ 戴氏：即戴溪。引文見戴溪《續呂氏家塾讀詩記》卷一"汝濆"條。
⑩ 《地道記》：即《晉地道記》，王隱《晉書》中之一部分。王隱，字處叔，陳郡陳（今河南淮陽）人。父銓，歷陽令，有著述之志，每私錄晉事及功臣行狀，未就而卒。隱受父遺業，西都舊事多所諳究。《晉書》有傳。王隱《晉書》為諸《晉書》中之較早一種。王隱身當東晉之初，是書專記西晉之事，見聞切近，書成後長期為人所重。《隋志》作八十六卷，兩《唐志》作八十九卷。《御覽綱目》僅收有《晉地道記》，不見全書，蓋重其對西晉一代沿革敍述之實，好事者抄以單行傳世，唐新《晉書》出而王書散亡於唐末五代。《地道記》為王書中之一篇，且當時王書尚存，故隋及兩唐《志》均不見收錄。《御覽綱目》後此單行本亦不傳，當亦散亡。《地道記》專篇及全書有輯本多種可供參考：如王謨《漢唐地理書抄》輯本、畢沅《經訓堂叢書》輯本、黃奭《漢學堂叢書》輯本、《廣雅書局叢書》湯求十一卷本、《玉函山房輯佚書補編》王仁俊一卷本、《輯佚叢刊》陶棟二卷輯本等。雖為輯本，亦有較大價值，可訂正、彌補不少唐、宋時人撰述之誤。
《水經·潁水》"又東南至新陽縣北滮蕩渠水從西北來注之"條酈道元注："縣在汝水之陰，故以汝水納稱。城西有一城，故陶丘鄉也。"
⑪ 朱氏：即朱熹。引文見朱熹《詩經集傳》卷一《汝墳》"王室如燬"條。
⑫ 段氏：即段昌武，字子武，宋廬陵（今江西吉安）人，以《詩經》兩魁秋貢，著《毛詩集解》。引文見段昌武《毛詩集解》卷一《汝墳》。

為王室，文王之心可見矣。

## 召南

《釋文》①："召，地名，在岐山之陽。扶風雍縣南有召亭。"朱氏曰②："召公奭之采邑也。"《水經注》："雍水東逕邵亭南③，世謂之樹亭川。"蓋聲相近。"亭，故召公之采邑。"又"京相璠曰④：亭在周城南五十里。"《郡國志注》："雍，召穆公采邑。"穆公，康公之後。《括地志》："邵亭故城，在岐州岐山縣西南十里，故召公邑。"今鳳翔府。

程氏曰⑤："召伯為諸侯長，故諸侯之風主之於召南。"陳氏曰⑥：自岐以西，召公主之，故岐西之地為召公專主諸侯之國而為諸侯之風。朱氏曰⑦："分岐東、西之説無據，而召公所分之地愈狹，蓋僅得隴西⑧、天水數郡之地耳⑨，恐無此理。"蘇氏曰⑩："文王治周⑪，所以為其國者，屬之周公。所以交於諸侯者，屬之召公。《大雅》曰'昔先

---

① 《釋文》：即《經典釋文》，三十卷，唐陸元朗撰。今存。元朗字德明，以字行，吳人，貞觀中官國子博士兼太子中允。《唐書》有傳。引文見《經典釋文》卷五《毛詩音義上》"召南鵲巢第二"條。

② 朱氏：即朱熹。引文見朱熹《詩經集傳》卷一"召南一之二"條。

③ 雍正《陝西通志》卷八《山川·渭水》：雍水，源出鳳翔西北之雍山，東南流入岐山縣界，又東經扶風縣入武功縣界，東南合於渭。同上書卷一〇《山川·鳳翔府·岐山縣》：雍水，一名樹亭川，俗名睢河，又名後河，又名交河。《大清一統志》卷一八三《鳳翔府·山川》：今雍水在岐山者俗名灄河，一名後河，至扶風縣合漳水，自下又通名為漳水，亦名白水，皆即雍水之訛也。漳水在岐山縣東，扶風縣西，今已淤塞，《元和志》云在扶風縣南，乃雍水也。

④ 京相璠：晉司空裴秀客，著《春秋土地名》，為《水經注》等書所引用，今佚。

⑤ 程氏：即程頤，字正叔，宋河南（今河南洛陽）人，世稱為伊川先生。《宋史》有傳。引文見佚名《程氏經説》卷三。

⑥ 陳氏：即陳少南。引文又見《李黃毛詩集解》卷一"然則關雎麟趾之化"條"李曰"下。

⑦ 朱氏：即朱熹。引文又見劉瑾《詩傳通釋》卷一《詩·朱子集傳·國風一》、顧棟高《毛詩類釋》卷二《釋地理·周南召南》。

⑧ 《史記·秦本紀》：昭襄王二十七年"使司馬錯發隴西，因蜀攻楚"。《漢書·地理志》："隴西郡，秦置。"領縣十一：狄道、上邽、安故、氐道、首陽、予道、大夏、羌道、襄武、臨洮、西。《太平寰宇記》卷一五一：渭州，隴西郡，舊理襄王縣，今理於平涼縣。洎春秋以來為羌戎雜居。《史記》云：秦昭王伐義渠戎，始置隴西郡。郡有大坂，名曰隴坻，郡處坻西，故曰隴西。即此地也。兩漢因之。後漢靈帝分立南安郡。至晉不改南安、隴西二郡之名。洎後魏永安併為隴西郡，又置渭州，因渭水為名。後周建德元年復為南安郡。隋初郡廢立州，至煬帝州廢而復立為郡。唐武德元年復為渭州，天寶元年改為隴西郡，乾元元年復為渭州。廣德元年，西戎犯邊，洮、蘭、秦、渭盡為所有。元和三年，置行渭州於平涼縣。元領縣四，今二：平涼，原州割到；潘原，涇州割到。舊四縣廢：襄武、隴西、彭縣、渭源。《宋史·地理志·秦鳳路·渭州》縣五：平涼、潘原、安化、崇信、華亭。

⑨ 郡：庫本作"劭"，誤。《漢書·地理志》：天水郡，武帝元鼎三年置，莽曰填戎，明帝改曰漢陽。縣十六：平襄、街泉、戎邑道、望垣、罕開、緜諸道、阿陽、略陽道、冀、勇士、成紀、清水、奉捷、隴、獂道、蘭干。

⑩ 蘇氏：即蘇轍，字子由，軾弟，著《詩集傳》、《春秋傳》、《古史》、《老子解》，有《欒城集》行於世。《宋史》有傳。引文見蘇轍《詩集傳》卷一《周南》。

⑪ 治周：《詩集傳》作"之法周也"。

王受命①，有如召公，日辟國百里’。言其治外也。”鄭氏曰②：“食采於召，作上公，為二伯。”孔氏曰③：“食采文王時，為伯武王時。”《樂記》④：“武王分周公左⑤，召公右。”“《孟子》云‘文王以百里王’，則周、召之地共方百里，而皆名曰周，其召是周内之別名。”《康王之誥》⑥：“大保率西方諸侯。”傅氏曰：“二南之國始於文王之分岐，成於武王之分陝，而其詩定於周公之作樂。”

李氏曰⑦：“江、漢、汝墳即陝之東也。”“江、沱即陝之西也。”

孔氏曰⑧：春秋時，周公、召公別於東都受采，存本周、召之名，非復岐周之地，《晉書·地道記》河東郡垣縣有召亭⑨，周則未聞，今為召州是

---

① 大：庫本作“天”，誤。
② 鄭氏：即鄭玄。引文見《毛詩·召南·甘棠序》箋。
③ 孔氏：即孔穎達。引文見《毛詩·召南·甘棠序》及《毛詩譜·周南召南》“周召者”條疏。
④ 《樂記》：即《禮記·樂記》。
⑤ 王：庫本作“工”，誤。
⑥ 《康王之誥》：即《尚書·周書·康王之誥》。
⑦ 李氏：即李樗。引文見佚名《毛詩集解》卷一“然則關雎麟趾之化”條“李曰”。
⑧ 孔氏：即孔穎達。引文見《毛詩譜·周南召南》“其次子亦世守采地在王官春秋時周公召公是也”條疏。
⑨ 《晉書·地理志》：河東郡，秦置。統縣九：安邑、聞喜、垣、汾陽、大陽、猗氏、解、蒲坂、河北。

也①。《唐·地理志》②：絳州垣縣③，武德元年曰邵州。今垣曲縣④。《通典》：河南府王屋

———————

① 《太平寰宇記》卷四七：絳州垣縣，後魏獻文帝皇興四年置邵郡於陽壺舊城。西魏大統三年置邵州，移於今所。隋大業三年廢邵州置垣縣，以地近故垣城，因以名縣。義寧元年置邵原郡，唐武德元年改為邵州。貞觀元年州廢，縣入絳州。整理者按：又據下文引《唐·地理志》之文，是疑此處"召"當作"邵"。

② 《唐·地理志》：即《新唐書·地理志》。引文見《新唐書·地理志》"河東道絳州"條。

③ 《通典》卷一七九：絳州，春秋時為晉國，即故絳與新田之都也。後韓、魏、趙滅晉，其地屬魏。秦屬河東郡，秦末其地屬魏豹。漢定魏地，還屬河東郡，後漢因之。魏晉屬河東、平陽二郡地。後魏置東雍州。西魏、後周以為重鎮。後周改曰絳州，兼置正平郡。隋初郡廢，煬帝初州廢，復置絳郡。唐為絳州，或為絳郡。領縣十一：正平、曲沃、翼城、絳、聞喜、垣、夏、龍門、稷山、萬泉、太平。

《大清一統志》卷一一八《絳州·古蹟》：垣縣故城，在垣曲縣西。戰國魏王垣邑，漢置垣縣，一曰東垣。《元和志》：故垣縣城在垣縣西二十里。故垣縣在今縣西北。今山西垣曲。

④ 垣曲縣：《太平寰宇記》作"垣縣"，《元豐九域志》作"垣曲縣"。《輿地廣記》卷一八《絳州》：垣曲縣，本垣縣。二漢、晉屬河東郡，後廢焉。西魏置邵郡及白水縣，後周置邵州，改白水為亳城。隋開皇初郡廢，大業初廢，改亳城為垣縣，屬絳郡。義寧元年置邵原郡。唐龍朔二年屬洛州，長安二年復故，貞元三年屬陝州，元和三年復故。今曰垣曲。

縣①，古召公之邑。今屬孟州②。傅氏曰："武王分陝之後徙於王屋。"《郡縣志》③：

王屋縣，本周時召康公之采邑。今按：此春秋時召公之采地。

---

　　① 《太平寰宇記》卷三：河南府，古洛州，今理河南、洛陽二縣，為周之都。秦為三川郡。漢置河南郡，領縣二十二。後漢建武元年遂定都焉。至五年改河南郡為河南尹，領二十一縣，屬司隸校尉。魏受禪，都洛陽。晉受禪，又都洛陽。石虎分司州之河南等七郡為洛州。東晉永和五年，復置河南郡，屬司州。後魏太和十九年改河南郡為河南尹。魏天平元年，又改河南尹為河南郡。高齊移河南郡於澠池縣大塢城置，惟領宜遷一縣。後周建德六年，於洛陽置洛州，省東魏及高齊兩河南郡，改宜遷為河南縣。隋初罷洛陽郡置洛州，以郡舊領縣屬焉。煬帝大業二年成新都而徙居之，今洛陽是也。三年，罷州為河南郡，仍置尹。四年，改東京為東都。十四年，復置洛州，尋為司州。唐武德四年，復為洛州，領河南、洛陽、偃師、鞏、陽城、緱氏、嵩陽、陸渾、伊闕九縣。貞觀元年，割穀州之新安來屬。七年，又割穀州之壽安來屬。十八年，廢緱氏、嵩陽二縣。顯慶二年，廢穀州，以福昌、永寧、長水、澠池四縣，懷州之河陽、濟源、溫、王屋，鄭州之杞水來屬。龍朔二年，又以許州之陽翟、鄭州之密縣、絳州之垣縣來屬。乾封元年以垣縣隸絳州，咸亨四年又置柏崖、大基二縣，其年省柏崖縣。上元二年復置緱氏縣，永淳元年復置嵩陽縣。光澤元年改東都為神都。垂拱四年，置永昌縣。載初元年置武臨縣。天授元年置武泰縣，尋廢，仍改鄭州之滎陽為武泰來屬。三年置來庭縣。神龍元年改神都復為東都，廢永昌、來庭二縣，改武泰為滎陽，遷鄭州。先天元年置伊闕縣。開元元年改洛州為河南府，二十二年置河陰縣。天寶元年改東都為東京。朱梁開平初汴州，廢西京為雍州，仍改東京為西京。後唐同光元年復為東都。晉高祖天福三年又都汴州，此為西京。自漢、周至於宋皆因之。元領縣二十六：河南、洛陽、登封、壽安、伊闕、永寧、長水、新安、福昌、伊陽、鞏縣、密縣、澠池、緱氏、潁陽、王屋、河清、偃師。六縣割出：陽翟（入許州）、河陰、河陽、溫縣、濟源、汜水（已上五縣入孟州）。二縣廢：陸渾（併入伊陽）、告成（併入封登）。《元豐九域志》縣十三：河南、永安、偃師、鞏、登封、密、新安、澠池、永寧、壽安、長水、伊陽、河清。監一：阜財。《輿地廣記》縣十五：河南、洛陽、永安、偃師、鞏、登封、潁陽、新安、澠池、永寧、壽安、長水、福昌、伊陽、河清。《宋史·地理志·京西北路》：河南府，洛陽郡。縣十六：河南、洛陽、永安、偃師、潁陽、鞏、密、新安、福昌、伊闕、澠池、永寧、長水、壽安、河清、登封。監一：阜財。
　　《大清一統志》卷一六〇《懷慶府·古蹟》：王屋故城，在濟源縣西八十里。後魏置長平縣，屬邵郡。後周改曰王屋，並置王屋郡。隋初郡廢，縣改屬河內郡。唐武德元年更名邵原，隸邵州。貞觀元年州廢，隸懷州。顯慶二年復故名，隸河南府。宋熙寧五年改屬孟州，金因之。元至元三年省入濟源縣。《九域志》：王屋故城，在孟州西北一百三十里。今河南濟源。
　　② 孟州：《太平寰宇記》領縣五：河陽、溫、汜水、河陰、澤源。《元豐九域志》縣六：河陽、隰、濟源、汜水、河陰、王屋。慶曆三年以河南府王屋縣隸州。《輿地廣記》卷九：孟州，春秋、戰國皆屬周，自漢、晉至隋皆屬河內郡。唐顯慶二年割屬河南府，建中二年乃以河南之河陽、河清、濟源、溫四縣租稅入河陽三城使，又以汜水軍賦益之。會昌三年，遂以此五縣為孟州。今縣六：河陽、溫、濟源、汜水、河陰、王屋。
　　③ 《郡縣志》：即《元和郡縣圖志》，四十卷，唐李吉甫撰。今存。起京兆府盡隴右道，凡四十七鎮，每鎮皆圖在篇首，冠於敘事之前。至南宋圖已不傳，故多只稱《元和郡縣志》。今闕第十九卷、二十卷、二十三卷、二十四卷、二十六卷、三十六卷，其第十八卷則闕其半，二十五卷亦闕二頁。吉甫字宏憲，趙州贊皇（今河北）人，官至中書侍郎同中書門下平章，《唐書》有傳。引文見《元和郡縣志》卷六《河南府·王屋縣》。

### 甘棠　南國

《九域志》[①]："召伯甘棠樹，在陝州府署西南隅。"

《括地志》："召伯廟，在洛州壽安縣西北五里[②]。召伯聽訟甘棠之下，周人思之，不伐其樹。後人懷其德，因立廟。有棠在九曲城東阜上[③]。"今河南府。

《說苑》[④]："《傳》曰[⑤]：召公述職，當桑蠶之時，不欲變民事，故不入邑中，舍於甘棠之下而聽斷焉。陝間之人皆得其所，是故後世思而歌詠之。"

曹氏曰："繫之周公，則由雍州以至荆、揚，東南之域也。繫之召公，則由岐山以至梁、益，西南之域也。武王伐紂，有庸、蜀、羌、髳、微、盧、彭、濮八國之人為助，其服周之化久矣。召伯能以先王所以教者宣明於其國，是以見美也。"

### 江有汜

《爾雅》："水決復入為汜。"

---

① 《九域志》：即《元豐九域志》，十卷，宋王存等奉敕撰。今存。大中祥符年間，李宗諤、王曾先後本唐《十道圖》修定《九域圖》。《續資治通鑑長編》卷二五六：熙寧八年六月"辛丑，都官員外郎劉師旦言：今《九域圖》自大中祥符六年修定，至今六十餘年，州縣有廢置，名號有改易，等第有升降，兼所載古迹有出於俚俗不經者，乞選有地理學者重修，三館祕閣刪定。其後又專命太常博士集賢校理趙彥若、獲嘉縣令館閣校勘曾肇刪定，仍就祕閣，不置局，彥若免刪定，從之。及以舊書不繪地形難以稱圖，更賜名曰《九域志》"。其後光祿丞李德芻亦為刪定，而以王存總其事，迄元豐三年閏九月書成，是為今《元豐九域志》之初本。書成後，修訂工作并未停止，哲宗、徽宗時亦有更補。參看中華書局點校本《元豐九域志》王文楚、魏嵩山前言。王存；字敬仲，丹陽（今屬江蘇）人，歷官尚書右丞，《宋史》有傳。引文見《元豐九域志》卷三《陝州·古跡》。

② 《大清一統志》卷一六三《河南府·古蹟》：壽安故城，傳為周時召伯聽政之所。《水經注》：甘水發於鹿蹄山山曲中，世人目其所為甘棠。《隋書·地理志》：河南府壽安隋縣，義寧元年移治九曲城。貞觀七年移於今治，屬洛州。《元和志》：縣東北至河南府七十六里。《宋史·地理志》：河南府壽安，慶曆二年廢為鎮，四年復置。《文獻通考》：金改壽安為宜陽。《舊志》：壽安故城，在今縣東南二十里，隋縣治也。今河南宜陽。

③ 《大清一統志》卷一六三《河南府·古蹟》：九曲城，在宜陽縣西北。《水經注》：洛水東逕九曲南，其地十里，有坂有曲，《穆天子傳》所謂"天子西征，升於九阿"是也。西魏大統三年，陳忻邀東魏陽州刺史段琛於九曲，破之。隋義寧元年移壽安縣治此。《括地志》：九曲城，在壽安縣西北五里。為北齊所築。

④ 《說苑》：二十卷，漢劉向撰。今存。所錄皆遺聞佚事足為法戒之資者。劉向，字子政，初名更生，以父任為輦郎，歷官中壘校尉，《漢書》有傳。引文見《說苑》卷五《貴德》。

⑤ 傳：即《詩傳》，《詩考》以為《韓詩傳》，《三家詩拾遺》卷三、《讀詩質疑》卷首一二以為《魯詩傳》。

朱氏曰①：“今江陵②、漢陽、安③、復之間蓋多有之④。”《楚辭·哀郢》：“遵江、夏以流亡。”江，大江也。夏，水也，或以為自江而別以通於漢，復入江，冬竭夏流，故謂之夏。其入江處今名夏口⑤，即《詩》所謂“江有氾”也。洪氏《楚辭補注》曰⑥：“《水經》云：夏水出江

---

①　朱氏：即朱熹。引文見《詩經集傳》卷一“江有氾”條。

②　《太平寰宇記》卷一四六：荊州，江陵郡，今理江陵縣。唐天寶元年改為江陵郡，乾元元年三月復為荊州。上元元年九月置南郡，以荊州為江陵府，一準兩京。二年置長寧縣於郭內。元領縣八，今九：江陵、枝江、公安、石首、松滋、建寧、潛江、玉沙（以上三縣新置）、監利（復州割到）。三縣割出：荊州，別為軍；當陽，入荊門；武安，並入荊門軍。《元豐九域志》縣八：江陵、潛江、公安、監利、松滋、石首、長林、當陽。《宋史·地理志》縣八：江陵、公安、潛江、監利、松滋、石首、枝江、建寧。

③　《太平寰宇記》卷一三二：安州，安陸郡，春秋時為鄖子國，后楚滅鄖，封鬭辛為鄖公，即其地。漢為安陸縣，屬江夏郡。歷三國、兩晉亦然。咸和中分置安陸郡，宋、齊因之。梁天監七年於此置南司州，後廢州復為安陸縣。西魏置安州總管府，後州改為鄖州及安陸郡。隋文帝初郡廢而州存，煬帝初州廢復為郡。唐武德四年改為安州，領安縣、雲夢、應陽、孝昌、吉陽、應山、京山、富水八縣。其年，於應山縣置應州，領應山一縣。於孝昌縣置環州，領孝昌一縣。以富水、京山二縣屬溫州。改應陽為應城縣。天寶元年改為安陸郡，乾元元年復為安州。元領縣七，今六：安陸、孝感、雲夢、應城、應山、汉川（鄂州割到）。一縣廢：吉陽。《元豐九域志》縣五：安陸、景陵、應城、孝感、應山。《輿地廣記》縣五：安陸、應城、孝感、雲夢、應山。《宋史·地理志·荊湖北路》：德安府，安陸郡，本安州，宣和元年升為府。開寶中廢吉陽縣。縣五：安陸、應城、孝感、應山、雲夢。南渡後無應山。

④　《太平寰宇記》卷一四四：復州，竟陵郡，今理竟陵縣。春秋、戰國時屬楚。秦屬南郡。漢即江夏之竟陵縣地。晉分置竟陵郡，宋、齊因之。後周得之，以其地城、復二州，隋初如之。至煬帝初廢州，於舊郢州置竟陵郡，今富水縣是也，於舊復州卻立沔陽郡。唐武德五年，改為復州，治竟陵縣，七年移理沔陽。天寶元年改為竟陵郡，乾元元年復為復州。元領縣三，今二：景陵、沔陽。一縣廢：監利（入荊州）。《輿地廣記》卷二七：復州，熙寧六年州廢，後復置。今縣三：景陵、沔陽、玉沙。《宋史·地理志》縣二：景陵、玉沙。

⑤　《通鑑釋文辯誤》卷六“通鑑一百二十八·何尚之曰夏口在荊江之中正對沔口”條：史炤《釋文》曰：沔水出武都，東南入江，過江夏謂之夏水。余按：史炤釋用應劭《漢書注》。劭注江夏郡曰：沔水自江別至南郡華容為夏水，過郡入江，故曰江夏。《水經》曰：夏水又東過華容縣南，又東過江夏雲杜縣入於沔。沔水又東過江夏沙羨縣北，南入於江。原夫夏之為名始於分江，冬竭夏流，故納厥稱。既有中夏之目，亦苞大夏之名。其決水之所出謂之堵口，自堵口下沔水通兼夏目，而會於江，謂之夏汭。故《春秋左傳》沈尹射犇命夏汭，杜預注曰：漢水曲入江即夏口矣。庚仲雍亦曰：夏口，一曰沔口。酈道元又曰：黃鵠山東北對夏口城，孫權所築也，對岸則入沔津，故城以夏口為名，亦沙羨縣治。沈約《志》曰：江夏郡本治安陸，是年徙治夏口。夏口本沙羨土，沈約所云正何尚之所謂夏口，在荊江之中，正對沔口者也。章懷太子賢亦謂夏口戍在鄂州，故唐以來皆指鄂州為夏口。歷考諸家之說，自應劭至庚仲雍皆以為沔口即夏口，自孫權築夏口城至唐置鄂州，則夏口之名移於江南，而沔水入江之口止謂之沔口，或謂之漢口，夏口之名遂與沔口對立，分在江之南、北。以此釋何尚之之言乃為明白。史炤止引應劭注而不能究其地名之離合，余故備論之。《明一統志》卷五九《武昌府·山川》：夏口，在荊江之中，正對沔口。唐章懷太子注東漢亦謂夏口戍，故唐史皆稱鄂州為夏口。本在江北，自孫權取對崖名夏口而江北之名始晦。又云魯口即夏口，以其對魯山岸故名。
《大清一統志》卷二六八《荊州府·山川》：夏水，在江陵縣東南。東流入監利縣界，又東流入漢陽府沔陽州界。一名長夏港，又名魯洑江，又名大馬長川。《舊志》：夏水在監利縣東南三十里，一名魯洑江，其上流曰大馬長川。

⑥　《楚辭補注》：十七卷，宋洪興祖撰。存。補王逸《楚辭章句》之未備者成書。洪興祖，字慶善，丹陽人，忤秦檜，編管昭州，卒。《宋史》有傳。

流於江陵縣東南①。《注》云：江津豫章口東會中夏口②，是夏水之首，江之汜也。"

《說文》作"汜"。

## 江 沱

《禹貢》荆州、梁州皆有沱③。孔氏曰④：發源梁州，入荆州。《水經》：氐道縣⑤，江水又東別為沱。《注》云：開明之所鑿也⑥，郭景純謂"玉壘作東別之標"⑦。今茂州汶山縣。《通典》：沱水，在彭州唐昌縣⑧。今崇寧縣⑨。蔡氏曰⑩："《爾雅》水自江出為沱。南郡枝江縣有沱水⑪，然其流入江而非出於江也。華容縣有夏水⑫，首出於江，

---

①　流：或作"津"。《大清一統志》卷二六八《荆州府·山川》：江津口，在江陵縣南。《水經注》：洲上有奉城，亦曰江津戌。戌南對馬頭岸，北對大江，謂之江津口，故洲亦取名焉。江大自此始。同書同卷《荆州·建置沿革》：江陵縣，附郭，春秋楚郢都。漢置江陵縣，為南郡治，後漢因之。晉兼為荆州治，宋、齊以後因之。隋為南郡治，唐為江陵府治，五代、宋、元因之。明為荆州府治，清朝因之。同書同卷《荆州·古蹟》：江陵故城，今府治，本春秋楚渚宮地，漢置江陵縣，歷代因之。晉桓溫所築。

②　會：或作"有"。《大清一統志》卷二六八《荆州府·山川》：豫章口，在江陵縣東南。《水經注》：江水又東得豫章口，夏水所通也，西北有豫章岡，蓋因岡而得名矣。或言因楚王豫章臺名。

③　沱：通指江之支流。荆州、梁州之沱或指今四川渠江諸水，如渠水、巴水、岩水等，或以為岷江的支流郫江，或說即湖北均縣的夏水。

④　孔氏：即孔安國。引文見《尚書·禹貢》"沱潛既道"條傳。

⑤　據文意，此氐道縣即湔氐道，《漢書·地理志》屬蜀郡。《大清一統志》卷三一九《松潘廳·古蹟》：古湔氐道，在廳西北，秦置，晉改昇遷縣，宋省。

⑥　開明：傳說中的古蜀帝王，善治水。

⑦　雍正《四川通志》卷二三《山川·成都府·灌縣》：玉壘山，在縣西北，石巖上鐫"玉壘龍津"四字。《漢志》：綿虒縣玉壘山，湔水所出。《元和志》：在導江縣西北二十九里。今四川都江堰。

⑧　《通典》卷一七六：濛陽郡，彭州，今理九隴縣。秦、二漢屬蜀郡。晉以後為蜀、遂寧二郡地。梁置東益州，後周廢州置九隴郡。隋初郡廢，後置濛州。煬帝初州廢，併其地入蜀郡，唐因之。垂拱二年，分九隴縣置彭州，或為濛陽郡。領縣四：九隴、導江、濛陽、唐昌。《新唐書·地理志·彭州》：唐昌，儀鳳二年析九隴、導江、郫置，長壽二年曰周昌，神龍元年復故名。

⑨　《大清一統志》卷二九二《成都府·建置沿革》：崇寧縣，五代梁開平二年改曰歸化，後唐同光初復故，晉天福初改曰彭山，漢又復故。宋開寶四年改曰永昌，崇寧元年始改崇寧，元因之，屬彭州。明屬成都府。清康熙七年改入郫縣，雍正七年復置。今四川郫縣。

⑩　蔡氏：即蔡沈。引文見《書經集傳》卷二《夏書·禹貢》"沱潛既道"條。

⑪　《大清一統志》卷二六八《荆州府》：枝江縣，古羅國。漢置枝江縣，屬南郡。三國置宜都郡。晉仍屬南郡，宋、齊至隋因之。唐上元二年省入長寧縣，大曆六年復置，屬江陵府，五代因之。宋熙寧六年省入松滋，元祐初復置。元屬中興路。明屬荆州府，清朝因之。枝江故城，在今枝江縣東。《荆州記》：縣舊治沮中，又移出百里洲，西去郡一百里。《水經注》：江汜枝分，東入大江，縣治洲上，故以枝江為稱，其民自故羅徙，羅之故居在宜城西山，楚文王又徙之於長沙。《輿地紀勝》：舊縣在百里洲西首曰岑頭，縣居其上。《宋史·地理志》：江陵府枝江，建炎四年江陵寄治，紹興五年還舊，嘉熙元年移漸湼洲，咸淳六年移江南白水埠下沱市。今湖北宜都。

《大清一統志》卷二六五《安陸府·山川》：沱水，在潛江縣南。《府志》：自江陵縣郝穴口分江水，東北徑三湖，至縣南二里為馬市潭，潭北五里有沱埠淵，合蘆洑河。

⑫　《大清一統志》卷二七九《岳州府·建置沿革》：華容縣，古雲夢地。漢屬陵縣地，屬武陵郡。三國吳置南安縣，屬南平郡。南北朝宋曰安南，齊因之。梁置南安湘郡，尋廢。隋開皇十八年改縣曰華容，屬岳州。大業初屬羅州，尋屬巴陵郡。唐屬岳州，垂拱二年更名容城，神龍元年復曰華容。宋至和元年徙今治。元屬岳州路。明屬岳州府，清朝因之。今湖南華容。

尾入於沔，亦謂之沱。此荆州之沱。蜀郡郫縣<sup>①</sup>，江沱在東，西入大江。今成都府郫縣<sup>②</sup>。汶江縣<sup>③</sup>，江沱在西南，東入江。今永康軍導江縣<sup>④</sup>。此梁州之沱。"

　　黃氏曰<sup>⑤</sup>："沱自導江縣分江，東至眉州彭山縣入江<sup>⑥</sup>。"

　　李氏曰<sup>⑦</sup>："《禹貢》：岷山導江，東別為沱。梁州之域也。江、沱之間即梁州之界，乃岐西之地。居江、沱者以江、沱起興。"

---

　　①　《漢書·地理志》：蜀郡，秦置。縣十五：成都、郫、繁、廣都、臨邛、青衣、江原、嚴道、緜虒、旄牛、徙、湔氐道、汶江、廣柔、蠶陵。

　　《明一統志》卷六七《成都府》：郫縣，古郫邑，為蜀王杜宇所都，秦始置郫縣，隸蜀郡，漢以後並因之。隋大業初縣省，尋復置，唐因之。垂拱初析成都置犀浦縣，宋省犀浦入焉，元仍舊，明因之。郫縣故城，在今郫縣北，秦置。《元和志》：縣東至成都府五十里，本郫邑，蜀望帝治汶山下邑曰郫是也。秦滅蜀，因而縣之不改。故郫城，在縣北五十里。今四川郫縣。

　　②　《太平寰宇記》元領縣十：成都、華陽、郫、新都、溫江、新繁、雙流、犀浦、廣都、靈池。《輿地廣記》卷二九：成都府，古蜀國。秦置蜀郡，兩漢因之。晉武帝改為成都國，尋復置蜀郡，兼為益州刺史治。宋及齊、梁、後周皆因晉舊。隋開皇初郡廢，大業初復置。唐武德初改為益州，天寶元年又改為蜀郡，至德二年改為成都府。宋朝太平興國六年降為益州，端拱元年復升成都府，淳化五年復為益州，嘉祐四年復升為府。今縣九：成都、華陽、新都、郫、雙流、溫江、新繁、廣都、靈泉。

　　③　《大清一統志》卷三一四《茂州·古蹟》：汶江故城，在州北，漢置，為蜀郡北部都尉治。晉改置廣陽縣。隋改汶山縣，宋皆為茂州治。明初始省入州。《元和志》：汶山縣，本漢汶江縣地，汶江城在縣北三里。宋白《續通典》：晉置廣陽縣於汶江縣西北五十里，周移置於石鏡山南六十里，即今治也。今四川茂縣。

　　④　《宋史·地理志·成都府路》：永康軍，同下州，本彭州導江縣灌口鎮。唐置鎮靜軍。乾德四年改為永安軍，以蜀州之青城及導江縣來隸。太平興國三年改為永康軍。熙寧五年廢為砦，九年復即導江軍治置永康軍使，隸彭城。元祐初復故。縣二：導江、青城。

　　《大清一統志》卷二九二《成都府·古蹟》：導江故城，在灌縣東。三國蜀漢置都安縣，屬汶山郡，劉宋為汶山郡治。隋廢。唐改置導江縣，屬彭州。宋屬永康軍。元省。《元和志》：縣東至彭州五十八里，本漢郫縣地。武德元年於灌口置盤龍縣，尋為灌寧。二年又故為導江縣，屬成都。垂拱二年割入彭州。《寰宇記》：縣在軍東十八里，本都安縣地，屬汶山郡。周天和三年廢汶山郡，以縣併入郫縣，別於灌口置汶山縣。唐改為盤龍，尋改為導江，自灌口移於舊邑，縣為諾城，即古都安城也。《元史·地理志》：至元十三年，以導江、青城二縣戶少，省入灌州。《舊志》：明為導江鋪，在縣東二十里。按：《元志》謂導江縣五代為灌州，諸志皆不載。今四川都江堰市。

　　⑤　黃氏：即黃度。引文見黃度《尚書說》卷二《夏書·禹貢》"江沱潛漢"條。

　　⑥　《太平寰宇記》卷七四：眉州，通義郡，今理通義縣，古夜郎地。漢武帝立為犍為郡，其地接焉，今嘉州是也。後又為武陽縣之南境地，後漢、三國及晉、宋、齊因之。梁普通中於此置齊通郡及青州。後魏廢帝二年改青州為眉州，因峨眉山為名。隋初仍之，大業初州廢，因其地入眉山郡之通義縣。唐武德二年割嘉州之通義、丹稜、洪雅、青城、南安置眉州，五年省南安。貞觀二年置隆山縣。天寶元年改為通義郡，乾元元年復為眉州。元領縣五：通義、彭山、洪雅、青城、丹稜。《輿地廣記》卷二九：眉州，齊置齊通郡，梁及後周皆因。統縣四：眉山、彭山、丹稜、青神。

　　《大清一統志》卷三〇九《眉州·建置沿革》：彭山縣，漢置武陽縣，界犍為郡。後漢為犍為郡治，晉、宋因之。蕭齊移郡治僰道，以縣屬之。梁改武陽曰犍為，置江州。西魏改縣曰隆山縣。周省江州置隆山郡。隋開皇初郡廢，縣屬眉山郡。唐初屬陵州。貞觀元年省入通義，二年復置，改屬眉州。先天元年改曰彭山，宋、元俱因之。明洪武十年併入眉縣，十三年復置，仍屬眉州。清朝康熙元年併入眉州，雍正六年復置。今四川彭山。

　　⑦　李氏：即李樗。引文見佚名《毛詩集解》卷三"江有汜"條"李曰"。

### 江有渚

《韓詩章句》："一溢一否曰渚。"《爾雅》："小洲曰陼。"毛氏曰[1]："水歧成渚[2]。"

### 騶虞

賈誼《新書》[3]："騶者，天子之囿也。虞者，囿之司獸者也。"《魯詩傳》曰[4]："古有梁騶者，天子之田也[5]。"班固《東都賦》："制同乎梁鄒。"歐陽氏曰[6]：賈誼以騶者，文王之囿名。國君順時，畋於騶囿之中[7]。

### 邶鄘 衛

鄭氏《譜》曰："邶、鄘、衛者，商紂畿內方千里之地。其封域在《禹貢》冀州大行之東，北踰衡漳，東及兗州桑土之野。周武王伐紂，以其京師封紂子武庚為殷後。庶殷頑民被紂化日久，未可以建諸侯，乃三分其地，置

---

① 毛氏：即毛亨。引文見《毛詩·江有汜》"江有汜"條傳。
② 歧：毛氏傳作"枝"。沈廷芳《十三經注疏正字》卷九《詩·江有》"二章江有渚傳水歧成渚"條云：歧，《釋文》作"枝"，下《音義》作"岐"，誤。
③ 《新書》：《漢書·藝文志》作五十八篇，宋《崇文總目》云"本七十二篇，劉向刪定為五十八篇"，《隋書·經籍志》、《新唐書·藝文志》皆作十卷。今本十卷，疑為唐後之人新輯本，非賈誼原書。賈誼，漢洛陽（今河南）人。《史記》、《漢書》有傳。
④ 《魯詩傳》：卷次不詳，漢申培著。培從齊人浮丘伯學《詩》。《漢書·楚元王傳》：文帝時，聞申公為《詩》最精，以為博士。元王好《詩》，諸子皆讀《詩》，申公始為《詩傳》，號"魯詩"。《漢書·藝文志》載《魯故》二十五卷、《魯說》二十八卷。《隋書·經籍志》云："《魯詩》亡於西晉。"今有宋王應麟、清盧文弨、丁晏、王謨、黃奭、馬國翰、阮元、朱士端、陳壽祺、馮登府等數家輯本。
⑤ 余蕭客《古經解鈎沉》卷六《毛詩上·騶虞》：韓、魯說、古毛詩說騶虞，義獸，白虎黑文，食自死之肉，不食生物，人君有至信之德則應之。周南終《麟趾》，召南終《騶虞》，俱稱嗟嘆之。皆獸名。
⑥ 歐陽氏：即歐陽修。引文見歐陽修《詩本義》卷二《騶虞》。
⑦ 毛奇齡《詩傳詩說駁義》卷一《鄒虞》：《詩傳》云虞人克舉其職，國史美之，賦《鄒虞》。《詩說》云：《鄒虞》，美虞人之詩。按《禮記·射義》云：天子以《騶虞》為節，樂官備也。以虞官之備為樂，亦猶美虞人克舉職意，在歐陽子已先有此說。然騶字義又不同，賈誼曰：騶者，文王之囿。虞者，囿之司獸。則獨以虞為虞人，而騶固囿名耳。若歐陽子說，則又以馬御為騶，虞官為虞，如七騶、六騶、山虞、澤虞之謂，則騶與虞皆官名也。此獨曰虞人，則但以虞為虞官，而鄒字無解。此襲歐陽子之說而又小變其義者也。若騶之為鄒，則騶、鄒通字，三騶子即三鄒子。然於此與《魯詩》有偶合處。按《文選注》引《魯詩傳》曰：古有梁鄒者，天子之田也。則《魯詩》亦固以騶為鄒字，且亦以騶虞為司獸官。又《周禮疏》引韓、魯詩亦謂：騶虞，天子掌鳥獸官。則鄒本田名，騶虞官名，此不識《魯詩》而偶合者也。然晁說之又謂《魯詩》以此為康王時詩。

三監，使管叔、蔡叔、霍叔尹而教之。黃氏曰①：管，今鄭州管城②。蔡，今蔡州上蔡③。霍，今晉州霍邑④。自紂城而北謂之邶，南謂之鄘，東謂之衛。武王既喪，管叔及其羣弟見周公將攝政，乃流言於國曰'公將不利於孺子'。周公避之，居東都。二年秋，大熟，未穫，有雷、電、疾風之異。乃後成王悅而迎之，反而遂居攝。三監導武庚叛。成王既黜殷命，殺武庚，復伐三監。更於此三國建諸侯，以殷餘民封康叔於衛，使為之長。《康誥疏》曰："三年滅三監，七年始封康叔。"《書傳》云四年封。後世子孫稍并彼二國，混而名之。七世至頃侯，當周夷王時，衛國政衰，變風始作。作者各有所傷，從其國本而異之，為《邶》、《鄘》、《衛》之詩焉。"

《地理志》：河內本殷之舊都⑤，周既滅殷，分其畿內為三國，《詩·風》

---

① 黃氏：即黃度。引文見黃度《尚書說》卷四《金縢》"武王既喪"條。

② 《太平寰宇記》卷九：鄭州，滎陽郡，今理管城縣。周初封管叔於此，後鄭為韓所滅，韓又徙都之，其東境又屬魏。秦并天下屬三川郡。漢屬河南郡，後漢至魏因之。晉泰始二年分河南郡地置滎陽郡，理古滎陽城，宋初如之。後魏武帝置東弘農郡，尋罷之。東魏天平元年分滎縣置成皋郡，理今之汜水，又移滎陽理大索城，即今之滎陽縣也。尋又分此為廣武郡，理中牟。高齊天保七年廢成皋郡入滎陽郡，屬北豫州。後周初改豫州為滎州，領縣如故。隋開皇三年罷郡，改滎州為鄭州，十六年於管城縣分置管州，煬帝二年廢鄭州，仍改管州為鄭州，三年廢鄭州復為滎陽郡。唐武德四年置鄭州於武牢，領汜水、滎陽、成皋、密、滎澤五縣。其年又於管城縣置管州，領管城、須水、圃田、清池四縣。貞觀元年廢管州及須水、清池二縣，以廢管之陽武、新鄭、管城、圃田四縣來屬。七年自虎牢移鄭州理所於管城。元領縣七，今五：管城、滎澤、原武、新鄭、滎陽。二縣割出：陽武、中牟（入開封府）。《元豐九域志》卷一：鄭州，熙寧五年廢州，以管城、新鄭二縣隸開封府，省原武縣為鎮入陽武，滎陽、滎澤二縣為鎮入管城。元豐八年復置州，管城、新鄭縣來隸。元祐元年，滎陽、滎澤、原武三鎮復為縣。

《大清一統志》卷一五○《開封府·古蹟》：管城故城，即今鄭州治。《元和志》：管城縣，自漢至隋皆為中牟縣地，隋開皇十六年於此置管城縣，又分置管州，唐貞觀元年廢管，七年自武牢移鄭州於今理。明初又省。今河南鄭州。

③ 《大清一統志》卷一六八《汝寧府·古蹟》：上蔡故城，在上蔡縣西。故蔡國，叔度所封，十八世平侯徙新蔡，遂以此為上蔡邑。後屬楚。漢屬汝南郡，安帝永初元年封鄧隲為上蔡侯。劉宋徙上蔡縣治懸瓠城而此城廢。《元和志》：上蔡縣南至蔡州七十里，本漢舊縣，後魏神龜三年於此置臨汝縣，高齊廢。隋開皇十二年移於今理為上蔡縣。今河南上蔡。

④ 《太平寰宇記》卷四三：晉州，平陽郡，今理臨汾縣。春秋屬晉，戰國屬韓，後屬趙，秦為河東郡地，二漢因之。魏正始八年分河東之北十縣置平陽郡，晉因之。後魏真君四年於此置東雍州，孝昌中改為唐州。建義元年又改為晉州，移故平陽城東北三十里白馬城為理，歷東魏、北齊、後周皆為重鎮。隋初改平陽為平河郡，三年廢郡又為州。煬帝初州廢又立為臨汾郡，仍移於白馬城南一里。義寧二年又改為平陽郡，領臨汾、襄陽、岳陽、冀氏、楊五縣。其年改楊縣為洪洞。唐武德元年改為晉州，二年分襄陵置浮山縣，分洪洞置西河縣。四年移治白馬城，改浮山為神山縣。貞觀十二年移治所於平陽古城，十七年省西河縣，以廢呂州之霍邑、趙城、汾西三縣來屬。天寶元年改為平陽郡，乾元元年復為晉州。元領縣九，今十：臨汾、洪洞、襄陵、神山、霍邑、趙城、汾西、冀氏、岳陽、和川。《元豐九域志》卷四：晉州，太平興國五年廢沁州，以和川縣隸州。熙寧五年省趙城縣為鎮入洪洞，和州為鎮入冀氏。元豐二年趙城復為縣。縣九：臨汾、洪洞、襄陵、神山、趙城、汾西、霍邑、冀氏、岳陽。務二：煉礬、礬山。《宋史·道理志·河東路》：平陽府，本晉州，政和六年升為府。

《大清一統志》卷一一六《霍州·古蹟》：霍邑故城，今州治。本漢彘縣，後漢順帝時改為永安縣，後魏初省。宣武帝正始二年又置，開皇十八年改為霍邑縣，因霍山為名。今山西霍縣。

⑤ 《漢書·道理志》：河內郡，高帝元年為殷國，二年更名。縣十八：懷、汲、武德、波、山陽、河陽、州、共、平皋、朝歌、修武、溫、野王、獲嘉、軹、沁水、隆慮、蕩陰。

邶、鄘、衛國是也。邶以封紂子武庚；鄘，管叔尹之；衛，蔡叔尹之。以監殷民，謂之"三監"。故《書序》曰武王崩①，三監畔。孫毓云②："三監當有霍叔，鄭義為長。"周公誅之，盡以其地封弟康叔，號曰孟侯，以夾輔周室。孔氏曰③："如《志》之言，則康叔初封即兼彼二國④，非子孫矣。服虔依以為説⑤。鄭不然者，以周之大國不過五百里，王畿千里，康叔與之同，反過周公，非其制也。"遷邶、鄘之民於雒邑，故邶、鄘、衛三國之《詩》相與同《風》。《邶詩》曰"在浚之下"，《鄘》曰"在浚之郊"。邶又曰"亦流於淇，河水洋洋"，顏師古曰⑥："今《邶詩》無此句。"《鄘》曰"送我淇上，在彼中河"，《衛》曰"瞻彼淇奧，河水洋洋"。故吳公子札聘魯，觀周樂，聞邶、鄘、衛之歌，曰："美哉，淵乎！吾聞康叔之德如是，是其《衛風》乎！"至十六世，懿公無道，為狄所滅。齊桓公率諸侯伐狄而更封衛於河南曹、楚丘，是為文公，而河內殷虛更屬於晉。康叔之風既歇，而紂之化猶存，故俗剛彊，多豪桀，侵奪薄恩，禮好生分。

孔氏曰⑦："詩人所作⑧，自歌土風，驗其水土之名，知其國之所在。衛曰'送子涉淇，至於頓丘'，頓丘今為郡名⑨，在朝歌紂都之東也。紂都河北，而鄘曰'在彼中河'，鄘境在南明矣⑩。都既近西，明不分國，故以為邶在北。三國之境地相連接，故邶曰'亦流於淇'，鄘曰'送我乎淇之上矣'，衛曰'瞻彼淇奧'，是以三國皆言淇也。""頃公之惡，邶人刺之。則頃公已前已兼邶⑪，其鄘或亦然矣。周自昭王以後政教陵遲，諸侯或強弱相陵，故得兼彼二國，混一其境，同名曰衛也。此殷畿千里，不必邶、鄘之地

---

① 《書序》：即《尚書序》。存。陸德明云：漢孔氏所作，述《尚書》起之時代，并叙為注之由。引文見《尚書·周書·大誥序》。

② 孫毓：字休朗，晉豫州刺史，著《毛詩異同評》十卷，評毛、鄭、王肅三家同異。

③ 孔氏：即孔穎達。引文見《毛詩譜疏》。

④ 封：《毛詩譜疏》無。

⑤ 服虔：字子慎，初名重，又名祇，後改為虔，河南滎陽（今河南）人，官九江太守，著《春秋左氏傳解》。

⑥ 顏師古：字籀，京兆萬年（今陝西西安）人，注《漢書》。《唐書》有傳。

⑦ 孔氏：即孔穎達。引文見《毛詩譜疏》。

⑧ 所：《毛詩譜疏》作"之"。

⑨ 《大清一統志》卷一五八《衛輝府·古蹟》：頓邱故城，在濬縣西，本衛邑，戰國時屬魏。漢置縣，屬東郡。晉泰始二年兼置頓邱郡。後魏太和十八年屬汲郡，後屬黎陽，永安元年分入內黃，天平中罷。隋開皇六年復置，屬武陽郡。唐大曆七年置澶州。晉天福四年以州為德清軍。宋熙寧六年省入澶州清豐縣。今河南濬縣。

⑩ 《春秋地名考略》卷七"衛"：朱子《詩注》云邶、鄘、衛三國，在《禹貢》冀州，西阻太行，北逾衡漳，東南跨河以及兗州桑土之野，今懷、衛、澶、相、滑、濮等州，開封、大名府界皆衛境也，合是數者可以知衛之疆域矣。邶城今在衛輝府東北，鄘城在今新鄉縣西。殷虛，師古亦謂即朝歌，或以為在相州城北。《明一統志》卷二八《彰德府·古蹟》：邶城，在府城東北，周武王克商，分畿內為邶、鄘、衛三國。一說在河內。鄘城，在府城東北一十三里，又新鄉縣西南三十二里有古鄘國。

⑪ 已前：《毛詩譜疏》作"以前"。

止建二國也。或多建國數，漸并於衞。"

　　程氏曰[1]："諸侯擅相侵伐，衞首并邶、鄘之地，故為變風之首。"董氏曰："邶、鄘，同姓受封國也。商俗靡靡，周雖化革其俗，其風尚不盡變。俗易感而風易變者，亡國之餘音也。風首《衞》，且先《邶》、《鄘》，以著滅也。"張氏曰[2]："周之興也，商民後革。及其衰也，《衞風》先變。"

　　薛氏曰[3]："邶、鄘滅而音存，故非衞所能亂。"朱氏曰[4]：邶、鄘不詳其始封。邶、鄘之詩皆主衞事，而必存其舊號者，豈其聲之異歟？

　　《補傳》曰："邶，古作鄁。邶、鄘、衞皆以水得名。邶水，在太山之阜。鄘水，出宜蘇山[5]。衞水，在靈壽[6]。"即真定[7]。

　　《郡國志》：河內郡朝歌，北有邶國。《通典》：衞州衞縣，漢朝歌縣。《九域志》："熙寧六年，省衞縣為鎮，入黎陽[8]。"

　　《周書·作雒》曰："俾康叔宇於殷，俾中旄父宇於東。"《注》："東謂衞、殷、鄁、鄘。康叔代霍叔，中旄代管叔。"

---

　　① 程氏：即程頤。引文又見嚴粲《詩緝》卷三、呂祖謙《呂氏家塾讀詩記》卷一、段昌武《毛詩集解》卷首、許謙《詩集傳名物鈔》卷二、劉瑾《詩傳通釋》卷首、朱倬《詩經疑問》卷一。

　　② 張氏：即張載，字子厚，長安（今陝西西安）人。引文又見張次仲《待軒詩記》卷一《國風·邶鄘衞》。

　　③ 薛氏：即薛季宣，字士龍，永嘉（今浙江溫州）人，於《詩》、《書》、《春秋》、《中庸》、《大學》、《論語》皆有訓義。《宋史》有傳。引文見薛季宣《浪語集》卷二四《答何商霖書二》。

　　④ 朱氏：即朱熹。引文見朱熹《詩經集傳》卷二《邶一之三》。

　　⑤ 《水經注·河水》：河水又東合庸庸之水，水出河東垣縣宜蘇山，俗謂之長泉水。

　　⑥ 《大清一統志》卷一八《正定府》：靈壽縣，本戰國時中山國地。漢置靈壽縣，屬常山郡，後漢至晉、魏因之。後周於此置蒲吾郡，縣屬焉。隋開皇初郡廢屬恒州，大業初屬恒山郡，義寧初置燕州。唐武德四年州廢，以縣屬井州，貞觀十七年還屬恒州。宋熙寧六年省為鎮入行唐，八年復置，屬正定府，金因之。元屬正定路。明屬正定府，清朝因之。靈壽故城，在今靈壽縣西北。《寰宇記》：舊縣城在今縣西北，晉移於此，今廢城尚存。《縣志》：靈壽故城在縣西北十里，今名靈壽村。今河北靈壽。

　　⑦ 《明一統志》卷三《真定府·建置沿革》：真定縣，附郭，本戰國趙之東垣邑。漢改為真定縣，屬平山郡。後周恒山郡治此。隋郡廢，分置常山縣，隸恒州。大業間省常山入真定，屬恒山郡。唐改真定曰中山，神龍初復名真定，為鎮州治。宋、金真定府，元真定路並治此。明朝因之。今河北正定。

　　⑧ 《大清一統志》卷一五八《衛輝府·古蹟》：朝歌故城，在淇縣東北。古沫邑，武乙所都，紂因之，周武王滅殷，封康叔為衞。春秋閔公二年狄滅衞，地後屬晉。漢元年項羽立司馬卬為殷王，都朝歌，即此地。《元和志》：故城在衞縣西二十二里。《縣志》：在今縣北關西社北。故衞縣，明弘治間割屬濬縣。今河南淇縣。黎陽故城，在濬縣東北。漢置黎陽縣，屬魏郡。《水經注》：河水又東北過黎陽縣南，今黎山之東北故城蓋黎陽縣之故城也，山在城西，城憑山，東阻於河。《魏書·地形志》：黎陽郡，孝昌中分汲郡置，治黎陽城。《宋史·河渠志》：大觀三年，都水監言慮水溢為患，乞移軍城於大伾山，居山之間以就高仰。按：宋時郡治黎陽即漢時故城也。政和五年升安利軍為州，是時濬州與黎陽各治。蓋濬州別治三山而黎陽則仍舊治也。明初復徙治於山東北平陂，即今縣治。今河南濬縣。衞縣故城，在濬縣西南五十里，隋也，初名朝歌，大業初改曰衞，為汲郡治。唐貞觀初屬衞州。宋天聖四年隸安利軍，熙寧六年廢入黎陽，後復。《元和志》：衞縣在衞州東北六十八里。《縣志》：今為衞縣集。今河南濬縣。

歐陽氏曰①："變風自懿王始作。"懿王時，《齊風》始變。夷王時，《衛風》始變。厲王時，《陳風》始變。周召共和，《唐風》始變。宣王時，《秦風》始變。平王時，《鄭風》始變。惠王時，《曹風》始變。張氏曰："《詩》之變自齊始。曷為昉乎此？君子之道造端乎夫婦，正莫先於二南，變莫甚於衛，蓋自商民始也。"元城劉氏曰②："以其地本商之畿內，故在《王·黍離》上。"《氏族略》③："自紂城而東謂之邶。"未詳。張氏曰④："衛并邶、鄘，邶、鄘之詩皆衛也。晉并魏，而魏之詩非晉，然其詩亦相附近，何也？其聲類也，魏、唐皆儉故也。鄭并鄶⑤，而鄶獨遠於鄭，何也？其聲不類也。自檜以下所不足叙也，以為是相去也無幾爾⑥。故季札觀樂於魯，歌邶、鄘、衛則合之，歌魏、歌唐則別之，歌鄭、歌檜則遠之，蓋因以為識焉。"

### 城漕

《通典》：滑州白馬縣⑦，衛國曹邑⑧，《左傳》作"曹"。"戴公廬於曹"即此。

孔氏曰："漕地在鄘，而邶曰'土國城漕'，國人所築之城也。思須與漕，衛女所經之邑也。"

---

① 歐陽氏：即歐陽修。引文見歐陽修《詩本義·詩圖總序》。
② 元城劉氏：即劉安世，字器之，元城（今河北大名）人，官左諫議大夫。《宋史》有傳。
③ 《氏族略》：即鄭樵《通志·氏族略》。引文見《通志》卷二六《氏族略第二·以國為氏·夏商以前國·邶氏》。
④ 張氏：即張載。引文又見《欽定詩經傳説彙纂》卷三《邶一之三·集説》
⑤ 鄶：《欽定詩經傳説彙纂》作"檜"。
⑥ 爾：《欽定詩經傳説彙纂》作"耳"。
⑦ 《通典》卷一八〇：滑州，今理白馬縣，其地古豕韋氏之國。春秋時屬衛。戰國亦屬衛，其西境屬魏。秦、二漢置東郡。晉為陳留、濮陽二國。宋武平河南，置兗州，以為邊鎮。後屬後魏，亦為東郡。隋初置杞州，後為滑州，又改為兗州，尋廢兗州置東郡。唐復為滑州，或為靈昌郡。領縣七：白馬、酸棗、胙城、靈昌、韋城、衛南、匡城。
《大清一統志》卷一五八《衛輝府》：滑縣，天寶元年改靈昌郡，乾元二年復故。大曆七年為永平節度使治，貞元元年更號義成軍，光啓二年改宣義軍。五代唐同光元年復為義成軍。宋以靈河縣省入，為滑州屬。太平興國元年改曰武成軍，熙寧五年州廢，屬開封府。元豐四年復置，屬京西北路。金仍曰滑州，屬大名府。元屬大名路。明洪武初以州治白馬縣省入，七年降為滑縣，屬大名府。清朝雍正三年屬衛輝府。白馬故城，在滑縣東二十里，本衛曹邑。秦置白馬縣，漢屬東郡，晉屬濮國。後魏置兗州於滑臺，白馬亦隨州徙治，故城遂廢。《括地志》：白馬故城，在滑州衛南縣西南二十四里。滑臺故城，即今滑縣治。《元和志》：滑州治白馬，即古滑臺城，昔滑氏為壘，後人增以為城，又有都城，周二十里，相傳衛靈公所築，甚為高峻，堅險臨河。按：大河南徙，滑州、白馬皆在河北，而滑州故城已淪河中。《縣志》云縣東二里有滑臺故城，誤。
⑧ 曹：庫本作"漕"，《通典》卷一八〇"滑州"條作"曹"。

## 平陳與宋

《輿地廣記》：陳國，今陳州宛丘①。漢陳縣。宋國，今應天府宋城②。漢睢陽縣③。

朱氏曰④："平，和也，合二國之好也，舊說以此為《春秋》隱四年州吁自立之時宋⑤、衞、陳、蔡伐鄭之事。"服虔曰："衞使宋為主，使大夫將，故敍衞於陳⑥、蔡下。"

---

① 《太平寰宇記》卷一〇：陳州，淮陽郡，今理宛邱縣。周初為陳國，武王封舜后胡公嬀滿於此以奉舜祀，至春秋時為楚靈王所滅，乃縣之。後五年，復立陳惠公。後五十六年，楚惠王復滅陳，而其地盡為楚所有。又楚襄王自郢徙於此，謂西楚是也。戰國時為楚、魏二國之境。秦滅楚，改為潁川郡。漢為淮陽國之地，後漢如之。晉為汝南郡、梁國二境，兼置豫州。此後魏得之，又為立陳郡。至天平二年以淮南內附，於此置北揚州，理項城，以居新附之戶。高齊天保二年改為信州。隋開皇十六年於宛邱縣更立陳州，煬帝初州廢，又為淮陽郡。唐武德元年改為陳州，領宛邱、箕城、扶樂、太康、新平五縣。貞觀元年廢新平、箕城、扶樂三縣，三年復以沈州之項城、溵水二縣來屬。長壽元年置武城縣，證聖元年置光武縣。天保元年改為淮陽郡，乾元元年復為陳州。元領縣六，今五：宛邱、項城、商水、南頓、西華。一縣割出：太康（入開封府）。《宋史·地理志·京西北路》：淮寧府，本陳州，宣和元年升為府。《元豐九域志》卷一：淮寧府，陳州，淮陽郡，縣四，舊五縣，熙寧六年省南頓縣為鎮入商水。

《大清一統志》卷一七〇《陳州府》：淮寧縣，附郭，古宛邱地，秦置陳縣，漢為淮陽國治，後漢為陳國治。晉初屬梁國，後為郡治。劉宋移郡治項城，以縣屬南梁郡。後魏省縣入項，仍為陳郡治。北齊移項縣於古陳城。隋開皇初改縣曰宛邱，屬淮陽郡。唐屬陳州，五代、宋、金、元因之。明洪武初省入州。清朝雍正十二年升州為府，置淮寧縣為府治。宛邱，在淮寧縣東南。《水經注》：宛邱在陳城南道東。王隱云：漸欲平，今不知所在矣。《太平寰宇記》：在宛邱縣三里，高有二丈。宛邱古城，今府治，古陳國。今河南淮陽。

② 《輿地廣記》卷五：南京應天府，周武王封微子啟，是為宋國，戰國時齊、楚、魏滅之，三分其地。秦置碭郡，漢為梁國，東漢、晉因之。元魏為梁郡。後周置梁州。隋開皇初廢，十六年置宋州，大業初州廢，又為梁郡。唐復為宋州，天寶元年曰睢陽郡。宋朝景德四年升應天府，大中祥符七年升南京。今縣四：宋城、穀熟、下邑、虞城。《元豐九域志》卷首：南京應天府，景德三年升應天府，治宋城縣。縣七：宋城、寧陵、柘城、穀熟、下邑、虞城、楚丘。《太平寰宇記》卷一二《宋州》：元領縣十，今七：宋城、楚邱、柘城、穀熟、下邑、虞城、寧陵。三縣割出：襄邑（入開封府）、碭山、單（入單州）。《宋史·地理志·京東西路》：應天府，本唐宋州，景德三年升為應天府。縣六：寧陵、宋城、穀熟、下邑、楚丘、虞城。

③ 《大清一統志》卷一五四《歸德府·古蹟》：睢陽故城，在商邱縣南。微子代殷後，國於宋，更名商邱曰睢陽。秦置縣。漢高祖十一年為梁王郡。《元和志》：隋開皇三年廢梁郡，以縣屬亳州。十六年於此置宋州，睢陽屬焉，十八年改為宋城。按：宋城，唐為宣武軍治，宋為南京城。明弘治中稍徙而北，其南門即故城北城廢址也。今河南商丘。

④ 朱氏：即朱熹。引文見朱熹《詩經集傳》卷二。

⑤ 隱：《詩經集傳》作"隱公"。

⑥ 敍：庫本作"序"，孔穎達《毛詩·擊鼓序》疏引服虔語亦作"敍"。

### 寒泉　浚

《通典》：寒泉①，在濮州濮陽縣東南浚城②。《水經注》："濮水枝津東逕浚城南而北③，去濮陽三十五里，城側有寒泉岡，即《詩》'爰有寒泉，在浚之下'。世謂之高平渠④，非也。"濮陽，今屬開德府⑤。

李氏曰⑥："一云浚水出浚儀⑦，東經邺地入濟。"《輿地廣記》：開封縣有浚溝⑧，

────────────────

① 《太平寰宇記》卷一《開封府·浚儀縣》：寒泉陂，在縣西六十里。《詩》云"爰有寒泉，在浚之下"，其水冬夏常冷，因曰寒泉。顧棟高《毛詩類釋》卷四《釋水·寒泉·浚》：自兩漢迄五代並置浚儀、開封二縣，宋建都於此。真宗時改浚儀為祥符縣，與開封縣並為開封府治。明以開封省入祥符，而寒泉故蹟不可復問矣。

② 《通典》卷一八〇：濮州，今理鄄城縣。春秋及戰國初為衛國之都，後為宋所侵，盡亡其邑，獨有濮陽。秦滅濮陽，置東郡。二漢屬東郡、濟陰二郡地。晉分置濟陽郡、濮陽國，兼置兗州。後魏為濮陽郡，後周因之。隋文帝初郡廢，後置濮州，煬帝初州廢，以其地入東郡、東平、濟北三郡。唐復置濮州，或為濮陽郡。領縣五：鄄城、雷澤、臨濮、范、濮陽。
《大清一統志》卷二二《大名府·古蹟》：濮陽故城，在開州西南，漢縣，本古帝邱也。《元和志》：濮陽縣東至濮州八十里，本漢舊縣。《太平寰宇記》：晉天福四年詔移濮陽縣於澶州之南郭，為理所。胡三省《通鑑注》：五代以前濮陽在河南，宋澶州治之濮陽晉天福四年移就澶州南郭者也。《舊志》：故城在開州西南二十里。按：《明統志》又有帝邱城，在滑縣東北七十里土山村，即衛成公所遷，蓋即濮陽城境相接也。今河南濮陽。

③ 濮水：又名濮渠、普河，爲古黃河、濟水分流。其源一出於今河南封丘縣境的古濟水，一出今河南原陽縣境的古黃河，二水合流入山東境內，注入古巨野澤。《大清一統志》卷一五八《衛輝府·山川》：濮水本大河分流，自黃河遷決，濮流亦堙，今《通志》不載，《縣志》有衛南陂水，受故胙城孟華潭、王德口諸水，自縣東北流，又逕縣東，又迤北逕桃園而東滙於衛南陂，東北逕柳青河達於澶淵。又有沙河，在縣南五十里。皆濮渠之餘流也。

④ 《行水金鑑》卷一六三《兩河總說》：萬金渠在縣西北二十里，深一丈五尺，闊八尺。《鄴都故事》曰：魏都鄴，後起石塞堰，自安陽南引洹水入鄴，自鄴入臨漳，東至洹水縣。當時溉田有萬金利，因名高平渠。源出縣西三十里，自高平村堰洹水入渠，東流灌溉，至縣西南流至官道七里，越道入廣潤陂。

⑤ 開：庫本作"聞"，誤。

⑥ 李氏：即李樗。引文又見馮復京《六家詩名物疏》卷一〇《浚》。

⑦ 《尚書地理今釋·洛誥》：黎水，《續文獻通考》云：衛河、淇水合流至黎陽故城為黎水，亦曰濬水。雍正《河南通志》卷一七《水利上·開封府·祥符縣》：浚水，舊在城北。《竹書紀年》：梁王三十一年始為大溝於北郭以行圃田之水，像而儀之，曰浚儀。《志》云：城西三十里有寒泉陂，後為汴水所奪。《水經注》"汳水出陰溝於浚儀縣北"條云：陰溝，即蒗蕩渠也。亦言汳受旃然水。又云丹、沁亂流，於武德絕河，南入滎陽合汳。故汳兼丹水之稱。河、濟水斷，汳承旃然而東。自王賁灌大梁，水出縣南而不逕其北，夏水洪泛則是瀆津通，故渠即陰溝也。於大梁北又曰浚水矣。
《大清一統志》卷一五〇《開封府·古蹟》：浚儀故城，在祥符縣西北，本春秋之陽武高陽鄉，於戰國為大梁，周梁伯之居也，後魏惠王自安邑徙都之，故曰梁。秦滅以為縣。漢文帝封孝王於梁孝王東都睢陽，自是置縣。《舊唐書·地理志》：汴州浚儀，古縣，隋置，在今縣北三十里，為李密所陷，縣人王要漢率豪族置縣於汴州之內。武德四年移縣於州北羅城內。貞觀元年移於州西一里。今河南開封。

⑧ 《大清一統志》卷一五〇《開封府·古蹟》：開封故城，在祥符縣南五十里，戰國魏邑。漢高祖封功臣陶舍為侯邑，後為縣，屬河南郡，後漢因之。晉改屬滎陽郡。後魏太平真君八年併入苑陵，景明元年復置，孝昌中改屬陳留郡。東魏天平初增置開封郡，北齊郡廢。隋屬滎陽郡。唐屬汴州，貞觀元年省入浚儀，延和元年復置，移入州郭管東界。明初省入祥符。今河南開封。

《詩》所謂浚郊、浚都也。祥符縣北有浚水①，故謂浚儀有寒泉阪。《詩》："爰有寒泉，在浚之下。"《寰宇記》：在縣西十里②。按《毛氏傳》："浚，衛邑。"《干旄》云"在浚之都"，下邑曰都，當以在濮陽者為正③。

### 涇以渭濁

《職方氏》④：雍州川涇，浸渭。《地理志》：涇水，出安定郡涇陽縣西開

---

① 《大清一統志》卷一四九《開封府・建置沿革》：祥符縣，附郭，本戰國時魏大梁。漢置浚儀縣，屬陳留郡，後漢因之。晉初屬陳留國，後廢。後魏孝昌二年復置，并移陳留郡治此。東魏為梁州治。後周為鄭州治。隋屬滎陽郡。唐仍為汴州治。延和元年又分置開封縣，與浚儀並為州治。五代及宋俱為開封府治。大中祥符三年改浚儀曰祥符，金因之。元為汴梁路治。明初省開封治入祥符，仍為開封府治，清朝因之。今河南開封。

② 十里：《太平寰宇記》卷一《開封府・浚儀縣》"寒泉"條作"六十里"，疑此處脫一"六"字。

③ 王夫之《詩經稗疏》卷一《邶風》：寒泉、浚，此二水《注》、《疏》俱無考。按《淮南子・墜形訓》云浚出華竅，又《陳留風俗傳》浚儀縣北有浚水。浚儀，今開封府也，則浚水當在祥符、中牟、陳留間也。《左傳》：衛侯伐邯鄲，次於寒氏。杜預曰：寒氏即五氏。以《傳》考之，寒氏在中牟之北稍西，寒泉疑即寒氏之泉。又按《山海經》：高前之山，其上有水焉，甚寒而清，帝臺之漿也。以經文洴之，此水在濟水之東。《後漢書注》云：寒泉在今濮州濮陽縣。與《山海經》合。但去浚為遠，恐非此之寒泉，乃《經》云"在浚之下"，則濮陽為浚水下流之墟，或不妨言在其下也。

④ 《職方氏》：即《周禮・職方氏》。

頭山<sup>①</sup>，今原州百泉縣<sup>②</sup>。開，苦見反，又音"牽"。東南至京兆陽陵縣入渭<sup>③</sup>。今京兆府高

————————

① 《漢書·地理志》：安定郡，武帝元鼎三年置。縣二十一：高平、復累、安俾、撫夷、朝那、涇陽、臨涇、鹵、烏氏、陰密、安定、參䜌、三水、陰槃、安武、祖厲、爰得、眴卷、彭陽、鶉陰、月氏道。
《大清一統志》卷二〇一《平涼府·古蹟》：涇陽故城，在平涼縣西四十里。漢置涇陽縣，屬安定郡。《魏書·地形志》鶉陰縣有涇陽城，又隴東郡領涇陽縣，前漢屬安定，後漢、晉罷，後復。今甘肅平涼。

② 《太平寰宇記》卷三三：原州，平涼郡，今理臨涇縣。春秋時其地屬秦，至始皇時屬北地郡。漢之安定高平縣地，至安帝永初五年移郡寄理於今武功縣美陽故城，順帝時復還高平，曹魏廢。後魏太延二年於今理置高平鎮，至孝明帝正光五年改為原州。隋大業三年罷州為平原郡。唐武德元年為原州。天寶元年改為平涼郡，乾元元年復為原州。自祿山亂後，為敵境。貞元七年置於平涼縣，至元和三年移於涇州臨涇縣置行原州，大中三年歸舊原州。唐末再移原州投臨涇縣置。元領縣四，今一：臨涇，唐末自涇州至原州。三縣落番：平高、百泉、平涼。一縣割出：蕭關。《元豐九域志》卷三：原州，治臨涇。縣二。至道三年，以寧州彭陽縣隸州。
《大清一統志》卷二〇一《平涼府·古蹟》：百泉廢縣，在平涼縣西北。《隋書·地理志》：平涼郡統百泉縣，後魏置長城郡，領黃石縣。西魏改黃石為長城。開皇初郡廢，大業初縣改為百泉。《元和志》：縣西至原州九十里，武德八年移於今所。《通典》：百泉，漢朝那縣地。《舊志》：有百泉故城，在府西北十里，赫連夏置長城護軍於此，五代時縣廢。今甘肅平涼。

③ 《漢書·地理志》：京兆尹，故秦內史。高帝元年屬塞國，二年更為渭南郡，九年罷，復為內史。武帝建元六年分為右內史，太初元年更為京兆尹。縣十二：長安、新豐、船司空、藍田、華陰、鄭、湖、下邽、南陵、奉明、霸陵、杜陵。左馮翊，故秦內史。高帝元年屬塞國，二年名河上郡，九年罷，復為內史。武帝建元六年分為左內史，太初元年更名左馮翊。縣二十四：高陵、櫟陽、翟道、池陽、夏陽、衙、粟邑、谷口、蓮勺、鄜、敷頻陽、臨晉、重泉、郃陽、祋祤、武城、沈陽、褱德、徵、雲陵、萬年、長陵、陽陵、雲陽。是陽陵屬左馮翊。《續漢書·郡國志》京兆尹"陽陵，故屬馮翊"。又《漢書·地理志》安定郡涇陽縣云："開頭山在西，《禹貢》涇水所出，東南至陽陵入渭。"是《地理志》表述本無"京兆"二字，此處云《地理志》"京兆陽陵"，誤。
《大清一統志》卷一七九《西安府·古蹟》：陽陵故城，在咸陽縣東。《漢書·地理志》：左馮翊陽陵，故弋陽，景帝更名。後漢改屬京兆尹，晉廢。《括地志》：陽陵故城在咸陽縣東四十里。《寰宇記》：在縣東北四十一里，東至景帝陵二里，曹魏省。《舊志》：陽陵城在今高陵縣西南三十里。今陝西高陵。

陵縣①。渭水，出隴西郡首陽縣西南鳥鼠山西北南谷山②，渭州渭源縣③，今熙州渭源

---

① 《興地廣記》卷一三：京兆府，本周室所居，謂之宗周。平王東遷，地入於秦，至孝公徙都焉，始皇置內史。後漢仍以此為京兆尹，獻帝曾都之。魏改尹為太守，後改為秦國，復為京兆國。晉為京兆郡，兼置雍州，愍帝亦都之。其後為劉曜、符堅、姚萇所據。後魏亦為京兆郡，兼置雍州。後周復為京兆尹。隋初置雍州，後改為京兆郡。唐初為雍州，開元元年改為京兆府。昭宗遷洛，廢為佑國軍。梁初改京兆府曰大安，佑國軍曰永平軍。後唐復為西京。晉廢為晉昌軍，漢改曰永興軍。領縣十五：長安、萬年、鄠、藍田、咸陽、醴泉、涇陽、櫟陽、高陵、興平、臨潼、武功、乾祐、奉天、終南。《太平寰宇記》卷二五《雍州》，元領縣二十四，今十三：萬年、長安、鄠、藍田、咸陽、醴泉、涇陽、櫟陽、高陵、興平、昭應、武功、乾祐。十一縣割出：華原、富平、三原、雲陽、同官、美原，已上六縣並屬耀州。奉天、好時，已上二縣屬乾州。奉先，入同州。渭南，入華州。盩厔，入鳳翔。《元豐九域志》卷三：京兆府，乾德二年以奉先縣隸同州，好時縣隸乾州。大中祥符八年改昭應縣為臨潼。熙寧五年乾州廢，以奉天縣隸州。《宋史·地理志·永興軍路·京兆府》縣十三：長安、樊川、鄠、藍田、咸陽、涇陽、櫟陽、高陽、興平、臨潼、醴泉、武功、乾祐。

《大清一統志》卷一七九《西安府·古蹟》：高陵故城，在今高陵縣西南。《元和志》：縣西南至京兆府八十里，本秦舊縣，孝公置。魏改高陸。隋大業二年復為高陵。《通典》：魏黃初元年以前其縣在今縣西南一里，後魏移居今所。今陝西高陵。

② 《漢書·地理志》：隴西郡，秦置。縣十一：狄道、上邽、安故、氐道、首陽、予道、大夏、羌道、襄武、臨洮、西。

《大清一統志》卷一九九《蘭州府·古蹟》：首陽故城，在渭源縣東北，漢置縣，屬隴西郡。《水經注》：首陽縣高城嶺上有城，號渭源城。《隋志》無首陽而有渭源縣。《元和志》：渭源縣正東微南至渭州九十里，西魏文帝分隴西置渭源郡，開皇三年罷。《舊唐書·地理志》：渭源，漢首陽縣地，後魏分置渭陽郡，又改首陽為渭源縣。上元二年改首陽縣，仍於渭源故城分置渭源。鳳儀三年又廢首陽，併入渭源。《九域志》：熙州有渭源堡，熙寧五年置，在州東九十二里。《金志》：屬康樂縣，臨宋界。《元志》：至元十三年，復升堡為縣。《明統志》：在府東一百二十里。《臨洮府志》：渭源故城在縣東北，與今城相連。又渭源堡在縣西北三百步許岡上，周五里，明嘉靖、萬曆年重修。今甘肅渭源。

③ 《太平寰宇記》卷一五一：渭州，隴西郡，舊理襄王縣，今理於平涼縣。春秋以來為羌戎雜居，秦昭王始置隴西郡。漢靈帝分立南安郡，三國時魏置守在此，至晉不改南安、隴西二郡之名。泊後魏永安併為隴西郡，又置渭州。後周建德元年復為南安郡。隋初廢立州，至煬帝州廢而復立為郡。唐武德元年復為渭州，天寶元年改為隴西郡，乾元元年復為渭州。廣德元年西戎犯邊，洮、蘭、秦、渭盡為所有。元和三年置行渭州於平涼縣。元領縣四，今二：平涼，原州割到；潘原，涇州割到。舊四縣廢：襄武、隴西、彭縣、渭源。《元豐九域志》卷三：渭州，熙寧五年，廢儀州，以安化、崇信、華亭三縣隸州。

《大清一統志》卷一九八《蘭州府·建置沿革》：渭源縣，漢置首陽縣，屬隴西郡，後漢、晉、魏因之。西魏大統十七年改縣曰渭源，又分置渭源郡，尋廢。隋仍屬隴西郡。唐屬渭州，武德初隨州陷吐蕃，縣廢。宋熙寧五年置渭源堡，屬熙州。金屬臨洮府。元至元十三年復為渭源縣，屬臨洮府，明不改。清朝乾隆三年移府治蘭州，屬蘭州府。今甘肅渭源。

堡①。《説文》：出首陽渭首亭南谷。**東至京兆船司空縣入河**②。今華州華陰縣③。

　　毛氏曰④："涇、渭相入而清、濁異。"孔氏曰⑤："《禹貢》'涇屬渭汭'《注》云：涇、渭發源皆幾二千里，然而涇小渭大，屬於渭而入於河。""《漢·溝洫志》'涇水一石⑥，其泥數斗'，潘岳《西征賦》'清渭濁涇'是也。"朱氏曰⑦："涇未屬渭之時，雖濁而未甚。見由二水既合，而清、濁益分。"鄭氏曰："涇水以有渭，故見渭濁。""此絕去所經見，取以自喻。"孔氏曰："《鄭志》答曰⑧：衛在東河，涇在西河。""涇不在衛境。作詩宜歌土風⑨，故言絕去。此婦人既絕至涇，而自比己志。"


## 黎侯

　　鄭氏曰："黎國在衛西，今所寓在衛東。"孔氏曰："杜預云：黎侯國，

---

① 《輿地廣記》卷一五：熙州，春秋、戰國皆為西羌。秦置隴西郡，二漢、晉因之，惠帝分置狄道郡。前涼張駿置武始郡，元魏置臨洮郡，隋開皇初廢武始郡屬蘭州，唐因之。天寶三載分置臨州，後陷吐蕃。宋朝熙寧五年收復，置熙州臨洮郡。今縣一：狄道縣。清源堡，漢首陽縣地，屬隴西郡，東漢及晉皆因之。元魏改首陽曰渭源，隋屬隴西郡。唐上元二年復改曰首陽，而於渭源故城別置渭源縣，屬渭州。儀鳳三年省首陽入渭源，沒蕃後廢。宋熙寧五年置渭源堡，屬熙州。《元豐九域志》卷三：熙州，縣一：狄道。寨一：康樂。堡八：南關、北關、慶平、通谷、渭源（以上三堡熙寧五年置）、南川、當川（二堡六年置），結河（七年置）。

雍正《甘肅通志》卷二二《古蹟·臨洮府·渭源縣》：渭源故城，在縣東北，與今城相連，址存。渭源堡，在縣西北岡上三百步許。宋王韶屯兵於此，遺址尚存。

② 《太清一統志》卷一九〇《同州府·古蹟》：船司空故城，在華陰縣東北。後漢省。《水經注》：渭水東入於河，水會即船司空所在。《三輔黃圖》：有船庫官，後改為縣。顏師古曰：本主船之官，遂以為縣。《通典》：漢船司空故城在今華陰縣理東北五十里是。今陝西華陰。

③ 《太平寰宇記》卷二九：華州，華陰郡，今理鄭縣。周時為畿內之國，鄭桓公友所封采邑，一名咸林。春秋時為秦、晉地。戰國時自高陵以東皆魏之分。秦并天下為內史之地。兩漢及晉為京兆、弘農二郡之地。後魏太平真君元年置華山郡，至孝明帝分華山郡又置武山郡，孝昌二年又改為東雍州，仍領華山郡。至西魏廢帝三年改東雍州為華州，今馮翊郡。隋開皇三年郡廢而華州如故，大業二年省華州，其地屬京兆、馮翊郡，至義寧元年割京兆之鄭縣、華陰二縣置華山郡。武德二年改為華州，割雍州之渭南來屬，五年渭南還雍州。垂拱元年割同州之下邽來屬，二年改為太州，避武后諱，神龍元年復舊名。天寶元年改為華陰郡，乾元元年復為華州。寶曆中肅宗不豫，又為太州。寶應二年復為華州。《元豐九域志》縣五：蒲城（同州割到）、鄭、下邽、華陰、渭南。

《大清一統志》卷一八九《同州府·建置沿革》：華陰縣，戰國魏陰晉邑，秦惠文王六年更名寧秦。漢高帝八年改曰華陰，屬京兆尹，為京輔都尉治。後漢建武十五年起屬弘農郡，晉因之。後魏屬華山郡，隋屬京兆郡。唐屬華州，垂拱元年改曰仙掌，神龍元年復曰華陰，上元二年改曰太陰，寶應元年復曰華陰，五代、宋、金、元、明因之。清雍正十三年屬同州府。今陝西華陰。

④ 毛氏：即毛亨。引文見《邶風·谷風》"涇以渭濁"條毛氏傳。

⑤ 孔氏：即孔穎達。引文見《邶風·谷風》"涇以渭濁"條孔氏疏。

⑥ 《漢·溝洫志》：孔氏疏作"《漢書·溝洫志》"。

⑦ 朱氏：即朱熹。引文見《詩經集傳》卷二。

⑧ 答：庫本作"略"，孔氏疏作"答"，"答"是。

《鄭志》：《後漢書·鄭玄傳》稱門生相與撰鄭答弟子，依《論語》作《鄭志》八篇。《隋書·經籍志》有《鄭志》十一卷，魏侍中鄭小同撰。《兩唐志》作九卷，蓋佚二卷。《崇文總目》已不著錄，疑北宋中期散佚。有舊輯本三卷，此外清人有孔廣林輯本八卷。鄭小同，鄭玄之孫。曹魏高貴鄉公時為侍中。郝經《續後漢書》卷七一上有傳。

⑨ 土：庫本作"丄"，誤。

上黨壺關縣有黎亭①。是在衛之西也。"《九域志》："潞州黍侯亭②，在黎侯嶺上③。"

《通典》：潞州上黨縣④，古黎侯國，"西伯戡黎"即此。漢爲壺關縣。又壺關縣，古黎國地，有羊腸坂⑤，後魏移壺關縣於此。《説文》：黎國⑥，在上黨東北。

《括地志》："故黎城，黎侯國也，在潞州黎城縣東北十八里⑦。"

---

① 《晉書·地理志》：上黨郡，秦置。縣十：潞、屯留、壺關、長子、泫氏、高都、銅鞮、涅、襄垣、武鄉。

《大清一統志》卷一〇三《潞安府·建置沿革》。壺關縣，在府東南三十里。漢壺關縣地，後魏太和十三年改置壺關縣於此，屬上黨。隋大業初省入上黨縣。唐武德四年復置，屬潞州，五代因之。宋屬隆德府。金屬潞州，元因之。明屬潞安府，清朝因之。同書《古蹟》：壺關故城有二：一在長治縣東南，漢置，高后封孝惠子武為壺關侯，後漢末為上黨郡治，晉末廢，《元和志》潞州城漢壺關縣是也。今山西壺關。一在今壺關縣東南，後魏太和十三年復置。《括地志》：後魏移置壺關縣當羊腸坂羊頭山之阨是也。隋大業初廢入上黨，唐武德四年復置於高望堡，貞觀十七年又移治進流川。今山西長治。《舊志》：漢壺關故城在長治縣東南十六里壺口下山；後魏壺關故城在今壺關縣東南五十里，今猶稱曰故縣，唐移治之高望堡，在今壺關縣西七里。

② 《太平寰宇記》卷四五：潞州，上黨郡，今理上黨縣。春秋時初為黎國，後為狄境，宣公十五年晉人復立黎侯，後三晉分，地歸韓、秦，此為上黨郡。漢分為河東、太原、上黨三郡，自漢末至後魏因之不改。後周建德七年於襄垣縣立潞州。隋開皇十六年於此置韓州，大業初州廢復為上黨郡。唐武德元年改為潞州，領上黨、長子、屯留、潞城四縣，四年分上黨置壺關縣。貞觀十七年廢韓州，以所管襄垣等五縣屬州。天寶元年改為上黨郡，乾元元年改為潞州。《元豐九域志》卷一四：龍德府潞州，太平興國二年以武鄉、銅鞮二縣隸威勝軍，熙寧五年省黎城縣入潞城。縣七：上黨、屯留、襄垣、潞城、壺關、長子、涉。《宋史·地理志·河東路》：隆德府，本潞州，建中靖國三年升為府。縣八：上黨、屯留、襄垣、潞城、壺關、長子、涉、黎城。

③ 《山西通志》卷一九《山川·潞安府·長治縣》：黎侯嶺，在縣西南三十里，高百九十丈，盤踞六里，黎泉出焉，有黎侯亭。郡胥石山，獨嶺為土山。

④ 《大清一統志》卷一〇三《潞安府·建置沿革》：長治縣，本黎侯國。漢置壺關縣，屬上黨郡，後漢末為上黨郡治，晉初因之，後廢。後魏太平真君中後為上黨郡治。隋開皇中置上黨縣，大業初仍為上黨郡治。唐為潞州治，五代因之。宋為隆德府治。金為潞州治，元因之。明洪武三年省縣入州，嘉靖七年復置，改曰長治，為潞安府治，清朝因之。今山西長治。

⑤ 《大清一統志》卷一〇三《潞安府·古蹟》：羊腸坂，在壺關縣東南。《史記正義》：在太行山上南口，懷州北口。《元和志》：在縣東南一百六里。《寰宇記》：一名洞口。《縣志》：坂長三里，盤曲如羊腸。

⑥ 黎：至元六年刻本作"菞"。

⑦ 《大清一統志》卷一〇三《潞安府·建置沿革》：黎城縣，商、周時黎國，漢潞縣地。後魏太平真君十一年置刈陵縣，屬襄垣縣。隋開皇十八年改曰黎城，屬潞州，大業初屬上黨郡。唐屬潞州，天祐二年改曰黎亭，五代唐復故。宋熙寧五年省入潞城縣，元祐元年復置，屬隆德府。金屬潞州，元因之。明屬潞安府，清朝因之。同書《古蹟》：黎城舊縣，在今黎城縣西北，漢潞縣地。後魏移潞縣於漳水北，改曰刈陵。隋改曰黎城。宋天聖三年徙治縣東南白馬驛，即今治。《舊志》：故城在縣西北十里。今山西黎城。

黃氏曰①："今潞州上黨、黎城、壺關三縣皆古黎國地②。"林氏曰③："周人乘黎。黎，河北之要害也。"

《列女傳》：黎莊公之夫人及傅母作詩④。《呂氏春秋》：武王封帝堯之後於黎城⑤。蘇氏曰⑥："是時衛猶在河北，黎、衛壤地相接⑦，故狄之爲患，黎、衛共被之。"

### 中露　泥中

毛氏曰："衛二邑。"

《水經·黎陽縣注》：《式微》"黎侯寓於衛"是也。黃氏曰⑧：黎陽，本屬衛州⑨，今爲濬州⑩，有黎陽山，大伾也⑪。《寰宇記》：始以爲黎侯寓衛居之，故縣得名。跨河東逕黎縣故城南⑫。《注》云："世謂黎侯城。昔黎侯寓於衛，詩謂'胡爲乎泥

---

① 黃氏：即黃度。引文見黃度《尚書說》卷五《周書·洛誥》"河朔黎水"條。

② 《春秋地名考略》卷一四"黎"：周桓王之世，當衛宣公時，蓋黎侯之先世矣。赤狄潞氏奪黎侯之地，又棄其賢人仲章，晉聲罪伐之，遂滅潞，立黎侯而還。漢壺關縣屬上黨郡，晉仍之，後魏徙治於羊腸坂，其地遂虛，今在壺關縣東南五十里。後魏別置刈陵縣於漢潞縣地，云即黎城，隋因改爲黎城縣，屬潞州，唐、宋因之。今屬潞安府。《上黨記》：潞縣東北八十里有黎城。《括地志》：黎國，在黎城縣東北十八里，今黎城縣東北十八里有黎侯城，壺關亦接壤地。再按：漢東郡有黎縣，孟康曰即《詩》黎侯國也，此蓋黎侯失國寓衛時所居。《式微篇》"胡爲乎中露"，又曰"胡爲乎泥中"。毛萇曰"中露、泥中，二邑名"，又曰"衛處黎侯以二邑，因安之而不歸，故其臣勸之"，即其事也。《水經注》：瓠河自廩丘成都城，又東逕黎侯故城南，世謂黎侯城，今在范縣界。再按：潞安府治西南三十五里有黎亭，在黎侯嶺上。晉永興二年，劉淵以離石大饑，徙屯黎亭，即此。蓋亦因黎國舊境而名。

③ 林氏：即林之奇，字少穎，福州侯官（今福建福州）人。自稱拙齋，東萊呂祖謙嘗從其受學。《宋史》有傳。引文又見馮復京《六家詩名物疏》卷十一《國風·邶三·式微篇》"中露泥中"條。

④ 《古列女傳·黎莊夫人》：黎莊夫人者，衛侯之女，黎莊公之夫人也。既往而不同，欲所務者異，未嘗得見，甚不得意。其傅母閔夫人賢，公反不納，憐其失意，又恐其見遣而不以時去，謂夫人曰："夫婦之道，有義則合，無義則去，今不得意，胡不去乎？"乃作詩曰："式微式微，胡不歸？"夫人曰："婦人之道，壹而已矣。彼雖不吾以，吾何可以離於婦道乎？"乃作詩曰："微君之故，胡爲乎中路。"終執貞壹，不違婦道，以俟君命。"君子故序之以編詩。

⑤ 城：至元六年刻本、合璧本無，《呂氏春秋·慎大覽·慎大》亦無，疑"城"爲衍文。

⑥ 蘇氏：即蘇轍。引文見蘇轍《詩集傳》卷二《邶·旄丘》"匪車不束"條。

⑦ 壤：庫本作"垠"。

⑧ 黃氏：即黃度。引文見黃度《尚書說》卷二《夏書·禹貢》"至於大伾"條。

⑨ 本：庫本作"木"，誤。

⑩ 《宋史·地理志·河北西路》：濬州，本通利軍，端拱元年以滑州黎陽縣爲軍。天聖元年改通利爲安利，四年以衛州衛縣隸軍。熙寧三年廢爲縣，隸衛州。元祐元年復爲軍。政和五年升爲州。縣二：衛、黎陽。

⑪ 《大清一統志》卷一四九《開封府·山川》：大伾山，在汜水縣西北一里，有大澗九曲，又名九曲山，上有成皋舊城，山之東盡於玉門山，爲汜水入河處，西去洛口裁四十里。按：《禹貢》大伾，《漢書音義》以爲黎陽縣山，在今衛輝府濬縣，《水經》以爲在成皋，非是。今河南滎陽。《大清一統志》卷一五八《衛輝府·山川》：大伾山，在濬縣東南二十里。山高四十丈，周五里，亦曰黎山。峰巒秀拔，若倚屏障。《唐書·地理志》：山一名黎陽山。《通典》：今名黎陽東山，又名青壇山，在縣南七里。今河南浚縣。

⑫ 跨：至元六年刻本、合璧本作"瓠"，《水經注·瓠子河》亦作"瓠"，疑是。

中'，毛云'邑名'，疑此城也①。土地汙下，城居小阜。魏濮陽郡治也②。"

《地理志》：東郡黎縣③。《寰宇記》：澶州臨河縣④，漢爲黎縣。

中露，地未詳⑤。《郡縣志》：黎丘，在鄆州鄆城縣西四十五里⑥。黎侯寓於衛，因以爲名。泥中，蓋惡其卑濕也。

## 旄丘

《爾雅》：前高曰旄丘。

---

① 朱熹《詩經集傳》卷二《式微》："泥中，言有陷溺之難而不見拯救也。"

② 《魏書·地形二上》：濮陽郡，晉置。天興中屬兗州，太和十一年屬齊州，孝昌末又屬西兗，天平初屬。領縣四：廩丘、濮陽、城陽、鄄城。黎陽郡，孝昌中分汲郡置，治黎陽城。領縣三：黎陽（二漢、晉屬魏郡，後罷，孝昌中復屬）、東黎、頓丘。

③ 郡，庫本作"邵"，誤。《漢書·地理志》：東郡，秦置，莽曰治亭，屬兗州。縣二十二：濮陽、畔觀、聊城、頓丘、發干、范、茌平、東武陽、博平、黎、清、東阿、離狐、臨邑、利苗、須昌、壽良、樂昌、陽平、白馬、南燕、廩丘。

《大清一統志》卷一四四《曹州府·古蹟》：黎縣故城，在鄆城縣西。漢文帝封召奴爲黎侯，後爲黎縣，屬東郡。《元和志》：黎城在鄆城西四十五里。今山東鄆城。

④ 《太平寰宇記》卷五七：澶州，今理頓丘縣。本漢頓丘縣地，在魏之州南，當兩河之驛路，今縣北古陰安城是也。唐武德四年分魏州之頓丘、觀城二縣於今理置澶州，取古澶淵爲名，又分置澶水縣。至貞觀元年廢澶州，以澶水縣依舊屬黎州，頓丘、觀城還魏州。大曆七年，又置，領頓丘、清豐、觀城、臨黃四縣，梁及後唐皆以刺史理之。晉天福三年自舊州移於此，夾河造舟爲梁。漢乾祐元年移就得勝寨故基。周世宗又移於今理，皇朝因之。元領縣四，今六：頓丘、觀城、清豐、臨河（相州割到）、濮陽（濮州割到）、衛南（滑州割到）。一縣廢：臨黃（入觀城）。《元豐九域志》卷二：開德府，澶州澶淵郡，治濮陽縣。雍熙四年以滑州衛南、黎陽二縣隸州。端拱元年以黎陽縣隸通利軍，省臨黃縣入觀城。慶曆四年徙清豐縣治德清軍，即縣治置軍使隸州。皇祐元年省觀城縣入濮陽、頓丘，四年復置觀城縣。熙寧六年省頓丘縣入清豐。縣五：濮陽、觀城、臨河、清豐、衛南。《輿地廣記》卷一〇：開德府，唐屬澶、濮、魏三州，宋大觀元年升。今縣七：濮陽、觀城、臨河、清豐、衛南、朝城、南樂。

《大清一統志》卷二二《大名府·古蹟》：臨河故城，在開州西，漢濮陽縣地。後魏永安元年分置東黎縣，屬黎陽郡，北齊廢。隋開皇六年置臨河縣，屬汲郡。唐武德初屬黎州，貞觀十七年州廢屬相州。《元和志》：臨河縣西北至相州一百二十里，其城本春秋時衛築新城也。《太平寰宇記》：縣在澶州東六十五里，唐天祐三年屬魏州，晉天福九年隸澶州。《文獻通考》：紹興間臨河縣爲黃河水淹廢。《明統志》：廢臨河縣在開州西六十里。按：《府志》在內黃縣南三十里，《滑縣志》又謂在縣之北六十里，蓋境相接也。今河南內黃。

⑤ 朱熹《詩經集傳》卷二《式微》："中露，露中也，言有霑濡之辱而無所芘覆也。"

⑥ 《元和郡縣志》卷一一：鄆州，春秋時屬宋，即魯附庸須句國。戰國時其地屬魏，秦爲薛郡地。在漢爲東平國，屬兗州，後漢封皇子蒼是爲憲王。宋及後魏並爲東平郡。周宣帝於此置魯州，尋廢。隋分兗州萬安縣置鄆州，大業三年罷州爲東平郡。唐武德五年於今鄆城縣置鄆州。本理鄆城，貞觀八年以下濕移理須昌。管縣九：東平、須昌、陽穀、壽張、盧、東阿、鄆城、鉅野、平陰。

《大清一統志》卷一四四《曹州府》：鄆城縣，春秋魯鄆邑，漢爲壽良縣地。北周置清澤縣并置魯州及高平郡，州尋廢。隋開皇四年郡廢，改縣曰萬安，十年置鄆州，十八年改縣曰鄆城，大業初改曰東平郡。唐武德初仍曰鄆城，貞觀八年廢爲縣，天祐二年又改曰萬安。五代後唐復故。周廣順二年改屬濟州，宋、金因之。元屬濟寧路，明初屬濟寧府，洪武十八年屬兗州府濟寧州。清朝雍正二年分屬濟寧州，八年屬兗州府，十三年改屬曹州府。古鄆城，在鄆城縣東十六里。魯西境邑，亦曰西鄆。《郡國志》廩邱有運城，自後縣皆治此。《金史·地理志》：濟州鄆城，大定六年徙治盤溝村，以避河決，即今治也。今山東鄆城。

《寰宇記》：在澶州臨河縣東①。《九域志》：開德府有旄丘。

## 狄人

《補傳》曰："衛穆公之時，晉滅赤狄潞氏②，數之以奪黎氏地之罪。是《詩》作於宣公之後，穆公之前。"

孔氏曰："狄者，北夷之號。此詩責衛宣公，唯言狄人迫逐，不必是赤狄。"

---

① 《太平寰宇記》卷五七《澶州·臨河縣》：旄丘，在縣西四十步。此云"縣東"，不知何據，疑為誤書。

② 《春秋地名考略》卷一三"東山皋落氏"：閔二年，晉侯使太子申生伐東山皋落氏。杜注：赤狄別種也，皋落其氏族。按：此赤狄見《經》之始也。孔疏曰：狄有赤狄、白狄。成十二年晉侯使呂相絕秦，曰：白狄及君同鄉。則白狄與秦相近，當在晉西，此云東山，當在晉東。又云赤、白之義未聞，當是其族以赤衣、白衣為識也。定三年，赤狄侵齊。四年，赤狄侵齊。六年，赤狄伐晉。七年，赤狄侵晉。十一年，晉侯會狄於攢函。杜注：攢函，狄地，晉侯往會之。《傳》曰：晉卻成子求成於衆狄，衆狄疾赤狄之役，遂服於晉。杜注：赤狄潞氏最強，故復役衆狄。十三年，赤狄伐晉，及清，先穀召之也。十四年，晉師滅赤狄潞氏，以潞子嬰兒歸。杜注：潞，赤狄之別種，潞氏國，故稱氏，子爵也。《傳》曰：晉荀林父敗赤狄於曲梁，滅潞。曲梁在今廣平府，蓋師反出其東而轉攻之，所以絕其奔逸也。十六年，晉士會師師滅赤狄甲氏及留吁、鐸辰，獻狄俘於王。王以黻冕命士會將中軍，且為太傅。杜注：甲氏、留吁、鐸辰，赤狄別種。晉既滅潞氏，又并盡其餘黨。成三年，晉卻克、衛孫良夫伐廧咎如，討赤狄之餘焉。杜注：潞氏餘民散入廧咎如，故討之。劉炫曰：廧咎如之國即是赤狄之餘是也。廧咎如先見於僖二十三年，曰：狄人伐廧咎如，獲其二女叔隗、季隗，納諸公子。公子取季隗，生伯儵。叔劉以叔隗妻趙衰，生盾。杜注：廧咎如，赤狄之別種也，隗姓。然則咎如為赤狄，杜已先言，孔氏斥劉之非，誤矣。孔氏又曰：潞、皋落等為國名，其加氏者，赤狄既須稱狄，單國便不成文，故以氏配之是也。臣愚以為諸國之中潞為最大，《傳》言：潞子嬰兒夫人，晉景公之姊也。則通婚姻於大國矣。其爵為子，則受爵命矣。有酆舒為國相，則置官司矣。地據晉國之腹心，故經營之甚力。滅潞之歲，蓋晉人立國規模於斯而定，所關至重矣。皋落蓋亦大國。潞國之地，孔疏述《釋例》曰今上黨潞縣。隋廢，尋改置潞城縣，屬潞州。今仍之，屬潞安府。古潞城在縣東北四十里，漢縣蓋治此，後魏移治漳水東，則今治也。皋落氏地，服虔曰：皋落，赤狄之都也。《水經注》：清水出清廉山，東經皋落城北，世謂之倚亳城，又東南經陽壺城入河，則垣縣界矣。《通典》：垣縣有皋落城。《金志》：垣曲縣有皋落鎮，今在平陽府垣曲縣西北六十里。又太原府樂平縣有皋落山，未知孰是。甲氏地在今廣平雞澤縣地，留吁在廣平，鐸辰在潞安府境。諸赤狄亦當在潞安府境也。

　　林氏曰："史伯曰：當成周之北，有衛、燕①、翟②、鮮虞③、路④、洛⑤、泉⑥、徐、蒲。然則河北自衛之外皆戎狄之國也。"

　　許氏曰⑦："《春秋》戎先見，荆次之，狄次之，而荆暴於戎，狄又暴於荆，使無齊桓攘之，豈復有中國哉？"《說文》：北方，狄，從"犬"⑧。

## 衛伯

　　鄭氏曰："衛康叔之封爵稱侯，今曰伯者，時為州伯也。"孔氏曰："殷之州長曰伯，虞、夏及周皆曰牧。""一州一牧，二伯佐之。"

---

　　① 燕：下文云"河北自衛之外皆戎狄之國"，則此處林氏所謂"燕"疑為南燕，非北燕。《春秋地名考略》卷一三"燕"：南燕。隱五年，衛人以燕師伐鄭。杜注：南燕國，今東郡燕縣。按孔穎達曰：燕有二國，一稱北燕，故此注稱南燕，少別之。《世本》：燕國，姞姓，黃帝之後。宣三年，鄭文公有賤妾曰燕姞。杜注：南燕姞姓是也。桓十二年，公會宋公、燕人，盟於北邱。十三年，公會紀、鄭及齊、宋、衛、燕戰。十八年，王子克奔燕。莊元年，衛師、燕師伐周。二十年，鄭伯和王室不克執燕仲父。襄二十一年，齊叔孫還奔燕。定十年，齊成何奔燕，皆此燕國也。孔氏曰：小國無世家，不知其號謚，惟燕仲父見《傳》。戰國屬魏。秦始皇五年蒙驁攻魏拔燕，秦為燕邑。漢置南燕縣，屬東郡。後漢初為樊儵封邑，晉省，謂之東燕城。太和四年，桓溫使毛虎生為東燕太守。《宋志》曰：東燕郡，江左分濮陽置。胡氏曰祖逖置。《晉志》曰石虎時已有之矣。後魏改為東燕縣，仍屬東郡。隋開皇十八年改置胙城，屬滑州，唐、宋因之。金屬開封府，尋改屬衛州。金時以河患四徙縣治，貞祐中移衛州治此。元還治汲縣，以縣屬焉。今屬衛輝府。古東燕城在縣西。《河南通志》卷五一《古蹟上·衛輝府》：南燕城，在胙城縣東龐固社，即春秋南燕國也。晉慕容德亦建都於此，今併入延津縣。今河南延津。

　　② 《通鑑地理通釋》卷六：翟，隗姓，白狄，有延安府、鄜、丹、綏、廓、銀、石州之地。整理者按：泛指北方地區少數民族，與"狄"通。

　　③ 《春秋地名考略》卷一四"鮮虞"：昭十二年，晉伐鮮虞。杜注：鮮虞，白狄別種，在中山新市縣。按：鮮虞，一曰中山。司馬貞曰：鮮虞，姬姓國。《後漢志》：子姓。定四年，會於召陵，將為蔡討楚。荀寅曰：水潦方降，中山不服，棄盟取怨，無損於楚而失中山。乃辭蔡侯。杜注：中山即鮮虞。晉嘗竭力圖中山，終春秋之世不能取。戰國魏文侯令樂羊攻中山，三年拔之。趙武靈王曰：我國東有河薄洛之水，與齊、中山同之。十年，略中山地，至寧葭。二十一年，攻中山，自軍曲陽，攻取丹丘、華陽、鴟之塞，王軍取鄗、石邑、封龍、東垣，中山獻四邑以和。惠文王三年滅中山，遷其軍於膚施。自是地屬趙。漢置新市縣，景帝封為侯邑，屬中山國，魏、晉因之。後魏亦屬中山郡，齊、周因之。隋大業初省入九門縣。唐復置，尋廢為新市鎮，今在真定府治西北四十里，有鮮虞亭。今河北正定。

　　④ 《國語·鄭語》韋昭注：路、洛、泉、徐、蒲，皆赤翟，隗姓也。《通鑑地理通釋》卷六：路，妘姓，春秋赤狄潞氏。今潞州潞城縣。

　　⑤ 《通鑑地理通釋》卷六：洛，隗姓。《漢·匈奴傳》：武王放逐戎夷涇、洛之北。《注》云："洛即漆沮水也，出上郡雕陰泰冒山，東南入於渭。"《後漢書·西羌傳》：洛川有大荔之戎。

　　⑥ 《春秋地理考實》卷一"僖公十一年揚拒泉皋伊洛之戎"：杜注："揚、拒、泉、皋皆戎邑及諸雜戎居伊水、雒水之間者，今伊闕北有泉亭。"今河南府洛陽縣西南有前城，即泉亭也。今河南洛陽。

　　⑦ 許氏：即許翰，字崧老，拱州襄邑（今河南睢縣）人，欽宗時擢中大夫、同知樞密院，高宗時拜尚書右丞兼權門下侍郎，著《論語解》、《春秋傳》，有《襄陵文集》二十二卷。《宋史》有傳。引文又見呂本中《春秋集解》卷七、趙汸《春秋集傳》卷三、吳澄《春秋纂言》卷三。

　　⑧ 說文北方狄從犬：庫本脫。

《春秋》：桓三年，"齊侯、衛侯胥命於蒲①"。陳氏曰②："諸侯不稟於天子而私相命於是始"，"於是齊僖稱小伯，黎之臣子亦以方伯責衛宣，桓、文之事，其所由來者漸矣。"段氏曰③："黎之於衛，唇齒之邦也。黎亡，則衛及矣。""黎既不守，衛其免乎？其後卒有狄難。"

## 西方之人

毛氏曰："西方，王室。"呂氏曰④："西方，指西周也。《晉語》⑤：齊姜氏引西方之書。韋昭以為周，亦西周也。周既東遷而衰，每思其全盛之時文獻之美也。"朱氏曰⑥："西方美人，託言以指西周之盛王。"

---

① 《春秋地名考略》卷七"蒲"：杜注："蒲，衛地，在陳留長垣縣西南。"按：成九年同盟於蒲即此，為衛之巖邑矣。後屬魏，秦始皇九年伐魏取垣、蒲。漢置長垣縣，屬陳留郡。晉屬陳留國。隋改匡城，屬滑州，唐因之。《括地志》：蒲城在匡城縣北十五里。宋復縣名為長垣，屬開封府。金屬開州，今仍之。今河南長垣。
② 陳氏：即陳傅良，字君舉，溫州瑞安人，寧宗時，為中書舍人兼侍讀，直學士院，同實錄院修撰，著《周禮說》一卷、《春秋後傳》十二卷、《建隆編》一卷、《西漢史鈔》十七卷，有《止齋集》五十二卷等。《宋史》有傳。引文見陳傅良《春秋後傳》卷二"桓公·三年春正月"條。
③ 段氏：即段昌武。引文見段昌武《毛詩集解》卷三"瑣兮尾兮"條。
④ 呂氏：即呂祖謙。引文見《呂氏家塾讀詩記》卷四"山有榛"條。
⑤ 《晉語》：即《國語·晉語》。
⑥ 朱氏：即朱熹。引文見《詩經集傳》卷二《旄丘》"山有榛"條。

## 泉水

呂氏曰①："泉水，即今衞州共城之百泉也②。淇水，出相州林慮縣③，東流，泉水自西北來注之，故曰'亦流於淇'。而《竹竿詩》言'泉源在左④，淇水在右'者，蓋主山而言之。相、衞之山東面，故以北爲左，南爲右。"

《水經注》：即"泉源之水也"，"淇水左右，蓋舉水所入爲左右。""毖彼泉水"，《韓詩》作"祕"，《説文》作"聏"。

## 淇

《水經》："淇水出河内隆慮縣西大號山⑤。"相州林慮。《注》："自元甫城東

① 呂氏：即呂大臨，字與叔，學於程頤，元祐中爲太學博士，遷秘書省正字。《宋史》有傳。引文又見呂祖謙《呂氏家塾讀詩記》卷四、段昌武《毛詩集解》卷三、嚴粲《詩緝》卷四及卷六。
② 《大清一統志》卷一五八《衞輝府》：輝縣，周共伯國。漢置共縣，屬河内郡，後漢因之。三國魏屬朝歌郡。晉屬汲郡。東魏天平中改屬林慮郡，北齊廢。隋開皇六年復置共城縣，屬懷州，大業初屬河内郡。唐武德元年於縣置共州，四年州廢，屬殷州。貞觀初屬衞州，五代、宋因之。金大定二十六年移衞州治此，尋復故，二十九年改曰河平，明昌三年改曰蘇門，貞祐三年於縣置輝州。元至元三年省蘇門縣入州，屬衞輝路。明初改州爲輝縣，屬衞輝府，清朝因之。百泉，在輝縣西北七里，一名百門泉。今河南輝縣。
③ 《太平寰宇記》卷五○：相州，鄴郡，今理安陽縣。春秋時屬晉，後屬趙，秦并天下爲上黨、邯鄲二郡之地。漢高祖置魏郡，理鄴，後漢冀州之理。石虎都之，改太守爲魏尹。慕容儁又徙都之，仍置司隸校尉。苻堅以王猛爲冀州牧。後魏於此立相州。東魏靜帝遷都於此，改置魏尹及司州牧。北齊武帝又都焉，改魏尹爲清都都尹。周平齊後改爲相州，大象二年自故鄴移相州於安陽城，即今理也。隋初郡廢而州立，煬帝初州廢後置魏郡。唐武德元年置相州，領安陽、鄴、林慮、靈泉、相、臨漳、洹水、堯城八縣，二年割林慮置巖州，五年廢巖州，以林慮來屬，仍省鄴縣，六年割衞州之蕩源來屬。貞觀元年改蕩源爲湯陰，以廢慈州之滏陽、成安二縣來屬，十七年以廢黎州之内黄、臨河來屬。天寶元年改爲鄴郡，乾元元年復爲相州。元領縣十一，今六：安陽、鄴、湯陰、臨漳、林慮、永定。五縣割出：滏陽（入磁州）、内黄、成安、洹水（已上三縣入魏州）、臨河（入澶州）。《元豐九域志》卷二：相州，天聖七年改永定縣爲永和，熙寧六年省永和縣爲鎮入安陽，鄴縣爲鎮入臨漳。縣六：安陽、湯陰、臨漳、林慮、内丘、南和。《輿地廣記》縣四：安陽、湯陰、臨漳、林慮。
　　《大清一統志》卷一五六《彰德府·建置沿革》：林縣，戰國韓臨慮邑。漢置隆慮縣，屬河内郡。後漢延平時改曰林慮，建安十七年改屬魏郡。三國魏屬朝歌郡。晉屬汲郡。後魏太平真君六年省入鄴縣，太和二十一年復置，永定元年并置林慮郡。北齊郡廢。後周復置。隋開皇三年郡廢，縣屬相州。十六年於縣置巖州，大業初廢，縣屬魏州。唐武德二年復置巖州，五年州廢，縣仍屬相州，五代、宋因之。金貞祐三年升爲林州。元仍爲縣，憲宗二年復爲州，至元二年復爲縣，尋復爲州，屬彰德府。明洪武三年省縣入州，尋降州爲林縣，屬彰德府，清朝因之。今河南林州。
④ 《大清一統志》卷一五八《衞輝府·山川》：泉源水，在淇縣南，亦名陽河，即古肥泉也。《水經注》：泉源水有二源，一水出朝歌城西北，南流，東屈逕朝歌城南，又東與左水合，謂之馬溝水。一水出朝歌城北，東流，南屈至其城東，又東流與美溝合，又東南注淇水，爲肥泉也。張華《博物志》謂之澳水。《寰宇記》：陽和水，即邶鄁朝涉之脛處。《縣志》：斳脛河源出縣西北三里，東南流逕縣南五里，又東南過縣東南二十里入衞。
⑤ 《行水金鑑》卷一四四：淇河，《衞詩》所云淇澳者是也。《水經》：淇水出河内隆慮縣西大號山。隆慮，即今林縣。發源縣南臨淇集，至合河口，又浙水自西來注之，至淇縣薛村口入衞。自林縣臨淇集發源至合河口淇浙合流處計長二十里，自合河口至淇縣長六十里，至薛村口又四十里，共長一百二十里。河寬至二十二三丈，深至一丈二三尺。

南逕朝歌縣北。"《竹書紀年》晉定公二十八年"淇絶於舊衛"即此①。

《地理志》：出河內共縣北山，《郡縣志》：出共城縣西北沮洳山。《通典》：出共山，今衞州共城。東至黎陽入河。《溝洫志》："遮害亭西十八里至淇水口②。"《通典》：淇水至衞州衞縣界入河，謂之淇水口，古朝歌也。衞居河、淇之間③。《水經注》：頓丘縣遮害亭。

《山海經》："沮洳之山④，濘水出焉，南流，注於河。"《注》：今淇水出隆慮大

---

① 《竹書紀年》：《晉書·束晳傳》："太康二年，汲郡人不準盜發魏襄王墓，或言安釐王冢，得竹書數十車，其《紀年》十三篇記夏以來至周幽王為犬戎所滅，以事接之三家分，仍述魏事至安釐王之二十年，蓋魏國之史書，大略與《春秋》皆多相應。"或有文字與儒家經傳不同。得經學者荀勗、和嶠、束晳等人整理。以其源自汲冢，故又稱《汲冢竹書》、《汲冢紀年》，或簡稱《竹書》、《紀年》。《隋書·經籍志》：《紀年》十二卷，《汲冢書》并《竹書同異》一卷。兩《唐書志》作十四卷。《太平御覽經史圖書綱目》（以下簡稱御覽綱目）外不見收錄，疑北宋中期即已亡佚。是後有題名沈約撰之二卷本《竹書紀年》，四庫館臣疑為"亦明人鈔合諸書以為之"，今人或以為宋元時人重編，是為《今本竹書紀年》，雖輯錄了一些古本原文，但摻雜它書之文過多，極不可信。清朱右曾重加輯訂，成《汲冢紀年存真》，王國維再輯為《古本竹書紀年輯校》，范祥雍據之作《古本竹書紀年輯校訂補》，方詩銘又據三家成《古本竹書紀年輯證》。

沈炳巽《水經注集釋訂訛》卷九：按《竹書紀年》，淇絶於舊衛乃敬王二十六年，晉定公即位於敬王九年，至二十六年乃十八年，"二"字屬衍文。

② 《大清一統志》卷一五八《衞輝府·古蹟》：枋頭城，在濬縣西南八十里，即今之淇門渡，古淇水口也。《晉書》：苻堅自鄴如枋頭謙諸父老，改枋頭為永昌縣，復之終世。其後仍為枋頭。《水經注》：漢建安九年，魏武王於水口下大枋木以成堰，遏其水東入白溝以通漕運，故時人號其處為枋頭。遮害亭，在濬縣西南五十里，舊為大河所經。

③ 《大清一統志》卷一五八《衞輝府·山川》：淇水，在輝縣西北，東北派接彰德府林縣界，東南逕彰德府湯陰縣界，南派復入淇縣，東南流入衞。《三國·魏·武帝紀》：建安九年，太祖遏淇水入白溝以通糧道。《水經注》：淇水出河內隆慮縣西大號山，東北流，活水注之。又逕南羅川。又歷逕羅城北，東北與女臺水惠。又東北逕淇陽川，逕石城西北，又東北，西流水注之。又東出山，分為二水，會立石堰遏水以沃白溝，左為宛水，右則淇水。自元甫城東南逕朝歌縣北，又東屈而西，轉逕頓邱界，又南逕頓邱西，又南與泉源水合，又南歷枋堰，又南逕枋城西，分為二水，一水南入清水，一水東北入頓邱界。是古淇水入黃河，經曹操遏其流而轉為衞河支流。

④ 《大清一統志》卷一五八《衞輝府·山川》：淇山，在輝縣西北，淇水所出，一名沮洳山，亦名大號山。按：淇水之源，《水經》云出淇山，《漢志》云出共山，《地形志》又云王莽嶺源河流為淇，大約諸山相近，故各指而言之也。

虢山，東過河內縣南為白溝①。

## 沛禰

毛氏曰："地名。"鄭氏曰："所嫁國適衛之道所經。"

《地理志》：《禹貢》道沇水②，東流爲沛。《注》："泉出王屋山③，名為沇，流去乃爲沛④。"東郡臨邑有沛廟⑤。《注》：沛，亦"濟"水字。《通典》：臨邑，在濟州盧縣⑥。

---

　　①　整理者按：《隋書·地理志》河內郡河內縣，原為野王縣，開皇十六年改。《大清一統志》卷一六〇《懷慶府·建置沿革》：河內縣，春秋晉野王邑。漢置野王縣，屬河內郡，後漢因之。晉為河內郡治。後魏為懷州治。隋開皇十六年改河內縣，為懷州治，大業初為河內郡治。唐為懷州治，五代及宋因之。金為南懷州沁南軍治。元為懷慶路治。明為懷慶府治，清朝因之。今河南沁陽。是河內縣隋開皇十六年始改河內郡治野王縣為之，郭璞注《山海經》時此處尚無河內縣之名，疑此處郭璞注文在傳抄中脫"野王"二字。或係因河內郡治野王，故連寫而簡稱之。

　　《大清一統志》卷一〇《保定府山川》：巨馬河，即淶水也，自易州淶水縣入，南逕定興縣西，至注縣南為白溝河，又東南逕容城縣東北，又東逕新城縣南，又東南逕雄縣西，又東入保定縣界。《漢書·地理志·廣昌縣》：淶水東南至容城入河。《水經注》：淶水逕迺縣謂之巨馬河，東南逕范陽縣故城北，易水注之。又東，酈亭溝水注之。又東逕容城縣故城北，又東，督亢溝水注之。又東南逕益昌縣。《寰宇記》：巨馬河在雄州北三十里，從易州流入，下至霸州。許元宗《奉使行程錄》：白溝河濶止十數丈，深可二丈，宋與遼以此為界，過河三十里到新城縣。《舊志》：巨馬河在定興縣西一里，自淶水縣流入，至縣南河陽渡與易水合，自下通名白溝河，以宋、遼分界於此，亦名界河，俗又名曰北河，東南流至白溝店南，其地去新城縣三十里，西南去容城縣二十八里，東南抵雄縣三十里，舊自白溝店北東流，明永樂末徙於店南，故道遂淤。又東南流，由永通橋環雄縣城西南而東出瓦濟橋，又東八里許為柴禾澱，始與九河合流入茅兒灣，其一支由容城縣分流至雄縣西三里名黃河灣，又逕新安流入四角河。按《水經注》：督亢溝亦承淶水，東南至涿縣謂之白溝，又南入巨馬河。白溝乃巨馬支津下流，在今涿州界。自宋以來始總號巨馬為白溝。又按《水經注》、《元和郡縣志》、《太平寰宇記》諸書皆作"巨馬"，後人加"手"傍作"拒馬"，相傳劉琨拒石勒於此得名。

　　②　道：庫本作"導"，《漢書·地理志》作"道"。

　　③　《大清一統志》卷一一八《絳州·山川》：王屋山，在垣曲縣東北一百里，與澤州府陽城縣及河南懷慶府濟源縣接界。今山西垣曲、陽城、河南濟源之間。

　　④　源於王屋山之水，《周禮·職方氏》、《漢書·地理志》、《說文》作"沛水"，餘書作"濟水"，與江、河、淮合稱四瀆，其故道本過黃河而南，東流入山東，與黃河并行入海，後下游爲黃河所奪，惟河北發源處或尚存。或以爲"沛水"，亦名沛河，出河北贊皇山西南，南東流入高邑縣界，一名沙河，白溝水，分支流入柏鄉縣，入寧晉縣之寧晉泊。

　　⑤　《大清一統志》卷一四二《泰安府·古蹟》：臨邑故城，在東阿縣北。漢置縣，屬東郡，後漢因之。晉屬濟北國，宋大明八年省。按《水經》：濟水過臨邑縣東，又北逕平陰城西。則臨邑在濟水之西，平陰之西南，當在今東阿縣北界。王莽改臨邑為穀城亭，蓋亦取故穀城為名也。今山東東阿。

　　⑥　《通典》卷一八〇：濟陽郡，濟州，今理盧縣。戰國初齊、衛之境。秦屬東郡。漢末屬東郡、泰山二郡地。後漢屬東郡及濟北郡。晉為濟北國。宋為濟北郡，後魏因之。隋初置濟州，煬帝初復為濟北郡。唐武德四年改為濟州，或為濟陽郡。盧，漢舊縣，漢臨邑縣故城在今縣東，即馬防城也。

　　《大清一統志》卷一三二《東昌府·古蹟》：濟州故城，在茌平縣西南，即碻磝城也。晉永和八年姚襄屯碻磝城，宋永初四年魏人立濟州濟北郡於此，後魏泰常八年置濟州治碻磝城是也。城臨水，西南圮於河。後魏更城之，立濟州治此，其西南隅又圮於河，即故茌平縣也。隋廢為濟北郡，治盧縣。唐武德四年復於盧縣置濟州，天寶初改濟陽郡。十三載州廢，以盧縣屬鄆州。《元和郡縣志》：盧縣東南至鄆州一百里，其濟州復為河所陷，廢。《太平寰宇記》：盧縣仍屬鄆州，又曰博州，東南至舊濟州五十里，後廢。按：濟州在濟水西岸，為漢茌平地，《水經注》、《元和郡縣志》歷歷可証，其所治盧縣蓋亦元魏時僑置，非漢縣也，後人但以長清縣有故盧縣，不復分別，并以濟州入之，誤矣。今山東茌平。

禰，《韓詩》作"坭"。《寰宇記》：大禰溝①，在曹州冤句縣北七十里②。今興仁府冤亭縣③。《九域志》："《詩》云'飲餞於禰'。"

朱氏曰④："皆自衛來時所經之處。"蘇氏曰⑤："《書》⑥：導沇水⑦，東流為濟，入於河，溢為滎。《春秋傳》⑧：衛敗於滎澤⑨。故濟水及衛。

## 干 言

毛氏曰："所適國郊也。"

《地理志》：東郡有發干縣⑩。曹氏曰："即此所謂'干'。"《郡國志》：東郡衛國⑪，有干城⑫。故發干縣，今開德府觀城⑬。

---

① 《太平寰宇記》卷一三《曹州·冤句縣》：大禰溝，一名冤水，《詩》曰"出宿於濟，飲餞於禰"即此也。未有"縣北七十里"之句。

② 《太平寰宇記》卷一三：曹州，濟陰郡，今理濟陰縣。周為曹國之地，後屬於宋。七國時屬齊。漢為濟陰之地，景帝中六年例為濟陰國，宣帝甘露二年更名定陶，哀帝更為濟陰郡，屬兗州。按：此前濟陰理在州東北四十七里定陶故城，宋移理城陽。按：城陽，今濮州雷澤理是也。後魏於定陶城置西兗州，後又徙理在城，即今州理是也，仍移濟陰郡理此，郡與州同理。周武帝宣政元年改西兗州為曹州，取曹國為名也。隋大業三年改為濟陰郡。唐武德四年復為曹州，領濟陰、定陶、冤句、離狐、乘氏，併置蒙澤、晉陽等七縣，其年省晉陽，五年以廢梁州之考城來屬。貞觀元年省定陶、蒙澤二縣入濟陰郡。乾封二年以廢戴州之成武來屬。天寶元年改為濟陰郡，乾元元年復為曹州。元領縣六，今四：濟陰、冤句、乘氏、南華。二縣割出：考城（入開封府）、成武（入單州）。《大清一統志》卷一四四《曹州府·古蹟》：冤句故城，在菏澤縣西南。漢縣屬濟陰郡，亦作宛朐，景帝封楚元王子執為宛朐侯。晉屬濟陽郡。魏仍屬濟陰郡，隋因之。唐屬曹州。宋元祐元年改曰宛亭縣，屬興仁府。金圮於河。

③ 《宋史·地理志·京東西路》：興仁府，本曹州，建中靖國元年改賜軍額曰興仁，崇寧元年升曹州為興仁府，復還舊節。縣四：濟陰、宛亭、乘氏、南華。

④ 朱氏：即朱熹。引文見朱熹《詩經集傳》卷二。

⑤ 蘇氏：及蘇轍。引文見蘇轍《詩集傳》卷二。

⑥ 書：《詩集傳》作"書曰"。

⑦ 沇：庫本作"流"，誤。

⑧ 《春秋傳》：即《春秋左氏傳》。

⑨ 衛：《詩集傳》作"衛及狄戰"。

⑩ 《大清一統志》卷一三二《東昌府·古蹟》：發干故城，在堂邑縣西南。漢置縣，屬東郡，元狩五年封衛青子登為侯邑。後漢建安十一年割屬魏郡。晉屬陽平郡。南燕時僑置幽州於此。後魏仍屬陽平郡，北齊省。《括地志》：發干故城在堂邑縣西南二十三里。今山東聊城。

⑪ 《續漢書·郡國志·東郡》：衛公國，本觀故國，姚姓，光武更名。

⑫ 干：《郡國志》作"竿"。

⑬ 《大清一統志》卷一四四《曹州府·建置沿革》：觀城縣，本古觀國，春秋時為衛地。漢置畔觀縣，屬東郡。後漢建武十三年更名衛國縣。晉屬頓邱郡，後魏因之。隋開皇六年改曰觀城，屬武陽郡。唐初屬澶州，貞觀十七年省，大曆七年復置，仍屬澶州。宋皇祐元年省入濮陽、頓邱二縣，四年復置，屬開德府。金屬開州。元屬濮州。明屬東昌府。清朝雍正八年分屬濮州，十三年屬曹州府。今河南清豐。

《隋志》、《九域志》：邢州内丘縣①，有干言山②。李公緒曰③："柏人縣有干山④、言山。"柏人，邢州堯山縣。《水經注》：汦水又東南經干言山⑤。

孔氏曰："'干沛在郊'，則言禰，蓋近在國外，衛女所嫁國適衛之道所經見，故思之。"

### 肥泉

《水經注》：馬溝水，出朝歌城北，又東流與美溝合⑥，又東南注淇水爲肥泉。《詩》："我思肥泉。"毛云："同出異歸爲肥泉。"《爾雅》："歸異出同曰肥。"今是水異出同歸。

### 思須與漕

《水經注》：濮渠東逕須城北⑦，《詩》："思須與漕"。《地理志》：東郡須昌縣，

---

① 《輿地廣記》卷一一：邢州，春秋時爲邢國，衛人滅之，戰國時屬趙。秦屬鉅鹿、邯鄲郡。常山王張耳都焉。漢屬趙國、廣平、鉅鹿、常山郡，後漢因之。晉屬鉅鹿、趙國。後趙石勒亦都焉。後魏爲鉅鹿郡。隋置邢州，後爲襄國郡。唐復爲邢州，天寶元年屬鉅鹿郡。元領縣九，今八：龍岡、沙河、南和、鉅鹿、任、平鄉、堯山、内邱。《宋史·地理志·河北西路》：信德府，本邢州，宣和元年升爲府。縣八：邢臺、沙河、任、堯山、平鄉、内邱、南和、鉅鹿。
《大清一統》卷二〇《順德府·建置沿革》：内邱縣，漢置中邱縣，屬常山郡。後漢屬趙國，晉因之，後省入柏人。後魏太和二十一年復置，屬南鉅鹿郡，孝昌中屬南趙郡。隋開皇初避諱改曰内邱，屬襄國郡。唐武德四年屬趙州，五年還屬邢州，五代、宋、金因之。元屬順德路。明屬順德府，清朝因之。今河北。
② 《大清一統》卷二〇《順德府·山川》：干言山，在唐山縣西北。《隋書·地理志》内邱縣有干言山。《舊志》：在唐山縣西北四里，山勢延袤數十里，接内邱縣界。今河北隆堯。
③ 李公緒，字穆叔，平棘人，魏末爲冀州司馬，齊天保初以侍御史徵不就，尤明天文，善圖緯之學，好著書，撰《質疑》五卷、《喪服章句》一卷、《古今略記》二十卷、《玄子》五卷、《趙語》十三卷。《北齊書》有傳。
④ 干：庫本作"千"，誤。
《大清一統》卷二〇《順德府·古蹟》：柏人故城，在唐山縣西。本春秋時晉邑。《元和志》：堯山縣西南至邢州八十里，本曰柏人，後魏改郡、縣"人"爲"仁"。天寶元年改爲堯山。柏人故城在縣西北十二里。《舊志》：金世宗以父名宗堯改名唐山。今河北隆堯。
⑤ 今《水經注》無此文。汦水：即槐河，源於河北贊皇西南，東流入洨陽河。
⑥ 《大清一統》卷一五八《衛輝府·山川》：小石河，在淇縣北，即古美溝水也。《水經注》：美溝水出朝歌西北大嶺下，東出，逕駱駝谷，於中逶迤九十曲，故俗有美溝之目，其水東逕朝歌城北，又東南流注馬溝水入淇。《縣志》：源出縣西北三十里。
⑦ 《大清一統》卷一五八《衛輝府·古蹟》：須城，在滑縣東南。《寰宇記》：在衛南縣東南三十八里。今河南滑縣。

• 53 •

故須句國①。今東平府須城縣。

漕，即漕邑。《括地志》：“白馬故城，在滑州衛南縣西南二十四里②。”戴延之《西征記》云③：“白馬城，故衛之漕邑。”衛南，今屬開德府，本楚丘之地也。

傅氏曰：“自須至漕，由東而西也。”

## 北門

曹氏曰④：“蓋忠臣行役之所由出。”

毛氏曰：“北門，背明鄉陰。”

① 《春秋地名考略》卷一四“須句”：僖二十二年公伐邾，取須句。杜注：須句，列國，而削弱不能自通，為魯私屬，若顓臾之比，魯謂之社稷之臣。又曰：須句在東平須昌縣東北。按：須句，《公羊》作“須胊”，風姓也，實司太皞與有濟之祀以服事諸夏。邾人滅須句，須句子來奔，因成風也。成風為之言於公，二十二年春伐邾，取須句，反其君焉。文七年，公伐邾，取須句。杜注：須句，魯之封內屬國也，僖公反其君之後邾復滅之。秦置須昌縣，漢因之，屬東郡，高帝封功臣趙衍為侯邑，後屬東平國。晉為東平國治。後魏為東平郡治，北齊郡廢。隋屬鄆州，改縣曰宿城，又別析置須昌縣。唐移鄆州治須昌，又再改宿城名曰東平，尋併入須昌。後唐改須昌為須城。宋咸平三年以河患徙州治及須城縣俱還故鄆城地，政和初升鄆州為東平府。元改路。明降州，省附郭須城縣入之。今仍為東平州，屬兗州府。再按《水經注》曰：杜預謂須胊在須昌縣北，非也。《地理志》曰：壽張縣西北有胊城，或曰須句初封濟水之陽，在壽張，後遷濟水之陰，在須城。今山東東平。

② 《大清一統志》卷一五八《衛輝府·古蹟》：衛南廢縣，在滑縣東六十里，本衛楚邱地。隋開皇十六年置縣，屬東郡。唐屬滑州，縣治古楚邱城，儀鳳元年移治西北濱河之新城，永昌元年又移於楚邱之故城。南宋仍屬滑州。金省。今河南滑縣。

③ 云：庫本作“六”，誤。

《西征記》：戴延之撰，《隋志》作二卷，兩《唐志》不載，《御覽綱目》外宋代諸目不收。是書《隋志》與《御覽綱目》均收，表明歷唐、五代尚保存完好，而兩《唐志》竟均未見收錄，耐人尋味。另又有戴祚《西征記》，《隋志》、《舊唐志》及《冊府元龜》卷一六一作一卷；《新唐志》作二卷。戴祚，生平事蹟不詳，《冊府元龜》卷五五五稱其嘗為西戎太守。西戎太守一職史上無載，疑為誤書，或虛銜非實職，或為虛封西部近少數民族地區郡守。且“祚”與“延之”在作為人名時，有一種遞進對應關係，符合古人取名與字的習慣。據此，疑祚與延之即是一人。其書流傳至隋、唐已分為一卷與二卷兩種版本，《隋志》或為一時不察而作兩人兩書兼收。今據《水經注》卷一五云義熙中，延之嘗作為劉裕參軍隨軍西征入長安，是書又云：“戴延之從劉武王西征，記曰……”，此“記”當即《西征記》，所載或止於函穀關，其記錄函穀及其以東河洛等見聞之著述為《北征記》，即《宋武北征記》，見前。從以上數條可以概見戴祚延之之生平事蹟，也可以斷定，《西征記》之作，當為延之隨軍見聞之筆錄，從現存《水經注》、《太平御覽》及《初學記》諸書中所引條目看，多山川城邑趣聞古逸之屬，顯系行程記一類作品。今有《五朝小說》及葉昌熾輯本各一卷。

④ 曹氏：即曹粹中，字純老，定海人，中宣和六年進士丙科，自號放齋，著《詩說》三十卷。《四明志》有傳。引文又見《欽定詩經傳彙纂》卷三。

## 新臺

《説文》：新臺有玭。《通典》：魏州黄縣①有新臺。

《水經注》：鄄城北岸有新臺②。《寰宇記》：在濮州鄄城縣北十七里。《輿地廣記》：開德府觀城縣，有新臺。

## 二子乘舟

《左傳》：“使盗待諸莘③。”《水經注》：京相璠曰：“陽平縣北十里有莘亭，自衛適齊之道。縣東有二子廟，猶謂之孝祠”。今大名府莘縣④，本陽平，屬東郡。《郡縣志》：莘亭，在縣北十三里。

---

①　《通典》卷一八〇：魏州，今理貴鄉、元城二縣。夏觀扈之國。春秋晉地。戰國時屬魏。秦屬東郡。二漢屬魏、東二郡地（二漢、魏、晉之魏郡皆今鄴郡地）。魏分置陽平郡，晉因之。宋文帝置東陽平郡，後魏因之。後周置魏州。隋改為武陽郡。唐武德四年改置魏州，龍朔二年改為冀州，尋復舊，或為魏郡。領縣十：貴鄉、元城、館陶、臨黄（有新臺，衛宣公作新臺於河上是也）、莘、魏、頓丘、昌樂、朝城、冠氏。整理者按：是此處王應麟所引文脱一“臨”字。

《大清一統志》卷一四四《曹州府·古蹟》：臨黄故城，在觀城縣東南。後魏初置，北齊省。隋開皇六年復置，屬武陽郡。武德五年以臨黄屬莘，貞觀元年州廢，縣還故屬。《元和志》：澶州臨黄縣西至州六十七里，漢觀縣地，後漢改觀縣為衛縣，後魏孝文帝分衛縣置臨黄縣，以此臨黄溝，因以為名。大曆初又割屬澶州。《寰宇記》：臨黄廢縣，在觀城縣東七十二里。《舊志》：臨黄集在州北。今河南范縣。

②　《大清一統志》卷一四四《曹州府·古蹟》：鄄城故城，在濮州東二十里，春秋衛邑，後為齊邑。漢置鄄城縣，屬濟陰郡。曹操領兖州牧，治鄄城。晉亦為鄄城縣，屬濮陽國。慕容燕置東郡於此。苻秦為兖州治。後魏為濮陽郡治。隋開皇初郡廢，十六年置濮州，大業二年廢濮州入東平郡。唐武德四年重置濮州鄄城縣，後皆為州郡。《寰宇記》：濮州，濮陽郡，今理鄄城縣，東至鄆州一百八十里，南至曹州二百五十五里，北渡河至魏府一百六十里。《州志》：即濮州舊城，明正統十三年為河水所壞，景泰二年徙今治。今山東。

③　《春秋地名考略》卷七“莘”：隋又於故莘亭地置莘亭縣，尋廢。唐武德四年又置，屬博州，五年并入莘縣。今莘亭故城在縣北。

④　《輿地廣記》卷五：北京，大名府，春秋時屬晉、衛，戰國時屬衛，二漢屬魏郡、東郡、清和。魏文帝分置陽平郡，晉因之。宋文帝東陽平郡，元魏因之。後周大象二年置魏州。隋大業初置武陽郡。唐武德四年改置魏州，龍朔二年更名冀州，咸亨三年復曰魏州，天寶元年曰魏郡，自代宗後為田承嗣、史憲誠、何進滔、羅洪信所據，曰大名府。後唐建鄴都，晉、漢因之，至周罷大名府。後唐曰興唐，晉、漢、周復曰大名。宋朝慶曆二年升為北京。今縣十一：元城、莘、内黄、戍安、魏、館陶、夏津、臨清、宗城、清平、冠氏。

《大清一統志》卷一三二《東昌府·建置沿革》：莘縣，春秋時衛莘邑。漢置陽平縣，屬東郡，後漢因之。三國魏改屬陽平郡，晉省入樂平。後魏太和二十一年復置，北齊改為樂平縣治。後周建德七年於此置武陽郡。隋開皇初郡廢，六年復改縣曰陽平，八年又改曰清邑，十六年置莘州，大業初州廢，改縣曰莘縣，屬武陽郡。唐武德五年復置莘州，貞觀元年州廢，縣屬魏州。宋屬大名府，金因之。元改屬東昌路，明屬東昌府，清因之。今山東。

### 鄘

《通典》：衛州新鄉縣西南三十二里有鄘城[①]，即鄘國。《九域志》："熙寧六年，省新鄉為鎮，入汲。鄘城，在汲縣東北[②]。"

《補傳》曰："鄘，本鄘姓之國。漢有庸光及膠東庸生，是其後也。""古或作'庸'。"傅氏曰："孟庸，當是鄘國之姓。鄘為衛所滅，故其後有仕於衛者。"

孔氏曰："王肅、服虔以鄘在紂都之西。孫毓云'據《鄘風·定之方中·楚丘之歌》，鄘在紂都之南明矣'。沫邦，於諸國屬鄘，《酒誥》命康叔'明大命於妹邦'。《注》云'紂都所處，康叔爲其連屬之監'。是康叔并監鄘也。"

### 中河

曹氏曰："衛國居河、淇之間，故邶、鄘皆以柏舟發興。齊地西以河爲境，而衛居河之西，欲奪共姜歸齊，則當乘舟渡河而去。"

嚴氏曰[③]："鄘在紂都之南，則近河矣。言中河，以土風所見也。"

### 桑中

孔氏曰："《譜》云：東及兗州桑土之野。今濮水之上地有桑間，濮陽在濮水之北，是有桑土明矣。《郡國志》：東郡濮陽縣，有顓帝冢。《皇覽》

---

① 《大清一統志》卷一五八《衛輝府·建置沿革》：汲縣，附郭，殷牧野地，周為鄘、衛，戰國魏汲邑。漢置汲縣，屬河內郡，後漢因之。三國魏屬朝歌郡。晉泰始二年置汲郡，後廢。後魏太和十二年復置，興和二年於此置義州及伍城郡伍城縣，北齊廢州，後周廢郡，以伍城縣屬衛州。隋開皇六年仍改曰汲縣，大業初屬汲郡。唐武德元年復置義州，四年州廢，縣屬衛州。貞觀元年自衛縣移衛州來治，五代及宋因之。金遷州治於共城及胙城，尋復。故元為衛輝路治。明為衛輝府治，清因之。新鄉縣，周為鄘國。漢初為汲縣地，元鼎六年分置獲嘉縣，屬河內郡。後漢為侯國。晉屬汲郡，後省，後魏太和二十三年復置，北齊廢。隋開皇初改置新鄉縣，屬河內郡。唐武德初屬義州，四年州廢，屬殷州。貞觀元年還屬衛州，五代因之。宋熙寧六年省入汲縣，元祐二年復置，屬衛州，金因之。元屬衛輝路。明衛輝府，清因之。今河南。

② 《大清一統志》卷一五八《衛輝府·古蹟》：汲縣故城，在今汲縣西南，本戰國魏邑。魏太和十二年復治汲城，又汲郡治枋頭城，蓋縣已非郡治也。北齊省縣入伍城。隋改伍城曰汲，而故城遂廢。《括地志》：汲故城在衛州所理汲縣西南二十五里。鄘城，在汲縣東北。周初所分之國。《通典》：鄘城在新鄉縣西南三十二里，古鄘國也。《寰宇記》：在汲縣東北十三里。

③ 嚴氏：即嚴粲。引文見嚴粲《詩緝》卷五。

曰①：冢在城門外廣陽里中。《博物記》曰②：桑中在其中。《地里志》③：衛
地有桑間、濮上之阻，男女亟聚會，聲色生焉，故俗稱'衛之音'。《樂
記》④：桑間、濮上之音，亡國之音也。《注》：桑間，在濮陽南。"《郡縣志》：濮
水，在曹州南華縣南五里⑤。

　　朱氏曰⑥：桑間，衛之桑中是也。夫子於鄭、衛深絕其聲，於樂以爲
法。而嚴立其辭，於詩以爲戒。

　　呂氏曰⑦：《雅》、《鄭》不同部，其來尚矣。寧有編鄭、衛樂曲於雅音
中之理乎？《桑中》、《溱洧》諸篇録之於經，謹世變之始也。楊氏曰⑧："此載衛
為戎狄所滅之因也。"

## 沬

　　毛氏曰："沬，衛邑。"鄭氏曰："衛之都。惡衛為淫亂之主。"

　　《書》："明大命於妹邦。"孔氏注："紂所都朝歌以北是也⑨。"戴氏曰⑩：
"沬上之邑，沈湎惟舊，雖以康叔化之，未能盡變也。遭宣姜之故，風俗益壞。"

　　《水經注》：《晉書·地道記》朝歌城本沬邑，武乙始遷居之，爲殷都，

————————————————————

　　① 《皇覽》：《三國志·魏志·文帝紀》："初，帝好文學，以著述為務，自所勒成垂百篇，又使
諸儒撰集經傳，隨類相從，凡千餘篇，號曰《皇覽》。"從《三國志》劉劭、楊俊等傳注中可知有劉
劭、王象、繆襲、桓範、韋誕等人經手。歷兩晉南北朝，已散佚不堪，有多種單行本及抄本，見《隋
志》。兩《唐志》尚收有何承天及徐爰兩種集眾家之書而成的合本。《御覽綱目》僅收《皇覽·逸禮》
及《皇覽·塚墓記》兩種，則何、徐之書已經亡佚。是後此兩種書南宋書目又不見收，即《皇覽》至
南宋時已徹底散佚。清代有三種輯本：孫馮翼本，一卷，得《逸禮》、《塚墓記》二篇，及其他部分片
斷，《叢書集成初編》收入。黃奭本，一卷，收入《漢學堂叢書》及《黃氏逸書考》中。王謨本，輯
《逸禮》一卷，收入《漢魏遺書鈔》。引文又見《太平御覽》卷五六〇，云出自《皇覽·冢墓記》。

　　② 《博物記》：卷次不詳，（明）楊慎《丹鉛摘錄》卷七："漢有《博物記》，非張華《博物志》
也，周公謹云不知誰著，考《後漢書注》始知《博物記》為唐蒙作。"《四庫全書總目》卷一四二《博
物志》："劉昭《續漢志注·律曆志》引《博物記》一條、《輿服志》引《博物記》一條、《五行志》引
《博物記》二條、《郡國志》引《博物記》二十九條。《齊東野語》引其中曰南野女一條，謂《博物記》
當是秦漢間古書，張華取其名而爲《志》。楊慎《丹鉛錄》亦稱據《後漢書注》，《博物記》乃唐蒙所
作。今觀裴松之《三國志注》引《博物志》四條，又於《魏志·涼茂傳》中引《博物記》一條，灼然
二書，更無疑義。"

　　③ 《地里志》：即《漢書·地理志》。

　　④ 《樂記》：即《禮記·樂記》。

　　⑤ 《大清一統志》卷一四四《曹州府·古蹟》：離狐故城，在菏澤縣西北，秦置縣。漢屬東郡，
後漢屬濟陰郡。晉屬濟陽郡。宋屬北濟陰郡。後魏因之，北齊廢。隋開皇六年更置名單父，唐初復曰
離狐。天寶元年改曰南華，屬曹州。宋屬興仁府，金省。《明一統志》：離狐城在曹州西四十里。今山
東菏澤。

　　⑥ 朱氏：即朱熹。引文見朱熹《詩序》卷上。

　　⑦ 呂氏：即呂祖謙。引文見呂祖謙《呂氏家塾讀詩記》卷五。

　　⑧ 楊氏：即楊時，字中立，南劍將樂（今福建）人，師二程，"一日見頤，頤偶瞑坐，時與游
酢侍立不去，頤既覺，則門外雪深一尺矣"，號龜山先生，官工部侍郎。《宋史》有傳。引文又見呂本
中《春秋集解》卷八"十有二月狄人衛"條、李明復《春秋集義》卷一七"十有二月狄人衛"條。

　　⑨ 引文見《尚書·周書·酒誥》。孔氏：即孔安國。

　　⑩ 戴氏，即戴溪。引文見戴溪《續呂氏家塾讀詩記》卷一《讀邶風》。

《史記》："武乙徙河北。"《帝王世紀》："帝乙復濟河，北徙朝歌。其子紂仍都焉。"有新聲靡樂。《論語撰考讖》曰[①]："邑名朝歌，顔淵不舍，七十弟子掩口[②]，宰予獨顧，由蹷墮車[③]。"《括地志》："朝歌故城，在衛州東北七十三里，衛縣西二十二里。"衛縣，今省爲鎮，屬濬州黎陽縣。朱氏曰[④]："所謂殷墟[⑤]。"

黄氏曰[⑥]："沬水，在衛之北。"

曹氏曰："沬，即妹土，衛都所在。自鄉而北，自北而東，言其浸遠也。"

傅氏曰："當是紂城外之地。"孔氏曰：《酒誥》注妹邦於《詩》國屬鄘，後三分殷畿，則紂都屬鄘。朝歌即妹也[⑦]。

## 上宫

《通典》：衛州衛縣有上宫臺[⑧]。朱氏曰[⑨]："桑中，上宫，淇上，又沬鄉之中小地名也。"

---

① 撰：庫本作"比"。朱彝尊《經義考》卷二六七《毖緯》：《論語比考讖》，宋均注，佚。孫瑴曰：命曰比考，蓋以上比之三王，下自考也。《論語撰考讖》，佚。孫瑴曰：比考之外，別有撰考，不言讖，實讖文也。按：《論語讖》雖有《比考》、《撰考》之目，諸書所引往往互見，如曰軒知地理，九牧倡教。正朔所加也，莫不歸義。遠都殊域，莫不嚮風。穿胸儋耳，莫不來貢。堯步舜驟，禹馳湯鶩。又云古者七十二家為里。又曰水名盗泉，仲尼不漱。里名勝母，曾子斂襟。邑號朝歌，顔淵不舍，七十弟子掩目，宰予獨顧，由蹷墮車。又曰殷惑妲己玉馬走。為《比》為《撰》不能盡別也。為兩漢之際讖緯之書，唐後不傳。有明孫瑴、清黄奭、馬國翰、喬松年、顧觀光、朱彝尊等數家輯本。

② 口：合璧本、庫本作"目"，《水經注·淇水》引文亦作"目"。

③ 蹷：庫本作"蹩"。

④ 朱氏：即朱熹。引文見朱熹《詩經集傳》卷二"邶一之三"條。

⑤《大清一統志》卷一五六《彰德府·古蹟》：殷墟，在安陽縣北。《汲冢紀年》：盤庚自奄遷於北冢曰殷墟。《史記·項羽本紀》：章邯約項羽洹水南殷墟上。《注》：洹水在湯陰縣界，殷墟，故殷都也。瓚曰：洹水在安陽縣北，去朝歌都一百五十里，此殷墟非朝歌也。《水經注》：洹水逕殷墟北。《括地志》：安陽城西有城名殷墟，即所謂北冢，南去朝歌百四十六里。按：春秋桓公十二年，公會宋公於虚。杜注：虚，宋地。疑當在今歸德，非此殷墟也，殷墟乃盤庚所都。《御覽》、《寰宇記》作紂都。考紂都在今衛輝，與此相距百里，蓋亦屬都畿之内也。今河南安陽。

⑥ 黄氏：即黄度。引文見黄度《尚書説》卷五。

⑦ 妹：至元六年刻本、合璧本、庫本作"沬"。黄度《尚書説》卷五："妹、沬，古字通。"

⑧《大清一統志》卷一五八《衛輝府·古蹟》：上宫臺，在淇縣西。《寰宇記》：在宛城東二里，南臨淇水。宛城，在濬縣西。《寰宇記》：在衛縣北四十里。

⑨ 朱氏：即朱熹。引文見朱熹《詩經集傳》卷二。

## 東徙渡河　漕邑

孔氏曰：東徙渡河，則戰在河北。《禹貢·豫州》："滎波既豬①。"《注》云：沇水溢出河為澤，今塞為平地，滎陽民猶謂其處為滎澤②，在縣東。今鄭州滎澤縣③。《春秋》：衛及狄戰滎澤。此其地也。如《禹貢注》當在河南。時衛都河北，狄來伐而禦之，既敗而渡河。杜預云：滎澤當在河北。但沇水發源河北，入河，乃溢為滎，則沇水所溢被河南、北，故河北亦有滎澤，但在河南多耳。故指豬水則在豫州，

---

① 波：或作"播"。《禹貢錐指》卷八"滎波既豬"條：閻百詩云：案馬、鄭、王本"波"並作"播"，伏生今文亦然，惟魏晉間書始作"波"，與《漢書》同。余向謂其書多出《漢書》者，此又一證。然安國解猶作一水，非二水。以為二水，自顏師古始，宋林之奇本之以《周官》、《爾雅》為口實，蔡氏又本之，下到今。余嘗反覆參究而覺一為濟之溢流，一為洛之枝流，兩不相蒙而忽合而言之，與大野、彭蠡同一書法，不亦參雜乎？善夫傳氏寅曰：上文言導洛，此則專主導濟，言不當。又泛言洛之支水。《職方》所記山川非治水次第，不必泥也。且鄭注《職方》"其浸波"讀為"播"，引《禹貢》"滎播既豬"仍當作"播"。證一。賈疏案《禹貢》有播水，無波，仍當作"播"。證二。《史記索隱》引鄭氏曰：今塞為平地，滎陽人猶謂其處為滎播，仍當作"播"。證三。《山海經》：婁涿之山，波水出於其陰，北流，注於穀水。今本"波"作"陂"。郭璞云：世謂之百答水，非屬波水。證一。惟酈注引作"波"，然亦出於山，不出於洛，非屬波水。證二。《水經》洛水又東，門水出焉。《注》云：《爾雅》所謂洛別為波也。惟此堪引。然余考門水下流為鴻關水，今謂之洪門堰，在商州洛南縣，東北至靈寶縣而入河，何曾見水豬為澤乎？非屬波水。證三。百詩此論精覈，吾無以易之。且《職方》豫州之波出魯山縣，鄭注謂即滎播；固非，而洛南之波水則與滎澤相距五六百里，中隔大山，總撮而言之，曰"滎波既豬"《經》無此書法也。以滎波為二水終無是處。

② 《大清一統志》卷一五〇《開封府·古蹟》：滎陽故城，在滎澤縣西南。戰國時韓邑，漢置縣，後漢時兼置都尉。魏置郡，晉因之。《水經注》：索水逕滎陽縣故城南，其城跨倚岡原，居山之陽。後魏太和十七年移郡治大柵城而此城廢。《括地志》：滎陽故城在滎澤縣西南十七里。今河南滎陽。

③ 《大清一統志》卷一五〇《開封府·古蹟》：滎澤故城，在今滎澤縣北五里。隋置，明洪武八年為河水所圮，遷今治。今河南鄭州。

此戰則在北<sup>①</sup>。《左傳》：宋桓公逆諸河，宵濟。

---

① 史上有關滎澤及其與濟水之關聯為說甚雜，至清胡渭始有所梳理。今錄之如下。《禹貢錐指》卷八"滎波既豬"條：滎澤，鄭康成、杜預並云在滎澤縣東，京相璠云在縣東南，未審孰是。今滎澤縣南相傳為古滎澤，《左傳》宣十二年楚潘黨逐晉魏錡及滎澤，即此也。(《元和志》：滎澤在滎澤縣北四里。恐誤)《括地志》云：滎陽故城在滎澤縣西南十七里，今治與隋置皆在其東北，故此澤舊在滎陽縣東。隋、唐至今則在滎澤縣南也。自東漢時已塞為平地，故周徑里數志家莫能言之，不知其大小幾何。鄭謂衛狄戰在此地，杜預云此滎澤當在河北。以衛敗始渡河，戰處必在河北。蓋此澤跨河南、北而多得名耳。渭按：衛狄戰地或河北自有一滎澤，如魏獻子之所田別是一大陸，非《禹貢》之大陸，亦未可知。如謂《經》之滎播跨河南北，則導沇何以言"入於河，溢為滎"耶？

《禹貢錐指》卷一五"溢為滎"條：《傳》云濟水入河，並流數十里而南截河，又並流數里溢為滎澤，在敖倉東南。《正義》云此皆目驗所說也。濟水既入於河，與河相亂，而知截河過者，以河濁濟清故可知也。渭按：成臯有大伾山，在今開封府鄭州汜水縣西一里。《水經注》云：濟自大伾入河，與河水鬭，南泆為滎澤。又云大伾在河內修武、武德之界。濟、沇之水與滎播澤出入自此山，東至河陰縣四十一里，又東至滎澤縣西北之敖倉十餘里，通計得五十餘里，故《傳》約言之曰河、濟並流數十里，又數里溢為滎澤，在敖倉東南也。河大而濟小，濟既入河，河挾以俱東，濟性雖勁疾，恐亦不能於大河之中曲折自如若此也。滎陽石門水首受河處，《水經》直謂之濟水，京相璠名為出河之濟，酈道元云濟水分河東南流，皆不以清濁為言，謂濟與河亂南出還清自穎達始，後之好事者從而附會，言曾有人伏水底見渾河中清流一道直貫之者乃濟也，世遂有濁河清河之圖，二水劃然。林少穎云：濟清而河濁，濟少而河多，以清之少者會濁之多者，不數步間則清者皆已化而為濁矣，既合流數十里，安能自別其清者以溢為滎乎？先儒皆以濟水性下勁疾，故能入河穴地流注顯伏。此說似勝乎孔。然沇水至泰澤淳而不流，故知其穴地而入，此地上之事有目者所共見。若河中之事誰則知之？豈真有伏水底者見清流一道穴地而入，出而言之邪？影響之談殆難據信矣。

禹時之滎澤淳而不流，後人導為滎川，此說創自曾彥和，而余深信其然者，蓋使滎澤、陶丘之間禹時果一水相通，則滎澤距河陸路無幾，貢道之浮濟者必書曰"逾於河"矣，而《經》不然，則以陶丘、滎澤相去可五百里，陸路艱難，故必由漯以達河耳。

滎澤至周時已導為川，與陶丘復出之濟相接，然河、濟猶未通波。及周之衰，有於滎陽下引河東南為鴻溝與濟、汝、淮、泗會者，而河始與濟亂。鴻溝首受河處一名蒗蕩渠，亦名汴渠，又名通濟渠，即今河陰縣西二十里之石門渠也，《水經》直謂之濟水，曰：濟水當鞏縣北入河，與河合流，又東過成臯縣北，又東過滎陽縣北。此猶合河、濟而言之也。自下專言濟水，曰又東至北礫磧南，東出過滎陽北。此濟分河東南流，即王景所修故瀆也。渠流東注浚儀，故復謂之浚儀渠。漢靈帝建寧四年於敖城西北塹石為門以遏渠口，謂之石門，故世亦稱石門水。門廣十餘丈，西去河三里，南帶三皇山，亦謂之三室山也。又東逕西廣武城北，又東逕東廣武城北，又東逕敖山北，又東合滎瀆。瀆首受河水，有石門，謂之滎口石門，而地形卑，蓋故滎播所道自此始也。濟水又東逕滎陽縣北，又東南礫石磧水注之，又東索水注之，又東逕滎澤北。古滎水所瀦也。京相璠曰：滎澤在滎陽縣東南與濟隧合。濟隧上承河水於卷縣北河，南逕卷縣故城東，又南逕衡雍城西，與出河之濟會，又南會於滎澤。濟水又東逕垂隴城北，又東南逕釐城東，又東合黃水，又東分為二水，其枝瀆曰北濟。濟水東逕陽武縣北，又東北逕陽武故城南，又東逕封丘縣南，又東逕大梁城北，又東左逕倉垣城，又東逕小黃縣故城北，又東逕東昏縣故城北，又東逕濟陽縣故城南，又東逕冤朐縣南，謂之南濟，實濟水之經流也。自滎口石門至此皆禹後代人所導，《職方》豫州之川，《水經》謂之滎瀆而河、濟合焉者也。過此則為陶丘復出之濟矣。以今輿地言之，滎澤、原武、陽武、封丘、祥符、陳留、蘭陽、曹州諸州縣界中皆滎瀆之所經也。自鴻溝既開，滎瀆為河水所亂，已非其舊。逮東漢之世，滎澤亦塞，而禹迹蕩然無存矣。滎瀆非滎澤也。鄭康成云滎澤在滎陽縣東，杜預同京相璠云在縣東南，《滎澤縣志》云在縣南，其說不同。按：今縣西南十二里有滎陽故城，漢縣也，昔時澤在滎陽縣東，今則在滎澤縣南矣。鄭、杜說是。滎澤西北距滎口二十餘里，其間必有水道相通，而志家不詳。余按《水經注》：黃水自京縣東北流入滎澤，下為船塘，俗謂郟城陂，東西四十里，南北二十里，《穆天子傳》曰"浮於滎水乃奏廣樂"是也。北流注於濟水。此皆昔人導澤為川之路。澤水從此北出而為滎瀆，故謂之滎口。濟水自敖山又東，不得便合滎澤，以是知《經》之"澤"字當作"瀆"也。

《水經注》：“白馬濟津之東南有白馬城，衛文公東徙渡河都之，故濟取名焉。”《通典》：衛州黎陽縣北岸、滑州白馬縣南岸皆有白馬津，即酈生云“杜白馬之津”，後魏改黎陽津①。

孔氏曰：“衛本河北，東徙渡河，野處漕邑，則在河南。”

陳氏曰②：“齊桓存三亡國③，必若救衛，庶幾於公矣。《春秋》狄入衛不言滅，廬於曹不言遷，齊侯使公子無虧戍曹不言救。”《樂緯稽耀嘉》曰④：“狄人與衛戰，桓公不救。於其敗也，然後救之。”

《載馳》言：“至於漕。”毛氏曰：“漕，衛東邑。”

## 楚丘　楚宮　楚室

鄭氏曰：魯僖二年，齊桓公城楚丘，封衛。楚宮，謂宗廟也。楚室，居室也。君子將營宮室，宗廟爲先，廐庫爲次，居室爲後。

《鄭志》：張逸問：“楚宮今何地？”答曰：“楚丘在濟、河間，疑在今東郡界。”《郡縣志》：隋置楚丘縣，屬滑州，後改衛南，本漢濮陽縣地。《輿地廣

---

河與滎瀆相亂其來已久，而滎澤在西漢時依然無恙，故班固云濟水軼出滎陽北地中謂滎澤也。至東漢乃塞爲平地，不知何故。酈道元云：昔大禹塞其淫水而於滎陽下引河東南以入淮、泗。誕妄不足深辯。或云王莽時濟竭而不復出，故滎澤遂塞。斯言亦杰大可疑。按司馬彪《郡國志》河內溫下云：濟水出，王莽時大旱，遂枯絕。河南滎陽下云有鴻溝水，而不言滎澤，豈以其時已塞爲平地乎？濟枯之語繫之溫縣，蓋專謂北源。故酈注於溫縣濟水故瀆下言之。然北源東漢復出，《水經》歷歷可考，彪何以直言枯絕而滎澤無文，則又似專指南源，此後人所以移其說於滎陽也。程大昌云：世惡莽甚下流，故河徙濟枯皆歸於莽。余謂河徙見事《王莽傳》，無可疑者，濟枯亦理之所有。但濟水因旱而枯，旱止則當復舊。濟河獨一枯而不復出，且南、北二源同此一濟，北源復出，南源何以終絕？殊不可曉。積思久之，竟不知滎澤之塞爲何故。頃讀《後漢書》，而得之《王景傳》云：平帝之世，河、汴決壞，未及得修，汴渠東侵，日月侵毀。建武十年，陽武令張汜上言河決積久，日月侵毀，濟渠所漂數十許縣。《明帝紀》：永平十三年，詔亦言自汴渠決敗六十餘歲，加頃年以來雨水不時，汴渠東侵，日月益甚，水門故處皆在河中，瀠瀁廣溢莫測圻岸。當時汴、濟之區河災之羨溢爲害如此，濟渠即滎瀆，南去滎澤不過二十餘里，則固在所漂數十縣之中者也。河水泛濫必至其處，歷六十年而後已，填淤之久，空寶盡室，地中伏流不能上涌，滎澤之塞實由於此，豈因旱乾而遂塞哉？河，天下之濁水也，水一石率泥數斗。嘗道由梁、宋觀決河，凡水之所被，比其去，即穿居大木盡没地中，漫不見踪跡，然則河侵滎澤去後安得不塞爲平地？

① 《大清一統志》卷一五八《衛輝府·山川》：白馬水，在滑縣北，舊爲河水分流處，一曰白馬津，今堙。《史記正義》：黎陽一名白馬津，在滑州白馬縣北三十里。《晉書·慕容德載記》：德欲退保黎陽，其夕流漸凍合，是夜濟師。且，魏師至而冰泮。若有神焉。遂改黎陽津爲天橋津。《水經注》：鹿鳴津又曰白馬津，津之東南有白馬城，故津取名焉。河水舊於白馬縣南溢，通濮、濟、黃溝。金堤既建，故渠水斷，尚謂之白馬津。故瀆東逕鹿鳴城南，又東北逕白馬縣之京城北，又東南逕濮陽縣散入濮水。

② 陳氏：即陳傅良。引文見陳傅良《春秋後傳》卷五《僖公·二年春王正月城楚丘》條。

③ 顧炎武《左傳杜解補正》卷上：十九年，齊桓公存三亡國以屬諸侯。《解》：三亡國魯、衛、邢。疑魯是大國，且特內亂，未嘗亡也。傅氏曰：三亡國邢、衛、杞。

④ 《樂緯稽耀嘉》：兩漢之際所謂《七經緯》之《樂緯》中一篇。《隋志》、《唐志》均收有宋均注《樂緯》三卷，未列篇目。宋代類書徵引尚衆。宋後當已不傳。有明孫瑴、清王仁俊、朱彝尊、趙在翰、殷元正、陸明睿、黃奭、馬國翰、喬松年等衆家輯本。

記》：漕、楚丘二邑相近。今拱州楚丘①，非衞之所遷，縣有景山、京岡②，乃後人附會名之。《通

　　① 《輿地廣記》卷七：拱州，春秋屬宋、陳，戰國屬楚、魏，秦屬三川、碭郡，漢屬陳留、淮陽、梁國，後漢屬陳留、濟陰、陳、梁國，晉屬陳留、濟陽、梁國，隋屬梁郡、淮陽，唐屬宋、陳、曹州，梁屬開封、宋州，後唐復屬宋、陳、曹州，晉、漢、周皆屬開封、宋州。宋朝屬開封、應天府，崇寧四年建名輔州，以為東輔，又改為拱州，治襄邑縣。今縣六：襄邑、考城、太康、寧陵、楚丘、柘城。

　　② 《大清一統志》卷一四四《曹州府》：楚邱故城，在曹縣東南。春秋時已氏邑，《左傳》：哀公十七年衞侯入於戎州已氏。杜預注：戎邑，已氏，戎人姓。漢置已氏縣。後魏末改屬沛郡。北齊郡、縣俱廢。隋開皇六年改置楚邱縣，屬梁郡。唐屬宋州，宋屬應天府。金屬歸德府，後改隸單州。元屬曹州。明洪武初省入。景山，在曹縣東南四十里。《太平寰宇記》：景山在楚邱城北三十八里。今山東曹縣。

典》：滑州衛南縣，衛文公遷楚丘，即此城①。五代屬澶州，今為開德府，《九域志》有楚丘城。

《地理志》：齊桓公更封衛於河南曹、楚丘，而河內殷虛更屬於晉。

## 堂　景山　京

曹氏曰："虛，漕虛也。升虛以望，楚丘與堂邑之間有大山及高丘形勢

---

① 《春秋地名考略》卷七"衛·遷於楚丘"：閔公二年狄伐衛，衛懿公與狄人戰於滎澤，衛師敗績，遂滅衛，衛之遺民男女七百三十人，益之以共、滕之民為五千人，立戴公以廬于曹。齊侯使公子無虧帥車三百乘，甲士三千人以戍曹。杜注：曹，衛下邑，僖公二年封衛於楚丘。其地則諸家為説不同。據班固《地理志》：山陽郡成武縣有楚丘亭，齊桓公所城，遷衛文公於此。杜預似不取其説。於隱七年戎伐凡伯於楚丘以歸，則注云在濟陰成武縣西南；於僖二年城楚丘，《傳》但注云衛地；於僖十年諸侯城衛，楚丘之郛，但注云衛國都。有似乎存疑而不敢決者。《穀梁傳》兩皆言衛邑而不指其處，蓋實有兩楚丘而後世混之也。桓公所城之楚丘在漕邑，於漢為白馬縣，鄭氏《詩箋》、《水經注》言之甚明，《載馳篇》云：載馳載驅，歸唁衛侯。驅馬悠悠，言至於漕。毛傳云：漕，衛東邑。鄭箋：夫人願御者驅馬悠悠乎我欲至於漕。《定之方中》篇云：升彼虛矣，以望楚矣。望楚與堂，景山與京。毛傳云：虛，漕虛也。楚丘有堂邑。景山，大山。京，高也。鄭箋云：自河以東夾於濟水，文公將徙，登漕之虛以望楚丘之旁邑及其丘山，審其高下所依乃建國焉，慎之至也。然則楚丘與漕本為一地而在衛東明矣。又《旄之篇》曰"我思肥泉"，又曰"思須與漕"。《擊鼓之篇》曰"土國城漕，我獨南行"。皆言漕與衛故都近。而《水經注》曰：白馬濟有白馬城，衛文公東徙，渡河都之。考漢白馬縣在朝歌東，與《詩箋》相合也。《水經注》又曰：濮渠首受北濟，東逕燕城、酸棗，又東逕蒲城北，又東逕韋城南，即白馬縣之韋鄉也，鄭云夾於濟水是也。孔穎達則云濟自河北而南入於河，又出而東，楚丘在於其間，西有河，東有濟，故曰夾於濟水，如此解亦可。若成武之楚丘則在濟外，不夾於河、濟矣。是説也，至隋而始明。開皇十六年同時置兩楚丘縣，一在漢已氏縣，以戎伐凡伯之楚丘為名。已氏，春秋時為戎州，漢置縣，屬梁國，東漢屬濟陰郡，晉屬濟陽，魏還舊屬，隋改置楚丘，唐、宋、元皆因之，明初始省。在晉時濟陰之成武居東，濟陽之已氏居西，兩相鄰並，成武之西南即已氏之東南。楚丘亭，漢、晉屬成武，而隋時或割歷於已氏，故取以為名焉，今在曹縣東南四十里，此楚丘之在南者也。一在漢白馬縣，即《水經注》所云者，尋改名衛南。《元和郡縣志》：隋置楚丘縣，後以曹縣有楚丘改名。朱子《詩經集注》漕、楚丘皆在滑州，無異説矣。隋衛南屬滑州，唐、宋因之，金始省，今其故城在滑縣東六十里，此楚丘之在北者也。由是言之，兩楚丘一南一北，必不可混。要之，當時遺民渡河野處，其去國都故不當遠，但知漕邑、楚丘非二地則異解自息。班固《地理總序》原云桓公封之河南曹、楚丘，而成武下小注則有此誤筆，亦千慮之一失也。至於唐、宋以來之曹縣，即漢成武，乃古之曹國，與衛漕邑自別，亦足相混，特顯別之。又《水經注》河水分濟於定陶，東合黃水，北逕巢山東，又北逕楚丘西。《郡國志》曰成武縣有楚丘亭，即《詩》所謂"望楚與堂，景山與京"也，又東北逕成武西，張洽《集傳》因其説，遂混戎伐凡伯之楚丘與封衛之楚丘為一，且引《輿地志》景山在曹縣東四十里廢楚丘城北。夫毛公特言景山，大山也，原非山名，乃傅會為此言，繆甚。若酈元能言白馬濟為文公徙都處矣，猶復首鼠兩端，並載牴牾之説，亦足嗤也。鄭樵《通志》曰：漕，邶地也。楚丘，鄘地也。《路史》亦曰鄘即楚丘。全無依據，自不可用。熊過又謂楚丘為魯地，其言城楚丘，猶夫城向、城郎耳，因力辨桓公無封衛之事，且引偽子貢《詩傳》謂《定之方中》為《魯詩》，斯又離經畔道之甚者。或者篤信楚丘在滑，因為王臣使魯不應過衛，濟陰地非衛所得有，引襄十年宋公享晉侯於楚丘奏桑林之舞為徵，謂楚丘宜屬宋，斯又不然。衛地在曹、濮間，如清、如桃丘甚多，齊、衛分境以濟為界，又衛地有乘，正在曹縣，安在曹縣之楚丘不可為衛地乎？春秋時列國錯壤甚多，而曹、濮間為尤甚，襄二十七年，齊烏餘以廩丘奔晉，襲衛羊角，又襲我高魚，又取地於宋廩丘，與今鄆城相接，亦曹縣之鄰壤也，以一邑而五國之疆輻輳焉，用是知犬牙盤互，加以攻取紛紜，不可憑咫尺之圖臆為分畫矣。當晉侯返於柤之會，而宋享之於境上，春秋凡行享禮，如夫人姜氏享齊侯於祝丘，鄭七子享趙孟於虢，皆在本境，楚丘屬宋容或有之，豈以北遷帝丘，隔遠南鄙，由是地緄於宋耶？

之勝，可依以立國。"毛氏曰："楚丘有堂邑。"朱氏曰[1]："虛，故城也。堂，楚丘之旁邑。"傅氏曰[2]："堂，當是今博州堂邑[3]。"博、濮二州連境。

《商頌》："陟彼景山。"《水經注》："河水分濟，北逕景山東，又北逕楚丘城西。"《補傳》曰："景山以大而得名，商之故都也。衛在商畿內，升故虛以望，知地勢之勝。"朱氏曰："《春秋傳》言景亳[4]，蓋商所都之山名。衛乃商舊都也。"《寰宇記》：景山，在澶州衛南縣東南三里。《九域志》：開德府有景山。

毛氏曰："京，高丘也。"呂氏曰[5]："晁錯言'古之徙遠方以實廣虛也[6]，相其陰陽之和，嘗其水泉之味，審其土地之宜，觀其艸木之饒，然後營邑立城'，此蓋古之遺法，《定之方中》、《公劉》所載是也。"

## 浚

毛氏曰："浚，衛邑。郊外曰野，《爾雅》："邑外謂之郊。"下邑曰都。城，都城也。"浚城[7]，見前。

## 許

《春秋譜》曰[8]：許，姜姓，與齊同祖，堯四嶽伯夷之後也。周公封其

---

① 朱氏：即朱熹。引文見《詩經集傳》卷二。

② 傅氏：即傅寅，字同叔，婺州義烏（今浙江）人，嘗從唐仲友游，仲友稱其職方輿地盡在腹中，著《禹貢集解》、《群書百考》。引文又見許謙《詩集傳名物鈔》卷二、何楷《詩經世本古義》卷二三之下、顧棟高《毛詩類釋》卷二。

③ 《輿地廣記》卷一三：博州，春秋為齊之西境，戰國屬齊、趙、衛三國之交，秦屬東郡，漢屬東郡、平原、清河三郡，後漢屬東郡、平原二郡，晉屬平原國，宋分置魏郡，後魏置南冀州及平原郡。隋初郡廢，改州為博州，大業初州廢，屬武陽郡。唐為博州，天寶元年曰博平郡。領縣四：聊城、高唐、堂邑、博平。
《大清一統志》卷一三二《東昌府》：堂邑縣，春秋時齊清邑。漢置清、發干二縣，皆屬東郡。後漢改清縣曰樂平。三國魏改陽平郡，晉因之。後魏省發干入樂平，屬東陽平郡，北齊俱省。隋開皇六年始置堂邑縣，屬毛州，大業初屬武陽郡。唐初仍屬毛州，貞觀初改屬博州。五代晉改為河清縣，尋復曰堂邑，宋、金因之。元屬東昌路。明屬東昌府，清朝因之。堂邑故城，在今堂邑縣西十里。按：堂邑縣本漢清、發干二地。宋熙寧中圮於水，因東徙今治焉。今山東聊城。

④ 蔣廷錫《尚書地理今釋·三亳》：今河南歸德府商邱縣北四十里有大蒙城。《水經注》云：汲水東經大蒙城北，疑即蒙亳也，所謂景亳為此亳矣。今河南商丘。朱鶴齡《讀左日鈔》卷八"景亳"：商西亳在偃師，偃師有景山，故曰景亳，《商頌》"景員維河"是也。《一統志》：景山在偃師縣南二十里。《春秋地名考略》卷一"景亳"：湯有景亳之命。杜注：河南鞏縣西有湯亭，或言亳即偃師。按《輿地志》：偃師縣南二十里有景山，《詩》"景員維河"即此。景亳謂在偃師者得之，或以蒙之北亳為景亳，誤矣。今偃師、鞏縣俱屬河南府。今河南偃師。

⑤ 呂氏：即呂祖謙。引文見呂祖謙《大事記解題》卷一〇"匈奴寇狄道從晁錯議募民徙塞下"條。

⑥ 古：庫本作"占"，《漢書·晁錯傳》作"古"，是。

⑦ 《大清一統志》卷二二《大名府·古蹟》：浚城，在開州南，《詩·邶風》"在浚之城"。《水經注》：濮水極津東逕浚城南，北去濮陽三十五里。今河南濮陽。

⑧ 《春秋譜》：即杜預《春秋釋例》之《世族譜》。引文見《春秋釋例》卷九《世族譜第四十五之下·許》。

苗裔文叔於許①，今潁川許昌是也②。靈公徙葉③。悼公遷夷，一名城父④。又居析。一名白羽⑤。許男斯處容城⑥。自文叔至莊公，十一世，始見《春秋》。《地

---

　　①　周公：《春秋釋例》作"周武王"。

　　②　《晉書·地理志》：潁川郡，秦置。統縣九：許昌、長社、潁陰、臨潁、郾、邵陵、鄢陵、新汲、長平。

　　③　《春秋地名考略》卷一二"許·遷於葉"：成十五年，許遷於葉。按本傳：許靈公畏鄭偪，請遷於楚，楚公子申遷許於葉。襄十六年晉平公即位，許男請遷於晉，諸侯遂遷許，許大夫不可，晉人歸諸侯。鄭伯會諸國之大夫以伐許，討其未遷也。襄二十六年許靈公如楚，請伐鄭，曰："師不興，孤不歸矣。"杜注：十六年，晉伐許，獨鄭伯自行，故許憾，欲報之，既而許靈公卒於楚，楚為之伐鄭而後葬許靈公。蓋許雖遷，猶在方城之外，鄭患未已也。昭四年，楚子滅賴，欲遷許於賴，使鬬韋龜、公子棄疾城之，卒不行。《春秋地名考略》卷八"葉"：楚地，今南陽葉縣。按：昭十八年遷許於析，自後以封沈諸梁，號曰葉公。定五年，葉公始見於《傳》，哀四年再見，十六年又見，蓋自是為楚重鎮矣。秦為葉陽。漢為葉縣，屬南陽郡，後漢因之。晉屬南陽國。後魏屬南安郡，孝昌中置襄州於此，東魏因之。其地險隘，高齊保此以備周。後周廢襄州置南襄城郡。隋初郡廢，以縣屬許州。唐初於此置葉州，貞觀初州廢，縣仍屬許州。開元三年置仙州，二十六年州廢，縣屬汝州，宋因之。金改屬裕州，今仍之。古葉城在縣治東。今河南葉縣。

　　④　《春秋地名考略》卷一二"許"：昭公九年，許遷於夷。杜注：許畏鄭，欲遷也。按本傳：楚公子棄疾遷許於夷，實城父，取州來淮北之田以益之。伍舉授許男田。孔疏：州來邑在淮南，民有田在淮北，許國盡遷於夷。夷田少，故取以益之。十三年，《傳》：楚子之為令尹也，遷許而質許圍。杜注：遷許在九年，圍許大夫即此時事也。《春秋地名考略》卷九"城父"：楚有兩城父，此所謂夷城父，取諸陳者也。僖二十三年楚伐陳，取夷。杜注"夷，一名城父"即此。襄元年，晉以諸侯伐陳，遂侵楚夷。昭九年，遷許後四年許自夷還居於葉。昭三十年，吳滅徐，徐子章羽奔楚，楚城夷而處之。三十一年，吳人侵楚，伐夷。蓋夷、城父二名兼用也。秦二世二年，殺陳勝於城父。漢五年劉賈軍從壽春屠城父，至垓下，尋置城父縣，屬沛郡。後漢屬沛國。晉屬譙郡。劉宋僑置浚儀縣，屬陳留郡，以城父縣并入，後魏因之。後齊亦曰浚儀縣。隋開皇十八年復曰城父，屬亳州，唐因之。中和末，以朱全忠父名誠，改縣曰焦夷。五代梁又改曰夷父。後唐復為城父縣，宋因之，仍屬亳州。元初省入譙縣，尋復置。明初省，復省譙縣入亳州。今亳州東南七十里有城父城。今安徽亳州。昭十九年，費無極言於楚子大城城父而寘太子焉以通北方，王收南方，是得天下也，故太子建居於城父。杜注：城父，今襄城城父縣。此又一城父也。《史記》：秦始皇二十二年，李信與蒙恬會城父即此。漢置父城縣，屬潁川郡。班固曰：潁川有父城，沛郡有城父。晉亦為父城縣，屬襄城郡，後廢。今汝州郟縣西四十里有父城。今河南郟縣。

　　⑤　《春秋地名考略》卷一二"許"：昭十八年，許遷於白羽。杜注：自葉遷也，許畏鄭，樂遷。按本傳：楚左尹王子勝言於楚子曰："許於鄭，仇敵也，而居楚地，以不禮於鄭，晉、鄭方睦，鄭欲伐許而晉助之，楚喪地矣，君盍遷許？許自余舊國也，鄭曰余俘邑也，葉在楚國方城外之蔽也，土不可易，國不可小，許不可俘，仇不可啟，君其圖之？"楚子說，使王子勝遷許於析，實白羽。此許遷白羽之由也。孔穎達曰：昭十三年《傳》曰楚子滅蔡，遷許、胡、沈、道、房、申於荊焉。平王即位，既封陳、蔡而皆復之，禮也。注云：荊，荊山也。滅蔡在十一年，許又從夷遷於荊山，平王復之，還其本國。許又歸於葉也。且《傳》云葉在楚方城外之蔽，明其欲遷之時許當在葉，故杜云自葉遷也。再按杜注又云：十五年平王復遷邑，許自夷還居葉。孔疏曰：許既自夷遷荊，即當自荊向葉，杜以經書許遷於夷，故據以為言，其實自荊遷也。復遷邑在十三年，杜作十五年，亦誤。《春秋地名考略》卷八"析"：杜預注云：析，楚邑，一名白羽，今南鄉析縣。按：哀十八年，楚復封子國於析，戰國時秦昭王攻楚取析是也，秦曰中陽縣。漢仍曰析縣，屬弘農郡。魏屬南鄉郡，晉初因之，後屬順陽郡。後魏置析陽郡。魏收《志》析陽郡領東、西二淅陽縣。《隋書》：西魏置淅州，又改西淅陽為內鄉縣。劉昫曰後周改曰中鄉，隋始曰內鄉也，唐武德二年改置析州於此，貞觀中州廢，縣屬鄧州，今仍之。今河南西峽。

　　⑥　《春秋地名考略》卷一二"許"：定四年，許遷於容城。按應劭曰：容城，即漢之華容城，今為監利縣。非也。哀六年鄭游速帥師滅許，以許男斯歸。《左傳》云因楚敗也。此時昭王新復國，華容近在國都之側，鄭亦豈能至此。或曰容城即在葉縣西，差為近理耳。又哀元年，許男復從楚圍蔡，似未嘗滅。或言楚復封之，其後不知所終。

理志》：潁川許縣①，故許國，二十四世爲楚所滅。《括地志》："故城，在許州許昌縣南三十里②，本漢許縣。"《九域志》：潁昌府許田縣③。熙寧四年，省爲鎮，入長社④。

孔氏曰："許穆夫人賦《載馳》而入《鄘風》者，於時國在鄘地。"夫人衞女，辭爲衞發。

## 阿丘

《爾雅》："偏高曰阿丘。"謂丘邊高。

## 衞

《地理志》：河內朝歌縣，紂所都，康叔所封，更名衞。《通典》：古殷朝歌城，在衞州衞縣西。宋忠云⑤："康叔從康徙衞。"《括地志》："故康城，在許州陽翟縣西北三十五里⑥。"

---

① 《漢書·地理志》：潁川郡，秦置，高帝五年爲韓國，六年復故。縣二十：陽翟、昆陽、潁陽、定陵、長社、新汲、襄城、郾、郟、舞陽、潁陰、密高、許、傿陵、臨潁、父城、成安、周承休、陽城、綸氏。

② 《通典》卷一七八：潁川郡，許州，今理長社縣。春秋許國，七國時爲韓、魏二國之境，秦爲潁川郡。漢高帝爲韓國，尋復故，後漢因之。獻帝暫都之。魏文帝受禪於此。及晉並爲潁川郡，後魏亦同爲潁川郡。西魏初得之。後入東魏，改爲鄭州。後周改曰許州。隋復爲潁川郡。唐爲許州，或爲潁川郡，領縣六：長社、鄢陵、長葛、臨潁、許昌、扶溝。

③ 《輿地廣記》卷九，潁昌府，本許州，宋朝元豐三年升潁昌府，崇寧四年建爲南輔。今縣七：長社、郾城、陽翟、長葛、臨潁、舞陽、郟。

④ 《春秋地名考略》卷一二"許·國於許"：隱公十一年，公及齊侯、鄭伯入許，是爲文叔，後十一世許莊公始入《春秋》。本《傳》鄭莊公既入許，遷許莊公之弟許叔於東鄙，而使公孫獲處許西偏。鄭莊公卒，鄭亂，許叔乃復入許。僖公六年，楚人圍許，許僖公因蔡以復於楚。邲之戰，靈公乘楚車。其後又屢受兵於鄭，遂遷於楚境。許既遷，鄭有其地，謂之舊許。許，潁川許昌縣，秦置許縣，屬潁川郡。漢仍之，後漢章帝封馬光爲侯邑，建安元年獻帝都此。魏黄初二年改曰許昌，爲五都之一，咸嘗臨幸，每伐吳，命司馬懿留鎮於此。明帝太和六年如許昌，治許昌宮。晉爲潁川郡治，永嘉末，苟組建行臺於此，後陷於石勒。自是屢得屢失，一陷於符秦，再陷於慕容燕，又陷於姚秦，義熙十二年劉裕伐秦，先鋒擅道濟克許昌，後復爲魏所陷，毀其城而去。東魏天平初始分潁川置許昌郡，北齊郡廢。隋屬許州，唐因之。五代唐諱昌，改許田縣。宋熙寧四年省入長社爲許田鎮，今許州即古長社縣，故許城在州東三十里。《大清一統志》卷一七二《許州·古蹟》：許昌故城，在州城西南。《括地志》：許昌故城在許昌縣南三十里。今河南許昌。

⑤ 宋忠：東漢末人，居荊州，與綦母闓等撰立《五經章句》，王肅嘗從之讀《太玄》。

⑥ 《大清一統志》卷一五〇《開封府·古蹟》：陽翟故城，即今禹州治。本禹始封邑。周爲鄭櫟邑。《春秋》：桓公十五年，鄭伯哭入於櫟。《注》：鄭別都也，今河南陽翟縣。《史記》：韓景侯九年鄭圍我陽翟。其後爲韓國都。秦始皇十七年，内史騰攻韓，韓王盡納其地，以爲潁川郡。漢元年，項羽使韓王成因故都都陽翟。六年，韓王信徙太原，復爲潁川郡。《寰宇記》：縣在許州西北九十里。康城故城，在禹州西北，本夏少康故邑。魏明帝封尚書衞臻爲康鄉侯，邑於此。後魏孝昌中置康城縣，屬陽城郡。隋仁壽四年廢入陽城縣。唐武德四年復置，屬嵩州。貞觀三年省。《十道志》：陽翟有少康城。《舊志》：在今縣西北三十里。今河南禹州。

《左傳》：祝佗曰分康叔封畛土略自武父以南 衞北界。及圃田之北竟<sup>①</sup>，鄭藪。封於殷虚<sup>②</sup>。朝歌也。

朱氏曰<sup>③</sup>：衞本都河北，朝歌之東，《康誥》："在兹東土。"淇水之北，百泉之南。其後不知何時并得邶、鄘之地。至懿公爲狄所滅。戴公野處漕邑。文公

---

① 《春秋地理考實》卷六"武父"：武父城在大名府東明縣境。《春秋地名考略》卷七"衞·國於朝歌"：衞康叔名封，周武王同母少弟，周公旦以武庚餘民封康叔爲衞君，居河、淇間。《漢書·地理志》曰：河內本殷之舊都，周公盡以其地封弟康叔，號曰孟侯，以夾輔周室，此衞國始封之説也。其地則爲朝歌。漢置朝歌縣，隋改朝歌爲衞縣，元廢。其地在今直隸大名府濬縣西五十里。然杜佑又曰衞縣西二十五里有古朝歌城，劉昫曰紂所都朝歌在縣西，是則朝歌與衞縣復非一地。今河南衞輝府淇縣東北有朝歌城，張洽《集傳》以爲在淇縣北關西社是也。但據漢置朝歌縣原在衞都，不知徙於何年，存之俟考。祝鮀曰：分康叔封畛土略自武父以南及圃田之北竟，取於有閻之土以共王職，取於相土之東都以會王之東蒐，命以《康誥》而封於殷虚。此衞之疆域也。杜注：武父，衞北界。圃田，鄭藪澤。有閻，衞所受朝宿邑，蓋近京畿。相土東都爲湯沐邑，王東巡守以助祭泰山。今按：圃田藪在中牟縣竟。有閻之土即閻沒所爭者。相土東都或以爲即相州，因河亶甲居相爲名。非也。相土爲契後六世之君，遷於商丘者，其東都不知所在。孔穎達疏曰：言共王職，猶魯之許田，蓋近王畿。會王東蒐，從王巡狩，猶鄭之祊田，蓋近泰山也。斯言諒矣。邶城今在衞輝府東北，鄘城在今新鄉縣西。殷虚師古亦謂即朝歌，或以爲在相州城北。康叔未嘗仍紂之都，以淇縣爲是。
② 虚：庫本作"墟"。
③ 朱氏：即朱熹。引文見朱熹《詩經集傳》卷二《邶一之三》。

又徙居楚丘。衛故都，即今衛縣。今懷①、衛、澶、相、滑、濮等州，開封②、大名府界，皆衛境也。呂氏曰③："衛自康叔受封，至君角，凡四十世。"《地理志》：成公徙於帝丘④。今濮陽是也。秦徙之於野王⑤，今懷州。始皇既并天下，猶獨置衛君。二世時乃廢。

---

① 《太平寰宇記》卷五三：懷州，河西郡，今理河內縣。殷時為畿內，周時為三監、邘、鄘、衛地，亦為衡、邢、雍三國。及管、蔡廢黜，封康叔於此地，即為衛。衛遷河南，又為晉地。戰國時為魏、衛二國之境。秦以今州地屬三川、河東二郡。又按《史記》：始皇六年拔衛，其君徙居野王。胡亥廢衛君角為庶人，以其地屬三川、河南二郡之境，為河南郡之東境。項羽立司馬卬為殷王，王河內。漢高初仍為殷國，至二年即降以其地為河內郡，治懷。晉為河內、汲二郡地。後魏置懷州兼置河內郡。隋開皇三年郡廢而州存，十三年改野王縣為河內縣，大業二年廢，復為河內郡。唐武德二年陷於王世充，其年於濟源西南栢崖城置懷州，領大基、河陽、集城、長泉四縣，其年於濟源立西濟州，武德縣立北義州，修武縣東北故濁鹿城立陟州，三年懷州又置太行、忠義、紫陵、穀旦、溫五縣，四年移懷州於今野王城，其年又於溫縣置平州，省穀旦、太行、忠義、紫陵四縣，後省平州，仍於隋河陽宮置盟州，領河陽、集城、溫三縣，又省西濟、北義、陟三州，又於獲嘉縣置殷州，懷州領河內、武德、軹、濟源五縣，八年廢盟州，省集城入河陽，以河陽、溫二縣來屬。貞觀元年以廢殷州修武、獲嘉、武陟，廢郡州之王屋四縣來屬，仍省懷、軹二縣。顯慶二年割河陽、溫、濟源、王屋四縣屬洛州。天寶元年改為河內郡，乾元元年復為懷州。元領縣五：河內、武德、修武、武陟、獲嘉。《元豐九域志》卷三：懷州，天聖四年以獲嘉縣隸衛州，熙寧六年省武德縣為鎮入河內，修武縣為鎮入武陟。《輿地廣記》縣三：河內、武陟、修武。

② 《太平寰宇記》卷一：開封府，今理開封、浚儀二縣。春秋時為鄭地。戰國時為魏都大梁，即今西面浚儀縣故城是也。秦以為三川地。漢為陳留郡之浚儀縣，文帝封皇子武為梁王，都大梁，後東徙睢陽，即今宋州也。晉武改為陳留國。東魏孝靜帝廢國為梁州，分為陳留、開封二郡。北齊廢開封郡併入陳留郡，至後周改梁州為汴州。隋初州如故，大業初州廢又為郡，二年廢郡以其地併入滎陽、潁川、濟陰、東萊等四郡。唐武德四年置汴州，領浚儀、新里、小黃、開封、封邱等五縣，七年廢開封、小黃、新里三縣入浚儀縣，復廢杞州之雍邱、陳留，營州之中牟，洧州之尉氏來屬。龍朔二年以中牟隸鄭州。延和元年復置開封縣。天寶元年改汴州為陳留郡，乾元四年復為汴州。梁開平元年升為東京，置開封府。後唐同光元年復為汴州，以宣武軍為額。晉天福三年又升為東京，置開封府，漢、周至今並因之。元領縣六，今十六：開封、浚儀、封邱、陳留、尉氏、雍邱、襄邑（宋州割到）、考城（曹州割到）、武陽（鄭州割到）、中牟（鄭州割到）、太康（陳州割到）、長垣（渭州割到）、酸棗（滑州割到）、扶溝（許州割到）、鄢陵（許州割到）、東明（新置）。《元豐九域州》卷首：東京，開封府，建隆元年改匡城縣為長垣，四年升東明鎮為縣，咸平五年升通許鎮為咸平縣，大中祥符二年改浚儀縣為祥符。熙寧五年廢滑州，以白馬、韋城、胙城三縣隸府，又廢鄭州，以管城、新鄭二縣隸府，仍省原武縣為鎮入陽武，滎陽、滎澤二縣為鎮入管城。元豐四年復置滑州，白馬、韋城、胙城三縣復隸滑州，八年復置鄭州，以管城、新鄭二縣，原武、滎陽、滎澤三鎮復為縣，並隸鄭州。縣一十七：開封、祥符、尉氏、陳留、雍丘、封丘、中牟、陽武、延津、長垣、東明、襄邑、扶溝、鄢陵、考城、太康、咸平。《輿地廣記》縣十四：開封、祥符、尉氏、陳留、雍丘、封丘、中牟、陽武、酸棗、長垣、東明、扶溝、鄢陵、咸平。《宋史·地理志·開封府》縣十六：開封、祥符、尉氏、陳留、雍丘、封丘、中牟、陽武、延津、長垣、東明、扶溝、鄢陵、考城、太康、咸平。

③ 呂氏：即呂祖謙。引文見呂祖謙《大事記解題》卷八"滅衛"條。

④ 《春秋地名考略》卷七"衛·又遷於帝丘"：僖三十一年，狄圍衛，衛遷於帝丘。杜注：今東郡濮陽縣，故帝顓頊之虛，故曰帝丘。按梓慎曰：衛，顓頊之墟也，夏為昆吾氏所居，今開州東二十里有顓頊城，一曰東郭城，城里昆吾臺是也。夏后相亦嘗居此城。東南有浚城，又有寒泉。其後又曰濮陽，以地在濮水北也。戰國時衛微弱，僅存其國都。秦始皇六年拔衛濮陽，衛元君徙居野王，七年秦置濮陽縣，東郡治焉。漢仍曰濮陽縣，屬東郡。晉為濮陽國治。魏改國為郡。隋屬滑州，唐屬濮州。石晉澶州。宋熙寧四年河決澶淵，因改置澶州，移濮陽縣於南郭為州治。金皇統四年改開州，今仍之。今河南濮陽。

⑤ 《大清一統志》卷一六〇《懷慶府·古蹟》：野王故城，今府治河內縣。

凡九百年，最後絶。《九域志》：大名府，古觀①、扈國②，亦商之舊都商城。武王伐紂，立武庚於此。傅氏曰："封武庚不於紂都朝歌。"

## 淇奥

《大學》作"澳"。《釋文》曰："淇，衛水。"《爾雅》曰："隩，隈也。"《説文》："隈，厓也。其内曰澳，其外曰隈。"袁氏曰："淇水之彎曲處③。"

《水經注》：美溝水東南注淇水。《博物志》謂之奥水④，流入於淇。漢武帝塞決河，用淇園之竹。寇恂爲河内，伐竹淇川治矢⑤。今通望淇川，無復此物，唯王蒭、萹草不異毛興⑥！晉灼曰⑦："淇園，衛之苑也，其地常多竹。"

① 《春秋地名考略》卷一四"觀"：昭元年，夏有觀、扈。杜注：觀在今頓丘衛縣。按：觀，夏同姓國也，后啟五庶分封於衛，是為五觀。《竹書》：帝啟十一年放王季子武觀於西河，十五年武觀以西河叛，彭伯壽帥師征西河，武觀來歸，此即觀國不壹之事也。《戰國策》：周顯王元年齊伐魏取觀津。高誘曰：故觀邑也，臨河津，故曰觀津。《竹書》：梁惠成王二年齊田壽帥師伐趙，圍觀津。漢置畔觀縣，屬東郡。後漢建武三年改封周後姬常於此，曰衛國，因為衛國縣。晉屬頓丘郡。隋改置觀城縣，屬魏州。唐省，復置，屬澶州。宋屬開德府。金屬開州。元屬濮州，今仍之。古觀國城在縣西。《元和志》：觀城，漢之觀縣。《平準書》：河決觀。蓋亦嘗稱觀，故杜氏云然。
② 《春秋地名考略》卷一四"扈"：杜注："扈在始平鄠縣。"按《書序》：啟與有扈戰於甘之野，作《甘誓》。孔傳：扈與夏同姓。秦改為鄠。《尚書疏》：扈、鄠音同，不知何故改也。漢置鄠縣，屬右扶風。《地理志》：古國，夏啟所伐有扈谷亭。晉屬始平郡。後魏屬京兆郡。今屬西安府。古鄠城在鄠北二里。又縣南五里有甘亭，以在甘水之南而名，即啟誓師處。今陝西戶縣。是古扈國所在地距大名府遠甚，疑此處"扈"爲衍文。
③ 袁氏：不詳。《吕氏家塾讀詩記》卷六"淇奥"條：長樂劉氏曰："奥謂水涯彎曲之地。"長樂劉氏曰："淇水之旁至今多美竹，他所弗迨也。"疑此處袁氏或當作"劉氏"，即劉彝，字執中，福州長樂（今福建）人，從胡瑗學，官都水丞，著《七經中議》百七十卷，《明善集》三十卷，《居陽集》三十卷。《宋史》有傳。
④ 奥：《水經注·淇水》作"澳"。
⑤ 《後漢書·寇恂傳》：寇恂爲河内太守，光武北征燕代，恂移書屬縣講兵肄射，伐淇園之竹為矢百餘萬，養馬二千匹，收租肆百萬斛轉以給軍。疑此處"河内"下省或脫"守"或"太守"字樣。
⑥ 萹：或作"编"、"篇"；興：至元六年刻本、合璧本、庫本作"興"，《水經注》亦作"興"。
⑦ 晉灼：西晉河南（今洛陽）人，官尚書郎，滙服虔、應劭等《音義》，又頗以意增益，時辯前人當否，為《漢書集注》十四卷。

### 邢侯

《地理志》：趙國襄國縣①，故邢國②。《通典》：邢州治龍岡縣③，今信德府④。祖乙遷於邢，即此。《括地志》："邢國故城，在邢州外城內西南角。《十三州志》云⑤：殷時邢侯國，周公子封邢侯，都此。"

---

① 《漢書·地理志》：趙國，故秦邯鄲郡。高帝四年為趙國，景帝三年復為邯鄲郡，五年復故。縣四：邯鄲、易陽、柏人、襄國。

《大清一統志》卷二〇《順德府·古蹟》：襄國故城，在邢臺縣西南。《府志》：今有故城，在邢臺縣南百泉村，遺趾尚存。今河北邢臺。

② 《春秋地名考略》卷一〇"邢·國於邢"：《史記》：成王封周公旦子靖淵為邢侯，其地在河北，殷祖乙遷都於邢。《世紀》：邢侯為紂三公，忠諫被誅，即此。隱五年，曲沃莊伯以鄭人、邢人伐翼。杜注：邢國在廣平襄國縣。閔二年，齊桓公遷邢於夷儀。僖二十五年，衛侯燬滅邢。成二年，晉人以屈巫為邢大夫。杜注：晉邑，蓋衛取邢地，又入於晉也。戰國為趙邑，趙孝成王造檀臺以朝諸侯，謂之信都。秦滅趙，置信都縣。秦末，趙王歇都此。項羽使張耳王之，改為襄國，蓋取趙襄子謚為名。漢亦為襄國縣，屬趙國，後漢因之。晉屬廣平郡。石勒改為建平城，乃僭號。冉閔滅趙，劉獻復稱帝於襄國。晉永和八年，閔攻滅顯，毀其城，是後襄國廢入任縣。魏太和二十年復改置襄國縣，屬北廣平郡。隋改為龍岡縣，置邢州治焉。歷唐、宋，間置郡、軍，旋廢，大率皆曰邢州。宋宣和二年改曰邢臺縣。元屬順德府，尋改路。明復為府，今仍之。古襄國城，在府治西南。杜注：夷儀，邢地。按：夷儀，《公羊》作"陳儀"。衛人滅邢之後，夷儀為衛地，實衛之邊邑，與齊皆連壤也。《通典》：龍岡縣百五十里夷儀嶺，即邢國所遷，有夷儀城，俗譌為隨宜城。《寰宇記》：夷儀山在邢州西北百五十九里。今順德府西百四十里有夷儀城。今河北邢臺。再按劉昭曰：聊城有夷儀聚，後漢之初，范升為聊城令，保於夷儀，即此。今在東昌府西南十二里。今山東聊城。

③ 《通典》卷一七八：邢州，今理龍崗縣。古祖乙遷於邢即此地，亦邢國也。春秋時衛侯滅邢，魯僖公時晉伐衛取邢，其地遂屬晉。七國時屬趙。秦為鉅鹿、邯鄲二郡地。漢屬鉅鹿、常山二郡及趙、廣平二國地，後漢因之。晉為鉅鹿、趙二國。石勒都於此。後魏為鉅鹿郡。隋置邢州，煬帝初置襄國郡。唐為邢州，或為鉅鹿郡。領縣九：龍崗、南和、平鄉、鉅鹿、沙河、任縣、內丘、青山、堯山。

④ 《宋史·地理志·河北西路》：信德府，鉅鹿郡，本邢州，宣和元年升為府。縣八：邢臺、沙河、任、堯山、平鄉、內邱、南和、鉅鹿。

⑤ 《十三州志》：亦名《十三州記》，地記，總志，北魏闞駰撰。《宋書》卷九八及《隋志》作十卷。兩唐《志》作十四卷。《御覽綱目》後不見收錄，疑已亡佚。有《二酉堂叢書》張澍輯本及《漢堂地理書鈔》王謨輯本各一卷。從佚文看，該書對西域記載較多。闞駰，字元陰，敦煌（今甘肅）人，入魏為涼州從事中郎。《魏書》、《北史》有傳。

## 譚公

《春秋·譚子注》："譚國①，在濟南平陵縣西南②。"《郡國志》：東平陵③，有譚城，故譚國。《通典》：齊州全節縣④，春秋時譚國，城在縣西南。唐元和十五年，省入歷城⑤。《寰宇記》：譚城，在歷城縣東南十里。今濟南府⑥。

《白虎通》作"覃"⑦。孔氏曰："譚，子爵，言公者，依臣子之稱。"

## 農郊

毛氏曰："近郊。"

## 河水北流

朱氏曰⑧："河在齊西衛東，北流入海。"董氏曰："齊地西至於河，衛

---

① 《春秋地名考略》卷一三"譚"：今濟南府治東七十五里有東平陵故城。又有譚城，在府東南七十里。今山東濟南。《史記·齊世家》：桓公二年滅郊。此誤以譚為郊。又《周本紀》：襄王十六年，翟人殺譚伯。此誤以原為譚。《大清一統志》卷一二七《濟南府·古蹟》：譚國城，在歷城縣東。《水經注》：武原水出譚城南，北逕譚城東，俗謂之有城也，譚國也。齊桓之出，過譚，譚不禮焉。魯莊公九年，即位，又不朝，十年滅之。《寰宇記》：譚城在廢全節縣東南十五里。

② 《晉書·地理志》：濟南郡，漢置。或云魏平蜀，徙其豪將家於濟河北，故改為濟岷郡，而《太康地理志》無此郡名，未之詳。統縣五：平壽、下密、膠東、即墨、祝阿。

③ 《大清一統志》卷一二七《濟南府·古蹟》：東平陵故城，在歷城縣東。春秋齊平陵邑。漢置東平陵縣，濟南郡治焉。晉永嘉後移郡治歷城，以東平陵為屬，後去"東"字，劉宋因之。後魏曰東陵，周省。武德二年，復置平陵縣及譚州。貞觀元年州廢，以縣屬齊州，十七年改名全節，縣西南至州七十里，元和十五年併入歷城。《寰宇記》：平陵城在縣東七十五里，廢全節縣在平陵西北十五里。《齊乘》：東平陵故城在濟南東七十五里，周二十餘里。今山東濟南。

④ 《通典》卷一八〇：濟南郡，齊州，今理歷城縣。春秋、戰國並屬齊。秦屬齊郡。漢文帝分置濟南國，景帝改為濟南郡，後漢、晉因之。宋亦為濟南郡，兼置冀州。後魏改為齊州，兼置濟南郡。後周亦有濟南郡。隋初郡廢，煬帝初置齊州。唐復為齊州，或為臨淄郡，後改為濟南郡。領縣八：歷城、臨濟、章丘、豐齊、禹城、臨邑、全節、亭山。

⑤ 《大清一統志》卷一二六《濟南府·建置沿革》：歷城縣，附郭，戰國齊歷下邑。漢置歷城縣，屬濟南郡。後漢屬濟南國，晉初因之，永嘉後為濟南郡治。宋元嘉九年又僑置冀州治此。後魏為齊州濟南郡治。隋為齊郡治。唐為齊州治。宋為濟南府治，金因之。元為濟南路治。明復為濟南府治，清朝因之。今山東濟南。

⑥ 《宋史·地理志·京東東路》：濟南府，濟南郡，本濟州。咸平四年廢臨濟縣。政和六年升為府。縣五：歷城、禹城、章丘、長清、臨邑。

⑦ 《白虎通》：即《白虎通義》，漢班固撰。存。《隋書·經籍志》載《白虎通》六卷，不著撰人。《新唐書·藝文志》載《白虎通義》六卷，始題班固之名。《崇文總目》載《白虎通德論》十卷。凡四十四篇。《後漢書·班固傳》稱：天子會諸儒講論五經，作《白虎通德論》，令固撰集其事，後乃名其書曰《通義》。

⑧ 朱氏：即朱熹。引文見朱熹《詩經集傳》卷二。

居河之西，則自齊適衞，河界其中，故曰'北流活活'。"孔氏曰①："九河故道②，河間成平以南③，平原鬲縣以北④。"曹氏曰："河在齊之西，而海在北，河由齊而入海，則爲東北流。"

### 頓丘

《爾雅》："丘一成爲敦丘。"敦，亦"頓"也。《地理志》：東郡頓丘縣。《注》："以丘名縣。丘一成爲頓丘，謂一頓而成。或曰一重之丘。"

《輿地廣記》：頓丘，本衞邑，在淇水南。晉置頓丘郡⑤。唐大曆七年，置澶州。晉天福四年，以頓丘爲德清軍⑥。熙寧四年，省頓丘入澶州清豐

---

① 孔氏：即孔穎達。引文見《左傳疏》僖四年"西至於河"條。

② 《尚書·禹貢》："九河既道。"孔穎達疏：河自大陸北敷爲九河。河從大陸東畔北行而東北入海，冀州之東境至河之西畔，水分大河，東爲九道，故知在兗州界平原以北是也。《釋水》載九河之名云徒駭、太史、馬頰、覆釜、胡蘇、簡、絜、鈎盤、鬲津。或九河雖舊有名，至禹治水更別立名，即《爾雅》所云是也。《漢書·溝洫志》：古記九河之名有徒駭、胡蘇、鬲津，今見在成平、東光、鬲縣界中，自鬲津以北至徒駭其間相去二百餘里。是知九河所在徒駭最北，鬲津最南。蓋徒駭是河之本道，東出分爲八枝也。上言三河，下言三縣，則徒駭在成平，胡蘇在東光，鬲津在鬲縣，其餘不復知也。《爾雅》九河之次從北而南，既知三河之處，則其餘六者太史、馬頰、覆釜在東光之北、成平之南，簡、絜、鈎盤在東光之南、鬲縣之北也。其河填塞，時有故道。鄭玄云：周時，齊桓公塞之，同爲一河，今河間弓高以東至平原鬲津往往有其遺處。

③ 間：庫本作"間"，誤。《續漢書·郡國志》：河間郡，文帝置。世祖省，屬信都。和帝永元二年復故。十一城：樂成、弓高、易、武垣、中水、鄚、高陽、文安、束州、成平、東平舒。

《大清一統志》卷一五《河間府·古蹟》：成平故城，在交河縣東。漢元朔三年封河間獻王子禮爲侯國，屬勃海郡。後漢改入河間國。後魏屬漳武郡。《寰宇記》：故城在景城縣南二十里，後魏延昌二年徙理景城因而荒廢。《九域志》：竇建德嘗居之，亦謂建德城。今河北交河。

④ 《續漢書·郡國志》：平原郡，高帝置。九城：平原、高唐、般、鬲、祝阿、樂陵、濕陰、安德、厭次。

《大清一統志》卷一二七《濟南府·古蹟》：鬲縣故城，在德州北。古鬲國也。春秋屬齊，爲鬲邑。漢置鬲縣，屬平原郡。後漢建武十三年封朱祐爲侯國。晉、宋皆屬平原郡。後魏改屬安德郡，北齊省。《括地志》：鬲縣故城，在安德縣西北五十里。今山東德州。

⑤ 《晉書·地理志》：頓丘郡，泰始二年廢東郡置。統縣四：頓丘、繁陽、陰安、衞。

⑥ 《大清一統志》卷二二《大名府·古蹟》：德清軍故城，在清豐縣西北。《寰宇記》：晉改頓邱鎮爲德清軍，開運二年又移德清軍於陸家店，在新澶州北七十里，南至舊澶州二十五里，北至南樂縣二十五里，西南至清豐縣三十里。《宋史·地理志》：慶曆四年徙清豐縣治德清軍，即縣置軍使，隸澶州。《舊志》：德清城在今縣西北三十里。按：清豐縣自慶曆中移治德清城，其後以水患又遷今治，今不可考。《明一統志》：清豐故城在今縣西北十八里，宋時因水故遷今縣，蓋即德清城也。《明志》不知宋慶曆中移清豐治德清城，乃謂徙德清軍治清豐，又別載德清城在開州北七十里，皆混。今河南清豐。

縣①。今開德府。《水經注》：淇水北逕頓丘縣故城西②，《竹書紀年》：晉定公三十一年，城頓丘。闞駰云：“頓丘，在淇水南。”又屈逕頓丘西。又東，屈而西，轉逕頓丘北。《釋名》謂③：一頓而成丘，無高下小大之殺也。《詩》所謂“送子涉淇，至於頓丘”。宿胥故瀆受河於頓丘縣遮害亭東黎山④，西北會淇水。蘇氏曰“決宿胥之口⑤，魏無虛⑥、頓丘”，即指是瀆也。

### 復關

《寰宇記》：澶州臨河縣，復關城在南，黃河北阜也。復關堤，在南三百步，自黎陽下入清豐縣界。

### 泉源

朱氏曰⑦：泉源，即百泉也，在衛之西北，而東南流，入淇，故曰在左。淇水，在衛之西南，而東流，與泉源合，故曰在右。《水經注》：泉源水有二源。一水出朝歌西北⑧，又東與左水合，謂之馬溝水。又美溝水出朝歌西北大嶺下，更出逕駱駝谷⑨，於中逶迤九十曲，故俗有“美溝”之目。歷十二嶺，嶺流相承，泉響不斷。

---

① 《大清一統志》卷二二《大名府》：清豐縣，漢置頓邱縣，屬東郡。後漢建安十七年割屬魏郡。晉泰始二年於縣置頓邱郡，後魏因之，北齊郡縣俱廢。隋開皇六年復置頓邱縣，屬武陽郡。唐初屬魏州，武德四年於縣置澶州。貞觀元年州廢，還屬魏州。大曆七年復置澶州，又析置清豐縣屬之。五代晉天福三年州徙德勝寨，縣隨州徙，廢舊州為頓邱鎮，四年改鎮置德清軍。宋慶曆四年徙清豐縣治德清軍。熙寧六年省頓邱入清豐，屬開德府。金屬開州，元仍舊。明初改屬大名府，清朝因之。清豐故城，在今清豐縣西。《元和志》：縣東至澶州十五里，本漢內黃縣地，大曆七年於清豐店置，因以為名。《舊唐書·地理志》：清豐縣，割頓邱、昌樂二縣界四鄉置，以縣界有孝子張清豐門闕，魏州田承嗣請為縣名。今河南清豐。
② 《大清一統志》卷一五八《衛輝府·古蹟》：頓邱故城，在濬縣西，本衛邑。戰國時屬魏。漢置縣，屬東郡。晉太始二年兼置頓邱郡。後魏太和十八年屬汲郡，後屬黎陽，永安元年分入內黃，天平中罷。隋開皇六年復置，屬武陽郡。唐大曆七年置澶州。晉天福四年以州為德清軍。宋熙寧六年省入澶州清豐縣。《舊唐書·志》：頓邱，漢縣，後移治所於陰安城，今縣北陰安城是也。《寰宇記》：故城在衛縣西北二里。今河南濬縣。
③ 《釋名》：八卷，凡二十篇，劉熙撰。今存。四庫館臣云：“以同聲相諧推論稱名辨物之意，中間頗傷於穿鑿，然可因以考見古音。又去古未遠，所釋器物亦可因以推求古人制度之遺。”明郎奎金取是書與《爾雅》、《小爾雅》、《廣雅》、《埤雅》合刻，名曰“五雅”，而改題本書名《逸雅》以從類。劉熙，字成國，東漢末北海（今山東昌樂）人。引文見《釋名》卷一《釋丘》。
④ 《大清一統志》卷一五八《衛輝府·山川》：宿胥水，在濬縣西南，今堙。魏武開白溝，因宿胥故瀆而加其功。按：宿胥故瀆即淇水合衛水處。《禹貢錐指》卷二：河自汲縣南東北流，至黎陽縣西南出大伾、上陽、三山之間（大伾山，一名黎陽山，今在濬縣東南二里，即賈讓所謂東山也。枉人山，一名善化山，在縣西北二十五里，俗名上陽。三山，即賈讓所謂西山也），蘇代謂之宿胥之口，酈道元謂之宿胥故瀆，李垂謂之西河故瀆。《濬縣舊志》云：在縣西十里，蓋禹迹也（河徙由縣東，故稱此為西河）。
⑤ 蘇氏：即蘇秦。引文見《史記·蘇秦列傳》。
⑥ 張守節《史記正義》：虛謂殷墟，今相州所理是。
⑦ 朱氏：即朱熹。引文見《詩經集傳》卷二。
⑧ 朝歌：《水經注》作“朝歌城”。
⑨ 更出：或作“東流”。

《寰宇記》：澶州頓丘縣，東北三十五里有泉源祠。

《九域志》：大名府莘縣，有泉源河。


## 河廣

孔氏曰："此假有渡者之辭。""文公之時，衛已在河南，自衛適宋不渡河。宋去衛甚遠"，"喻宋近，猶喻河狹。"曹氏曰："自閔二年東徙渡河，衛已居河東。至僖九年，宋襄公立已十餘年矣①。則自衛至宋不必渡河，蓋取河為喻。"


## 自伯之東

孔氏曰：蔡人、衛人、陳人從王伐鄭。《春秋》桓五年②。鄭在衛之西南，而言東者，時三國從王伐鄭，則兵至京師乃東行伐鄭也。

---

① 立：庫本作"丘"，誤。
② 即《春秋》桓公五年繻葛之戰，王師敗績。事具《左傳》桓公五年。

# 卷　二

王

鄭氏《譜》曰："王者，周東都王城畿內方六百里之地，其封域在《禹貢》豫州太華、外方之間。北得河陽，漸冀州之南。始，武王作邑於鎬京，謂之宗周，是爲西都。周公攝政，五年，成王在豐，欲宅洛邑，使召公先相宅。既成，謂之王城，是爲東都，今河南是也。召公既相宅，周公往營成周，今洛陽是也。成王居洛邑，遷殷頑民於成周，復還歸處西都。至於夷、厲，政教尤衰。十一世幽王嬖襃姒，生伯服，廢申后，太子宜咎奔申。申侯與犬戎攻宗周[①]，殺幽王於戲。《史記》：驪山下。晉文侯、鄭武公迎宜咎於申而立之，是為平王。以亂，故徙居東都王城。於是王室之尊與諸侯無異，其詩不能復雅，故貶之，謂之王國之變風。"

《鄭志》：張逸問："平王微弱，其詩不能復雅。厲王流於彘[②]，幽王滅於戲。在雅何？"答曰："幽、厲無道，酷虐於民，以强暴，至於流滅，豈如平王微弱，政在諸侯，威令不加於百姓乎？"泰山孫氏曰[③]："《詩》自《黍離》而降，《書》自《文侯之命》而絕，《春秋》自隱公而始。"

《括地志》："王城，一名河南城，本郟鄏，周公新築，在河南縣北九里苑內東北隅，自平王以下十二王皆都此城，至敬王乃遷都成周，故城，在洛陽

---

① 侯：至元六年刻本、合璧本作"后"，誤。
② 《國語·周語》：厲王虐，國人謗王。王怒，得衞巫，使監謗者，以告則殺之。國人莫敢言，道路以目。國人莫敢出言。三年，乃流王於彘。
③ 孫氏：即孫復，字明復，晉州平陽（今山西臨汾）人，舉進士不第，退居泰山學《春秋》，著《尊王發微》十二篇，官殿中丞。《宋史》有傳。引文見孫復《春秋尊王發微》卷一"隱元年春王正月"條。

縣東北二十六里，周公所築①。赧王又居王城。"《左傳》：桓七年，王遷盟②、向民於郟③；襄二十四年，齊人城郟。郟，王城④。

朱氏曰⑤："王，謂周東都洛邑王城。"《書》："乃卜澗水東，瀍水西，惟洛食。"孔氏曰："今河南城也。""王室卑⑥，與諸侯無異，故其詩不爲雅而爲風。然王號未

----

① 《春秋地名考略》卷一"周·遷於成周"：周公使召公卜營王城并卜營成周以處殷之頑民，蓋二役一時並成也。孔安國傳曰：又卜澗、瀍之間，南近洛，吉，今河南城也。瀍水東，今洛陽也。將定下都，遷殷頑民，故并卜之，韋昭曰"成周在瀍水東，王城在瀍水西"是也。周初，成周爲二公分陝之地。春秋亦曰成周。昭三十二年，《經》書城成周，《傳》云王使富辛與石張如晉請城成。杜注：子朝之亂，其餘黨多在王城，敬王畏之，徙都成周。成周狹小，故請城之。蓋自是王定計居成周矣。自是至於春秋終，凡言京師皆此矣。定七年，王入於王城，此王城似即成周。蓋敬王既定都後，周人即謂之王城也。《帝王世紀》：城東西六里十步，南北九里十步，俗稱"九六城"。秦因周城而大之，置宮闕於洛陽。《輿地志》：秦三川守治洛陽。漢亦爲河南郡治。後漢都此，規制益以宏壯，城十二門，南宮至北宮相去七里，城內宮殿臺觀府藏寺舍凡百一萬一千二百一十九間。曹丕篡位初居北宮，晉武營雒大抵因之，又築金墉城於城內西北隅。縣初名"洛陽"，自東漢改"洛"爲"雒"，魏仍舊。晉仍爲洛陽。永嘉以後城郭宮殿大都蕪沒，後魏孝文太和十七年南巡，爲之流涕。景明二年，廣陽王嘉請築洛陽三百二十三坊，從之。三年修營甫成。後元顥入洛，侯景燒金墉，高歡、宇文泰苦戰邙山，城市又廢。隋營新都并洛陽縣遷入都城，其地遂虛。今故城在府東二十里，有銅駝街在宮南，旁有汝陽里。今河南洛陽。

② 《春秋地名考略》卷一"盟"：杜注："今盟津。"按：武王會諸侯於盟津即此也。地後歸晉，謂之河陽。後屬魏。漢置河陽縣，屬河內郡，晉、魏因之。北齊置河陽關。周滅齊仍爲重鎮。隋置河陽宮。唐仍曰河陽縣，會昌中置孟州於此。《元豐志》云：懷州南至河陽七十里，河陽東南至河陰一百六十二里。金大定中，城爲河水所壞，築城，徙治。明改州爲縣，即今治也。古河陽城在縣西南三十里。今河南洛陽。

③ 《春秋地名考略》卷一"向"：軹縣西有地名向上。《水經注》：天漿水出軹縣向城北。《十三州志》：軹縣南山西曲有故向城。《竹書》曰"鄭侯使韓辰歸晉陽及向，二月城陽、向，更名陽爲河雍，向爲高平"，即是城也。《括地志》：高平故城在河陽縣西北四十里。今懷慶府濟源縣西南有向城，即周向國。今河南濟源。

④ 《春秋地名考略》卷一"周·都洛邑王城"：武王既革殷命，營周居於雒邑而後去，蓋營之而未就也。《史記》曰：成王使召公復營洛邑，如武王之意，周公復卜，申視，卒營築，居九鼎焉，曰此天下之中，四方入貢道里均。即此。《周書·作雒解》：周公立城方千六百二十丈，郛方七十二里，南繫乎洛水，北因乎郟山，以爲天下大湊。平王東遷始居之，以其在豐鎬之東，謂之東都。平王四十九年入《春秋》。桓九年書紀季姜歸於京師。《公羊傳》曰：京師者，天子之居也。京者何？大也。師者何？衆也。天子之居必以衆大稱之。自此屢書。平王居東都後十一世至景王而王室亂，庶長子朝與子猛爭立。猛卒，弟敬王丐立，出居成周，而子朝居王城。周人謂子朝曰西王，敬王曰東王。以成周在王城之東故也。其後子朝奔楚，敬王遂居成周，王城廢。至赧王復居王城。秦人遷之，置三川郡。漢爲河南縣，屬河南郡。後漢、晉屬河南尹。《晉地道記》：河南城去洛城四十里。隋大業元年擴其東偏十八里，營爲新都，前直伊闕之口，後依邙山之塞，東出瀍水之東，西踰澗水之西，洛水貫其中以象天漢，橫橋跨洛水曰天津橋，移洛陽縣並置城中爲附郭。唐亦曰東都，外城周五十二里九十步，光宅元年曰神都，神龍元年復曰東都，武后號太初宮，高宗嘗居以聽政。宋曰西京河南府。金廢京而府如故，省河南縣入洛陽。元曰河南路。明曰河南府，治洛陽縣，清仍之。城則隋所營也，其城內西偏即王城故址也。再按：郟鄏即郟山也。桓二年，臧哀伯曰武王克商，遷九鼎於雒邑。杜注：時但營雒邑，未有都城，至周公乃卒營雒邑，謂之王城。宣三年，王孫滿勞楚子曰成王定鼎於郟鄏。杜注：郟鄏，今河南也。武王遷之，成王定之。《後漢志》：東城門名鼎路門，九鼎所從入也。服虔云河南有鼎中觀，云置九鼎者，蓋郟鄏即王城之別名矣。亦謂之郟。今河南府西有郟鄏陌，亦謂之郟山。《圖經》云：郟山在郡西南，迤邐至城北二里，亦曰邙山。宋敏求《河南志》：大業十三年平毀王城。大抵周、召營卜之城，今皆夷蕩或半存。今河南洛陽。

⑤ 朱氏：即朱熹。引文見《詩經集傳》卷二。

⑥ 卑：《詩經集傳》作"遂卑"。

替也，故不曰周而曰王。其地則今河南府及懷、孟等州是也。"

唐氏曰①："二南之風也，商微而周之興也。王之風也，周降而詩之將亡也。"

呂氏曰②：成周，乃東都總名。河南，成周之王城也。洛陽，成周之下都也。平王東遷之後，所謂西周者，豐鎬也③。所謂東周者，東都也。威烈王之後，所謂西周者，河南也。所謂東周者，洛陽也。考王以王城故地封其弟桓公。

《補傳》曰："周之始盛也，文王位止西伯，未嘗稱王，而二南之化被於天下。周之既衰也，平王以後，雖爲天子，而王風之詩僅同列國。此二南與王風名同爲風，實則不同也。風之名既同於列國而加以'王'之一字，所以尊周，亦所以愧周④，與孔子於《魯春秋》書'王'之意一也。"服虔云："尊之猶稱王，猶《春秋》之王人稱王而列於諸侯之上。"戴氏曰："東遷之後，降而爲風，自季札觀樂已然，非聖人降之也。"吳氏曰："王，謂王城之地，王人、王號説皆非。"

《地理志》：周地，今之河南、雒陽、穀城、平陰、偃師、鞏、緱氏是其

---

① 唐氏：即唐仲友，字與政，金華（今浙江）人。紹興中登進士第，復中宏詞科。後守台州，與朱熹相忤，爲朱熹所論罷，故《宋史》不爲立傳。引文見唐仲友《帝王經世圖譜》卷六。
② 呂氏：即呂祖謙。引文見呂祖謙《大事記解題》卷一"周貞定王二十八年"條解題。
③ 豐鎬：《史記·周本紀》作"豐邑"。裴駰《集解》曰：豐，在京兆鄠縣東，有靈臺。鎬，在上林昆明北，有鎬池，去豐二十五里。皆在長安南數十里。張守節《正義》：《括地志》云周豐宮，周文王宮也，在雍州鄠縣東三十五里，鎬在雍州西南三十二里。
④ 愧：《詩補傳》卷六作"懷"。

分也①。昔周公營雒邑，以爲在於土中，諸侯蕃屏四方，故立京師。至平王東居雒邑，其後五伯更帥諸侯以尊王室②，故周於三代最爲長久，八百餘年。襄王以河内賜晉文公，又爲諸侯所侵，故其分墜小。林氏曰："季子觀樂曰'思而不懼，其周之東乎？'思者，先王之澤也。不懼者，先王之教也。"夾漈鄭氏曰："《七月》者，西周之風；《黍離》者，東周之風。"

① 《大清一統志》卷一六三《河南府·古蹟》：穀城故城，在洛陽縣西北，春秋故周邑也。漢置穀城縣，屬河南郡，後漢因之，晉省。《水經注》：城西臨穀水，故名，在河南縣西北十八里宛中。《寰宇記》：故穀城，在穀水之東岸，西晉并改置入河南，北齊天保中常山王演使裨將嚴略增築以拒周，俗亦謂之嚴城。隋大業二年又於此置青城宮，北隔苑城，西隔穀水，與榆村店相對，後代皆因之。今河南洛陽。

平陰故城，在孟津縣東。《左傳》：昭公二十二年，子朝作亂，晉軍於平陰。漢置平陰縣。魏文帝改曰河陰。隋大業初縣廢，唐開元中復置平陰縣，在今開封府界。《括地志》：河陰故城在洛陽縣東北五十里。《寰宇記》：城東有平川，謂之河陰川，北枕黃河，西抵邙山北址。後魏移縣理於故洛城西皇女臺側，隋開皇三年又移於壽安縣東北嚴明城。《舊志》：有古城在縣西牛莊，周四里，其北面崩於河，或是其處。今河南孟津。

偃師故城，漢置縣。晉省。隋復置。《元和志》：縣西南至河南府七十里，武王伐紂，於此築城，息偃戎師，因以爲名。今河南偃師。

鞏縣故城，在鞏縣西南，周鞏伯邑。周惠公封其少子於鞏以奉王，號東周惠公。秦莊襄王元年代韓，韓獻成皋、鞏。《元和志》：鞏縣西南至河南府一百四十里。縣本與成皋中分洛水，西則鞏，東則成皋，後魏并焉。《舊志》：故城在今縣治之西南三十里，周五里餘，城址尚存。今河南鞏縣。

緱氏故城，在偃師縣南二十里，春秋滑國故地也，後爲周緱氏邑。漢置緱氏縣，屬河南郡，後漢至晉因之。後魏太和十七年并入洛陽，天平初復置，屬洛陽郡。隋開皇十六年廢，仍隸河南郡。《寰宇記》：縣在府東南六十里，晉、宋前緱氏縣在今縣東南二十五里，東魏天平元年復於洛陽城中置緱氏縣。周建德六年又自洛陽移於今縣北七里鉤鎖故壘。隋開皇四年又移於今縣北十里洛陽故郡城。大業元年復移於今縣東南十里，十年又移縣據公路澗西，憑岸爲城。唐貞觀十八年省，上元二年又置。《宋史·地理志》：熙寧八年省緱氏爲鎮。《偃師舊志》：有故縣村在今偃師縣西南十五里，又有府店在縣南三十五里，古滑城在其北二里許。今河南偃師。

② 五伯：即五霸，春秋時五個勢力強大稱霸一時之諸侯國主，說法不一。《荀子·王霸》："故齊桓、晉文、楚莊、吳闔閭、越勾踐，是皆僻陋之國也，威動天下，彊殆中國，無他故焉，是所謂信立而霸也。"班固《白虎通義·號》："齊桓、晉文霸於周者也。或曰五霸謂齊桓公、晉文公、秦穆公、楚莊王、吳王闔閭也。霸者，伯也，行方伯之職，會諸侯，朝天子，不失人臣之義，故聖人與之，非明王之張法。霸猶迫也，把也，迫脅諸侯，把持其政"，"或曰五霸謂齊桓公、晉文公、秦穆公、宋襄公、楚莊王也。"

## 宗周

鎬京也。《書·多方》：“王來自奄①，至於宗周。”《周官》：“歸於宗周。”《穆天子傳》：“入於宗周。”陳氏曰：“長安縣昆明池北有鎬陂②。”《説文》：“鎬，武王所都，在長安西上林苑中③。”

《地理志》：初，雒邑與宗周通，封畿東西長而南北短，短長相覆為千里。顏氏注：“宗周，鎬京也，方八百里，為方百里者六十四。雒邑，成周也，方六百里，為方百里者三十六。二都得百里者百，方千里也。故《詩》曰‘邦畿千里’。”《韓詩》：“《黍離》，伯封作也。”

---

① 《尚書地理今釋·多士·奄》：奄國，在今山東兗州府曲阜縣境。《括地志》云：兗州曲阜縣奄里，即奄國之北也。《春秋地名考略》卷二“魯·國於曲阜”：《史記》武王十一年封周公旦於曲阜，是為魯公。周公不就封，留佐武王，於是卒相成王，而使其子伯禽代就封於魯。曲阜，少皞之墟也。定公四年祝佗曰：因商奄之民，命以伯禽而封於少皞之墟。杜注：曲阜也，在魯城內。應劭曰：曲阜，在魯城中，委曲長七八里，自春秋至戰國，魯世世都之，後并於楚。秦為薛郡治。漢五年封項羽為魯公，後置魯縣，封功臣奚涓為侯邑。高后初改為魯國。晉為魯郡治，宋及後魏因之，後齊改屬任城郡。隋開皇三年廢郡，改縣曰汶陽，屬兗州。十六年又改曰曲阜縣。唐省而復置。宋大中祥符五年改仙源縣。金復為曲阜。元遷縣治於魯城東十里，謂故城為闕里。明正德七年復徙於故城中，今縣治是也。魯故城十二門，今環城基址尚存，有如山嶺。按《後漢志》魯國即奄國，而杜預不主是説，其注“因商奄之民”句曰“商奄，國名也，與四國流言或迸散在魯，皆令即屬魯懷柔之”。昭元年，商有徐、奄。杜注：二國皆嬴姓。昭九年詹桓伯曰蒲姑、商、奄，吾東土也。無注。再按《書序》：成王東伐淮夷，遂踐奄，因以封周公。夫周公已封於武王時，成王乃以奄地益之，其非一地可知矣。又《史記》云從郭出魯奄中。張茂先云即魯之奄里，亦曰商奄里，又名奄里鄉。皆謂奄國與魯為兩地。孔穎達云“奄，東方之國，近魯之地”是矣。《今志》言：曲阜舊城即古奄地，或言奄城在縣東二里。今山東曲阜。

② 《大清一統志》卷一七八《西安府》：長安縣，附郭，治府西偏。秦咸陽縣地。漢高帝五年置長安縣，為京兆尹治，後漢因之。晉為京兆郡治。後魏屬京兆郡。後周復為郡治，隋因之。唐為京兆府治。五代梁改曰大安。後唐復曰長安，宋、金因之。元為奉元路治。明為西安府治，清朝因之。大興故城，即今府城。隋高熲等創建。《舊唐書·地理志》：隋自漢長安故城東南移二十里置新都，今京師是也。前直子午谷，後枕龍首山，左臨灞岸，右抵灃水。《長安圖説》：唐天祐元年朱全忠毀長安宮、百司及民廬舍，節度使韓建去宮城外郭城重修子城南閉朱雀門，又閉延喜、安福門，北開玄武門，是為新城，即今奉元路治也。城之制內外二重四門，門各三重，今存者惟二重，內重基址尚存。東西又有小城二，以為長安咸、寧縣治。今陝西西安。昆明池，在長安縣西南。漢武帝紀元狩三年發謫吏穿昆明池，在長安西南，周圍四十里。漢世祭之以祈雨。《三輔故事》：池地三百三十二頃，中有豫章臺。《水經注》：昆明池水上承交水於昆明臺北，逕鎬京東，秦阿房宮西，又屈而逕其北，東北流注堨水陂。《長安志》：昆明池至秦姚興時竭，唐德宗貞元十三年命京兆尹韓皋浚之，追尋漢制，引交河、灃水合流入池，在長安縣西二十里。今為民田。《通鑑地理通釋》卷四《周都》：武王徙都鎬。《括地志》：鎬在雍州西南三十二里，滈水源出長安縣西北滈池。《長安志》：在縣西北十八里。《後漢志》：鎬在京兆上林苑中。孟康云長安西南有鎬池。《郡縣志》：周武王宮鎬京也，在長安縣西北十八里，自漢武帝穿昆明池於此，鎬京遺趾淪陷焉。雍正《陝西通志》卷九《山川·西安府·長安縣·鎬水》：灃水水源亦出南山谷中，北流，經故長安城西南注昆明池，又北為鎬池，又北入於灃水，自唐堰入昆明池而灃、鎬之流絕，今則昆明池亦涸為民田矣。

③ 《大清一統志》卷一七九《西安府·古蹟》：上林苑，在長安縣，西及盩屋、鄠縣界，本秦時舊苑也，在渭南。《漢書·東方朔傳》：初建元三年，微行始出，是後數出，上以為道遠勞苦，又為百姓所患，乃使大中大夫吾邱壽王與待詔能用算者二人舉籍阿城以南、盩屋以東、宜春以西提封頃畝及其賈直，欲除以為上林苑，屬之南山。又《百官表》：水衡都尉，武帝元鼎二年置，掌上林苑，屬官有上林令、丞。揚雄《羽獵賦》：武帝廣開上林，南至宜春、鼎湖，御宿昆吾，傍南山而西至長楊、五柞，北繞黃山，瀕渭而東，周圍數百里。《三輔黃圖》：苑周圍三百里，離宮七十所。《關中記》：上林苑中有門十二，苑三十六，宮十二，觀二十五。《元和志》：苑在長安縣西北十四里，周匝二百四十里。

孔氏曰：“《正月》云‘赫赫宗周’，謂鎬京也。後平王居洛邑，亦謂洛邑為宗周。《祭統》云‘即宮於宗周’①，謂洛邑也。”呂氏曰②：“王者定都，天下之所宗也。東遷之後，定都於洛，則洛亦謂之宗周。衛孔悝之鼎銘曰‘即宮於宗周’，是時鎬已封秦，宗周蓋指洛也。然則宗周初無定名，隨王者所都而名耳。”張氏曰：“《黍離》閔宗周，《蕩》傷周室，皆甚於刺者也。”

## 申

《鄭語》：史伯曰：“當成周者，南有申、呂。”

《周語》：富辰曰：“齊、許、申、呂，由大姜。”四國皆姜姓，四嶽之後。

《地理志》：南陽郡宛縣③，故申伯國。《括地志》：“故申城，在鄧州南陽縣北三十

————————————————————————

① 《祭統》：即《禮記·祭統》。
② 呂氏：即呂祖謙。引文又見蔡沈《書經集傳》卷五、時瀾《增修東萊書說》卷二八。
③ 《漢書·地理志》：南陽郡，秦置。縣三十六：宛、犨、杜衍、酇、育陽、博山、涅陽、陰、堵陽、雉、山都、蔡陽、新野、築陽、棘陽、武當、舞陰、西鄂、穰、酈、安衆、冠軍、比陽、平氏、隨、葉、鄧、朝陽、魯陽、舂陵、新都、湖陽、紅陽、樂成、博望、復陽。
《大清一統志》卷一六六《南陽府·古蹟》：宛縣故城，今府治，春秋楚邑。秦昭襄王十五年白起攻楚，取宛，三十五年置南陽郡，治宛。漢亦為南陽郡治。更始元年，劉縯拔宛，更始入都之，既封其宗室為宛王，建武二年遣吳漢擊降之。魏太和初使司馬懿督荊、豫諸州，鎮宛，嘉平中王昶亦鎮焉，自是常為重鎮。晉時屢為石勒、慕容儁、苻堅所陷。劉宋仍為南陽郡治。後魏太和二十九年屬魏，為荊州治。北周廢宛入上陌。隋初并廢南陽郡。唐武德三年置宛州，領南陽、上苑、上馬、安固四縣，並省治宛城，八年州廢上馬入唐州，餘二縣入南陽縣，屬鄧州。《元和志》：縣西南至鄧州一百二十里。按《水經注》：南陽郡治大城，大城西南隅即古宛城，荊州刺史治，故亦謂之荊州。《括地志》：南陽縣城在宛大城西南隅，其西南二面皆古宛城也。今河南南陽。

里①。”朱氏曰②：申，姜姓之國，平王之母家也，在今鄧州信陽軍之境③。平王以申國近楚，數被侵伐，遣畿内之民戍之。孔氏曰④：宣王時，申伯以王舅改封於謝。宛縣者，謂宣王改封之後，以前不知其地。申在陳、鄭之南，後竟為楚所滅⑤。林氏曰：“周平受國於賊而不能討，故諸侯强而莫能制。”呂氏曰⑥：“平王戍申，與晉平公城杞相類。”

### 甫

《書·呂刑》孔氏注：呂侯，後爲甫侯，故或稱《甫刑》。《唐·世系表》⑦：宣王世，改呂為甫。朱氏曰：甫，即呂也，亦姜姓。《呂刑》，《禮記》作《甫刑》，當時蓋以申故而并戍之⑧。

徐廣曰⑨：“呂在宛縣。”《左傳》：楚子重請取於申、呂以為賞田。申公巫臣曰：“不可。

---

① 《元和郡縣志》卷二三：鄧州，周為申國。戰國時屬韓。秦昭襄王取韓地置南陽郡，以在中國之南而有陽地故曰南陽。三十六郡南陽居其一焉。漢因之。後漢於郡理置南都。建安中張繡屯兵於穰，降魏，魏於穰置萬州。晉宣王、夏侯伯仁皆為都督，或理宛或理新野，永嘉五年為劉聰所沒，成帝咸康四年復歸於晉，符堅之亂又沒前秦，姚興時又復還晉，後魏孝文帝南侵又陷之。梁普通中暫克，還入魏，太和中置穰州，理穰縣，今鄧州所理是也。隋開皇七年，梁王歸入隋，自穰縣移萬州還江陵，於穰縣置鄧州，大業三年改為南陽郡，武德二年復為鄧州。管縣七：穰、南陽、新野、向城、臨湍、菊潭、内鄉。
《大清一統志》卷一六六《南陽府·建置沿革》：南陽縣，附郭。周初申國，春秋楚宛邑。漢置宛縣，為南陽郡治，三國魏及晉因之。後魏分置上陌縣，周省宛縣入上陌，改曰上宛。隋開皇初始改南陽縣，屬鄧州，大業初屬南陽郡。唐武德三年置宛州，貞觀八年州廢，縣仍屬鄧州，五代及宋因之。金末置申州於此。元、明俱為南陽府治，清朝因之。今河南南陽。
② 朱：庫本作“宋”，誤。
③ 《太平寰宇記》卷一三二：信陽軍，今理信陽縣，本申州也。春秋時屬楚，即古申國之地也，周宣封舅之國。秦併天下為郡，此即屬南陽。二漢為南陽、江夏二郡地。《魏志》文帝分南陽立業陽郡，居安昌城，領安昌、平林、平氏、義陽、平春五縣。晉武帝泰始元年割南陽之東鄙復置義陽郡，元帝遷都，淪陷劉、石，安帝時以流入南郡者即偏立南義陽於南郡郭下。宋文帝元嘉末於北義陽復立司州，齊因之。梁天監元年改為北司州，後尋祗為司州，至三年為魏元英所陷，後魏既得司州，乃改為鄧州。至周武帝改鄧州為申州。隋開皇初改為義州，大業中義州復為義陽郡。唐武德四年又立申州，領義陽、鍾山二縣，八年省南羅州，以羅山縣來屬。天寶元年改為義陽郡，乾元元年復申州。宋開寶九年以户少降為信陽軍，仍併羅山、鍾山二縣入信陽為一縣。元領縣三，今一：信陽。二縣廢：羅山、鍾（已上併入信陽）。《大清一統志》卷一六八《汝寧府·建置沿革》：信陽州，宋開寶九年降為義陽軍，太平興國元年改曰信陽軍信陽縣，屬京西北路，端平後荒廢。元至元十四年升為信陽府，明年降為州，屬汝寧府。明洪武十五年降州為縣，成化十二年復為州，仍屬汝寧府，清朝因之。今河南信陽。
④ 孔氏：即孔穎達。引文見《左傳》隱公元年“初鄭武公娶於申曰武姜”條疏。
⑤ 《春秋地名考略》卷一三“申”：申國，今南陽宛縣。按孔穎達曰：《外傳》云“申、呂雖衰，齊、許猶在”，知四國同出伯夷，姜姓也。申之始封亦在周初，其後申絕。再按《詩》云“於邑於謝，南國是式”，毛萇云：謝，周之南國也。韋昭曰：謝，申伯之都，今在南陽。《潛夫論》曰：申在宛北序山之下。《路史》曰：序即謝也。依此則申誠即謝無疑。初封之申，杜、孔已不能知，闕之可矣。莊六年為楚文即位之二年，楚與巴人伐申，其事又見十八年《傳》，蓋申國自此滅矣。哀十七年，子國曰：彭仲爽，申俘也，文王以為令尹，實縣申、息。杜注：文王滅申、息以為縣即其事也，後為封邑。終春秋之世申、息嘗為楚要地。今南陽府治北二十里有申城。今河南南陽。
⑥ 呂氏：即呂祖謙。引文又見呂喬年《麗澤論說集録》卷三。
⑦ 《唐·世系表》：即《新唐書·宰相世系表》。
⑧ 申：庫本作“巾”，朱熹《詩經集傳》卷二亦作“申”，是。
⑨ 徐廣，字野民，東莞姑幕人，官大司農，領著作郎，著《史記音義》三十卷、《晉紀》四十六卷。《晉書》有傳。

此申、呂所以邑也，是以為賦，以御北方。若取之，是無申、呂也，晉、鄭必至於漢。"《史記》：呂尚先祖為四嶽，佐禹治水有功。虞、夏之際，受封於呂。《列女傳》：太姜有呂氏之女。

《水經注》：宛西呂城，四嶽受封於呂。《括地志》："故呂城，在鄧州南陽縣西四十里①。"《呂氏春秋》②：呂在宛縣西，伯夷主四嶽之祀③，佐禹有功，氏曰有呂，或為甫。《郡國志》：汝南新蔡④，有大呂亭⑤，故呂侯國。《輿地廣記》：蔡州新蔡縣，古呂國。今以《左傳》考之：楚有申、呂，時新蔡屬蔡，非楚邑，當以在宛縣為正。

### 許 見前

孔氏曰："言甫、許者，以其俱為姜姓，其實不戎甫、許也。"六國時，秦、趙同為嬴姓，《史記》、《漢書》多謂秦為趙，亦此類。

### 留

曹氏曰："留，本邑名⑥，其大夫以為氏。"

---

① 《大清一統志》卷一六六《南陽府·古蹟》：呂城，在南陽縣西南三十里，周穆王時封呂侯於此。《元統志》：今南陽縣西有董呂村，即古城。今河南南陽。
② 按：今本《呂氏春秋》無此引文。
③ 四嶽：中國古代傳說中分掌四時、方嶽之官。
④ 《續漢書·郡國志》：汝南郡，高帝置。三十七城：平輿、新陽、西平、上蔡、南頓、汝陰、汝陽、新息國、北宜春、灅强、灈陽、期思、陽安、項、西華、細陽、安城、吳房、鮦陽、慎陽、慎、新蔡、安陽、富波、宜祿、朗陵、弋陽、召陵、征羌、思善、宋公國、褒信、原鹿、定潁、固始、山桑、城父。《大清一統志》卷一六八《汝寧府·建置沿革》：新蔡縣，春秋時蔡徙都此。秦置新蔡縣。漢屬汝南郡，後漢因之。晉分屬汝陰郡，惠帝分立新蔡郡，劉宋因之。後魏仍為新蔡郡治。東魏置蔡州，北齊州廢，改置廣寧郡。隋開皇初郡廢，十六年縣改廣寧，置舒州，仁壽初改縣曰汝北，大業初州廢，縣復曰新蔡，屬汝南郡。唐武德初復置舒州，貞觀初州廢，縣屬豫州，寶應初屬蔡州，五代及宋因之。金泰和八年改置息州。元至元三年省入息州。明洪武四年復置屬汝寧府，清朝因之。今河南新蔡。
⑤ 雍正《河南通志》卷五二《古蹟下·汝寧府》：大呂亭，在新蔡縣東北隅。
⑥ 《六家詩名物疏》卷一九《留》：《路史》國名，陶唐氏後云長子之後妊姓留也。《丘中有麻》彼留子國者，漢隸彭城，子房之封。案："留"，古"劉"字。《說文》有"鎦"而無"劉"，漢因讖有卯金刀之說，妄也。《丘中有麻》，王國之風所咏，當為周地。今河南緱氏縣有劉聚，周大夫劉康公、劉夏、劉摯、劉狄皆食采於此，非彭城之留也。《毛詩稽古編》卷五《王·丘中有麻》：《説文》無"劉"字有"鎦"字，徐鍇以為"鎦"即"劉"，當是也，通作"雷"，周大夫采地，因氏焉。留乃東周畿內邑，緱氏縣有劉聚者，是堯之後在夏世已有劉累，其來舊矣，不以周邑氏也，厥後八十餘年而劉邑復為王季子采地，是為劉康公，豈子嗟之遭放逐併失其爵邑乎？
《春秋地名考略》卷一〇《呂·留》：襄元年，楚侵宋呂、留。杜注：呂、留，二縣，今屬彭城郡。按：杜云二縣，今謂彭城郡有呂縣、留縣，即宋之二邑也。留，秦置縣，二世元年秦嘉立景駒為楚王在留。張良遇漢高於此，因封留侯，尋亦為留縣，屬楚國。後漢屬彭城國，晉因之。宋仍屬彭城郡，泰始中沒於魏，魏亦屬彭城郡。《水經注》：濟水過沛縣東北，又東南過留縣北，即春秋呂、留也。後齊廢。隋復置，屬徐州。唐廢，今為運道所經。今江蘇沛縣。
《春秋地名考略》卷一"劉"：按《漢志》緱氏有劉聚，周大夫劉子邑。《水經注》：劉水出半石山，西北流經劉聚，聚三面臨澗，在緱氏西南，謂之劉澗，西北注合水，合水入於洛。今緱氏故城在偃師縣西南五十里。劉子始封為匡王少子劉康公，襄十五年劉夏逆王后於齊，昭二十二年子朝之亂劉盆單旗夾輔王室，至貞定王而絕。《括地志》曰劉聚即劉累故城，似誤。今河南偃師。

## 鄭

鄭氏《譜》曰："初，宣王封母弟友於宗周畿内咸林之地，是為鄭桓公，今京兆鄭縣是其都也。又為幽王大司徒，甚得周衆與東土之人。問於史伯曰'王室多故，余懼及焉，其何所可以逃死？'史伯曰'其濟、洛、河、潁之間乎？是其子、男之國，虢、鄶為大，虢叔恃勢，鄶仲恃險，皆有驕侈怠慢之心，加以貪冒。君若以周難之故，寄孥與賄，不敢不許，是驕而貪，必將背君，君以成周之衆，奉辭罸罪，無不克矣。若克二邑，鄢、蔽、補、丹、依、疇、歷、華，孔氏曰：八國皆在四水之間①。韋昭曰：八邑。君之土也，修典刑以守之，惟是可以少固。'桓公從之，言："然。"之後三年②，幽王為犬戎所殺，桓公死之，其子武公與晉文侯定平王於東都王城，卒取史伯所云十邑之地。右洛左濟，前莘後河③，食溱、洧焉，今河南新鄭是也。鄭《發墨守》云④："武公遷居東周畿内。"武公又作卿士，國人宜之，鄭之變風又作。"

《地理志》：鄭國，今河南之新鄭⑤，本高辛氏火正祝融之虛也，及成

---

① 四：庫本作"泗"，誤。

② 從之言然之：庫本作"悦其言從之"，《毛詩譜》亦作"從之言然之"。

③ 莘：至元六年刻本、合璧本作"華"，《毛詩譜》亦作"華"。按：十邑已有"華"，此處當不應再言"華"，本書卷六又有"前莘後河"條之釋文，疑"莘"或是。

④ 《發墨守》：《後漢書·鄭玄傳》："時任城何休好公羊學，遂著《公羊墨守》、《左氏膏肓》、《穀梁廢疾》，玄乃《發墨守》、《鍼膏肓》、《起廢疾》，休見而歎曰'康成入吾室，操吾矛以伐我乎'？"《隋書·經籍志》有《左氏膏肓》十卷、《穀梁廢疾》三卷、《公羊墨守》十四卷，皆注何休撰，而又別出《穀梁廢疾》三卷，《注》云鄭玄釋、張靖箋。則鄭氏原本隋以前當有單行本。《舊唐書·經籍志》所載《膏肓》、《廢疾》二書卷數並同，而《墨守》作二卷，其下並注鄭玄箴、鄭玄發、鄭玄釋，則已與休書合而爲一。至宋代逐漸散佚，惟《崇文總目》有《左氏膏肓》九卷，南宋陳振孫所見本又云闕宣、定、哀三公，振孫謂其錯誤不可讀，疑爲後人所錄，已非《隋·唐志》之舊。宋後完全散佚。今有四庫全書所收輯本一卷及《問經堂叢書》王復、《高密遺書》黃奭、《鄭氏佚書》袁鈞、《鄭學十八種》孔廣林、《皇清經解》劉逢祿輯本各一卷。

⑤ 《大清一統志》卷一四九《開封府·建置沿革》：新鄭縣，在府西南一百六十里。周初鄶國。春秋為鄭國都。戰國屬韓，嘗都之。秦置新鄭縣，又分置苑陵、西陵二縣，皆屬河南郡，後漢因之。晉省新鄭入苑陵，屬滎陽郡。東魏天平初改屬廣武郡。隋開皇十八年復置新鄭縣，屬管州，大業初省苑陵縣入之，屬滎陽郡。唐初屬管州，貞觀元年屬鄭州，五代因之。宋熙寧五年改屬開封府，元豐八年復屬鄭州。金改屬鈞州，元因之。明隆慶五年屬開封府。清朝雍正二年改屬禹州，十二年屬許州府，乾隆六年改許州府直隸州，仍分屬開封府。新鄭故城，在新鄭縣北，周宣王封其弟於鄭，幽王之亂，桓公寄孥於虢、鄶，平王東遷，武公遂徙於此，仍名曰鄭。韓哀公二年滅鄭，徙都之。秦置新鄭縣，晉省。杜預《左傳注》：鄭國，在苑陵縣西南。永嘉之亂，李矩自滎陽移屯新鄭，即故城也。隋復置縣。《括地志》：故城在洧水北，今在水南三里。今河南新鄭。

皋、滎陽、潁川之崇高、陽城①，皆鄭分也。土陿而險，山居谷汲，男女亟聚會，故其俗淫。《鄭詩》曰："出其東門，有女如雲。"又曰："溱與洧方灌灌兮，士與女方秉菅兮，恂盱且樂，惟士與女，伊其相謔。"此其風也。吳札聞鄭之歌曰："美哉！其細已甚，民弗堪也，是其先亡乎？"自武公後二十三世，為韓所滅。

《通鑑外紀》：宣王二十二年，封季弟友於鄭，都咸林。《括地志》："鄭故城②，在華州鄭縣西北三里，桓公友之邑，秦縣之。"武公十一年，初縣鄭。

朱氏曰：新鄭，今之鄭州。《水經注》：《竹書紀年》晉文侯二年，王子多父伐鄶，克之，乃居鄭父之丘，名之曰鄭，是為桓公。《帝王世紀》云：或言縣故有熊氏之墟，黃帝所都也。孔氏曰："《鄭世家》：虢、鄶果獻十邑，竟國之。則桓公自取十邑，見史伯為桓公謀，故傅會為此說。"服虔云："鄭，東鄭，古鄶國之地，是鄭雖取其地不居其都。"僖三十三年，《左傳》稱文夫人葬公子瑕於鄶城之下③。服虔云："鄶，故鄶國之墟。"杜

---

① 《大清一統志》卷一六三《河南府·古蹟》：崇高故城，今登封縣治。漢武帝元封間置縣，後漢省。《水經注》：崇高縣，俗謂之崧陽城。隋大業初改綸氏，置嵩陽於此。唐萬歲登封元年，武后因封岳，改縣為登封。《元和志》：縣西北至河南府一百三十五里。《舊志》：有故城，在縣之西北一里。今河南登封。

陽城故城，在登封縣東南。本夏后居陽城。《史記》：鄭君二十一年，韓伐鄭，取陽城。秦二世三年，沛公戰洛陽東，還至陽城。漢置縣，屬潁川郡。晉屬河南。惠帝時杜錫嘗為陽城太守，又永嘉末苟組以褚翼督新城、陽城等郡，蓋嘗置為郡也，後旋罷。後魏正光中復置縣，孝昌中兼置陽城郡。隋開皇時廢郡，置嵩州，後屬河南郡。唐武德四年王世充陽城令來降，以為嵩州刺史。貞觀初罷。唐萬歲登封元年改曰告成。《元和志》：縣西北至河南一百七十里。天祐三年避朱溫父諱更名陽邑。後唐復曰陽城。周顯德中省入登封。《舊志》：今為告成鎮，在縣東三十五里。今河南登封。

② 《太清一統志》卷一九〇《同州府·古蹟》：鄭縣故城，在華州北。《系本》曰：桓公居棫林，徙拾。宋忠曰：皆舊地名，自封桓公乃名為鄭。《後漢書》：更始三年，赤眉樊崇等於鄭北設壇場立劉盆子為帝。《括地志》：鄭縣故城在今縣北二里。《元和志》：華州東至潼關一百二十里，東北至同州八十里，治鄭縣，本秦舊縣。漢屬京兆。後魏置東雍州，其縣移在州西七里。大業二年州廢，移入州城，屬雍州。至三年，以州城屋宇壯麗，置太華官，縣即權移城東。四年官廢，又移入城。古鄭縣在縣理西北三里。興元元年新築羅城及古鄭城並在羅城之內。按《郡國縣道記》云：古城連接今州城，齊天保中官路經其中，東西相連有三小城。至宇文周縣移於西南九里。隋開皇三年又移理於州北故鄭城，四年又移於廢華州城。唐武德四年又自州城移於州東一里。興元元年築羅城，仍移縣於州西三里官路南，即今縣治也。《州志》：北周所移廢縣在州西南，今其地名故縣里。今陝西華縣。

③ 《大清一統志》卷一五〇《開封府·古蹟》：鄶城，在密縣東北五十里，接新鄭縣界。周初封國，妘姓。平王時鄭武公滅鄶而併其地。《元和志》：在鄭州新密縣東北三十二里。

預云：鄶國，在滎陽密縣東北①。新鄭，在滎陽宛陵縣西南②。是鄭非鄶都，故別有鄶城也③。

《郡縣志》：鄭州新鄭縣，鄭武公之國都。韓滅鄭，自平陽徙都之。《戰國策》：韓之取鄭從成皋始。林氏曰："春秋戰爭之多者莫如鄭，戰國戰爭之多者莫如韓。秦、漢之間，天下有變必於滎陽、成皋之間決勝負。"

朱氏曰："鄭聲之淫有甚於衛，故夫子論為邦獨以鄭聲為戒而不及衛④。"《周禮疏》曰："《鄭詩》說婦人者九篇⑤。"

吳氏曰："齊詩刺哀、襄，而季札觀樂乃曰'泱泱乎大風也哉'！鄭美武公父子，而札乃曰'其細已甚'。曰大曰細，自其土地風氣之發於音、聲者言之，而非繫乎辭也。班孟堅曰民性'剛柔緩急，音聲不同，繫水土之風

---

① 《晉書‧地理志》：滎陽郡，泰始二年分河南置。統縣八：滎陽、京、密、卷、陽武、苑陵、中牟、開封。

　《大清一統志》卷一五〇《開封府‧古蹟》：密縣故城，在今縣東南。《春秋》：僖公六年，公會伐鄭，圍新城。《左傳》：諸侯伐鄭，圍新城，鄭所以不時城也。《注》：新城，鄭新密，今滎陽密縣。鄭以非時興土功，齊桓聲其罪以告諸侯，故書"新城"。漢置縣，屬河南郡。《地理志》：密縣，故國。《水經注》：密縣故城，春秋謂之新城，漢置密縣於此。晉永嘉五年司空苟藩等建行臺於密，亦此城也。《寰宇記》：今縣東南三十里有古密城，即漢理所。高齊文宣移理於今縣東四十里故密縣城，隋大業十二年又移於今理，即古法橋堡城。今河南新密。

② 宛陵：當作"苑陵"。《大清一統志》卷一五〇《開封府‧古蹟》：苑陵故城，在新鄭縣東北。秦置縣。《史記》"樊噲攻苑陵先登"，《正義》：故城在鄭州新鄭縣東北三十八里。《寰宇記》：新鄭縣苑陵故城，漢縣，晉末省，後魏於故城東北五里改置苑陵縣，隋大業末復省。按：苑陵城，新鄭及尉氏、洧川三《縣志》並載，今以地度之，新鄭東北即洧川西北，漢以來之苑陵本在於此，唐武德四年移置於尉氏界舊古山氏城，屬洧州，貞觀元年廢。今河南新鄭。

③ 《春秋地名考略》卷六"鄭‧國於新鄭"：《竹書紀年》晉文侯八年，王錫司徒鄭伯多父命，十四年鄭人滅虢，十六年鄭遷於溱、洧。此鄭國東徙之說也。其地為祝融氏之墟，黃帝嘗都此，後為鄶國。鄭居之，號曰新鄭，以別於初封之鄭也。杜注：在滎陽宛陵縣西南。今新鄭縣東北三十八里有苑陵城。古鄭城在新鄭縣治西北，縣有溱水在北，洧水在南，大騩山在西南四十里，即史伯所云也。按：史伯曰前莘後河，右洛左濟，惟鄭州形勢足以當之。《郡國志》：州東有莘城，此前莘之說也。若新鄭，在鄭州南四十里，莘在後矣。或者初遷時嘗居此其，即《竹書》所謂鄭父之丘與？再考：鄭桓公封於宣王二十二年，《竹書》所云晉文侯二年為幽王三年，後八年桓公死於犬戎之難，明年平王立，即為武公掘突元年。晉文侯十四年，乃平王四年也。圖鄶事桓公始之，武公成之，與《漢書》合，惟桓公先有克鄶之事，乃《國語》所無，應知史伯之謀非無因而發，所云克鄶不過先克其一城耳，存之俟考。再按桓十一年《公羊傳》曰：古者鄭國嘗處於留，先鄭伯有善於鄶公者，通乎夫人以取其國而遷鄭焉，而野留。蓋此即寄孥之說也。先鄭伯即指桓公矣。武公既定都新鄭，則棄留為鄙野。故何氏云野鄙也。惟是十邑中無留，或者即畤與？或曰古有莘城，《國語》謂之莘墟，鄭桓公以周衰徙都於留，此與鄭州之莘相混，不可從也。留後為陳併，故曰陳留，秦置陳留縣，漢為陳留郡治，今仍為縣。再按：南鄭，今之漢中，桓公死幽王之難，其民南奔居於襃斜之中，故號南鄭，此華州鄭縣之民也，與新鄭立國無與。

④ 《論語‧衛靈公》：顏淵問為邦，子曰："放鄭聲，遠佞人。鄭聲淫，佞人殆。"

⑤ 《毛詩稽古編》卷三〇"鄭"：《周禮》賈公彥疏謂鄭說婦人者九篇，《樂記》孔疏亦言鄭風二十一而說婦人者九篇，今案之殆不然也。鄭之刺淫者惟《女曰雞鳴》，刺不說德而好色；《豐》刺男行而女不隨；《東門之墠》刺不待禮而相奔；《野有蔓草》男女思不期而會；《溱洧》刺淫風大行。凡五篇。其《有女同車》、《有女如雲》二詩雖說婦人，皆一刺忽，一閔亂，不言淫也。即併數之，亦僅七篇，安得九乎？《十三經注疏正字》卷二八"大司樂‧凡建國節疏鄭則緇衣之詩說婦人者九篇"：案《詩序》，惟《東門之墠》為男女有不待禮而相奔，《溱洧》刺亂為淫風大行，此云九篇，未詳其目。

氣'。故劉夢得論八音與政通，以三光五嶽之氣為言①，固有見於此。"

## 祭仲

《括地志》："故祭城，在鄭州管城縣東北十五里，鄭大夫祭仲邑。"《水經注》：長垣縣有祭城，祭仲之邑②。長垣③，今屬開封府。

## 京

《括地志》："京縣故城，在鄭州滎陽縣東南二十里，鄭之京邑。"《穀梁傳》：襄十一年，同盟於京城北。《地理志》：河南郡京縣④，即共叔段所居。曹氏曰："滎陽，故東虢

---

① 劉禹錫《劉賓客文集》卷一九《唐故尚書禮部員外郎柳君集紀》：八音與政通，而文章與時高下。三代之文至戰國而病，涉秦漢復起。漢之文至列國而病，唐興復起。夫政龐而土裂，三光五嶽之氣分，大音不完，故必混一而後大振。

② 《春秋地名考略》卷六"祭"：隱公元年，祭仲始見。桓十一年，祭封人祭足。杜注：陳留長垣縣東北有祭城。按《後漢志》：長垣縣有祭城，章懷即引杜注。惟《括地志》云故祭城在管城東北十五里，即祭仲邑。管城者，今鄭州也。管城之祭，《路史》以為周祭伯采邑，或又疑鄭并祭國以封仲。考祭伯、祭仲同見於隱公元年。至桓五年繻葛之戰，祭足為左拒。桓八年，祭公來，遂逆王后於紀。莊二十三年，祭叔來聘。祭未嘗滅也，鄭安得取以封仲乎？或者但知長垣近衛，鄭不能有，不知列國錯壤甚多，即如祭仲省留取道於宋而被執，則留亦錯入宋境矣。長垣之旁有滑，鄭、衛日爭之，然則長垣固亦鄭、衛相接之地耳。今長垣縣南至蘭陽九十里。今河南長垣。

③ 《大清一統志》卷二二《大名府》：長垣縣，春秋衛地。戰國魏首垣邑。漢置長垣縣，屬陳留郡。後漢為長垣侯國。晉復為縣，屬陳留國。後魏太平真君八年併入外黃，景明五年復置，屬東郡。隋開皇十六年改曰匡城，仍屬東郡。唐屬滑州。五代梁復曰長垣，屬開封府，後唐復曰匡城。宋建隆元年避諱改曰鶴邱，尋復曰長垣，仍屬開封府。金泰和八年，以限河不便，改屬開州。元初屬大名路，至元二年仍屬開州，明因之。清朝屬大名府。長垣故城，在今長垣縣東北。《水經注》：長垣，故首垣，秦更從今名。隋時移治故匡城北，改名曰匡城，又分韋城置長垣縣，大業初仍省入韋城。唐武德初又分匡城置長垣縣，屬滑州。八年又省入匡城。《括地志》：長垣故城在匡城縣東北二十七里。宋初改匡城為長垣縣。金初遷縣於柳冢村。明洪武元年以水患又遷於蒲城，即今縣也。《縣志》：舊長垣集，即柳冢，在縣東北四十里，地名鮑塥，今有廢城，寬壘深濠，猶然險固。按《明統志》：秦長垣縣城，在今縣西南三十五里，誤。參考《括地志》、《太平寰宇記》，當在今縣東北十餘里。今河南長垣。

④ 《大清一統志》卷一四九《開封府・山川》：京縣故城，在滎陽縣東南。《隋書・地理志》：後齊省京縣入滎陽。今河南滎陽。

國也，有京水、索水①。楚漢戰於京、索之間，即其地也。京邑，在滎陽縣東。敖倉②、鴻溝③，在

---

①　《大清一統志》卷一四九《開封府·山川》：索河，源出滎陽縣南，北流，逕縣東，屈而東，逕河陰縣南，又東合京水，東逕滎澤縣南滙於賈魯河。《左傳》：襄公十八年，楚伐鄭，右師入潁，次於旃然。杜預注：旃然水出滎陽成皋縣，東入汴。《水經注》：索水出京縣西南嵩渚山，與東關分水，即古旃然水也。東北流，器難之水注之。亂流，北逕小索亭西又為索水。索水又北逕大柵城東，又屈而西流，與梧桐澗水合，又北屈，東逕大索城南，又東逕虢亭南，又東北流，須水右入焉。又東逕滎陽故城南境，又東逕周苛冢北，又東流，北屈西轉，北經滎陽城東北流注濟。《寰宇記》：索水在滎陽縣三十五里。五代唐同光二年詔蔡州刺史朱勍濬索水以通漕。宋建隆二年導索水自旃然與須水合入於汴，其後復導入金水河。元至正十一年命賈魯治河，引京、索水通陳、潁達江、淮，通名賈魯河。《鄭州志》：賈魯河西源出於方山聖水谷，東源出方山暖泉，二水合流曰合河口，即索水也。大周山，在滎陽縣南三十五里，中有三泉峪，乃汴水發源於此。嵩渚山，在滎陽縣東南二十五里，一名小陘山，京水出焉。萬山，在縣南二十里，嵩渚山之西，須水出焉。清水嶺，在縣東南，索水出焉。賈谷山，亦在縣東南，賈峪水出焉。按《舊志》云：《水經注》索水出京縣西南嵩渚山，器難水出小陘山。本二山二水也。《元和志》：索水出縣南三十里小陘山。是合器難、索水為一水。《寰宇記》：嵩渚山，一名小陘山，俗名周山，在縣南三十五里。是併合嵩渚、小陘為一山矣。《明一統志》：大周山，在縣東南三十五里，一名小陘山。又與邑乘不同，疑書皆有誤。今據輿圖詳考滎陽縣山勢綿延，峰巒錯列，皆在城南一帶，分之則名目衆異，合之亦未始不可相通，故《水經注》、《元和志》、《寰宇記》、《明一統志》志載各殊，今就《府志》詳載名目以便稽考。

②　《大清一統志》卷一四九《開封府·山川》：敖山，在滎澤縣西北河陰廢縣境內。《尚書序》：仲丁遷囂。《史記》作“隞”。《詩·小雅》：搏獸於敖。《左傳》：宣公十二年，晉師在敖、鄗之間。《史記》：漢三年漢王軍滎陽，築甬道屬之河以取敖倉粟。孟康曰：敖，地名，在滎陽西北山上，臨河有大倉。《水經注》：濟水東逕敖山北，其山上有城，即仲丁所遷。秦置倉其中，故曰敖倉。《括地志》：敖倉在滎澤縣西北十五里，石門之東，北臨汴水，南帶三皇山。

③　歷代對於鴻溝解釋較為複雜。程大昌《禹貢後論·汴》云：“汴之名其在後世以該鄭、梁諸水，而其受河首水名稱差殊，自戰國以至於今，其變遷最為不常。其曰鴻溝者，則蘇秦説魏謂南有鴻溝漸而楚、漢以為分王之境者是也。其曰滎瀆漕渠者，即司馬遷言引河東南為鴻溝以通宋、鄭、陳、蔡、曹、魏與濟、汝、淮、泗會於楚者是也。漢又有蒗蕩渠，《水經》有渠水、陰溝皆在此水也。其曰汳渠者，本在梁下，以受蒗蕩渠為名，自東漢以來多傍其名以目諸水。隋人又益疏鑿，自河以達於淮，故萬世通名此水曰汴，隋之通濟渠、唐之廣濟渠皆是也。至於睢、蔡、過、蒗、穀、梁溝、魯溝、官渡、浚儀渠，又以受渠而隨事得名者也。磈、丹、京、索、須、旃然又其水注之於此渠者也。其受其注皆與渠通，故世亦或以汴若鴻溝名之，是皆並緣其名以行，非正派也。渠之所注率平地，無堅壤，人力既可更鑿，水勢亦自有變徙，故首之受河，末達淮、泗，不一其地，又會世無隨紀其變者，後人對之往往茫然，而桑、酈以紀水自任亦自紛錯不能如他水之條理也。”史念海先生據《史記·河渠書》所記“滎陽下引河東南為鴻溝，以通宋、鄭、陳、蔡、曹、衛，與濟、汝、淮、泗會於楚”一條，認為鴻溝當是一些水流系統的總稱，又據《水經注》的記載，這個系統應該包括狼湯渠、汳水、獲水、睢水、魯溝水和渦水等。其中汳水和獲水本為一條水系，在今河南商丘以上為汳水，下為獲水，汳水、獲水、睢水、魯溝水和渦水都是由狼湯渠分出。狼湯渠和濟水一塊兒由滎陽附近分河水東流，在滎澤東南分開各流。狼湯渠分流後在今開封縣南折向東流，至今河南睢陽縣東南入於潁水。汳水在今河南開封縣北分出東流，經舊陳留縣北、蘭封縣西，至舊考成縣南，東流為獲水。獲水東流，經虞城縣北，碭山縣北，至徐州入泗。睢水在舊陳留縣西分出東南流，經杞縣、睢縣之北，寧陵、商丘之南，又經夏邑、永城之北，再經宿縣、靈璧、睢寧之北，至宿遷入泗。魯溝水在陳留附近分出，東南流至太康西入渦水。渦水在扶溝縣東分出，經太康縣北，太康以下與今渦水所流河道大致相同，至安徽懷遠縣入淮（參看史念海《釋〈史記·貨殖列傳〉“陶為天下之中”——兼論戰國時代的經濟都會》）。

縣西。官渡①，在中牟②。皆古戰爭處。"《左傳》："鄭京、櫟，實殺曼伯。"《注》云："厲公得櫟③，又并京。"《郡縣志》：京水④，出滎陽縣南平地。《楚語》：范無宇曰："國為大城，未有利者。叔段以京患嚴公⑤，鄭幾不封。"

① 雍正《河南通志》卷一二：官渡水，在中牟縣中牟臺下。鴻溝自滎陽下分為二渠，一為官渡，圃田澤在其南，黃河在其北。昔袁、曹相拒，紹敗，幅巾渡河，從此去。汜水自縣南東北入焉。杜佑曰此為東汜水。《左傳》：僖公三十年，秦、晉圍鄭，晉軍函陵，秦軍汜南。此水之南也。又襄公九年，晉會諸侯伐鄭師於汜南，亦即此。後湮。

《大清一統志》卷一五〇《開封府·古蹟》：官渡城，在中牟縣東北。《北征記》：中牟臺下臨汴水，是為官渡，袁紹、曹操壘尚存。《水經注》：曹公壘北有高臺，謂之官渡臺。渡在中牟，故世又謂中牟臺。建安三年，紹進臨官渡，起土山、地道以逼壘，公亦起高臺以捍之，即中牟臺也。今臺北土山猶在，山之東悉紹舊營，遺壘猶存。

② 《大清一統志》卷一四九《開封府》：中牟縣，春秋鄭原圃地。漢置中牟縣，屬河南郡，後漢因之。晉屬滎陽郡。後魏太平真君八年省入陽武，景明元年復置。東魏天平初於縣置廣武郡。隋開皇初郡廢，改縣曰內牟，屬鄭州。十六年析置郊城縣，十八年改內牟曰圃田，大業初郊城入圃田，屬滎陽郡。唐武德三年復改圃田曰中牟，併置牟州，四年州罷，縣屬管州。貞觀元年屬汴州，龍朔二年改屬鄭州。五代梁屬開封府，唐復屬鄭州，晉仍屬開封府，宋、金、元、明不改，清朝因之。中牟故城，在今中牟縣東。《水經注》：沫水逕中牟縣故城。薛瓚注《漢書》云中牟在春秋時鄭之堰也，及三卿分晉則在於魏之邦土。《元和志》：中牟縣西至鄭州七十里，本漢舊縣，縣理即古中牟故城。《寰宇記》：後周保定五年中牟移於今縣西三十里圃田城，隋開皇十七年於中牟舊城置郊城縣，十八年改圃田城曰圃田縣，大業二年廢郊城縣移圃田縣於中牟城，唐初復改中牟。《縣志》：故城在今縣東六里，明天順中移今治。按：中牟有二。《史記正義》云相州蕩陰縣西有牟山，趙中牟邑在山側。此中牟乃鄭地，其名中牟始於漢，非趙中牟也。班《志》謂趙獻侯自耿徙此，誤。今河南中牟。

③ 《春秋地名考略》卷六"櫟"：鄭別都也，今河南陽翟縣。按：櫟，禹之所居，即陽翟也。春秋時為櫟。莊十年，王室亂，鄭伯以王歸處於櫟。僖二十四年，狄伐鄭，取櫟。宣十一年，楚伐鄭及櫟。昭元年，楚公子圍使公子黑肱城櫟。蓋是時櫟已屬楚，後改為陽翟。戰國初入於韓。韓景侯自平陽徙都之。既而韓滅鄭，都新鄭，後復自新鄭徙都焉。秦置陽翟縣，為潁川郡治。漢初以封韓王信，後仍為潁川郡。晉徙潁川郡於許昌，以縣屬河南郡。東魏置陽翟郡，隋廢，以縣屬伊川。唐初屬嵩州，後屬許州。宋屬潁昌府。金置潁順州，後改鈞州，以鈞臺為名也。明初省陽翟縣入之，萬曆三年以避諱改禹州，今仍之。今河南禹州。

④ 《大清一統志》卷一四九《開封府·山川》：賈魯河，原出滎陽縣東南，東北流至滎澤縣西南合索，東經滎澤縣南，又東逕鄭州北，又東逕中牟縣南，又東南經祥符縣之朱仙鎮西，又西南逕尉氏縣東入扶溝縣界。自鄭州以上為京水，自中牟至祥符名金水河，宋建隆初始開，後淤，元賈魯治之，今自鄭州以下通名賈魯河。《水經注》：黃水發源京縣黃堆山，東南流名祝龍泉，泉勢沸湧，狀若巨鼎，湯湯西南流，謂之龍項口，世謂之京水也。又屈而北注，逕高陽亭東，又北至故市縣，又東北逕故市縣故城南谿，又東北至滎澤南，分為二水，一水北入滎澤，一水東北流，即黃雀溝，又東北與清水支津合，二水之會為黃泉，北流注於濟水。《宋史·河渠志》：金水河，一名天源，本京水，導自滎陽黃堆山，其源曰祝龍泉。宋建隆三年，命陳承昭鑿渠引水過中牟，名曰金水河，凡百餘里抵都城，架其水橫絕於汴，設斗門入浚溝，通城濠東滙於五丈河，公私利焉。《鄭州志》：賈魯河有三源，西二源出滎陽界，東源出梅花山北麓，合流於張家村，下流至京水鎮為京水河，又北受須、索二水為雙橋河。元季因漕運不便，今賈魯疏治，起鄭州，下至朱仙鎮，皆名賈魯河。按：元賈魯所開河在儀封縣黃陵岡南，故道堙沒，今所云賈魯河蓋即宋時蔡河故道。《府志》云：沙河，一名賈魯河，又名小黃河，受京、須、索、鄭諸水，經朱仙鎮、呂家潭至扶溝者是也。

⑤ 嚴：庫本作"莊"。

## 清　彭　消　軸　河上

《郡國志》：河南中牟縣，有清口水[1]。《水經注》：清池水出清陽亭西南平地，東北流，逕清陽亭南東流，即故清人城也[2]。《詩》："清人在彭。"彭為高克邑[3]。杜預《春秋釋地》云"中牟縣西有清陽亭"是也[4]。清水又屈而北流，至清口澤。中牟，今屬開封府。鄭氏曰："清者，高克所帥衆之邑[5]。"

毛氏曰：彭，衛之河上，鄭之郊也。消、軸，河上地。孔氏曰："禦狄於境"，在鄭、衛境上。"翱翔河上"，是營軍近河，而衛境亦至河南。彭、消、軸，皆河上之地。蓋久不得歸，師有遷移，三地亦不相遠。

## 溱　洧

陳氏曰："鄭國在溱、洧二水之間。"

《說文》引《詩》溱與洧。洧水，出鄭國。溱水[6]，出桂陽臨武[7]，入匯[8]。當以

---

① 《大清一統志》卷一四九《開封府·山川》：小清河，在中牟縣西南五十里。源出新鄭縣佛潭，東北流至縣西入丈八溝，即古清池水，亦名清口水。《水經注》：清池水至清口澤，七虎澗水注之。又東北，白溝水注之。亂流逕魯恭祠南，又北注渠，謂之清溝口。

② 《大清一統志》卷一五〇《開封府·古蹟》：清池廢縣，在中牟縣西，本古清陽亭。《舊唐書·地理志》：武德四年置清池縣，屬管州，貞觀元年廢。今河南中牟。

③ 《春秋地理考實》卷三"昭公十九年·彭水"：《傳》公入與北宮喜盟於彭水之上。今按：彭水當近衛都。《詩》"清人在彭"，彭為河上之邑，彭水其以此名與！

④ 杜預《春秋釋地》：即杜預《春秋釋例·土地名》。引文見《春秋釋例》卷五《土地名》"閔二年清"條。

⑤ 《春秋左傳屬事》卷一六"高克曼滿石制馹秦之敗"：閔公二年冬，鄭人惡高克，使帥師次於河上，久而弗召，師潰而歸，高克奔陳，鄭人為之賦《清人》。高克，鄭大夫，好利而不顧其君，文公惡之而不能遠，故使帥師而不召。

⑥ 《大清一統志》卷二八八《郴州·山川》：溱水，在宜章縣西南，其上流合武溪水，亦稱武溪。《縣志》：自衡州府臨府縣東流入，逕縣西南四十里，又東南流，至七姑灘合玉溪水，入廣東韶州府樂昌縣界。《大清一統志》卷二九〇《桂陽州·山川》：溱水，在臨武縣南。源出臨武縣華陰山，東流入郴州宜章縣界，古名秦水。《漢書·地理志》：臨武秦水，東南至須陽入洭，行七百里。《水經》：溱水出臨武縣南，繞城西北屈東流。《注》：溱水導源縣西南，北流，逕縣西而北與武溪合。按：《漢志》、《水經》俱以溱水為經流，惟酈《注》謂溱水入武溪水，以武溪水為正流，恐當以《漢志》及《水經》為正。

⑦ 《漢書·地理志》：桂陽郡，高帝置。縣十一：郴、臨武、便、南平、耒陽、桂陽、陽山、曲江、含洭、湞陽、陰山。

《大清一統志》卷二九〇《桂陽州》：臨武縣，戰國楚臨武邑。漢置臨武縣，屬桂陽郡，後漢因之。唐屬郴州，如意元年改曰隆武，神龍元年復曰臨武。五代晉天福四年省入平陽。宋紹興十年復置，屬桂陽軍。元屬桂陽路，明屬桂陽州，清朝因之。臨武故城，在今臨武縣東。《水經注》：縣側臨武谿東，因曰臨武縣。今湖南。

⑧ 《漢書·地理志·桂陽郡·桂陽縣》：匯水，南至四會入爵林，過郡二，行九百里。應劭曰：桂水所出，東北入湘。

"濟"為正①。洧水，出潁川陽城山②，東南入潁。陽城，省入河南府登封縣③。

《郡縣志》：溱水，源出鄭州新鄭縣西北三十里平地。洧水，縣西北二十里。

《水經》：洧水出河南密縣西南馬領山。密縣，今屬鄭州。《地理志》：出陽城縣陽城山。又東過新鄭縣南，溱水從西北來注之。《注》：洧水東逕新鄭故城中。襄元年，晉伐鄭，敗其徒兵於洧上。又東為洧淵水，龍鬬於時門之外洧淵④，則此潭也。洧水又東與黃水合⑤，《經》謂溱水，非也。又東過習陽城⑥，西折，入於潁。《地理志》：洧水東南至長平入潁⑦。

---

① 《大清一統志》卷一四九《開封府·山川》：溱水，在密縣，東北流經新鄭縣西北，又南流合洧水，一名溱水，或又作鄶水。《說文》：溱水在鄭國南入於洧水。《注》：鄶水出鄶城西北雞絡塢下，東南流逕賈復城西，東南流。又《注》：鄶水出鄶城西北雞絡山下，東南流逕賈復城西，東南流，又南左會承雲山水，又東南流歷下田川，經鄶城西，謂之柳泉水。又南，懸流奔墊其下，積水成潭，廣四十許步，淵深難測。又南注於洧。《縣志》：溱、洧自密兩水會合而東為雙洎河，後洧流獨盛，溱水漸微，今涸。

② 《大清一統志》卷一六二《河南府·山川》：陽城山，在登封縣東北。《漢書·地理志》：陽城縣陽城山，洧水所出。《水經》：水出密縣西南馬領山。《注》亦言出陽城山，山在陽城縣東北。蓋馬領之統目焉。《元和志》：陽城山在告成縣東北三十八里。

③ 《大清一統志》卷一六二《河南府·建置沿革》：登封縣，古陽城邑。秦置陽城縣，漢元封元年分置密高縣，皆屬潁川郡。後漢省密高入陽城。晉以陽城屬河南郡，後省。後魏太和十三年置堙陽城，正光中後置陽城縣，孝昌二年置陽城郡。東魏天平初於堙陽置中川郡。後周廢中川郡。隋開皇初廢陽城郡，十六年於陽城縣置嵩州，仁壽四年州廢，其堙陽縣開皇六年改曰武林，十八年改曰輪氏，大業元年改曰嵩陽，與陽城皆屬河南郡。唐武德四年復置嵩州。貞觀三年州廢，屬洛州，十七年省嵩陽入陽城。永淳元年分陽城緱氏地復置嵩陽縣，二年省，光宅元年復置。萬歲登封元年改陽城曰告成，嵩陽曰登封，神龍元年俱復故名，二年復曰告成、登封，皆屬河南府，天祐二年改告成曰陽邑。後唐復曰陽城。周顯德中省陽城入登封，宋因之。金屬金昌府。元屬河南路。明屬河南府，清朝因之。今河南登封。

④ 《春秋地名考略》卷六"渠門"：鄭城諸門見於《傳》者最多，此渠門蓋東門也。宣十二年楚克鄭，入自皇門。城南門也。吳氏曰：諸侯國各以其所向之地為名，皇，周邑，蓋走王畿之道也。襄十年晉以諸侯之師伐鄭，門於鄟門，師之梁及北門。吳氏曰：魯嘗取鄟，衛有鄟澤。鄟門者，國之東門，走魯、衛之道也，師之梁西門也。襄三十年伯有之亂，鄭伯及其國人盟於師之梁之外。昭七年公如楚，鄭伯勞於師之梁，皆謂此也。又有墓門，《詩》"墓門有梅"，襄三十年伯有自墓門之瀆入。國西門也。又有純門，亦西門，或曰外郭門也。莊二十八年楚伐鄭，眾車入自純門。又有時門，鄭南門也。哀二十七年晉知伯伐鄭，入南里，門於桔秩之門。杜注：桔秩之門，鄭遠郊之門，蓋亦鄭南門矣。又有閨門，昭元年鄭為游楚之亂，諸大夫私盟於閨門之外，實薰隧。杜注：閨門，鄭城門。薰隧，門外道名。或曰閨門，鄭內宮北門，薰隧如後世複道焉。又有倉門，尉止之亂，子產請焚載書於倉門之外。倉門，鄭之東南門，以面石倉城而得名。石倉城，在陳留西南七十里。

⑤ 《大清一統志》卷一四九《開封府·山川》：黃水，在新鄭縣西北，源出自然山，經縣城北，東南流，入於洧。

⑥ 《大清一統志》卷一七○《陳州府·古蹟》：習陽城，在西華縣西南十里，即漢習城故地。今俗以其地有石羊二，遂訛為石羊集，失其舊矣。今河南西華。

⑦ 雍正《河南通志》卷五二《古蹟下·陳州》：長平城，在西華縣，城東北一十八里。漢置縣，屬汝南郡。晉屬梁國。北齊省入西華。

長平省入陳州西華縣①。

《鄭語》："主芣騩而食溱、洧。"《地理志》：密縣有大騩山。

《韓詩》："溱與洧方洹洹兮。"《傳》云："三月桃華水下之時，執蘭拂除。"薛君注："鄭國之俗，三月上巳，之溱、洧兩水之上，秉蘭草，祓除不祥。"《十道志》曰②："鄭俗以三月合於溱、洧之上以自祓除。"《括地志》："洧水，在新鄭縣北三里古新鄭城南與溱水合。"

孟氏曰③：子產以其乘輿濟人於溱、洧。

## 東門

《左傳》：隱四年，宋、陳、蔡、衛伐鄭，圍其東門。朱氏曰："城東門也。"

## 學校

曹氏曰："校，本夏之學名，鄭亦以名學，故鄭人游鄉校以議執政。"

## 齊

鄭氏《譜》曰："齊者，古少皞之世爽鳩氏 司寇也。 之墟④。周武王伐紂，封太師呂望於齊，是謂齊太公。地方百里，都營丘。周公致太平，敷定九畿，復夏禹之舊制。成王用周公之法，制廣大邦國之境，而齊受上公之地，

---

① 《大清一統志》卷一七〇《陳州府》：西華縣，戰國魏長平邑。秦置長平縣，漢分置西華縣，並屬汝南郡。後漢以長平屬陳國。晉初省西華入長平，永康元年復置，屬潁川郡。東晉屬陳郡，後魏因之。北齊省長平。隋開皇十六年改置鴻溝縣，大業初改鴻溝曰西華，屬淮陽郡。唐武德元年改曰箕城，貞觀初省入宛邱縣，長壽初又改置武城縣，神龍初復曰箕城，景雲初復曰西華，屬陳州，五代、宋、金、元、明因之。清朝屬陳州府。西華故城，在今西華縣南。隋改置於潁水北長平縣北，即今治。今河南西華。

② 《十道志》：梁載言撰。《新唐志》作十六卷，《崇文總目》、趙希弁《郡齋讀書志後志》、《直齋書錄解題》作十三卷，表明在宋代流傳仍相當廣泛，卷帙或已有所殘損或改編，宋後不傳。《御覽綱目》有梁氏《十道志》，即此。王謨所輯有開元、天寶、大曆建置，晁公武《郡齋讀書志》云："其書多稱咸通中沿革，載言蓋唐末人也。"陳振孫《直齋書錄解題》稱："載言不見於史，未定為何朝人，此書有太和以後沿革，當是唐末人。"今有王謨、王仁俊輯本。本文所引此條，《太平御覽》、《太平寰宇記》等多作出自雷次宗《豫章古今記》，疑《十道志》此條內容或亦抄錄雷次宗書。

③ 孟氏：即孟軻。引文見《孟子·離婁下》。

④ 少皞：中國古代傳說中帝王名，也作"少昊"，名摯，字青陽，黃帝子，己姓。以別於太昊，故稱少昊。以主西方，故以金德王，也稱金天氏，亦曰金窮氏。邑窮桑，都曲阜，故亦號曰窮桑氏，亦稱桑丘氏。

更廣五百里①。其封域東至於海，西至於河，南至於穆陵，<sub>沂州沂水縣北有穆陵</sub><sub>山</sub>②。北至於無棣，<sub>滄州無棣縣南無棣溝</sub>③。在《禹貢》青州岱山之陰，濰、淄之野。其子丁公嗣位於王官。後五世，哀公政衰，荒淫怠慢，紀侯譖之於周懿王，使烹焉。齊之變風始作。"

《地理志》：《齊詩》曰："子之營兮，遭我虖嶩之間兮。"又曰："竢我於著乎。"而此亦其舒緩之體也。吳札聞齊之歌曰："泱泱乎！大風也哉，表東海者，其太公乎？國未可量也。"古有分土，無分民，太公以齊地負海舄鹵，少五穀而人民寡，迺勸以女功之業，通魚鹽之利，而人物輻湊。後十四世，桓公用管仲，設輕重以富國，合諸侯成伯功，身在陪臣而取三歸④，故其俗彌侈。其後二十九世，爲彊臣田和所滅。臨菑，海、岱之間一都會也。其中具五民云⑤。

_____

① 廣：庫本作"方"，《毛詩譜》亦作"方"。

② 《輿地廣記》卷六：沂州，春秋時齊、魯二國之地，戰國時屬齊、楚。秦屬琅邪郡。漢屬琅邪、東海二郡，後置琅邪國，魏、晉因之。宋為琅邪郡。後魏置北徐州。後周改為沂州。隋開皇初郡廢，大業初州廢，復為琅邪郡。唐武德四年曰沂州，天寶元年曰琅邪郡。今縣五：臨沂、承、沂水、費、新泰。

《大清一統志》卷一四〇《沂州府》：沂水縣，漢置東莞縣，屬琅邪郡，後漢因之。建安中置東莞郡，魏罷郡。晉泰始三年又置，太康十年移郡於莒，以東莞為屬縣，宋初因之。泰始三年分置東徐州。魏太和二十二年改曰南青州。齊又移東安郡治此。周改為莒州。隋開皇初郡廢，改縣曰東安，十六年又改為沂水。大業初州廢，仍屬琅邪郡。唐武德五年復置莒州。貞觀八年州廢，屬沂州，宋因之。金改屬莒州，元因之。明仍隸青州府。清朝雍正十二年改屬沂州府。今山東沂水。

③ 《太平寰宇記》卷六五：滄州，景城郡，今理清河縣。春秋時屬齊、魯。七國時燕、齊二國之境，又為燕、趙、齊三國之域。秦併天下以齊地置齊郡，以趙地置鉅鹿郡，燕置上谷郡，為三郡之地。漢高帝五年又分三郡之地置渤海郡，理浮陽。後漢郡移理南皮。曹魏不改。晉武帝太始元年為渤海國。宋文帝元嘉中改置樂陵郡，孝武以其地廣，分其地又置渤海郡。後魏初改渤海郡為滄水郡，太安四年郡移理今縣東城，尋又省，復為渤海郡。至熙平二年分瀛州、冀州置滄州，取滄水郡為名，領浮陽、樂陵、安德三郡，理饒安，即今饒安縣東千童故城是也。高齊及後周渤海郡猶理東光。隋初三郡皆廢為縣，以元渤海所領縣屬冀州，以浮陽所領縣屬滄州，又以廢樂陵郡之屬縣立屬滄州。十六年於長蘆縣置景州，於陽信縣置棣州。大業二年廢景、棣二州，元屬縣屬滄州，仍自饒安移理於陽信縣。三年罷州為渤海郡，仍理陽信。十二年為賊所逼，郡因徙理清池。唐武德元年改為滄州，領清池、饒安、無棣三縣，治清池，其年移治饒安。四年竇建德分饒安置高津縣，五年以清池屬東鹽州。六年以觀州胡蘇縣來屬州，仍徙治之。其年又省棣州，以滴河、厭次、陽信、樂陵四縣來屬。貞觀元年以瀛州之景城，廢景州之長蘆、南皮、魯城三縣，廢東鹽州之鹽山、清池二縣並來屬，又以滴河、厭次二縣屬德州，以胡蘇縣屬觀州，仍移州治於清池，又省高津入樂陵，省無棣縣入陽信。八年復置無棣縣。十七年以觀州之弓高、東光、胡蘇來屬，割陽信屬棣州。天寶元年改為景城郡，乾元元年復為滄州。元領縣七：清池、饒安、鹽山、樂陵、南皮（景州割到）、無棣、臨津（景州割到）。二縣廢：長蘆（併入清池）、乾符（併入清池）。《元豐九域志》卷二：滄州，景城郡，治清池縣。治平元年從無棣縣治保順軍，即縣置軍使隸州。熙寧二年徙樂陵縣治咸平鎮，五年省饒安縣為鎮入青池，六年省臨津縣為鎮入南皮。縣五：清池、無棣、鹽山、樂陵、南皮。

④ 三歸：其說有三。一說為娶三姓女。顏師古《漢書注》曰：三歸，三姓之女。《戰國策·東周》"管仲故為三歸之家"條鮑彪注：婦人謂嫁曰歸，夫家曰家，仲蓋三取女也。一說為臺名。《說苑》卷一一《善說》：管仲故築三歸之臺以自傷於民。一說指市租常例之歸於公者。《管子·山至數》：干今上歛穀以幣，民曰無幣以穀，則民之三有歸於上矣。

⑤ 五民：服虔曰：士、農、商、工、賈也。如淳曰：游子樂其俗不復歸，故有五方之民也。

太史公曰："吾適齊，自泰山屬之琅邪[①]，北被於海，膏壤二千里，其民闊達多匿知，其天性也。以太公之聖建國本，桓公之盛修善政，以爲諸侯會盟，稱伯，不亦宜乎？洋洋哉！固大國之風也。"

朱氏曰："今青、齊、淄[②]、濰[③]、德[④]、棣等州是其地也[⑤]。"《世家》云：胡

---

① 《大清一統志》卷一三四《青州府·山川》：琅邪山，在諸城縣東南一百五十里，漢置琅邪郡，以此取名，為八祠之一。《史記》：始皇二十八年南登琅邪，作琅邪臺；立石刻頌秦德。《水經注》：琅邪山孤立特顯出於衆山上下，周二十餘里，傍濱巨海。所作臺基三層，層高三丈，上級平敞，方二百餘步，高五里，臺上有神淵。《括地志》：山在縣東南一百四十里。《縣志》：其山三面皆海，惟西南通陸。

② 《輿地廣記》卷六：淄州，春秋、戰國皆屬齊。秦屬齊郡。漢屬濟南、樂安國，後漢因之。晉屬樂安國。後魏置東清河郡，北齊郡廢。隋置淄州，大業初州廢，併入齊郡。唐武德元年置淄州，天寶元年曰淄川郡。今縣四：淄川、長山、鄒平、高苑。

③ 《輿地廣記》卷六：濰州，春秋、戰國皆屬齊。秦屬齊郡。二漢為北海郡。晉為濟南國。元魏復置北海郡。北齊改郡曰高陽。隋開皇初郡廢，十六年分置雄州，大業初州廢，屬北海郡。唐初置濰州，尋廢，屬青州。宋朝以青州北海縣置軍，後升為濰州，政和元年曰北海郡。今縣三：北海、昌邑、昌樂。

④ 《輿地廣記》卷一〇：德州，春秋、戰國時屬齊。秦屬齊郡。漢置平原郡，後漢、魏因之。晉屬平原國。宋置平原郡，後魏、後周皆因之。隋初置德州，後復為平原郡。唐為德州，天寶元年曰平原郡。今縣二：安德、平原。

⑤ 《輿地廣記》卷一三：棣州，春秋、戰國皆屬齊。秦屬齊郡。漢屬渤海、平原、千乘郡。後漢屬北海、平原郡、樂安國。晉屬樂安、樂陵二國。宋為樂陵郡。後魏又為樂安、樂陵二郡。隋初屬棣州，後屬渤海郡。唐武德三年置魏州，天寶元年曰樂安郡。領縣三：厭次、滴河、陽信。

公徙都薄姑①，獻公徙治臨淄②。《括地志》："青州博昌縣③，東北六十里薄姑城。天齊池，在青州臨淄縣東南十五里，《封禪書》云：齊所以為齊者，以天齊。"

---

① 《春秋地名考略》卷三"齊·前都蒲姑"：樂安博昌縣北有蒲姑城。服虔云蒲姑、商奄，濱東海者也。蒲姑，齊也。商奄，魯也。即此蒲姑矣。《史記》作"薄姑"，殷末薄姑氏國也。周成王時薄姑與四國作亂，成王滅之以益太公之封，後胡公徙都。《書序》：成王伐奄，遷其君於薄姑。蓋即此。是時薄姑已滅矣。又莊八年齊侯田於姑棼。杜注：姑棼，齊地，或以為即薄姑也。《括地志》、《元和志》云：薄姑，在博昌縣東北六十里。漢博昌縣屬千乘郡，後漢屬樂安國，晉、宋因之。隋唐屬青州。五代唐諱"昌"，改博興。元嘗為州。明仍改縣，屬青州府，今仍之。齊之薄姑城在縣東北十五里，《齊乘》云俗呼"嫌城"。

② 《春秋地名考略》卷三"齊·國於臨淄"：武王封師尚父於齊營丘。昭二十年晏子對景公曰：昔爽鳩氏始居此地，季萴因之，有逢伯陵因之，蒲姑氏因之，而後太公因之。杜注：爽鳩氏，少皞之司寇也。其國號曰齊，則以天齊淵故。《水經注》：淄水逕牛山西，又東逕臨淄縣東得天齊水口，水出南郊山下，謂之天齊淵，五泉並出，南北三百步，廣十步，南郊山即牛山也。水北流注於淄水。天齊之義，蘇林曰：當天中央，齊也。師古曰：謂其中神異如天之腹齊。其封境，《國語》：桓公正封疆，地南至於陶陰，西至於濟，北至於河，東至於紀酄。太公卒，子丁公伋立，傳四世至胡公，徙都薄姑。當周夷王之時，其少弟山率營丘人攻殺胡公，徙薄姑都治臨淄，是為獻公。臨淄者，以臨淄水而得名。《水經注》：淄水出泰山萊蕪縣原山，東北流逕萊蕪谷，又西北合桑谷水，又東北過臨淄縣東。蓋淄水在城南，澠水在城北也。獻公六傳至僖公祿父而入春秋，僖公十六傳至簡公為田常所弒，是年《春秋》終。又三傳而田和篡齊，齊益富強。秦滅齊，因故城置齊郡。其後項羽封田都為齊王，漢封庶長子肥為齊王，置臨淄縣治齊郡。後漢為齊國治，又青州亦治此，晉、宋及後魏因之。後齊以齊郡治益都，臨淄廢入焉。隋開皇十六年復置臨淄縣，屬青州，唐、宋因之。元又省入益都，尋復置。明屬青州府，今因之。天齊淵在縣東南八里，淄水在縣東。按：營丘世有二說。班固曰臨淄名營丘，師尚父所封。臣瓚曰臨淄即營丘，故晏子曰太公居之，又曰先君太公築營之丘，今齊之城中有丘即營丘。此一說也。又《漢志》北海郡治營陵縣，應劭曰師尚父封於營丘，陵亦丘也。臣瓚非之，謂營陵即春秋之緣陵。或曰《史記》言師尚父封營丘，未就國，東萊與之爭，太公聞之，夜衣而行至營丘，國遂定。蓋營丘邊萊邑也。《呂氏春秋》：太公封營丘之渚，海阻山高，險固之地。其後五世胡公徙薄姑，六世獻公徙臨淄，蓋自東而西也。此又一說也。是二說者，諸家評之多左袒班氏。酈道元曰：《爾雅》水出前左為營丘。營陵城南無水，唯城北有一水，世謂白狼水，西出丹山，俗謂之凡山，其水東北流，異於《爾雅》"前左"之文，不得為營丘矣。今臨淄城中有丘，在小城內，周迴三百步，高九丈，北降丈五，淄水出其前，故有營丘之名，與《爾雅》相符。城對天齊淵，故有齊城之名。郭景純言：齊之營丘，淄水逕其南及東。非營陵明矣。孔穎達曰：營丘臨淄水上，故曰臨淄。由此言之，臨淄即營丘，其說定矣。惟營陵為今之昌樂縣地，在臨淄東，而萊國為今之黃縣，又在其東，營丘邊萊之說似亦近理，然均之相去甚遠。安知當日之臨淄不邊萊乎？至於海阻山高，二邑皆不然，未宜執此以立論也。再按《史記》原云獻公率營丘人以攻胡公，是獻公據舊都已久。又云徙薄姑都治臨淄，是不過遷齊國之廟社以就，已復，新其名曰臨淄耳，非自薄姑徙臨淄也。若緣陵，為封杞之地，而臣瓚曰即營陵。哀十四年宋向魋請以鞼易薄，公曰：宗邑也，不可。夫以宗邑封公族且不可，況於異姓乎？有以知其必不然矣。《皇覽》曰：呂尚冢在臨淄城南十里。此亦可為一證。再按《通典》：臨淄一名營丘，漢置營陵縣，後漢置臨淄縣。尤謬。兩漢皆並置二縣，安得混而為一。《通志》：營丘城在今縣北二里。亦誤。今山東臨淄。

③ 《元和郡縣志》卷一八：青州，古少昊氏之墟。秦分齊地置齊、瑯琊二郡。漢元年更為臨淄，項羽立田都為王都臨淄。其年四月田榮擊都走楚，榮自立為王。十二月楚擊榮，榮走平原，項羽立田假為王。榮弟橫擊假，假走楚，楚立田廣為王。三年韓信殺廣降漢，立韓信為齊王。五年信徙王楚。六年以膠東等七十餘城封皇子肥為齊王，傳國至屬王昌國除。武帝復封次子閎為齊王，後國除，遂以齊為郡，領縣十二，理臨淄。後漢改齊郡為齊國。曹魏明帝封子芳為齊王，尋即帝位。晉武帝以弟攸為王，永嘉末陷於石勒。其後南燕慕容德建都於此。至慕容超，宋武帝伐克之，以沈文秀為青州刺史守東陽城，為魏將慕容白曜所陷，遂入後魏。隋大業三年罷州為北海郡，領縣十。唐武德二年改為青州。管縣七：益都、臨淄、千乘、臨朐、北海、壽光、博昌。

《大清一統志》卷一三五《青州府·古蹟》：博昌故城，在博興縣南二十里。本齊邑。漢置博昌縣，屬千乘郡。後漢屬樂安國，晉因之。《水經注》：澠水西逕樂安博昌縣故城南。《齊乘》：博昌故城在博興南，或亦呼為薄姑城。按：縣東北九十里有博昌鎮，不知何代縣治也。今山東博興。

《地理志》：成王滅蒲姑以封師尚父。《注》：“武王封太公於齊，初未得爽鳩之地，成王以益之也。”《左傳》：晏子曰：“昔爽鳩氏始居此地，季萴因之，有逢伯陵因之，薄姑氏因之，而後太公因之。”《水經注》：“薄姑故城，在臨淄縣西北五十里①，近濟水。”

齊郡臨淄縣，師尚父所封。即營丘也，今青州西北四十里。《樂記》：“齊者，三代之遺聲也。齊人識之，故謂之齊。”

## 營

《地理志》：臨甾名營丘。《齊詩》曰：“子之營兮。”《注》：“《毛詩》作‘還’，《齊詩》作‘營’。”《水經注》：臨淄城中有丘，淄水出其前，經其左，故有營丘之名。孔氏曰：水所營繞，《釋丘》云“水出其左營丘”，今齊之營丘，淄水過其南乃東，以丘臨水，謂之臨淄，與營丘一地。

《括地志》：“營丘，在臨淄北百步外城中。”

《爾雅》：“齊曰營州。”《疏》：《博物志》云：“營與青同，海東有青丘②，齊有營丘。”曹氏曰：“說者以茂也、呂也，皆地名。”

## 猺

《地理志》作“巘”。《注》：“山名，字或作‘猺’，亦作‘巇’。乃高反。《水經注》作‘猺’。相逢於巘山也。”董氏曰：“皆山名，在齊之郊。”《說文》：“猺山，在齊。”《集注》③：“本作‘巘’④。”

## 著

《地理志》：“竢我於著乎而。”《注》：著，地名，濟南郡著縣⑤。

① 淄：至元六年刻本、合璧本、庫本作“菑”。
② 《大清一統志》卷四二一《朝鮮·山川》：青邱，在高麗境，《子虛賦》“秋獵於青邱”蓋謂此。服虔曰：青邱國，在海東三百里。《晉·天文志》有青邱七星，在軫東南，蠻夷之國也。唐討高麗，置青邱道行軍總管云。
③ 《集注》：即《毛詩集注》，崔靈恩撰。《梁書》本傳作二十二卷，《隋書·經籍志》、陸德明《經典釋文·序錄》、《新唐書·藝文志》作二十四卷。宋代諸目不載，疑陸德明《音義》、孔穎達《疏》出後崔氏之書漸沒，至宋或已佚。今有《玉函山房輯佚書》馬國翰、《玉函山房輯佚書續編》王仁俊輯本各一卷。崔靈恩，清河武城（今河北）人，通五經，尤精三禮、三傳，出為明威將軍、桂州刺史，著《周禮集注》四十卷、《三禮義宗》四十七卷、《左氏經傳義》二十二卷、《左氏條例》十卷、《公羊穀梁文句義》十卷。《梁書》、《南史》有傳。
④ 《齊乘》卷一：猺山，臨淄南十五里。
⑤ 《漢書·地理志》：濟南郡，故齊，文帝十六年別為濟南國，景帝二年為郡。縣十四：東平陵、鄒、平臺、梁鄒、土鼓、於陵、陽丘、般陽、菅、朝陽、歷城、猺、著、宜成。
《大清一統志》卷一二七《濟南府》：濟陽縣，春秋齊著邑。漢置著縣，屬濟南郡，後漢、晉、宋、魏皆因之，北齊省。隋、唐為臨濟縣地。宋為章邱縣地。金初析章邱、臨邑二縣地置濟陽縣，屬濟南府，元、明、清不改。按：著縣，前漢、宋置俱作“著”，《魏志》作“著”，顏師古《漢書注》云：韋昭誤為“菁菹”之“菁”，則從“著”是。著縣故城，在濟陽縣西南。《太平寰宇記》：著城，在臨邑縣東南五十里。今山東濟陽。

《水經》：漯水東北逕著縣故城南①。

## 南 山

朱氏曰：“齊南山也。”

## 魯 道

《水經注》：汶水南逕鉅平縣故城東 鉅平省入兗州博城②，今襲慶府奉符縣③。西南流，城東有魯道，《詩》所謂“魯道有蕩”，今汶上夾水有文姜臺。汶水西南流，《詩》云“汶水滔滔”。

## 汶 水

《淮南·墜形訓》：“汶出弗其，流，合於濟。”《注》：“弗其山，在北海朱虛縣東④。”《禹貢》：“浮於汶，達於泲。”

---

① 漯水：古河名，也稱漯河、漯川，《說文》作“濕水”，宋代黃河決口商胡，漯水逐漸湮沒。雍正《山東通志》卷六《山川志》：漯水故道（漯水源發東武陽縣，今朝城尚有故陂遺蹟，仍以漯川目之，自高唐州以下通名徒駭河），自朝城縣西南諸陂從楊家陂導流，東北逕雁林鋪至賈家河頭（朝城縣境內行四十七里）入陽穀縣界。又東北逕范家莊、白衣閣，有夾隄河水入之，又東北逕孔家橋至武家莊入西湖景，又西北由戴家溝、朱家河至黑龍潭口，有石人陂水入之（陽穀境內行四十餘里），又北注魯家堤決口入莘縣界。西北逕盛家河、黃家河至縣城東北，有沙河水入之，又東北流，復入陽穀縣之蓮花泓東，由圯橋入鵝鴨陂，至姜家溝陽（穀縣境內又行三十里）入聊城縣界。又東逕龍泉寺至南龍灣閘入運河（在聊城縣境內行三十餘里。今姜家溝淤阻，水自鵝鴨陂東北流逕楊家莊、白家窐，由進水閘入運，一南進水閘，一永通閘涵洞）。
② 《大清一統志》卷一四二《泰安府·古蹟》：鉅平故城，在泰安縣西南。漢置鉅平縣，屬泰山郡。後漢為侯國。晉仍為縣，宋、魏因之，北齊省。今山東泰安。
《太平寰宇記》卷二一：兗州，魯郡，今理瑕丘縣。春秋時為魯國。六國時屬楚。秦滅楚為薛郡。漢高祖更立魯國以封公主，又立泰山、山陽二郡。後漢改為任城國，以泰山、山陽郡地兼置兗州。晉改為魯郡。宋武帝平河南，兗州治滑臺，文帝元嘉十三年治鄒山，又寄治彭城，二十年省兗州，三十年立兗州於瑕丘。後魏宣武正始年又置南兗州於譙城，孝明孝昌二年又置西兗州於定陶城。北齊為任城郡。隋大業二年改為魯郡。唐武德五年置兗州，領任城、瑕丘、平陸、龔丘、曲阜、鄒、泗水七縣。貞觀元年省曲阜，其年又省東泰州，以博城縣來屬，八年復置曲阜，十七年以廢泰州之金鄉、方輿來屬。長安四年置萊蕪縣。天寶元年改為魯郡，乾元元年復為兗州。元領縣十，今七：瑕丘、曲阜、鄒、萊蕪、龔丘、乾封、泗水。三縣割出：任城（入濟州）、金鄉（入濟州）、魚臺（入單州）。
雍正《山東通志》卷九《古蹟志·泰安縣》：博城，在縣東南三十里舊縣村，本齊博邑。漢置縣，屬泰山郡。後魏改博平。隋改汶陽，又為博城。唐改乾封。皆此。今山東泰安。
③ 襲：庫本作“集”，誤。《宋史·地理志·京東西路》：襲慶府，魯郡，本兗州，政和八年升為府。縣七：瑕、奉符、泗水、龔、仙源、萊蕪、鄒。
《大清一統志》卷一四二《泰安府·古蹟》：奉符故城，即今府治，古博縣地。唐為乾封縣地，曰岱嶽鎮。宋開寶五年移乾封縣治此，大中祥符初改曰奉符，又築新城在今州東南三里，而以此為舊城。金置泰安州，復還治岱嶽鎮。明省入州。今山東泰安。
④ 《續漢書·郡國志》：北海國，景帝置，建武十三年有菑川、高密、膠東三國，以其縣屬。十八城：劇、營陵、平壽、都昌、安丘、淳于、平昌、朱虛、東安平、高密、昌安、夷安、膠東、即墨、壯武、下密、挺、觀陽。

曹氏曰："汶水，許氏以為出琅邪朱虛縣東泰山<sup>①</sup>，《括地志》："朱虛故城<sup>②</sup>，在青州臨朐縣東<sup>③</sup>。" 東至安丘入濰<sup>④</sup>。今密州安丘縣<sup>⑤</sup>。桑欽以爲出泰山萊蕪縣原山<sup>⑥</sup>，《郡縣志》：兗州乾封縣東北。《括地志》："淄州淄川縣<sup>⑦</sup>，東南七十里原山。" 西南入濟。蔡氏曰：

———————

① 許氏：即許慎。

② 雍正《山東通志》卷九《古蹟志·臨朐縣》：朱虛城，在縣東六十里。漢縣，屬瑯邪郡，惠帝封悼惠王子章為朱虛侯，丹水所出。隋省入部城縣。今山東臨朐。

③ 《大清一統志》卷一三四《青州府·建置沿革》：臨朐縣，戰國時齊之胸邑。漢置臨朐縣，屬齊郡，三國魏因之。晉屬東莞郡。宋省。後魏改置昌國縣，屬齊郡。隋開皇六年改曰逢山，大業二年復曰臨朐，屬北海郡。唐屬青州，宋因之。金屬益都府。元至元三年并入益都，十五年復置，屬益都路。明、清屬青州府。今山東臨朐。

濰水，又名濰河。《大清一統志·沂州府·青州府·萊州府·山川》：濰水，源出莒州東北，東流入青州府諸城縣界。《漢書·地理志》：箕縣有《禹貢》濰水出，北至都昌入海，過郡三，行五百二十里。字或省"水"作"維"，或省"系"作"淮"。《漢志》瑯邪郡朱虛下箕下作"維"，靈門下橫下折泉下作"淮"，上文引《禹貢》"惟甾其道"又作"惟"，一卷之中異文三見，後人誤讀"維"為"淮"、"沂"，其又之淮，而呼此水為"槐河"矣。逕諸城縣北五里折而北，入高密縣西南，又北至青州府安邱縣界，又東北流入濰縣，又東北徑昌邑縣界入海。

⑤ 《輿地廣記》卷六：密州，戰國時屬齊。秦置琅邪郡。漢屬琅邪郡及高密、城陽二國。後漢屬琅邪郡、北海國。晉屬城陽郡。元魏屬高密，後置膠州。隋開皇初郡廢，五年改膠州為密州。大業初州廢，復為高密郡。唐武德五年曰密州，天寶元年曰高密郡。今縣五：望諸城、安丘、莒縣、高密、膠西。

《大清一統志》卷一三四《青州府》：安邱縣，漢置安邱縣，屬北海郡，三國魏因之。晉初屬東莞郡，惠帝改置平昌郡，宋、魏因之。北齊郡、縣俱廢入昌安。隋開皇十六年改置牟山縣，大業初改曰安邱，省昌安入之，屬高密郡。唐武德六年移治昌安故城，仍曰安邱，屬密州。乾元二年改曰輔唐，五代梁開平二年復曰安邱，後唐同光初復曰輔唐，晉天福七年改曰膠西。宋開寶四年復曰安邱，仍屬密州，金、元皆因之。明初改屬青州府，清朝因之。安邱故城，漢有二安邱，一在縣西南，高帝八年封張說為侯國，後為縣，屬北海郡。後漢建武五年封張步為侯國。後魏為平昌郡屬縣。《水經注》：汶水又東逕安邱縣故城，北城對牟山。《太平寰宇記》：漢安邱縣城在今縣西南二十里，即莒渠邱邑是也。一在縣東南界，漢鴻嘉元年封高密頃王子嘗為安邱侯國，於此屬琅琊郡。後漢省。今山東安丘。

⑥ 《漢書·地理志》：泰山郡，高帝置。縣二十四：奉高、博、茌、盧、肥成、蛇丘、剛、柴、蓋、梁父、東平陽、南武陽、萊蕪、鉅平、嬴、牟、蒙陰、華、寧陽、桑丘、富陽、桃山、桃鄉、式。

《大清一統志》卷一二六《濟南府》：原山，在淄川縣東南七十里，接青州府益都縣界。《元和志》：山去淄川縣六十里。《齊乘》：一名岳陽山，跨淄川、益都兩縣界。《縣志》：在縣南九十里，西去萊蕪七十里。萊蕪故城，在淄川縣東南。漢置縣，屬泰山郡，後漢及晉因之，後省。《從征記》曰：地在萊蕪谷，當路阻絕，兩山間道由南北門。舊說云：齊靈公伐萊，萊民播流此國，邑落荒蕪，故曰萊蕪。《元和志》：萊蕪故城在今淄川東南六十里。按：《魏書·地形志》東清河郡貝邱縣有萊蕪城，即漢縣也。又泰山郡牟縣亦有萊蕪城，蓋漢、晉間已嘗西徙於今萊蕪縣界也。今山東淄川。

⑦ 《大清一統志》卷一二六《濟南府·建置沿革》：淄川縣，漢置般陽縣，屬濟南郡。後漢屬齊國。晉屬樂安國，太康後省。宋武帝僑置清河郡，元嘉五年并置貝邱縣屬焉。後魏曰東清河郡，北齊郡廢。隋開皇十六年於貝邱縣置淄州，十八年改縣曰淄川，大業初州廢，屬齊郡。唐武德元年復置淄州，天寶元年改曰淄川郡，乾元元年復曰淄州，屬河南道。宋屬京東東路。金屬山東東路。元中統五年升淄州路總管府，至元二年改淄萊路，二十四年改曰般陽路。明洪武初為般陽府，九年降為淄川州，屬濟南府，十二年又降州為縣，清朝因之。今山東淄川。

"在今鄆州中都縣①。"《括地志》:"東至青州博昌。"班孟堅兩存其說。閔子騫曰'吾必在汶上矣',說者主桑欽義,以爲汶在齊南、魯北。在汶上者,欲北如齊也。"董氏曰:"出萊蕪者,今須城之汶是也②。出朱虛者,今濰之東南有大汶、小汶是也③。"《郡縣志》:

---

① 《大清一統志》卷一二九《兗州府》:汶上縣,古厥國。春秋時魯中都地。戰國屬齊,爲平陸邑。漢置東平陸縣,屬東平國,後漢及晉因之。宋初曰平陸,元嘉中改置樂平縣,兼置陽平郡,尋廢,大明元年復置郡。後魏曰東陽平郡,仍治樂平。北齊郡廢。隋開皇十六年復改樂平曰平陸,屬魯郡。唐初屬兗州,天寶元年改曰中都,貞元十四年改屬鄆州,五代因之。宋屬東平府。金貞元元年改曰汶陽,泰和八年又改曰汶上。元屬東平路。明屬兗州府東平州。清朝屬兗州府。中都故城,在汶上縣西。春秋時魯邑,夫子爲中都宰即此。《元和志》:中都故城,在今中都縣西三十五里,一名殷密城。至漢以其地爲東平陸。平陸故城,在汶上縣,此本古厥國。戰國時爲齊平陸邑。漢置東平陸縣。劉宋去"東"字曰平陸,元嘉中移樂平縣寄治於此。隋復改樂平爲平陸。唐改名中都,屬鄆州。《元和志》:鄆州中都縣,西北至州一百里。《太平寰宇記》:中都縣在鄆州東六十五里。今山東汶上。

② 《大清一統志》卷一四二《泰安府》:須城故城,在東平州西北,本春秋須句國地。漢初改曰須昌,屬東郡。後漢永平二年屬東平國。晉爲東平郡治。後魏仍屬東平郡。北齊移治於須朐城而故城廢。隋開皇十六年復於故城置須昌縣,仍屬東平郡。唐初屬鄆州,貞觀八年自鄆城移治於此。後唐改曰須城。宋咸平三年徙州治於東南汶陽鄉之高原,即今治也。明初省縣入州。《舊志》:鄆州故城在今州西十五里。今山東東平。大汶水,在泰安縣東北八十里原山之陽,西南流,經縣東,左合牟汶、嬴汶水,西流,又北合柴汶水,經泰安縣東南,泮河水自東來注之,南流至大汶口與小汶水會,合流而西入兗州府寧陽縣界。又西流經東平州南境,又西南流入兗州府汶上縣,俗呼爲大汶河。《元和志》:汶水源出乾封縣東北原山,西南逕縣理南,去縣三里,又有北汶、嬴汶、柴汶、牟汶合焉。縣界凡有五汶,皆源別而流同也。《舊志》:汶水舊在東平州南一里,自寧陽縣西流至州東六十里戴村,又西逕州城南至安山湖合濟水。自明永樂九年築戴村壩以遏其入濟之道,遂西南流,凡八十里至汶上縣而爲分水河,今導爲運河。小汶水,源出新泰縣東北二十里龍池,西南流百里經泰安縣東南,繞徂徠山之南麓西流,合汶河,所謂大汶口也。《新志》:小汶水自新泰縣東北龍堂山南麓發源,會諸澗水南流,出蒙陰界。復西流入新泰界,合龍池河、平陽河、杏山澗、西周河、廣寧河、廣明河諸水。又西流合羊流河水,又西經泰安縣界,受濁河泉,經徂徠山故梁父城,又西南逕故柴城北,俗亦謂之柴汶,又西至大汶口。

《大清一統志》卷一二九《兗州府·山川》:汶水自泰安府西南流入寧陽縣境,至縣東北三十四里堨城壩分而爲二,其一南流別爲洸水,其一西流入東平州界,轉西南流至汶上縣北,又西南會諸泉滙於南旺湖入運河。《明會典》:汶河經寧陽縣北堨城,歷汶上、東平、東阿,又東北流入海。元於堨城之左築壩遏汶入洸,南流至濟寧合沂、泗二水以達於淮。自永樂間築戴村壩,汶水盡出南旺,於是洸、沂、泗自會濟而汶不復通洸。《舊志》:汶水至汶上城北二十五里受濼、瀁諸泉謂之魯溝。又西流,至城北二里受蒲灣泊水謂之草橋河。又西南十里謂之白馬河。又西南二十里謂之鶯河。鶯河者,故宋之連道也,涸而爲渠。汶水由之又西南十五里謂之黑馬溝,又西南至南旺入於漕。六分北流,出南旺下閘,至於臨清,會於御河,長三百五十里四分。南流出南旺上閘,至於濟寧,會於沂、泗,長一百里。

③ 《大清一統志》卷一三四《青州府·山川》:汶水源出臨朐縣南沂山瀑布泉,東流,逕縣東南六十里又東入安邱縣界,逕縣城北三里,又東北入濰水。《齊乘》曰:齊有三汶,入濟之汶見《禹貢》,入濰之汶見《漢書》,入沂之汶見《水經》,此則入濰之汶也。《舊志》:汶有二源,一出臨朐縣沂山,即瀑布泉,東北流入縣界。一出縣西南崝山,北流七八里與沂山水合,亂流,逕縣北三里又東入濰。

汶陽城，在兗州龔丘縣東北五十四里①，"汶陽之田"謂此。孔氏曰："汶水之北尚是魯地。"

曾氏曰②："汶水有二：出萊蕪縣原山入濟者，徐州之汶也；出朱虛泰山北，又東北入濰者，青州之汶也。"朱氏曰："在齊南、魯北，二國之境。"

### 魏

鄭氏《譜》曰："魏者，虞舜、夏禹所都之地，在《禹貢》冀州雷首之北，析城之西，周以封同姓焉。其封域南枕河曲，北涉汾水。昔舜耕於歷山，陶於河濱。禹菲飲食而致孝乎鬼神，惡衣服而致美乎黻冕，卑宮室而盡力乎溝洫。此一帝一王儉約之化於時猶存。"孔氏曰：舜都蒲坂③，禹都平陽，或安邑，魏皆近之。及今魏君，嗇且褊急，不務廣修德於民，教以義方。其與秦、晉鄰國，日見侵削，國人憂之。當周平、桓之世，魏之變風始作。"孔氏曰：西接於秦，北鄰於晉。桓四年，秦師圍魏。終為晉所滅。

《地理志》曰：魏國，亦姬姓也，在晉之南河曲，服虔曰："魏，在晉之蒲坂。"故《詩》曰"彼汾一曲，寘諸河之側"。吳札聞魏之歌，曰："美哉！渢渢乎。以德輔此，則明主也。"晉獻公滅魏。河東郡河北縣④，《詩》魏國。《郡縣志》：

---

① 《大清一統志》卷一三〇《兗州府·古蹟》：汶陽故城，在寧陽縣東北。本春秋時魯邑。漢置汶陽縣，屬魯國。晉屬魯郡，宋及後魏因之。《舊志》：漢章帝元和三年東巡泰山，立行宮於汶陽，世謂之闕陵城。今山東寧陽。平原故城，今寧陽縣治，本漢寧陽縣北境。北齊改置平原縣於此。隨開皇十六年改名龔邱，屬魯郡，唐因之，屬兗州。《元和志》：龔邱縣南至兗州五十里，本漢寧陽縣之地，屬泰山郡。後漢改屬東平國。北齊文宣帝移置平原縣於漢寧陽城北十七里，今縣理也。隋以此縣與德州平原縣同名，以縣東南二十里有龔邱城，遂改平原為龔邱，屬兗州。按：《隋書·地理志》、《元和郡縣志》皆云平原本北齊置，當時必有所據。曹學佺《名勝志》乃謂後魏移置，《新志》又以沈約《宋志》陽平郡有平原縣，大明中置，後魏屬東陽平郡，遂謂平原縣本宋時置。考《魏書·地形志》東陽平郡平原縣有鉅野澤，鉅野去今寧陽尚遠，非龔邱地也，當以《隋書·地理志》、《元和郡縣志》為是。今山東寧陽。

② 曾氏：即曾旼，字彥和，宋神宗、哲宗時人，為《尚書解》。引文又見顧鎮《虞東學詩》卷四。

③ 《大清一統志》卷一〇一《蒲州府》：永濟縣，附郭，古虞舜都。戰國魏蒲坂邑。漢置蒲反縣。後漢曰蒲坂，屬河東郡。三國魏及晉末為河東郡治，後魏、後周皆因之。隋開皇初屬蒲州，十六年析置河東縣，大業初省蒲坂入河東，仍為河東郡。至唐武德元年罷郡，屬蒲州，三年為蒲州治。開元八年為河中府治，五代及宋、金、元皆因之。明洪武二年省入蒲州。清朝雍正六年復置縣曰永濟，為蒲州府治。蒲坂故城，在府西東南。《漢書·地理志》：河東郡蒲反縣，本蒲縣。應劭注：秦始皇東巡，見長坂，故加"反"云。《括地志》：蒲坂故城在蒲州河東縣東南二里。《元和志》：蒲州城即蒲坂城也，隋開皇時移蒲坂縣於城東，於今理別置河東縣，大業二年省蒲坂入之。《舊志》：今蒲州城外東南隅有虞舜故城，與州城相連，周九里一百三十步，即故蒲坂城。今山西永濟。

④ 《漢書·地理志》：河東郡，秦置。縣二十四：安邑、大陽、猗氏、解、蒲反、河北、左邑、汾陰、聞喜、濩澤、端氏、臨汾、垣、皮氏、長修、平陽、襄陵、彘、楊、北屈、蒲子、絳、狐讘、騏。
《大清一統志》卷一一七《解州·古蹟》：河北故城，在芮城縣東北且許，一名魏城，即周初魏國。《水經注》：縣在河之北，故曰河北。今城南西二面並去大河可二十餘里，北去首山一十許里，處河山之間，土地迫隘。《寰宇記》：魏城即漢河北縣，姚秦於此置河北郡，後魏太和十一年自此移郡於大陽，周天和二年并移河北縣於郡理，故城廢。按：周魏國即河北故城，《明一統志》乃云在平陸縣北五里，於芮曰魏之附庸，胥失之。今山西芮城。

魏城，在陝州芮城縣北五里①。以《輿地廣記》②：河中府永樂縣③，古魏國，漢為河北縣，唐分芮城置永樂④。

蘇氏曰：“魏地入晉久矣，其《詩》疑皆為晉而作，故列於《唐風》之前，猶邶、鄘之於衛也。”朱氏曰：公行⑤、公路⑥、公族，皆晉官，疑實《晉詩》，恐魏亦嘗有此官。魏分河中府，解州即其地⑦。《郡縣志》：河中府，春秋時為魏地。

## 汾　沮洳

《地理志》：汾水，出太原郡汾陽縣北山⑧。《水經》：“出汾縣北管涔山⑨。”《括地

---

① 《大清一統志》卷一一七《解州·建置沿革》：芮城縣，周初魏國。春秋晉畢萬邑。漢置河北縣屬河東郡，後漢及晉因之。後魏改屬河北郡。西魏置安戎縣。後周明帝二年改曰芮城。隋仍屬河東郡。唐武德二年於縣置芮州。貞觀元年州廢，屬陝州，五代及宋因之。金改屬解州，元因之。明屬平陽府解州。清朝屬解州。今山西芮城。

② 以：庫本無，疑是。

③ 《輿地廣記》卷一三：河中府，周時為魏國。春秋時屬晉，以封大夫畢萬。戰國時魏惠王徙都大梁而其地入秦，後置河東郡，二漢、晉皆因之，兼置雍州。後魏改為秦州。後周改為蒲州。隋初郡廢，煬帝初州廢之復置河東郡。唐初為蒲州，開元八年置中都，為府，是年罷都為州。乾元三年復為河中府，尋罷，後為河中節度。《宋史·地理志》縣七：河東、臨晉、猗氏、虞鄉、萬泉、龍門、榮河。

④ 《大清一統志》卷一〇一《蒲州府·古蹟》：永樂故城，在永濟縣東南。《隋書·地理志》：河東郡芮城縣，後周置永樂郡，後省入焉。《元和志》：永樂縣北至河中府九十里，本漢河北縣地，周明帝改河北縣為永樂縣，武帝省永樂縣，以地屬芮城縣。武帝二年分芮城於縣東北二里永固堡重置永樂縣，屬芮州，七年移於今理。《宋史·地理志》：河中府河東縣，熙寧六年省永樂縣為鎮入焉。《金史·地理志》：河中府河東縣，有永樂鎮。《舊志》：永樂城在永濟縣東一百二十里，後周置永樂郡，後省。按：《元和志》、《寰宇記》皆云後周置永樂縣，不云置郡，蓋《隋志》“郡”字誤也。今山西永濟。

⑤ 公行：掌兵車，主從行。

⑥ 公路：掌路車，主居守。

⑦ 《太平寰宇記》卷四六：解州，解郡，今理解縣。本蒲州解縣，唐天授二年析虞鄉所置也，即夏桀鳴條之野，蚩尤之封域，有鹽池之利。漢乾祐元年蒲帥李守貞反，權鹽置使鄭元昭奏請於解縣置解州以捍凶渠，於是授鄭元昭為刺史，仍割蒲之安邑、絳之聞喜與解縣為三邑以屬焉。

⑧ 《史記·秦本紀》：莊襄王四年“初置太原郡”。《漢志》領縣二十一：晉陽、葰人、界休、榆次、中都、于離、茲氏、狼孟、鄔、盂、平陶、汾陽、京陵、陽曲、大陵、原平、祁、上艾、盧虒、陽邑、廣武。

《大清一統志》卷九六《太原府·古蹟》：汾陽故城，在陽曲縣西北九十里。漢初為侯國，後為縣，屬太原郡，後漢省。隋移陽直縣於此，因改為汾陽，尋省。唐初復置，後并入陽曲。《元和志》：隋開皇十年移陽直縣於今陽曲縣東北四十里汾陽故縣，十六年改為汾陽縣，因漢舊名也，煬帝又改為陽直，移今縣理。武德三年於今縣西四十五里分置汾陽縣，屬并州，七年改為陽曲縣。今山西陽曲。

⑨ 汾縣：《水經注》作“汾陽縣”，疑此處脫一“陽”字。《山西通志》卷二二《山川·寧武縣》：管涔山，在縣西北六十里，朔州南百二十里。遞高七里，主峰盤踞五里。東與燕京相屬，西與林溪山盤曲相連。山形中高，左右卑，如“山”字。下有龍池，為汾河源。昔劉曜隱此，土人又傳文中子教授地。

志》：“出嵐州靜樂縣北管涔山①。”今屬憲州②。《山海經》：“管涔之山，汾水出焉。”《說文》：出晉陽山③。**西南至汾陰入河。**今河中府滎河縣④。《郡縣志》：汾水，北去寶鼎縣二十五里。

蘇氏曰：“汾水出於晉，其流及魏。”

朱氏曰：“沮洳，水浸處，下濕之地⑤。”“一曲，謂水曲流處。”《山海經》沮洳之山⑥，郭氏注引《詩》“彼汾沮洳”。

《水經·汾水》：“西至汾陰縣北，西入於河。”入河之處即魏之舊國。

## 十畝之間

《水經注》：故魏國城，南、西二面迩去大河可二十餘里，北去首山十餘里，處河、山之間，土地迫隘，故《魏風》著《十畝》之詩。

朱氏曰：“十畝之間，郊外所受場圃之地。”“十畝之外，鄰圃也。”

---

①　《元和郡縣志》卷一七：嵐州，春秋屬晉。晉滅後為胡樓煩王所居，趙武靈王破以為縣。秦為太原郡地。在漢即太原郡之汾陽縣地也。漢末大亂，匈奴侵邊，自定襄以西盡雲中、雁門、西河之間遂空。建安中曹公糾率散亡立新興郡。晉末陷劉元海。後魏於今理置嵐州，因州西峕嵐山以為名也。隋大業四年於靜樂縣界置樓煩郡，因漢樓煩縣為名。唐武德四年置東會州六年省東會州，重置嵐州，天寶元年改為樓煩郡，乾元元年復為嵐州。管縣四：宜芳、靜樂、合河、嵐谷。

《大清一統志》卷一一三《忻州·建置沿革》：靜樂縣，漢汾陽縣地。後漢末為新興郡地，三國魏及晉因之。後魏為永安郡地。北齊於今嵐縣地置峕嵐縣。隋開皇十八年移縣治此，改曰汾源，大業四年又改靜樂縣，於縣置樓煩郡。唐武德四年罷郡，置管州，五年曰北管州，六年州省，以縣屬嵐州，五代因之。宋咸平二年置靜樂軍，五年廢軍，自樓煩縣移憲州來治。熙寧三年州廢，縣仍屬嵐州。十年復置憲州治此。政和五年賜州名汾陽郡，屬河東道。金天德三年改曰管州，屬河東北路。元廢縣入管州，屬冀寧路。明洪武三年州廢，後置靜樂，縣屬太原府。清朝雍正二年改屬忻州。今山西靜樂。

②　《太平寰宇記》卷四二：憲州，今理樓煩縣，舊樓煩監牧也。元隸隴右節度使，至德後屬內飛龍使。舊樓煩監牧嵐州刺史兼領，貞元十五年監牧使專監司，不係州司。龍紀元年太原李克用為晉王時奏置憲州於樓煩監。元領縣三：樓煩、元池、天池。《元豐九域志》卷四：憲州，咸平五年廢靜樂軍，以靜樂縣隸州，省天池、玄池二縣入靜樂，樓煩縣隸嵐州。熙寧三年州廢，以靜樂隸嵐州，十年復隸州。

③　胡三省《通鑑釋文辯誤》卷七“十年魏汾州山胡劉龍駒聚衆反”條：汾水出太原汾陽北山，非晉陽山也。

④　《大清一統志》卷一○一《蒲州府》：滎河縣，戰國魏汾陰邑。漢置汾陰縣，屬河東郡，後漢、魏、晉因之。劉淵時省入蒲坂。後魏太和十一年復置，兼置北鄉郡。後周武帝改置汾陰郡。隋開皇三年郡廢，屬蒲州。大業三年仍屬河東郡，義寧元年復置汾陰郡。唐武德元年改縣曰泰州，二年移州治龍門，以縣屬之。貞觀十七年州廢，屬蒲州。開元九年屬河中府，十年改曰寶鼎，五代因之。宋大中祥符四年改曰滎河，置慶成軍。熙寧元年軍廢，縣屬河中府。金貞祐三年於縣置滎州。元初州廢，仍屬河中府。明屬蒲州。清朝雍正六年屬蒲州府。汾陰故城，在滎河縣北。戰國魏地。漢置縣。《魏土地記》：河東郡北八十里有汾陰城，北去汾水三里。《括地志》：汾陰故城在蒲州汾陰北九里，俗名殷湯城。《寰宇記》：寶鼎縣北去蒲州一百十里，漢為汾陰縣，汾水南流過縣，故曰汾陰，今縣北九里汾陰故城是也。後漢至晉不改。劉元海省汾陰入蒲坂縣。後魏太和十一年復置汾陰縣於后土城。後周武帝又移於殷湯故城。今山西萬榮。

⑤　濕：庫本作“涇”。

⑥　《山海經·北山經》：沮洳之山，無草木，有金、玉，濩水出焉，南流，注於河。

### 河之干

《水經》：河水東過河北縣南，又東，永樂澗水注之①。《注》云：水北出於薄山，南流，逕河北縣故城西，故魏國也。永樂溪水又南入於河②。晉獻公滅魏，後乃縣之，在河之北，故曰河北縣。薄山，即襄山③，在潼關北十餘里④。《郡縣志》：河水經永樂縣南二里。董氏曰："河濁，而在岸之干、之側、之溽者清也。"

### 唐

鄭氏《譜》曰："唐者，帝堯舊都之地，今曰太原晉陽，是堯始居此，後乃遷河東平陽。成王封母弟叔虞於堯之故墟，曰唐侯。南有晉水，至子燮改為晉侯。其封域在《禹貢》冀州太行、恒山之西，太原、太岳之野。至曾孫成侯，南徙居曲沃，近平陽焉。昔堯之末，洪水九年，下民其咨，萬國不粒。於時殺禮以救艱厄，其流乃被於今。當周公、召公共和之時，成侯曾孫僖侯甚嗇，愛物，儉不中禮，國人閔之。唐之變風始作。其孫穆侯又徙於絳云。"

《地理志》：河東土地平易，有鹽鐵之饒⑤，本唐堯所居，《詩·風》唐、魏之國也。其民有先王遺教，君子深思，小人儉陋，故《唐詩·蟋蟀·山樞·葛生》之篇曰"今我不樂，日月其邁"，"宛其死矣，它人是媮"，"百歲之後，歸於其居"，皆思奢儉之中，念死生之慮。吳札聞唐之歌，曰："思深哉！其有陶唐氏之遺民乎？"文公後十六世，為韓、魏、趙所滅。三家皆自

---

① 《大清一統志》卷一〇一《蒲州府·山川》：永樂澗，在永濟縣東南，又名渠豬水。《元和志》：永樂澗水源出中條山，經永樂縣東二里，又南入於河。《府志》：一名寒谷澗。按：《舊志》有玉泉澗，在蒲州東南一百二十里，源出中條山玉洞泉，南至永樂鎮，引以溉田，餘流入河。疑即永樂澗也。

② 樂：庫本作"礫"，誤。

③ 《通典》卷四六：薄山，襄山也，說者云在河東，一曰在潼關北十餘里。又《通典》卷一七八：雷首在今河東郡河東縣，此山凡有八名，即歷山、首陽山、薄山、襄山、甘棗山、中條山、渠豬山、獨山等名是也。

④ 關：庫本作"闐"，誤。《大清一統志》卷一九〇《同州府·古蹟》：潼關故城，在潼關廳東南，古桃林也。《通典》：潼關本名衝關，河自龍門南流，衝激華山，故以為名。按：秦函谷關在漢弘農郡弘農縣，即今陝郡靈寶縣界。西漢元鼎三年徙於新安縣界。至後漢獻帝初平二年，帝西幸出函谷關，自此以前其關並在新安縣。建安十六年曹操破馬超於潼關，中間徙於今所。其曰潼谷關者，因水立稱。隋大業七年移於南北鎮城間坑獸檻谷置，去舊關四里餘。至唐天授二年移向北，近河為路。開元十三年於華嶽寺南通道立碑，是新關南路也。自後牧是州者多帶"防禦潼關使"銜。《元和志》：潼關在華陰縣東北二十九里，古桃林塞，上躋高隅，俯視洪流，盤紆峻極，實為天險。河之北岸則風陵津，北至蒲關六十餘里，河山之險，迤邐相接。又按：今潼關即隋大業七年所移。

⑤ 《漢書·地理志》：河東郡安邑縣有鹽官，河東郡安邑縣、皮氏縣、平陽縣、絳縣有鐵官。

立為諸侯，是為三晉。太原郡晉陽縣①，故《詩》唐國，龍山在西北，晉水所出，東入汾②。臣瓚曰：“唐，今河東永安是也，去晉四百里。”又云：“堯居唐東，於彘十里，順帝改彘曰永安。”則瓚以唐國為永安③。皇甫謐云：“堯始封於唐，今中山唐縣是也④。後徙晉陽。及為天子，都平陽，於《詩》為唐國。”則唐國為平陽。此二説《詩》之唐國不在晉陽，顏師古以瓚説為是。曹氏曰：“意唐叔受封之始，實在永安。至子燮，徙居晉水之陽，後人遂以晉陽為唐之故國與⑤？”

①　《大清一統志》卷九六《太原府·古蹟》：晉陽故城，即今太原縣治。古唐國，相傳帝堯始都此。周初滅唐，成王封其弟叔虞於此。虞子燮以有晉水改國曰晉。秦莊襄王二年，秦拔趙晉陽，置太原郡。漢高十一年封子恒為代王，都晉陽。晉永嘉時為劉曜所陷。後魏永熙元年高歡破爾朱兆，以晉陽四塞，建大丞相府居之。隋大業十二年以李淵為太原留守，十三年遂自晉陽起義定天下。《元和志》：晉陽，漢舊縣，屬太原郡。至後魏不改，理并州城中。高齊武成帝河清四年移於汾水東，武平六年於今理置龍山縣。隋開皇十年廢龍山縣，移晉陽縣理焉，唐因之。又府城故老相傳晉并州刺史劉琨築，城中又有三城。其一曰大明城，即古晉陽城，《左傳》言董安於所築，高齊後主於此置大明宮，因名。又一城東魏孝靜帝於此置晉陽宮，隋文帝更名新城。又一城隋開皇十六年築，今名倉城。《文獻通考》：并州後唐為西京，又為北京。周太祖即位，劉旻據河東，都其地。宋太平興國四年平劉繼元，毀其城，移州治於榆次縣。《舊志》：五代晉天福中，以劉知遠為太原留守，十二年晉主北遷，知遠遂即位於太原，既而赴洛，以弟崇為北京留守。周廣順元年，崇復據晉陽即位，是為北漢。宋平劉繼元，城邑宮闕皆毀廢。至明洪武四年復移縣治於古唐城之南，尋復曰太原，即今治。按《宋史·地理志》及《文獻通考》俱謂太平興國四年并州治移榆次，惟《寰宇記》謂四年即治陽曲縣，《寰宇記》當時所纂，自必有據。今山西太原。

②　《大清一統志》卷九六《太原府·山川》：晉水，在太原縣西南，源出滴瀝泉，東流入汾。《水經注》：出晉陽西懸甕山，昔智伯遏晉水以灌晉陽，水分為二流，北瀆即智氏故渠也，東南出城，流注於汾水。其南瀆出石塘之下伏流逕舊谿東南出，逕晉陽城南，又東南流入於汾。《元和志》：晉水泉初出處砌石為塘，自塘東分為三派，其二派即酈道元所言者也。其南派，隋開皇四年開，東南流入汾水。《唐書·地理志》：太原苦井不可飲，貞觀中長史李勣架引晉水入東城以甘民食，謂之晉渠。《縣志》：晉渠俗謂之北派，其餘復分二派，中派曰中河，又分流為陸堡河，南派曰南河，會流為清水河，今入城之流已涸，餘引為渠以溉民田。懸甕山，在太原縣西南十里，山腹巨石如甕，水出其中，亦曰汲甕山，又名結絀山。《元和志》：一名龍山，高齊武平六年置龍山縣，以此名。

③　《大清一統志》卷一一六《霍州·古蹟》：霍邑故城，今州治。《元和志》：霍邑縣南至晉州一百五十里，本漢彘縣，因彘水為名。後漢順帝時改為永安縣，後魏初省。宣武帝正始二年又置。開皇十八年改為霍邑縣，因霍山為名。唐城，在州西。《漢書·地理志注》臣瓚曰：“所謂唐，今之河東永安是也。”按：臣瓚以為此堯所都，顏師古遵其説，諸家皆以為誤。彘城，在州東北。《漢書·地理志》：彘，周厲王所奔。應劭注：順帝改曰永安。《後漢書·郡國志注》：杜預曰永安縣東北有彘城。今山西霍縣。

④　《晉書·地理志》：中山國，漢置。統縣八：盧奴、魏昌、新市、安喜、蒲陰、望都、唐、北平。
《大清一統志》卷一一《保定府·古蹟》：唐縣故城，在今唐縣東北，漢縣，本堯所封國，春秋時北燕之邑也。《十三州志》：唐縣故城在中山國北七十五里。《水經注》：唐縣南北二城俱在滱水之陽，應劭曰縣西四十里得中人亭，今於此城取中人鄉則四十也，俗以為望都城，誤。《隋書·地理志》：唐縣，後齊廢。開皇十六年復。《舊唐書·地理志》：唐縣舊治治左人城，聖曆二年移於今所。《元和郡縣志》：縣東南至定州五十里。《舊志》以《舊唐志》考之蓋自北齊廢縣後隋改置於左人城，唐時復移治，而漢時故城遂廢。今有長古城在縣南八里，即唐縣也。唐後又移今治。

⑤　與：至元六年刻本、合璧本、庫本作“歟”。

《左傳》：唐叔“命以《唐誥》而封於夏虛。”《注》：“大夏，今晉陽①。”《晉世家》：唐在河、汾之東，方百里。孔氏曰：禹都平陽，或於安邑，或於晉陽。夏都亦在晉境，故云夏墟。《括地志》：“故唐城，在絳州翼城縣西二十里，即堯裔子所封。”

朱氏曰：“唐叔所封②，在今太原府③。”呂氏曰④：晉陽，漢太原郡所治。隋以古晉

---

① 《春秋地名考略》卷四“大夏”：臺駘處太原。杜注：太原，晉陽也。昭元年，晉荀吳帥師敗狄於大鹵。《公羊》作“太原”。杜注：大鹵、太原，晉陽也。《世本》曰：唐叔居鄂。宋忠曰：鄂地在今大夏。《索隱》曰：唐侯之後封夏虛而都於鄂。桓六年，逆晉侯於隨，納諸鄂，晉人謂之鄂侯。杜注：鄂，晉別邑。尋考傳注：蓋大夏、太原、大鹵、夏墟、唐、鄂、晉，凡七名，皆晉陽一地也。《尚書》“既修太原”，《春秋説題辭》曰：高平曰太原。原，端也。平而有度，廣延曰大鹵。《穀梁傳》曰：中國曰太原，夷狄曰大鹵。《尚書大傳》曰：大而高平者曰太原。桓八年武公滅翼，王使虢公立哀侯之弟緡於晉，鄂即晉也。《史記》：武公伐晉侯緡，滅之，王命為晉君。蓋莊十六年也。後曰晉陽，為趙氏食邑。定十三年趙鞅入於晉陽以叛，其後簡子使尹鐸為晉陽，及知伯攻趙襄子走晉陽，卒滅知伯。唐徙晉陽縣治汾水東。宋初以縣為平晉軍，尋罷軍為平晉縣，後又徙治永利監，屬太原府，金因之。明初復移縣於汾水西，洪武八年改為太原縣，即古唐國也。按：或言堯、禹皆嘗都晉陽，似未必然。《世紀》但云堯都平陽，禹都安邑，而晉國初建，唐人是因，乃指唐之後裔。注疏言之詳矣。蓋後人緣唐、夏之號而附會堯、禹，未足信也。再按《都邑考》：虞叔封唐，燮父徙居晉。考諸書皆言燮父改號曰晉，無徙都事。或言古唐國在太原縣北，古晉陽城在太原縣東北，蓋亦相近也，其國都小有更置則有之。朱子《詩集注》：南有晉水，至於燮乃改國號曰晉。亦同。據“參為晉星，晉封夏虛”，《左傳》本文甚明，是以注疏無異辭。朱子亦云晉在禹貢冀州之域，太行、恒山之西，太原、大岳之野。瓚説鑿空杜撰不可從。再按《括地志》云：故鄂城，在慈州昌寧縣東二里。後魏昌寧縣，今為吉州鄉寧縣。《世本》諸書甚明，無容創為異説矣。

② 封：朱熹《詩經集傳》卷三作“都”。

③ 《輿地廣記》卷一八：太原府，秦置太原郡，二漢因之，兼置并州。魏、晉為太原國。後魏復為郡，北齊後周皆因之。隋初曰并州，後曰太原郡。唐武德元年為并州，天授元年置北都，開元十一年曰太原府。周初劉崇竊據其地。宋朝太平興國四年克復，降為并州，嘉祐四年升為太原府。今縣九：陽曲、太谷、榆次、壽陽、盂、交城、文水、祁、清源。《太平寰宇記·并州》元領縣十三：陽曲、平晉（新置）、清源、祁、榆次、太谷、文水、壽陽、盂。二縣廢：太原（入平晉）、晉陽（入平晉）。三縣割出：交城（入大通監）、樂平（入廣陽軍）、唐明（建軍）。《宋史·地理志》太原府縣十：陽曲、太谷、榆次、壽陽、盂、交城、文水、祁、清源、平晉。

④ 呂氏：即呂祖謙。引文見呂祖謙《大事記解題》卷一“周貞定王十六年”條。

陽為太原縣。太平興國四年，徙州治陽曲而空其故城①。《世本》云居鄂②。《括地志》："故鄂城③，在慈州昌寧縣二里④。"

《水經·汾水》："過晉陽縣東，晉水從縣南東流注之。"晉水，出縣西懸甕山。

《括地志》："故唐城，在并州晉陽縣北二里。"堯築也。《國都城記》⑤："燮父徙居晉水傍，唐城即燮父初徙之處。"

---

① 《大清一統志》卷九六《太原府》：陽曲縣，附郭。漢晉陽、汾陽、狼孟三縣地。後漢水始移置陽曲縣，屬太原郡，晉因之。後魏改屬永安郡。隋開皇六年改曰陽直，十六年又改曰汾陽，屬并州。大業三年屬太原郡。唐武德七年復名陽曲，屬并州。開元十一年屬太原府，五代因之。宋太平興國中移并州來治，後遂為太原府治，金、元、明、清不改。陽曲故城，在今陽曲縣東北。《元和志》：陽曲，本漢舊縣，今忻州定襄縣是也。後漢末移於太原縣北四十五里陽曲故城。後魏又移於今縣南四里陽直故城。隋開皇六年改為陽直縣，十年又移於今縣東北四十里，改名汾陽縣，煬帝復改為陽直縣，移理木井城，即今縣理也。唐武德七年省。故木井城，東魏孝靜帝築，城中有井，以木為甃，因名。《舊唐書·地理志》：武德七年改汾陽為陽曲縣，仍移治陽曲廢縣。《舊志》：宋太平興國四年平漢，移并州治於陽曲縣三交寨，遂為郭下縣。七年又移治唐明鎮，即今縣治。後漢陽曲故城在縣東北四十五里，木井城在縣東北七十里。今山西太原。

② 《世本》：撰人不詳。《史記集解序》：《索引》："劉向云：《世本》，古史官明於古事者之所記也。錄黃帝以來帝王諸侯及卿大夫系諡名號，凡十五篇也。"據《漢書》卷六二所言："司馬遷據《左氏》、《國語》、《世本》、《戰國策》……。"則是至遲漢初當已成書。《漢志》作十五篇。東漢宋衷為之注。至《隋志》全稱《世本》者有兩種，"《世本》二卷，劉向撰"及"《世本》四卷，宋衷撰"。又有《世本王侯大夫譜》二卷之記載。到兩《唐志》惟錄有宋衷之書，劉向書已不見收，疑亡於隋末戰亂。另收有《世本別錄》一卷、《帝譜世本》七卷及《世本譜》二卷。此外，唐代避太宗諱又名《系本》。宋代《御覽綱目》載有此書，但云《世本》，無卷次及作者。又觀今人所輯佚文，記事間雜有秦及漢初人，則當為秦漢時人在古《世本》基礎上重有加工；又兼載有古諸侯之都邑居處，即內容也有所增加。疑魏晉南北朝至隋，漢初所見已毀於戰亂，《隋志》及兩《唐志》所載之書均為後世輯本或仿著本，《太平御覽》所收亦當為六朝唐人寫本。是後不見收錄，疑已散佚。南宋高似孫已開始輯佚，輯本今亦不傳。清代學者王謨、孫馮翼、錢大昭、王梓材、洪飴孫、陳其榮、秦嘉謨、張澍、雷學淇、茆泮林等人各有輯本，而以雷、茆本為佳。錢大昭、洪飴孫二家不傳，其餘八家輯本由商務印書館於一九五七年以《世本八種》為名刊印。

③ 《大清一統志》卷九九《平陽府·古蹟》：唐城，在翼城縣南。《括地志》：在縣西二十里，堯裔子所封。至周武王時唐作亂，成王滅之而封其弟太叔虞，更遷唐之子孫於杜。然則唐是叔虞初封之處。按：晉之始見《春秋》，其都在翼，北距晉陽七百餘里，遠不相及。翼城正在河、汾二水之東，而晉陽在汾水之西，又不相合。竊疑唐叔之封以至侯緡之滅並在於翼。《史記》屢言鑿龍門通大夏，所謂大夏者，在今晉絳、吉、隰之間。《縣志》：唐城坊在今縣西北隅。晉城，在翼城縣東南十五里，今名故城村。鄂城，在鄉寧縣南一里。《縣志》：今謂之鄂侯故壘。按：鄂侯故城有二，其北壘即宋劉舒改遷縣治者，今治是也。《魏書·地形志》云昌寧縣有陰陽二城，可以為証。

④ 《通典》卷一七九：慈州，今理吉昌縣。春秋時晉之屈邑。焉戰國時為魏地。秦、二漢屬河東郡。魏、晉屬平陽郡。東魏置定陽郡及南汾州。北齊改南汾州為西汾州。後周改為汾州。隋初郡廢置耿州，後復為汾州。煬帝初州廢，置文城郡。唐為慈州，或為文城郡。領縣五：吉昌、仵城、文城、呂香、昌寧。

《大清一統志》卷九九《平陽府·古蹟》：昌寧故城，在鄉寧縣西四十里。《魏書·地形志》：定陽郡昌寧縣，延興四年置。《元和志》：昌寧縣西北至慈州五十里，漢臨汾縣地。後魏太武帝分置太平縣，孝文帝又分太平置昌寧縣。《縣志》：鄉寧古邑以附河，多水患，皇祐三年卜鄂侯故壘而遷治焉。即今治也。昌寧廢縣後改名西鄉村，今名全城嶺。又有泊城在縣西三里，亦鄉寧故城。蓋縣治自後魏至今凡再遷也。今山西鄉寧。

⑤ 《國都城記》：二卷，徐才宗撰。《隋志》收錄，不著撰人。宋初，《太平寰宇記》等書尚有較多引用，此後不見有新的引文出現，疑當已亡佚。徐才宗，籍貫事跡不詳，或為南北朝時人。

《諸侯譜》云：晉穆侯遷都於絳，孝侯改絳為翼[①]。故翼城，一名故絳，在絳州翼城縣東南十五里。《左傳注》：翼，晉舊都，在絳邑縣東。獻公又命曰絳。景公遷新田[②]。今絳州絳縣。《晉語》[③]：景霍以為城，汾、河、涑[④]、澮以為淵[⑤]，戎狄之民實環之。朱氏曰："其詩不謂之晉而謂之唐，蓋仍其始封之舊號。"《補傳》曰："魏，舜、禹之故都。晉，堯之故都。在雍、翼之間。三聖人皆有儉德，遺風百世未泯。"

## 沃 鵠

毛氏曰："沃，曲沃。"孔氏曰：在河東聞喜縣。聞喜，今屬解州。成侯徙居曲沃則為晉都，至昭公分曲沃封桓叔，則昭公已前已徙絳矣，然則穆侯以後，晉常都絳[⑥]。《序》言：沃則既封之後謂之沃國。"鵠，曲沃邑。"孔氏曰："其都在曲沃，其傍更有邑。"

---

　　① 《春秋地名考略》卷四"晉·國於絳"：周成王立叔虞於唐，唐在河、汾之東，方百里，故曰唐叔虞。唐叔子燮改為晉侯，燮曾孫成侯南徙曲沃，近平陽。其孫穆侯又徙於絳云。《左傳》：惠二十四年文侯卒，子昭侯封桓叔於曲沃。惠三十年晉潘父弒昭侯而納桓叔，不克，晉人立孝侯。惠四十五年曲沃莊伯伐翼，弒孝侯，翼人立其弟鄂侯。隱五年曲沃莊伯以鄭人、邢人伐翼。杜注：翼，晉舊都，在平陽絳邑縣東。是年秋，王使虢公伐曲沃而立哀侯於翼。哀侯，鄂侯子也。桓八年春，滅翼。《史記》"晉武公始都晉國"即此。莊二十六年夏，晉士蒍城絳以深其宮。杜注：絳，晉所都也，今平陽絳邑縣。時即獻公九年矣。按：鄭氏言絳不言翼，意即指翼為絳。杜氏絳、翼兩注，仍有微分。據《水經注》：澮水出詳高山，亦曰澮山，西經翼城縣南。《詩譜》言晉穆侯遷都於絳，孝侯改絳曰翼，獻公又廣其城，方二里，命之為絳是也。依此則翼、絳為一地矣。杜云翼在絳東，鄭云廣其城，或者即一城而廓大之乎？應劭曰：絳水在絳西南。又《水經注》：絳水出絳山，西北流，注澮。邑以山水得名，則其來舊矣。成六年遷新田，後謂之故絳。漢為絳縣地，屬河東郡。高六年封周勃為絳侯。東漢曰絳邑縣，有翼城。劉昭注：在縣東八十里，晉屬平陽國，後魏置北絳縣於此，兼置北絳郡治焉。隋初郡廢，縣屬絳州。十八年改為翼城縣。義寧初於此置翼城郡。唐改曰澮州，尋罷，以縣屬絳州。五代唐徙縣治於王逢寨，即今治也。古翼城在今治東南十五里。按《史記》：獻公八年，士蒍說公曰故晉之羣公子多，不誅，亂且起。乃使盡殺諸公子而城聚，都之，命曰絳，始都絳。此與《左傳》互異。《左傳》：桓、莊之族偪，獻公患之。士蒍曰：去富子，則羣公子可謀也已。二十四年乃城聚而處之，冬晉侯圍聚，盡殺羣公子。二十六年士蒍城絳以深其宮。是城聚、城絳本二事也，史遷一之，誤矣。今絳州絳縣東南十里有車箱城，相傳為晉置羣公子之所，西魏於此置建州。又《漢志》：絳，晉武公自曲沃徙此，是始都絳者亦非獻公也。
　　② 《春秋地名考略》卷四"晉·遷於新田"：成公六年，晉人謀去故絳。韓獻子曰：不如新田，土厚水深，居之不疾，有汾、澮以流其惡。公從之，遷於新田。杜預注曰：新田，今平陽絳邑縣是。《水經註》：澮水合絳水，又西經絳縣南，即新田也，在澮之陽，南對絳山。澮水又西經虒祁宮南，又西至王橋入汾。汾水自臨汾經絳縣故城北，又西經虒祁宮北，又西至正平郡。蓋新田在二水之間，所謂有汾、澮以流其惡也。漢於南境置絳縣，此仍謂之絳城，俗又譌為王城。後魏置曲沃縣於絳山北，後周移治樂昌堡，在今縣南七里，亦曰樂昌城。隋又移治絳邑故城北。《括地志》：漢絳縣故城在曲沃縣南二里，本晉新田是也。魏曲沃縣屬正平郡。隋屬絳州，唐以後因之。明屬平陽府。今縣治西南二里有絳城。今山西侯馬。
　　③ 《晉語》：即《國語·晉語》。
　　④ 涑：涑水，又名涑川，源出絳縣，西經聞喜縣南，又西南經夏縣、安邑、猗氏、臨晉、永濟，至蒲州入黃河。
　　⑤ 澮：澮水，源出翼城縣東南澮山下，西經縣南，又西經絳縣東北，又西經曲沃縣流至絳州南入汾水。
　　⑥ 都：庫本作"鄙"，誤。

《水經注》：左邑故城，故曲沃。《傳》曰下國，即新城也，漢武以為聞喜縣①。涑水自城西注，水流急濬，故詩人以爲激揚之水。

曹氏曰："自桓叔初封曲沃，至武公滅晉，凡六十七歲。"《竹書紀年》：莊伯十二年，翼侯焚曲沃之禾。林氏曰："曲沃之民知有曲沃不知有宗國②。"

### 首陽

朱氏曰："首山之南也。"

孔氏曰：首陽之山，河東蒲坂縣南。馬融曰："華山之北，河曲之中。"

---

① 《大清一統志》卷一一八《絳州》：聞喜縣，春秋晉曲沃邑，秦改曰左邑，漢元鼎六年分置聞喜縣，皆屬河東郡。後漢為聞喜邑，省左邑入之。晉仍曰聞喜縣。後魏改屬正平郡。隋屬絳郡，後改為桐鄉。唐武德元年復為聞喜，屬絳州。五代漢屬解州，宋、金、元、明因之。清朝雍正二年改屬絳州。聞喜故城，在聞喜縣西南，本古桐鄉。《竹書紀年》：翼侯伐曲沃，大捷。武侯請成於翼，至桐而還。漢武帝元鼎六年將幸緱氏，至左邑桐鄉，聞南越破，以為聞喜縣。《元和志》：桐鄉故城，漢聞喜縣也，在今聞喜縣西南八里，俗以此城為伊尹放太甲於桐宮之所。孔注《尚書》曰：桐，湯葬地也，今在偃師縣界。非此也。又漢大司農朱邑屬其子葬桐鄉者又在今舒州界，亦非也。《寰宇記》：聞喜縣治，周武帝移於柏壁，在今正平縣南二十里。隋開皇十年自柏壁移於甘泉谷。唐武德以來不改。《縣志》：甘泉谷在縣東二十里，桐鄉城在甘谷西南今縣東涑水南岸。按：五代時縣治又移還左邑故城而《寰宇記》不載，後人遂疑今治即故桐鄉城，誤。今山西聞喜。

② 《春秋地名考略》卷四"晉·別都曲沃"：曲沃自穆侯徙絳後為晉大邑。惠二十四年晉始亂，故封桓叔於曲沃。隱五年曲沃莊伯以鄭人、邢人伐翼。杜注：曲沃在河東聞喜縣。曲沃叛王，王命虢公伐曲沃。桓八年曲沃滅翼。九年虢仲、芮伯、荀侯、賈伯伐曲沃。莊十六年王使虢公命曲沃伯以一軍為晉侯。《史記》：武公二十八年伐晉侯緡，滅之，盡以其寶器獻周釐王，王命武公為晉君，於是盡并晉地而有之，始都。晉國自桓叔初封曲沃，至武公滅晉，凡六十七歲，即此也。武公既徙絳，曲沃復為大邑。莊二十八年，驪姬使言於晉侯曰：曲沃，君之宗也，不可以無主。晉侯使太子居曲沃。僖四年，太子祭於曲沃，歸胙於公，驪姬譖之，太子縊於新城。杜注：新城，即曲沃。僖十年，晉侯改葬，共太子狐突適下國，見太子於新城。又太子謂狐突曰：請七日見我於新城西偏。杜注：下國，即曲沃。《正義》曰：曲沃邑而稱國者，桓叔國之三世，晉之舊國也，蓋猶周以成周為下都也。僖二十四年，晉公子入於曲沃，朝於武宮，自後為欒氏之食邑。晉亡入魏。周顯王四十六年，秦代魏，取曲沃。赧王元年，秦復伐魏，取曲沃而歸其人。秦謂之左邑。《水經注》：左邑，故曲沃，《詩》所謂"從子於鵠"者也。漢元鼎六年，分左邑縣地置聞喜縣。東漢罷左邑，移聞喜縣治焉。後周移縣治今絳州之柏壁。隋移治甘谷。《寰宇記》：今縣東二十里有甘谷口，甘泉出焉。即其地也。唐復移治桐鄉故城。五代移今治。今左邑城在解州聞喜縣東。按《晉世家》無成侯徙曲沃事。考孔疏云成王滅唐，封叔虞，今太原晉陽縣是也。燮父改之曰晉。成侯徙曲沃，今河東聞喜縣。穆侯徙都絳也。蓋亦用《詩譜》，今從之。班固云：聞喜本曲沃，晉武公自晉陽徙此。"武"字乃"成"字之訛。再按：晉有兩曲沃。《西征記》：陝州有曲沃臺，晉滅虢，以曲沃之官守之，故名。今山西聞喜。

《左傳》：趙宣子田於首山①。《晉志》②：蒲坂有雷首山，夷、齊居其陽③。蒲坂，舜都也。石曼卿詩云④："恥生湯武干戈日，寧死唐虞揖遜區。"

　　《水經注》："雷首山，一名中條山。臨大河，北去蒲坂三十里。"《郡縣志》：在河中府河東縣南十五里。《輿地廣記》：在永樂縣北三十里。山南曰首陽。河東縣，本漢蒲坂縣地，伯夷墓在縣南三十五里雷首山南。

　　### 秦

　　鄭氏《譜》曰："秦者，隴西谷名，於《禹貢》近雍州鳥鼠之山。堯時有伯翳者，伯益。實皋陶之子，佐禹治水。《列女傳》："皋子生五歲而佐禹⑤。"《中候·苗興》云⑥："皋陶之苗為秦。"水土既平，舜命作虞官，掌上下草木鳥獸，賜姓曰嬴。歷夏、商興衰，亦世有人焉。周孝王使其末孫非子養馬於汧、渭之間。孝王為伯翳能知禽獸之言，子孫不絕，故封非子為附庸，邑之於秦谷。至曾孫秦仲，宣王又命作大夫，始有車馬禮樂侍御之好。國人美之，秦之變風始作。《鄭語》：史伯曰："秦仲，嬴之儁也，其將興乎？"秦仲之孫襄公，平王之初，興兵討西戎以救周。平王東遷王城，乃以岐、豐之地賜之，始列為諸侯，遂橫有周西都宗周畿內八百里之地。其封域東至迤山，孔氏："迤謂靡迤，《禹貢》無迤山。"在荊、岐、終南、惇物之野。至玄孫德公，又徙於雍云。"《地理志》：扶風雍縣。

---

　　① 《帝王世紀》曰：即首陽山也，山有九名，曰歷山、曰首山、曰薄山、曰襄山、曰甘棗山、曰渠豬山、曰獨頭山、曰陑山、曰雷首山。《大清一統志》卷一〇一《蒲州府·山川》：雷首山，在永濟縣南。《括地志》：蒲州河東縣雷首山，一名首陽山，一名歷山，一名薄山，一名襄山，一名蒲山，一名中條山，一名獨頭山，一名甘棗山，一名渠豬山，一名吳山。此山西起雷首，東至吳坂，長數百里，蓋隨地異名也。《論語》伯夷、叔齊餓於首陽之下。《史記·封禪書》：華山以西名山，七曰薄山。薄山者，襄山也。徐廣曰：蒲反縣有襄山。《漢書·地理志》：蒲反縣，雷首山在南。《水經注》：雷首山臨大河，北去蒲坂三十里，俗亦謂之堯山。《太平寰宇記》：首陽山即雷首山南阜也。按：雷首、首陽本為一山，或稱雷首，或稱首山，或稱首陽，初無一定。大抵山南為陽，以首陽為首山之陽者近是。

　　② 《晉志》：即《晉書·地理志》。
　　③ 夷齊：即伯夷、叔齊，孤竹君之二子，互相謙讓，皆不居帝位。《史記》有傳。
　　④ 石曼卿：即石延年，字曼卿，先世幽州人，家於宋城（今河南商丘），為文勁健，於詩最工。《宋史》有傳。
　　⑤ 佐：今本劉向《古列女傳·辯通傳·齊管妾婧》作"贊"。
　　⑥ 孔穎達《尚書序疏》：《尚書緯》云："孔子求《書》，得黃帝玄孫帝魁之書迄於秦穆公凡三千二百四十篇，斷遠取近，定可以為世法者百二十篇，以百二篇為《尚書》，十八篇為《中候》。"《經義考》卷二六五：《中候》專言符命，當是新莽時所出之書。據是，則《中候》當為兩漢之際讖緯之書。《隋書·經濟志》：《尚書中候》，五卷，鄭玄注。梁有八卷，今殘缺。《御覽綱目》後諸目不收，疑宋中期後已佚。有孫㲉、王謨、黃奭、馬國翰、袁均、孔廣林、顧觀光、王仁俊、朱彝尊、喬松年等眾多輯本。

《地理志》：非子邑於秦，今隴西秦亭秦谷是也①。

《括地志》："秦州清水縣②，本名秦，《十三州志》云秦亭秦谷。"《通典》：秦州，古西戎之地，秦始封之邑。《輿地廣記》：秦州隴城縣有秦谷③。《史記》：莊公伐西戎，破之，周宣王予大駱犬丘④，為西垂大夫⑤。《括地志》："秦州上邽縣西南九十里是也⑥。"《世紀》：襄公徙

---

① 雍正《甘肅通志》卷六《山川·秦州》：秦亭山，在州東南五十里。左有永豐山，中則東柯谷。山亙四十里。上有秦亭，下為秦谷，非子所封邑，蓋附庸也。傍有紫金山，下有馬房山。亭樂山，在清水縣東三十里，有秦亭遺跡，即非子始封處。雍正《甘肅通志》卷二三《古蹟·秦州》：秦亭，在州東南五十里，即秦始封地，又名董亭，《九域志》"成紀縣有董城鎮"即此。《大清一統志》卷一八四《鳳翔府·古蹟》：秦城，在隴州東南。《元和志》：秦城在州東南二十五里，秦非子養馬汧、渭之間，有功，周孝王命為大夫。按《州志》：秦城在州南三里。疑誤。

② 《通典》卷一七三：秦州，今理上邽縣。古西戎之地，秦國始封之邑。春秋時屬秦。秦平天下，是為隴西郡。漢武分隴西置天水郡，王莽末隗囂據其地。後漢建武中平之，更名天水，為漢陽郡，兼置涼州。魏亦為重鎮。晉分為天水及武陽二郡，兼置秦州。後魏為略陽郡。隋初郡廢，煬帝初復置天水郡。唐為秦州，或為天水郡。領縣五：上邽、成紀、隴城、清水、伏羌。

《大清一統志》卷二一○《秦州》：清水縣，漢置，屬天水郡。後漢廢為隴縣地。晉復置清水縣，屬略陽郡，後魏因之，西魏兼置清水郡。隋開皇初郡廢，縣屬天水郡。唐武德四年於縣置邽州，六年州廢，縣屬秦州。大曆後陷於吐蕃，大中二年收復，權隸鳳翔府，三年仍屬秦州。五代後唐長興元年縣移治上邽，宋初還舊治，金、元、明因之。清初屬鞏昌府，雍正七年還屬秦州。清水故城，在今清水縣西十五里牛頭山下，俗亦謂之西城。今甘肅清水。

③ 《輿地廣記》卷一五：秦州，今縣四：成紀、天水、隴城、清水。雍正《甘肅通志》卷二三《古蹟·秦州》：隴城僑縣，在州東三十里，時隴城為金所侵，宋乃寄治於此。隴城故縣，在秦安縣東北九十里。《隋志》：天水郡隴城縣，舊曰略陽，置略陽郡。開皇二年郡廢，改曰阿陽，六年又改隴城。唐武德二年置交州，八年州廢，屬秦州，後隨州陷，廢。後唐長興三年於歸化鎮復置，宋、金因之。元至元七年併入秦安。今甘肅天水。

④ 《史記·秦本紀》：惡來革者，蜚廉子也，早死，有子曰女防。女防生旁皋。旁皋生太幾。太幾生大駱。大駱生非子，以造父之寵，皆蒙趙城，姓趙氏。非子居犬丘。

⑤ 《大清一統志》卷二一○《秦州·古蹟》：西縣故城，在州西南。《史記·秦本紀》：莊公伐西戎，破之，於是復予其先大駱犬邱地，為西垂大夫，居故西犬邱。後置西縣，屬隴西郡。後漢屬漢陽郡。建武八年隗囂敗奔西城從楊廣，即西縣也。晉改置始昌縣而縣廢。孝武時氐豪楊定求割天水之西縣屬仇池郡，蓋故縣也。《括地志》：西縣在上邽縣西南九十里。《州志》：在州西南一百二十里。今甘肅天水。

⑥ 《大清一統志》卷二一○《秦州·古蹟》：上邽故城，在州西南。《史記》：秦武公十年，伐邽、冀戎，初縣之。漢曰上邽縣，屬隴西郡。後漢屬漢陽郡。晉初置秦州及天水郡。《元和志》：後魏避道武諱改曰上封，廢縣為鎮。大業元年復為上邽縣。《唐書·地理志》：秦州本治上邽，開元二十二年以地震徙治成紀之敬親川，天寶元年還治上邽，大中三年復徙治成紀。《寰宇記》：上邽縣，唐天寶末陷入吐蕃，大中初收復為鎮，後唐長興元年為清水縣理所。《宋志》秦州治成紀縣。蓋宋復移秦州來治，兼移成紀縣於此也。明洪武初省縣入州。《舊志》：天水古郡在州東南一里，秦時古城也。今州城即唐天寶中所築雄武城，又韓公城即州之西關城也，宋慶曆二年韓琦築。按：州及成紀移還上邽之說，《九域志》、《宋志》皆不詳，然漢、唐之成紀在渭北，今州乃在渭南。又按《寰宇記》：上邽時為清水縣治。《九域志》：清水縣在州東九十里。與今道里相合，當是太平興國後移清水縣還故治，改移成紀於此也。今甘肅天水。

汧。故城在隴州汧源縣南三里①。文公還居非子舊墟犬丘②。在汧、渭之間，即槐里是也③，在京兆

---

① 《輿地廣記》卷一五：隴州，春秋、戰國屬秦。秦屬內史。二漢屬右扶風。晉屬扶風郡。西魏置隴東郡，兼置東秦州，後改為隴州。隋開皇三年郡廢，大業三年州廢，屬扶風郡。唐復為隴州，天寶元年曰汧陽郡。今縣四：汧源、汧陽、吳山、隴安。

② 《春秋地名考略》卷一一"秦·國於西垂"：秦之先伯翳，佐禹平水土，賜姓嬴氏，後有大駱，生非子，非子居犬丘，為周孝王主馬汧、渭之間，分土為附庸，邑之秦，號曰秦嬴。徐廣曰：天水隴西縣有秦亭。今秦州清水縣故秦城是也。《史記》：秦嬴三傳秦仲，宣王時死於戎。宣王命其子莊公為西垂大夫，居其故西犬丘，生襄公。周室東遷，襄公以兵送周平王，平王封襄公為諸侯，生文公。文公東獵至汧、渭之會，曰：昔周邑我先秦嬴於此，即營邑之。文公立四十四年為魯隱公元年，入《春秋》。按：《世紀》秦襄公二年徙居於汧，或以為即漢之汧縣，似誤也。《史記·秦本紀》不載襄公徙都，兩漢地志亦不言汧縣嘗為秦都。又《秦紀》後載《秦史遺文》云：襄公立，饗國十二年，初為西時，葬西垂，生文公。文公立，居西垂宮五十年，死葬西垂。《封禪書》：秦襄公既侯，居西垂，自以為主少皞之神，作西時，祠白帝。其後十六年，秦文公東獵汧、渭之間，卜居之。後九年，文公獲若石於陳倉北阪城，祠之以一牢，祠命曰陳寶。然則文公始營汧渭、之間，亦未嘗定居，故卒而仍葬於西垂。襄公之未嘗徙都益可知矣。又《詩·小戎·序》云：美襄公也，乃云"在其板屋"。孔氏曰：天水、隴西氏以板為屋。然則秦之西垂民亦板屋也。依此，則襄公居西垂又明甚。《水經注》：汧水出汧縣之蒲谷鄉弦中谷，決之為弦蒲藪，其水出五色魚，謂之魚龍川。東逕汧縣故城北，秦文公東獵汧田遂都其地。蓋指《世紀》所云汧縣之都，易襄為文，稍與史合。然史稱汧、渭之會，而此邑即今隴州，反在汧源之上，去渭甚遠，猶未確也。今寶雞縣東北有陳倉古城，二城相連，一為秦文公所築，一為魏郝昭所築。又有陳倉山，一名雞峯山，即文公獲陳寶處。又其地在汧水之南，渭水之北，正所云汧、渭之間也。又《漢志》陳倉有羽陽宮，秦武公所起。武公者，文公之孫也。非以大父所嘗居而益增營構耶？辛氏《三秦記》"秦武公都陳倉城"即是說矣。《近志》：隴州東南二十五里有故秦城，或以為即非子始封之邑。此又即牧馬汧、渭之事，文公所稱"周邑我先秦嬴於此"者也。其以文公汧、渭誤為襄公汧縣益昭昭可見矣。但文公原未定居，茲故從秦史繫之西垂。

③ 《大清一統志》卷一七九《西安府·古蹟》：槐里故城，在興平縣東南，本周犬邱邑。《史記》：漢元年項羽立章邯為雍王，王咸陽以西，都廢邱。《漢書·地理志》：右扶風槐里，周曰犬邱，懿王都之，秦更名廢邱，高祖三年更名。《晉書·地理志》：始平郡，泰始三年置，治槐里縣。《魏書·地形志》：扶風郡領槐里縣。《水經注》：縣南對渭水，北背通渠，晉太康中始平郡治也。其城遞帶防陸，舊渠尚存，即《漢書》所謂"槐里環陜"者也。《括地志》：槐里故城在始平縣東南十里。《寰宇記》：犬邱城，一名槐里城，在今興平縣東南十里。魏黃初元年於故城置扶風郡，至晉泰始中郡徙理郿，改此城為始平國，領槐里縣。後魏太平真君七年自此城徙縣於今縣理西二十五里槐里故城，此城遂廢。《長安志》：故城周十二里。按《周勃傳》云：勃攻槐里、好時、最，又圍章邯廢邱。《樊噲傳》云：噲擊章邯，下槐里、柳中、咸陽，摧廢邱。是漢初有廢邱，又有槐里，其後置縣乃統謂之槐里耳。《隋志》無槐里縣。《周書》：閔帝時槐里獻赤雀四。蓋隋初廢也。今陝西興平。

府興平縣東南十里①。寧公徙平陽②。故城在鳳翔府岐山縣西四十六里，有平陽聚。德公居雍③。故城在鳳翔府天興縣南七里④。獻公徙櫟陽。在京兆府櫟陽縣東北⑤。孝公徙咸陽。故城在咸陽縣東十五里⑥。《水經注》：秦川有故亭⑦，秦仲所封。

　　孔氏曰：德公之後常居雍。季札見歌秦，曰："此之謂夏聲。"服虔云："與諸夏同風。"杜預云："秦本在西戎汧、隴之西，秦仲始有車馬禮樂，去戎狄之音而有諸夏之聲。"

--------

　　① 《大清一統志》卷一七八《西安府·建置沿革》：興平縣，本周犬邱邑，秦曰廢邱。漢為槐里、茂陵、平陵三縣地，俱屬右扶風。後漢以槐里為右扶風治。三國魏改平陵曰始平，晉初併茂陵入始平，於槐里置始平郡。後魏太平真君中郡廢，二縣俱屬扶風郡。西魏以始平為郡治。隋省槐里，以始平縣屬京兆郡。唐天授二年改屬稷州，大足元年還屬雍州，景龍四年改曰金城，至德二載又改曰興平，五代、宋、金因之。元屬奉元路。明、清屬西安府。今陝西興平。
　　② 《春秋地名考略》卷一一"秦·遷於平陽"：寧公二年徙居平陽，是為魯隱公九年也。初遷時未有定名，故謂之新邑，至武公始謂之平陽。漢為郿縣地。後魏太平真君六年改置平陽縣，屬武都郡，以郿縣併入焉。西魏復改曰郿城縣。後周廢為周城縣。隋改周城為渭濱，尋復為郿縣。元升州。明仍為縣，屬鳳翔府，今仍之。縣西四十六里有平陽古城。《括地志》：岐山縣有平陽鄉，鄉內有平陽聚。《金志》：虢縣有平陽鎮。皆指此。蓋歷代幅員、分隸不一故也。後周周城縣本置於今岐山縣境，後徙於今郿縣治，自隋至今無改於舊矣。今陝西眉縣。
　　③ 《春秋地名考略》卷一一"秦·又遷於雍"：德公元年初居雍城大鄭宮，祠鄜畤，卜居雍，後子孫飲馬於河，時魯莊公十七年也。僖十三年秦輸粟自雍及絳相繼。杜注：雍，秦國都。孔穎達曰：周初為召穆公之采邑，有召亭。《史記》曰：平王東徙，賜襄公岐以西之地，曰戎無道，侵奪我岐、豐之地，秦能攻逐戎，即有其地，與誓，封爵之。襄公十二年伐戎，至岐卒。文公十六年伐戎，戎敗走。於是文公遂收周餘民有之，地至岐，岐以東獻之周。蓋自是地屬於秦矣。《詩·終南·序》云：美襄公能取周地，受顯服。是襄公已有之，未知孰是。文公雖未徙雍，即已經營之。《封禪書》：文公作鄜畤。後七十八年，德公都雍。《史記》：秦宣公作密畤於渭南，靈公作吳陽上畤祠黃帝，作下畤祠炎帝。獻公徙居櫟陽作畦畤。自獻公徙後，秦君亦時來居雍。班固云：孝公起橐泉宮，惠公起祈年宮，昭王起槭陽宮。皆在雍也。後置雍縣。漢亦曰雍縣，屬右扶風。魏、晉雍縣屬扶風郡。後魏太延二年為平秦郡治。隋為扶風郡治。唐肅宗至德二載改縣曰鳳翔，置鳳翔郡，尋升府，建為西京，與京兆、成都、太原、河南為五京，又析置天興縣。寶應元年省鳳翔入天興，宋因之。金大定十九年改天興為鳳翔縣。今為鳳翔府治。古雍城在城南。《括地志》云在雍縣南。按：《漢志》云惠王居雍，大謬。今陝西鳳翔。
　　④ 《大清一統志》卷一八三《鳳翔府·建置沿革》：鳳翔縣，附郭。春秋時雍邑，為秦都，後置雍縣。漢屬右扶風，後漢及晉因之。後魏為平秦郡及岐州治。隋為扶風郡治。唐為鳳翔府治。至德二載改曰鳳翔縣，又析置大興縣。寶應元年省鳳翔縣入天興，宋因之。金大定十九年改天興縣曰鳳翔，仍為府治。元初屬鳳翔路。明、清屬鳳翔府。今陝西鳳翔。
　　⑤ 《大清一統志》卷一七九《西安府·古蹟》：櫟陽故城，在臨潼縣東北七十里。《史記》：秦獻公二年城櫟陽。漢高帝元年二月項羽立秦將司馬欣為塞王，都櫟陽。漢二年漢王都櫟陽，七年自櫟陽徙都長安。《三輔黃圖》：太上皇築櫟陽北原，因置萬年縣於櫟陽大城內以為奉陵邑。後漢建武二年封景丹為櫟陽侯。《郡國志》馮翊有萬年而無櫟陽。徐廣曰：櫟陽，今萬年也。晉時萬年縣屬京兆郡。後魏仍為馮翊郡。《水經注》：漆沮水逕萬年縣故城北為櫟陽渠，城即櫟陽宮也。《括地志》：櫟陽故城亦曰萬年城，在今櫟陽縣東北二十五里，雍州東北百二十里。《元和志》：櫟陽本秦舊縣，高帝既葬太上皇於櫟陽之萬年陵，遂分櫟陽置萬年縣，理櫟陽城中，故櫟陽城亦名萬年城。後漢省櫟陽入萬年。後周明帝省萬年入廣陽。今陝西高陵。
　　⑥ 《大清一統志》卷一七八《西安府·建置沿革》：咸陽縣，本秦國都，孝公始徙此，後因之。漢高帝元年更名新城，七年罷屬長安，元鼎三年更名渭地，屬右扶風，後漢省。晉咸和中後趙置石安縣，苻秦兼置咸陽郡。後魏移郡於涇水北，以縣屬之。隋廢入涇陽縣。唐武德元年復置咸陽縣，屬雍州，五代、宋、金因之。元屬奉元路。明、清屬西安府。今陝西咸陽。
　　⑦ 《水經注·渭水》：秦水過清水城西南注清水，清水上下咸謂之秦川。

《地理志》：天水、隴西，山多林木，民以板為室屋。及安定、北地<sup>①</sup>、上郡<sup>②</sup>、西河皆迫近戎狄<sup>③</sup>，修習戰備，高上氣力，以射獵為先。故《秦詩》曰"在其板屋"，又曰"王於興師，修我甲兵，與子偕行"。及《車轔》、《四載》、《小戎》之篇皆言車馬田狩之事。漢興，六郡良家子選給羽林、期門<sup>④</sup>，以材力為官，名將多出焉。穆公稱伯，以河為竟。《注》："地界東至於河。"

朱氏曰："秦人之俗大抵尚氣概，先勇力，忘生輕死，故其見於《詩》如此。然本其初而論之，岐、豐之地，文王用之以興，二南之化如彼，其忠且厚也，秦人用之未幾而一變其俗，至於如此則已，悍然有招八州而朝同列之氣矣，何哉？雍州土厚水深，其民重厚質直<sup>⑤</sup>，無鄭、衛驕墮浮靡之習<sup>⑥</sup>。以善導之，則易以興起而篤於仁義；以猛驅之，則其強毅果敢之資亦足以強兵力農而成富強之業，非山東諸國所及也。"晁氏曰<sup>⑦</sup>："晉之儉，秦之好車馬，鄭、衛之音，宛丘之婆娑，以《詩》所記行四方<sup>⑧</sup>，察其風俗，無不近者。當其一時，上之所為豈自知能人人如此之深耶？其漸摩使然。"李氏曰："《鄭風》都曼<sup>⑨</sup>，《齊風》闊緩，《秦風》廉勁，亦由風聲氣俗使然。"

### 阪有漆

曹氏曰<sup>⑩</sup>："《說文》：阪，山脅也。《地理志》：隴西，有隴坻在其西。

---

① 《史記·秦始皇本紀》："二十七年，始皇巡隴西、北地。"《漢志》："北地郡，秦置。"
② 《史記·秦本紀》：惠文君"十年，張儀相秦，魏納上郡十五縣。"《史記·秦始皇本紀》始皇繼位已有上郡。《漢志》領縣二十三：膚施、獨樂、陽周、木禾、平都、淺水、京室、洛都、白土、襄洛、原都、漆垣、奢延、雕陰、推邪、楨林、高望、雕陰道、龜茲、定陽、高奴、望松、宜都。
③ 西河：漢元朔四年置，《漢志》領縣三十六：富昌、騶虞、鵠澤、平定、美稷、中陽、樂街、徒經、皋狼、大成、廣田、圜陰、益蘭、平周、鴻門、藺、宣武、千章、增山、圜陽、廣衍、武車、虎猛、離石、穀羅、饒、方利、隰成、臨水、土軍、西都、平陸、陰山、觬是、博陵、鹽官。
④ 《漢書·百官公卿表·郎中令》：期門、羽林皆屬焉。期門掌執兵送從，武帝建元三年初置，比郎，無員，多至千人，有僕射，秩比千石。平帝元始元年更名虎賁郎，置中郎將，秩比二千石。羽林掌送從，次期門，武帝太初元年初置，名曰建章營騎，後更名羽林騎。又取從軍死事之子孫養羽林，官教以五兵，號曰羽林孤兒。羽林有令丞。宣帝令中郎將、騎都尉監羽林，秩比二千石。服虔曰與期門下以微行，後遂以名官。師古曰：羽林亦宿衛之官，言其如羽之疾，如林之多也。一說羽所以為王者羽翼也。
⑤ 重厚：《詩經集傳》卷三作"厚重"。
⑥ 墮：《詩經集傳》卷三作"惰"。
⑦ 晁氏：即晁補之，字無咎，濟州鉅野（今山東）人，徽宗立，拜吏部員外郎、禮部郎中兼國子編修、實錄檢討，自號歸來子。《宋史》有傳。引文見晁補之《雞肋集》卷二九《沈邱縣學記》。
⑧ 詩：《雞肋集》作"詩書"。
⑨ 《虞東學詩》卷三：若古之曼聲。胡氏紹曾曰：都曼之聲，音調婉淒，弄引煩褻，所謂靡靡之音，使人蕩溢流連，不克自禁，故謂之淫。
⑩ 曹氏：即曹粹中。引文又見《詩緝》卷一二、《詩經世本古義》卷一九之上、《欽定詩經傳說彙纂》卷七。

《注》：隴阪也，即今隴山。《三秦記》①：其阪九回，欲上者，七日乃越高處東望秦川②。然則阪固秦地之所有也。"《通典》：秦州，有大阪名曰隴坻，亦曰隴山③。

### 西戎

朱氏曰：西戎者，秦之臣子所不與戴天之讎也④。襄公承天子之命以報君父之仇，所以能用其人，而秦人所以樂為之用也。溫其在邑，西鄙之邑也。《史記》：襄公十二年伐戎而至岐卒。

《後漢·西戎傳》⑤：秦襄公攻戎救周。及平王之末，戎逼諸夏，自隴山以東，及乎伊、洛，往往有戎，於是渭首有狄、䝠、音"丸"。邽、冀之戎⑥，

---

① 《三秦記》：東漢辛氏撰，卷次不詳，歷代志目不載，而宋初引用甚眾，疑北宋中期後或已佚。有《漢唐地理書鈔》王謨、《二酉堂叢書》張澍、《毄淡廬叢稿》葉昌熾輯本各一卷。三秦，今陝西中部、甘肅東部一帶，以項羽於此封設三秦王而名。

② 秦川：自大散關以北達於岐、雍，夾渭水南北岸，沃野千里，為秦之故國，其地稱秦川。

③ 雍正《陝西通志》卷一〇《山川三·隴州》：隴山，即隴坻，一名隴坂，一名小隴山，又名鸚鵡山，在州西六十里，接鞏昌府清水縣界。

④ 所不與：至元六年刻本、合璧本、庫本作"所不與共"，《詩經集傳》卷三作"所與不共"。

⑤ 西戎：庫本作"西羌"，是，引文見《後漢書·西羌傳》。

⑥ 李賢注：狄即狄道，䝠即䝠道，邽即上邽縣，冀即冀縣也。
《大清一統志》卷一九九《蘭州府·古蹟》：狄道故城，在今狄道州西南。《史記·匈奴傳》：隴西有翟、䝠之戎。《百官表》：縣有蠻夷曰道。漢因置狄道縣，為隴西郡治。後漢永初五年羌亂，詔隴西郡徙襄武。延光二年還治狄道。晉建元元年張駿以狄道立武始郡。《水經注》：洮水逕降狄道故城西，闞駰曰今曰武始也。後魏徙武始郡治勇田縣，仍領狄道及陽索二縣。隋屬金城郡。唐為臨州治，寶應初廢陷。《寰宇記》：縣在蘭州南一百九十里。宋熙寧五年王韶破羌族，遂城武勝，建為鎮洮軍，更名熙州。金、元增修，在洮河之上，亦曰洮河。《臨洮府志》：有舊土城，俗名番城，在縣南一里許，東、西、南三面與府城壕相連，即故城也。又《舊志》：有武始城在縣北七十里，蓋即故勇田縣，其陽索無考。今甘肅臨洮。
《大清一統志》卷二〇〇《鞏昌府·古蹟》：䝠道故城，在隴西縣東北渭水北。漢置䝠道縣，屬天水郡。應邵曰：䝠戎邑也。後漢屬漢陽郡，靈帝中平五年分置南安郡。《宋書·州郡志》、《魏書·地形志》皆作"桓道"。《隋書·地理志》：隴西郡統隴西縣，舊曰內陶，置南安郡，開皇初郡廢，改曰武陽，十八年又改名。《括地志》：䝠道故城在襄武縣東南三十七里。《元和志》：隴西縣西至渭州五十里，本漢䝠道縣。隋開皇元年移武陽縣名於郡理，八年改為隴西。今甘肅隴西。
《大清一統志》卷二〇〇《鞏昌府·古蹟》：冀縣故城，在伏羌縣南。秦武公十年代冀戎，初縣之。後漢為天水郡治，後為涼州治。晉太始五年置秦州，鎮冀城，泰康三年罷。《隋書·地理志》：天水郡統冀城縣，後周廢入黃瓜縣，大業初改曰冀城。《元和志》：縣東南至秦州一百二十里，後魏以冀為當亭，周為黃瓜，隋大業二年改為冀城。武德三年置伏羌縣，縣城本秦冀縣也。《寰宇記》：唐初於伏羌城置伏羌縣，天寶後陷吐番，宋建隆三年秦州上言吐蕃尚波於等進納伏羌縣城，因以舊城置寨。《九域志》：熙寧三年以伏羌寨為城，在秦州西九十里。《元史·地理志》：伏羌縣本舊寨，至元十三年升縣。《通志》：故冀城在縣南五十步。今甘肅甘谷。

涇北有義渠之戎①，洛川有大荔之戎②，渭南有驪戎，伊、洛間有楊拒、泉皋之戎③，潁首以西有蠻氏之戎④。穆公得戎人由余，遂霸西戎，開地千里。《史記·匈奴傳》：自隴以西有緜諸、緄戎⑤、翟、獂之戎，岐、梁山、涇、漆之北有義渠、大荔、烏氏⑥、朐衍之戎⑦。

《漢·匈奴傳》：秦襄公伐戎，至岐，始列爲諸侯。張氏曰⑧："《車鄰》、《駟驖》、《小戎》諸詩，武事備矣。蓋其地與戎錯，而秦仲以來武事最勝。故能使秦伯有天下者⑨，是《詩》也。而使之不二世而失國者，亦是《詩》也。夫其嚴急之風與三代之溫柔敦厚，抑何遠哉？"

① 《大清一統志》卷二○三《慶陽府·古蹟》：義渠故城，在寧州西北。秦厲公三十三年伐義渠，虜其王，惠文君十一年縣義渠，後十年伐取義渠二十五城。《匈奴傳》：秦昭王時宣太后詐殺義渠戎王，遂伐殘義渠，於是秦有隴西、北地、上郡。《漢書·地理志》：北地郡領義渠道。後漢建武六年馮異自栒邑進軍義渠，并領北地太守事。縣尋廢。今甘肅慶陽。

② 洛川：即洛水。《明一統志》卷三二《古蹟》：大荔戎城，在朝邑縣東。《大清一統志》卷一八九《同州府·建置沿革》：大荔縣，附郭。秦取大荔戎，築其地曰臨晉。漢設左馮翊，置臨晉縣。後漢為馮翊郡治，魏、晉因之。晉武帝改名大荔。北魏改馮翊郡為華州，更縣為華陰縣。西魏改名武鄉縣，為同州武鄉郡治。隋改馮翊郡為馮翊郡治。唐析置臨沮縣，尋廢，五代、宋、金因之。元省縣入州，明因之。本朝雍正十三年同州升為府，置縣為府治。今陝西大荔。

③ 《春秋地理考實》卷一"十一年揚拒泉皋之伊洛之戎"：揚拒、泉皋皆戎邑及諸雜戎居伊水雒水之間者，今伊闕北有泉亭。《疏》：《釋例》諸雜戎居伊水、雒水之間者，河南洛陽縣西南有戎城，伊水出上雒盧氏縣熊耳山，東北至河南雒陽縣入雒。雒水出上雒縣冢領山，東北經弘農至河南鞏縣入河。《彙纂》：今河南府洛陽縣西南有前城，即泉亭也。今按：昭二十二年劉子奔揚，《彙纂》謂即此年之揚，去偃師不遠。今河南偃師。

《春秋地名考略》卷一"前城"：《後漢志》：雒陽西南有前亭，為泉戎所居。服虔曰："前"讀為"泉"，即泉戎地，在伊闕南。《水經注》：伊水自新城又北徑前亭西，即《傳》之前城也。京相璠曰：在今洛陽西南五十里伊闕外。所謂泉皋即泉戎也。又故洛城西有戎城，則伊、洛之戎也。今河南洛陽。

④ 潁水源出河南登封縣西南。《春秋地名考略》卷一四"蠻氏"：蠻氏，戎別種也，河南新鄭縣東南有蠻城。《漢志》：河南新城縣曰蠻中，故蠻子國。《後漢志》：新城有鄤聚，古曼氏，東漢初祭遵獲山賊張滿於鄤聚即此。《水經注》：汝水自梁縣東經麻解城北，故鄤鄉城也。蠻、麻聲近，故誤耳。章懷太子曰：蠻中聚在梁縣西南。今南陽府汝州西南有蠻城。今河南汝州。

⑤ 《史記正義》：《括地志》云："緜諸城，秦州秦嶺縣北五十六里，漢緜諸道，屬天水郡。"緄，音"昆"，字當作混。顏師古云：混夷也。韋昭云：《春秋》以為犬戎。《大清一統志》卷二一○《秦州·古蹟》：綿諸故城，在州東。漢置綿諸道，屬天水郡，後漢省。後魏復置綿諸縣，屬略陽郡，西魏省。《州志》：今州東四十五里之邽山下有古城遺址，即綿諸城。今甘肅天水。

⑥ 《史記正義》：氏，音"支"。《括地志》云：烏氏故城，在涇州安定縣東三十里，周之故地，後入戎，秦惠王取之置烏氏縣也。《大清一統志》卷二○一《平涼府·古蹟》：烏氏故城，在平涼縣西北。《漢書·地理志》烏氏縣屬安定郡。《後漢書·郡國志》作"烏枝"，晉、魏因之，後廢。按：《史記》縣在涇北，《漢志》縣在都盧山東，俱在平涼縣界。胡三省《通鑑注》云"在彈箏峽口"是也。《府志》云：涇州東十餘里有湫池，又北二十餘里有烏氏縣。疑此乃後魏時徙置，非故治也。今甘肅平涼。

⑦ 《史記索隱》：案《地理志》：朐衍，縣名，在北地。鄭氏音"吁"。《史記正義》：《括地志》云："鹽州，古戎狄居之，即朐衍戎之地，秦北地郡也。"《大清一統志》卷二○四《寧夏府·古蹟》：朐衍廢縣，在靈州東南花馬池境。漢置朐衍縣，屬北地郡，後漢省。今寧夏靈武。

⑧ 張氏：即張載。引文又見《詩經傳說彙纂》卷七。

⑨ 秦：庫本作"泰"，誤。

### 取周地

歐陽氏曰[1]：按《史記》：平王封襄公爲諸侯，賜以岐西之地。子文公立十六年，以兵伐戎，戎敗走，遂收周餘民有之，地至岐。蓋自戎侵奪岐、豐，周遂東遷，雖以岐、豐賜秦，使自攻取，而終襄公之世不能取之，但嘗一以兵至岐。至文公，始逐戎而取之。

孔氏曰："襄公救周即得之，《本紀》之言不可信。"

呂氏曰[2]：蘇氏謂周之失計未有如東遷之謬[3]，使平王定不遷之計，收豐、鎬之遺民，以形勢臨諸侯，齊、晉雖大，未敢貳也。此論失於考之不精。岐、豐之地自犬戎盤據舊都，非周所有，故平王遂以賜襄公，使之自取，其勢非可以不遷也。

### 終南

《郡縣志》：終南山，在京兆府萬年縣南五十里[4]，一名太一，亦名終南[5]。又在鳳翔府郿縣南三十里[6]。張衡《西京賦》："終南太一，隆崛崔崒。"潘岳

---

① 歐陽氏：即歐陽修。引文見歐陽修《詩本義》卷四《蒹葭》。
② 呂氏：即呂祖謙。引文見呂祖謙《左氏傳續説·綱領》。
③ 蘇氏：即蘇軾。
④ 《元和郡縣志》卷一：京兆府，管縣二十三：萬年、長安、昭應、三原、醴泉、奉天、奉先、富平、雲陽、咸陽、渭南、藍田、興平、高陵、櫟陽、涇陽、美原、華原、同官、鄠、盩厔、武功、好畤。
《大清一統志》卷一七九《西安府·古蹟》：萬年故城，今咸寧縣治，漢初置縣於今臨潼縣北之櫟陽故城，屬左馮翊，後周移置於此。《元和志》：周明帝二年分長安、霸城、山北等三縣始於長安城中置萬年縣。隋開皇三年遷都，改爲大興縣，理宣揚坊。武德元年復爲萬年。《寰宇記》：周置萬年縣，理八角街以東，隋移於宣揚坊東南隅，梁開平元年改爲大年縣，後唐同光元年復舊名。《宋史·地理志》：京兆府樊川，舊萬年縣，宣和七年改。《金史·地理志》：京兆府咸寧，本萬年，後更名，泰和四年廢，尋復。今陝西西安。
⑤ 終：至元六年刻本、合璧本作"中"，《元和郡縣志》亦作"中"，是。
⑥ 《大清一統志》卷一八三《鳳翔府》：郿縣，周郿邑。漢置郿縣，屬右扶風，爲右輔都尉治，後漢及晉因之，後魏廢。太平真君六年改置平陽縣，屬武都郡。西魏改縣曰郿城。後周改置周城縣，天和元年於縣置雲州，建德三年州廢。隋開皇十八年改縣曰渭濱，大業二年又改曰郿縣，屬扶風郡，義寧二年於縣置郿城郡。唐武德初改曰郇州，三年州廢，縣屬稷州，七年屬岐州，後爲鳳翔府，宋因之。金貞祐四年分屬恒州。元初升爲郿州，至元初復爲縣，屬奉元路。明、清還屬鳳翔府。郿縣故城，在今郿縣東北。《元和志》：縣西北至鳳翔府一百里。秦縣在今縣東十五里，有故城。今縣周天和元年築，在渭水南一里。縣理城亦曰斜城，城南當斜谷口，因以爲名。《寰宇記》：唐武德三年移縣於郇州城，即今理也。今陝西眉縣。

《西征賦》云："九嵕巀嶭①，太一嶐嵷。面終南而背雲陽②，跨平原而連嶓冢。"然則終南、太一非一山也。畢原，在縣西南二十八里。《詩注》云："畢，"周公葬於畢"是也③。終南之道名也。"《左傳》："中南，九州之險也。"杜氏注："在武功縣南。"今郿縣。《通典》：長安縣有終南山。《地理志》：在武功縣東。《括地志》："一名南山。"柳子曰④："惟終南據天之中，在都之南。西至於褒斜⑤，又西至於隴首，以臨於戎。東至於商顏⑥，又東至於太華，以距於關。寔能作固，以屏王室。其物產之厚，器用之出，則璆、琳、琅、玕，《夏書》載焉⑦。紀堂條梅，《秦風》詠焉。"毛氏曰："終南，周之名山中南也。"李善曰："終南，南山之總

---

① 《大清一統志》卷一七八《西安府·山川》：九嵕山，在醴泉縣東北五十里。《四夷郡縣志》：九嵕山東連仲山，西當涇水，高六百五十丈，周迴十五里，廣一里。《縣志》：山有九峰聳峻，其南麓即咸陽北阪，少東為青峰山，又東為覆甑山，與九嵕岡隴相接，旁有烟霞洞，又東北十里為芳山。

② 《大清一統志》卷一九四《邠州·古蹟》：雲陽故城，在淳化縣西北。《括地志》：漢雲陽故城在今雲陽縣西北八十里。《元和志》：魏司馬宣王撫慰關中，罷雲陽縣，置護軍。及趙王倫鎮長安，復罷護軍。後氐羌反，又立護軍，劉、石、苻、姚因之。後魏罷護軍，更於今理別置雲陽縣。《長安志》：漢故縣城在雲陽縣西北六十里，淳化縣在縣西北三十里，城基猶存。後魏太武別置縣在嵳峨山前。今陝西淳化。

③ 《春秋地名考略》卷一四《畢》："畢國，在長安縣西。《史記·魏世家》云：畢公高與周同姓，武王伐紂而高封於畢，為畢姓。《竹書》：穆王十四年狄人侵畢。後不知何以亡。《史記》曰：其後絕封，為庶人，或在中國，或在夷狄。漢長安縣為京兆尹治，晉為京兆郡治。劉向言：文、武、周公葬於畢。師古釋之曰：在長安西北四十里。以地計之，為今之咸陽矣。今咸陽縣北五里有畢原，《書注》"周公葬於畢"，原南北數十里，東西二三百里，亦謂之畢陌。《通典》曰：文王葬畢，初王季都之，後畢公高封焉。《縣志》：渭水經城南，九嵕、甘泉諸山控城北，畢原即九嵕諸水之麓也，亦謂之咸陽北阪，漢武又更名為渭城北阪。王氏曰：畢原無山川陂湖，井深五十丈，秦謂之池陽原，漢曰長平阪，石勒建石安縣於此，又名石安原。《元和志》：咸陽縣治乃畢原也。蓋畢原之境廣矣。或有謂畢原在渭南者，《詩》鄭注：畢，終南之道也。《皇覽》曰：文王葬畢，在鎬東南杜中。《汲冢古文》：畢西於豐三十里。《括地志》：畢原在萬年縣西南二十八里。謂畢地延袤，跨渭南北本，無足疑。惟文武葬處，傳聞異辭，不能深考矣。畢國封處大約當在此。

④ 柳子：即柳宗元。引文見柳宗元《柳河東集》卷五《太白山祠堂碑》。

⑤ 《史記·河渠書》"其後人有上書欲通褒斜道"，《集解》：韋昭曰："褒中縣也，斜，谷名，音邪。"瓚曰："褒、斜，二水名。"《正義》：《括地志》云："褒谷在梁州褒城縣北五十里，斜水源出褒城縣西北九十八里衙嶺山，與褒水同源而派流。"《漢書·溝洫》云"褒水通沔，斜水通渭，皆以行船"是也。按：褒城即褒中縣也。"

⑥ 商顏：《漢書》卷二九："於是為發卒萬人穿渠，自徵引洛水至商顏下。"顏師古注云："徵音懲，即今所謂澄城也。商顏，商山之顏也。謂之顏者，譬人之顏額也，亦猶山額象人之頸領。"《元和郡縣志》卷二《同州·馮翊縣》："商顏，今在馮翊縣界。"《輿地廣記》卷一三《同州·馮翊縣》："商原，所謂商顏。"即商顏為山原名，在同州。樂史《太平寰宇記》卷二八《同州·澄城縣》："商顏，今在馬邑縣界。"馬邑在河東道朔州（今山西北部朔縣一帶），以地理形勢和當時的技術條件而言，洛水是無必要也不可能引到商顏山去的。故顏氏所注商顏，非樂史所謂馬邑之商顏山，而為同州之商顏山原。樂史有《商顏雜錄》二十卷，而《漢書》為常見且被《太平寰宇記》大量徵引之書，《寰宇記》本身亦有"商顏"之記載，故樂史當曾親見師古之注。此作品之名"商顏"顯非指商顏山，而是取師古注"商山之顏"之意，此山當指商山。商山謂秦嶺商州（今陝南商縣、商南縣一帶）段，商山之顏，當謂商山向北延伸如人之頸領，在渭河之南。宋真宗咸平二年，樂史嘗知商州，從書名上看疑當作於咸平年間知商州時及其後一段時間內，所述或為為官商州時之見聞。即商顏山、商山均可稱商顏。商顏山，在今同州治馮翊縣界，即今陝西大荔，位於渭河以北。柳宗元此云終南山東至於商顏，由山脈走向判斷及上文"西至於隴首"以隴首代指隴山，則此所謂商顏當即指商州商山，而非同州商顏山。

⑦ 《尚書·夏書·禹貢·雍州》："厥貢惟球、琳、琅、玕。"孔氏傳："球、琳，皆玉名；琅、玕，石而似珠。"

名。太一，一山之別號①。”孔氏曰：《本紀》云：“賜襄公岐以西之地，文公收周餘民有之，地至岐，岐以東獻之周。”則襄公所得自岐以西，如鄭《譜》則是全得西畿。案：終南山在岐之東南，大夫之戒襄公，引終南為喻，則襄公亦得岐東，非唯自岐以西也。《地理志》：秦地瀕南山，近夏陽②，多阻險，輕薄。李氏曰③：“終南西距鳳翔、武功，北距萬年、長安。”

　　毛氏曰：“紀，基也。堂，畢道平如堂也。”鄭氏曰：“畢也，堂也，亦高大之山所宜有也。畢，終南之道名，邊如堂之牆。”孔氏曰：“《釋丘》云：畢，堂牆。”郭璞云：“今終南山道名畢。”曹氏曰：“紀，崔靈恩《集注》作‘屺’，曰‘終南之旁

----

①　《關中勝蹟圖志》卷二：終南之名於《書》見諸《禹貢》，於《詩》見諸秦風，而小雅之言南山則不一而足。又有北山。胡三省《通鑑注》：關中有南山、北山。自甘泉連延至於巀嶭、九嵕為北山，自終南、太白連延至於商顏為南山。《禹貢錐指》云：古稱終南止於盩厔，自秦襄公取周地為諸侯，徙都於汧，國人作詩美之，以終南起興，說者遂謂終南遠接汧、岐並以蔽迤南連屬之山矣，故《元和郡縣志》自鄠、鄜、武功以至長安、萬年每縣皆著終南。柳宗元《終南山祠堂記》云：終南西至於褒斜，又西至於隴首以迄於戎，東至於商顏，又東至於大華以距於關。程大昌《雍錄》云：終南山橫亘關中南面，西起秦隴，東徹藍田，凡雍、岐、鄜、鄠、長安、萬年連綿峙踞其南者皆此一山，由是終南連屬所及幾至八百餘里，而太乙、武功、太白膂合為一山矣。其以太乙為終南者，孔安國《書傳》：終南，一名太一山。《漢書·地理志》：武功太壹山，古文以為終南。至酈道元《水經注》又云：太一，亦曰太白，山在武功縣，南去長安二百里，不知其高幾何，俗云武功、太白去天三百。《武功志》復云：太白山，一名太乙。於是四山一實數名，致成聚訟。今考張衡《西京賦》“於前則終南太一”，薛綜注：二山名。潘岳《西征賦》“面終南而背雲陽”，又云“太一巃嵸”，李善注：太一與終南別山。王應麟《地理通釋》亦云《西京賦》以終南、太一並列。《唐六典》又以終南、太白並列。明非一山。至以武功為太白，則後人以酈注語相比附誤合為一耳。臣備位斯土六稔於茲，審眡地形，旁徵圖籍，竊謂關中迤南一帶自古統號南山，而終南則止於盩厔，太乙當屬今之南五臺，《漢志》之垂山則武功也，《禹貢》之惇物則太白也，似此分屬較為指掌瞭如。覆按：終南一山綿亘甚遠，所屬巖谷以其近者而言，自石鱉谷西南如長安之豹林、子午諸谷，鄠之雲際、子房、萬花、鷄頭、白雲、將軍、牛首諸山，大頂、凌霄、羅漢三閣，圭峰諸峰，神水、高冠、太平、黃柏、烏桑、華陽、曲谷、皁谷、直谷、栗谷、馬谷、潦谷諸谷，盩厔之清涼、五福、石樓、黑鳳、安樂、耐山諸山，太微諸峰，五泉、高山、沈嶺、掃帚諸嶺，甘谷、耿谷、赤谷、牛谷、檀谷、田谷、就谷、飛昇、西觀、東觀、團標、黃谷、韓谷、芒谷、虎谷、駱谷、強谷、車谷、韋谷諸谷，又西南接鄜之太白山。自石鱉谷東南如咸寧之郊谷、土門、羊谷、小義、大義、白道諸谷，藍田之七盤、黃山、嶢山、全山、王順、玉山諸山，輞谷、石門、庫谷、採谷、悟真、藍谷、倒回、銅谷、傾谷諸谷，又東南接商之秦嶺。其終南之陽自秦嶺而西如鎮安之夢谷、平頂、長陵、白崖、石馬、天書、車輪、考山、栗園、旬山諸山，西王、都家、圪陞、賽秦諸嶺，蘊谷諸谷，漢陰之六面、石門、橫山、馬蝗、箭幹諸山，瘦驢、龍會、魚洞諸嶺，石泉之五攢、雲霧、四方諸山，天竹、磨兒諸嶺，迤西亦與洋之太白接合之皆終南也。太一山在西安府城西南八十里長安縣界，《漢書·地理志》作“太壹山”。《三秦記》：太一，在驪山西，山之秀者也。《咸寧縣志》：一名南五臺，延袤十里許，道由石壁谷東南竹谷入，中有太乙谷，谷內有太乙湫，山頂有金華洞，山西壁有八仙洞，山麓有日月巖、龍泉。按：太一山自《禹貢》孔傳而後，《漢·地理志》及《括地志》並以終南當之，今考馬理《陝西通志》云：太一者，猶云第一山也，今南山神秀之區惟長安縣南五臺為最。《雍大記》亦云：五臺山太乙谷中有太乙元君湫池，漢武帝元封二年祀太乙於此建太乙宮，又山有太乙峰、太乙池。証據確鑿，嘗親詣近郊省視田畝，周行南山北麓，由留村入山，登陟五臺絕頂，南望終南如翠屏，環列芙蓉萬仞，插入青冥，旁事巨壑深肆，無景與終南不相嶧屬，則太乙自當專屬之五臺，不得謂之為終南矣。至《禹貢錐指》又謂太乙、垂山皆《禹貢》之惇物，則又蒙《漢志》垂山“古文以為惇物”一語而誤，更不足據。

②　《太清一統志》卷一九〇《同州府·古蹟》：夏陽故城，在韓城縣南，古梁國也。《左傳》：僖公十九年秦取梁。文公十年晉人伐秦，取少梁。《史記》：魏文侯六年城少梁，秦惠文王八年魏納河西地，十一年更名少梁曰夏陽。《漢書·地理志》：夏陽縣，故少梁。《括地志》：夏陽故城在韓城縣南二十里，少梁故城在縣南二十三里。《韓城縣志》：夏陽故城在縣南二十里芝山鎮北，基址猶存，其地曰西少梁里，又東少梁里在縣東南瀍水東，即古少梁城也。今陝西韓城。

③　李氏：即李樗。引文見《毛詩集解》卷一四。

有屺山，字當作屺'。《爾雅》、《說文》皆以山如堂者曰密，謂形如堂室也。此言終南形勢之壯。"朱氏曰：紀，山之廉角。堂，山之寬平處。《寰宇記》：堂即畢原也。

## 三良

《括地志》："秦穆公冢，在岐州雍縣東南二里。三良冢，在雍縣一里故城內。"今鳳翔府天興縣。東坡蘇氏《秦穆公墓》詩："橐泉在城東①，墓在城西無百步。"

## 渭陽

鄭氏曰："秦是時都雍。至渭陽者，蓋東行送舅氏於咸陽之地。"

孔氏曰："雍在渭南，水北曰陽。晉在秦東，行必渡渭。""《地理志》：右扶風渭城縣②，故咸陽也，其地在渭水之北。"

曹氏曰："渡渭而送之，至於渭北，言其遠也。"

《水經》：渭水逕長安城北。《注》："即咸陽也。"《郡縣志》：京兆府咸陽縣，本秦舊縣，渭水南去縣三里。秦咸陽，在今縣東二十二里。

## 陳

鄭氏《譜》曰："陳者，大皞虙戲氏之墟。帝舜之冑有虞閼父者，為周武王陶正。武王賴其利器用，與其神明之後，封其子媯滿於陳，都宛丘之側，是曰陳胡公，以備三恪，《說文》作"窓"。妻以元女大姬。其封域在《禹貢》豫州之東，其地廣平，無名山大澤，西望外方，東不及明 音"孟"。豬。《書》盟豬，《爾雅》孟諸。大姬無子，好巫覡禱祈鬼神歌舞之樂，民俗化而為之。五世至幽公，當厲王時，政衰，大夫淫荒，所為無度，國人傷而刺之，陳之變風作矣。"

《地理志》：大姬婦人尊貴，好祭祀，用史巫，故其俗巫鬼。《陳詩》曰："坎其擊鼓，宛丘之下。亡冬亡夏，值其鷺羽。"又曰："東門之枌，宛丘之栩。子仲之子，婆娑其下。"此其風也。吳札聞陳之歌，曰："國亡主，其能

---

① 《明一統志》卷三四《鳳翔府·宮室》：橐泉宮，在府城內東南隅，本名祁年宮，秦惠公所居，孝公更名橐泉，穆公葬其地，後人又於此建祁年觀。

② 右：庫本作"在"，孔穎達疏作"右"，"右"是。《大清一統志》卷一七九《西安府·古蹟》：渭城故城，在咸寧縣東，即秦所都咸陽也。《漢書·地理志》：右扶風渭城，故咸陽，高帝元年更名新城，七年罷屬長安。潘岳《關中記》：孝公都咸陽，今渭城是。始皇都咸陽，今城南大城是。《魏書·地形志》：咸陽郡石安縣，石勒置，秦孝公築渭城名咸陽宮。《括地志》：咸陽故城亦名渭城，在今雍州北四十五里咸陽縣東十五里。《元和志》：秦咸陽在今縣東二十二里，漢渭城縣亦理於此，苻堅時改為咸陽郡，後魏移咸陽郡於涇水北，今涇陽縣理是也。《寰宇記》：咸陽縣，本周王季所都，苻堅於今縣東北長陵城置咸陽郡，後魏太和二十年移咸陽郡於涇水北，隋開皇十一年移咸陽於故咸陽城西北三里，大業二年省。又故渭城在今縣東北二十二里，其城周八里，後漢省入長安。今陝西西安。

久乎?"自胡公後二十三世，為楚所滅。

《通典》：陳州宛丘縣，陳都。今淮寧府。《九域志》：城，陳胡公所築。

唐氏曰①："陳靈公弑而楚子入陳②，則王迹熄矣，《詩》之所以亡也。"
歐陽氏曰③："陳最後，至項王時猶有靈公之詩。""霸者興，變風息焉。王道廢，《詩》不作焉。"

### 宛丘

《水經注》："宛丘，在陳城南，道東。"王隱曰："漸欲平，今不知所在矣。"《爾雅》："陳有宛丘。"《注》："今在陳郡陳縣。"《郡縣志》：宛丘，在陳州宛丘縣南三里。《括地志》："縣在陳城中，古陳國。"

毛氏曰："四方高，中央下曰宛丘。"《輿地廣記》：《爾雅》丘上有丘曰宛丘，今其地形則然。今陳州城，在古陳城內西北隅，陳都在宛丘之側。孔氏曰：《釋丘》云"宛中，宛丘"，言中央宛宛然，是為四方高，中央下。郭璞謂"中央隆峻，狀如一丘"，與毛《傳》正反。《爾雅》："天下有名丘五，其三在河南，其二在河北④。"

### 東門之枌

毛氏曰："東門、宛丘，國之交會。"戴氏曰⑤："《陳詩》多言東門，必陳人遊息之地。"

南方之原⑥。范氏曰⑦："擇高明之地而荒樂焉。"

### 東門之池

《郡縣志》：東門池，在陳州城東門內，道南。

毛氏曰："池，城池也。"

《水經注》：陳城，故陳國也。東門內有池，池水東西七十步，南北八十許步。水至清潔而不耗竭，不生魚、草。水中有故臺處，《詩》所謂"東門之池"也。

---

① 唐氏：即唐仲友。引文見唐仲友《帝王經世圖譜》卷六。
② 弑：《帝王經世圖譜》作"殺"。
③ 歐陽氏：即歐陽修。引文見歐陽修《詩本義·詩圖總序》及卷一五《定風雅頌解》。
④ 郭璞注：說者多以州黎、宛、營為河南，潛、敦為河北者。案此方稱天下之名丘，恐此諸丘碌碌，未足用當之，殆自別更有魁梧桀大者五，但未詳其名號今所在耳。
⑤ 戴氏：即戴溪。引文見戴溪《續呂氏家塾讀詩記》卷一。
⑥ 南方之原：疑當作標題。
⑦ 范氏：即范祖禹，字淳甫，一字夢得，在洛十五年，從司馬光編修《資治通鑑》。《宋史》有傳。引文又見《御纂詩義折中》卷八。

### 墓門

《楚辭·天問》："何繁鳥萃棘,負子肆情?"王逸注云:解居父聘吳[1],過陳之墓門,見婦人負其子,欲與之淫泆,婦人引《詩》刺之曰"墓門有棘,有鴞萃止"。

《列女傳》:陳辯女,陳國采桑之女也[2],為歌曰"墓門有棘","墓門有楳"。毛氏曰:"墓道之門。"

### 防 卭

《郡國志·陳國·陳縣 今宛丘縣。 注》:"《博物記》曰'卭地在縣北,防亭在焉'。"毛氏曰:"防,邑也。卭,丘也。"

### 株林

毛氏曰:"夏氏邑。"孔氏曰:"邑在國外。"

《郡國志·陳縣注》:"陳有株邑,蓋朱襄之地[3]。"《寰宇記》:陳州南頓縣[4],西南三十里有夏亭城[5],城北五里有株林。《郡縣志》:宋州柘城縣[6],本陳之株邑,《詩》"株林"是也。

---

① 劉向《續古列女傳》卷八《陳辯女》:辯女者,陳國采桑之女也。晉大夫解居甫使於宋,道過陳,遇採桑之女,止而戲之。

② 采:庫本作"採"。

③ 地:庫本作"邑"。《路史》卷三:倉頡一世,栢皇二十世,中央四世,大庭五世,栗陸五世,麗連十一世,軒轅三世,赫胥一世,葛天四世,宗盧五世,祝融二世,昊英九世,有巢七世,朱襄三世,陰康二世,無懷六世,凡八十有八世,是為禪通之紀。《路史》卷九《朱襄氏》:有巢氏没數閱世而朱襄氏立,於是多風,羣陰閼曷,諸陽不成,百物散解而果蓏草木不遂,遲春而黃落,盛夏而痁痠,乃令士達作五絃之瑟以來陰氣,以定羣生,令曰來陰,都於朱,故號曰朱襄氏,後有朱襄氏。

④ 《大清一統志》卷一七〇《陳州府·古蹟》:南頓故城,在項城縣北五十里,古頓子國,頓迫於陳,其後南徙,故號南頓。《後漢書·光武紀》:南頓令欽生光武。《注》:南頓縣故城在今陳項城縣西。晉惠帝時置南頓郡。《水經注》:谷水東北逕南頓縣故城南。今其城在南頓西三十餘里。北齊郡廢,改縣和城。隋大業復故。唐武德六年屬淮陽郡,省入項縣,證聖元年割置光武縣,景雲元年復為南頓。《元和志》:南頓城,令尹子玉所築,北至陳州七十五里。宋熙寧六年省入商水、項城二縣,元祐初復置。今屬陳州。元至元二年廢,後復置。至明初又省。今河南項城。

⑤ 雍正《河南通志》卷五二《古蹟下·陳州》:夏亭城,在西華縣城西三十里,春秋陳大夫夏御叔封邑。今河南西華。

⑥ 《元和郡縣志》卷八《宋州》:武王封微子於宋,自微子至君偃三十三世為齊、魏、楚所滅,三分其地,魏得其梁、陳留,齊得濟陰、東平,楚得沛。按:梁即今州地。秦并天下改為碭郡。後改為梁國,漢文帝封子武為梁王,自漢至晉為梁國,屬豫州。宋改為梁郡。隋於睢陽置宋州,大業三年又改為梁郡。唐武德四年又為宋州。管縣十:宋城、碭山、虞城、楚丘、柘城、穀熟、下邑、單父、襄邑、寧陵。

《大清一統志》卷一五四《歸德府·建置沿革》:柘城縣,春秋陳株野地。秦置柘縣。漢屬淮陽國。後漢屬陳國,晉省。隋開皇十六年置柘城縣,屬宋州,大業初屬梁郡。唐貞觀元年省入穀熟、寧陵二縣,永淳元年復置,屬宋州,五代因之。宋入應天府,崇寧四年改屬拱州,宣和二年還屬應天府,六年又屬拱州。金、元、明屬睢州。清朝屬歸德府。今河南柘城。

故柘城，在寧遠縣南七十里①，陳之株邑。柘城、寧陵，今屬拱州。

## 檜

《左傳》、《國語》作"鄶"。《地理志》作"會"。

鄭氏《譜》曰："檜者，古高辛氏火正祝融之墟，國在《禹貢》豫州外方之北，滎波之南，居溱、洧之間。祝融氏名黎，其後八姓，己、董、彭、禿、妘、曹、斟、芊②。唯妘姓檜者處其地焉。孔氏曰："檜，祝融之後，復居祝融之墟。"周夷王、厲王之時，檜公不務政事③，而好絜衣服，大夫去之。於是檜之變風始作。其國北鄰於虢。"謂東虢。

《鄭語》：妘姓鄶。《注》："陸終第四子求言為妘姓，封於鄶。鄶，今新鄭也。"《史記》：陸終生子六人，四曰會人④。《世本》曰："陸終生六子，四曰鄶人。"宋忠云："鄶，國名，妘姓所出。"《周語》："鄶之亡由叔妘。"

《郡縣志》：鄶城，在鄭州新鄭縣東北三十二里。《括地志》云"二十二里"。《史記注》："徐廣曰'鄶，在密縣'。"漢屬河南郡。唐屬鄭州，後屬河南府。今屬鄭州。《水經注》："洧水又東南逕鄶城南。"《注》⑤：劉禎云"北鄰於虢"⑥。

孔氏曰：鄭《譜》以鄭因虢、檜之地而國之⑦，先譜檜事，然後譜鄭。檜、曹國小而君奢，民勞而政僻，季札之所不譏，風次於末，宜哉。蘇氏曰：《檜詩》皆為鄭作，如邶、鄘之於衛也。

《通典》：河南府密縣，古鄶國，有洧水、鄶水。杜預云：鄶城，在滎陽密縣東北。鄭州新鄭縣，有溱、洧二水，本鄶國之地。密、新鄭連境。《水經注》："《竹書紀年》：晉文侯二年，同王子多父伐鄶，克之，乃居鄭父之丘，名之曰鄭，是曰桓公。"徐廣曰："鄶在密縣，不得在外方之北也。"《左傳·鄶城注》：在密縣

---

① 寧遠：至元六年刻本、合璧本、庫本作"寧陵"，"寧陵"是。《大清一統志》卷一五四《歸德府·建置沿革》：寧陵縣，古葛國。戰國屬魏，為寧邑。漢置寧陵縣，屬陳留郡。後漢建初四年改屬梁國，晉因之。劉宋屬譙郡，後魏因之，北齊省。隋開皇六年復置屬梁郡。唐屬宋州，五代因之。宋屬應天郡，崇寧四年改屬拱州，大觀四年還屬，政和四年又屬拱州，宣和六年還屬。金屬歸德府，元因之。明初屬歸德州，嘉靖中屬歸德府，清朝因之。今河南寧陵。

② 芊：至元六年刻本、庫本作"芊"，誤。

③ 政：庫本作"正"。

④ 會：庫本作"鄶"，《史記·楚世家》作"會"。《史記·楚世家》：重黎為帝嚳高辛居火正，其弟吳回為重黎，後復居火正為祝融。吳回生陸終。陸終生子六人，其長一曰昆吾，二曰參胡，三曰彭祖，四曰會人，五曰曹姓，六曰季連。

⑤ 整理者按：此下"劉禎云"與上《水經注》文同爲《水經·洧水》"東南過其縣南"條注文，據王應麟引用文字的慣例，疑此處"注"字或爲衍文。

⑥ 劉禎：《水經注·洧水》作"劉楨"，是。劉楨，字公幹，東平（今山東）人，"建安七子"之一。《三國志》有傳。

⑦ 地：庫本作"城"。

東北①。

### 西歸

鄭氏曰："檜在周之東，故言西歸。"孔氏曰："檜在滎陽，周都豐、鎬。周在於西，故言西。"

### 曹

鄭氏《譜》曰："曹者，《禹貢》兗州陶丘之北地名。周武王既定天下，封弟叔振鐸於曹，今曰濟陰定陶是也。其封域在雷夏、菏澤之野。昔帝堯嘗遊成陽，死而葬焉。舜漁於雷澤，民俗始化。其遺風重厚，多君子，務稼穡，薄衣食，以致畜積。夾於魯、衛之間，又寡於患難，末時富而無教，乃更驕侈。十一世當周惠王時，政衰，昭公好奢而任小人，曹之變風始作。"

《輿地廣記》：廣濟軍定陶縣②，故三朡國，周封曹叔振鐸於此。陶丘在西南，菏澤在東北。

《郡縣志》：古曹國，在曹州濟陰縣東北四十七里③。自曹叔至伯陽，凡十八葉。今興仁府濟陰縣，本漢定陶縣地④。唐為曹州，省定陶入焉。

---

① 《春秋地名考略》卷一四"鄶"：襄二十九年，吳公子札觀樂，自鄶以下無譏焉。杜注：在滎陽密縣東北。按孔疏：鄶者，古高辛氏火正祝融之虛也，國在《禹貢》豫州外方之北，滎波之南，居溱、洧之間。於漢則南郡密縣竟內有其都也。祝融之後分為八姓，唯有熊姓為鄶國者處祝融之故地也。鄶是小國，《世本》無其號諡，不知其君何所名也。其後鄭武公滅其國而處之。僖三十三年鄭葬公子瑕於鄶城之下，即其地也。《括地志》：故鄶城在新鄭東北二十二里。今密縣東北五十里有鄶城。
② 《太平寰宇記》卷一三：廣濟軍，理定陶縣。漢為定陶縣，屬濟陰國。宣帝甘露二年更名定陶國，封皇子囂為王以處其地。晉為濟陰郡。後魏置沛郡。後改為西兗州。後周改西兗州為曹州，定陶縣屬不改。隋大業十三年廢。唐武德四年割屬戴州，其年又隸曹州。貞觀元年省。唐三百年只為鎮戍。至周廣順中於定陶建廬庾差轂之利。宋朝乾德元年東疏菏水漕轉兵食，於鎮置發運務。開寶元年尋改為轉運司。太平興國二年升定陶鎮為廣濟軍，至四年又分曹、單、濮、濟四州之境民置定陶縣。領縣一：定陶。《宋史·地理志·廣濟軍》：熙寧四年廢軍，以定陶縣隸曹州，元祐元年復為軍。
③ 曹國在：庫本脫。
④ 《大清一統志》卷一四四《曹州府·古蹟》：濟陰故城，在曹縣西北。本漢定陶縣地，哀帝時葬定陶恭王於此，謂之葬城，世謂之左城，以在左山南也。後魏謂之孝昌城。《地形志》：西兗州，孝昌三年置，治定陶城，後徙左城。又沛郡，興和二年置治孝昌城。後齊郡廢。後周為曹州治。隋改置濟陰縣於此，仍為曹州治。金大定八年城為河所沒，遷曹州治古乘氏縣，并濟陰縣亦移治焉，而故城遂墟。今山東曹縣。
定陶故城，在定陶縣西北四里。周武王弟振鐸封於曹以為都邑。春秋哀公八年宋滅曹，遂為宋邑。十四年宋向魋入於曹以叛。亦曰陶。《史記》：范蠡居陶，自謂陶朱公。《戰國策》：楚人說頃襄王外擊定陶。則魏之東外棄。又秦穰侯邑於此，所謂侵剛壽以廣其陶邑者。秦置定陶縣。漢五年彭越為梁王，都定陶。後為濟陰郡治。唐省為定陶鎮。《元和志》：古曹國在濟陰縣東北四十七里，即定陶也。《舊志》：元至順二年河決漂沒城廬，尋復遭兵燬。明洪武四年徙於今治地。今山東定陶。

孔氏曰："曹都雖在濟陰，其地則踰濟北①。"僖三十一年，取濟西田。《傳》曰："分曹地也。"曹在汶南、濟東，據魯而言，是濟西。魯在其東南，衛在其西北②。《地理志》：濟陰郡

① 《春秋地名考略》卷一二"曹·國於陶丘"：曹國，伯爵。叔振鐸，曹始祖。陶丘，丘再成也。《爾雅》：山再成曰陶。成猶重也。《世紀》曰：舜陶於河濱，丘因以名。墨子謂之釜丘。《竹書》：魏襄王十九年，薛侯來會王於釜丘是也。桓五年，州公如曹，曹之名始見於經。哀八年，宋公入曹，以曹伯陽歸，曹遂滅，地入於宋為曹邑，哀十四年向魋入於曹以叛是也。戰國時齊、楚、魏共滅宋，三分其地，齊得濟陰，曹地入焉，仍謂之陶。後并於秦，為穰侯邑，秦置定陶縣。漢五年滅項羽，還至定陶，即位於汜水之陽。既而封彭越為梁王，都定陶。後為濟陰郡治。甘露中為定陶國治。後漢濟陰郡亦治之，晉初因之。按：杜預以濟陰定陶為曹國，即指縣治甚明。二《漢志》皆云定陶本曹國，《世紀》亦云定陶西南有陶丘亭，無異辭矣。乃桑氏《水經》則又云南濟水過定陶南，又東北菏水出焉，又東北逕定陶恭王陵，又東北逕定陶縣故城南。是明有兩城。蓋漢氏之末嘗徙邑治而史軼之也。酈氏注曰：定陶故城，古三鬷國也，湯追桀，伐三鬷。周武王封弟叔振鐸為曹國。范蠡既雪會稽之恥，變姓名寓於陶為朱公即此。則又明謂古曹國在故定陶城。晉時已徙而杜即指邑治為曹國，失於審細矣。至於魏世，定陶嘗置濟陽郡治。隋屬曹州。唐省縣為鎮。宋復置，今仍之。是今日之定陶也。其西有陶城。《城邑考》曰：古曹國，今定陶縣西古陶城是。是曹國在定陶境。今亦有知其說者。然考其方位又與桑、酈不合，豈晉、魏之後縣治復有遷徙與？要之不可考矣。又縣西十里有陶邱，縣北十五里有髣山。《志》云曹國二十五世皆葬此，積壞髣髴如山，故曰髣山，有三鬷亭。《寰宇記》云：在今縣西南十里。參考遺迹，曹在定陶其說可信。《通釋》云：濟陰東北三十七里即定陶故城，曹所都也。宋濟陰縣在今曹縣西南六十里，蓋亦指陶城為曹都也。或曰今曹州即古曹國也。隋自定陶移曹州治濟陰縣。金大定二十七年河決曹、濮，二十八年改築城於廢乘氏縣地，移曹州及濟陰縣治之。其地即曹墟也。明初省縣入州，又以水患再徙盤石鎮，尋廢州為縣。即今曹縣。正統十年復別置曹州於金人築城遺址，故曹州為古曹國其說似誤。或云金人築城處在今曹州治東北二十八里。

② 《春秋地名考略》卷二"濟西"：《公羊傳》曰惡乎取之？取之曹也。晉侯執曹伯班其所取侵地於諸侯。杜注：二十八年晉文討曹分其地，竟界未定，至是乃以賜諸侯。《左傳》：分曹地自洮以南東傅於濟。杜注：濟水自滎陽東過曹之西，至樂安入海。宣元年齊人取濟西田。杜注：濟西，故曹地。僖三十一年，晉文以分魯。宣十年，齊人歸我濟西田。按《漢志》：濟水過郡九，行千八百四十里，至瑯槐入海。九郡謂河東、河內、陳留、梁國、濟陰、泰山、濟南、齊、千乘也。《水經注》：濟水出河東垣縣王屋山，至鞏縣截河而南為滎澤，過冤句、定陶西，東流濟陰乘氏縣西，分為二瀆。其南瀆為菏水，東南流至山陽湖陸縣與泗水合而入淮。其東北流入鉅野澤，又東北過東郡壽良縣西界，北逕須昌、穀城，又東北逕盧縣、華不注山、臺縣、菅縣、梁鄒、臨濟、樂安而入於海。杜氏所謂歷齊、魯界者即東北分流一支，其在鉅野、壽良、須昌則穿曹、魯之境，謂之魯濟。其在穀城以下則穿齊、衛之境，所謂齊濟也。鉅野今亦為縣，壽良即今壽張，須昌在今東平州，穀城在今東阿縣，此齊、魯分界也。追戎濟西即已氏之戎，在今曹縣境者。隱元年會於潛，七年伐凡伯，皆此戎也。今曹州即古曹國，與魯之東郛、鉅野相接，所爭濟西田蓋在此。襄十八年晉侯伐齊，沈玉濟河，會於魯濟，此則東平之魯濟也。《國語》：齊桓公反魯、衛、燕地，正封疆，地南至於陶陰，西至於濟，北至於河。是則齊、衛分境之齊濟也。蓋漢以前濟水經流之跡若此。酈道元曰：王莽之世川瀆枯竭，濟水便入於河，不復絕流而南，其餘流自東平以東北者皆謂之清水。杜佑曰：濟水絕流已久，今自東平以東北入海者實菏澤、汶水之合流耳。諸史由是但言清河，無復濟水之名。至元人於寧陽縣築堈城壩遏汶水入洸以通運河，明永樂中又於東平州東築戴村壩盡遏汶水入會通河，說者謂大清河古濟而今汶者也。經此二變，濟瀆故跡遂不可復考。今曹縣北三十里及定陶諸境猶有故濟堤，即魯濟昔日經流處。

成陽①，有堯冢、靈臺，昔堯作游成陽。今濮州雷澤縣。

　　陳氏曰②："檜亡，東周之始也。曹亡，春秋之終也。夫子之刪《詩》，繫曹、檜於國風之後。於《檜》之卒篇曰'思周道也，傷天下之無王也'。於《曹》之卒篇曰'思治也，傷天下之無伯也'。"程氏曰："檜、曹懼於危亡而思周道，故為亂之終。"曹氏曰："亂極則思治，變極則反正，故以《豳風》繼之。"

## 南山

　　毛氏曰："曹南山也。"《郡縣志》：曹南山，在曹州濟陰縣東二十里，《詩》"南山朝隮"是也。《寰宇記》：在縣東南。《春秋》："盟於曹南。"《括地志》："有曹南，因名曹③。"

## 周京 京周　　京師

　　《公劉》："京師之野。"朱氏曰："京師，高丘而衆居之也。"

　　董氏曰："所謂京師者始於此，其後世因以所都曰京師。'曰嬪於京'，'依其在京'，則岐周之京也。'王配於京'，則鎬京也。《春秋》所書京師，則洛邑也。皆仍其本號而稱之，猶晉之言新絳、故絳也。洛邑謂之洛師，正京師之意。"呂氏曰："《下泉》作於齊桓之後。"李氏曰④："周京者，周室所居之京師也。京周者，京師所治之周室也。"

## 郇伯

　　《左傳》："郇，文之昭也。"毛氏曰："郇伯，郇侯。"鄭氏曰："文王之子為州伯。"

---

　　①　《漢書·地理志》：濟陰郡，故梁。景帝中六年別為濟陰國，宣帝甘露二年更名定陶。縣九：定陶、冤句、呂都、葭密、成陽、鄄城、句陽、秺、乘氏。《大清一統志》卷一四四《曹州府·古蹟》：成陽故城，在濮州東南，與曹州接界。《史記》"堯遊成陽"即此。又秦昭襄王十七年成陽君入朝。又沛公西略地，道碭至成陽與杠里。又曹參擊王離於城陽南。皆此成陽也。漢曰成陽縣，屬濟陰郡。高祖封奚意為侯邑。後漢仍為縣。和帝永光二年封皇弟淑為成陽王，六年國除。晉屬濟陰郡。後魏屬濮陽郡。北齊廢。隋開皇十六年復置，更名雷澤，屬東平郡。《括地志》：雷澤縣，本漢成陽縣，古成伯國，周武王封弟叔武於此，後遷於城之陽，故名。《元和志》：濮州雷澤縣西北至州九十里。宋因之。金貞元二年省為鎮入鄄城。按：成，或作"郕"，又譌作"城"，皆非是。今山東鄄城。

　　②　陳氏：即陳傅良。引文見陳傅良《春秋後傳》卷一二。

　　③　《明一統志》卷二三《兗州府·山川》：曹南山，在曹州南一百里，《詩》"南山朝隮"，《春秋》"盟於曹南"皆此。雍正《山東通志》卷六《山川·曹州府·菏澤縣》：曹南山，在縣南八里，俗名土山，《詩》云"南山朝隮"是也。《大清一統志》卷一四四《曹州府·山川》：曹南山，在曹縣南八里，俗名土山，《詩》"南山朝隮"。

　　④　李氏：不詳。引文又見孔穎達《毛詩·下泉疏》，疑此處"李氏"或當作"孔氏"。

《春秋釋地》曰①："解縣西北有郇城。"《左傳》："盟於郇。"《説文》：國在晉地②。服虔曰："郇國，在解縣東③，郇瑕氏之墟也。"《水經注》："涑水西逕郇城，郇伯故國也，今解故城東北二十四里有故城，在猗氏故城西北④，俗名為郇城。"

《輿地廣記》：河中府猗氏縣有郇城⑤，文王子所封，《詩》郇伯。《括地志》："城在縣西南四里。"《郡縣志》：故郇邑⑥。

## 豳

鄭氏《譜》曰："豳者，后稷之曾孫曰公劉者，自邰而出所徙戎狄之地名，今屬右扶風栒邑。公劉以夏后大康時失其官守，竄於此地，猶修后稷之業，勤恤愛民，民咸歸之，而國成焉。其封域在《禹貢》雍州岐山之北，原隰之野。至商之末世，大王又避戎狄之難而入處於岐陽，民又歸之。公劉之出，大王之入，雖有其異，由有事難之故，皆能守后稷之教，不失其德。成

① 《春秋釋地》：即杜預《春秋釋例·土地名》。
② 國：庫本作"團"。
③ 《大清一統志》卷一〇一《蒲州府·古蹟》：解縣故城，在臨晉縣西南五姓湖北。《後漢書注》：解縣故城在今蒲州桑泉縣東南。《元和志》：故解城，本春秋時解梁城，又為漢解縣城也，在臨晉縣東南十八里。《寰宇記》：漢解縣，後魏改為北解縣，後周省。按：《魏書·地形志》以為漢解縣改為南解縣，與《寰宇記》異。今考《水經注》涑水經解縣故城南。南解，今虞鄉縣，涑水在其北。北解，今臨晉縣，涑水在其南。故從《漢書》之《注》及《元和志》、《寰宇記》。況《魏書·地形志》南解有桑泉城，在今臨晉縣，其地在北。北解有張楊城，在今虞鄉縣，其地在南。則今本《魏志》"南北"二字必傳寫舛訛而互易也。今山西臨猗。《大清一統志》卷一一七《解州·古蹟》：解縣故城，今州治。後魏分漢解縣置北解縣，在今臨晉縣界。分置南解縣，在今虞鄉縣界。隋大業九年自綏化故城移虞鄉縣於此，唐改為解縣，隸河中府，在府東北四十五里。五代漢於縣置解州。明初省縣入州。今山西運城。
④ 《大清一統志》卷一〇一《蒲州府·古蹟》：猗氏故城，在今猗氏縣南。《孔叢子》：猗頓，魯之窮士，陶朱公教之適西河，大畜牛羊於猗氏之南。十年，貲擬王公，以富興於猗氏，故曰猗頓。漢置猗氏縣。高帝封功臣陳邀為侯邑。《水經注》：涑水又西逕猗氏縣故城北，縣南對澤，即猗賴之故居。《元和志》：猗氏縣西南至河中府一百一十里，本漢舊縣。西魏恭帝二年改猗氏為桑泉縣。周明帝復改桑泉為猗氏縣。《寰宇記》：猗氏縣，古郇國之地，漢舊縣，在今縣南二十里猗氏故城是也。按：《水經注》有猗氏故城，晉、魏之末已自移置，惟《寰宇記》曰故城在縣南二十里，與酈注合。今山西臨猗。
⑤ 《大清一統志》卷一〇一《蒲州府·建置沿革》：猗氏縣，在府東北一百十里。本周郇國。春秋晉郇瑕氏之地。漢置猗氏縣，屬河東郡，後漢、魏、晉因之。後魏太和十一年分置北猗氏縣，屬北鄉郡。西魏恭帝二年改為桑泉。後周明帝復曰猗氏，屬汾陰郡。隋屬河東郡。唐屬河中府，五代、宋、金、元因之。明屬蒲州，清朝雍正六年屬蒲州府。今山西臨猗。
⑥ 《春秋地名考略》卷四"郇"：文王庶子封於郇，《詩》所謂"郇伯勞之"者也，亦曰"荀"，後并於晉。成六年，晉人謀居晉絳，諸大夫皆曰必居郇瑕者也。服虔曰：郇在解縣東。酈道元曰：今解故城東北二十四里有郇城，在猗氏故城西北。《寰宇記》：城在猗氏縣西南四里。皆似有誤。今在臨晉縣東北十五里，晉解縣在今臨晉東南。應劭曰：扶風栒邑縣，所謂"畢、原、豐、郇，文之昭也"，"郇侯、賈伯伐晉"是也。臣瓚曰：《汲郡古文》晉武公滅荀以賜大夫原氏黯，是為荀叔。又云文公城荀。然則荀當在晉之境內，不得在扶風界也。瓚説是。《大清一統志》卷一〇一《蒲州府·古蹟》：郇城，在猗氏縣西南，古郇國。《縣志》：城高二丈許，四垣八門，遺址宛然。今山西臨猗。

王之時，周公避流言之難，出居東都二年。思公劉、大王居豳之職，憂念民事至苦之功，以比序己志。後成王迎而反之，攝政，致太平。其出入也，一德不回，純似於公劉、大王之所為。大師大述其志，主意於豳公之事，故別其《詩》以為豳國變風焉。"

朱氏曰："虞、夏之際，棄為后稷，而封於邰。及夏之衰，棄稷不務，棄子不窋失其官守而自竄於戎狄之間。不窋生鞠陶，鞠陶生公劉，能復修后稷之業，民以富實，乃相土地之宜而立國於豳之谷焉。十世而太王徙居岐山之陽，十二世而文王始受天命，十三世而武王遂為天子。武王崩，成王立，年幼，不能莅阼，周公旦以冢宰攝政，乃述后稷、公劉之化，作詩一篇以戒成王，謂之《豳風》。而後人又取周公所作及凡為周公而作之詩以附焉。豳，在今邠州三水縣。邰，在今京兆府武功縣。"《郡縣志》：寧州城，即公劉邑地。後魏為邠州，改為豳，後改為寧州①。《周語》："夏之衰，不窋竄戎狄之間。"韋昭云："豳西近戎，北近狄。"孔氏曰："不窋已竄豳地，定國於豳自公劉始也。"《郡縣志》：慶州治東南三里有不窋故城②。

《地理志》：昔后稷封斄，公劉處豳，太王徙岐，文王作酆，武王治鎬，其民有先王遺風，好稼穡，務本業，故《豳詩》言農桑衣食之本甚備。右扶

---

① 《元和郡縣志》卷三：寧州，古西戎地也。當夏之衰，公劉邑焉。周時為義渠戎國。其後戎狄攻太王，亶父避於岐山腳而作周。按：今州理城即公劉邑地也。後西北伐犬戎，武王都鎬，逐戎夷於涇、洛之北，以時入貢，命曰荒狄。周道衰，荒狄不至。後幽王為犬戎所殺。至秦繆公得由余，西戎八國來。至秦昭王殺義渠戎王，并其地。始皇分三十六郡，此為北地郡，即義渠舊地也，漢氏因之。後漢移北地郡居富平故城是也。後魏延興二年為三縣鎮，孝文帝太和十一年改置班州，十四年改為邠州，二十年改邠為豳，取地名也，廢帝三年改豳州為寧州，以撫寧戎狄為名。後周改為北地郡。隋又為寧州，大業中又為郡。唐武德元年復為寧州。管縣六：安定、真寧、襄樂、彭原、定平、豐義。

② 《元和郡縣志》卷三：慶州，古西戎地。今州理東南三里有不窋故城。春秋及戰國時為義渠戎國。秦屬公伐義渠并之，虜其王。至始皇時屬北地郡。按：今州理即漢鬱郅城，《地理志》屬北地郡。後漢郡境為虜所侵，北地郡寄寓馮翊。後魏文帝大統十一年置朔州。周武帝保定元年廢朔州為周武防。隋文帝開皇三年改置合川鎮，十六年割寧州歸德縣置慶州，立嘉名也。義寧元年為弘化郡。唐天寶元年改為安化郡，至德元年改為順化郡，乾元元年復為慶州。管縣十：順化、樂蟠、馬領、合水、華池、同川、洛源、延慶、方渠、懷安。
《大清一統志》卷二〇三《慶陽府·古蹟》：鬱郅故城，今安化縣北，本義渠戎地。漢置縣，屬北地郡，後漢廢。隋、唐時置慶州於此。《元和志》：順化縣，郭下，本漢鬱郅縣。後漢迄晉不立州縣。後魏及周以為鎮防。隋開皇十六年於合川城西南一里置合水縣，在馬嶺、白馬二水口，因以為名。至武德二年改合水為合川縣，取隋合川鎮為名。貞觀三年改為弘化，天寶三年改為安化，至德元年改順化。《寰宇記》：唐順化縣今復為安化。《周地圖記》云：鬱郅城，今名尉李城，在兩川交口。即今縣是也。《注水經》云：尉李城，一名不窋城。《府志》：慶州城在今府城北門外，周圍八里。今《府志》：即不窋城。今甘肅慶陽。

風枸邑縣，有豳鄉，《詩》豳國，公劉所都①。徐廣曰："漆縣東北有豳亭。"

《通典》曰：邠州，古豳國。西魏置豳州。開元十三年②，改為"邠"。《郡縣志》：古豳城，在豳州三水縣西三十里③，公劉始都之處。枸邑故城④，在縣東二十五里。《括地志》："縣西十里有豳原，豳城在原上。"《史記正義》：武王登邠之阜以望商邑⑤，蓋登此城。

孔氏曰：鄭《譜》《王》在《豳》後。公劉為狄迫逐而徙居。《詩》："度其夕陽，豳居允荒。"《本紀》：公劉在戎狄間。杜預云：豳，在新平漆縣東北⑥。邰，始平武功縣所治斄城⑦。邰近而豳遠，公劉初居豳，太王終去豳，俱是先公之俊。《括地志》："邠州新平縣，即漢漆縣⑧，《詩》豳國。"《鄭志》：張逸問："《豳·七月》專詠周公之德，宜在《雅》，今在《風》，何？"答曰："以周公事專為一國，上冠先公之業，所以在《風》下，次於《雅》前。"曹氏曰："不窋之居於豳，未能國也，至其孫公劉始立國焉。后稷開國在邰，豳雖非后稷之舊，而豳公所修者實后稷之業，故併以后稷繫之《豳》。其後自豳而岐，自岐而程，自程而豐，自豐而鎬，積累增修，而後王業成焉。"吳氏曰："《風》有周、召、王、豳，地則皆周地，《詩》則

①《春秋地名考略》卷一"周·邑於豳"：《漢志》枸邑有豳鄉，《後漢志》同，朱子《詩注》亦用之。漢漆縣今在邠州西，漢枸邑縣今在三水縣東北二十五里，三水縣在邠州東七十里，漆縣、枸邑漢皆屬右扶風，晉皆屬新平郡，本接壤也。《公劉》之詩言遷豳之事詳矣，曰"於京斯依"，毛氏曰：京，大眾所宜居之地也。《詩》又曰："既溥既長，既景迺岡。"毛氏曰：公劉之居豳也，既廣其地之東西，復長其南北。蓋綿地甚遠矣。今邠州東北有豳亭，東五十里有豳谷，三水縣西二十里有古豳城皆是也。文翔鳳《豳谷考》曰：豳為九谷之總名，不窋自竄戎翟之間為慶陽寧州。公劉城在邠州西，似所謂京高丘也，未入豳谷之隩。公劉冡則在邠州、三水之間。

②開：庫本作"間"，誤。

③《大清一統志》卷一九四《邠州·古蹟》：三水故城，在今三水縣西。漢縣在今固原州界，後魏改置於此。《通典》：三水，漢枸邑縣地。《元和志》：縣西南至邠州六十里，本漢舊縣，屬安定郡。後魏於今縣理西二十八里重置三水縣，取漢縣名。《寰宇記》：後魏置三水縣，大統十四年移縣於今邠州西北十五里白馬堡。隋開皇三年移理新平郡城，大業元年移今理。唐元和十二年移縣於隴堡下舊城。初，大曆中吐蕃焚縣城，又移堡上，後人民不便，復移下之。《縣志》：隋大業初，縣自邠州西北十五里移於今縣北十五里半川府後之隴川堡，唐廣德元年移縣東北三十里職田鎮，元和四年復移隴川堡舊治。又有舊縣址城在雞阜山前。邠州三水舊城在縣東五里，東西六里，南北三里，遺址猶存。按：三水縣移徙不一，《縣志》與《寰宇記》互異，並存備考。今陝西旬邑。

④《大清一統志》卷一九四《邠州·古蹟》：枸邑故城，在三水縣東北。漢初酈商破章邯別將於枸邑。《晉書·地理志》作"邠邑"，蓋以古豳國而名。後廢。《寰宇記》：今三水縣東北二十五里邠邑原上有郇邑故城，即漢理所。

⑤邠：《史記·周本紀》作"豳"。

⑥《晉書·地理志》：新平郡，漢置。統縣二：漆、汾邑。

⑦《晉書·地理志》：始平郡，泰始三年置。統縣五：槐里、始平、武功、鄠、蒯城。

⑧《大清一統志》卷一九四《邠州·古蹟》：新平故城，今州治，古漆縣也。後漢興平元年分扶風之漆置新平郡。《魏書·地形志》新平郡治白土而無漆縣。《隋書·地理志》：北地郡領新平縣，舊曰白土，開皇四年改縣為新平。《括地志》云：新平，漢漆縣。《元和志》：新平縣，晉姚萇之亂郡廢，後魏又置郡，文帝大統十四年於今理置南豳州，廢帝除"南"字。大業二年省入寧州，義寧二年復為新平郡。武德元年復為豳州。開元十三年以"豳"字與"幽"字相涉，詔改為"邠"。新平縣，郭下，本漢漆縣，姚萇之亂，郡縣不立，後魏於今縣西南十里陳陽原上置白土縣，屬新平郡。隋開皇三年移白土縣於今州城中，四年改白土縣為新平縣。《州志》：新平縣，明初始省入州。故城有二，南北狹而東西依水，唐也。四面廣濶而東南亙於山頂，宋城也。俱於今城相因。又有古公城在州南山上，與州城相連。今山城俗以為古公所築，故名。今陝西彬縣。

皆《周詩》，如邶、鄘、衛之為三，魏、唐之為二，其詩所從得之地不同，其發於聲者不一，故本其地而繫之也。"張氏曰："《黍離》，出於洛陽者也。《七月》，出於豳者也。"歐陽氏曰："周南、召南、邶、鄘、衛、王、鄭、齊、豳、秦、魏、唐、陳、鄶①、曹，此孔子未刪之前周大師歌樂之次第也②。季札觀樂於魯，次序如此③。周、召、邶、鄘、衛、檜、鄭、齊、魏、唐、秦、陳、曹、豳、王④，此鄭氏《詩譜》次第也。"張氏曰："始於《二南》，終於《豳》，聖人所以為無窮也。"

## 東山

程氏曰："東山，所征之地。"

李氏曰：周在豐、鎬，三監叛，其地在王室之東。周公自周征之，是自西而東，故謂東征。今按：商故都在河北，唐杜牧以河北為山東⑤。秦、漢謂山東、山西者皆指太行山。東山，即商地。孔氏曰：《金縢》云周公居東二年，周公在東實出入三年。

## 四國

毛氏曰："四國：管、蔡、商、奄也。"

《書序》："三監及淮夷叛。"三監：管叔、蔡叔、霍叔也，以其監殷，故謂之三監。成王東伐淮夷，遂踐奄。《說文》：郲國在魯。《括地志》："兗州曲阜縣奄至⑥，即奄國之地⑦。"《左傳》："周有徐、奄。"《注》：二國，嬴姓。分魯公因商、奄之民。《孟子注》：奄，東方國。《通鑑外紀》：奄君謂武庚禄父曰："此百世之時也，請舉事。"禄父從之，率奄、淮夷叛。周公奉王命，興師東伐。《書·多方注》云：奄國，在淮夷之傍。孔氏曰："《書傳》稱周公二年救亂，二年克殷，三年踐奄。"

---

① 鄶：歐陽修《詩本義·鄭氏詩譜》無，疑脫。

② 歌樂：至元六年刻本、合璧本、庫本作"樂歌"，歐陽修《詩本義·鄭氏詩譜》亦作"樂歌"，是。

③ 序：庫本作"第"。

④ 周召邶鄘衛檜鄭齊魏唐秦陳曹豳王：《詩本義·鄭氏詩譜》作"周召邶鄘衛王鄭齊魏唐秦陳檜曹豳"。

⑤ 杜牧《樊川集》卷二《罪言》：山東之地，禹畫九土曰冀州野，舜以其分太大，離為幽州、并州。

⑥ 《大清一統志》卷一二九《兗州府》：曲阜縣，古少皥之墟。周初曰曲阜，封周公子伯禽於此為魯國。秦為薛郡治。漢置魯縣，為魯國治，後漢因之。晉為魯郡治，宋及後魏因之。北齊改郡曰任城。隋開皇三年廢郡，四年改縣曰汶陽，十六年又改名曲阜，屬魯郡。唐貞觀元年省，八年復置，屬兗州，五代因之。宋大中祥符五年改曰仙源縣。金復為曲阜，元因之。明、清屬兗州府。曲阜，在曲阜縣治東。《元和志》：曲阜在魯城中，委曲長七八里，縣治及季子臺、大庭氏庫並在其上。曲阜故城，在今曲阜縣東十里。《縣志》：宋大中祥符間遷縣治於魯城東，明正德七年徙還魯城故址，築新城。按：故城乃齊、隋時所遷，《縣志》誤。今山東曲阜。

⑦ 即：庫本作"鄉"，疑是。

《書傳》又曰："奄君薄姑。"薄姑，齊地名，非奄君名。四國不數淮夷①。四國之君：禄父、管叔皆見殺，蔡叔放之，奄遷其君於齊。《周書·作雒篇》：武王克殷，乃立王子禄父，俾守商祀。建管叔於東，建蔡叔、霍叔於殷，俾監殷臣。周公立，相天子，三叔及殷、東，徐、奄及熊盈以叛。周公、召公内弭父兄，外撫諸侯，二年乃作師旅，臨衛攻殷②，大震潰，降，辟三叔，王子禄父北奔，管叔、霍叔縊，乃囚蔡叔於郭陵③。凡所征熊盈族十有七國④，俘維九邑。俘殷獻民，遷於九里成周之地⑤。俾康叔宇於殷，俾中旄父宇於東。

歐陽氏曰："周、召、王、豳皆出於周，邶、鄘合於衛，檜、魏世家絶，其可考者，七國而已。"

---

① 《春秋地名考略》卷——"淮夷"：昭元年，趙孟曰周有徐、奄。杜注：《書序》曰成王伐淮夷，遂踐奄。徐即淮夷。按賈逵曰：《書序》言淮夷與奄同伐，此徐、奄連文，蓋徐即淮夷也。服虔曰：此徐即魯公所伐徐戎也。費氏云：淮夷、徐戎並興。孔安國云：淮浦之夷、徐州之戎並起為寇。則徐非國名也。杜氏蓋同此二說。再按《序》云：徐夷並興，東郊不開。則此戎在魯之東，故得與奄相比，非徐境矣。又孔傳云：此戎帝王所羈縻統馭，故錯居九州之内。秦始皇逐出之，則聚族而居於徐境者甚多矣。《世本》：淮夷，嬴姓。僖十三年，淮夷病杞。昭四年，淮夷會於申。昭二十七年，范獻子曰：季氏甚得其民，淮夷與之。杜注"淮夷，魯東夷"即此。

② 攻：《周書》作"政"。

③ 陵：庫本作"鄰"，《周書》作"淩"。孔晁注：郭淩，地名。

④ 族：《周書》作"簇"。

⑤ 里：《周書》作"畢"。孔晁注：九畢，成周之地，近王化也。

# 卷　三

**雅**

　　鄭氏《譜》曰："小雅、大雅者，周室居西都豐、鎬之時詩也。始祖后稷，由神氣而生，有播種之功於民。公劉至於大王、王季，歷及千載，越異代，而別世載其功業，為天下所歸。文王受命，武王遂定天下，盛德之隆。大雅之初，起自《文王》，至於《文王有聲》，據盛隆而推原天命，上述祖考之美。小雅自《鹿鳴》至於《魚麗》，先其文所以治內，後其武所以治外。此二雅逆順之次，要於極賢聖之情，著天道之助，如此而已矣。又大雅《生民》及《卷阿》，小雅《南有嘉魚》下及《菁菁者莪》，周公、成王之時詩也。《傳》曰孔氏曰："未知此《傳》在何書。"'文王基之，武王鑿之，周公內之'，謂其道同，終始相成，比而合之，故大雅十八篇，小雅十六篇為正經。其用於樂，國君以小雅，天子以大雅，然而饗賓或上取，燕或下就，何者？天子饗元侯，歌《肆夏》，合《文王》。諸侯歌《文王》，合《鹿鳴》。諸侯於鄰國之君，與天子於諸侯同。天子、諸侯燕羣臣及聘問之賓皆歌《鹿鳴》，合鄉樂。此其著略，大挍見在書籍①。禮樂崩壞，不可得詳。大雅《民勞》、小雅《六月》之後皆謂變雅②，美惡各以其時，亦顯善懲過，正之次也。問者曰'《常棣》閔管、蔡之失道，何故列於《文王》之詩'？曰'閔之閔之者，閔其失兄弟相承順之道，至於被誅，若在成王、周公之詩，則是彰其罪，非閔之，故為隱，推而上之，因文王，有親兄弟之義'。又問曰'小雅之臣何以獨無刺厲王'？曰'有焉，《十月之交》、《雨無正》、《小旻》、《小宛》之詩是也。漢興之初，師移其第耳。亂甚焉。既移，又改其目③，義順上下，刺幽王亦過矣'。"

　　朱氏曰："正小雅燕饗之樂也，正大雅會朝之樂，受釐陳戒之辭也。及

---

① 挍：《毛詩譜》作"校"。
② 謂：《毛詩譜》作"謂之"。
③ 又：《毛詩譜》作"文"。

其變也，事未必同而各以其聲附之。"

### 周道鬱夷

《地理志·右扶風·鬱夷縣注》[①]：《詩》"周道鬱夷"。顏氏曰：《四牡詩》"周道倭遲"，《韓詩》作"鬱夷"，言使臣乘馬於此道。

### 管 蔡

《郡國志》：河南中牟有管城，管叔邑。河內山陽有蔡城[②]，蔡叔邑。山陽故城[③]，在懷州修武縣西北[④]。《括地志》："鄭州管城縣，今州外城即管國

---

[①] 《大清一統志》卷一八四《鳳翔府·古蹟》：鬱夷故城，在隴州西。後漢時縣廢。《水經注》：渭水東逕鬱夷縣故城南。《寰宇記》：鬱夷故城蓋在今隴州西五十里大寧關側，近汧水源。按《漢志注》云：鬱夷有汧水祠。今驗諸處因水置祠多在源下，又自關上隴，盤紆屈曲，逶迤而進，與縣名相符。晉太康中曾於此置隴關縣。又《地道記》云：鬱夷省併郿。蓋因王莽之亂，鬱夷之人權寄理郿界，因併於郿。今陝西隴縣。

[②] 《大清一統志》卷一六〇《懷慶府·古蹟》：郲城，在河內縣北。《水經注》：丹水又東南出山，逕郲城西。城在水際，俗謂之期城。京相璠曰：河內山陽西北有郲城。《竹書紀年》：梁惠成王元年，趙成侯、韓懿侯伐我葵。即此城也。《舊志》：期城在府西北三十里，此又一期城，非古郲城。按《漢書·郡國志》山陽有蔡城。蓋"蔡"、"葵"字相類，故訛。今河南沁陽。

[③] 《大清一統志》卷一六〇《懷慶府·古蹟》：山陽故城，在修武縣西北三十五里。《史記》：秦始皇五年拔魏山陽。《注》：河南有山陽縣。《後漢書·獻帝紀》：奉帝為山陽公。《魏書·地形志》：汲郡山陽，二漢、晉屬河內，孝昌二年置郡，治共城，後移治山陽城，尋罷。《括地志》：山陽故城在修武縣西北。今河南修武。

[④] 《大清一統志》卷一六〇《懷慶府》：修武縣，春秋晉南陽邑。漢置山陽縣，屬河內郡，後漢因之。三國魏改為山陽國。晉仍為山陽縣，屬汲郡。後魏孝昌二年置山陽郡，又分置北修武縣。東魏改為廣寧郡，又置西修武縣，尋廢。北齊移修武縣治於西修武，併北修武入之。後周郡廢。隋曰修武縣，屬河內郡。大業十年徙廢。唐武德二年復置修武縣，并置陟州，四年州廢，縣徙，別置修武縣於西修武故城，屬殷州。貞觀元年屬懷州，五代因之。宋熙寧六年省為鎮，入武陟。元祐元年復為縣，仍屬懷州，金因之。元屬懷慶路。明、清屬懷慶府。北修武故城，在修武縣北。《魏書·地形志》：北修武，孝昌中分南修武置，治清陽城。《寰宇記》：東魏置西修武縣，尋省。高齊天保七年，自今獲嘉縣移修武縣於西修武故城。隋大業十一年，移今武陟縣界。唐武德二年又移於濁鹿城，四年又移還西修武縣，即今治。按《後漢書·獻帝紀》：帝為山陽公，居於山陽之濁鹿城。《注》：濁鹿城，一名青陽城。《元和志》：濁鹿故城在修武縣東北二十三里。今河南修武。

城，叔鲜所封。""豫州今蔡州。上蔡县，在州北七十里，古蔡国①。外城，叔度所都城也。有蔡冈②，在县东十里，因名。"

宋忠云："胡徙居新蔡③。"《舆地志》④："平侯徙新蔡⑤。"

---

①《春秋地名考略》卷一〇"蔡·国於上蔡"：蔡叔度，文王子，武王弟，封於蔡，乃挟武庚以作乱，周公旦放蔡叔。蔡叔度既迁而死，其子曰胡，周公言於成王，复封胡於蔡，此蔡国始封之说也。孔安国《书传》云：明王之法诛父用子，言至公。叔之所封圻内之蔡，仲之所封淮、汝之间。圻内之蔡名已灭，故取其名以名新国，欲其戒之。《史记·世家》、《汉·地理志》并云叔度封上蔡，孔疏别引杜预云武王封叔度於汝南上蔡，至平侯徙新蔡，昭侯徙居九江下蔡。按：管、霍与蔡同时封，号三监，管在河南，霍在河东，皆非圻内，蔡不得独为圻内。霍叔降黜三年而复之，名地不异於旧，蔡岂必独异於旧乎？周、召初封圻内不过采邑，封鲁、封燕乃为大国，叔以罪废，其子乃更封大国，无是理也。循是以推，蔡亦祗应复其旧国。孔传所云存疑可也。春秋时亦称上蔡，《竹书纪年》：魏章帅师及郑师伐楚取上蔡。亦谓之蔡阳，秦昭襄三十三年，客卿胡伤取魏蔡阳。孔氏曰：蔡城在蔡水之阳也，汉因置上蔡县。应劭曰：以九江有下蔡，故称上蔡。后汉安帝封邓隲为侯邑。晋仍属汝南郡。后魏为汝南郡治。隋初郡废，县属蔡州，大业初改置汝阳县，而改武津县为上蔡县，属汝南郡。唐属蔡州，宋因之。明属汝宁府。故蔡国城在县西南十里。《舆地志》云：古蔡国在汝阳、上蔡二县界。又上蔡县东十里有蔡国。再按《史记·蔡世家》云：周公举胡以为鲁卿士，鲁国治，於是周公言於成王，复封之於蔡。此误也。孔颖达驳之云：《鲁世家》言成王封周公於鲁，周公不就封，留佑成王。则周公身不至鲁，安得使胡为鲁卿士？马迁之谬说耳。

②《大清一统志》卷一六八《汝宁府·山川》：蔡冈，在上蔡县东三十里，周二十里。雍正《河南通志》卷七《山川·汝宁府》：蔡冈，在上蔡县东十五里。

③《大清一统志》卷一六八《汝宁府》：新蔡县，春秋时蔡徙都此。秦置新蔡县，汉属汝南郡，后汉因之。晋分属汝阴郡，惠帝分立新蔡郡，刘宋因之。后魏仍为新蔡郡治。东魏置蔡州，北齐州废，改置广宁郡。隋开皇初郡废，十六年县改广宁，置舒州。仁寿初改县曰汝北，大业初州废，县复曰新蔡，属汝南郡。唐武德初复置舒州，贞观初州废，县属豫州，宝应初属蔡州，五代及宋因之。金泰和八年改属息州。元至元三年省入息州。明洪武四年复置属汝宁府，清朝因之。新蔡故城，今新蔡县治。

④《舆地志》：又作《舆地记》，三十卷，顾野王撰。《隋志》收录，云："晋世挚虞依《禹贡》、《周官》作《畿服经》，其州郡及县分野封略事业、国邑山陵水泉、乡亭城郭道里、土田民物风俗、先贤旧好靡不具悉，凡一百七十卷，今亡，而学者因其经历并有记载，然不能成一家之体。齐时陆澄聚一百六十家之说，依其前后远近编而为部，谓之《地理书》。任昉又增陆澄之书八十四家，谓之《地记》。陈时顾野王抄撰众家之言，作《舆地志》。"两《唐志》均有记载。宋代诸书目见於《御览纲目》及《通志·艺文略》，北宋中期后当已佚。有《汉唐地理书钞》王谟、《玉函山房辑佚书补编》王仁俊辑本各一卷。引文详见《太平寰宇记》卷一一《蔡州·新蔡县》。顾野王，南朝梁、陈间人，《陈书》卷三〇有传，云："撰著《玉篇》三十卷、《舆地志》三十卷、《符瑞图》十卷、《顾氏谱传》十卷、《分野枢要》一卷、《续洞冥纪》一卷、《玄象表》一卷竝行於世，又撰《通史要略》一百卷、《国史纪传》二百卷，未就而卒。有《文集》二十卷。"

⑤《春秋地名考略》卷一〇"蔡·迁於新蔡"：昭十一年，楚灭蔡，使公子弃疾为蔡公。十三年平王立，复封蔡，於是隐太子之子庐归於蔡，是为平侯。二十年，蔡侯庐卒。《汉·地理志》：新蔡县，蔡平侯徙此。当在此时也。然其事不见於经传，惟《释例》尝言之。汉置县，属汝南郡。光武封吴汉为侯邑。曹魏分属汝阴郡。晋惠帝分立新蔡郡，刘宋因之。萧齐置北新蔡郡。后魏仍为新蔡郡。东魏兼置蔡州。高齐州废，改为广宁郡。隋初又改为舒州及广宁县，寻改县为汝县。大业初州废，复曰新蔡县。唐初仍置舒州於此，贞观初州废，县属豫州，后属蔡州，宋因之。金属息州。元省入息州。洪武四年复置，改属汝宁府，今仍之。宋忠云：蔡仲胡居下蔡。误。今河南新蔡。又迁州来。哀元年，楚子围蔡，蔡人男女以辨使疆於江、汝之间而迁，蔡於是乎请迁於吴。杜注：楚欲使蔡徙国於江水之北、汝水之南，楚既迁，蔡人更叛楚就吴。二年冬，蔡迁於州来。此昭侯迁国之事也。州来即下蔡。宋忠云：平侯迁下蔡。误。今安徽凤台。

### 昆夷混夷 串夷　周穆王伐畎戎

孫毓曰："按《書傳》：文王七年五伐，有伐密須、犬夷、黎、邘①、崇②。"

《漢·匈奴傳》："周西伯昌伐畎夷。"《注》：畎夷，即畎戎也。又曰昆夷，或作"混"，又作"緄"，並音工本反。亦曰犬戎。《山海經》云："黃帝生苗龍，苗龍生融吾，融吾生弄明，弄明生白犬，白犬有牝、牡，是為犬戎。"《說文》：赤戎本犬種③，故字從"犬"。隴以西有畎戎。

《史記》：自隴以西有緄戎。

《緜》："混夷駾矣。"音"昆"。

《說文》引《詩》："犬夷呬矣④。"

《皇矣》："串夷載路。"鄭氏曰："即混夷，西戎國名。"

《孟子》："文王事昆夷⑤。"《書大傳注》引《詩》："畎夷喙矣。"

### 獫狁

《史記·匈奴傳》："唐虞以上有山戎⑥、獫狁、葷粥，居於北蠻。"顏氏曰："皆匈奴別號。"晉灼曰："堯時曰葷粥，周曰獫狁，秦曰匈奴。"

《孟子》："大王事獯鬻。"

---

① 邘：合璧本、庫本作"邗"，誤。《春秋地名考略》卷一"邘"：隱十一年王邘之田於鄭。杜注：邘，鄭邑也。按：邘地後屬晉。《後漢書》：野王縣有邘城，即紂三公鄂侯之所居也。鄂，一作"邘"。武王以封其子。《水經注》：邘水出太行之阜山，南流，逕邘城西，故邘關也。京相璠曰：野王西北三十里有故邘城。漢武帝封李壽為侯國。今在懷慶府城北三十里有邘臺村。野王，今河內懷慶附郭邑也。今河南沁陽。

② 《春秋地名考略》卷一四"鄷"：僖二十四年，豐，文之昭。杜注：鄷國，在始平鄠縣東。按：此即文王所宅之鄷邑也，本崇國，文王克崇而都之，故詩曰"既伐於崇，作邑於鄷"。武王既遷鎬京，乃封其弟於此。《竹書》：成十九年，王巡狩，歸於宗周，遂正百官，黜鄷侯。蓋國除久矣。宣八年晉趙穿帥師侵崇。杜注：崇，秦與國。蓋復居鄷而襲崇之舊號者。今陝西戶縣。

③ 本：庫本作"木"，誤。

④ 犬：至元六年刻本、合璧本作"大"，《詩考》作"犬"，是。

⑤ 昆夷：至元六年刻本、合璧本作"昆吾"，《孟子·梁惠王下》作"昆夷"。《詩經通義》卷六：文王之時為難者昆夷也，伐獫狁無考。顏師古謂犬夷即畎戎，亦曰昆夷，《孟子》"文王事昆夷"是也。亦曰混夷，《緜詩》"混夷喙矣"是也。亦曰緄戎，《史記》自隴以西有緄戎是也。《帝王世紀》云：文王受命四年，混夷伐周，一日三至周之東門，文王閉門修德，不與戰。是可證《採薇序》之昆夷即此《詩》所云西戎也，若獫狁，是北狄，即太王時獯鬻，在朔方之外，未聞文王時為患中國。

⑥ 《春秋地名考略》卷一三"北戎"：隱九年北戎侵鄭。按：桓六年北戎伐齊。三十年公及齊侯謀伐山戎，以其病燕故也。冬齊人伐山戎。杜注：山戎，北狄。三十一年齊侯來獻戎捷，僖十年齊侯、許男伐北戎，皆此戎也。《國語》曰：北伐山戎。韋昭曰：山戎，今之鮮卑二國，山戎之與也。《春秋地名考略》卷一四"無終"：襄四年無終子嘉父。杜注：無終，山戎國名。按：秦置無終縣，項羽封韓廣為遼東王，都無終。漢初臧荼并其地。漢臧荼亦置無終縣，屬右北平郡。後魏屬漁陽郡。隋為郡治，隋末廢。唐乾封二年復置無終縣，屬幽州。萬歲通天二年改為玉田縣，後嘗屬營州，又改屬薊州，至今因之。今縣治西有古無終城。今天津薊縣。

曹氏曰："西北二虜相掎角為寇[①]，故征玁狁則西戎作，伐西戎則玁狁平。"

《漢·匈奴傳》：武王伐紂而營雒邑，復居於酆、鎬，放逐戎夷涇、洛之北，以時入貢，名曰荒服。懿王時，戎狄交侵，暴虐中國，詩人始作，疾而歌之，曰"靡室靡家，獫狁之故"。

### 往城於方　朔方

毛氏曰："方，朔方，近玁狁之國也。"朱氏曰："今靈[②]、夏等州之地[③]。"曹氏曰："即《六月》所謂'侵鎬及方'。"《郡縣志》："夏州朔方縣[④]，什賁故城在縣治北，即漢朔方縣之故城也，《詩》所謂'王命南仲，城彼朔方'是也。漢武帝元朔二年，收河南地，置朔方、五原郡[⑤]，使蘇建築朔方。'什賁'之號蓋蕃語也。"

---

① 虜：庫本作"邊"。

② 《太平寰宇記》卷三六：靈州，靈武郡，今理迴樂縣。春秋及戰國屬秦，及秦并天下為北地郡。漢即富平縣之地。後漢永初五年西羌大擾，詔令郡人移地池陽，至順帝永建四年歸舊土。後魏太武帝平赫連昌後置薄骨律鎮，孝昌二年置靈州，太和十年改為沃野鎮。至後周又置普樂郡。隋開皇初郡廢，又置靈武郡。唐武德元年改為靈州，領迴樂、弘靜、懷遠、靈武、鳴沙五縣，二年以鳴沙縣屬西會州。貞觀四年於迴樂縣界置迴、環二州，十三年廢迴、環二州，二十年鐵勒歸附，於州界置皋蘭、高麗、祁連三州。永徽元年廢皋蘭三州，調露元年又置魯、麗、塞、舍、依、契等六州，總為六胡州。開元初廢，復置東皋蘭、燕然、山雞、田雞、鹿、燭龍等六州，並寄靈州界。開元二十一年於邊境置節度以遏四夷，靈州常為朔方節度使理所。天寶元年改為靈武郡，至德元年肅宗於靈武即位升為大都督府，乾元元年復為靈州。元領縣六，今一：迴樂。五縣廢：懷遠、靈武、弘靜、溫池、鳴沙。今領鎮七，管蕃戶：清遠、昌化、保安、保靜、臨河、懷遠、定遠。《元豐九域志》為陝西路化外州。《輿地廣記》領縣四：回樂、靈武、懷遠、保靜。《宋史·真宗紀》：咸平五年三月丁酉，李繼遷陷靈州，知州裴濟死之。

③ 《太平寰宇記》卷三七：夏州，朔方郡，今理朔方縣。春秋及戰國時屬魏。秦併天下屬上郡。漢分置朔方郡。西晉亦為朔方郡。後赫連勃勃據之。至後魏始光元年為太武所滅，置統萬鎮，孝文太和十一年改置夏州。西魏置弘化郡。至隋開皇初復為夏州，煬帝初復為朔方郡。唐貞觀二年為夏州，領德靜、巖銀、寧朔、長澤四縣，其年改巖銀為朔方縣。七年於德靜縣置長州都督府，八年改白開州為化州，十年廢化州及長州，以德靜、長澤二縣來屬。天寶元年改為朔方郡，乾元元年復為夏州。至五代陷於蕃。宋朝太平興國八年歸順，今為定難軍節度。元領縣四，今三：朔方、寧朔、德靜。一縣割出：長澤（入宥州）。《元豐九域志》陝西路化外州。

④ 《大清一統志》卷四〇八《烏喇忒·古蹟》：朔方故城，在右翼後旗界內。漢元朔間以河南地為朔方郡，使蘇建築朔方城。後漢順帝紀永和五年徙朔方居五原，獻帝建安二十年省朔方郡。後為赫連所得，義熙二年僭稱大夏。《水經》：河水東南逕朔方縣故城東北。《括地志》：朔州故城，夏州朔方縣北什賁故城是。按：朔方郡，前漢治三封，後漢治臨戎，而朔方縣為屬縣。郡地南連北地，東界五原、雲中，東南接西河、上郡，河之北岸為高闕塞。至赫連勃勃始於朔方之南、奢延水之北築統萬城。元魏於此置夏州，隋、唐因之，號朔方郡，在今榆林府西南二百里，非漢朔方故地。《明一統志》又以寧夏衛為朔方，不知寧夏乃漢北地郡富平縣北境，唐之靈州地與漢朔方無涉也。今內蒙古烏拉特前旗。

⑤ 《漢書》卷六：元朔二年"收河南地，置朔方、五原郡"，《漢志》朔方郡領縣十：三封、朔方、修都、臨河、呼遒、窳渾、渠搜、沃壄、廣牧、臨戎。《漢志》：五原郡，秦九原郡。領縣十六：九原、固陵、五原、臨沃、文國、河陰、蒲澤、南興、武都、宜梁、曼柏、成宜、稒陽、莫䵣、西安陽、河目。

程氏曰："城朔方而玁狁之難除。禦戎狄之道，守備為本，不以攻戰為先也。"

《史記·匈奴傳》：戎狄逐周襄王，暴虐中國，故詩人歌之曰："出輿彭彭，城彼朔方。"《漢書》：宣王興師征伐，詩人美大其功，曰："出車彭彭，城彼朔方。"

### 西戎

朱氏曰："昆夷也。"

《後漢·西羌傳》："武乙暴虐，犬戎寇邊，周古公踰梁山而避於岐下。及子季歷，遂伐西落鬼戎。太丁之時，季歷復伐燕京之戎，戎人大敗周師。後二年，周人克余無之戎，於是太丁命季歷為牧師。自是之後，更伐始呼、翳徒之戎，皆克之。《竹書紀年》。及文王為西伯，西有昆夷之患，北有玁狁之難，遂攘戎狄而戍之，莫不賓服，乃率西戎征殷之叛國以事紂。"

### 南有嘉魚

毛氏曰："江、漢之間，魚所產也。"

左太冲《蜀都賦》："嘉魚出於丙穴。"陸氏曰[①]："丙穴在漢中沔陽縣北[②]，穴口向

---

① 陸佃《埤雅》卷二《釋魚·嘉魚》：嘉魚，鯉質鱒鱗，肌肉甚美，食乳泉，出於丙穴，故《南都賦》云"嘉魚出於丙穴"。先儒言丙穴在漢中沔陽縣北，有乳穴二，常以三月取之，穴口向丙，故曰丙也。陸佃，字農師，越州山陰（今浙江紹興）人，少從學於王安石，官左丞，著《埤雅》二十卷。整理者按：沔陽，隋初已省，此處所云"陸氏"當非陸佃，疑即陸佃《埤雅》所云"先儒"，或指陸璣，字元恪，吳郡（今江蘇蘇州）人，三國吳太子中庶子、烏程令，著《毛詩草木鳥獸蟲魚疏》二卷，早佚，今有輯本二卷存。今輯本無此條。四庫館臣云："此本不知何人所輯，大抵從《詩正義》中錄出。然《正義·衛風·淇澳篇》引陸璣疏"淇、澳，二水名"，今本乃無此條，知由採摭未周，故有所漏，非璣之舊帙矣。"

② 《大清一統志》卷一八五《漢中府》：沔縣，漢置沔陽縣，屬漢中郡，後漢、晉及宋、齊皆因之。後魏析置嶓冢縣，並屬華陽郡。隋初省沔陽縣，大業初改嶓冢曰西縣，屬漢川郡。唐武德三年於縣置褒州，八年州廢，縣屬梁州。宋乾德中以縣直隸京師，後屬興元府。至道二年改屬大安軍，三年還屬興元府。元初屬沔州，至元二十年省西縣入略陽，改置鐸水縣，移沔州來治，後又改省鐸縣入州。明初改州為沔縣，屬漢中府，成化二十二年改屬寧羌州。清朝仍屬漢中府。沔陽故城，在沔縣東南，漢置，以在沔水之陽為名。魏置梁州，初治沔陽。《水經注》：沔水又東逕沔陽故城南，蕭何所築也，城南臨漢水，北帶通逵。《寰宇記》：故城在梁州西八十二里，西逕東南十六里，隋開皇三年移。《府志》：在沔縣東十里。

丙，故曰‘丙’。”《類要》①：“丙水，出丙穴，在興州順政縣②。”今沔州③。《文選注》：丙，地名，有魚穴二所，常以三月取之。丙者，向陽穴也。《興地記》：“穴口廣五六尺，泉源垂注，有嘉魚，常以三月自穴下透入水。”太景山④，在興州南七十里，與小景山相連，本作“丙”，以避諱改，相傳北有丙穴，產嘉魚⑤。

## 四海

《爾雅》：“九夷、八狄、七戎、六蠻，謂之四海。”《疏》曰：夷類有九：

---

① 《類要》：晏殊撰。趙希弁《郡齋讀書志後志》作六十五卷，《通志·藝文略》作七十四卷，《宋志》云七十七卷，《遂初堂書目》收錄。《直齋書錄解題》作七十六卷，云：“晏殊撰，曾鞏為序。案《中興書目》七十七卷，比曾序七十四篇多三篇，今此本七十六卷，豈併目錄為七十七耶。”《文淵閣書目》有二十五冊、三十冊兩種。今本一百卷。曾鞏《元豐類稿》卷一三《類要序》：“公所為《類要》上、中、下秩，總七十四篇，凡若干門，皆公所手抄，廼知公於六藝、太史、百家之言，騷人墨客之文章，至於地志、族譜、佛老、方伎之衆說，旁及九州之外蠻夷荒忽詭變奇跡之序錄，皆披尋紬繹，而於三才萬物變化，情偽是非，興壞之理，顯隱細鉅之委曲莫不究盡。”四庫館臣云：“是編乃所作類事之書，體例略如《北堂書鈔》、《白氏六帖》，而詳贍則過之”，“所載皆從原書採掇，不似他類書互相剽竊，輾轉傳訛。然自宋代所傳名目卷帙已多互異，歐陽修作殊《神道碑》稱類集古今爲《集選》二百卷，曾鞏作《序》則稱上、中、下帙七十四篇，惟《宋史》本傳稱一百卷，與今本合。據其四世孫知雅州裦進書原表，則南渡後已多缺佚，裦續加編錄，於開禧二年上進，故今書中有於篇目下題四世孫裦補闕者，皆裦所增，非殊之舊矣。自明以來傳本甚罕，惟浙江范氏天一閣所藏尚從宋本抄存，而中間殘缺至四十三卷。別有兩淮所進本，僅存三十七卷。門類次第尤多顛倒，且傳寫相沿，訛謬脫落，甚至不可句讀，蓋與《太平御覽》同爲宋代類書之善本，而其不可校正則較《御覽》爲更甚。”晏殊，諡元獻，《宋史》卷三一一有傳。

② 《大清一統志》卷一八五《漢中府·建置沿革》：略陽縣，漢置沮縣，屬武都郡，後漢及晉因之。永嘉後沒於氐羌。宋昇明元年楊氏自號為武興國。後魏正始三年置武興鎮，尋改置東益州及武興郡武興縣，後復沒於氐。梁大同初復曰東益州及武興縣。西魏大統十一年復曰東益州，廢帝二年改州曰興州，郡曰順政。大業二年復曰順政郡。唐武德初復為興州。天寶初復曰順政郡，乾元初仍曰興州，屬山南西道，天祐三年置興文節度使。五代屬蜀。宋仍曰興州順政郡，屬利州路。紹興十四年分置利州西路治此。開禧三年改州曰沔州，縣曰略陽。嘉定三年仍屬利州路。元至元十四年改屬廣元路，二十年移沔州治鐸水縣，以略陽縣屬焉。明初屬漢中府，成化二十二年改屬寧羌州。清朝仍屬漢中府。今陝西略陽。

③ 《太平寰宇記》卷一三五：興州，順政郡，今理順政縣。戰國時為白馬氐之東境。秦併天下屬蜀郡。漢武帝元鼎六年以白馬氐置武都郡。按：今州則漢武都郡之沮縣也。晉永嘉末氐人楊茂搜自號氐王，據武都，自後郡縣荒廢，而茂搜子孫承嗣為氐王。其後楊難當又據下辨自稱大秦王，難當弟伯宜為茄蘆王，伯宜孫鼠分王武興，即今州理是也。楊鼠既王武興，又得武都、河池二縣之地。鼠子集始稱藩於後魏，後謀叛魏，魏遂廢武興為藩鎮，其年改鎮為東益州。廢帝二年改東益州為興州，因武興郡為名。隋大業二年罷州為順政郡。唐武德元年復置興州。按：州城即故武興城也。天寶元年改為順政郡，乾元元年復置為興州。蜀領順政、長舉二縣，宋朝因之。元領縣三，今二：順政、長舉。一縣廢：鳴水（併入長舉）。《宋史·地理志·利州路》：沔州，順政郡，本興州，紹興十四年為利西路治所，開禧三年吳曦僭改開德府，曦誅，改沔州。

④ 太：庫本作“大”。

⑤ 《毛詩稽古編》卷一〇：南有嘉魚，“嘉”非魚名也，猶下章《樛木》之“樛”，《甘瓠》之“甘”云爾。東發《日抄》曰：嘉魚非指丙穴之魚。丙穴魚飲乳泉而美，未必原名嘉魚，自《詩傳》引此以釋《詩》，世遂名其魚為“嘉魚”。黃言嘉魚不指丙穴是也，言嘉魚因《集傳》得名非也。以丙穴魚釋《詩》，《埤雅》之說，而《集傳》襲之耳。嘉魚出於丙穴，見左太冲《蜀都賦》，其名之來已久，豈因《集傳》而得之乎？蓋丙穴之嘉魚直是後世好事者採用《詩》語為名耳。毛云江、漢之間魚所產也，《箋》、《疏》亦止云南方水中有善魚，皆不以嘉為魚名也。孔仲達，唐時人，時丙穴已有嘉魚之名，而不引以為證者，豈非以後世事不可以證古詩乎？足見先儒釋經之慎矣。

畎夷、于夷①、方夷、黃夷、白夷、赤夷、玄夷、風夷、陽夷。又玄菟、樂浪、高驪②、滿飾、凫更③、索家、東屠、倭人、天鄙。蠻類有八：天竺、咳首、僬僥④、跂踵⑤、穿胷、儋耳、狗軹、旁脊⑥。戎類有六：僥夷、戎夫⑦、老白、耆羌、鼻息、天剛。狄類有五：月支、穢貊、匈奴、單于、白屋。

## 焦穫

毛氏曰："周地，接於獫狁者。"

《爾雅·十藪》⑧："周有焦護。"孫炎云⑨："周，岐周也。"郭璞注："今扶風池陽縣瓠中是也⑩。"《寰宇記》：焦穫藪，在京兆府涇陽縣北外十數里，亦名瓠口。《溝洫志》：韓水工鄭國說秦，令鑿涇水自中山西抵瓠口為渠⑪。班彪《北征賦》："夕宿瓠口之玄宮。"《注》以為焦穫。

---

① 于：合璧本作"干"，庫本作"千"，邢昺《爾雅疏》作"于"，《後漢書·東夷傳》亦作"于"，"于"是。《竹書紀年》：后泄二十一年，命畎夷、白夷、赤夷、玄夷、風夷、陽夷。后相即位二年征黃夷，七年于夷來賓。后少康即位二年方夷來賓。

② 高驪：《爾雅疏》作"高儷"。

③ 凫更：《爾雅疏》作"凫曳"。

④ 僬：《爾雅疏》作"焦"。

⑤ 跂：至元六年刻本、合璧本作"跛"，誤。

⑥ 旁脊：至元六年刻本、合璧本作"旁春"，誤。

⑦ 戎夫：《爾雅疏》作"戎夷"。

⑧ 十藪：魯有大野、晉有大陸、秦有楊陓、宋有孟諸、楚有雲夢、吳越之間有具區、齊有海隅、燕有昭余祁、鄭有圃田、周有焦護。

⑨ 孫炎：三國魏樂安（今山東博興）人，為《爾雅疏》。

⑩ 《大清一統志》卷一七九《西安府·古蹟》：池陽故城，在涇陽縣西北。《漢書·地理志》：左馮翊池陽，惠帝四年置。《魏書·地形志》：咸陽郡治、池陽郡治，二漢屬左馮翊，晉屬扶風，後省。《水經注》：鄭渠東逕巀嶭山南、池陽縣故城北。《元和志》：漢池陽縣故城在今涇陽縣西北二里，後魏廢。《長安志》：《十道志》云舊池陽城俗名迎冬城，城中有尹吉甫碑，後為驛，今廢。今陝西涇陽。

《水經注·沮水》：昔韓欲令秦無東伐，使水工鄭國間秦，鑿涇引水，謂之鄭渠。渠首上承涇水於中山，西邸瓠口，所謂瓠中也，《爾雅》以為周焦穫矣。為渠立北山，東注洛，三百餘里，欲以溉田。

⑪ 《大清一統志》卷一七八《西安府·山川》：仲山，在涇陽縣西北，山北屬邠陽、淳化縣界。《漢書·溝洫志》顏師古注：中，讀曰"仲"，即今九嵕之東仲山也。《水經注》：鄭渠東逕中山南，俗謂之仲山。《括地志》：山在雲陽縣西十五里。《寰宇記》：《雲陽宮記》云宮南三十里有仲山，未詳古之何山，山有竹箭生焉，俗言高祖兄仲所居，今山有仲子廟。《長安志》：小仲山在雲陽縣西北四十里。《縣志》：仲山在縣西北七十里，山東北接嵯峨西麓，中隔冶谷，西南連九嵕山，涇河逕其中，山半有泉曰小獅泉，山麓有坪曰虎坪。

朱氏曰：“焦，未詳所在。穫，郭璞以為瓠中，今在耀州三原縣①。”孔氏曰：澤藪在瓠中，而藪外接於獫狁。

## 鎬方

鄭氏曰：“鎬也，方也，皆北方地名。”

孔氏曰：漢劉向疏云：“吉甫之歸，周厚賜之。”其詩曰：“來歸自鎬，千里之鎬，猶以為遠。”鎬去京師千里。顏師古《注》：鎬，非豐鎬之鎬。王肅以為鎬京，王基駁之②。

朱氏曰：“劉向以為千里之鎬，則非鎬京之鎬矣，未詳所在。方，疑即朔方也。”

## 涇陽

鄭氏曰：“涇水之北。”孔氏曰：“水北爲陽③。”

---

① 《太平寰宇記》卷三一：耀州，華原郡，今理華原縣。在秦為北地郡，泥陽、富平隸焉，後為華原縣。漢、魏至唐皆為畿甸。唐末李茂貞據鳳翔借行墨制，建制耀州，割同州美原為鼎州以為屬郡。梁貞明元年改耀州為崇州，又改鼎州為裕州，後唐同光元年改為耀州，并割雍州之富平、三原、雲陽、同官、美原以屬焉。元領縣六：華原、富平、三原、雲陽、同官、美原。

《大清一統志》卷一七八《西安府》：三原縣，漢池陽縣地。後魏太平真君七年置三原縣，屬北地郡，永安元年於縣置建忠郡。後周建德初郡廢。隋屬京兆郡。唐武德四年改曰池陽，六年又改曰華池，仍分置三原縣，屬泉州。貞觀元年省三原縣，改華池曰三原。天授二年屬鼎州，大足元年還屬雍州。五代唐屬耀州，宋、金、元因之。明嘉靖初改屬西安府，清朝因之。三原故城，在今三原縣東北。《元和志》：縣西南至京兆府一百十里，本漢池陽縣地。苻秦於嶽藥山北置三原護軍。《舊唐書·地理志》：三原縣，武德四年移治清谷南故任城，改為池陽縣。六年又移故所，改為華池縣，仍分置三原縣，屬泉州。《寰宇記》：三原縣後唐割屬雍州，在州南五十里。《長安志》：後魏永安元年徙縣於清水山，後周建德二年建忠郡廢，以縣屬馮翊郡，今縣治西北三十一里三原故城是。開寶九年詔唐祖廟去三原縣鎮十八里，今移縣就鎮。縣城周二里餘一百二十步。《縣志》：元至元二十四年移治龍橋鎮，即今治也，故城在縣東北三十里。明弘治三年縣民巨海言縣在耀州正南九十里，去西安府亦九十里，山路崎岖跋涉艱難，因改屬西安府。今陝西三原。

② 王基：字伯輿，東萊曲城（今山東招遠）人，王肅著諸經傳解及論定朝儀改易鄭玄舊說，而基據持玄義常與抗衡。《三國志·魏志》有傳。

③ 爲：庫本作“曰”。

《通典》：今涇、原州地立涇水之陽①。《郡縣志》：原州平涼縣②，本漢涇陽縣地，今縣西四十里涇陽故城是也③。涇水④，源出百泉縣西南涇谷⑤。《地理志》笄頭山⑥，《淮南》一名"薄落山⑦"，故涇水亦曰"薄落水"。平涼縣，今屬渭州。

孔氏曰："涇去京師為近。"

## 大原⑧

《禹貢》："既修大原。"顏師古曰："即今晉陽。"

黃氏曰⑨："晉、大原、大鹵、大夏、夏虛、晉陽，凡六名。"朱氏曰："大原，亦曰大鹵，今在太原府。"《穀梁傳》："中國曰大原，夷狄曰大鹵。"《左傳注》：

---

① 《通典》卷一七三：涇州，今理安定縣。春秋秦地，始皇時屬北地郡。武帝分置安定郡。後漢徙其人以避羌寇，郡寄在美陽。魏、晉亦爲安定郡。後魏太武帝置涇州，蓋以涇水爲名。隋爲安定郡。唐爲涇州，或爲安定郡。領縣五：安定、陰盤、臨涇、良原、靈臺。原州，今理高平縣。春秋時屬秦，始皇置北地郡。漢屬安定郡，後漢因之。晉屬新平郡。後魏太武帝置高平鎮，後爲太平郡，兼置原州。隋初郡廢，而原州如故。煬帝初州廢，置平涼郡。唐爲原州，或爲平涼郡。領縣五：高平、平涼、蕭關、百泉、他樓。

② 《大清一統志》卷二〇一《平涼府》：平涼縣，附郭。漢置涇陽縣，屬安定郡，後漢廢。後魏復置，爲隴東郡治。後周改置平涼縣，屬長城郡。隋屬平涼郡。唐初屬原州，廣德元年沒於吐蕃，貞元四年復置，十九年徙原州來治，元和三年州徙治臨涇，四年爲行渭州治，廣明初入吐蕃，中和四年又爲渭州治，唐末廢。五代後唐清泰三年復置平涼縣，屬涇州。宋仍爲渭州治。金、元、明俱爲平涼府治，清朝因之。平涼故城，在今平涼縣西北。東晉時符秦置平涼郡。後魏神麚元年赫連昌自上邽屯平涼，昌敗，其弟復稱帝於平涼。三年魏克平涼。《魏紀》：熙平二年城涇州所治平涼城。蓋嘗爲州治。《地形志》：涇州領平涼郡，治鶉陰縣，有平涼城。《隋書·地理志》：平涼郡統平涼縣，後周置。《舊唐書·地理志》：平涼縣隋治陽晉川，開元五年移治古塞城。《元和志》：縣西北至原州一百六十里，本漢涇陽縣城，後魏爲長城郡長城縣之地，周武帝建德二年割涇州平涼郡於今理置平涼縣，屬長城郡。開皇三年屬原州，開元五年移於涇水南，貞元七年又移於舊縣南坂上，即今縣也。《五代史·職方考》：平涼故屬涇州，唐末渭州陷吐蕃，權於平涼置渭州，而縣廢。後唐清泰三年以故平涼之安國、耀武兩鎮置平涼縣，屬涇州。《府志》：五代置平涼縣，西去涇原四十里，東去潘原七十里，在今府城西三十五里安國鎮西古城是也，今府治蓋古耀武鎮地，西去安國故城三十里而贏。今甘肅平涼。

③ 《大清一統志》卷二〇一《平涼府·古蹟》：涇陽故城，在平涼縣西四十里。漢置涇陽縣，屬安定郡。《魏書·地形志》：鶉陰縣有涇陽城，又隴東郡領涇陽縣，前漢屬安定，後漢、晉罷，後復。《元和志》：漢涇陽縣，今平陽縣西四十里涇陽故城是也。《寰宇記》：在今平涼縣南。《府志》：涇陽城在今城西南。今甘肅平涼。

④ 《春秋地名考略》卷一一"涇"：《漢志》涇水出開頭山，東南至陽陵入渭，過郡三，行千六十里。開頭山在今平涼府西南三十里，曰涇谷，其水東流，經涇州長武、邠州淳化、永壽，又南歷醴泉之谷口，又東南過涇陽至高陵縣西南十里合於渭水。漢陽陵在今高陵縣高陸，即高陵也。

⑤ 《大清一統志》卷二〇一《平涼府·古蹟》：百泉廢縣，在平涼縣西北。《隋書·地理志》：平涼郡統百泉縣。後魏置長城郡，領黃石縣。西魏改黃石爲長城，開皇初郡廢，大業初縣改爲百泉。《元和志》：縣西至原州九十里，後魏大統中於今縣西南陽晉川置黃石縣，隋改爲百泉。武德八年移於今所。《通典》：百泉，漢朝那縣地。《舊志》：有百泉故城在府西北十里，本姚秦時之黃石，赫連夏置長城護軍於此，五代時縣廢。今甘肅平涼。

⑥ 笄：《漢書·地理志·安定郡·涇陽縣》作"開"。

⑦ 《淮南子·墜形訓》：涇出薄落之山。高誘注：薄落之山，一名笄頭山，安定臨涇縣西，《禹貢》涇水所出。

⑧ 大原：庫本作"太原"。下同。

⑨ 黃氏：即黃度。引文見黃度《尚書說》卷二。

"大鹵，大原晉陽縣。"漢太原郡治晉陽。

《後漢·西羌傳》：穆王遷戎於大原①；夷王命虢公率六師伐大原之戎，至於俞泉②；宣王遣兵伐大原戎，不克。《周語》：宣王料民於大原。孔氏曰："杜預云：西河介休縣南有地名千畝③。則王師與姜戎在晉地而戰也。"毛氏曰："'至於大原'，言逐出之而已。"《史記》：戎狄逐周襄王，暴虐中國，故詩人歌之曰"薄伐玁狁，至於大原"。

《九域志》：古京陵④，在汾州⑤，周宣王北伐玁狁時立。《郡縣志》：在平遙縣東七里⑥，漢京陵縣又曰大原，臺駘之所居⑦。《帝王世紀》："帝堯徙晉陽，即今大原也。"《地理志》：趙西有大原，秦莊襄四年初置太原郡⑧。漢二十一縣。

---

①　大原：《後漢書·西羌傳》作"太原"。下同。

②　《竹書統箋》卷八"七年虢公帥師伐太原之戎至於俞泉，獲馬千匹"；《通鑑注》："俞泉，地名，在太原府城西北。"

③　《晉書·地理志》：西河國，漢置。統縣四：離石、隰城、中陽、介休。
《明一統志》卷二一《汾州府》：介休縣，在州城東七十里。本晉大夫彌牟邑。秦為介休縣，以介山為名。漢屬太原郡。晉屬西河國。後魏於此置定陽郡，改縣曰平昌。北齊以永安縣省入。後周改郡曰介休。隋開皇初郡，廢復改縣曰介休，義寧初於縣置介休郡。《大清一統志》卷一〇五《汾州府》：介休縣，漢置界休縣，屬太原郡，後漢因之。晉曰介休，改屬西河國，後省。後魏太和八年復置，仍屬西河郡。孝昌中僑置定陽郡。東魏兼置平昌縣。後周改郡曰介休，省介休縣入平昌。隋開皇初郡廢，十八年又改平昌曰介休，義寧元年復為縣，置介休郡。唐武德元年改曰介州，貞觀元年州廢，屬汾州，五代、宋、金因之。元初屬太原府，至元二年還屬汾州。明、清屬汾州府。介休故城，在介休縣東南。後魏徙治，故城廢。《舊志》：在縣東南十五里。
雍正《山西通志》卷九《關隘一》：千畝原，《通典》：岳陽有千畝原，《左傳》晉侯千畝之戰即此。《括地志》：千畝原在晉州岳陽縣北九十里。《通考》：隋為千畝縣，後改岳陽。《山西通志》卷二五《山川》：千畝原，在州東南三十里。懸崖絕壁，山半有龍洞，有千畝泉。周宣王二十九年戰於千畝。千畝泉，南三十里。州境多山，惟此地廣平千畝，四面懸崖絕壁，崖半有泉自石穴中湧出，傾注似素練，聲似雷，沍寒輒凝為冰柱，禱雨輒應，因建祠焉，唐加號"通利侯明"，賜號"千畝靈泉之神"。

④　《大清一統志》卷一〇五《汾州府·古蹟》：京陵故城，在平遙縣東。漢置縣，後漢改置平遙縣，城遂廢。《水經注》：京陵縣故城於春秋為九原之地，漢興，增陵於其下，故曰京陵。《唐書·地理志》：汾州有京陵府。蓋居府兵之所。《元和志》：京陵縣在平遙縣東七里。《日知錄》：《禮記》趙文子與叔譽觀於九原，《水經注》以為在京陵縣。《漢志》太原郡京陵師古曰：即九原，因《記》文或作九京而附會耳。古卿大夫葬地每在國都北郭，不得遠涉數百里。《志》以太平縣西南二十五里有九原山近是。今山西平遙。

⑤　《輿地廣記》卷一九：汾州，春秋屬晉，戰國屬趙，秦屬太原郡，二漢屬太原、西河二郡，魏因之，晉屬西河國。元魏置西河郡，兼置汾州。北齊置南朔州。後周改曰介州。隋開皇初郡廢，大業初州廢，復置西河郡。唐武德元年改曰浩州，三年改曰汾州，宋朝因之。今縣五：西河、平遙、介休、孝義、靈石。《元豐九域志》卷四：太平興國元年改孝義縣為中陽，後復為孝義，熙寧五年省為鎮入介休。

⑥　《大清一統志》卷一〇五《汾州府·建置沿革》：平遙縣，漢置京陵縣，屬太原郡，後漢及晉因之。後魏徙置平陶縣於此，改曰平遙，仍屬太原郡。隋屬西河郡。唐武德元年屬介州。貞觀元年屬汾州，五代、宋、金因之。元初屬太原府，至元二年屬汾州。明、清屬汾州府。今山西平遙。

⑦　《路史》卷二五《國名紀·臺》：臺駘宜以國名，或即汾川，一曰臺駘障。《九域志》祠、障並太原。

⑧　太原：庫本作"大原"。下同。

唐開元十一年，改并州為太原府。高齊移晉陽縣於汾水東。隋開皇十年，於州城中古晉陽置太原縣，在州東二里百六十步。太平興國四年，省入榆次①。薛氏《禹貢解》曰②："太原，在榆次縣。"

《左傳》："晉居深山，戎狄之與鄰，而遠於王室，王靈不及，拜戎不暇。"中行穆子敗狄於太原。《注》："晉陽縣。"

### 中鄉
鄭氏曰："美地名。"

### 蠻荊
毛氏曰："荊州之蠻也。"

《鄭語》：史伯曰："當成周者，南有荊蠻。"《注》："羋姓之蠻③，鬻熊之後也。""叔熊逃難，於濮而蠻。"濮，蠻邑。蠻，羋蠻矣。謂叔熊④。

《晉語》：叔向曰："昔成王盟諸侯於岐陽，楚為荊蠻，《注》："荊州之蠻。"置茅蕝，設望表，與鮮牟 東夷國。守燎，故不與盟。"

《吳語》：有蠻荊之虞。

《後漢·南蠻傳》：槃瓠後滋蔓，今長沙、武陵蠻是也⑤。周世，黨衆彌盛。宣王中興，乃命方叔南伐蠻方。詩人謂"蠻荊來威"。《楚世家》：熊霜元年，周宣王初立。

曹氏曰："宣王北伐之事大矣，然止見於《六月》之詩，其所任者吉甫一人而已。至於南征，在《小雅》見於《採芑》者則命方叔，在《大雅》見於《江漢》者則命召虎，見於《常武》者則命大師皇父，而各言其成功，則荊蠻、淮夷之作難非一時，其所任非一人。"

---

① 《大清一統志》卷九六《太原府》：榆次縣，春秋晉、魏榆邑。戰國屬趙，曰榆次。漢置榆次縣，屬太原郡，後漢、魏、晉因之。後魏太平真君九年省入晉陽，景明初復置此。齊改置中都縣。隋開皇中復曰榆次，屬并州。唐屬太原府，五代因之。宋太平興國四年為太原府治，七年仍為屬縣。元屬冀寧路。明、清屬太原府。榆次故城，在今榆次縣西北。高齊文宣帝省，自今縣東十里移中都縣理之，屬太原郡。隋開皇十年改中都為榆次縣，唐因之。《舊志》：漢縣城，後魏時徙。今山西榆次。

② 薛氏：即薛季宣，字士龍，號艮齋，永嘉人，官大理正，知湖州，乾道元年遷知常州，未上卒，然宋人多稱爲薛常州。《宋史》有傳。《禹貢解》即薛季宣《書古文訓》之《禹貢》部分。《書古文訓》，十六卷，今存。

③ 羋：至元六年刻本、庫本作"芊"，誤。下同。

④ 《國語·鄭語》：荊子熊嚴生子四人，伯霜、仲雪、叔熊、季紃。

⑤ 《續漢書·郡國志》：長沙郡，秦置。十三城：臨湘、攸、茶陵、安城、酃、湘南、連道、昭陵、益陽、下雋、羅、醴陵、容陵。武陵郡，秦昭王置，名黔中郡，高帝五年更名。十二城：臨沅、漢壽、孱陵、零陽、充、沅陵、辰陽、酉陽、遷陵、鐔成、沅南、作唐。

### 東都

朱氏曰：東都，洛邑也。周公相成王，營洛邑為東都以朝諸侯。周衰，久廢其禮。至宣王，復會諸侯。《左傳》："成王合諸侯城成周以為東都。"《通鑑外紀》：成王使召公先相宅，周公至洛，師復卜，申視營築，謂之王城，是為東都。制郊畿方六百里①，因西土為方千里，分為四縣②，縣有四都③，都有鄙。曰：此天下之中，四方入貢道均。《書傳》云："五年，營成洛邑。"

晁氏曰④："昔夏后初都陽城，南踰洛陽百里而遠。成湯遷亳殷，東踰洛陽五十里而近。皆會洛陽而不都。周興，武王既定鼎郊鄏，厥後召公相宅洛邑⑤，周公營成周，其意盛矣，而成王卒，不果遷。逮夫宣王中興，自濟之洛⑥，狩於圃田，及於敖山，因以朝諸侯，《車攻》之詩作焉。豈不欲成周、召之志與⑦？且宣王嘗狩於岐，而《石鼓》之詩亦偉矣，夫子乃舍而弗錄，得非岐之狩為常，而東都之狩非常乎⑧？惜夫宣王卒，亦不果遷也。至平王是遷，而周衰矣。"

王氏曰⑨："成王欲宅洛者，以天事言，則日東景朝多陽，日西景夕多陰，日南景短多暑，日北景長多寒。洛，天地之中，風雨之所會，陰陽之所和也。以人事言，則四方朝聘、貢賦道里均焉。非特如此而已，懲三監之難，毖殷頑民，遷以自近洛，距妹邦為近⑩，則易使之。遷作王都焉，則易以鎮服也。雖然鎬京宗廟、社稷、官府、宮室具在，不可遷也，故於洛時會諸侯而已。何以知其如此？以《詩》考之：宣王時會諸侯於東都，而《車攻》謂之復古。"

"駕言徂東"，毛氏曰："東，洛邑也。"

### 文武竟土

曹氏曰："岐周之地迫近西北二虜⑪，鎬、方、焦穫之地嘗為其所據。"

---

① 郊畿：《資治通鑑外紀》卷三作"郊甸"。
② 四縣：《資治通鑑外紀》卷三作"百縣"。
③ 都：至元六年刻本、合璧本、庫本作"郡"，《資治通鑑外紀》卷三亦作"郡"。下同。
④ 晁氏：即晁説之。引文見《景迂生集》卷一六《王氏雙松堂記》。
⑤ 相：《景迂生集》無。
⑥ 自濟之洛：《景迂生集》作"自鎬至洛"。引文又見何楷《詩經世本古義》卷一七。
⑦ 與：至元六年刻本、合璧本、庫本作"歟"，《景迂生集》亦作"歟"。
⑧ 狩：《景迂生集》作"詩"。
⑨ 王氏：即王安石，《宋史》有傳。
⑩ 妹：庫本作"姝"，誤。
⑪ 虜：庫本作"邊"。

### 甫草

《韓詩》作"圃草"。

鄭氏曰："甫田之草也，鄭有甫田①。"音"補"，謂圃田，鄭藪也。《呂氏春秋·九藪》②：梁之圃田。《爾雅·十藪》：鄭有圃田。《穆天子傳》："天子里甫田之路③，東至於房④。"《左傳》："鄭有原圃⑤。"

《郡國志》：河南中牟縣，有圃田澤。《郡縣志》：圃田澤，一名原圃，在鄭州中牟 今屬開封府。西北七里，其澤東西五十里，南北二十六里。《水經注》：東西四十餘里。西限長城，東極官渡。上承管城縣界《水經注》："北佩渠水。"曹家陂，又溢而北流，為二十四陂⑥。在管城縣東三里。

《水經注》云："渠水自河與濟亂流⑦，東逕滎澤北，東南分濟，歷中牟

---

① 甫：鄭玄《毛詩箋》作"圃"。

② 《呂氏春秋·有始覽第一·有始》：澤有九藪。何謂九藪？吳之具區、楚之雲夢、秦之陽華、晉之大陸、梁之圃田、宋之孟諸、齊之海隅、趙之鉅鹿、燕之大昭。

③ 甫：《穆天子傳》作"圃"。

④ 郭璞注：房，房子，屬趙國，地有巂山。《大清一統志》卷三二《趙州》：高邑縣，本戰國趙房子邑。漢置房子縣，屬常山郡，後漢因之。晉於縣置趙國，兼為冀州刺史治。後魏屬趙郡。北齊天保七年廢房子，改置高邑縣，仍屬趙郡。隋初屬欒州，尋屬趙郡。唐屬趙州。宋屬慶源府。金屬沃州。元、明俱屬趙州。清朝屬正定府，雍正二年還屬趙州。房子故城，在高邑縣西南。《後漢書·光武紀》：更始二年，光武擊正定、元氏、防子皆下之。《注》："防"與"房"同，古字通用。《元和郡縣志》：高邑縣東北至州五十里，北齊天保七年移高邑縣於房子縣城東北十五里，即今縣也。《縣志》：俗呼其地曰倉房村。今河北高邑。

⑤ 《春秋地名考略》卷六"原圃"：杜注："原圃即圃田也。"今在中牟縣西北七里，為澤者八，若東澤、西澤之類，為陂者二十六，若大灰、小灰之類，其實一圃田澤耳。今已湮沒，鄭州市東有地名圃田鎮。

⑥ 《水經注·渠水》：上下二十四浦，津流徑通，淵潭相接，各有名焉，有大漸、小漸、大灰、小灰、義魯、練秋、大白楊、小白楊、散嚇、禹中、羊圈、大鵠、小鵠、龍澤、密羅、大哀、小哀、大長、小長、大縮、小縮、伯丘、大蓋、牛眼等浦。水盛則北注，渠溢則南播。斯浦乃水澤之所鍾，為鄭隰之淵藪矣。

⑦ 濟：至元六年刻本、合璧本作"沛"，《水經注·渠水》作"濟"。下同。

縣之圃田澤，北與陽武分水①。澤多麻黃草，《述征記》曰②：踐縣境便覩斯卉，窮則知踰界。”“《詩》所謂‘東有圃草’也。”

皇武子曰：“鄭之有原圃，猶秦之有具囿③。澤在中牟縣西。”

《竹書紀年》：梁惠成王十年，“入河水於甫田，又為大溝而引甫水④”。

朱氏曰：甫草，甫田也，後為鄭地。宣王之時未有鄭國，圃田屬東都畿内，故往西也。

陳氏曰⑤：“九州川、浸、澤、藪名在職方，不屬諸侯之版，而《詩》不以圃田繫鄭，《春秋》不以沙麓繫晉⑥，略可覩矣。周季，諸侯始擅不酚

---

① 《大清一統志》卷一六〇《懷慶府》：陽武縣，秦置陽武縣，漢分置原武縣，皆屬河南郡，後漢因之。晉省原武，以陽武屬滎陽郡，後魏因之。東魏改屬廣武郡，北齊省。隋復置，仍屬滎陽郡。唐初屬管州，貞觀元年改屬鄭州，五代屬開封府，宋、金因之。元初屬延州至，元九年屬汴梁路。明屬開封府，清朝因之，乾隆四十八年改屬懷慶府。陽武故城，在今陽武縣東南，秦置。《史記》：秦始皇二十九年東游至陽武博浪沙中。漢初曹參自曲遇從攻陽武。《魏書·地形志》：陽武有陽武城。蓋非故治也。《寰宇記》：陽武故城，在陽武縣東南二十八里。高齊天保七年移治汴水南一里，今無遺址。隋開皇五年復理此城。唐武德四年又移理漢原武城，即今治也。今河南原陽。

② 《述征記》：二卷，郭緣生著。郭緣生，又作延生，生平不詳。《舊唐志》云：“《述征記》二卷，郭象撰”，疑或名為象，字緣生或延生。清孫廷銓《顏山雜記》卷三引《續述征記》稱其為晉人。雍正《山西通志》卷一七五稱：“南宋郭緣生《武昌先賢傳》”，又“南宋郭緣生《述征記》”，今觀《舊唐志》體例為按朝代先後順序排列，南宋後為梁、隋，又本書已為酈道元《水經注》大量引用，則此處南宋當指南朝劉宋。又《冊府元龜》卷五五五：“郭緣生為天門太守。”《太平御覽》卷五一：“郭緣生《跡異記》曰……”由以上綜而觀之，郭緣生當系東晉末劉宋初人，嘗官天門太守，另著有《續述征記》、武昌先賢傳》及《跡異記》，今俱不傳。《述征記》、《續述征記》、《御覽綱目》有載，是後官私史志目均不見收，疑北宋中期之後亡佚。從《水經注》、《太平御覽》、《寰宇記》諸書所引條目內容來看，是書所記多為各地山川城邑之類，似為記錄旅途見聞而成，當系行程記一類著作。今有《毄淡廬叢稿》所收民國葉昌熾輯本一卷。

③ 《春秋地名考略》卷一一“具囿”：按《詩·馴鐵》美襄公有田狩之事，園囿之樂，其詩曰“遊於北園，四牡既閑，輶車鸞鑣，載獫歇驕”是也。具囿蓋亦苑囿之名，穆公都雍，具囿必在祈年、橐泉之間。《詩演義》卷六：北園豈即具囿歟？《淮南鴻烈·墜形訓》“秦之陽紆”高誘注：陽紆在馮翊池陽，一名具囿。

④ 《明一統志》卷二六《開封府·山川》：大溝，在尉氏縣西南一十五里，東北合康溝入於黃河。

⑤ 陳氏：即陳傅良。引文又見王與之《周禮訂義》卷二一。

⑥ 沙麓：即沙鹿。《左傳》：僖公十四年“秋八月辛卯，沙鹿崩”。杜預注：“沙鹿，山名，陽平元城縣東有沙鹿土山，在晉地，災害繫於所災所害，故不繫國。”《公羊傳》：“沙鹿者何？此邑也。其言崩何？襲邑也。沙鹿崩何以書？記異也，外異不書此何以書？為天下記異也。”（明）卓爾康《春秋辯義》卷首六：“其沙麓、梁山不著晉者，名山大川不以封，非晉之所得有也。”

之利，齊幹山海，而桃林之塞[1]、郇瑕之地晉實私之，甚者至周歲貢百二十金於魏以易溫囿[2]。"

《韓詩》："東有圃草。"

《補傳》曰："甫田，易野也。易野以車為主，故用以選車，'田車既好'是也。"

## 敖

《郡縣志》：敖山，在鄭州滎澤縣西十五里。春秋時，晉師在敖、鄗之間。二山名，在滎陽縣西北[3]。

《宋武北征記》曰[4]："秦時築倉於山上，漢高祖亦因敖倉傍山築甬道，

————————————————————————————

① 《春秋地名考略》卷四"桃林之塞"："文十三年，晉使詹嘉處瑕以守桃林之塞。杜注：桃林，在弘農華陰縣東潼關。按《後漢志》曰：弘農有桃丘聚，故桃林。《博物記》曰：桃林之塞在湖縣休與之山。《水經注》：湖水出桃林塞之夸父山，武王歸馬華陽，放牛桃林即此也。其中多野馬，造父於此得驊騮、騄耳、盜驪之乘以獻周穆王。潼關古亦稱桃林塞。《水經注》：河在關內南流，衝激關山，因謂之潼關，晉所謂桃林之塞，秦所謂楊華也。又西有潼水，東北流，注於河，河自潼關東北流，水側有長坂，謂之黃卷阪。潘岳《西征賦》所云泝黃卷以濟潼也。潼關之名自魏武西征馬超始見於史，今在華州華陰縣東四十里。漢弘農縣，今靈寶。漢湖縣，今閿鄉也。《三秦記》曰：桃林，長安東四百里。考潼關去長安東三百里，更加百里則為閿鄉之境。《元和志》曰：虢之閿鄉東南十里有桃原，武王放牛桃林之處，陝之靈寶又有桃林塞在焉，蓋秦中自華而虢，自虢而陝而河南，中間千里，古立關塞有三，在華陰者潼關也，自潼關東二百里至陝州靈寶縣則秦函谷關也，自靈寶縣東三百餘里至河南府新安縣則漢函谷關也。王氏曰：自靈寶以西潼關以東皆曰桃林，自崤山以西潼津以南通稱函谷，然則桃林、函谷同實異名。新安漢關楊僕所移，與桃林無興。秦關以西皆詹父所守矣。隋分弘農縣地置桃林縣，天寶初，得寶符於古函谷故關旁，改名靈寶。《括地志》函谷故關，在陝州桃林縣南十一里，有關城在谷中，深險如函，因名。其中劣通東西十五里，絕岸壁立，其上柏林蔭谷中，荀卿謂之松柏之塞。林氏曰：春秋時崤函晉有也，故能以制秦，秦得崤函而六國之亡始兆矣。賈生曰：秦孝公據崤函之固。孝公始置關，自前則但謂之桃林也。今靈寶西有桃林寨。"

② 溫囿：或作溫圃，《戰國策·西周策》："臣嘗聞溫囿之利歲八十金，周君得溫囿，其以事王者歲百二十金，是上黨每患而贏四十金，魏王因使孟卯致溫囿於周君而許之戍也。"韋昭注："溫囿貢於魏王八十金耳，周君得之則貢百二十金，故曰是贏四十金也。"

③ 《春秋地名考略》卷六"敖"：敖山在今開封河陰縣西二十里，晉為滎陽縣地，唐開元二十年始析置河陰縣，故杜預云然。《括地志》：敖倉在滎陽縣西北十五里石門之東，北臨汴水，南帶三皇山。

④ 《宋武北征記》：《隋志》曰："一卷，戴氏撰。"兩《唐志》不收，宋代諸目亦不見有載。宋初樂史《太平寰宇記》引用有三條，均見於《元和志》，據此疑是書中晚唐尚存，宋初當已不傳，是亡於唐末五代戰亂時期。從所存條目看，當是從宋武帝劉裕北伐時之旅行筆錄，即行程記之類著作。戴氏，從存條之內容看，疑即戴延之。戴延之，《水經注·洛水》"東北過盧氏縣南"條："義熙中，劉公西入長安，舟師所屆，次於洛陽，命參軍戴延之與府舍人虞道元即舟遡流，窮覽洛川，欲知水軍可至之處，延之屆此而返，竟不達其源也。"戴延之另有《西征記》，為隨劉裕西征長安之行程記類作品。

下汴水①，踐土臺。故王宮，在縣西北十五里，臨汴水，南帶三皇山②，秦所置。仲丁遷於囂③，此也。《詩》'薄狩於敖'，皆此地。"

《括地志》："滎陽故城，在鄭州滎澤縣西南十七里。殷時敖地，周時名北制④，在敖山之陽。"《水經·濟水》："東逕敖山北。"《注》云：《詩》"薄狩於敖"，山上有城，殷仲丁所遷。秦置倉於其中，亦曰敖倉城。

鄭氏曰："敖，鄭地，今近滎陽。"

呂氏曰：晉師救鄭，在敖、鄗之間，設七覆於敖前⑤。則敖山之下平曠可以屯兵，翳薈可以設伏，"東有甫草"即此地。

《郡國志》：河南滎陽，有敖亭，周宣王狩於敖。

《補傳》曰："敖，險野也。險野以人為主，故用以選徒。"

## 漆沮

《禹貢·雍州》："漆沮既從。"蔡氏曰："漆水，《寰宇記》：自耀州同官

---

① 《河南通志》卷一二《河防一·開封府》：汴河，源出滎陽大周山，合京、索、須、鄭四水，東南流，即《禹貢》之濰水。春秋時謂之邲水。秦、漢曰鴻溝，《漢志》謂之蒗蕩渠。明帝遣王景、王吳修築，亦曰滎陽漕渠，又名陰溝。《元和志》：開渠以通淮、泗，歲久復湮。晉末劉裕滅秦，發長安，自洛入河，開汴渠而歸，後復湮。隋大業初更開之，名通濟渠，西通河、濟，南達江、淮，唐天寶後復湮。至廣德二年乃命劉晏開汴水以通運，唐末潰壞。周顯德二年謀伐唐，乃因故堤而疏導之。五年浚汴口，達淮，江、淮舟楫始通。六年又自大梁城東導汴入蔡水，又導汴入五丈渠。宋建隆三年導索水自游然與須水合入於汴，謂之金水河。嘉祐六年自南京都門三百里修狹河木岸，扼束水勢，人以為便。熙寧八年自汜水之任村沙口至河陰之瓦亭子達汴口，接運河，長五十一里，兩岸為堤長一百三里，自是汴、洛通流。今考汴河故道自河陰縣東北廣武山澗中東南流，過陽武、中牟至開封府城南東流，過陳留、杞縣北，又東過睢州北、考城縣南、寧陵縣北，東經歸德府城南。隋以前自歸德府界東北流，達虞城、夏邑北，入江南徐州界，過碭山北、蕭縣南，至徐州北合於泗。隋以後則由歸德府境東南流，達夏邑、永城南而入鳳陽府宿州界，東南流經靈璧、虹縣南，至泗州兩城間而合於淮。宋時東南漕運大都由汴以達畿邑，故汴河經理為詳。南遷以後不資於汴，故汴河日就湮廢。金雖都汴，而周章匆遽，亦欲經理漕渠，自泗通汴而未遑也。洪武六年議浚汴河而中格。自是陵谷變遷，中牟以東汴河不復續矣。

② 三皇山：即皇室山，亦謂之為三室山。雍正《河南通志》卷八《山川下·鄭州》：三皇山、廣武山俱在河陰縣北一十三里，二山相連，其上有東、西廣武二城，即楚漢屯兵相拒處，其麓東跨滎澤，南跨汜水，連亘五十里。

③ 《尚書地理今釋·五邦》：囂，《史記》作"隞"，並音"敖"字。

④ 《春秋地名考略》卷六"制"：杜注："北制，鄭邑，今河南成皋縣也，一名虎牢。"按：苑陵縣有制田。苑陵，今鄭州也，成皋在其北，故別之為北制。《穆天子傳》云：天子獵於鄭圃，虞人掠林有虎在葭中，七萃之士高奔戎生擒之，獻於天子，命為柙，畜諸東虢，是謂虎牢。成皋，秦所置縣，舊名虎牢。漢成皋縣屬河南郡，《後漢書》作"成睪"，魏、晉復稱成皋。劉宋置司州，北魏置豫州，後改北豫州，東魏置成皋郡，後周置滎州，隋置鄭州，皆治此。大業中改縣曰汜水。唐改屬洛州，又改孟州。宋初屬洛州，後改屬孟州。金屬鄭州，今仍之。古虎牢城，在縣西。今河南滎陽。

⑤ 杜預注：覆為伏兵七處。

縣東北界來①，經華原縣合沮水②。沮水，《地志》③：出北地郡直路縣東④，今坊州宜君縣西北境也⑤。《寰宇記》：沮水，自坊州昇平縣北子午嶺出⑥，

---

　　① 《大清一統志》卷一七八《西安府·建置沿革》：同官縣，漢祋祤縣地。後魏太平真君七年置銅官縣，屬北地郡。隋曰同官，屬京兆郡。唐武德初屬宜州，貞觀十七年屬雍州，天授二年屬宜州，大足元年仍還雍州。五代梁改屬同州。後唐改屬耀州，宋、金、元、明因之。清朝雍正十三年改屬西安府。今陝西銅川。

　　② 《大清一統志》卷一七八《西安府·建置沿革》：耀州，漢置祋祤縣，屬左馮翊，後漢初廢，永元九年復置。三國魏廢祋祤，僑置泥陽縣，兼置北地郡，晉因之。後魏太平真君七年併泥陽入富平縣，景明元年復置，仍屬北地郡，永熙元年兼置北雍州。西魏廢帝三年改州曰宜州，又改郡曰通川。隋開皇三年郡廢，六年改縣曰華原。大業三年州廢，縣屬京兆郡。義寧二年於縣置宜君郡。唐武德初曰宜州，貞觀十七年州廢，屬雍州。垂拱二年改曰永安縣，天授二年又置宜州，大足元年廢還屬雍州，神龍元年復曰華原，天祐三年以縣置耀州。五代梁貞明元年改曰崇州。後唐同光元年復故。宋亦曰耀州華原郡，屬永興路。金屬京兆府路。元至元初以州治華原縣省入，屬奉元路。明屬西安府，清朝初因之。雍正三年改為直隸州，十三年仍屬西安府。今陝西耀縣。

　　③ 《地志》：不詳。《漢書·地理志·北地郡·直路》：沮水出東，西入洛。據此，疑此《地志》即《漢書·地理志》，此處脫一“理”字。

　　④ 《大清一統志》卷一九五《鄜州·古蹟》：直羅故城，在州西北。唐置，屬鄜州。《元和志》：縣東至州一百里。本漢雕陰縣地。晉時戎狄所居。隋開皇三年築城，以城枕羅源，其川平直，故名直羅城。武德三年分三川、洛交二縣於此置縣，因城為名。《九域志》：在州西九十里。《元史·地理志》：至元四年併直羅縣入州。《元統志》：中部縣西北至廢直羅縣一百四十里。《舊志》：按《漢志》北地郡領直路縣，沮水出西，東入洛。《中部縣志》：直路城在縣西北二百里。考《寰宇記》，沮水源出昇平縣北子午山，今子午山實在今州西南界，與直羅相近，疑直羅縣本即漢之直路縣，後人訛“路”為“羅”耳。今陝西富縣。

　　⑤ 《太平寰宇記》卷三五：坊州，中部郡，今理中部縣。古白翟之國。秦屬內史。《漢書》云：朔方為西部都尉，休屠為北部都尉，渠搜為中部都尉，故此為中部郡焉。又《郡國志》云：鄜城本三秦高奴之地翟道故城是也，俗謂高樓城，即春秋白翟所居。魏、晉陷於狄，不置郡縣。劉、石、苻、姚時於今州理西七里置杏城鎮，常以重兵守之。後魏文帝改鎮為東秦州，孝明改為北華州，廢帝改為鄜州。後周天和七年世祖元皇帝作牧鄜州，於今界界置馬坊，結構之處尚存。唐武德二年，高祖駕幸於此，聖情永感，因置坊州，取馬坊為名。天寶元年改為中部，郡乾元元年復為坊州。元領縣四，今三：中部、宜君、昇平。一縣割出：鄜城（入鄜州）。《元豐九域志》卷三：熙寧元年省昇平縣為鎮入宜君。

　　《大清一統志》卷一九五《鄜州》：宜君縣，漢左馮翊祋祤縣地。東晉時苻秦置宜君護軍。後魏太平真君七年置宜君縣，屬北地郡。西魏置宜君郡。隋開皇初郡廢，屬京兆郡。唐初屬宜州，貞觀十七年廢，二十年復置，屬雍州。永徽二年又廢，龍朔三年復置，屬坊州，五代、宋、金因之。元改屬鄜州。明統於延安府。清朝雍正三年屬鄜州。宜君故城，在宜君縣西南。《元和志》：縣東北至坊州一百里。前秦苻堅於祋祤故城置宜君護軍，後魏太武改為宜君縣。文帝大統五年又移於今華原縣北。貞觀十七年廢，二十年置玉華宮，仍於宮所置宜君縣，屬雍州。永徽二年與宮同廢，龍朔三年坊州刺史竇師倫奏再置。《九域志》：縣在坊州西南五十五里。按：宜君縣移治諸志末詳何時，但《元和志》云玉華宮在縣西北四里，《寰宇記》云宮在縣西四十里，移治當在五代時也。今陝西宜君。

　　⑥ 《大清一統志》卷一九五《鄜州》：昇平廢縣，在宜君縣西北。唐置，屬坊州。《寰宇記》：縣在州西九十里，唐天寶十二年刺史羅希奭奏析宜君縣西北昇平等三鄉置縣，以鄉為名，東南去宜君縣三十五里，尋以吐蕃侵破，移縣在橫林川。《九域志》：熙寧元年省昇平縣為鎮入宜君。今陝西宜君。子午嶺，在中部縣西北二里，接慶陽府合水縣界，沮水出此，秦蒙恬塹山堙谷即此嶺。

俗號子午水，下合榆谷[①]、慈馬等川，遂為沮水，至耀州華原縣合漆水，至同州朝邑縣東南入渭[②]。二水相敵，故竝言之。'既從'者，從於渭也。"

朱氏曰：漆沮，在西都畿內，涇、渭之北，所謂洛水，今流入鄜、坊，至同州入河。

段氏曰[③]：《書》所謂漆沮在灃水[④]、涇水之東[⑤]，為渭之下流。《吉日》漆沮乃會於東都，繼田獵之後，則宜為下流之漆沮。蓋遠歷鄜、坊，比之東都為地近。李氏曰："《禹貢》'東過漆沮'，即此漆沮是也。"

孔氏傳：在涇水之東，一名洛水，與"自土沮漆"者別也。此《職方氏》所謂雍州"其浸渭、洛"，非河南之洛也。《水經注》："洛水，闞駰以為漆沮之

---

① 《大清一統志》卷一九八《蘭州府·山川》：榆谷，在河州西。自晉以後皆為羌胡所據。後周逐吐谷渾，復收其地。唐時亦曰九曲，景龍初吐蕃請河西九曲為金城公主湯沐，鄯州都督楊矩奏與之。天寶十三年悉收九曲部落，置洮陽郡，築神冊、宛秀二城，尋復沒於吐蕃。胡三省《通鑑注》：大、小榆谷即唐之九曲，去積石軍二百里。《尚書埤傳》卷五：蔡傳合榆谷川，非也。榆谷在臨洮，去渭源遠。合榆谷者乃鞏昌沮水也，延安沮水何由西行數百里至臨洮？既至臨洮又何由至西安之耀州？

② 《太平寰宇記》卷二八：同州，馮翊郡，今理馮翊縣。春秋屬秦。戰國時為秦、魏二國之境。始皇平天下為內史地。項羽分為塞國。漢高帝初置河上郡，九年復罷。景帝分左、右內史，此謂左內史。武帝改為左馮翊，后漢因之。魏除"左"字，但為馮翊郡，晉因之。後魏兼置西華州。西魏改華州為同州，以"漆沮既從，灃水攸同"，言二水至斯同流入渭，以城居其地，因為州之名，在馮翊縣，而馮翊縣如故。隋開皇初廢郡，煬帝初州廢復置馮翊郡。唐武德元年改為同州，領馮翊、下邽、蒲城、朝邑、澄城、白水、郃陽、韓城八縣。三年分朝邑置河濱縣，分郃陽置河西縣，分澄城置長寧縣，仍割河西、韓城、郃陽三縣於河西置西韓州。九年分馮翊置臨沮縣。貞觀元年省河濱、臨沮二縣，八年省長寧縣，廢西韓州，以郃陽、河西三縣來屬。垂拱元年割下邽屬華州，開元四年割蒲城縣屬京兆府。天寶元年改同州為馮翊郡，乾元元年復為同州。元領縣七，今八：馮翊、郃陽、澄城、白水、韓城、胡邑、夏陽、蒲城（雍州割到）。《元豐九域志》卷三：同州，乾德二年以京兆府奉先縣隸州，開寶四年改為蒲城，天禧四年析隸華州。熙寧三年省夏陽縣為鎮入郃陽。《大清一統志》卷一八九《同州府·建置沿革》：朝邑縣，漢臨晉縣地。後魏太和十一年置南五泉縣，屬澄城郡。西魏改曰朝邑。隋屬馮翊郡。唐初屬同州，乾元三年割隸河中府，改名河西。大曆三年復曰朝邑，仍屬同州，五代、宋、金、元、明因之。本清朝雍正十三年屬同州府。今陝西大荔。

③ 段氏：即段昌武。引文見段昌武《毛詩集解》卷一七。

④ 灃水：即豐水。《大清一統志》卷一七八《西安府·山川》：豐水，源出鄠縣東南終南山北，流徑縣東，又北逕長安縣西，又北至咸陽縣東南入渭。一作"灃"，又作"酆"。《禹貢錐指》卷一七：渭南本周之舊都，西漢因之，其後隋、唐復建都於此，歷代相承，鑿引諸川以資汲取，便轉輸，溉民田，灌苑囿，津渠交絡，離合不常，凡地志、水經所言類非禹迹之舊。《詩》曰"豐水東注，維禹之績"，則渭南諸川唯灃為大。自漢鴻嘉中王商穿長安城，引內灃水注第中，而其流漸微。逮唐貞觀中堰灃、鎬入昆明池，二水於是斷流，又於京城西北引灃水為漕渠，合鎬水北流，由禁苑入渭，而灃水之流愈微矣。又鄭當時所開漕渠及靈軹、富民、昆明諸渠皆橫絕。灃、鎬等水水脈益亂不可尋究。霸、滻舊合流入渭，自隋堰滻水為渠而二水亦離故道。澇、潏舊各自入渭，今澇水下流亦合潏水入渭。大抵渭南六川盡失其舊。

⑤ 涇水：庫本脫。

水。"《史記正義》:《括地志》云:"洛水,源出慶州洛源縣①,此非古公所度漆沮也②。"

① 《大清一統志》卷二〇三《慶陽府·古蹟》:洛源故城,在安化縣東北,本漢歸德縣也,後廢。《隋書·地理志》:宏化郡統歸德縣,西魏置恒州,後周廢。又有洛源縣,大業初置。《元和志》:洛源縣東南至慶州三百七十五里,本漢歸德縣地,後漢迄晉無復郡縣。後魏文帝大統元年復置歸德縣,大業元年改為洛源縣,因洛水所出為名。《舊唐書·地理志》:洛源縣,隋大業十三年廢。貞觀二年復置,又自延州金城縣移北永州治於此。八年州廢,以洛源屬慶州。《寰宇記》:廢洛源縣在慶州東北二百七十里。按:《隋志》歸德、洛源二縣並有,《元和志》謂洛源即歸德改名,二說未知孰是。

② 《禹貢錐指》卷一〇:"導渭"《傳》云:漆、沮,二水名,亦曰洛水,出馮翊北。《正義》云:《地理志》漆水出扶風漆縣。依《十三州記》,漆水出岐山,東入渭,則與漆沮不同矣。此云會於涇,又東過漆沮,是漆沮在涇水之東,故孔以為洛水,一名漆沮。《水經》:沮水出北地直路縣,東入洛。又曰:鄭渠在太上皇陵東南,濁水入焉,俗謂之漆水,又謂之漆沮,其水東流注於洛水。《志》云在馮翊懷德縣東南入渭,以水土驗之,與《毛詩》古公"自土沮漆"者別也。彼漆即扶風漆水,彼沮則未聞。渭按:此說是也。《水經》:沮水出北地直路縣,東過馮翊祋祤縣北,東入於洛。《注》云:沮水自直路縣東南逕燋石山東南流,歷檀臺川,俗謂之檀臺水。屈而夾山西流,又西南逕宜君川,世又謂之宜君水。東南流逕祋祤縣故城西,又南合銅官水,又南出土門山西,復謂之沮水。又東南歷土門南原下,東逕懷德城南,又東逕漢太上皇陵北,而東注鄭渠。又東濁水注焉,分為二水:一水東南出,即濁水也,至白渠與澤泉合,俗謂之漆水,又謂之漆沮水。絕白渠,東逕萬年縣故城北,為櫟陽渠。又南屈,更名石川水。又西南逕郭葮城西與白渠枝渠合,又南入於渭水。其一水東出,即沮水也,東與澤泉合。水出沮東澤中,與沮水隔原相去十五里,東流,逕懷德城北,東南注鄭渠,合沮水。沮循鄭渠東逕當道城南,又東逕蓮勺縣故城北,又東逕漢光武故城北,又東逕粟邑縣故城北,又東北注於洛。渭按:鄘元以濁水為漆水,宋人則以銅官川水來合沮水者為漆水,近志皆承其說,云沮水出中部縣西北子午嶺,東南流逕宜君縣東北,又東南逕同官縣西,又南逕耀州西而東會漆水。漆水出同官縣東北,西南流至縣城東北注銅官水,又西南至州南與沮水合。沮水又東南逕富平縣西南,又東南逕白水縣南而東注於洛。然漆水原委宋人始言之,他無所考據也。《禹貢》豫有洛而雍無洛,洛水之名其昉於殷周之際乎?《水經》元有《洛水篇》,宋初尚存,後乃亡之耳。今據《通典》、《元和志》、《寰宇記》、《長安志》及近世州、縣《志》所載以補《水經》之闕:洛水出安化縣東北白於山,南流逕廢洛源縣,又東逕保安縣西南,又東南逕安塞縣西,又南逕甘泉縣西,又東南逕鄜州東,又南為三川水,又南逕洛川縣西南,又南逕中部縣東北,又南逕宜君縣東,又東南逕白水縣東與沮水合,又東南逕澄城縣西與蒲城縣分水,又南逕同州西南,又東逕沙阜北,又東南逕朝邑縣西之朝坂,又南自趙渡鎮歷華陰縣西北葫蘆灘入渭。明成化中,洛水改流而東過鎮南徑趨於河,不復至華陰入渭矣。《詩·大雅》:"民之初生,自土沮漆。"《傳》云:沮水、漆水也。《周頌》:"猗與漆沮,潛有多魚。"《傳》云:漆、沮,岐周二水也。此皆謂扶風之漆沮。而林少穎以"猗與漆沮"釋"漆沮既從",恐非。《小雅》"瞻彼洛矣",《傳》以為宗周溉浸之水,亦不言洛即漆沮。謂漆沮亦曰洛水實自安國《書傳》始,而闞駰、鄘道元從之,孔穎達復援以釋《詩》,於是洛與漆沮合而為一水矣。其濁水上承雲陽大黑泉,名漆沮水者,乃土俗之稱,而洛水之為漆沮,則先儒皆以為然,故顏師古注《漢書》亦用其說。然直路之沮自櫟陽縣界合濁水分為二水,一循鄭渠而東注洛,其間二百餘里,實鄭國之所鑿。《漢志》云沮入洛,亦據既有鄭渠後言之耳。自鄭渠一廢而濁水絕於三原,沮水不抵富平,可見此水在古時元合濁水,至櫟陽入渭,而不與洛通也。《雍錄》謂"《禹貢》漆沮惟富平石川河正當其地"確不可易。扶風有二漆水,而沮則無聞。《漢志》漆縣下云水在縣西,不言其所出入。《水經》云:出杜陽縣俞山,東北入於渭。《說文》云:出杜陽岐山,東入渭。闞駰云:出漆縣西北岐山,東入渭。鄘道元云:周太王去邠度漆,踰梁山止岐下。此一漆也。闞駰云:有水出杜陽縣岐山北漆溪,謂之漆渠,西南流注岐水。鄘道元云:杜水出杜陽山東南流合漆水,水出杜陽之漆谿,謂之漆渠,南流合岐水,至美陽縣注於雍水。《隋志》扶風普潤縣有漆水。此又一漆也。《元和志》云:漆水在新平縣西九里,北流注於涇。今麟游縣東南亦有漆水,與此異。《寰宇記》云:按《注水經》曰漆水自宜祿界來,又東過漆縣北,即今邠州所治也,今縣西九里有白土川,東北流經白土原東、陳陽原西,又東北注涇水,恐是漢之漆水,但古今異名耳。麟游之漆水南流與杜陽水合,非漢之漆水也。渭按:涇水今自邠州北東南流入永壽縣界,漆水東北流必注於涇,言入渭者,非漆縣之漆。注涇以入渭,普潤之漆合杜、岐、雍以入渭,皆在涇水之西,其不得為《禹貢》之漆也明矣。二漆中必有一沮在。麟游之漆當是沮水,土俗音訛以"沮"為"漆"耳。

## 南山

"幽幽南山。"劉氏曰①："鎬京之陽，終南之山。"嚴氏曰："周都豐、鎬，面對終南，故《天保》、《祝君》、《斯干》、《考室》、《節南山》、《刺師尹》，皆指此山。"

## 沔水

《晉語》"公子賦河水"注："河，當作'沔'，字相似誤也。"嚴氏曰："杜詩云'衆流歸海意，萬國奉君心'，與此詩意同。"

## 褒

《輿地廣記》：興元府褒城縣，故褒國，漢置褒中縣②。《括地志》："褒國故城，在縣東二百步。"《國都城記》："褒國，姒姓，夏同姓所封。"《水經注》：石門③，在漢中之西，褒中之北。褒水又東南歷褒口，即褒谷之南口也④，北口曰斜。褒水又南逕褒縣故城東。褒中縣也，本褒國。又南流，入於漢。南鄭縣⑤，故褒之附庸。周顯王之世，蜀有褒、漢之地。至六國，楚人兼之。懷王衰弱，秦略取焉。《晉語》：周幽王伐有褒。《鄭語》：褒人、褒姁。《魯詩》："閻

---

① 劉氏：即劉彝，字執中，福州人，官都水丞，著《七經中議》百七十卷、《明善集》三十卷、《居陽集》三十卷。《宋史》有傳。引文又見呂祖謙《呂氏家塾讀詩記》卷二〇。

② 《大清一統志》卷一八六《漢中府》：褒城縣，古褒國。漢置褒中縣，屬漢中郡，為都尉治，後漢因之。晉義熙中改曰苞中。劉宋省。後魏永平四年復置褒中縣，兼置褒中郡。隋開皇初郡廢，改縣曰褒內。仁壽元年又改褒城，屬漢川郡。義寧二年又改褒中。唐貞觀三年復曰褒城，屬興元府，宋因之。元屬興元路。明、清屬漢中府。褒中故城，在褒城縣東南。《宋書·州郡志》：譙縱滅，梁州刺史還治漢中之苞中縣，所謂南城也。元嘉十年南城失守，還治南鄭，而苞中遂廢。《水經注》：褒中縣，本褒國，漢昭帝元鳳六年置。《九域志》：褒城縣在府城西北四十五里。《縣志》：唐褒城在縣東南十里，宋嘉祐中徙治山河堰北，後移堰南，即今治。古褒國城在今縣東三里。今陝西漢中。

③ 《大清一統志》卷一八六《漢中府·山川》：在褒城縣西北。《水經注》：褒水東南逕大石門，歷故棧道下谷，又東南歷小石門，門穿山通道，六丈有餘，刻石言：漢永平中司隸校尉犍為楊厥所開，逮建和二年漢大中大夫同郡王升琢石頌德，以為即石牛道，蜀王時五丁所開，厥因而廣之。後魏王遠《石門銘序》：正始元年，漢中獻地，褒斜始開，至於門北一里，西上鑿山為道，峭岨盤紆，行者苦之。梁、秦初附，刺史羊公表自迴萬以東開創道路。至永平二年畢工，開廣四丈，路廣六丈。皆沿溪棧壑，砰險梁危，自迴萬至谷口三百餘里，連輈駢轡，莫不夷通。《縣志》：石門在縣北雞頭關下，此門通可避七盤之險。

④ 《陝西通志》卷一一《山川四·漢中府·褒城縣》：褒谷，在縣東北十里，自此入連雲棧，西北一百五十里入鳳縣界，又二百二十里直抵郿縣之斜谷，今亦謂之南谷，所謂南口曰褒也。

⑤ 《大清一統志》卷一八六五《漢中府》：南鄭縣，附郭，秦南鄭邑。漢置縣，為漢中郡治，後漢至南北朝因之。隋為漢川郡治。唐為興元府治，宋因之。元為興元路治。明、清為漢中府治。南鄭故城，在今南鄭縣東。《史記》：秦厲公二十六年城南鄭，惠王十年攻楚漢中，取地六百里，置漢中郡。漢元年項羽立漢公為漢王，王巴、蜀、漢，都南鄭。後漢末，張魯據漢中，改為漢寧郡。建安二十年曹操討平之，復為漢中郡。二十四年先主克漢中，稱漢中王，號為重鎮。魏景延四年克蜀，置梁州。晉建興二年沒於李雄，永和三年復屬晉，寧康元年又陷苻堅。太元九年復歸晉。梁天監三年夏侯道遷以梁州降魏。《水經注》：南鄭之號始於鄭桓公，桓公逼於犬戎，其民南奔，故以"南"為稱。大城周四十二里，城內有小城，皆漢所修築。晉咸康中梁州刺史司馬勳斷小城東三分之一，而以為梁州漢中郡南鄭縣治。《寰宇記》：後魏廢帝三年改南鄭為光義縣，移理州東光義府。隋開皇初復為南鄭縣，大業八年移縣理郡西城，南臨漢水，即今所理，故城在今縣東北。《輿地紀勝》：古漢中郡城在今縣東二里許，即秦厲公所築。宋嘉定二年始徙今治。按：南鄭縣前漢時即為郡治，未嘗治西城也。今陝西漢中。

妻扇方處①。"班婕好《賦》:"哀褒閻之為郵②。"

## 百川沸騰

《周語》:幽王二年③,西周三川皆震。《注》:"西周,鎬京也,邠、岐之所近。三川,涇、渭、洛。洛,即漆沮。震,動也。地震,故三川亦動。"

伯陽父曰:"昔伊洛竭而夏亡④,河竭而商亡,今周德若二代之季矣。"是歲也,三川竭,岐山崩。

## 向

孔氏曰:"《左傳》桓王與鄭十二邑⑤,向在其中。杜預云:河內軹縣西有地名向上⑥。則向在東都之畿內也。"軹縣,唐省入孟州濟源⑦。

《水經注》云:向城北向岡。《左傳》:襄十一年,諸侯伐鄭師於向⑧。

朱氏曰:"都,大邑。《周禮》:畿內大都方百里,小都方五十里,皆天

---

① 《詩考》:《漢書·谷永傳》"閻妻驕扇,日以不臧"顏師古曰:"《魯詩·小雅·十月之交篇》曰云云,言屬王無道,內寵熾盛,政化失理,故致災異,日為之食,為不善也。"

② 郵:庫本作"鄷",《漢書·班婕好傳》亦作"鄷"。顏師古注:小雅刺幽王之詩曰"赫赫宗周,褒姒滅之,閻妻煽方處",故云為鄷。鄷,過也。

③ 二:庫本作"三",《國語·周語》作"二",《史記·周本紀》載其事亦在幽王二年。

④ 《大清一統志》卷一九二《商州·山川》:洛水,在雒南縣北五里,源出秦嶺,東流入河南盧氏縣界。《大清一統志》卷一六二《河南府·山川》:洛水,自陝州盧氏縣流入,東北經永寧縣南,又東北逕宜陽縣北,又東徑洛陽縣南與澗、瀍二水合,又東逕偃師縣南合伊水,又東北逕鞏縣西北,又東至開封府汜水縣西北入河。伊水,自陝州盧氏縣熊耳山發源,流經嵩縣南一里,東北經伊陽縣界至洛陽縣南,又東北至偃師縣西南五里合洛水。

⑤ 《左傳》:桓王八年,與鄭人蘇忿生之田温、原、絺、樊、隰郕、攢茅、向、盟、州、陘、隤、懷。

⑥ 《大清一統志》卷一六〇《懷慶府·古蹟》:軹縣故城,在濟源縣南十三里。戰國魏軹邑。秦昭襄王十六年伐魏,取軹。漢文帝元年封舅薄昭為軹侯。《通典》:濟源縣,漢軹縣地,故城在今縣東南。《括地志》:軹故城在濟源縣東南三十里。今河南濟源。
《春秋地名考略》卷一"向":《十三州志》:"軹縣南山西曲有故向城。"《竹書》曰:"鄭侯使韓辰歸晉陽及向,二月城陽、向,更名陽為河雍,向為高平。"《括地志》:高平故城在河陽縣西北四十里。今懷慶府濟源縣西南有向城。今河南濟源。

⑦ 《大清一統志》卷一六〇《懷慶府》:濟源縣,周為原國。春秋晉原邑。漢置沁水、軹二縣,屬河內郡,後漢、晉、魏因之。北齊省沁水縣。隋開皇十六年始分軹縣置濟源縣,屬懷州,大業初屬河內郡。唐武德二年於濟源縣置西濟州,四年州廢,縣屬懷州。貞觀元年省軹縣入焉。顯慶二年改屬洛州。廣德後屬河陽三城使。會昌三年屬孟州,五代、宋、金因之。元太宗六年改置原州,七年復為濟源縣,屬孟州。明洪武十年改屬懷慶府,清朝因之。今河南濟源。

⑧ 《春秋地名考略》卷四"向":襄十一年,諸侯伐鄭,師於向。杜注:地在潁川長社縣東北。按:襄十四年會吳於向,杜注"鄭地"即此也。《水經注》:康溝水首受洧水於長社縣東,又東北經向岡西,即鄭之向鄉也。又東為染澤陂,又東至尉氏。今開封尉氏縣西南四十里有向城。今河南尉氏。

子公卿所封也。向，在東都畿内，今孟州河陽縣是也①。"

《九域志》：同州有向城，《詩》"作都於向"謂此。

## 蘇公

鄭氏曰："蘇，畿内國。"

孔氏曰："《左傳》：昔周克商，使諸侯撫封，蘇忿生以溫為司寇。則蘇國在溫。"杜預曰："今河内溫縣②。"是東都畿内也。"春秋時蘇稱子，此云'公'者，蓋子爵而為三公。"《書》："司寇蘇公。"《鄭語》：已姓，昆吾之後。僖十年，溫子奔衛。《傳》云蘇子。《注》："國於溫，故曰溫子③。"《世本》："蘇成公作篦。"

《寰宇記》：故溫城，在孟州溫縣西三十里。《地理志》：河内郡溫縣，故國，已姓，蘇忿生所封。

## 暴公

鄭氏曰："暴，畿内國。"

《春秋》：文八年，公子遂會雒戎，盟於暴。杜氏注："鄭地。"朱氏曰：戰

---

① 《大清一統志》卷一六〇《懷慶府·古蹟》：河陽故城，在孟縣西三十五里。春秋晉河陽邑。戰國屬魏。《史記》：趙惠文王十一年，董叔與魏氏伐宋，得河陽於魏。漢置縣，屬河内郡，晉省。《水經注》：河水東逕河陽縣故城南。魏孝昌中復置，高齊省。隋時復置，移治北中府城，而此城廢。《隋志》：河陽有古河陽城治。《寰宇記》：在今河陽縣西三十五里。今河南孟州。

② 《大清一統志》卷一六〇《懷慶府》：溫縣，周畿内溫邑。漢置溫縣，屬河内郡，後漢及魏、晉因之。東魏天平初改屬武德郡，北齊省。隋開皇十六年復置，屬河内郡。唐武德四年改縣曰李城，并置平州，是年州廢，縣復故名，屬孟州，八年屬懷州。顯慶二年屬洛州。建中二年屬河陽三城使。會昌三年屬孟州，五代、宋、金、元皆因之。明、清屬懷慶府。溫縣故城，在今溫縣西南三十里，亦曰蘇城，周為畿内邑。戰國時為魏地。漢置縣，屬河内郡。東魏天平中移縣於古城東北七十里。隋大業十三年又移治於李城。今河南溫縣。

③ 《春秋地名考略》卷一"溫"：蘇忿生，周武王司寇蘇公也。按：僖十年，《經》書"狄滅溫，溫子奔衛"。《左傳》則曰"狄滅溫，蘇子奔衛"，杜注：司寇蘇公之後，國於溫，故曰溫子。一國二名，且《經》、《傳》異辭，後人因以叢疑。鄭樵曰：蘇，已姓國，顓頊裔，封於蘇，鄴西蘇城是也。羅泌曰：蘇，已姓國，懷之武德有古蘇城，在濟原西北二里；孟之溫縣西南三十里有古溫城，為蘇忿生之邑。直判蘇、溫為二國，顯與《經》、《傳》相戾。王氏《卮言》：王與鄭以蘇田十二，溫居一焉，則始封於蘇，而溫特為蘇田耳，其後遂以為國。斯言諒矣。蓋東遷後，蘇氏已絶，封故田歸王室，第觀王與鄭田時，特稱其祖父之名即可見矣。其後子頽作難，因蘇氏復見於《經》，蓋續封而居溫，故見滅於狄，遂稱溫子也。溫滅之後，地復歸王，更以賜晉。至文公十年，女栗之盟復見蘇子，再絶再續，仍就初封，尋其蹤跡，了可可見。至於蘇城之説，鄭、羅又異。鄴似太遠，懷為較近。武德，漢縣。《漢志》：沁水東南至武德入河。沁流為濟，故有濟原之名，度其地在今武陟縣東，亦可通也。然則羅氏所謂懷之蘇即忿生之初封也，所謂孟之溫即續封而尋滅者也，原非二國，第緣文義少滯，遂如乖異耳。再按：晉受溫邑，以狐溱為溫大夫，襄公以予陽處父，景公以予郤至，平公以賜欒大心，韓宣子以州田易得之。中間又嘗屬趙氏，故趙文子曰：溫，吾縣也。戰國時屬魏，《史記·魏世家》：昭王十年，齊滅宋，宋王死我溫。安釐王十年，秦軍大梁下，予秦溫以和。漢於此置溫縣，屬河内郡。《後漢書》：濟水之所出，王莽時大旱枯絶。東魏屬武德郡，北齊廢。隋復置，屬懷州。唐徙治於李城，即今溫縣治也，古溫城在縣西南三十里。李城者，戰國時秦攻趙邯鄲，李同帥其徒赴秦軍，秦軍退，同死，封其父為李侯，此為封邑也。然則溫地乃趙、魏分界之處耶。

國及漢時有人姓暴。《世本》："暴辛公作塤。"譙周《古史考》云①："古有塤、篪尚矣。"《風俗通》②："暴辛公，周諸侯也。"

## 有北

毛氏曰：北方寒涼不毛之地。

《莊子》："窮髪之北。"

## 楊園　畝丘

毛氏曰："楊園，園名。"朱氏曰："下地也。""畝丘，丘名。"《爾雅·釋丘》云："如畝。"李巡曰："謂丘有壟界，如田畝。"朱氏曰："高地。"

孔氏曰："於時王都之側蓋有此園、丘，詩人見之為詳③。"

## 東國　譚 見前

孔氏曰：譚國在京師之東。

陳氏曰④："晉之《乘》、楚之《檮杌》、魯之《春秋》，皆東遷之史也。古者諸侯無私史，有邦國之志，則小史掌之而藏周室，魯人所謂'周人御書'。晉人所謂'辛有之二子董之，晉於是有董史'者也⑤。是故《費誓》繫於《周書》，漢、汝、江、沱至於譚大夫，下國之詩，皆編入於南雅。"

朱氏曰："小東、大東，東方小、大之國也。自周視之，則諸侯之國皆在東方。"《文中子》龔氏注："周之侯國各得獻詩於王，若《大東》'漸漸之石'之類是也。"

## 氿泉

毛氏曰："側出曰氿泉。"音"軌"。《釋名》："流狹而長⑥，如車軌。"

---

① 《晉書·司馬彪傳》：譙周以司馬遷《史記》書周、秦以上或採俗語百家之言，不專據正經，周於是作《古史考》二十五篇，皆憑舊典以糾遷之謬誤。《隋·唐志》均作二十五卷。《御覽綱目》外宋代官私書目不收，疑北宋中期或已散佚。有《平津館叢書》章宗源、《漢學堂叢書》黃奭輯本各一卷。譙周，字允南，巴西西充國人，在漢官光祿大夫，以勸後主劉禪降魏入魏封陽城亭侯，入晉拜騎都尉。《三國志·蜀志》有傳。

② 《風俗通》：即《風俗通義》。今存。《後漢書·應劭傳》：撰《風俗通》以辯物類名號，釋時俗嫌疑。本書原序云：類聚凡一十卷，謂之《風俗通義》，言通於流俗之過謬而事該之於義理也。應劭，字仲遠，汝南人，嘗舉孝廉，官泰山太守。《隋書·經籍志》作三十一卷，《注》云《錄》一卷，應劭撰，梁三十卷。《新唐書·藝文志》作三十卷。《崇文總目》、《郡齋讀書志》、《直齋書錄解題》皆作十卷，與今本同。按：今本《風俗通》無此條。

③ 詳：《毛詩疏》作"辭"。

④ 陳氏：即陳傅良。引文見陳傅良《春秋後傳》卷一。

⑤ 杜預注：辛有，周人也，其二子適晉為太史，籍黶與之共董督晉典，因為董氏。

⑥ 狹：庫本作"狄"，《釋名》作"狹"。

### 江漢南國之紀

鄭氏曰：“江、漢，南國之大水。”

曹氏曰[1]：“江、漢受百川之水而注之海，使無泛濫之患，所以紀理南國，此詩指江、漢而言盡瘁。以‘漸漸之石’之詩考之：幽王時，荊舒嘗叛，命將徂征，則從征役之事者多矣。”《禹貢》：“江、漢朝宗於海。”黃氏曰[2]：江、漢至荊州合流，去海猶遠，而已有朝宗之勢，俗強[3]，於此示訓。孔氏曰：“幽王之時，楚已強矣。”《鄭語》：史伯謂桓公曰南有荊蠻，不可以入。

### 芄野

毛氏曰：“遠荒之地。”

蘇氏曰：“芄，地名。”

### 淮水　三洲

《禹貢》：“導淮自桐栢，東會於泗、沂，東入於海。”

朱氏曰：“淮水出信陽軍桐柏山，至楚州漣水軍入海[4]。”《地理志》：南

---

① 曹氏：即曹粹中。引文又見《欽定詩經傳說彙纂》卷一三。
② 黃氏：即黃度。引文見黃度《尚書說》卷二。
③ 強：庫本作“疆”，《尚書說》作“強”。
④ 《太平寰宇記》卷一二四：楚州，淮陰郡，今理山陽縣。春秋時屬吳、越。戰國屬楚。秦併楚，置三十六郡，蓋屬九江郡即射陽縣之地。《漢書·地理志》云射陽屬臨淮郡下邳國。自魏至西晉俱為臨淮、廣陵二郡地。東晉為重鎮。《宋書·郡國志》：安帝義熙元年省射陽縣，分廣陵之鹽城地立山陽東城，東城在鄉三縣為山陽郡，屬南徐州，宋因之。義熙中僑立兗州為重鎮，梁初得之，尋入後魏，又為山陽郡。隋初郡廢為楚州，煬帝初州廢，以地併入江都郡。唐武德四年立為東楚州，領山陽、安置、鹽城三縣，八年廢西楚州，以盱眙來屬，仍去“東”字。天寶元年改為淮陰郡，乾元元年復為楚州。元領縣五：山陽、淮陰、寶應、鹽城。一縣割出：盱眙（入泗州）。《元豐九域志》卷五：楚州，乾德元年以盱眙縣隸泗州，開寶九年以泰州鹽城縣隸州。熙寧五年廢漣水軍，以漣水縣隸州。《太平寰宇記》卷一七：漣水軍，理漣水縣，本楚州漣水縣，宋朝太平興國三年十一月建為漣水軍。領縣一：漣水。《宋史·地理志·淮南東路》：安東州，本漣水軍，太平興國三年以泗州漣水縣置軍。熙寧五年廢為縣，隸楚州。元祐二年復為軍，紹興五年廢為縣，三十二年復為軍，紹定元年屬寶應州。端平元年復為軍，景定初升安東州。縣一：漣水。

陽郡平氏縣①，今唐州桐柏縣②。桐柏、大復山在東南，《水經》胎簪山③。淮水所出，東南至淮陵 今招信縣。入海④。

　　孔氏曰：鄭於《中候·握河紀》注云："昭王之時《鼓鍾》之詩所為作者"⑤，依三家為說也。

　　水中可居曰洲。朱氏曰："三洲，淮上也⑥。"

　　蘇氏曰："始言湯湯，水盛也。中言湝湝，水流也。終言三洲，水落而

---

　　① 《大清一統志》卷一六六《南陽府·古蹟》：平氏故城，在桐柏縣西。漢縣屬南陽郡，後漢因之。更始初屠申屠建為平氏王。晉為西平氏縣，屬義陽郡，宋時省。齊永明五年陳顯達城平氏，復置。隋屬漢廣郡，開皇初郡廢，屬淮安郡，唐因之，宋廢。《水經注》：澧水西北流逕平氏縣故城東。又，溲水北屈逕平氏縣城西。《元和志》：平氏縣東北至唐州七十里。今河南唐河。

　　② 《太平寰宇記》卷一四二：唐州，淮安郡，今理泌陽縣。春秋時楚地。戰國時屬晉，後韓分晉地。秦置三十六郡，為南陽郡。後魏大和中置東荆州於比陽古城，恭帝元年改為淮州，因淮水為名。隋文帝開皇五年改淮州為顯州，取州内顯望岡為名，隋末為淮安郡。唐武德四年改為顯州，領北陽、慈邱、平氏、顯岡四縣，五年又分置唐州。貞觀元年以廢純州桐柏縣來屬，二年省顯岡縣，九年改顯州為唐州，以廢唐州之棗陽、湖陽、又廢魯州之方城三縣來屬，十年以棗陽還隋州。開元五年以方城屬仙縣，十三年改置上馬縣，二十六年以方城來屬。天寶元年改為淮安郡，乾元初復為唐州。州城舊治北陽，唐末移於泌陽。梁改為泌州，後唐同光初復舊名，晉又改為泌州，漢初復舊名。元領縣六，今五：泌陽、桐柏、湖陽、方城、比陽。一縣廢：慈邱（併入北陽）。

　　《大清一統志》卷一六五《南陽府》：桐柏縣，漢置平氏、復陽二縣，屬南陽郡，後漢因之。晉省復陽，以平氏屬義陽郡，宋省。梁置淮安縣，又置華州及上川郡。西魏初改州曰淮州，廢帝三年又改純州，尋廢。隋開皇初郡廢，改縣曰桐柏，大業初屬淮安郡。唐武德初於縣置純州，貞觀元年州廢，縣屬唐州，五代及宋、金因之。元至元三年廢。明成化十二年復置，屬南陽府，清朝因之。桐柏故城，在今桐柏縣東，本漢平氏縣地。隋開皇初更名曰桐柏，唐屬唐州，宋開寶六年移治淮瀆故廟。案《元統志》：桐柏縣西北至唐州一百二十里，故平氏之東界，梁分置義鄉縣，隋開皇十八年改曰桐柏，以山為名。此故縣也。《寰宇記》：桐柏縣在唐州界南一百六十里。此即今縣也。今有故縣鎮在縣之東六十四里。今河南桐柏。

　　③ 《大清一統志》卷一六五《南陽府·山川》：桐柏山，在桐柏縣西南三十里，東南接湖廣德安府隨州界，西接襄陽府棗陽縣界，上有玉女、臥龍、紫霄、翠微、蓮花諸峰，淮水出焉。《禹貢錐指》：大復、胎簪皆其支峰，《禹貢》則總謂之桐柏也。大復山，在桐柏縣東三十里，桐柏山之支峰。《後漢書·郡國志》：南陽郡平氏桐柏大復山，淮水出。《荆州記》：桐柏淮源湧發，其中潬流三十里，東出大復山南。《括地志》：大復山南今有淮源廟。胎簪山，在桐柏縣西三十里。《禹貢疏》：胎簪蓋桐柏山之旁小山也。《水經注》：淮水出南陽平氏縣胎簪山，東北過桐柏山。《寰宇記》：山在縣西北三十里。

　　④ 《大清一統志》卷九四《泗州·古蹟》：淮陵故城，在盱眙縣西北。漢元朔元年封江都易王子定為淮陵侯，後為縣，屬臨淮郡。後漢屬下邳國。晉初置淮陵郡，永嘉後廢。《寰宇記》：古淮陵城在招信縣西北二十五里，《縣志》：在縣西北八十五里。今安徽五河。睢陵故城，在盱眙縣西。漢置睢陵縣。晉元帝於縣僑置濟陰郡。劉宋泰始中沒於魏，因於淮南僑置，《宋志》盱眙縣有睢陵縣"宋末立"是也，尋復置濟陰郡。後魏改縣曰睢陽，改郡曰濟陽，屬楚州，尋復故。北齊改縣曰池南。陳復曰睢陵。後周又改曰招義。隋開皇初郡廢，大業初又改縣曰化明，屬鍾離郡。大業末縣民馬簿據縣自號化州，後楊益德殺簿，自稱刺史，又分置濟陰縣。唐武德七年改縣曰招義，貞觀元年州廢，省濟陰，以招義縣屬濠州。《寰宇記》：縣在州西五十一里，古濟陰城在縣東二里，北帶長淮，宋泰始二年築，置濟陰郡。北齊河清三年水溢淹廢，因於城西二里築城，移郡理之，即今縣城。唐初復於故濟陰城置濟陰縣，尋廢。宋建隆四年割屬泗州，太平興國元年避諱改曰招信，建炎四年屬濠州，紹興四年還泗州，十一年改屬天長軍，十二年屬招信軍。元至元二十年併入盱眙。《縣志》：睢陵縣在縣西五十里，嘗置舊縣巡司，今廢。

　　⑤ 鍾：合璧本、庫本作"鐘"。

　　⑥ 也：朱熹《詩經集傳》作"地"。

洲見也。言幽王之久於淮上也。”

呂氏曰[1]：“三洲，作詩者賦其所見也。”

### 信南山

董氏曰：“南山，終南山也。雍州之山終南，則禹固治之矣。”《括地志》：“終南山，一名南山。”劉氏曰：“終南，在鎬京之南。”

### 瞻彼洛矣

毛氏曰：“洛，宗周浸溉水也[2]。”

《職方氏·雍州》：“其浸渭、洛。”易氏曰[3]：按《漢志》左馮翊懷德縣

_____

① 呂氏：即呂祖謙。引文又見段昌武《毛詩集解》卷二〇。
② 浸溉：《毛詩傳》作“溉浸”。
③ 易氏：即易祓。引文見易祓《周官總義》卷二〇。

即彊梁原之洛水[①]，《説文》：洛水出左馮翊歸德北夷中[②]，東南入渭。懷德，即京兆之富平

————————————————

　　①　即彊梁源之洛水：《周官總義》作"之彊梁源即洛水"。
　　②　《漢書·地理志》歸德隸北地郡。《後漢書·岑彭傳》：其後更始乃封彭為歸德侯。李賢注：歸德，縣名，屬北地郡。歸德，見上文"洛源"。《大清一統志》卷一八九《同州府·山川》：洛水，在白水縣東，自鄜州宜君縣流入，東南逕澄城縣西入蒲城縣界，又南至府西折而東逕府南，又東逕朝邑縣南入於河。《寰宇記》：馮翊縣，洛水自西北澄城縣界流入。又《注水經》云：洛水南逕商原西，又東逕沙阜北。《雍録》：洛在漆沮之東，至白水縣與漆沮合而南流以入於渭。《朝邑縣志》：洛水舊流自縣南趙渡鎮經華陰縣西北葫蘆灘入渭，明成化中改流，東過趙渡鎮徑趨於河，不復入渭。按孔安國《書傳》謂：漆沮水亦曰洛水，出馮翊北。蓋洛水舊與漆沮合，故水可通名也。《漢志》懷德縣下又云洛水東南入渭。今富平縣界有懷德城，諸家因此遂以富平之石川河當之。石川源流不遠，既不得為雍州之浸。《水經注》此水雖有漆沮之目並無洛水之名，即漢懷德縣亦在沙苑之北，不屬富平或者。必欲求合其説，以為洛水有二：一為歸德之洛水，入河；一為懷德之洛水，即漆沮，入渭。亦非也。蓋漢時沮水由鄭渠東至於洛，故洛水下流亦蒙漆沮之名。自鄭渠廢而漆沮與洛不相入矣，從來罕能知此。今以見在地界水道考之，洛水上源出今榆林靖邊之南慶陽府北界，東南流經延安府，迤邐至州境入河，與《史記》"自鄭濱洛以北至上郡"及《漢志》出歸德縣北之文皆合。惟《漢志》懷德縣下又言入渭，與《水經注》同，而與所云入河不合。蓋襍採古記，故多不同，非有二水。且渭、洛入河之處相去不遠，水流遷徙，勢所常有。近志謂"明成化中改流入河"，即此可見《漢志》入河、入渭之不必過泥矣。

縣①，今屬耀州，即馮翊之地②。北條荆山在縣西③，正洛水之源也。孔安國注《禹貢》：漆沮，亦曰洛水，出馮翊北。又一洛水，出慶州洛源縣，有於白山④，

---

①　《大清一統志》卷一七九《西安府·古蹟》：懷德故城，在富平縣西南。《水經注》：沮水歷土門東原下，東逕懷德城南，城在北原上。《通典》：晉移富平縣於今縣西南懷德城。《寰宇記》：懷德故城在今富平縣西南十一里，非漢懷德縣也，蓋後漢末及三國時因漢舊名於此立縣，今有廢城存。《長安志》：故城在縣西十五里，周三里。《富平縣志》：俗名懷陽城，在縣西北十里許。按《水經注》、《括地志》俱以懷德故城在今同州朝邑縣界，《寰宇記》亦謂在富平者為漢末僑置，然《漢志》懷德有荆山而《括地志》、《寰宇記》諸書皆謂山在富平，亦自相矛盾，今以荆山實在富平而朝邑無之，姑從舊志採入，并存朝邑之懷德以俟考。富平故城，在今富平縣東九里，漢縣在今寧夏府界，三國魏移置於此。《宋書·傅宏之傳》：北地郡，漢末失土，寄寓馮翊。開皇三年改屬。《志》：縣西南至京兆府一百五十里，周閔帝於縣置中華郡，武帝省郡，以縣屬馮翊，開皇三年改屬雍州。《寰宇記》：縣在耀州東南五十里，前漢理在今靈州迴樂縣界，後漢理在今寧州彭原縣界，晉移於今縣西南懷德城。後魏大統五年自懷德城移於今理。唐開元中又移於義亭城，蓋古鄉亭也。《長安志》：開寶九年詔後周太祖廟去富平縣鎮十三里，今移縣就廟，縣城周三里十步。《縣志》：後魏徙縣於今縣西南三里石川河之陽，唐開元中徙於今縣東北十里。元至元初為都爾蘇所殘破，守將張思道遂依窨橋之險為縣，即今治也。又中華郡城在縣南十里強梁原，原上有二石人，俗以為即故郡門。都爾蘇舊作脱列宿，今改。今陝西富平。
《禹貢錐指》卷一一：《史記》：周勃從定三秦，賜食邑懷德，尋置襄德縣。《漢志》云：《禹貢》北條荆山在南，下有彊梁原，洛水東南入渭。《帝王世紀》云：禹鑄鼎於荆山，在馮翊懷德之南，今其下有荊渠也。《水經注》云：渭水東逕平舒城北，城南面通衢，昔秦始皇將亡，江神反璧於華陰平舒道，謂此也。渭水之北、沙苑之南即懷德縣故城。《括地志》云：懷德故城在同州朝邑縣西南四十三里，平舒故城在華州華陰縣西北六里。蓋二城隔水南北相直也。富平縣亦有懷德故城。《水經注》云：澤泉水東逕懷德城北，東南注鄭渠，合沮水。此皆富平之懷德城也。荆山當在今朝邑縣境，而《隋志》云富平縣有荆山。《括地志》云：荆山在雍州富平縣，今名掘陵原。《元和志》云在富平縣西南二十五里，《長安志》云在縣西南二十里。《縣志》云：山下有荆渠，近渠即彊梁原也。而朝邑並無之。二懷德城未知執為西漢之舊縣。然愚嘗以理揆之，有可證者二：《寰宇記》引《水經注》云洛水東南歷彊梁原，俗謂之朝坂。今富平無洛水而朝邑有洛水，歷彊梁原入渭，原在荆山下。一證也。《同州志》云：華原在朝邑縣西，繞縣西而北而東以絶於河，古河壖也，一名朝坂，亦謂之華原山。蓋華原即朝坂，朝坂即彊梁原。荆山之麓直抵河壖，禹從此渡河，故曰“至於荆山，逾於河”。若富平，則東距河二百餘里，與經意不合。二證也。朝邑實西漢之懷德，荆山當在其境，唐人所以致誤者，蓋由先儒謂漆沮即洛水，而澤泉逕富平懷德城北，東南絶沮注濁水，得漆沮之名，遂以此為《漢志》“東南入渭”之洛，并荆山亦移之富平耳。譚其驤主編《中國歷史地圖集》主胡渭之說。今陝西大荔。
②　馮翊：《周官總義》作“左馮翊”。
③　《書傳》卷五：舊有二條之說。北條荆山在馮翊懷德縣南。南條荆山在南郡臨沮縣東北。自南條荆山至衡山之陽為荆州，自北條荆山至於河為豫州。《尚書全解》卷八：《禹貢》有兩荆山。“導岍及岐，至於荆山”，孔氏云在雍州。“導嶓冢至於荆山”，孔氏云在荆州。惟此二山皆名荆，故班孟堅有二條之說，謂南條荆山在南郡臨沮縣東北，此則荆州之荆山也。謂北條荆山在馮翊懷德縣南，此則雍州之荆山也。蘇氏蓋謂荆州之言荆者，南荆也。豫州之言荆者，北荆也。雖以此二山分配二州，然而以《地理志》考之其實不然，此荆與河相去不甚遠，苟以荆州為北荆之荆，則豫州之境界不應如是之狹也。曾氏曰：臨沮之荆其陰為豫州，其陽為荆州。此說是也。
④　於白山：庫本作“白於山”，《周官總義》作“於向山”。《大清一統志》卷二〇三《慶陽府·山川》：白於山，在安化縣東北。《山海經》：白於山，洛水出其陽。《元和志》、《縣志》：白於山，一名女郎山，在洛源縣北三十里。

在縣北三十里，洛水所出，因以名縣。東流，至鄜州洛交縣①，又東南流，至京兆府雲陽東②，又經同州澄城西③。北去富平之懷德亦近④。非《禹貢》"導洛自熊耳"之洛⑤。《淮南·墜形訓》："洛出獵山。"《注》："獵山⑥，在北地西北夷中，洛東南流入渭。"《詩》云"瞻彼洛矣"是也。《括地志》："洛水，一名漆沮水，源出慶州洛源縣於白山⑦，東南流鄜、丹⑧、同三州，至華陰北，南流入渭。"

王氏曰："洛，東都之所在也。"呂氏曰："《毛傳》以洛為宗周之浸水，洛水雖出於京兆上洛西山⑨，然其流尚微，此《詩》所謂'洛'蓋指東都也。"朱氏曰："洛水在東都，會

---

① 《大清一統志》卷一九五《鄜州·古蹟》：洛交故城，今州治。《魏書·地形志》：長城縣有五交城。《隋書·地理志》：上郡，治洛交縣，開皇三年置。《元和志》：鄜州，本漢雕陰縣地。暨晉陷於戎羯，不置州郡，後魏為鄜州地。隋為上郡。武德元年為鄜州，州城舊名五交城，東至丹州一百八十三里，西至慶州三百九十八里，南至坊州一百二十五里，北至延州一百五十里，治洛交縣，本雕陰縣地，苻堅時為長城縣，後魏及周為三川縣地。隋開皇十六年分三川、洛川二縣置洛交縣，在洛水之交，故曰洛交。《寰宇記》：隋大業三年罷鄜州置鄜城郡，其年自杏城移理於五交城，即今州理也。《元史·地理志》：至元四年併洛交入州。今陝西富縣。

② 《大清一統志》卷一七九《西安府·古蹟》：雲陽故城，在涇陽縣北。漢縣在今邠州淳化縣界，後魏時改置於此，屬北地郡。後周置雲陽郡。隋開皇初廢郡，以縣屬京兆，唐因之。《元和志》：縣西南至府一百十里，後魏於今理別置，漢故縣在縣西北八十里。《寰宇記》：縣在耀州西南七十里，唐武德三年置於石門縣南十五里水衝城，貞觀元年改為池陽，八年仍改雲陽，垂拱二年改為永安縣，天授二年置鼎州，久視元年州廢，縣仍隸府，神龍初復為雲陽縣。後唐同光初割屬耀州。《長安志》：雲陽縣，後魏太平真君七年別置。開寶九年詔唐宣宗廟去雲陽縣鎮四十里，今移縣就廟，縣城周二里餘。《縣志》：雲陽故城在縣北三十里，今雲陽鎮東有舊城址。又有舊鼎州城在縣西北四十里，即長街鎮。雲陽鎮，在涇陽縣北三十里，即古雲陽縣。今陝西涇陽。

③ 《大清一統志》卷一八九《同州府·建置沿革》：澄城縣，春秋晉徵邑。漢置徵縣，屬左馮翊，後漢廢。晉為郃陽縣地。後魏太平真君七年置澄城縣，兼置澄城郡。隋開皇初郡廢，以縣屬馮翊郡。唐屬同州。五代梁改屬河中府，後唐同光中復故，宋、金、元、明因之。清朝雍正十三年屬同州府。今陝西澄城。

④ 北：《周官總義》作"此"。

⑤ 《尚書地理今釋·熊耳》：熊耳山，在今河南河南府盧氏縣西南七十里，接陝西西安府商州（晉上洛縣）界。熊耳雖有東西異名，其實一山，故郭璞云在上洛，班固云在盧氏，蔡傳以班固為非，非也。

⑥ 注獵山：庫本脫。

⑦ 於白山：至元六年刻本、合璧本、庫本作"白於山"。

⑧ 《太平寰宇記》卷三五：丹州，咸寧郡，今理宜川縣。春秋時為白翟所居。秦屬上郡，漢因之。魏文帝省上郡。晉時戎狄所居。符姚時為三堡鎮。後魏大統元年割鄜、延二州地置汾州，理三堡鎮，廢帝以河東汾州同名，改為丹州，因丹陽州為名，領義川、樂川郡。隋大業三年廢丹州，於義川縣置延安郡，十三年為邊賊劉步祿所據，義寧元年於義川縣置丹陽郡。唐武德元年改為丹州，領縣五，北連北、廣二州。貞觀元年罷府為州。永徽二年移於赤石川。天寶元年改為咸寧郡，乾元元年復丹州。元領縣四，今三：宜川、雲巖、汾川。一縣割出：咸寧（併入宜川）。《元豐九域志》卷三：丹州，太平興國元年改義川縣為宜川，三年省咸寧縣。熙寧三年省汾川縣，七年省雲岩縣為鎮，八年析同州韓城縣新豐鄉並入宜川。縣一：宜川。

⑨ 《大清一統志》卷一九二《商州·古蹟》：上洛故城，今州治。春秋時晉邑。《戰國策》：楚魏戰於陘山，魏許秦以上洛。《漢書·地理志》弘農郡領上雒縣。《郡國志》屬京兆。《晉書·地理志》：上洛郡，泰始二年分京兆南部置，治上洛。《地道記》：地在洛水之上，故以為名。《魏書·世祖紀》：太延五年遣雍州刺史葛那取上洛。《地形志》：太延五年置荊州，太和十一年改洛州，治上洛城，領上洛郡。《寰宇記》：漢元鼎四年置上洛縣，晉置上洛郡理此，後魏置洛州，後周宣政元年改為商州。東至鄧州，南至合州，西至金州各七百里，北至虢州四百里，西北至華州山路二百七十里。今陝西商州。

諸侯之處。"言天子至洛水之上，御戎服而起六師。

蔡氏曰："洛水，《地志》云出弘農郡上洛縣冢領山①，《水經》謂之讙舉山，今商州洛南縣②。至鞏縣入河。"今河南鞏縣。《左傳》雒汭，在鞏縣南。《水經注》：《山海經》洛水成皋西入河，謂之洛汭。張儀曰"什谷之口③"。《史記音義》④："鞏縣有鄩谷水⑤。"

## 鎬京

今京兆長安縣昆明池北鎬陂。《郡縣志》：周武王宮，即鎬京也，在京兆府長安縣西北十八里。自漢武帝穿昆明池於此，鎬京遺趾淪陷焉。

《括地志》："滈水，源出長安縣西北滈池。"《水經注》云：滈水承滈

---

① 《地志》：即《漢書·地理志》。

雍正《陝西通志》卷一二《山川·商州》：冢嶺山，即讙舉山，一名高豬山。《明一統志》：在州西北百二十里。丹水出京兆上洛縣西北冢嶺山，名高豬山也。又洛水出上洛縣讙舉山。《水經注》：《地理志》曰洛出冢嶺山，《山海經》曰出上洛西山。按陸澄云：冢嶺山即讙舉山也。大抵州西北百里之山皆秦嶺，甲水出其南，丹水出其東南，洛水出其東北，其實本一山也。

② 《太平寰宇記》卷一四一：商州，上洛郡，今理上洛縣。古商於之地。春秋時其地屬晉，所謂晉陰之地。戰國時其地屬秦，衛鞅封於商邑，後屬内史理。漢元鼎四年於此置上洛縣，屬弘農郡。後又立為上洛，即太始三年分京兆地置上洛郡，於此置理是也。後魏太和十一年又於此置洛州，西魏如之。後周宣政元年改洛州為商州，取古商於之地為名。隋大業三年為上洛郡。唐武德元年改為商州，其年於上津縣置上州。貞觀十年州廢，上津來屬。天寶元年改為上洛郡，乾元元年復為商州。元領縣六，今五：上洛、上津、豐陽、商洛、洛南。一縣割出：乾元（入雍州）。

《大清一統志》卷一九二《商州》：雒南縣，在州北少東九十里。漢上洛縣地。晉太和三年置拒陽縣，屬上洛郡，尋廢。後魏復置，仍置上洛郡。後周置拒陽郡。隋開皇初郡廢，改縣曰洛南，屬商州。大業初屬上洛郡。唐屬商州。五代初改屬華州，周還屬商州，宋、金、元因之。明洪武七年改屬華州，成化十三年復屬商州，天啓初改洛為雒。清朝因之。拒陽故城，在雒南縣東南，晉置。《隋書·地理志》：上洛郡洛南，舊曰拒陽，置拒陽郡。開皇初郡廢，縣改名焉。《舊唐書·地理志》：洛南縣舊治拒陽川，顯慶三年移治清川。《寰宇記》：洛南縣在商州東北九十里，晉秦始三年分上洛地於今縣東北八十里置拒陽縣，屬上洛郡，尋省。後魏真君二年又於今縣東四十里武谷川再置。隋開皇五年改為洛南，取洛水之南為名，大業十一年移於今理，俗謂之清池川。《九域志》：在州北七十五里。《舊志》：明天啓初避諱，改"洛"曰"雒"。按：《寰宇記》所載移治之年與《舊唐書》不同，其云今縣東北八十里，"東北"疑"東南"之譌。

③ 《通鑑地理通釋》卷九：《郡國志》河南鞏縣有尋谷水。徐廣云："什"一作"尋"，成皋鞏縣有尋口，"尋"、"什"聲近，故其名異。《水經》：洛又東北流入於河。《注》云：《山海經》曰"洛水成皋西入河"是也，謂之洛汭，即什谷之口。南鄩亦曰上鄩，鄩水出北山鄩溪，其水南流，世謂之溫水。故鄩城在鞏縣西南五十八里。京相璠曰：今鞏洛渡北有水。鄩谷東入洛，謂之下鄩，亦謂北鄩。《括地志》：溫泉水即尋，源出鞏縣西南四十里。《郡縣志》：河南府鞏縣，洛水東經洛汭，北對琅邪渚入河，謂之洛口，亦名什谷。"塞什谷之口"即此也。

④ 《史記音義》：徐廣撰，佚。《隋書·經籍志》作十二卷，兩《唐書·志》作十三卷。裴駰本之以成《史記集解》。宋代志目未見收錄，疑亡於唐末五代時期。

⑤ 《春秋地名考略》卷一"雒汭"：昭元年，趙孟館於雒汭。杜注：洛水在河南鞏縣南，水曲流為汭。《水經注》：洛水入河之處，清濁異流，亦名什谷。張儀説秦王曰"下兵三川，塞什谷之口"是也。《史記音義》：鞏縣有鄩谷水，為什谷。隋於此置洛口倉，謂洛水東逕洛汭，北對琅琊渚入河，謂之洛口。今在河南府鞏縣。

池①，北流入渭②。孟康曰：“長安西南有鎬池。”《古史考》：“武王遷鎬，長安豐亭、鎬池也。”《荀子》：“武王以鄗。”與“鎬”同。《秦紀》：鎬池君③。《水經》：“渭水東北與鄗水合。”《注》：水上承鎬池於昆明池北，武王所都，漢穿昆明池於是，地今無可究。“赫赫宗周”，毛氏曰：“鎬京也。”“周宗既滅”，鄭氏曰：“周宗，鎬京也。”

## 檻泉

《爾雅》：“檻泉，正出。”涌出也。

《説文》作“灠”。

## 蠻髦

毛氏曰：“蠻，南蠻也。髦，夷髦也。”

鄭氏曰：“髦，西夷別名。武王伐紂，其等有八國從焉。”《牧誓》：“及

---

① 滴：《水經注》作“鄗”。

② 趙一清《水經注釋·附錄》卷上：按《史記正義》曰酈元注《水經》云滴水上承滴池，北流入滴。今按：滴水入永通渠，蓋酈氏誤矣。檢《渭水篇注》：鄗水自入渭，其流注鄗者，灠池水也。豈有鄗復入鄗之云。張氏所引容有乖爽。

③ 《史記·秦本紀集解》：服虔曰：“水神也。”張晏曰：“武王居鎬，鎬池君則武王也。”

庸①、蜀、羌、髳、微、盧②、彭③、濮人④。"髳、髦，音義同。孔氏曰：髳在巴蜀。

《括地志》："姚府以南⑤，古髳國之地，有髳州。"《唐·地理志》諸蠻州有髳州⑥。

## 謝　召伯

《郡國志》：南陽郡宛縣，本申伯國。棘陽縣，東北百里有謝城。朱氏曰：

---

① 《春秋地名考略》卷一四"庸"：文十六年，楚人、秦人、巴人滅庸。杜注：庸，今上庸縣，屬楚之小國。按《左傳》：楚大饑，戎伐其西南，庸人率羣蠻以叛楚，麋人率百濮聚於選。楚使盧戢黎侵庸，及庸方城，又與之遇，七遇皆北，惟神譙魚人逐之。庸人曰："楚不足與戰矣。"遂不設備。秦人、巴人從楚師，羣蠻從楚子盟，遂滅庸。楚之益強實由於此。庸本古國，武王伐紂，庸、蜀從之。秦置上庸縣。漢置上庸縣，屬漢中郡，後漢因之。曹操置上庸郡。晉、宋以後皆為上庸郡治。梁改縣曰新豐，西魏復故，屬羅州。周又改孔陽，隋復故，屬房州，唐因之。宋開寶中廢入竹山縣。今上庸故城在郿陽府竹山縣東四十里。《水經注》：堵水逕房陵縣，又東北逕上庸郡，故庸國也。其城三面際水，有白馬山，山石似馬，謂之白馬塞。章懷太子曰：古上庸城在永清縣西。永清，後魏置，其故城在房縣東百里。今湖北竹山。

② 《尚書地理今釋》：盧，古盧戎國，今湖廣襄陽府南漳縣東北中盧故城是。《春秋地名考略》卷八"盧"：文十四年，盧戢黎謀殺鬬克。杜注：盧，今襄陽中盧縣。春秋時為盧戎國，其後楚滅之為盧邑。孔疏"盧"與"盧"通是也。漢置中盧縣，屬南郡。晉屬襄陽郡，宋、齊因之。《水經注》：沔水東過中盧縣東，淮水自房陵縣來注之。又有水出西山，東流一百四十里逕中盧城南。侯水諸蠻北遏是水，南壅淮川以漑田，下流入沔。梁於中盧地改置穰縣。西魏曰義清縣，又置歸義郡。後周廢郡，又省左安、開南、歸仁三縣入焉。隋仍曰義清縣，屬襄州，唐因之。宋初仍舊。太平興國六年復曰中盧縣，紹興五年省入南漳。顏師古曰：故中盧縣，隋諱中，改曰次盧村。蓋時以中盧并入義清也。今為中盧鎮，在南漳縣五十里。再按：自應劭以盧江為古盧子國，杜佑、馬端臨皆從之。後儒辨曰：春秋楚之盧子在宜城西山中，此中盧之盧，非盧江之盧也。是矣。至於今之盧州治合肥者，改自隋時，非漢舊也。與此尤遠。今湖北襄樊。

③ 《史記·周本紀正義》：《括地志》云："益州及巴、利等州皆古蜀國。"《尚書地理今釋·牧誓》：羌，《正義》云蜀都分為三，羌其在西，故云西蜀。蘇氏云：先零、枹罕之屬。當在今陝西、甘肅以西，南接蜀漢塞外也。髳、微，《正義》云孔傳：髳、微在巴蜀者。巴在蜀之東偏，漢之巴郡所治江州縣也。江州縣，今巴縣，北屬四川重慶府。彭，《正義》云在東蜀之西北。蘇氏曰：屬武陽縣，有彭亡。武陽，今四川眉州。州北廢彭山縣有彭亡城，是其地也。

④ 《春秋地名考略》卷一四"百濮"：百濮夷也。孔傳：庸、濮在江漢之南。《國語》：蚡冒於是始啟濮。韋注：濮，南蠻之國。《史記》：楚文王始開濮地而有之。昭元年，吳濮有釁。杜注：吳在東，濮在南，今建寧郡南有濮夷。十九年，楚子為舟師以伐濮。杜注：濮，南夷。杜氏三注不同，蓋以種族不一，故稱百濮約言。其地當在楚之南境而迤西矣。晉建寧郡在今雲南界，極言所至當在此也。左思《三都賦》曰："左綿巴中，百濮所充。"劉注云：今巴中七姓有濮。是蓋百濮之一種轉徙於此，非《春秋》所云矣。

⑤ 《舊唐書·地理志》：姚州武德四年置，在姚府舊城北百餘步。漢益州郡之雲南縣，古滇王國。秦并蜀，通五尺道，置吏。漢武開西南夷，置益州郡，雲南即屬邑也。後置永昌郡，雲南、哀牢、博南皆屬邑也。蜀劉氏分永昌為建寧郡，又分永昌建寧置雲南郡，而治於弄棟。晉改為晉寧郡，又置寧州。武德四年安撫大使李英以此州內人多姓姚，故置姚州。管州二十二。麟德元年移姚州治於弄棟川，自是朝貢不絕。領縣二：瀘南、長明。《大清一統志》卷三七九《楚雄府·古蹟》：姚州故城，在姚州北，即漢所置楪棟縣也。漢屬益州郡。晉屬雲南郡。梁以後廢。天寶末，命鮮於仲通討閤羅鳳，大為所敗，自是臣附吐蕃，侵寇西川。《府志》：今有舊城在府治北，唐景雲元年御史李知古所築，又有古城在唐山南麓，去府十五里，唐刺史張虔陀所築。今雲南姚安。

⑥ 《大清一統志》卷三七九《楚雄府·古蹟》：廢髳州，在大姚縣境。《唐書·地理志》：髳州，本西濮州，唐武德四年置。貞觀十一年更名，漢越巂郡地，南接姚州。縣四：濮水、青蛉、岐星、銅山。

"謝,邑名,申伯所封國也①,今在鄧州信陽軍。"

《鄭語》:桓公曰:"謝西之九州何如?"史伯曰:"惟謝、郟之間是易取也。"《注》:"謝,申伯之國,今在南陽,謝西有九州。一千五百家曰州。郟南謝北,虢、鄶在焉。"

《輿地廣記》:棘陽,故謝國。漢為棘陽縣,屬南陽,其後省。故城,在今唐州湖陽縣西北。

《水經注》:"泚水又西南流②,謝水注之,水出謝城北③。""建武十三年,封樊重少子丹為謝陽侯,即其國也。"

《崧高》:"於邑於謝,南國是式。"毛氏曰:"謝,周之南國也。"召伯,《周語注》:"召公,召康公之後穆公虎也。"


## 澊池　北流

鄭氏曰:"豐、鎬之間,水北流。"毛氏曰:"澊,流貌。"

《水經注》:"鄗水又北流,西北注與澊池合,水出鄗池西,而北流入於鄗,世傳以為水名。"

《寰宇記》:渭水,西自京兆鄠縣流入長安④。漢建元三年,造便橋跨渭⑤。斯澊池之別名,西北合渭水。

《說文》作"滮沱"。《九域志》:京兆府冰池,按《十道志》名彪池,亦名聖女泉⑥。

---

① 申:庫本作"巾",誤。
② 《水經》:泚水出泚陽東北太胡山,西至新野縣南入於淯。
③ 《大清一統志》卷一六六《南陽府·古蹟》:棘陽故城,在新野縣東北,古曰黃棘。《史記》:楚懷王二十五年與秦昭王盟於黃棘。漢高帝七年封杜得臣為棘陽侯,置縣。《漢書注》:應劭曰:"在棘水之陽,故名。"晉屬義陽郡,惠帝改屬新野郡。宋大明中屬河南郡,齊因之。後魏置漢廣郡,治南棘陽,兼領西棘陽縣。西魏改郡曰黃岡,以西棘陽省入,而改南棘陽為百寧縣,後周廢郡,又省百寧入新野縣。《寰宇記》:棘陽故城,古謝國之地,有廢城在今湖陽縣北。《元統志》:棘陽鎮在新野、湖陽二縣間,即故城也。湖陽故城,在唐縣南八十里,古蓼國地。秦置湖陽縣,二漢因之。晉入棘陽。後魏置西淮安郡及南襄州,後郡廢,州改為南平州。西魏改為湖州。後周置昇平郡,隋開皇初郡廢,仁壽初改曰昇州,大業初州廢,以縣屬春陵郡。唐武德四年復置湖州,貞觀元年州廢,縣屬唐州,宋因之。金貞祐元年廢,後復置。元至元元年省。按《元和志》:湖陽縣東北至唐州一百六十里。時州治比陽縣。《寰宇記》:縣在州西南六十里。時州治泌陽縣,即今唐縣也。謝城,在唐縣南。周申伯自申遷於此。《詩緝》:申國在宛,謝城在棘陽。《荊州記》:棘陽東北百里有謝城。
④ 《大清一統志》卷一七八《西安府》:鄠縣,本夏時扈國。秦為鄠邑。漢為鄠縣,屬右扶風,後漢因之。晉屬始平郡。後魏太平真君七年改屬京兆郡,隋因之。唐屬京兆府,五代、宋、金因之。元屬奉元路。明、清屬西安府。鄠縣故城,在今鄠縣治北。《通典》:鄠,亦謂之"扈"。姚察《訓纂》云:戶、扈、鄠,三字一也。《元和志》:縣東北至京兆府六十五里,故鄠城在縣北二里,夏扈國也。《寰宇記》:自漢至隋皆於故鄠城置縣,其城周四里,頹垣尚在。大業十年移於今所。今陝西戶縣。
⑤ 便橋:《太平寰宇記》卷二五作"便門橋"。
⑥ 《大清一統志》卷一七八《西安府·山川》:澊池水,在長安縣西北。《水經注》:澊池水出鄗池西,而北流入於鄗。《長安志》:澊池水出縣西北二十里。又聖女泉出縣西二十里昆明池北平地上,周十步,西北流五十步與牧豬泉合。

## 荆舒

鄭氏曰："荆，謂楚也。舒，舒鳩、舒鄝、舒庸之屬。"

《春秋》莊十年書荆，僖元年始書楚。孔氏曰：《殷武》荆、楚并言之，楚之稱荆久矣。《公羊傳》："荆者，州名也。"《穀梁傳》：謂之荆，狄之也。聖人立，必後至。天子弱，必先叛。故曰荆，狄之也。《地理志》：成王封熊繹於荆蠻，為楚子，居丹陽。《左傳》："熊繹辟在荆山①。"

---

①　《春秋地名考略》卷八"楚·國於丹陽"：《史記·楚世家》：楚之先出於祝融。祝融生陸終。陸終生子六人，少曰季連。周文王之時，季連苗裔曰鬻熊，為文王師。三傳熊繹，當周成王之時，舉文、武勤勞之後而封熊繹於楚蠻，封以子男之田，姓羋氏，居丹陽。徐廣、宋忠皆曰在南郡枝江縣。《後漢志》曰：枝江有丹陽聚是也。而郭璞注《山海經》則曰：丹陽在秭歸。章懷太子：丹陽在秭歸東南。《括地志》曰：巴東縣東南四里曰故城，丹陽也。為說不同。按：昭十二年，子革對楚靈王曰："昔我先王熊繹辟在荆山。"杜注：荆山在新城沶鄉縣南。《水經注》：沶水上通梁州沔縣，東逕新城之沶鄉縣，謂之沶水。又東歷軒鄉，謂之軒水。又東歷宜城西山，謂之沶溪。東流合於夷水，謂之沶口。《後漢志》：臨沮侯國有荆山。《山海經》曰：荆山之首曰景山。《荆州記》曰："臨沮西北三十里有清溪，溪北有荆山，首曰景山，即卞和抱璞處。"《唐六典》：山南道名山曰荆山，其山三面險絕，惟西南一隅通人徑，頂有池，旁有石室，相傳為卞和宅。是景山亦稱荆山矣。《水經注》：荆山以西岡嶺相接，皆謂之西山。《寰宇記》曰：房陵有三十五溪，三十四山，景山其發源處也。漢臨沮縣在今南漳縣境。沶鄉縣，晉太康中立，屬新城郡。宋曰祁鄉，後周省。在今房縣南。又房縣西南有景山，自宜城、南漳以至房縣，迤邐而西，與歸州相接。丹陽在秭歸之說似可信矣。《水經注》：江水逕魚復縣之故陵，又東為落牛灘，有六大墳，庾仲雍曰楚都丹陽所葬。《通典》曰：楚初都丹陽，今秭歸東南故城是，後移枝江，亦曰丹陽也。蓋諸侯徙都常襲前都之名。歸州之丹陽城，夏啟臣孟涂所居，一名屈沱楚王城。《荆州記》曰：縣北一百里有屈平故宅，方七頃，累石為基。今其地名樂平。宅東北六十里有女須廟。漢置秭歸縣。孫吳以後為建平郡治。晉王濬伐吳，破丹陽，遂克西陵。蓋秭歸之丹陽也。隋廢建平郡，存秭歸縣，屬信州。自唐以後皆為歸州治。元嘗徙治丹陽城。明復舊，洪武四年康茂才與偽夏將龔興戰於東門，大破之，今其地尚名東門頭。丹陽故城今在歸州東南七里，北枕大江。再按：楚遷郢後，又徙羅人居枝江，故《後漢志》曰：枝江，本羅國。漢置枝江縣，魏、晉以後因之。《水經注》：枝江地夷敞，北據大江，江汜枝分，東入大江，縣治洲上，故名。自縣西至上明，江中碁置九十九洲。唐、宋屬荆州縣治，屢徙。元還舊治。明屬荆州府。今枝江縣西有丹陽城。此枝江之丹陽也。班固《地理志》：楚始封在丹陽郡丹陽縣。大謬。周赧王三年，楚屈匄伐秦，秦大破楚師於丹陽，斬首八萬。此又一丹陽，在今淅川。

《括地志》："歸州巴東縣東南四里歸故城①，熊繹之始國也。"《輿地志》："秭歸縣，東有丹陽城②。"

---

　　① 《太平寰宇記》卷一四八：歸州，巴東郡，今理秭歸縣。周夔子之國。戰國時其地屬楚。秦為南郡之地。漢於此置秭歸縣。三吳置建平郡，宜郡之西部也，甚為重鎮，晉、宋、齊皆因之。隋屬巴東郡之秭歸縣。唐武德二年割夔州之秭歸、巴東二縣置歸州，三年分秭歸置興山縣，治白帝城。天寶元年改為巴東郡，乾元元年復為歸州。元領縣三：秭歸、巴東、興山。《元豐九域志》縣二：巴東、秭歸。

　　《大清一統志》卷二七三《宜昌府》：巴東縣，漢南郡巫縣地。梁置歸鄉縣，並置信陵郡。後周郡廢，改縣曰樂鄉，屬信州。隋開皇末改曰巴東，大業中屬巴東郡。唐屬歸州，宋、元因之。明洪武九年改屬夷陵州，後復屬歸州。清朝初因之，雍正十三年改屬宜昌府。巴東故城，在巴東縣西北大江北岸。《縣志》：舊縣治江北，其地有舊縣溪。宋寇準移今治，南渡後嘗移江北，後復遷今治。

　　② 《大清一統志》卷二七三《宜昌府》：歸州，漢置秭歸縣，屬南郡，後漢因之。建安中孫權分屬固陵郡，尋廢。三國吳永安三年分置建平郡。晉平吳，屬建平郡，宋、齊因之。周改縣曰長寧，兼置秭歸郡。隋開皇初郡廢，縣仍曰秭歸，屬信州。唐武德二年析置歸州。天寶初改曰巴東郡，屬山南東道。乾元初復曰歸州。五代初屬蜀，後屬南平。宋亦曰歸州巴東郡，隸荊湖北路。元至元十二年立安撫司，十四年陞為歸州路總管府，十六年復降為州，屬湖廣行省。明洪武元年州廢，縣屬夷陵州，尋復置歸州，以秭歸縣省入，隸荊州府。清朝雍正六年改為直隸州，十三年改屬宜昌府。秭歸故城，今歸州治，漢置縣。後魏改曰長寧。隋復故。明省入州。《水經注》：秭歸縣城東北依山即坂，周迴二里，高一丈五尺，南臨大江，古老相傳謂之劉備城，蓋備征吳所築也。《元史·地理志》：宋端平三年元兵至江北，遂遷郡治於江南曲沱，次新灘，又次白沙南浦。《州志》：明洪武初治丹陽，四年徙長寧，與千戶所同城。嘉靖四十年復遷於江北舊治。丹陽城，在歸州東，亦稱楚王城。《水經注》：丹陽城據山跨阜，周八里二百八十步，東北兩面悉臨絕澗，西帶亭下溪，南枕大江，險峭壁立，信天固也。今湖北巴東。

《春秋》有舒、在今廬州舒城縣①。舒鳩、今無為軍巢縣②。舒蓼、在安豐縣③。舒庸，東夷國。謂之羣舒，皆偃姓。皋陶後。《世本》："舒、鮑，偃姓國。"孔氏曰："又有龍舒。"

《地理志》：廬江郡舒縣④，故舒國。龍舒縣，羣舒之邑。龍舒故城，在無為

---

① 《太平寰宇記》卷一二六：廬州，合肥郡，今理合肥縣。古廬子國。春秋時為舒國地。戰國時楚屬。秦置三十六郡，此為廬江、九江二郡地。漢為合肥縣，後漢如之。三國時屬魏，為重鎮，青龍元年於合肥城西北三十里立新城。晉為淮南、廬江二郡地，東晉亦為重鎮。宋、齊之代獨為廬江郡。梁置汝陰、陳郡及南豫州，尋又改合肥為合州，亦為重鎮。至隋初改合州為瀘州，煬帝初州廢為廬江郡。唐武德三年改為廬州，領合肥、廬江、慎三縣，七年廢巢州為巢縣來屬。天寶元年改為廬江郡，乾元元年復為廬州。元領縣五：合肥、慎、巢、廬江、舒城。《元豐九域志》卷五：廬州，太平興國三年以巢、廬江二縣隸無為軍。

《大清一統志》卷八五《廬州府》：舒城縣，春秋羣舒地。漢置龍舒縣，屬廬江郡，後漢、晉因之，宋省。唐開元二十三年析合肥、廬江二縣地置舒城縣，屬廬州，五代、宋因之。元屬廬州路。明、清屬廬州府。舒城故城，在廬江縣西。春秋時舒國。漢文帝十六年封淮南厲王子賜為廬江王，都舒。三國吳時廬江治皖，魏廬江治六安，而舒縣廢。晉仍置舒縣。齊仍為廬江縣治，永明四年屬西豫，七年還屬南豫州。章懷太子曰：舒縣故城在今廬江縣西。《寰宇記》：廬江縣本漢龍舒縣地，故城在今縣西一百二十里，梁武置廬江縣，義寧元年移於石梁東南，景龍二年移於今所。《縣志》：有大城在縣西南三十里，又有金牛城在縣西北金牛山下。按舊說及《府·縣志》皆以舒城為古舒縣，而以廬江為古龍舒。考之《蕭齊志·廬江郡舒縣注》建元二年為郡治，《隋志·廬江縣注》齊置廬江郡，梁置湘江。據《隋志》所云，置郡之地與《齊志》合，是舒與廬江皆為郡治，而今之廬江即古之舒縣明矣。又按《漢志》廬江郡所領有舒、龍舒二縣。《左傳》文公十二年杜預注：今廬江南有舒城，舒城西南有龍舒。明是舒縣在東，龍舒在西。今龍舒在廬江之西，則舒城之為龍舒尤為明證。且其縣唐時所置，上取古舒城為名，後人泥其名以為即古舒縣，遂反以廬江為龍舒，誤矣。今安徽舒城。

② 《輿地廣記》卷二一：無為軍，自五代以前地理與廬州同。宋太平興國三年以巢縣之無為鎮置無為軍。今縣三：無為、巢、廬江。

《大清一統志》卷八五《廬州府·建置沿革》：巢縣，夏、商時南巢地。周為巢伯國，後屬楚為居巢邑。秦置居巢縣。漢屬廬江郡。後漢為居巢侯國。晉仍為縣，太元中僑置南譙郡，改居巢置蘄縣屬焉，宋、齊因之。梁為南譙郡治，東魏因之。北齊郡廢。隋開皇初改蘄縣曰襄安，屬廬江郡。唐武德三年於縣置巢州，七年州廢，改縣曰巢，屬廬州，五代因之。宋太平興國三年分屬無為軍，紹興五年廢，六年復置，十一年屬廬州，十二年還屬無為軍，景定三年升為鎮巢軍。元至元二十八年罷軍，復曰巢縣，屬無為軍，明不改。清朝屬廬州府。今安徽巢縣。

③ 《大清一統志》卷八五《廬州府·古蹟》：安豐故城，在壽州南。漢安豐縣在今河南固始縣界，東晉始僑置於此。《隋·地理志》：陳留、安豐二郡，開皇初郡並廢，以縣屬淮南郡。唐屬壽州。《寰宇記》：縣在壽州南八十里，又有廢安城府在縣南四里。隋開皇十六年於白雀驛置。《舊志》：宋紹興十二年升為安豐軍，三十二年改軍為壽春府，乾道三年移安豐軍於壽春縣，以安豐縣屬焉。元屬安豐路。明初省入。今為安豐鄉。故城在州西南六十里，西去霍邱縣九十里。今安徽壽縣。

④ 《漢書·地理志》：廬江郡，故淮南，文帝十六年別為國。縣十二：舒、居巢、龍舒、臨湖、雩婁、襄安、樅陽、尋陽、灊、皖、湖陵邑、松茲。

軍廬江縣西①。《唐·世系表》：舒，又曰羣舒、舒蓼、舒庸、舒鳩，一國而有五名②。朱氏曰③：荊，楚本號。舒，近楚。

### 西戎 見前　東夷

《左傳》：椒舉曰："周幽為大室之盟④，戎狄叛之。"《後漢·西羌傳》："幽王命伯士伐六濟之戎，軍敗。"見《竹書紀年》。"戎圍犬丘。"

《書序》："成王既伐東夷。"孔氏注："海東諸夷，駒麗、扶餘、馯、貊之屬。武王克商，皆通道焉。"孔氏疏：漢有高駒麗、扶餘⑤。馯，即韓也。北方曰貊。又云東北夷也。

---

①《大清一統志》卷八五《廬州府·建置沿革》：廬江縣，古廬子國。春秋時舒國。漢初置舒縣，屬淮南國，文帝十六年分置廬江國治此，後為廬州郡治，後漢因之。三國時廢，為吳、魏境上地。晉復置，屬廬江郡，宋因之。南齊建元二年復為郡治。梁為湘川治。北齊州廢。隋開皇初郡廢，改縣曰廬江，大業初屬廬江郡。唐屬廬州，五代因之。宋改屬無為軍。元為州。明初還屬廬州府，清朝因之。今安徽廬江。

②《春秋地名考略》卷一三"舒"：僖三年，徐人取舒。杜注：舒國，今廬江舒縣。按：舒，偃姓國，皋陶之後，其族屬甚多，此則見經之始。文十二年羣舒叛楚，子孔執舒子平及宗子，遂圍巢。杜注：羣舒，偃姓，舒庸、舒鳩之屬。今廬江南有舒城，西南有龍舒城。宗、巢，二國，羣舒之屬。十四年楚子孔、潘崇將襲羣舒，使子燮與子儀守而伐舒蓼。杜注：舒蓼即羣舒。宣八年楚為眾舒叛故伐舒蓼，滅之。杜注：舒、蓼，二國名。孔疏曰：二國，傳寫之誤，當云一國是也。孔氏又云：即文五年所滅之蓼，時復故而楚更滅之。亦誤也。蓼在安豐，羣舒在廬江，地境各別，無容相混也。成十七年舒庸人以楚師之敗也，恃吳而不設備，楚公子橐師襲舒庸滅之。杜注：時楚敗於鄢陵。舒庸，東夷國人。襄二十四年吳人召舒鳩人，舒鳩人叛楚，楚子使沈尹壽與師祁黎讓之，舒鳩子敬逆二子而告無之，楚師還。二十五年舒鳩人卒叛楚，楚令尹子木伐之，遂圍舒鳩，舒鳩潰，八月楚滅舒鳩。定二年吳子使舒鳩氏誘楚人曰：以師臨我。楚師於豫章，吳敗之。杜注：舒鳩，楚屬國。蓋楚雖滅之，猶存其祀，故為屬國也。杜氏但以漢舒縣為古舒國，餘羣舒惟巢國有注，今別見其舒蓼、舒庸、舒鳩及宗四國地皆不能明其處，但云廬江南有舒城及龍舒城，約略四國所居在此兩城間而已，今亦姑如其意以繹之。秦舒邑屬九江郡。漢七年封兄子信為羹頡侯，食舒，後置舒縣，為廬江郡治。文帝分淮南為廬江國，封淮南厲王子賜為廬江王，居舒。元狩初復為郡。後漢初李憲稱帝於舒，馬成攻拔之。建安四年孫策襲廬江，取之，時郡仍治舒也。三國魏移郡治陽泉而虛其地。晉仍置舒縣於此。梁、陳間廢。唐復置舒城縣，屬廬州。今仍之，屬廬州府。此即杜所云舒國也。杜又云廬江南有舒城，則不知其處。龍舒亦漢縣，屬廬江郡。後漢永平初封許昌為龍舒侯邑於此。晉仍曰龍舒縣，屬廬江郡，東晉末廢。今其故城在廬江縣東一百二十里。

③朱氏：即朱鑑，字子明，朱熹嫡長孫，官至湖廣總領。引文見朱鑑《詩傳遺說》卷六，原文云："荊，楚本號也。舒，國名，近楚者也。"

④大室之盟：即太室之盟。《詩經世本古義》卷一八之下《巧言》：周幽王惑於讒，既立伯服，逐宜臼，復與諸侯為太室之盟，將謀伐申以求宜臼而殺之。《春秋地名考略》卷一"太室"：杜注："在河南陽城縣西南。"林注："即中嶽嵩高山也。"《漢志》：武帝置崇高縣以奉太室山，是為中嶽。《詩譜》：即禹貢外方山也。《東觀記》：靈帝使棠溪禱雨，因其請，復稱嵩高山。夏之興也，有神見於嵩山即此。戴延之曰：嵩山三十六峰，東曰太室，西曰少室，嵩高其總名也。《括地志》：嵩高山在陽城縣西北二十三里。今在登封縣北一十里。

⑤扶餘：亦名夫余，松花江流域古國，業農，晉太康六年亡國。《後漢書》、《晉書》有傳。

# 卷　四

## 受命作周

朱氏曰[①]："受命，受天命也。作周，造周室也。""稱王改元之説，歐陽公[②]、蘇氏[③]、游氏辨之已詳[④]。"《武成》：惟九年大統未集。若以文王在位

---

①　朱氏：即朱熹。引文見朱熹《詩序》卷下《大雅》及《朱子語類》卷七八《尚書一·綱領》。

②　歐陽修《詩本義》卷一〇《文王》：文王之甚盛德所以賢於湯武者，事殷之大節爾，而後世誣其與紂並立而稱王，原其始蓋出於疑似之言，而衆説咻然附益之，遂為世惑，可不慎哉？《泰誓》曰："惟十有三年師渡孟津."《武成》曰："誕膺天命惟九年，大統未集。"此所謂疑似之言也。而毛、鄭於《詩》謂文王天命之以為王，又謂文王聽虞芮之訟而天下歸者四十餘國，説者因以為受命之年，乃改元而稱王，由是以來，司馬遷《史記》及諸讖緯符命怪妄之説不勝其多。本欲譽文王而尊之，其實積毀之言也。然而學者可以斷然而不惑者，以孔子之言為信也。孔子："三分天下有其二以服事殷。"此一言者，楊子所謂"衆辭淆亂質諸聖"者也。至於虞芮質成，毛、鄭之説雖疑過實，然考《傳》及《箋》初無改元稱王之事，未害文王之為文王也。惟雅之《序》言文王受命，毛以為受天命而王天下，鄭又謂天命之以為王云者，惑後學之尤甚者也。詩人之意以謂周自上世以來積功累仁至於文王，攻伐諸國，威德並著，周國自此盛大，至武王因之，遂伐紂滅商而有天下，然以盛德為天所相而興周者，自文王始也，其義如此而已。故序但言受命作周，不言受命稱王也。且詩人述作周之業歸功於其父，而言國之興也有命自天，此古今之常理，初無怪妄之説也。蓋古人於興亡之際必推天以為言者，尊天命也。如毛、鄭之注文王則是天諄諄命西伯稱王爾，此所以失詩本義而使諸家得肆其怪妄也。説者但言殷未滅時文王自稱王於一國之中，理已為不可，況毛、鄭於此詩言商之子孫衆多有國者皆在文王九服之中，又言殷之諸侯來助文王祭者皆自服殷之服，此二者皆是殷已滅之事，若如毛、鄭之説是文王已滅殷而盡有天下矣，此又厚誣文王之甚者也。《本義》曰：大哉天命！商之子孫數甚衆多，而上帝乃命之為周諸侯。昔也天命為商之蕃屏，而今也乃命為周諸侯。由商王失德而天奪之，周有世德而天子之。天所予奪，惟德所在而無常主。

③　蘇轍《詩集傳》卷一五《文王之什》"文王受命作周也"條：文王在位五十年，其始也，三分天下有其二以服事商，其政行於西南而不及於東北。其後虞、芮質成於周，文王伐黎而戡之，東北咸集。文王於是受命稱王，九年而崩。《書》曰："誕膺天命維九年，大統未集。"此所謂受命作周也。然學者或言武王克商而稱王，文王之世紂猶在上則王號無所施之。予以為不然。文王之治西南，諸侯之大者也，故猶可以事人。及其行於四方，則天子之事也，雖欲復為諸侯而不可得矣，是以即其實而稱王。紂雖未服，而天下去之，其所以為王之實亦亡矣。故文王之得此名也，以其有此實也。紂之失此名也，以其無此實也。空名雖存而衆不予其存，無損於周之稱王，而其亡不為益矣，是以文王之世置而不問。至於武王，紂日長惡不悛，於是與諸侯觀政於商，以為紂將改歟！則固將釋之，釋之非復以周事之矣，存之而已。若其不改，則將伐之，伐之非以成周之王也，為不忍民之久於塗炭而已。不然豈文王獨能事紂而武王不能哉？從世俗之説，必將有一人受其非者，此不可不辯也。

④　游氏：即游酢，字定夫，建州建陽（今福建）人，師程顥，官監察御史。《宋史》有傳。吕祖謙《吕氏家塾讀詩記》卷二五引其言曰：君臣之分猶天地尊卑，紂在上而文王稱王，是二天子也，服事商之道固如是耶？《書》所謂九年大統未集者，後世以虞芮質成為文王受命之始也。觀武王於《泰誓》三篇稱文王為文考，至《武成》而柴望然後稱文考為文王則可知矣。孰謂至德如文王，一言一動順帝之則，乃盜虛名而拂天理乎？

五十年推之，不知九年何處數起。《尚書大傳》曰："文王受命，一年斷虞、芮之質，二年伐邗，三年伐密須，四年伐犬夷，五年伐耆①，六年伐崇，七年而崩。"孔安國見《武成篇》，故《泰誓傳》曰②："周自虞、芮質厥成，諸侯並附，以為受命之年，至九年文王卒。"葉氏曰："《詩》言'周雖舊邦，其命維新'，以虞、芮質厥成為文王受命之年，儒者之傳，固有自矣③。是以武王稱'誕膺天命九年'。"

**摯④**

毛氏曰："摯，國名，任姓。"《周語》："摯、疇之國由大任⑤。"《注》："摯、疇二國，奚仲、仲虺之後，大任之家。"

《唐·世系表》："祖己七世孫曰成，徙國於摯。"仲虺居薛⑥，臣扈、祖己皆其

---

① 耆：即黎。
② 泰：庫本作"秦"，誤。
③ 固：庫本作"周"。
④ 摯：至元刻本、庫本作"摯"，誤。
⑤ 《路史》卷二九"錫（錫疇）"：商末錫疇子斯，一云錫疇國。鄭六邑有戈錫。錫，宋、鄭之間，鄭人滅之以處宋元公之孫。
⑥ 《路史》卷三〇"薛"：淄州南四十，謂之大薛，非滕南之薛。《春秋地名考略》卷一二"薛·國於薛"：薛，任姓，黃帝之苗裔，奚仲封為薛侯，武王復以其胄為薛侯。隱十一年滕侯、薛侯來朝，始入《春秋》。本《傳》滕侯、薛侯爭長，薛侯曰：我先封。杜注：夏所封在周之前。定元年薛宰曰：吾祖奚仲居薛為夏車正，奚仲遷於邳，仲虺居薛以為湯左相。杜注：奚仲為夏禹掌車服大夫。蓋春秋諸國傳世之舊者莫薛若也。昭十年神竈曰：顓頊之墟，姜氏、任氏宴守其地。杜注：顓頊之墟，元杓也。姜，齊姓。任，薛姓。與齊大小相去遠甚，乃得並稱，知其前世非小弱矣。《世本》：黃帝二十五子，得姓者十二人，任居其一。隱公曰：寡人若朝於薛，不敢與諸任齒。孔疏引《氏族篇》曰：謝、章、薛、舒、呂、祝、終、泉、畢、過十國皆任姓也。又知任氏支封本廣，特不可盡考耳。其地，杜注曰：薛，魯國薛縣。按孔穎達曰：薛自齊桓霸諸侯，黜為伯，獻公始與魯同盟，小國無紀，世不可知，亦不知為誰所滅，或曰戰國時齊滅之也。田嬰封於薛，謂之薛公。秦置薛縣。二世二年沛公命雍齒守豐，自引兵之薛。又項羽以朱雞石敗，自湖陵引兵入薛，召諸別將會薛計事。漢置薛縣，屬魯國。晉屬魯郡。劉、宋屬彭城郡，後魏因之，後齊廢。《括地志》：薛城在薛河北，周二十八里，堅厚無比。《地道記》：奚仲冢在城南二十里山上。《皇覽》曰：靖郭君冢在城東南陬。孟嘗君冢在城中向門東北邊。今薛城在滕縣南四十里。又有仲虺城在薛城西三十里，俗謂之斗城，漷水經其北，西北入泗。再按哀十四年《傳》：齊陳恒執其君壬實於舒州，尋弒之，《史記·齊世家》田常執簡公於徐州曰此事也。賈逵曰：徐州，陳氏邑。崔駰曰：即春秋舒州也。《後漢志》：薛縣，本國，六國時曰徐州。《竹書紀年》：邳遷於薛，改名徐州。意謂仲虺自邳徙故薛，得兼名徐州也。春秋末薛尚在，當是齊侵其近都之地別置舒州以封陳氏耳。《史記》：句踐平吳，北渡淮，與齊、晉諸侯會於徐州。齊威王曰：吾吏有黔夫者使守徐州。宣王八年，與魏襄王會徐州以相王。十年，楚圍我徐州。《楚世家》：威王七年伐齊，敗之於徐。皆此也。再按《竹書紀年》：梁惠成王三十一年邳遷於薛，謂之上邳。《竹書》紀事與諸家多互異，惠成王之下書"今王"即襄王也，則惠成王即《史記》所云惠王，其三十一年為周顯王二十九年，上距春秋終一百四十二年。後二十年齊封田嬰於薛。此時薛已將亡矣。或有奚仲之別裔自邳轉徙於宗國，因易其名，亦未可知。然恐即仲虺徙薛之事訛為後世耳。漢呂后三年，封楚元王子郢客為上邳侯，即此。《大清一統志》卷一三〇"兗州府"：薛縣故城在，滕縣東南四十五里，薛河之北，古奚仲所封之國。《括地志》：薛縣故城在滕縣東南四十四里。《元和郡縣志》：故薛城在滕縣東南四十三里，薛侯國也，當孟嘗君時薛中六萬家，其中富厚，天下無比，此田文以抗禦楚、魏也。按：薛城，春秋以後別名舒州，《史記》皆作"徐州"。《釋名》：徐，舒也，古字相通。固非《禹貢》之徐州，亦非漢、晉以來之彭城也。近志以為即今徐州，因引入彭城，所傳誤矣。

胄裔。傅氏曰："'自彼殷商，來嫁於周'，則摯是殷商畿内國①。"

## 京

朱氏曰："祼將於京"，周之京師也。"曰嬪於京"，"依其在京"，周京也。"王配於京"，鎬京也。"乃覯於京"，高丘也。

## 殷商

《史記正義》：自湯已下號商，自盤庚改號曰殷。

《括地志》："相州安陽縣，本盤庚所都，即北冢，殷墟南去朝歌城百四

---

十六里①。"《竹書紀年》："盤庚自奄遷北冢②，曰殷墟，南去鄴四十里③。"舊鄴城西南三十里有洹水④，在相州北四里，南岸三里有安陽城，即相州外城，西有城名殷墟，所謂北冢也。《史記》：項羽與章邯盟洹水南殷虛上。

① 《大清一統志》卷一五六《彰德府》：安陽縣，附郭。戰國魏寧新中邑。秦昭襄王五十年改曰安陽。漢為蕩陰縣地。晉始置安陽縣，屬魏郡。東魏天平初併入鄴縣。後周大象二年自鄴移相州治此，改縣曰鄴。隋開皇十年復曰安陽，大業初為魏郡治。唐復為相州治，五代、宋因之。金為彰德府治。元為彰德路治。明、清為彰德府治。安陽故城，在今安陽縣南。漢景帝二年封周昌孫左徒為安陽侯，昭帝始元二年又以封上官桀表在湯陰。晉始置安陽縣。《魏土地記》曰："鄴城南四十里有安陽城，城北有洹水東流。"《舊唐書·地理志》：相州安陽故城在湯陰東，後周移鄴置縣於安陽故城，仍為鄴。縣隋又改為安陽縣，州所治。《元和志》：安陽，漢初廢，以其地屬湯陰，晉於今城西南三里置安陽縣，屬魏郡，後魏併入湯陰，隋開皇十年置安陽縣，屬相州。《通鑑地理通釋》：洹水南岸三里有安陽城，即相州外城。《府志》：安陽凡四遷，秦城在今府東南四十三里，晉置縣在今府西南，隋開皇十年復徙於洹水南，大業初移郡郭內，即今治。今河南安陽。殷墟，在安陽縣北。《史記·項羽本紀注》：應劭曰："洹水在湯陰縣界。"殷墟，故殷都也。瓚曰："洹水在安陽縣北，去朝歌都一百五十里。"此殷墟非朝歌也。《水經注》：洹水逕殷墟北。《括地志》：安陽城西有城名殷墟，即所謂北冢，南去朝歌百四十六里。《春秋》：桓公十二年會宋公於虛。杜注：虛，宋地。疑當在今歸德，非此殷墟也。殷墟乃盤庚所都，《御覽》、《寰宇》作斝都。考斝都在今衛輝，與此相距百里，蓋亦屬都畿之內也。

② 《竹書紀年》卷上：南庚"三年遷於奄"。徐文靖箋：按南庚遷奄，舊未有言。奄地所在者，《郡國志》：魯國即奄國。定四年《傳》：祝鮀曰："因商奄之民命以伯禽。"其曰商奄者，或以商嘗遷此，故遂謂商奄乎？今山東曲阜。

《路史》卷二七"蒙"：《紀年》："盤庚自奄遷於北冢，曰殷虛。"北冢，"蒙"字爾，即景亳，湯都，今亳之蒙城，漢之山桑（屬沛，後漢屬汝南）。天寶二改縣，北八十有南、北二蒙城（魏孝文築，相拒四十步，光武幸處，今宋城南十五小蒙故城，六國之蒙縣。復有大蒙城，縣北四十一里）。或云河北，非也（《地形志》：北梁有北蒙城。《索隱》：殷虛南去鄴三十。是殷虛南地舊曰北冢。夫亶甲、祖乙居河北不利，盤庚涉河以民遷矣，豈復在河北邪）。

③ 《大清一統志》卷一五六《彰德府·古蹟》：鄴縣故城，在臨漳縣西，本齊桓公所築。戰國趙悼襄王六年魏與趙鄴，秦始皇十一年王翦等攻鄴，取八城。後漢初平二年袁紹為冀州牧，鎮鄴。建安元年以紹為太尉，封鄴侯，後又以封曹操。魏黃初二年置鄴都，為五都之一。晉為鄴郡治。建興二年避懷帝諱，改鄴為臨漳，為石虎所陷。咸康二年虎遷都於此。升平元年慕容儁亦都之。符堅滅燕，仍為冀州治。太平十年慕容垂取之。後魏皇始三年拓跋儀入鄴，置行臺，尋置相州。太和十七年將遷洛都，因巡省至鄴，置宮於鄴西。天平元年高歡遷魏主都鄴。興和元年令高隆之領營構大將軍，發畿內民夫增築南城周圍二十五里。元象二年復城鄴。後周建德六年滅齊，置六府於鄴城。宣政初移六府於洛陽，以相州為總管府。大象二年韋孝寬破尉遲迥於鄴城相州，平移相州於安陽，徙其居人南遷四十五里，其鄴城及邑居皆毀廢之，改舊鄴縣為靈芝縣。隋開皇十年復故，煬帝初於鄴故都大慈寺置縣。唐貞觀八年始築今治所小城。《寰宇記》：相州鄴縣，後冀州刺史嘗寄理於此。晉改鄴為臨漳，歷東魏、北齊皆都此。《輿地廣記》：相州臨漳縣，本漢鄴縣，曹操以為鄴都，作三臺。《名勝志》：鄴城，宋廢為鎮，去臨漳縣西二十里。《府志》：魏故鄴邑，即今鄴鎮，鄴都北城在鎮東北，鄴都南城在鎮東南。今河北臨漳。

④ 《大清一統志》卷一五六《彰德府·山川》：洹水自山西潞安府長子縣流入，經林縣東北，又流經安陽縣北，又東流經內黃縣西北入衛河。

鄭氏曰：契有功，封商①。湯始居亳之殷地。《荀子》："契玄王生昭明②，居於砥石，或曰即底柱③。遷於商。"十四世有成湯。《書·盤庚》："遷於殷。"孔氏曰："亳之別名④。"

孔氏曰：成湯之初，以商爲號，及盤庚後爲殷，取前後二號而言之。曹氏曰："盤庚復治亳之殷地，湯之故居，故兼稱殷商。"朱氏曰：商言其國，殷言其地。

### 洽陽

毛氏曰："洽，水也。"《穀梁傳》："水北曰陽。"

---

① 《通鑑地理通釋》卷四：《世紀》："契始封商，在《禹貢》太華之陽，上洛商是也。"《括地志》："商州東八十里商洛縣，本商邑，古之商國，禼所封"，漢弘農郡商縣。《大清一統志》卷一九二《商州·古蹟》：商洛故城，在州東。《左傳》：文公十年楚使子西爲商公。《括地志》：商洛縣在商州東八十九里。《寰宇記》：商洛縣在州東九十里。隋開皇四年改商縣爲商洛。唐武德二年移於今理。《州志》：商洛鎮在州東八十五里。《春秋地名考略》卷八"商"：古商邑，契所封也。春秋時屬楚。戰國時爲商於地，蓋近南陽之界。秦商君封此，張儀以紿楚懷王也。漢置商縣，屬弘農郡。後漢屬京兆尹。晉屬上洛郡。後魏皇興四年置東上洛郡，永平四年改屬上庸郡。後周改縣爲商洛縣，屬上洛郡。隋置商州，後因之。金貞元二年廢爲商洛鎮，《荊州記》"武關西北百二十里有商城"謂此也。孔氏曰：縣南一里即商洛山，今上洛縣在商州東九十里。再按：內鄉縣西有商於城，秦孝公封衛鞅以商於十五邑是也。又張儀以商於六里之地誑楚。裴駰曰：有商城在於中，故曰商於。道元曰：丹水經內鄉、丹水二縣間，歷於中北，所謂商於者也。杜佑曰：今內鄉西七里有於村，亦曰於中，或曰商即商州，於即內鄉也。自內鄉至商州凡六百里，皆古商於地矣。今爲商於保。今陝西丹鳳。

② （唐）楊倞注：《詩》曰"天命玄鳥，降而生商"，又曰"玄王桓撥"，皆謂契也。

③ 《大清一統志》卷一〇七《澤州府·山川》：底柱山，在陽城縣南五十里。山有三峰，中峰最高秀，其下皆土，惟起峰處皆石，若柱然。按：《禹貢》底柱在析城之西，今自此山西南至析城三十里，又西南至王屋五十里，道里不合。古底柱在今陝州陝縣大河中流，其形如柱者是也。

④ 《通鑑地理通釋》卷四：《書序》："湯始居亳，從先王居。"《史記正義》：《括地志》云："宋州穀熟縣西南三十五里南亳故城，即南亳湯都也。宋州北五十里蒙城爲景亳，湯所盟地，因景山爲名。河南偃師爲西亳，帝嚳及湯所都，盤庚亦都之。湯即位，居南亳，後徙西亳。"孔安國云："帝嚳都亳，湯自商丘遷，故曰從先王居。"《通典》曹州考城縣有北亳，亦曰景亳。《詩正義》：皇甫謐云"學者咸以亳在河、洛之間，今河南偃師西二十里有尸鄉亭是也。謐考之事實失其正也。《孟子》稱'湯居亳，與葛爲鄰'"。案《地理志》：葛，今梁國寧陵之葛鄉。今拱州之寧陵。寧陵去偃師八百里，而使亳衆爲耕，非其理也。今梁國自有二亳，南亳在穀熟，即今南京之穀熟；北亳在蒙，即今拱州之考城，古謂之蒙，漢謂之薄，非偃師也。殷有三亳，二在梁國，一在河、洛之間。穀熟爲南亳，即湯都也；蒙爲北亳，即景亳，是湯所受命地；偃師爲西亳，即盤庚所徙也。《立政》曰三亳，阪尹是也。鄭康成注《立政》云："三亳者，湯舊都之民分爲三邑，其長居險，故曰阪尹，蓋東成皋，南轘轅，西降谷也。"是鄭以三亳爲分亳民於三處，非三處有亳也。杜預以景亳爲周地，河南鞏縣西南有湯亭，或說即偃師也。《漢書音義》："臣瓚案：湯居亳，今濟陰薄縣。以經無正文，各爲異說，地名變易，難得而詳。"林氏曰：鄭氏云亳在河南偃師，鄭說可從。蓋偃師在河南，其地與周洛邑相近，乃四方朝覲貢賦道里取中之地。《商頌》曰："古帝命武湯，正域彼四方"，"邦畿千里，維民所止"，"商邑翼翼，四方之極"，使非河南，則《頌》未必如此。《周禮疏》曰："堯治平陽，舜治安邑，唯湯居亳，得地中。"《通志》："亳，故京兆杜縣有亳亭是也。"杜城，今在長安南。故太史公云："禹興西羌，湯起亳也。"及湯有天下，始居宋地，復命以亳，今南京穀熟是也。

《地理志》：左馮翊郃陽縣，在郃水之陽①。《説文》引《詩》："在郃音
"合"。之陽。"

朱氏曰："洽，水名，本在今同州郃陽、夏陽縣②，今流已絶，故去水
而加邑。渭水亦逕此入河。"《括地志》："郃陽故城，在同州河西縣南三里。"

《水經注》曰：郃陽城南有瀵水，東流，注於河。水南猶有文母廟，前
有碑，去城十五里。水即郃水也，縣取名焉。《郡縣志》：水在舊河西縣南五里，今郃
陽界内。

## 渭涘

毛氏曰：渭水厓。

王氏曰③："洽之陽，渭之涘，莘國所在。"

---

① 《大清一統志》卷一八九《同州府》：郃陽縣，本古有莘國。戰國魏合陽邑。漢置郃陽縣，屬
左馮翊。後漢初廢，永平二年復置，仍屬左馮翊，晉因之，後廢。後魏太和二十年復置，屬華山郡。
後周屬澄城郡。隋屬馮翊郡。唐武德三年割屬西韓州，貞觀八年還屬同州。五代梁改屬河中府，後唐
天成元年復故，宋因之。金貞祐三年改屬楨州。元初復屬同州，明因之。清朝雍正十三年屬同州府。
郃陽故城，在今郃陽縣東南。《史記·魏世家》：文侯十七年西攻秦，至鄭，遷築雒陰、合陽。《漢
書·王子侯表》：合陽侯喜，高帝兄，八年封。《水經注》：河水逕郃陽城東。《括地志》：郃陽故城在
同州河西縣南三里。《元和志》：郃陽縣西南至同州一百二十里，本漢舊縣。《寰宇記》：郃陽縣，隋開
皇十六年自古城移於今理。《州志》：郃陽故城在今縣東西十里。《縣志》：今縣東南西鄉有郃陽里。
今陝西合陽。洽水，在郃陽縣南，一名瀵水。《水經注》：郃陽城北有北瀵水，南去二水各數里，其水
東逕其城内，東入於河。又城南側中有瀵水，東南出焉注於河。城南又有瀵水，東流注於河。即郃水
也，縣取名焉。《元和志》：按中瀵水與南瀵水並在舊河西縣南五里，今郃陽界内。《寰宇記》：瀵水總
發源黃河西岸平地。《縣志》：洽河在今縣西北三十里，源出梁山西峪，東南流逕縣南注於黃河，漢永
平間流絶，其絶處有乾河村。其後復流，土人重之，呼為金水。又有王村瀵、東鯉瀵、渤池瀵、夏陽
瀵，共五水，皆在縣東南四十里，去河僅數武，潰湧而出，高於平地尺許，民資以灌溉。
② 《太清一統志》卷一九〇《同州府·古蹟》：夏陽故城，在韓城縣南，古梁國也。《左傳》：僖
公十九年秦取梁。文公十年晉人伐秦，取少梁。《史記》：魏文侯六年城少梁，秦惠文王八年魏納河西
地，十一年更名少梁曰夏陽。《漢書·地理志》：夏陽縣，故少梁。《括地志》：夏陽故城，在韓城縣南
二十里。少梁故城，在縣南二十三里。《韓城縣志》：夏陽故城在縣南二十里芝山鎮北，基址猶存，其
地曰西少梁里。又東少梁里在縣東南濋水東，即古少梁城也。今陝西韓城。唐夏陽廢縣，在郃陽縣
東，本郃陽縣地，唐時析置。《元和志》：夏陽縣西南至同州一百三十里，武德三年分郃陽於此置河西
縣，在河之西，因以為名。又割同州之郃陽、韓城二縣於今縣理置西韓州，取古韓國為名，以河東有
韓州，故此加"西"。貞觀八年廢西韓州，以縣屬同州，乾元三年改為夏陽縣。《唐書·地理志》：同
州夏陽縣，乾元三年隸河中，後復來屬。《九域志》：熙寧三年省夏陽縣為鎮入郃陽縣。《金史·地理
志》：郃陽縣有夏陽鎮。《縣志》：唐夏陽鎮在縣東南四十里，又名河西城。
③ 王氏：即王安石。引文又見季本《詩説解頤字義》卷七。

朱氏曰：“渭水至同州馮翊縣入河①。”

孔氏曰：“造舟比船於水，加版於上②，即今之浮橋。”杜預曰：“造舟為梁。”則河橋之謂也。《爾雅》：“天子造舟。”鄭氏曰：“周制也，殷時未有等制。”程氏曰③：親迎於渭，文王未為君，周國在渭旁，不是出疆。

## 莘

毛氏曰：“莘，大姒國。”

《水經注》：“郃陽城，故有莘邑，大姒之國。”《輿地廣記》：同州郃陽縣，古莘國。《括地志》：“古䓖國城④，在同州河西縣南二十里。”《世本》：“莘，姒姓，禹後。”《唐·世系表》：“啓封支子於莘⑤。”

## 牧野

牧，《說文》作“坶”。孔氏曰：“紂南郊地名。”

《通典》：衛州汲縣，牧野之地。《九域志》：汲城，本牧野之地，漢為縣。

《郡國志》：朝歌縣南有牧野。《牧誓注》：“紂近郊三十里，地名牧。”《括地志》：“今衛州城，即牧野之地，武王至牧野，乃築此城。”孔氏曰：商郊牧野，是郊上之地，戰在乎野⑥，故

① 《大清一統志》卷一九〇《同州府·古蹟》：馮翊故城，今府治，本古臨晉也。《史記·魏世家》：文侯十六年伐秦，築臨晉。《漢書·地理志》：左馮翊臨晉縣，故大荔，秦獲之，更名。臣瓚曰：舊說秦築高壘以臨晉國，故曰臨晉。《魏略》：建安初詔分馮翊以東數縣為馮翊郡，治臨晉。《魏書·地形志》：華州，太和十一年分秦州之華山、澄城、白水置，領華山郡，治華陰縣。又《安定王燮傳》：世宗初除華州刺史表曰“州治李潤堡，居岡飲澗，井谷穢雜，未若馮翊面華渭，包原濕，井淺池平，樵牧饒廣”，遂詔聽移。《周書》：魏廢帝三年改華州為同州。《隋書·地理志》：馮翊縣，後魏曰華陰，西魏改武鄉，置武鄉郡。開皇初郡廢，大業初改名馮翊，置馮翊郡。《括地志》：馮翊縣，漢臨晉縣地，故城在縣西南二里。《元和郡縣志》：同州東至蒲津關六十里，南至華州八十里。《太平寰宇記》：同州所理城即後魏永平三年刺史安定王燮所築，其東城正光五年刺史穆弼築，西與大城通，其外城大統元年刺史王熊築，自今鳳仙縣東北五十里李潤鎮分秦州置華州，理於此，其城自後魏以後修築，非漢之臨晉縣也。蓋後漢於此置臨晉縣，取今朝邑界故臨晉城為名。晉武帝改為大荔。後魏初復名臨晉，太和十一年改為華陰，孝昌二年以名重，又改武鄉，屬武鄉郡也。今陝西大荔。
② 版：孔穎達《毛詩疏》作“板”。
③ 程氏：即程頤。引文見朱熹編《二程遺書》卷二二上，又見李明復《春秋集義》卷二。
④ 䓖：至元六年刻本、合璧本同，庫本作“莘女”。
⑤ 《春秋地名考略》卷七“有莘之墟”：僖二十八年，晉侯登有莘之墟以觀師。杜注：有莘，古國名。按：即《國語》所謂莘墟也。《括地志》：陳留縣東五里有莘城，即古莘國。《元和志》：古莘仲國也，在濟陰縣東南三十里。《夏本紀》：鯀納有莘氏之女生禹，又伊尹耕於有莘之野即此。今曹州曹縣北十八里有莘仲集，距陳留東北三十五里。又陳留縣南十五里有空桑城，相傳伊尹生此，蓋亦因莘城而得名。《大清一統志》卷一九〇《同州府·古蹟》：莘國城，在郃陽縣東南。《詩·大雅》：“纘女維莘。”《括地志》：古莘國城在河西縣南二十里。《寰宇記》：《世本》及《詩》莘國，姒姓，夏禹之後，武王母太姒即此國之女。《縣志》：縣東南有莘里，即古莘國。按《孟子》：伊尹耕於有莘之野。趙岐注：不詳所在。《史記正義》引《括地志》云：在汴州陳留縣東五里。今《縣志》近夏陽村有伊尹耕處，縣境又有伊尹廟，恐屬傅會。又《左傳》僖公二十八年晉楚戰於城濮，晉侯登有莘之墟以觀師。皆別為一莘，非郃陽渭涘之莘也。
⑥ 乎：孔穎達《尚書疏》作“平”，是。

曰野，《詩》"於牧之野"。皇甫謐曰："在朝歌南七十里。"《水經注》：自朝歌以南暨清水①，土地平衍，據皋跨澤，悉坶野之地，故《詩》稱"坶野洋洋"，《竹書紀年》曰"武王率西夷諸侯伐殷，敗之於牧野"。《括地志》："朝歌，在衛州東北。"《周書·克殷》曰："周車三百五十乘，陳於牧野②。"

## 自土沮漆

《地理志》：右扶風杜陽縣，今鳳翔府普潤縣③。杜水南入渭④，《詩》曰"自杜"。顏氏注："《詩》'自土沮漆'，《齊詩》作'自杜'，言公劉避狄而來居杜與沮漆之地。"鄭氏曰：公劉遷於豳，居沮漆之地。

段氏曰：沮漆有二，皆出雍州，皆東入於渭，特有上流、下流之別。《詩》漆沮入於渭之上流，"自土漆沮"，言於岐周之間。《書》漆沮入於渭之下流。言於東會於灃，又東會於涇之下。《十三州志》云："漆水出漆縣，西北至岐山東入渭。"《後漢注》：漆縣故城，在邠州新平縣。沮水，不知所在，此《詩》"自土沮漆"者也。《十三州志》："萬年縣南有涇、渭，北有小河，即沮水也。"

———————

① 《大清一統志》卷一五八《衛輝府·山川》：清水，自輝縣西南東流經獲嘉縣北，又東流經新鄉縣西北至合河店西入衛河。《水經注》：清水出修武縣之北黑山，東北過獲嘉縣北，又東過汲縣北，又東入於河，謂之清口，即淇河口。

② 《大清一統志》卷一五八《衛輝府·古蹟》：牧野，在淇縣南。《後漢志》朝歌南有牧野，劉昭注：去縣十七里。《通典》：即紂都近郊三十里是。今河南淇縣。

③ 《大清一統志》卷一八四《鳳翔府·古蹟》：杜陽故城，在麟游縣西北。漢置杜陽縣，晉廢。《水經注》：杜水東逕杜陽故城，東西三百步，南北二百步，世謂之故縣川。《寰宇記》：漢杜陽縣城。《郡國縣道記》云：杜陽，晉省，在今鳳翔府北九十里普潤縣東南界，已失其所在。又按《郡國縣道記》云：隴州吳山縣四十五里，即岐山縣之西南界有一故城，彼人謂之文王城。按：周文王都鄷，不合於此更有城，其城恐是漢杜陽縣。又岐山縣東十九里有杜陽谷，內亦有一杜陽故城。二縣俱在扶風郡界。若據《十三州志》郡道里數，即隴州杜陽故城近之。據《漢志注》云杜水南入渭，即普潤縣界，文王城近之。

普潤故城，在麟游縣西。隋置。《元和志》：普潤縣南至鳳翔府九十里，隋大業元年於此置馬牧，又置普潤屯，後廢屯置縣。《寰宇記》：縣在府北七十里，本漢安定、鶉觚二縣之地，又為漆縣。隋大業元年於細川谷置普潤縣以屬岐州，蓋以杜、漆、岐三水漑灌田疇，民獲濟利以為縣名，十三年移於今理。貞元十一年改屬隴右經略使。《唐書·方鎮表》：貞元初吐蕃陷隴右，德宗置行秦州，以刺史兼隴右經略使，治普潤。元和元年升經略使為保義節度，尋復舊名。《明一統志》：普潤縣，元省入麟游故城，在麟游縣西百二十里，頹基尚存。

④ 《大清一統志》卷一八三《鳳翔府·山川》：杜水，在麟游縣南，東南流入武功縣界。《漢書·地理志》：杜陽縣，杜水南入渭。《水經注》：水發杜陽縣大嶺側，世謂之赤泥峴，沿波歷澗，俗名大橫水，疑即杜水矣。其水東南流，東經杜陽故城，世謂之故縣川，又東二坑水注之。東歷五將山又合鄉谷水，水出鄉谿，東南流入杜，謂之鄉谷川。又南莢水注之。《隋書·元暉傳》：開皇初，請決杜陽水灌三時原，漑寫鹵之地數千頃。《地理志》：普潤縣有杜水。《寰宇記》：杜水源出普潤縣東南溪澗間。《縣志》：杜水源出縣西五十里招賢鎮，行石澗中，東南流至九成故宮西，納西海口水，又西南納清河水，又東逕縣南，北受通濟橋、五龍泉、和尚泉等水，南受馬家溝水，又東折過峽合澄水，逕邑之東山石壁下，復折而過慈禪寺，受石白山、史家河水，又折至紫石山後，左受吳雙以北之水，又數折北受尉遲澗水，又數折受小花、石溝水出縣境，逕好時下至武功會雍水入渭。其五龍泉在縣西門外，水極清冽，旁有亭，謂之五龍泉亭。

晁氏曰："《地理志》：漆水，在扶風漆縣西北。此豳之漆也①。"《水經》："漆水，出扶風杜陽縣俞山，東北入於渭。"《括地志》："沮水，出雍州富平縣②，東入櫟陽南。漆水，出岐州普潤縣東南岐漆山③。"嚴氏曰："沮、漆名稱相亂。《水經》云：沮水，出北地郡直路縣，東過馮翊祋祤縣北④，東入於洛。此沮水之源流也。《漢志》：扶風有漆縣，漆水在縣西，東入渭。又，闞駰《十三州記》云：漆水，出漆縣，西北至岐山，東入渭。此漆水之源流也。沮出北地，入洛。漆出扶風，入渭。沮自沮，漆自漆也。至孔氏引《水經》云：沮水，俗謂之漆水，謂之漆沮。此則名稱相亂矣。諸家《書解》以出扶風之漆水與出北地之漆水為二，謂扶風之漆水至岐山入渭，在灃之上流，而《書》言渭水會灃、會涇之後乃遇漆、沮，則漆、沮在灃水、涇水之下流，故以《書》之漆沮為出北地之漆、沮，與《詩》扶風之漆別也。但《水經》出北地者止是沮水，而謂之漆沮耳。如上所言，則《詩》之漆、沮自是二水，《書》之漆沮止是一水，即《詩》之沮也。然《水經》之沮入洛，《書》之漆沮則入渭。沮水若為漆沮，一名洛水，則漆沮即洛也，而又云入洛，何也？姑闕之以俟知者。此《詩》沮、漆指豳國，是漆沮之上流也。下文言周原，《傳》以為漆、沮之間，指岐周，是漆沮之下流也。《吉日》及《潛頌》言漆、沮指鎬京，當亦去岐周不遠也。《疏》云漆、沮二水在豳地，但二水東流亦過周。其說是也。"《史記正義》：二水源在雍州西，其名洛水者，在雍州東⑤。《山海

---

　　① 此：庫本脫。

　　② 雍：庫本作"維"，誤。

　　③ 岐漆山：不詳。此條《括地志》引文見《史記》卷二"灃水所同"條《索隱》引文。又《史記》卷四"自漆沮渡渭"條《正義》引《括地志》云：漆水在岐州普閏縣東岐山，漆水東入渭。又《山海經・西山經》：瑜次之山，漆水出焉。郭璞注：今漆水出岐山。故疑此"岐漆山"或當作"岐山"，"漆"爲衍文。程大昌《雍錄》卷三《雍地四漆水》：雍境漆沮其在後世地書名凡四出而實三派，雍州富平縣石川河，一也。邠州新平縣漆水，二也。鳳翔府普潤縣漆水，三也。鄭、白渠亦名沮漆，四也。四水之中惟石川河當為《禹貢》沮漆，而《緜》詩之謂"自土沮漆"者蓋在岐不在邠也，若鄭白亦分沮漆之名則誤矣。《詩》之謂漆沮者，普潤之漆水也。太王、文王之都在岐，而普潤者，岐地故也。《禹貢》之謂漆沮者，即富平縣石川河，至白水縣入洛而與洛水俱自朝邑入渭者是也，以其派在涇下故也。若本邠州雖有漆水而其地在邠，邠乃公劉所都，不與《緜》詩岐地相應，又無派流與岐水相人，則決知其不為《緜》詩之沮漆矣。鄭、白二渠自雲陽谷口東入石川河，石川河既為漆沮，故世亦誤認二渠以為沮漆者也，而其可得而言者，禹時未有鄭、白二渠，涇派之與石川河自隔仲、峻二山，安得而有沮漆之名也，予故得以果決言之無疑也。

　　④ 《大清一統志》卷一七九《西安府・古蹟》：祋祤故城，在耀州東，漢景帝二年置。《元和志》：祋祤故城在華原縣東南一里。《長安志》：魏文帝自今寧州彭原縣界富平故城徙北地郡於此，其縣遂廢。《州志》：故城在今州東一里，以宣帝時鳳凰所集，今人猶呼為鳳凰臺。今陝西耀縣。

　　⑤ 《史記》卷四"三川皆震"條《正義》云：按涇、渭二水在雍州北，洛水一名漆沮，在雍州東北，南流入渭。

經》："瑜次之山，漆水出焉。北流，注於渭。"《說文》："漆水，出右扶風杜陵縣岐山①，東入渭。"《水經注》："今有水出杜陽縣岐山北漆溪，謂之漆渠，西南流，注岐水②。"

### 率西水滸

鄭氏曰："循西水厓，沮漆水側也。"

《周紀》：古公去豳，渡漆沮。徐廣曰："水在杜陽岐山。"顏氏曰："漆水在新平。"

### 岐下

《孟子》："大王去邠，踰梁山，邑於岐山之下居焉。"《括地志》："梁山③，在雍州好畤縣西北十八里④。"鄭氏云：岐山西南。

《郡縣志》：岐山，亦名天柱山，在鳳翔府岐山縣東北十里。《地理志》：右扶風美陽縣，岐山在西北中水鄉，周大王所邑。

《水經注》：岐水歷周原下，北則中水鄉成周聚，水北即岐山。皇甫謐雲："今美陽西北有岐城舊址。"孔氏曰："《皇矣》稱'居岐之陽，在渭之將'，是其處險阻也。"《地理

————————————————

① 縣：庫本無，《說文》亦無。《大清一統志》卷一七九《西安府·古蹟》：杜陵故城，在咸寧縣東南。《左傳》：襄公二十四年，范宣子曰匄之祖在周為唐杜氏。杜預注：唐、杜二國名，殷末豕韋國於唐，周成王滅唐，遷之於杜，為杜伯，今京兆杜縣。《史記·秦本紀》：武公十一年初縣杜。《漢書·宣帝紀》：元康元年以杜東原上為初陵，更名杜縣為杜陵。《地理志》：京兆尹杜陵，故杜伯國，宣帝更名。《水經注》：狗枷川水北逕杜陵東，陵之西北有杜縣故城。《括地志》：杜陵故城在萬年縣東南十五里，南去宣帝陵五里。《寰宇記》：杜城縣，周建德二年省。按：《漢志》謂杜陵即杜伯國，《水經注》以下杜城為杜伯國，《寰宇記》、《長安志》又以下杜城為杜城，而杜陵為宣帝改置之縣。又《魏書·地形志》謂晉改杜陵為杜城，後魏改杜縣，杜預《左傳注》云今京兆杜縣，正據晉時言。蓋晉為杜縣，後魏改杜城，故《隋書》云大興有後魏杜城是也。下杜城，在長安縣南故杜縣西。《漢書·宣帝紀》：曾孫尤樂杜、鄠之間，率常在下杜。《注》：孟康曰在長安南，師古曰即今之杜城。《水經注》：沈水又西北逕下杜城，即杜伯國也。又長安城覆盎門南有下杜城，應劭曰故杜陵之下聚落也。《括地志》：下杜城在長安縣東南九里。《寰宇記》：城在長安縣安宜門南七里。《長安志》：在長安縣南十五里，其城周三里一百七十三步，《史記》曰秦武公十一年初縣杜，即此地也。漢宣帝時修杜之東原為陵曰杜陵，縣更名。此下杜城，即杜伯所築，城東有杜原，城在原下，故曰下杜。按：下杜在杜、鄠二縣之間，《漢書》文本甚明，應劭以為杜陵之聚落者甚合，《長安志》謂下杜本杜縣，至宣帝移於杜原，其說實本《寰宇記》，恐未可據。今陝西西安。

② 《大清一統志》卷一八三《鳳翔府·山川》：岐水，在麟游縣西。《水經注》：大樂水，出杜陽縣西北大道川，東南流入漆，即故岐水也。《淮南子》曰：岐水出石橋山，東南流。相如《封禪書》曰"牧龜於岐"，《漢書音義》曰：岐，水名。謂斯水矣。《隋書·地理志》：普潤縣有岐水。《寰宇記》：岐水源出普潤縣，東南流入漆水。

③ 《大清一統志》卷一八三《鳳翔府·山川》：梁山，在扶風縣東北六十里，東接乾州界。《大清一統志》卷一九三《乾州·山川》：梁山，在州西北五里。雍正《陝西通志》卷一三《山川六·乾州》：山高三百七十四丈，周九里，廣二里。正南兩峰並峙，直北一峰最高。東與醴泉之九㠖比峻，西與五峰相映，南與武功之太白、終南遙拱，為一州大觀，其相近有玉洞，在州西北五里。

④ 《大清一統志》卷一九三《乾州·古蹟》：好畤故城，在州東北，秦置。《後漢書·耿弇傳》：建武二年封好畤侯，食好畤、美陽二縣。《括地志》：漢好畤故城在今好畤縣東南十三里。《寰宇記》：漢好畤故縣在今好畤縣東南四十三里，奉天縣東十五里。晉元康中復於漢好畤縣城東南二里再置好畤縣，周建德三年併入漢西縣。《長安志》：漢故城在奉天縣東北七里岑陽鄉。《州志》：今州東十里有村名好畤村，蓋即漢縣所在。今陝西乾縣。

志》：大王徙岐。《閟宫》：“實維大王，居岐之陽，實始翦商。”朱氏傳曰：“大王自豳徙居岐陽，四方之民咸歸往之，王迹始著，蓋有翦商之漸矣。”

### 周原

《郡國志》：右扶風美陽，有岐山，有周城，<sub></sub>杜預云：“城在縣西北。”周大王所徙，南有周原。《郡縣志》：鳳翔府扶風縣，本漢美陽地。《通典》：美陽故城，在京兆府武功縣北七里。

皇甫謐云：“邑於周地，始改國為周。”《史記正義》：岐山下有周原，上置城①。

毛氏曰：“周原，沮、漆之間也。”鄭氏曰：“廣平曰原。周之原，地在岐山之南，膴膴然肥美。”《韓詩》：“周原膴膴。”

### 虞　芮

毛氏曰：“虞、芮之君爭田，久而不平，乃相謂曰‘西伯，仁人也，盍往質焉’？乃相與朝周。入其境，則耕者讓畔，行者讓路。入其邑，男女異路，頒白不提挈②。入其朝，士讓為大夫，大夫讓為卿。二國之君感而相謂曰‘我等小人，不可以履君子之庭’。乃相讓以其所爭田為閒田而退。天下聞之而歸者四十餘國。”

---

① 整理者按：此條引文不見於《史記正義》。《史記·周本紀》“止於岐下”條《集解》云：徐廣曰岐山在扶風美陽西北，其南有周原。驪案：皇甫謐云邑於周地，故始改國曰周。

② 頒白：《毛詩傳》作“班白”。

《郡縣志》：故虞城<sup>①</sup>，在陝州平陸縣東北五十里虞山之上<sup>②</sup>，古虞國<sup>③</sup>。
《地理志》：河東大陽縣<sup>④</sup>，吳山在西<sup>⑤</sup>，上有吳城。芮城，在陝州芮城縣西二十里<sup>⑥</sup>，古

---

① 城：合璧本作"賊"，誤。《大清一統志》卷一一七《解州·古蹟》：虞城，在平陸縣東北六十里，一名吳城。《史記·吳世家》：武王克殷，求太伯、仲雍之後，封虞仲於周之北故夏墟。《漢書·地理志》：大陽縣吳山上有吳城，武王封周章弟仲於河北，是為北吳，後世謂之虞，十二世為晉所滅。《水經注》：軨橋東北有虞原，上道東有虞城，堯妻舜以嬪於虞者也，亦周封虞仲處。《括地志》：故虞城在縣東北五十里虞山上。今山西平陸。

② 《大清一統志》卷一一七《解州·建置沿革》：平陸縣，周初虞國。春秋晉大陽邑。漢置大陽縣，屬河東郡，後漢及晉因之。後魏太和十一年移河北郡治此。周天和二年改縣曰河北。隋開皇初郡廢，仍屬河東郡。唐初屬蒲州，貞觀元年改屬陝州。天寶元年改名平陸，五代及宋因之。金改屬解州，興定四年移州來治。元仍屬解州。明屬平陽府解州。本朝屬解州。今山西平陸。

③ 《春秋地名考略》卷一二"虞·國於夏墟"：虞，姬姓，周太王之子泰伯之弟仲雍是為虞仲，嗣泰伯之後。武王克商，封虞仲之庶孫以為虞仲之後，處中國，為西吳。《史記》：武王求虞仲之後，得周章，已君吳，乃封周章弟虞仲於周之北故夏墟。又曰：予讀《春秋》古文，乃知中國之虞與荊蠻勾吳兄弟也。桓十年虢公出奔虞，始見於《經》。杜注：虞國在河東大陽縣。《地理志》：河東大陽縣，周武王封太伯後於此，是為虞公。僖二年宮之奇曰：泰伯、虞仲，太王之昭也。杜注：穆生昭，昭生穆，以世次計，泰伯、虞仲於周為穆。僖五年晉人執虞公，虞遂亡。戰國屬魏，為吳城。漢置大陽縣，屬河東郡。周天和二年省大陽縣，移河北縣治此。隋屬陝州。唐天寶元年改縣曰平陸，屬陝州。金屬解州。今仍之。縣東北六十里有古大陽城。再按：古虞思國，杜注、孔氏疏皆以為在梁國虞縣，今已入陳地，然亦有謂即在河者。《詩》云"虞芮質厥成"，今平陸與芮城接壤。《寰宇記》云：平陸縣西六十里有虞、芮所讓之閑原，東西七里，南北十三里，此虞國周初尚存。《周書·王會解》曰：天子立於堂上，堂下之右唐公、虞公南面立焉。又《史記解》曰：君娛於樂，臣爭於權，民盡於利，有虞氏以亡。虞仲得封夏墟蓋在古虞既亡之後也。存之俟考。

④ 《大清一統志》卷一一七《解州·古蹟》：大陽故城，在平陸縣東北十五里。《春秋公羊傳》：晉敗茅戎於大陽。漢置大陽縣，屬河東郡，應劭曰在大河之陽。後漢鄧禹圍安邑，更始大將軍樊參度大陽，禹擊破之。後魏徙河北郡於此，《水經注》大陽城，河北郡治是也。後周併改縣曰河北。唐屬陝州。貞觀十一年河水溢壞陝州河北縣。《括地志》：河北縣，漢大陽也，天寶初陝州刺史李齊物開砥柱，得古鐵戟，若鋒然，銘曰"平陸"，上之，詔改為平陸縣。《元和志》：縣西北至陝州十七里。《寰宇記》：縣在陝州北五十里，蓋五代時遷今治也。

⑤ 《大清一統志》卷一一七《解州·山川》：吳山，在安邑縣東南三十二里，跨夏縣、平陸縣界，一名虞山，一名吳坂，一名虞坂，一名鹽坂。《後漢書·郡縣志》大陽縣有吳山。《博物記》吳坂在鹽池東。《水經注》：虞城北對長坂二十里許，謂之虞坂，戴延之曰自上及下七山相重。《隋書·地理志》夏縣有虞坂。《元和志》：吳山即虞坂也。《寰宇記》：太行山有路名曰虞坂，周武王封吳泰伯之弟仲雍之後虞仲於夏墟，因虞為稱，謂之虞坂，《春秋》僖公二年晉假道於虞以伐虢即此路也。《州志》：俗謂之青石槽，石崖險峻，亦中條山支卓也，今為孔道。按：平陸縣北五里別有吳山，以上有吳泰伯廟，故名。

⑥ 《大清一統志》卷一一七《解州·建置沿革》：芮城縣，周初魏國。春秋晉畢萬邑。漢置河北縣，屬河東郡，後漢及晉因之。後魏改屬河北郡。西魏置安戎縣。後周明帝二年改曰芮城。隋仍屬河東郡。唐武德二年於縣置芮州，貞觀元年州廢，屬陝州，五代及宋因之。金改屬解州，元因之。明屬平陽府解州。清朝屬解州。今山西芮城。

芮國①。《晉太康地記》②："虞西百四十里有芮城。"閒原③，在平陸縣西六十五里，即虞、芮爭田，讓為閒田之所。蘇氏曰："芮在同之馮翊。"《郡國志》：左馮翊臨晉，有芮鄉，古芮國，與虞相讓者。

### 淠彼涇舟　鳧鷖在涇

涇水，出原州百泉縣涇谷，東南流，至涇州臨涇④、保定二縣⑤，又東

---

① 《春秋地名考略》卷一三"芮"：桓三年芮伯萬出居於魏。杜注：在馮翊臨晉縣。按：芮，姬姓，伯爵，《詩》"虞芮質厥成"即此芮也。久在西周邦域中，後入為王朝卿士。桓四年秦師侵芮，敗焉，小之也，王師、秦師圍魏，執芮伯以歸。杜注：三年芮伯出居魏，芮更立君，秦以芮伯歸，將欲納之。九年芮伯與虢仲伐晉。十年秦入芮伯萬於芮，自後不復見《經》。孔疏曰：不知誰滅之。《竹書紀年》：秦穆公二年滅芮。臨晉，漢縣，屬馮翊郡。《地理志》曰：有芮鄉，古芮國也。後漢因之。晉以為馮翊郡治，尋廢。今其故城在同州朝邑縣西南二里。《縣道記》：臨晉本芮鄉地，因秦築壘以臨晉地故曰臨晉。《括地志》：南芮鄉在朝邑縣南三十里，又有北芮鄉，皆古芮國，今同州之境所謂廢華陰城者是也，本漢臨晉縣地。北魏置華陰縣。隋改馮翊縣為同州治所，唐、宋因之。元省馮翊縣入州。今其城在同州城南。蓋州治移而故城為廢墟矣。再按：魏收《志》河北縣有芮城。隋置芮城縣。今屬解州。本魏國地。蓋芮伯萬奔魏時所居。《大清一統志》卷一一七《解州·山川》：芮伯城，在芮城縣西二十里鄭村，即古芮國。周初虞、芮質成。康王時有芮伯。厲王時有芮良夫。《元和志》：故芮城在縣西二十里，古芮伯國也。今山西芮城。
② 《晉太康地記》：又名《太康三年地記》、《晉太康地志》、《太康地記》、《太康地志》，不著撰人，《御覽綱目》收錄，是後志目不載，疑已佚。至清有畢沅、王謨、黃奭、王仁俊輯本各一卷。主記地理，間及古史傳說，較秦漢地理書有很大進步。
③ 閒：至元六年刻本、合璧本作"閑"。下同。《大清一統志》卷一一七《解州·山川》：閒原，在平陸縣西五十里。《通典》：平陸縣有閒原。《元和志》：閒原在縣西六十五里。《寰宇記》：其原東西七里，南北十三里。《縣志》：在縣西南侯澗、儀家溝之間，俗名讓畔城。
④ 《太平寰宇記》卷三二：涇州，安定郡，今理保定縣。秦始皇併天下，屬北地郡。漢武帝又分北地郡置安定郡，其郡在今原州高平界，後漢永初五年徙其人於美陽以避羌，郡寄理美陽，即今雍州武功界美陽故城是也，永建四年移於今所。魏、晉亦為安定郡。及魏神麚三年於此置涇州，蓋因涇水為名。隋大業三年改為定安郡。唐武德年間改安定郡為涇州。元領縣五，今三：保定、靈臺、良原。二縣割出：潘原（唐末割置行渭州）、臨涇（唐末割置行原州）。《輿地廣記》縣四：保定、靈臺、良原、長武。
《大清一統志》卷二○九《涇州·古蹟》：臨涇故城，在鎮原縣西二里。漢置，屬安定郡。後漢移安定郡來治。晉仍為郡治。後魏初於郡置涇州，後移州治平涼，又移治安定，而臨涇縣廢。隋改治秋谷縣，後復曰臨涇。《元和志》：縣東南至涇州九十里，本漢舊縣。隋大業元年置秋谷縣，取縣內秋谷為名。十二年復為臨涇縣。唐貞元中城臨涇，為行原州。《唐會要》：臨涇縣，貞元十一年於臨涇縣界保定城置。《職方考》：唐末權於臨涇置原州而，涇州兼治其民，後唐清泰三年割隸原州。《寰宇記》：原州理臨涇縣，東至彭陽縣五十五里，西至開邊堡番界三十里，南至潘原縣九十里，北至寧羌縣九十里。《元史·地理志》：元改原州為鎮原州，至元七年併臨涇入州。《明一統志》：鎮原縣在府東北一百三十里，臨涇城在縣西二里。《府志》：漢臨涇城在今縣東南五十里。按：鎮原縣本古臨涇之地，歷代諸志班班可考，自唐置行原州，宋為原州，《明統志》不考行州之故，謂即隋、唐原州，誤。
⑤ 《大清一統志》卷二○九《涇州·古蹟》：安定故城，在州北十五里。漢置，屬安定郡，後漢罷。東晉復置，為安定郡治。《元和志》：後魏神麚三年置涇州，因水為名。大業二年改為安定郡。武德元年改安定郡為涇州。西北至平涼縣一百五十里，東南至邠州一百八十里。保定縣，郭下，本漢安定縣地，今臨涇縣安定故城也。後魏文帝大統元年自高平移於今理，屬安定郡。隋開皇三年罷郡，以縣屬涇州。至德二載改保定縣。《金史·地理志》：涇川縣，本保定縣，大定七年更。《明一統志》：明洪武初省涇川縣入涇州，廢縣在州北五里。《州志》：舊有土城，元末院判張庸築，周三里有奇。洪武三年徙治涇南之皇甫家店，即今治也。今甘肅涇川。

南流，至邠州之宜禄[1]、新平、永壽三縣[2]，又東北流，至京兆之醴泉[3]、高陵、雲陽三縣以入渭。

### 旱麓

毛氏曰："旱，山名。麓，山足。"

《地理志》：漢中郡南鄭縣旱山[4]，沱水所出，東北入漢。

《説文》："林屬於山為麓。"

曹氏曰："旱山，在梁州之地，與漢廣相近，故取以興焉。"

《周語》："旱麓之榛[5]、楛殖，故君子得以易樂干禄焉。"《九域志》：興元府

---

① 《大清一統志》卷一九四《邠州·古蹟》：宜禄故城，今長武縣治。《元和志》：宜禄縣東至邠州八十一里。後魏為東陰槃縣地，廢帝以縣南臨宜禄川，因改名，隸涇州。暨周、隋又為白土縣。貞觀二年分新平縣又置宜禄縣，後魏舊名也。《寰宇記》：後魏孝平帝熙平二年析鶉觚縣置東陰槃縣，廢帝元年改曰宜禄。《九域志》：宜禄縣在邠州西六十里。《縣志》：宜禄縣，元省。明洪武中置為鎮，隸邠州，設巡司，弘治十七年移司治冉店，隆慶五年增設州同知駐此，萬曆十一年始於地建城，取縣西舊長武城為名。今陝西長武。

② 《大清一統志》卷一九三《乾州》：永壽縣，漢漆縣地。後魏為白土縣地。西魏大統十四年置廣壽縣。後周大象元年改曰永壽。隋開皇三年省入新平縣。唐武德二年復置，屬邠州。神龍元年改屬雍州，景龍元年仍屬邠州，五代因之。宋乾德二年改屬乾州，熙寧五年仍屬邠州，政和八年屬醴州。金又屬邠州。元至元五年還屬乾州。明統於西安府。清朝雍正三年屬乾州。永壽故城，在今永壽縣南。《元和志》：縣西北至邠州九十里。武德二年分新平縣南界於今理北三十里永壽原西分置永壽縣，因原而名。貞觀二年移於州東南八十里。興元元年又移於順義店，即今理，本漢漆縣之南界也。《寰宇記》：縣在乾州西六十里。後魏大統十四年於今縣北廣壽原上置廣壽縣。周大象元年改為永壽。隋開皇三年省入新平。唐武德二年又於永壽原西置縣，四年又南移於義豐埭，貞觀二年南移，興元元年又南移於今理。《九域志》：在邠州南六十里，有麻亭寨。《元史·地理志》：至元十五年徙縣治於麻亭。今陝西永壽。

③ 《大清一統志》卷一七八《西安府》：醴泉，秦谷口邑。漢置谷口縣，屬左馮翊，後漢廢。晉為池陽縣地。後魏置寧夷縣，屬咸陽郡。西魏兼置寧夷郡。後周改郡曰寧秦，後廢。隋開皇十八年改縣曰醴泉，屬京兆郡。唐武德中省，貞觀十年復置，天授元年屬鼎州，大足元年還屬雍州，乾寧中改屬乾州，五代後唐同光中還屬京兆。宋政和八年改屬醴州，金屬乾州，元因之。明萬曆三十六年改屬西安府，清朝因之。醴泉故城，在今醴泉縣東北。隋改為醴泉縣，以縣界有周醴泉宮，因以為名。《舊唐書·地理志》：醴泉，隋寧夷縣，後廢。貞觀十年置昭陵於九嵕山，因析雲陽、咸壽二縣置醴泉縣。《寰宇記》：醴泉縣城即古仲橋城。《九域志》：縣在京兆府西北七十里。《長安志》：縣東南至京兆府九十里，城周二里一百步。按：《寰宇記》縣去京兆府里至與《元和志》同，而《九域》、《長安》二志與《寰宇記》異，是太平興國以後、元豐以前曾徙置，而二志未之詳也。《縣志》云：唐縣城即今縣東北十里之泔北鎮，又有宋縣在今縣東少南三十里，元末始移於今治。今陝西醴泉。

④ 《史記·秦本紀》：惠文王十三年"攻楚漢中，取地六百里，置漢中郡"。《漢志》漢中領縣十二：西城、旬陽、南鄭、襃中、房陵、安陽、成固、沔陽、錫、武陵、上庸、長利。

《四書釋地又續》卷下《旱麓》：《詩·大雅·旱麓之篇》毛傳、朱子《集傳》並云"旱，山名"，不指所在，《詩地理考》亦止及前《地理志》，而未及後《郡國志》南鄭下引《華陽國志》曰：有池水從旱山來。酈注"沔水"條云：南鄭縣，漢水右合池水，水出旱山，山下有祠。"池"即"沱"字也。更按《明一統志》：旱山在漢中府治西南六十五里，一名勞山，上有雲輒雨，此即旱山之所由得名歟？然鄭箋云旱山之足，林木茂盛者，得山雲雨之潤澤，固已見及此。

⑤ 麓：《國語·周語》作"鹿"。

有旱山。《寰宇記》：在南鄭縣西南二十里。《周地圖記》云①："山上有雲即雨。"

## 密

毛氏曰："國有密須氏。"《呂氏春秋》："密須之民自縛其主而與文王。"

《地理志》：安定郡陰密縣，《詩》密人國。《括地志》："陰密故城，在涇州鶉觚縣西②，其東接縣城，即古密國。"《周語》："共王遊涇上③，密康公從。"又曰："密須由伯姞。"《左傳》："密須之鼓與其大路，文所以大蒐也。"杜氏注：密須，姞姓國④，文王伐之，得其鼓、路。《郡縣志》：涇州靈臺縣西陰密故城⑤，即古密國。《輿地廣記》：商時密國之地，本鶉觚，隋取"文王伐密而民始附之"意，以"靈臺"名縣。朱氏曰："密，密須氏也，姞姓之國，在今寧州。"

## 阮 共

張氏曰："阮，國名。共，阮國之地名。皆在今涇州。今有共池，即共

---

① 《周地圖記》：撰人不詳，又《太平御覽》卷六五一條作《周地記》，同於《太平寰宇記》卷三五所引，《太平寰宇記》作《周地圖記》，且《御覽綱目》所收書有《周地圖記》，未見有《周地記》，則《周地記》當即《周地圖記》，或簡稱做《周地記》，或因圖亡佚而直稱《記》不稱圖，如《元和郡縣圖志》直稱《元和郡縣志》之類。《周地圖記》，就諸書所引條目中出現梁大同年號、元魏事情及從書名看，當是宇文周之全國性總志。《隋志》作一百九卷，《新唐志》作一百三十卷。本書宋初尚存，樂史《太平寰宇記》所引遠超《御覽》，當系親見是書。是後書目不見收錄，疑已佚。今有《漢唐地理書鈔》王謨輯錄。
② 《大清一統志》卷二〇九《涇州·古蹟》：陰密故城，在靈臺縣西五十里。《國語》：周共王游於涇上，密康公從，有三女奔之，康公弗獻，一年，王滅密。《史記》：秦昭王免武安君為士伍，遷之陰密。後漢縣廢。魏復置。《晉書·胡奮傳》：父遵魏封陰密侯。又《地理志》：赫連勃勃以雍州刺史鎮陰密。《魏書·地形志》：平涼郡領陰密縣。後周廢。《元和志》：陰密故城在靈臺縣理西。《明一統志》：陰密城在靈臺縣西五十里。
　　鶉觚故城，在靈臺縣東北，漢置。袁崧《書》漢末以鶉觚置新平郡。《魏書·地形志》：趙平郡治鶉觚，縣有鶉觚原。《元和郡縣志》：靈臺縣西至涇州一百里，本漢鶉觚縣，天寶元年改為靈臺。《寰宇記》：廢鶉觚縣在宜祿縣西四十里。《周地圖記》：鶉觚縣者，秦使太子扶蘇及蒙恬築長城，見此地原高水淺，因欲築城，遂以觚爵奠祭，乃有鶉鳥飛在觚上，以為靈異，因名縣。石趙建武十年置趙平郡，後魏大統中自鶉觚故城移今所。唐改靈臺。《明一統志》：靈臺縣在涇州南九十里。又鶉觚故城在縣東，與邠州廢宜祿縣接界。
③ 共：《國語·周語》作"恭"。
④ 《春秋地名考略》卷一四"密須"：杜注："密須，姞姓國也，在安定陰密縣。"《呂氏春秋》曰：密須之民自縛其主以與文王。秦曰陰密。漢置陰密縣，屬安定郡，《地理志》：《詩》密人國。後漢省。晉復置。後魏屬平涼郡。隋省，別置靈臺縣。《通考》：靈臺縣有陰密城。今在平涼府靈臺縣西五十里。再考《國語》：共王遊涇上，密康公從。韋昭以為姬姓。又僖十七年，齊桓公夫人密姬生懿公。《漢志》河南郡有密縣。臣瓚曰：姬姓國也。與陰密之密有別。今甘肅涇川。
⑤ 《大清一統志》卷二〇九《涇州》：靈臺縣，漢置鶉孤縣，屬北地郡。後漢曰鶉觚，改屬安定郡，晉因之。後魏於縣置趙平郡。後周郡廢，屬平涼郡。隋仍屬安定郡，大業初分置靈臺縣，二年廢，義寧二年屬麟游縣。唐貞觀元年還屬涇州，天寶元年改曰靈臺，唐末李茂貞於縣置靈臺軍，五代周軍廢，縣屬涇州，宋、金因之。元至正七年併入涇川縣，十一年復置，仍屬涇州，明因之。清朝順治九年屬平涼府，乾隆四十二年改屬州。靈臺廢縣，在今靈臺縣東南五十里。《隋書·地理志》：大業初分鶉觚置靈臺縣，二年廢。《唐書·地理志》：義寧二年又析鶉觚置靈臺縣隸鳳棲郡，貞觀元年省入麟游。今甘肅靈臺。

也。"《氏族略》①："阮，商諸侯國，在岐、渭之間②。"

鄭氏曰："阮也，徂也，共也，三國犯周而文王伐之。"孔氏曰：《魯詩》亦以阮、徂、共皆為國名③。孫毓云：文王七年五伐，未聞有阮、徂、共三國助紂侵周文王伐之之事。

《孟子》："以遏徂莒。"《注》："以遏止往伐莒者④。"朱氏曰："徂旅、密師之往共者也。"

### 鮮原　居岐之陽

蘇氏曰："文王既克密須，於是相其高原而徙都焉，所謂程邑是與⑤！"孔氏曰：大王於遷已在岐山，此亦在岐山之陽，去舊都不遠，《周書》稱"文王在程作《程寤》、《程典》"，皇甫謐云"文王徙宅於程"，蓋謂此也。

朱氏曰："其地於漢為扶風安陵，今在京兆府咸陽縣。"《地理志》安陵⑥，闞駰以為本周之程邑。

《通鑑外紀》："西伯自岐徙鮮原，在岐山之陽，不出百里。"

鄭氏曰：地在岐山之南，居渭水之側，後竟徙都於豐。曹氏曰："大王邑於岐

---

① 《氏族略》：即鄭樵《通志·氏族略》。
② 《路史》卷二五：阮，文王侵阮是矣，或云周中葉阮鄉侯。晉伐秦，圍祁新城，蓋與元同（文四年），而切為顧晚，故說同阮，然代之五阮關，乃音通而地異也。祁新城如言宋彭城爾，說以祁為秦邑，《姓纂》謂在岐、渭之間，《說文》云鄭邑，蓋自別。雍正《甘肅通志》卷二二《山川·涇州》：共邑，在州北五里。《詩·大雅》：侵阮徂共。鄭氏曰：共，阮國地名，今共池是也，武王時為畿內諸侯，居涇之陽。雍正《甘肅通志》卷五《山川·涇州》：共池，在州北五里華巖海印禪寺內，水泉從地湧出流溢成池，兩池相連，故名，"侵阮徂共"即此。
③ 《路史》卷二七：共，恭也（《世族譜》云：附庸國）。今朝之共城，文王侵阮徂恭者，即共伯國，漢之共縣，共故城，縣東百步。按：此共城在今河南輝縣，疑誤。
④ 《左傳》：昭二六年，陰忌奔莒。杜注：周邑。
⑤ 與：至元六年刻本、合璧本、庫本作"歟"，蘇轍《詩集傳》亦作"歟"。
⑥ 陵：庫本作"陸"，誤。

山之下，猶在岐北。文王既勝密須，於是度鮮原①，於岐山之南、渭水之側定程邑而遷都焉②。《魯頌》大王‘居岐之陽’，謂岐北，非也。”

　　《孟子》：“文王治岐。”《左傳》：成有岐陽之蒐。《郡縣志》：鳳翔府岐陽縣，蓋漢杜陽縣地，貞觀七年置，以在岐山之南，因以名之。《輿地廣記》：此《詩》所謂“居岐之陽”也，文王始亦治焉，元和三年省入扶風縣。《括地志》：“安陵故城③，在咸陽東二十一里，周之程邑，《書》“文王肇國在西土”④。

### 崇

　　鄭氏曰：“崇侯虎倡紂為無道。”《通典》：崇國，在京兆府鄠縣。《帝王世紀》：“鯀封崇伯，國在豐、鎬之間。”周有崇國。晉趙穿侵崇。《史記》：伐崇而作豐邑。伏湛曰⑤：“以伐崇庸，崇國城守，先退後伐。”《氏族略》：“其地在鄠縣東。”《皇極經世》⑥：“商受十八年，西伯伐崇，自岐徙居豐。”《注》：“既伐於崇，作邑於豐，是國之地也。”

---

　　①　《詩經稗疏》卷三“鮮原”：《逸周書》曰：“王乃出度商，至於鮮原。”孔晁注云：近岐周之地也。《竹書》：商紂五十二年周始伐殷，秋，周師次於鮮原。《帝王世紀》曰：岐山周城，大王所徙，南有鮮原。鮮原者，岐陽之下有小山而下屬平原，即所謂周原。毛公曰：小山別大山曰鮮。岐山為大山，而原山別有小山也。鄭箋曰：鮮，善也。《集傳》因之未是。《虞東學詩》卷九：鮮原疑即周原，蓋岐山之麓也。《毛詩寫官記》卷三“度其鮮原”：或曰：“鮮，善也。”於是相其高原而徙都之，所謂程邑也。按《竹書》云：周始伐殷，次於鮮原。《周書·程寤解》云：王乃出圖商，至於鮮原。《通鑑外紀》云：西伯自岐徙鮮原。則鮮原，地名也，其地在岐南，與程近，然非程邑。

　　②　《詩說解頤正釋》卷二三：舊說以度鮮原居岐陽為徙都程邑，則於上文伐密之事不相連屬，而又不言遷程之詳，語亦近晦。竊意大王遷岐，經營周悉，已歷三世，人心安焉。遷國，重事也，豈可輕議？雖民歸漸眾，自宜就野受廛，何必併國邑遷之？而況岐陽渭將非遠在故都之外者乎？且不數年而即遷豐，豐在岐之東南三百里，因滅崇而以其地作邑焉。蓋闢地漸廣而崇之頑民未馴，宜親鎮撫之以定其疆理，導其化源，為生民計，不得不然耳！觀《文王有聲》之詩歷叙文、武豐、鎬之遷而不及於程，則遷程之說本不經見，及考《史記》亦無遷程之事，惟《逸周書》稱王宅程三年，遭天大荒而遷豐，蓋附會也。後儒因以程為漢扶風安陵，即今咸陽縣，又或以程為“畢郢”之“郢”，亦皆臆說耳。

　　③　《大清一統志》卷一七九《西安府·古蹟》：安陵故城，在咸陽縣東，即古程邑。《漢書·地理志》：右扶風安陵，惠帝置，晉縣廢。《魏書·地形志》：石安縣有安陵城。《水經注》：安陵北有安陵縣故城。今陝西咸陽。

　　④　在：至元六年刻本、合璧本作“而”，庫本作“於”。

　　⑤　伏湛，字惠公，琅邪東武（今山東諸城）人，九世祖勝，字子賤，即所謂濟南伏生者。官大司徒，封陽都侯。《後漢書》有傳。

　　⑥　《皇極經世》：即《皇極經世書》，十二卷，宋邵雍撰，存。引文見《皇極經世書》卷五下。

### 靈臺

《三輔黃圖》①："在長安西北四十里，高二十丈，周四百二十步。"

《三輔故事》②："在豐水東。"《水經注》："灃水北經靈臺西。"《左傳》：秦獲晉侯，會諸靈臺③。杜氏注："在鄠縣，周之故臺也。"又云："鄠在鄠縣，東有靈臺。"屬京兆府。《地理志》：文王作鄠。《注》："今長安西北界靈臺鄉豐水上是。"朱氏曰：言倏而成，如神靈之為。《司馬法》曰④："偃伯靈臺。"伯謂師節也。

### 靈囿

《黃圖》："在長安縣西四十二里⑤。"《孟子》："文王之囿方七十里。"

---

① 《三輔黃圖》：撰人不詳，《水經注》已見引用，《新唐志》、《郡齋讀書志》、《宋志》均作一卷。《直齋書錄解題》云："《三輔黃圖》二卷，不著名氏，案《唐志》一卷，今分上、下卷，載秦漢間宮室苑囿甚詳，多引用應劭《漢書解》，而如淳、顏師古復引此書為據，意漢魏間人所作，然《中興書目》以為《崇文總目》及《國史志》不載，疑非本書也。"《四庫全書總目》卷六八《三輔黃圖》：六卷，不著撰人名，程大昌《雍錄》則謂晉灼所引《黃圖》多不見於今本，而今本漸臺、彪池皆明引《舊圖》，知非晉灼之所見。又據改槐里為興平事在至德二載，知為唐肅宗以後人作，蓋即大昌所見之本。其書皆記長安古迹，間及周靈臺、靈囿諸事，然以漢為主，亦間及河間日華宮、梁曜華宮諸事，而以京師為主，故稱《三輔黃圖》。三輔者，顏師古《漢書注》謂長安以東為京兆，以北為左馮翊，渭城以西為右扶風也。所紀宮殿苑囿之制，條分縷析，至為詳備，考古者恒所取資。

② 《三輔故事》：又名《三輔舊事》。《隋志》有《三輔故事》二卷，晉世撰。《舊唐志》有《三輔舊事》一卷，韋氏撰。《新唐志》有二《三輔舊事》：一卷，韋氏撰；三卷，不題撰人。《通志·藝文略》有韋氏《三輔舊事》三卷。《後漢書》卷五六《韋彪傳》："建初七年，車駕西巡狩，以彪行太常，從數召入，問以三輔舊事，禮儀風俗。"或即韋彪所傳舊事，後人有所加工成書。宋代諸目不見收錄，《太平御覽》、《太平寰宇記》、《長安志》等書尚有大量引用，疑宋初尚存，北宋中期後或已亡佚。今有《二酉堂叢書》張澍輯《三輔舊事》、《三輔故事》各一卷。

③ 會：庫本作"舍"，《左傳》亦作"舍"，是。《大清一統志》卷一七九《西安府·古蹟》：靈臺，在長安縣，西接鄠縣界。《括地志》：文王引水為辟雍、靈沼，今悉無處所，惟靈臺孤立，其址尚存。又《三輔黃圖》：漢靈臺在長安西北八里，漢始曰清臺，本為候者觀陰陽天文之變，更名曰靈臺。郭緣生《述征記》曰：長安宮南有靈臺，高五十仞。《水經注》：長安縣南、明堂北三百步有靈臺集，漢成帝永始四年立。《長安志》：朱雀街西第五街從北第一修真坊有漢靈臺遺址，崇五尺，周一百二十步。

④ 《司馬法》：舊題"齊司馬穰苴撰"，今存。《史記·司馬穰苴列傳》：齊威王使大夫追論古者司馬兵法而附穰苴於其中，因號曰司馬穰苴兵法。則是書乃齊國諸臣所追輯。《隋書·經籍志》：《司馬兵法》三卷，齊將司馬穰苴撰。《舊唐書·經籍志》：《司馬法》三卷，田穰苴撰。《新唐書·藝文志》：田穰苴《司馬法》三卷。是皆以為穰苴所作，誤。四庫館臣云：《漢志》稱《軍禮司馬法》百五十五篇，陳師道以傳記所載司馬法之文今書皆無之，疑非全書，然其言大抵據道依德，本仁祖義，三代軍政之遺規猶藉存什一於千百，蓋其時去古未遠，先王舊典未盡無徵，摭拾成編，亦漢文博士追述王制之類也。《隋·唐志》俱作三卷，世所行本以篇頁無多併為一卷，今亦從之以省繁碎焉。

⑤ 《明一統志》卷三二：靈囿，在鄠縣東三十里，囿中有沼曰靈沼。

## 靈沼

《黃圖》：“在長安三十里①。”鄭氏《駁異義》云②：“於臺下爲囿、沼。”

## 辟雍

毛氏曰：“水旋丘如璧曰辟雍，以節觀者。”

《黃圖》：“文王辟雍，在長安西北四十里。”

《史記》：豐、鎬有天子辟池③。《索隱》云：“即周天子辟雍之地。”

張氏曰：“靈臺辟雍，文王之學也。辟雍之在鎬京者，武王之學也。”《莊子》：“文王有辟雍之樂。”鄭氏曰：“辟雍及三靈皆同處在郊。”《書大傳》：《樂》曰“舟張辟雍”。戴氏曰：“言文王之樂不在臺沼④、靈囿而在辟雍也。”

## 豐

朱氏曰：“豐，在今京兆府鄠縣終南山北。”《地理志》：文王作豐。《括地志》：“豐宮，在鄠縣東三十五里。”

《地理志》：京兆鄠縣，豐水出其東南。皇甫謐云：“豐，在京兆府鄠縣東，豐水之西，文王自程徙此。”孔氏曰：“從鮮原徙鄠。”“豐，在岐山東南三百餘里。”

《說文》：“酆，周文王所都，在京兆杜陵西南。”朱氏曰：“即崇國之地，今鄠縣杜陵西南。”《通典》：酆，今京兆府長安縣西北靈臺鄉豐水上。

《左傳》：“康有酆宮之朝。”《召誥》：王朝步自周鎬京，則至於豐，告文王廟。《畢命》：王朝步自宗周鎬京，至於豐，文王所都。

## 豐水

鄭氏曰：“豐水，禹治之，使入渭，東至於河。”“豐邑在豐水之西，鎬京在豐水之東。”朱氏曰：“豐水東北流，徑豐邑之東入渭，而注於河。”“豐水有芑”，“鎬京在豐水下流，故以起興。”

《郡縣志》：“豐水，在出京兆府鄠縣東南終南山⑤，自發源北流，經縣

① 三十：庫本作“西三十”，《三輔黃圖》亦作“西三十”，是此處脱一“西”字。
② 《駁異義》：即《駁五經異義》，鄭玄撰。《後漢書·許慎傳》：慎以五經傳説臧否不同，於是撰爲《五經異義》傳於世。《後漢書·鄭玄傳》載其所著書亦有《駁許慎五經異義》之名。《隋書·經籍志》：《五經異義》十卷，後漢太尉祭酒許慎撰。不及鄭玄之駁議。《舊唐書·經籍志》：《五經異義》十卷，許慎撰，鄭玄駁。蓋鄭氏所駁之文即附見於許氏原本之内，非别爲一書。宋代志目無收，疑已佚。今有四庫輯本一卷，《補遺》一卷，此外有《漢魏遺書鈔》王謨、《問經堂叢書》王復、《漢學堂叢書》黃奭、浙江書局《鄭氏佚書》袁鈞、《鄭學十八種》孔廣林、《左海全集》陳壽祺輯本及皮錫瑞《駁五經異義疏證》十卷。
③ 天：至元六年刻本、庫本作“大”，誤。
④ 臺沼：戴溪《續吕氏家塾讀詩記》卷三作“靈沼”。
⑤ 在：庫本無，《元和郡縣志》亦無，疑爲衍文。

東二十八里北流入渭。"《禹貢》："灃水攸同。"《地理志》：酆水，出扶風鄠縣東南，北過上林苑入渭。《黃圖》："出鄠南山豐谷，北入渭。"黃氏曰："北至咸陽縣入渭。"

### 鎬京 見前

《坊記》引《詩》[①]："度是鎬京。"

《郡國志注》：豐、鎬相去二十五里。鎬，在京兆上林苑中。《黃圖》："鎬池，在昆明池之北，即周之故都。"《通典》云鎬陂。

夾漈鄭氏曰："周地西迫戎狄，自岐之豐，自豐之鎬，是西遠戎而東即華也。"

朱氏曰："鎬京，武王所營也，在豐水東，去豐邑二十五里。"

《周書·大傳》曰[②]：文王受命九年，在酆，召太子發。

戴氏曰：武王都鎬京，為四方來朝者，豐不以容之[③]，作辟雍以養人才。

### 邰

毛氏曰："姜嫄之國。"

《郡縣志》："故斄城，一名武功城，在京兆府武功縣西南二十二里，古邰《白虎通》作"台"。國也。"后稷、姜嫄祠在縣，后稷母家也。

鄭氏曰："后稷成功，堯改封於邰，就其成國之家室。"《左傳》作

---

① 《坊記》：即《禮記·坊記》。

② 《周書·大傳》：至元六年刻本、合璧本、庫本作"《周書·文傳》"。按：所引文見《逸周書·文傳解》，是當作"《周書·文傳》"。

③ 不：庫本作"不足"。

“駘”。“魏①、駘、芮、岐、畢②，吾西土也。”杜氏注：后稷受此五國。駘，在武功縣所治斄城。《釋文》：“當作‘邰’。”

《郡國志》：右扶風郿縣，有邰亭。《郡縣志》：秦孝公作四十一縣，斄、武功各其一。“斄”與“邰”音同，武功蓋在渭水南，今郿縣地是也。

樊噲攻雍斄城。《注》云：“即后稷所封，今武功故城是斄縣。”漢屬右扶風，後周置武功於故斄城③。

孔氏曰：邰國自有君，此或滅或遷，故以其地封后稷。《閟宮》：“奄有下國。”朱氏曰：“封於邰也。”

## 百泉　溥原　流泉

曹氏曰：“漢朝那縣④，屬安定郡。隋改為百泉縣，屬平凉郡⑤。魏於其

---

① 《春秋地名考略》卷一三“魏”：杜注：“魏國，河東河北縣。”按：魏國，姬姓，不知始封之君。閔元年晉滅魏，以賜畢萬。文十三年使魏壽餘偽以魏叛以誘士會，秦伯師於河西，魏人在東，士會濟河，魏人譟而還。可以知魏地之隣於秦矣。漢置河北縣，屬河東郡，晉因之。後魏屬河北郡。隋置芮城縣。《括地志》：魏故國在芮城縣北五里，今屬解州。今山西芮城。

② 《春秋地名考略》卷一四“畢”：杜注：“畢國，在長安縣西。”按《周本紀》：武王入商紂宫，周公把大鉞，畢公把小鉞，以夾武王。康王即位，太保率東方諸侯入應門左，畢公率西方諸侯入應門右。康王十二年，以成周之衆命畢公保釐東郊，蓋畢公之親賢亞於周、召矣。乃《史記·魏世家》云：畢公高與周同姓，武王伐紂而高封於畢，為畢姓，似非文王子者，此史文之疏也。《竹書》：穆王十四年，狄人侵畢，後不知何以亡。《史記》曰：其後絕封，為庶人，或在中國，或在夷狄，其裔孫曰畢萬，事晉獻公。漢長安縣為京兆尹治，晉為京兆郡治。劉向言：文、武、周公葬於畢。師古釋之曰：在長安西北四十里。以地計之，為今之咸陽矣。今咸陽縣北五里有畢原。《書》注：周公葬於畢原，南北數十里，東西二三百里，亦謂之畢陌。《通典》曰：文王葬畢，初王季右之，後畢公高封焉。《縣志》：渭水經城南九嵕、甘泉諸山，控城北，畢原即九嵕諸水之麓也，亦謂之咸陽北阪，漢武又更名為渭城北阪。王氏曰：畢原無山川陂湖，井深五十丈，秦謂之池陽原，漢曰長平阪，石勒建石安縣於此，又名石安原。《元和志》：咸陽縣治乃畢原也。蓋畢原之境廣矣。或有謂畢原在渭南者。《詩》鄭註：畢，終南之道也。《皇覽》曰：文王葬畢，在鎬東南杜中。《汲冢古文》：畢西於豐三十里。《括地志》：畢原在萬年縣西南二十八里。謂畢地延袤，跨渭南、北，本無足疑，惟文、武葬處，傳聞異辭，不能深考矣。畢國封處大約當在此。今陝西咸陽。

③ 《春秋地名考略》卷一“周·始封於駘”：杜注：“駘在始平武功縣所治斄城。”徐廣曰：今斄鄉在扶風，蓋“駘”與“邰”之字同，斄與斄之字同也。秦孝公置斄縣，漢初曹參攻斄是也。後亦曰斄縣，屬右扶風。後漢省入郿縣，故《志》曰郿有斄亭。武功亦漢縣，後漢廢，永元八年復置。《武功縣志》云：武功舊治渭川南郿縣境，後漢移治古斄城，蓋西漢武功、斄縣兩置，至是始并為一。斄初并郿，後復置則曰武功，史所不載也。晉屬始平郡，後魏并入美陽縣，太和十一年置武功郡於廢縣地。後周天和初築武功城以置軍士，建德初省郡，尋改置武功縣，遷於今武功縣治。唐置稷州，治此，亦以后稷命名也，旋廢。今縣屬乾州，古斄城在縣西南二十二里。今陝西武功。

④ 《大清一統志》卷二○一“慶陽府·古蹟”：朝那故城，在平凉縣西北。《史記·匈奴傳》：冒頓悉復收故河南塞，至朝那、膚施。又《文帝本紀》：十四年匈奴入邊，攻朝那塞。《漢書·地理志》安定郡領朝那縣，應劭曰：故戎那邑也。後漢及晉因之。後魏末移置於今靈臺界而北城廢。《括地志》：朝那故城在百泉縣西北七十里。《元和志》：在縣西四十五里。又《魏書·地形志》：安定郡領朝那縣。隋初因之，後廢。《寰宇記》：良原縣有朝那縣。後魏大統元年自原州百泉縣徙朝那縣於此。《通鑑注》：漢朝那城在原州花石川，周改置朝那縣於故城東南二百餘里。《靈臺縣志》：魏朝那縣在今縣西北九十里，居民皆貿易於此，為東朝那市。今寧夏固原。

⑤ 《隋書·地理志》：平凉郡，舊置原州，後周置總管府，大業初府廢。統縣五：平高、百泉、平凉、會寧、默亭。

地置原州①，唐因之。百泉、溥原，即其處。"《郡縣志》：邠州三水縣，以縣界有羅川谷，三泉並流，故以為號。豳城②，在縣西高泉山，亦曰甘泉，在永壽縣北二十五里。五龍原③，在新平縣南三里，原側有五泉水，因名。

## 隰原

鄭氏《譜》曰"豳，在雍州原隰之野。孔氏曰：《禹貢·雍州》"原隰底績"，是原隰屬雍州也。公劉居豳，度其隰原以治田，是豳居原隰之野。

蔡氏曰：廣平曰原，下溼曰隰④。"度其隰原"，即指此，其地在豳，今邠州。《史記正義》：原隰，豳州地也。《郡縣志》：邠州新平縣有五龍原，永壽縣有永壽原⑤，宜祿縣有淺水原⑥。《白虎通》引《詩》⑦："於邠斯觀。"

## 涉渭

《史記·周紀》："公劉自漆沮渡渭，取材用。"《郡縣志》：邠州，公劉所居之地。州治新平縣，即漢漆縣。漆水，在縣西九里，西北流，注於涇。《史記正義》：公劉從漆縣漆水南渡渭水，至南山取材木為用。漆水東入渭。

## 皇澗　過澗

傅氏曰："二澗，當在邠州界。"《釋名》："山夾水曰澗。"孔氏謂：皇澗縱在兩旁⑧，而夾之過澗，橫，故在北而禦之，亦可想見其形勢矣。"芮鞫之即"，則又在過澗之南。鞫者，外也。

---

　　①　《魏書·地形志》：原州，太延二年置鎮，正光五年改置，并置郡、縣，治高平城，領郡二縣四。高平郡，領縣二：高平、里亭。長城郡，領縣二：黃石、白池。

　　②　《大清一統志》卷一九四《邠州·古蹟》：故豳城，在三水縣西。《漢書·地理志》栒邑縣有豳鄉，《詩》豳國，公劉所都。杜預《左傳注》：豳在漆縣東北。《括地志》：三水縣西三十里有豳原，豳城在原上。《元和志》：豳國城在邠州東北二十九里。《寰宇記》：古豳地在三水縣西南三十里，有豳城在隴川水西，蓋公劉之邑豳谷名也，與故栒邑城相去約五十餘里。《縣志》：縣西南三十里，為古公卿，亦謂之古公原，上連土墻，迤南即公劉墓。

　　③　《陝西通志》一三"豳山"：五龍原在豳山之麓，或以為即《詩》所云"瞻彼溥原"者。

　　④　溼　至元刻本作"濕"，蔡沈《書經集傳》亦作"濕"。

　　⑤　《大清一統志》卷一九三《乾州·山川》：永壽原，在永壽縣。《元和志》：在縣北三十里。《寰宇記》：舊名廣壽原，隋避煬帝諱，改為永壽原，在縣西。《通志》：廣壽原在縣西北二十里。

　　⑥　《大清一統志》卷一九四《邠州·山川》：淺水原，在長武縣西北，即鶉觚原。《元和志》：淺水原，即今宜祿縣理所。《寰宇記》：鶉觚原，即淺水原。《縣志》：縣治北有集賢岡，迴谿巨壑，盤旋險峻，或稱四鰲山，又名五鳳巢，蓋即淺水原也。又縣北五里有淺水墩，為烽堠之所，蓋亦以原而名。

　　⑦　引詩　至元六年刻本、合璧本作"詩引"，誤。

　　⑧　《大清一統志》卷一九四《邠州·山川》：皇澗水，在三水縣，北自慶陽府徵寧縣流入。《寰宇記》：真寧縣有大陵水。《水經注》云：大陵、小陵水出巡河南殊川，西南逕寧陽城，即皇澗也。《縣志》：有梁渠川在縣西北十八里，即《詩》之過澗。義支唐川在縣北三十里，即《詩》之皇澗。皆西南入於涇。又勒修川在縣東北三十里，西南流合於皇澗。

## 芮鞫

《周禮注》作"汭坘"。《地理志注》："《韓詩》作'芮阢'。"與"鞫"同。

《職方·雍州》："其川涇、汭。"《地理志》：芮水，出右扶風汧縣吳山西北，東入涇，《詩》芮坘，雍州川也。今隴州汧原縣。

蘇氏曰："芮鞫，芮水之外也。"《郡縣志》：涇州良原縣①，有汭水，一名宜祿川，西自隴州華亭縣流入②。傅氏曰："康成以為芮是水內，與注《禮》自相反，當以《職方》為信③。"

## 凡伯

孔氏曰："畿內國。"《左傳》：凡，周公之後。

《春秋》凡伯。杜氏注④："汲郡共縣東南有凡城⑤。"《郡縣志》：故凡

---

① 《大清一統志》卷二〇九《涇州·古蹟》：良原故城，在靈臺縣西北九十里。《隋書·地理志》：安定郡統良原縣，大業初置。《唐書·地理志》：涇州良原縣，興元二年沒吐蕃，貞元四年復置。《元和志》：縣東北至涇州六十里。《通考》：唐置良原軍。周廢軍，復為縣。《元史·地理志》：至元十一年以良原併入靈臺。今甘肅靈臺。

② 《大清一統志》卷二〇一《平涼府》：華亭縣，漢涇陽縣地。隋大業元年置華亭縣，屬安定郡，義寧二年屬隴州。唐垂拱二年曰亭川，神龍元年復故名，大曆八年置義寧軍，元和三年省縣入汧源，為神策軍地。五代後唐同光元年改置義州，周顯德六年復置華亭縣為州治。宋太平興國二年避諱改曰儀州，熙寧五年廢儀州，以縣屬渭州。金、元、明俱屬平涼府，清朝因之。華亭故城，今華亭縣治，隋置。《寰宇記》：廢華亭縣在白馬、華亭二川口。今甘肅華亭。

③ 《周官總義》卷二〇"其川涇汭"：汭水者，非《禹貢》所謂汭也。《禹貢》言汭皆水北之汭，此所謂汭者雍州之川名。《漢志》：右扶風汧縣，汭水出西北，東入涇。此正公劉居豳之地，《詩》所謂"芮鞫之即"。《唐志》：涇州臨涇縣有汭水，西自隴州華亭縣流入，一名宜祿川。然涇、隴二州在邠州之西，則非邠州之汭，要皆雍州之川也。《甘肅通志》卷四七"王寧《窮汭記》"：汭水紀於《禹貢》。《廣韻》"汭"音"儒"。《說文》：汭從"水"從"內"，訓曰兩水合流之謂也。又曰：小水入大水之名。質其實，雍、豫二州有專名之者，有通名之者。專名者以義也，通名者以類也。以類通名如"會於渭汭"、"東過洛汭"是也。由是推之，則凡諸州之水類於是者皆不拘於定名而得通稱為汭也。以義專名者，"涇屬渭汭"是也。汭在華亭城東三里，乃兩水合流，而其北源西出小隴山之馬峽，俗呼北河。南源西出隴山之仙姑峪，俗呼南河。北河環朝那山前，其西北有湫，東去縣東三里而別稱為雨山。南源環王母山，東去四里，別稱為儀山，俗呼為回頭山，儀縣實以是名也。儀、雨兩山南北對峙，谺開如門，故兩水合而東流名之曰汭也。又二水交流而下亦專名為汭也，汭滙為深潭，潭名合水，北陟兩山之巔，遙見東南隴州吳山。至石堡汭北受柴郎水，又東五里至安口峴牛心山南受武村水，汭至是益大。北有斷萬山，自馬舖嶺柴郎而來。南有五馬山，自石櫃寺武村而至。經行五里為屯城，屯東為崇信川，汭水益大，深不可涉。又東三十里北過崇信縣城，又東七十里東過涇州，過回山，乃屬於涇。《大清一統志》卷一八三《鳳翔府·山川》：汭水在隴州西北，東北流入甘肅平涼府華亭縣界。《大清一統志》卷二〇一《平涼府·山川》：汭水源出華亭縣隴山，東流逕崇信縣，又東入於涇，本古閭川水也。《寰宇記》：閭川水在潘原縣東南四十五里，西從華亭縣流入，又逕保定縣西南三里入涇水。《九域志》：崇信縣有閭川水，又保定縣有汭水。《府志》：汭有二源，北源出湫頭山之朝那湫，滙於馬峽口，循華尖之北，俗呼北河。南源出齊山，凡三派，會於仙姑之東麓，俗呼南河。又循縣城之南而東與北河會於東峽口曰汭水。按：自漢以來皆言汭水出汧縣。《隋志》、《元和志》皆云汭水自華亭，流經良原至宜祿入涇者，即今之盤口河。自明弘治中王寧始以閭川水為汭水，諸志遂皆從之，與古說異。今以相沿已久，姑仍其名，特考正之。

④ 注：至元六年刻本、合璧本作"江"，誤。

⑤ 《晉書·地理志》：汲郡，泰始二年置。統縣六：汲、朝歌、共、林慮、獲嘉、修武。

城，在衛州共城縣西二十里，古凡伯國。《通典》：凡伯國，在衛州黎陽縣①。

### 召　見前②

《周語》：“彘之亂，宣王在召公之宮。”《注》：避難奔召公。召公，周之支族，食邑於召，康公之後穆公虎。

### 夏后

《帝王世紀》：“禹受封爲夏伯，在豫州外方之南③，今河南陽翟是也④。”《周書·度邑篇》：武王問太公“吾將因有夏之居”。即河南是也。《孟子注》：“禹號夏后氏。后，君也。禹受禪於君⑤，故夏稱后。”

### 鬼方

《易》：高宗伐鬼方。毛氏曰：“遠方也。”《漢·匡衡傳》：“成湯化異俗，懷鬼方。”《後·西羌傳》：“武丁征西戎鬼方⑥。”《竹書紀年》：“周王季伐西落鬼戎。”《大戴禮·帝繫》曰：“陸終氏娶於鬼方氏。”《漢·五行志注》：“鬼方，絕遠之地，一曰國名。”《文選注》：“《世本注》曰：鬼方，於漢則先零戎是也。”

### 蠻方

鄭氏曰：“九州之外不服者。”曹氏曰：“《職方氏》衛服之外即蠻服⑦。”《禹貢》：荒服

---

　　①　《大清一統志》卷一五八《衛輝府·古蹟》：凡城故城，在輝縣西南，周凡伯國，《水經注》“清水又南迳凡城東”是也。唐武德九年置凡城縣，屬共州，四年復省入共。今河南輝縣。
　　②　見：庫本作“兄”，誤。
　　③　《大清一統志》卷一六二《河南府·山川》：嵩山，在登封縣北，古曰外方，又名嵩高，亦曰太室，其西曰少室。
　　④　《大清一統志》卷一四九《開封府》：禹州，古夏禹國。春秋時鄭櫟邑。戰國曰陽翟，為韓都。秦始皇十七年置潁川郡。漢元年為韓國，六年復為潁川郡，後漢因之。晉移郡治許昌，以陽翟縣屬河南郡。後魏興和元年分置陽翟郡。隋開皇初郡廢，縣屬許州。唐初屬嵩州，貞觀元年改屬許州，龍朔二年屬洛州，會昌三年還屬許州，五代因之。宋元豐三年縣屬潁昌府。金初於縣置潁順軍，大定二十二年改軍為潁順州，二十四年又改為鈞州，屬南京路。元屬汴梁路。明初省陽翟縣入州，屬開封府，萬曆三年改為禹州。清朝雍正二年升為直隸州，十二年改屬許州府，乾隆六年復改許州府為直隸州，仍分屬開封府。陽翟故城，即今禹州治，本禹始封邑，周為鄭櫟邑，其後為韓國都。秦始皇十七年內史騰攻韓，韓王盡納其地，以為潁川郡。漢元年項羽使韓王成因故都都陽翟。六年韓王信徙太原，復為潁川郡。《地理志》：郡治陽翟縣，夏禹國韓景侯自鄭徙此是也。《水經注》：潁水東迳陽翟故城北。《寰宇記》：縣在許州西北九十里。今河南禹州。
　　⑤　君：庫本作“居”，誤。
　　⑥　西戎：《後漢書·西羌傳》作“西羌”。
　　⑦　《周禮·職方氏》：乃辨九服之邦國，方千里曰王畿，其外方五百里曰侯服，又其外方五百里曰甸服，又其外方五百里曰男服，又其外方五百里曰採服，又其外方五百里曰衛服，又其外方五百里曰蠻服，又其外方五百里曰夷服，又其外方五百里曰鎮服，又其外方五百里曰藩服。

三百里蠻①。《周語》："蠻夷要服，戎翟荒服。"

## 芮伯

鄭氏曰：畿内諸侯，字良夫。《書序注》：芮伯，周同姓國，在畿内。

《左傳注》："芮國，在馮翊臨晉縣。"《通典》：同州馮翊縣，古芮國。《地理志》：臨晉縣芮鄉，故芮國。夾漈鄭氏曰："其地即陝芮城，為晉所滅。"

## 崧高

毛氏曰："山大而高曰崧。嶽，山之尊者，東岱、南衡、西華、北恒。堯時姜氏為四伯，掌四嶽之祀。"郭璞注《爾雅》曰"今中嶽崧高山"，蓋依此名。

李氏曰：申、甫，四岳之後，安得專指為中嶽？凡大而高者皆可名之曰崧。

《孔子閒居》②：嵩高惟嶽③，云云。此文武之德也。

魏氏曰④："人之此心與天地山川相為流通，固也，而人物之生又係乎時數清明之感，山川英靈之會，祖宗德澤之積。"孔氏曰：《鄭語》"伯夷能禮於神以佐堯"，是掌禮之官，故掌四嶽之祀。《外傳》、《史記》特稱伯夷為四嶽，由主嶽祀故也。《齊世家》：四嶽佐禹有功，虞、夏之際封於呂，或封於申。是歷虞、夏、商而世有國土。

## 甫　申 見前　申伯

李氏曰：崧高之山，在穆王時則生甫侯，《詩》、《禮記》作"甫"，《書》與《外傳》作"呂"。在宣王時則生申伯。朱氏曰：甫是宣王時人，作《呂刑》者之子孫。呂氏曰："鄭氏遠取訓夏贖刑之甫侯⑤，非也。"

曹氏曰："封於申而職為侯伯，猶召伯也。"

《禮記注》："周道將興，五嶽為之生賢佐仲山甫及申伯⑥。"孔氏曰：

---

① 《尚書·禹貢》：五百里甸服，五百里侯服，五百里綏服，五百里要服。五百里荒服，三百里蠻，二百里流。

② 《孔子閒居》：即《禮記·孔子閒居》；閒，至元六年刻本、合璧本作"間"。

③ 惟：《禮記》作"維"。

④ 魏氏：即魏了翁，字華父，號鶴山，臨邛（今四川邛崍）人，官至資政殿大學士、參知政事、僉書樞密院事。《宋史》有傳。引文見魏了翁《鶴山集》卷四四《綿竹縣湖橋記》。

⑤ 《尚書·呂刑序傳》：呂侯見命為天子司寇，以穆王命作書，訓暢夏禹贖刑之法，更從輕以布告天下，作《呂刑》。

⑥ 佐：《禮記》鄭氏注作"輔"。

"按《鄭志》注《禮》在先，未得《毛詩傳》[①]。"《外傳》稱樊仲山甫，則是樊國之君，必不得與申伯同為嶽神所生。

### 謝 見前　南國

"南國是式"。鄭氏曰："改大其邑，使為侯伯。""南方之國皆統理。"陳氏曰："命為州牧也。"

毛氏曰："謝，周之南國。"

林氏曰[②]："宣王之世，申伯以王舅大臣為南國屏翰，蓋前此申在王畿之內，而宣王始分封之以扞城王室[③]。楚經營北方，大氐用申[④]、息之師[⑤]，其君多居於申，合諸侯亦在焉。秦、漢之際，南陽為要地。高祖踰宛攻武關[⑥]，張子房曰'强秦在前，强宛在後，此危道也'。漢與楚相持，常出武關，收兵宛、葉間[⑦]。光武起南陽，以宛首事。申，即宛也。"

---

① 孔穎達《禮記疏》：然則此《注》在前，故以甫為仲山甫。在後箋《詩》乃得《毛傳》，知甫侯、申伯同出伯夷之後，故與《禮》別也。

② 林氏：即林之奇。引文又見《詩經世本古義》卷一七、《欽定詩經傳說彙纂》卷一九。

③ 城：庫本作"衛"，《詩經世本古義》亦作"城"。

④ 氐：庫本作"抵"，《詩經世本古義》亦作"抵"；申：至元六年刻本、合璧本作"荀"，誤。

⑤ 《春秋地名考略》卷一三"息"：隱十一年，息侯伐鄭。杜注：息國，汝南新息縣。按孔疏曰：《世本》："息國，姬姓。"此息侯伐鄭《傳》"責其不親"，知與鄭國同姓也。莊十年《傳》曰：蔡哀侯娶於陳，息侯亦娶焉。息媯將歸，過蔡，蔡侯曰：吾姨也，止而見之，勿賓。息侯聞之，怒，使謂楚文王曰：伐我，吾求救於蔡而伐之。楚子從之，敗蔡師於莘，以蔡侯歸。十四年，蔡哀侯以莘故，繩息媯以語楚子，楚子遂滅息，以息媯歸。宣四年楚莊王曰：吾先君文王克息，獲三矢焉。即此時事矣。息地自此入楚，為封邑。僖二十五年屈禦寇為息公。文三年晉伐楚，盟於方城，遇息公子朱。十年陳侯、鄭伯會楚子於息。定四年左司馬戍將毀吳舟於淮汭及息而還。漢置新息縣，屬汝南郡。應劭曰：古息國，後東徙，故加"新"。孔穎達非之，曰：若其後東徙，當云故息，安得反加"新"乎？斯言當矣。然應亦非誤，孔偶失於詳審耳。夫應所謂東徙加"新"者，原指息國之舊，非謂漢縣有移徙也。蓋息國故在西，後徙而東，因謂之新息，猶夫鄭徙溱洧謂之新鄭也，鄭莊公曰：我先君新邑於此。杜預曰：今居河南，乃新鄭，舊鄭在京兆。即其說已。鄭與息，國號也。新鄭、新息，鄉俗之常稱也。後人置縣但從其鄉俗之稱，是故置縣於鄭但謂之新鄭而不曰鄭，置縣於息但謂之新息而不曰息也。如曰漢初置縣名息縣，既遷而加"新"，則晉時新息已非息國之舊。杜預何以云息國即新息乎？此可以一言而解紛矣。後漢仍曰新息縣，封馬援為侯邑。晉為汝南郡治。劉宋改為南新息縣，復於城北三十里置北新息縣。北齊省北入南，仍名新息縣。自魏迄周皆立僑州，屢改名號，最後曰息州。隋興郡罷，縣屬蔡州。唐初復置息州，尋罷，縣屬豫州。宋仍屬蔡州。金又置息州。元省附郭新息縣入之。明改州為縣，屬汝寧府。清仍之。今河南息縣。

⑥ 攻：至元六年刻本、合璧本作"功"，《詩經世本古義》亦作"攻"，"攻"是。
《大清一統志》卷一九二《商州·關隘》：武關，在州東一百八十五里。《左傳》：哀公四年楚人謀北方，將通於少習。杜預注：少習，商縣武關也。《戰國策》：蘇秦說楚威王曰："秦一軍出武關，則鄢郢動矣。"《史記》：楚懷王三十年秦遺楚王書，願會武關，楚王至則閉武關，遂與西至咸陽。秦始皇二十八年自南郡由武關歸。二世三年沛公至丹水，襲攻武關，破之。《漢書·武帝紀》：太初四年徙弘農都尉治武關。應劭曰：武關，秦南關，通南陽。文穎曰：武關在析縣西百七十里弘農界。《水經注》：丹水自商縣東南歷少習出武關。京相璠曰：楚通上洛阨道也。《括地志》：武關山，地門也，在商洛縣東九十里。《史記正義》：在商州東一百八十里。《州志》：關在州東武關山下，當官道設關，北接高山，南臨絕澗，去河南內鄉縣一百七十里。明洪武中以官軍守之，後設巡司，今省。

⑦ 《史記正義》：宛，鄧州縣也。葉，汝州縣。

孔氏曰：申伯先受封於申，國本近謝，今命為州牧，故邑於謝。嚴氏曰：申國在宛，謝城在棘陽，申、謝其地相近。孔氏曰："申國在南陽宛縣，是在洛邑之南。"申伯舊是伯爵，今改封之後或進爵為侯。《周本紀》云申侯，是申伯子與孫。

## 郿

孔氏曰：郿，於漢屬右扶風，在鎬京之西，岐周之東。申，在鎬京之東南。自鎬京適申，塗不經郿。時宣王蓋省視岐周，故餞之於郿。

朱氏曰："郿，在今鳳翔府郿縣。"《郡縣志》：本秦縣，今縣東二十五里有故城。今縣，周天和元年築，縣在渭水南一里，縣治城南當斜谷①。

曹氏曰："郿近岐周，先王之廟在岐。申伯受封，則冊命於先王之廟，故王在岐而飲餞於郿。《江漢》言召虎之封亦曰'於周受命'。"

## 仲山甫

毛氏曰："樊侯也。"孔氏曰：《周語》"樊仲山父諫宣王"，是為樊國之君也。韋昭云"食采於樊"。《左傳》：王賜晉文公樊邑。則樊在東都畿內。《周語》：樊穆仲。

《左傳注》："樊，一名陽樊，野王縣西南有陽城②。"懷州河內縣，本野王。《晉語》：王賜公南陽陽樊之田。陽人不服。倉葛曰："陽有夏、商之嗣典，有周室之師旅，樊仲之官守。"懷州修武縣有南陽城③，《晉語》"南陽"即此④。

## 城東方

朱氏曰：仲山甫奉使築城於齊⑤。孔氏曰：下言"徂齊"⑥，東方，齊也。

---

①　雍正《陝西通志》卷一〇《山川三·鳳翔府·郿縣》：斜谷，在縣西南三十里（《縣圖》）。斜谷在郿縣南，谷中皆穴山架木而行（《蜀鑑》）。入谷口二百二十里抵鳳縣，西出連雲棧復一百五十里出谷口抵褒城，兩崖高峻，谷中水南北分流，即褒水、斜水也。又邸閣在斜谷口，蓋諸葛亮欲伐魏，用流馬轉運谷中，故先治邸閣於此，後人因建懷賢閣（《縣志》）。斜谷河，即斜水，一名桃川，一名石頭河。桃川在縣南百五十里，其水出大山中流為斜谷水，逕太白峽、斜谷關北流入渭。又青峰潤水在縣南五十里桃川西，朱石澗水在縣南百十里，俱在斜谷關內繚曲四十里許，北流入渭（《縣志》）。

②　《春秋地名考略》卷一"樊"：僖二十五年晉侯次於陽樊。服虔曰：陽城，樊仲山父所居，故名陽樊。《後漢志》：修武縣有樊陽田。今濟源縣東南三十八里有古陽城，一名皮子城。再按：仲山甫為宣王卿士，食采於今西安咸寧縣之樊鄉。東遷後，子孫再封於河北。莊公二十九年樊皮叛王，三十年號公入樊，執樊仲皮。其後遷無終，為陽氏。

③　《大清一統志》卷一六〇《懷慶府·古蹟》：陽城，在濟源縣西南，周畿內樊邑。《水經注》：溴水南源出陽城南谿。《府志》：陽樊城在濟、孟之交，溴水南岸，今呼皮城。

④　《通鑑地理通釋》卷六：南陽，懷州修武縣有南陽城，晉啟南陽即此。今孟、懷州皆春秋南陽之地。

⑤　城：庫本作"成"，誤。

⑥　下：庫本作"不"，誤。

毛氏曰："古者諸侯之居逼隘，則王者遷其邑而定其居。蓋去薄姑而遷於臨菑也。"《地理志》：瑯琊姑幕縣，或曰薄姑。《後漢注》："姑幕故城①，在今密州莒縣東北②，古薄姑氏之國。"《括地志》："薄姑故城，在青州博昌縣東北六十里。"今博興縣。《左傳注》："博昌縣北有蒲姑城。"孔氏曰："齊於成王之世乃得薄姑之地。"《輿地記》："青州千乘縣有薄姑城③。"

孔氏曰："《史記·齊世家》：獻公元年，徙薄姑，治臨菑，當夷王之時，與此《傳》不合。"毛氏在馬遷之前，其言當有據。朱氏曰："豈徙於夷王之時，至是始備城郭之守與④？"臨菑，今青州臨菑縣。林氏曰："宣王時，北有玁狁，南有荊楚，東有徐夷，故'式是南邦'以申伯，'城彼東方'以仲山甫，'奄受北國'以韓侯，其為謀甚悉，而犬戎自西作焉。夫四隅而防其三，有變出於不備之方。"漢杜欽曰⑤：仲山父，異姓之臣，就封於齊。鄧展注《韓詩》以為封於齊⑥。此誤耳。

## 韓侯　韓城

《左傳》：韓⑦，武之穆也。鄭氏曰："姬姓國，後為晉所滅。"史伯曰："武王之子，

---

① 《大清一統志》卷一三五《青州府·古蹟》：姑幕故城，在諸城縣西北五十里。漢置縣，屬瑯邪郡。《漢書·地理志》：姑幕縣為都尉治，或曰薄姑。晉初屬城陽郡，太康十年分屬東莞郡。劉宋省。後魏永安中復置，屬東武郡。北齊省入東莞。《太平寰宇記》：漢姑幕城在莒縣東北百二十里。今山東諸城。

② 《大清一統志》卷一四〇《沂州府·古蹟》：莒縣故城，今莒州治。周為莒國，子爵，出自少昊之後，武王封茲輿期於莒。《史記·楚世家》：簡王元年北伐滅莒。其地後屬齊，亦名城陽。漢文帝二年封朱虛侯章為城陽王，以莒為都。後漢建武二年封春陵嫡子祖為城陽王，十三年省城陽國併瑯邪。永平五年瑯邪王京徙都開陽，遂以瑯邪屬縣。《太平寰宇記》：密州莒縣，魏明帝以為城陽郡，莒縣屬焉，而城陽郡徙理東武。晉太康十年割莒縣屬東莞郡，惠帝自東莞移理莒城。後魏以莒縣屬東莞郡。高齊罷東莞郡，以莒、東莞二縣屬東安郡。《元和郡縣志》：縣東北至密州一百九十里。明初始廢入州。按《舊志》：春秋時別有三莒，一為周境內邑，《左傳》昭公二十六年陰忌奔莒是也；一為齊東境，昭公三年齊侯田於莒，十年陳桓子請老於莒是也；一為魯邑，定公十四年城莒父，《論語》子夏為莒父宰是也。惟此為莒國之莒。今山東莒縣。

③ 《大清一統志》卷一三五《青州府·古蹟》：千乘故城，在高苑縣北二十五里。本齊邑。漢置縣，並置千乘郡治焉。後漢改郡為樂安園，移治臨濟，以千乘為屬，晉省。劉宋移千乘之名於漢廣饒縣，而於故縣界僑置陽信縣，屬樂陵郡。《齊記》：千乘城在齊城西北百五十里，有南、北二城，相去二十餘里。其一城縣治，一城太守治。千乘者，以齊景公有馬千駟畋於肯田因以為名。《太平寰宇記》：在縣北者，南千乘也。今山東高青。

④ 始備城郭之守與：朱熹《詩經集傳》卷七作"而始備其城郭之守歟"。

⑤ 杜欽：字子夏。《漢書》有傳。引文見《漢書·杜欽傳》。

⑥ 鄧展：南陽人，漢建安中為奮威將軍，封高樂鄉侯。

⑦ 《春秋地名考略》卷四"韓"：僖十年，敝於韓。杜注：韓，晉地。十五年晉侯及秦伯戰於韓。《傳》：戰於韓原。《括地志》：韓原在同州韓城縣西南八里。又，縣南十八里為古韓國。《竹書》：平王十四年晉文侯、二十四年晉人滅韓。《史記》：韓之先與周同姓，其後苗裔事晉，得封於韓原，曰韓武子。按《世本》：武子之先韓萬，曲沃桓叔之子也。《國語》：叔向謂韓宣子能修武子之德，宣子拜曰自桓叔以下嘉吾子之賜。是晉之公族非但周同姓矣。今韓原在韓城縣東南二十里。

應①、韓不在。"

《通典》：同州韓城縣，古韓國②。有韓原。

《水經注》："王肅曰：涿郡方城縣有韓侯城③。"《後魏志》：范陽郡方城縣有韓侯城④。李氏曰："溥彼韓城，燕師所完"，涿郡乃燕地也，又有"奄受北國"之言。《水經注》："聖水逕方城縣故城北⑤"，"又東南逕韓城東⑥"。引《韓奕》之言為證，梁山恐是方城縣相近梁門界上之

---

① 《春秋地名考略》卷一四"應"：僖二十四，應，武之穆也。杜注：在襄城城父縣西南。按《韓詩外傳》：成王戲弟以桐葉圭封之，周公曰天子無戲言，王應聲而對之曰應侯。考剪桐事《呂氏春秋》、《史記》皆以為叔虞，《外傳》妄也。又《汲冢古文》殷時有應國，蓋即舊墟以封矣。魏惠王六年與秦會應，襄王十一年復與秦武王會於應，又客請周最以應為秦王太后養地。秦昭王時范雎封於此曰應侯。漢父城縣屬潁川郡，《地理志》有應鄉，古應國。晉屬襄城郡，杜作"城父"，似小訛。劉宋省。今應城在汝州魯山縣東三十里。《括地志》：應國因應山而名。距縣里數與今同。

② 《大清一統志》卷一八九《同州府》：韓城縣，本古梁國。戰國魏少梁邑。秦置夏陽縣。漢屬左馮翊，後漢因之。晉屬馮翊郡。後魏屬華山郡，後省入郃陽。隋開皇十八年改置韓城縣，屬馮翊郡。唐武德三年屬西韓州，八年徙州治此。貞觀八年州廢，以縣屬同州。天祐二年改名韓原縣。五代梁改屬河中府，後唐天成元年復曰韓城，還屬同州，宋因之。金貞祐三年升為楨州。元至元元年州廢，二年復置，六年又廢，以縣屬同州，明因之。清朝雍正十三年屬同州府。韓城故城，即今韓城縣治。《元和志》：縣西南至同州二百里，古韓國及梁國。《縣志》：舊韓城在今縣西北四十里薛峰嶺東麓，元至元二年嘗徙縣治於此，復遷今治。韓國城，在韓城縣南。《括地志》：韓國故城在今韓城縣南十八里。今陝西韓城。

③ 《續漢書·郡國志》：涿郡，高帝置。七城：涿、遒、故安、范陽、良鄉、北新城、方城。

④ 《魏書·地形志》：范陽郡，漢高帝置涿郡，後漢章帝改。領縣七：涿、固安、范陽、萇鄉、方城、容城、遒。

⑤ 《畿輔通志》卷二一《川·順天府》：琉璃河，在良鄉縣南四十里，源出房山縣龍泉峪，流經縣界，又東南至霸州入巨馬河，即聖水也。

⑥ 《畿輔通志》卷四〇：韓寨營，在固安縣南，《方輿紀要》即古韓城也，今謂之韓寨營。《畿輔通志》卷五三：韓城，在固安縣東南十八里。《困學紀聞》：涿郡方城縣有韓侯城。《名勝志》：韓侯城，今縣南名韓砦營者是。今河北固安。

山①。此亦一説，存之以備參考。《括地志》："方城故城②，在幽州固安縣南十里③。"

## 梁山

《地理志》：左馮翊夏陽縣，故少梁④，梁山在西北。《括地志》：在同州韓城縣東南一十九里。《爾雅》："梁，晉望。"《注》："在夏陽西北，臨河上。"蘇氏曰："梁山，韓之鎮也。"《公羊傳》："河上之山也。"《禹貢·冀州》："治梁及岐。"曹氏曰："禹治水，自壺口循梁

————————————

① 《日知録》卷三《韓城》：按《史記·燕世家》：易水東分為梁門。今順天府固安縣有方城村，即漢之方城縣也。《水經注》亦云：濕水徑良鄉縣之北界，歷梁山南，高梁水出焉，是所謂"奕奕梁山"者矣。舊説以韓國在同州韓城縣。曹氏曰：武王子初封於韓，其時召襄公封於北燕，實為司空，王命以燕衆封之。竊疑同州去燕二千餘里，即令召公為司空掌邦土，量地遠近，興事任力亦當發民於近甸而已，豈有役二千里外之人而為築城者哉？召伯營申亦曰因是謝人，齊桓城邢不過宋、曹二國，而《召誥》"庶殷攻位"，蔡氏以為此遷洛之民，無役紂都之理，此皆經中明證，況其追、其貊乃東北之夷，而蹶父之靡國不到，亦似謂韓土在北陲之遠也。又考《潛夫論》曰：昔周宣王時有韓侯，其國近燕，故《詩》云"溥彼韓城，燕師所完"。其後韓西亦姓韓，為衛滿所伐，遷居海中。漢時去古未遠，當有傳授。今以《水經注》為定。按：《毛傳》梁山、韓城皆不言其地。鄭氏箋乃云：梁山，今在馮翊夏陽西北。韓，姬姓之國也，後為晉所滅，故大夫韓氏以為邑名焉。至"溥彼韓城·燕師所完"，則鄭已自知其説之不通，故訓燕為安，而曰大矣彼韓國之城乃古平安時衆民之所築完。惟王肅以梁山為涿郡方城縣之山，而以燕為燕國。今於梁山則用鄭説，於燕則用王説，二者不可兼通，而又巧立召公為司空之説，可謂甚難而實非矣。

② 《大清一統志》卷六《順天府·古蹟》：方城故城，在固安縣南。本燕方城邑。漢置縣。《太平寰宇記》：固安縣在涿州東六十里，隋開皇九年自今易州淶水縣移固安縣於此，取漢固安縣為名。唐武德四年移理歸義縣界章信堡，貞觀元年又移今理。故方城在今縣南十五里，高齊天保七年省。《縣志》：方城，即今縣西南方城村。今河北固安。

③ 《通典》卷一七八：幽州，今理薊縣。武王定殷，封召公奭於燕。及秦滅燕，以其地為漁陽、上谷、右北平、遼西、遼東五郡。漢高帝分上谷郡置涿郡。武帝置十三州，此為幽州。其後開東邊，置玄菟、樂浪等郡，亦皆屬焉。後改燕國曰廣陽郡。後漢置幽州，並因前代。晉亦置幽州。晉亂，陷於石勒、慕容儁、苻堅。後入於魏。其後分割不可詳也。今之幽州，古涿鹿也，即燕國之都焉，謂之渤、碣之間亦一都會也。秦為上谷郡之地。漢高帝分置燕國，後又分燕置涿郡及廣陽國。後漢為涿、廣陽二郡地。魏更名范陽郡。晉為燕、范陽二國，兼置幽州。慕容儁嘗都之。後魏置幽州。北齊置東北道行臺。後周置燕、范陽二郡。隋初並廢，煬帝初併置涿郡。唐為幽州，或為范陽郡。領縣十一：薊、歸義、范陽、安次、固安、昌平、潞、永清、良鄉、武清、廣寧。

《大清一統志》卷四《順天府·建置沿革》：固安縣，漢置方城縣，屬廣陽國。後漢屬涿州。晉屬范陽國。後魏屬范陽郡。齊廢。隋開皇六年改置固安縣，屬幽州，大業初屬涿郡。唐武德中屬北義州，貞觀元年屬幽州，大曆四年改屬涿州，遼、金因之。元憲宗九年改屬霸州，又改屬大興府，中統四年升為州，屬大都路。明洪武元年復降州為縣，屬順天府。清朝因之。

④ 《春秋地名考略》卷一一"少梁"：文十年晉人伐秦，即少梁。按：即梁國也。

山而西①。"《水經》："河水南逕梁山原東注，原自山東南至河。"《九域志》：山在龍門之南②。

## 屠

出宿於屠滫水。李氏曰："同州酇谷。"今曰"荼"。《說文》：酇，在左馮翊郃陽亭③。今同州④。

## 汾王

鄭氏曰：厲王也，流於彘，彘在汾水之上。時人因以號之，猶言莒郊公⑤、黎北公。

孔氏曰：彘⑥，於漢河東永安縣也，西臨汾水。蘇氏曰："晉州霍邑是

---

① 《大清一統志》卷九九《平陽府·山川》：壺口山，在吉州西南。《括地志》：壺口山在慈州吉昌縣西南五十里。《州志》：在西南七十里，河勢北來，至此全傾於西崖，奔放而下約五六百尺，懸注縈旋，有若壺然。

② 《關中勝蹟圖志》卷一〇：龍門山，在韓城縣東北六十里。《漢書·地理志》：龍門山在左馮翊夏陽縣北。顏師古注曰：龍門山，其西在今韓城縣北，其東在今蒲州龍門縣北，而河從其中流出。《魏土地記》：梁山北有龍門山，大禹所鑿，通孟津，河口廣八十步，巖際鐫迹遺功尚存，岸上並有祠廟。《三秦記》：龍門水懸船而行，兩傍有山，水陸不通，龜魚集龍門下數千不得上，上則為龍。《括地志》：龍門山在韓城縣北五十里。此河西之山，東與壺口隔水相望。《三才圖會》：禹門，《禹貢》龍門也，亦曰禹門渡，兩山壁立，河出其中，廣百步，世謂禹鑿。《衛氏地圖記》：龍門山一名葑山，形如筆架，又名筆架山。山上多紫荊，又名紫荊山。自籠連嶺約五里，自東徂西約十里。《韓城縣志》：龍門在韓城東北，廣八十步，袤九里三分。兩岸斷壁，狀盡斧鑿，高者千仞，卑者數十百仞，即梁山別麓。其南俗呼禹王陵，在大河中浮於水面，望之如河渚，然極衝激不能浸沒，人謂與河為消長者，非也。

③ 在：至元六年刻本、合璧本、庫本脫；郃：庫本作"酇"。

④ 《六家詩名物疏》卷五一"屠"：朱傳："或曰即'杜'也。"《解頤字義》云：屠，蓋在鎬京東北之地，未詳其處。或以為在同州酇谷則太遠，或以為即鄠縣之杜陵，則其地在鎬京南，不當至此也。

⑤ 《春秋地名考略》卷一四"莒·國於莒"：孔疏《譜》云莒，嬴姓，周武王封茲輿期於莒，初都計，後徙莒。《世本》曰：莒，己姓。文七年穆伯奔莒，從己氏也。又云紀公以下為己姓，不知誰賜之姓者。《國語》史伯又曰：曹姓鄒、莒。未知孰是。隱二年莒人入向，是為十一世茲丕公始入《春秋》。杜預注：莒國，今城陽莒縣。共公已後微弱，不復見。戰國時楚簡王滅莒而地歸於齊。燕使樂毅破齊，獨莒、即墨不下。齊緡王走莒，淖齒殺之，子襄王保莒。五年，田單即以即墨攻破燕軍，襄王自莒復入於齊，亦曰城陽。楚考烈王八年遷魯於莒而取其地。漢二年田榮為楚所滅，弟橫復起城陽。四年韓信破齊，齊相田光走城陽，既而韓信追獲齊王廣於城陽，復置莒縣，屬齊國。文帝封朱虛侯章為城陽王。後漢城陽國廢，改屬琅邪國。建安三年曹操析置城陽國，晉因之。劉宋改東莞。《水經注》：沭水又東南過莒縣東，其城三重，並悉崇峻，惟南開一門，內城方十二里，外城周二十里，郭周四十餘里。隋屬莒州。唐、宋屬密州。金為城陽軍，已升州又改莒州，元仍之。明省附郭莒縣入州。元至元中參政馬睦火鎮莒，以城大難守，截東北隅為子城，周五里。再按《地志》：莒國之外復有三莒，一為周莒，一為齊莒，一為魯之莒父。初封介根，即計也，應劭曰：周武王封茲輿期於此，即莒之先也。春秋初徙於莒。襄二十四年齊侯伐莒，取介根。杜注：介根，莒邑，今城陽黔陬縣東北計基城是也。漢置計斤縣，屬琅邪郡。顏師古曰：計斤即介根，語音有輕重。如淳曰：斤，音基。後漢省。今膠州西南五里有介根城，有雙埠對立，曰東、西計邱。宋白曰：計斤城在高密縣東南四十里。

⑥ 《春秋地名考略》卷一"彘"：本《禹貢》岳陽也。漢為彘縣，屬河東郡。東漢改永安縣。隋義寧初置霍山郡。唐罷郡置呂州，貞觀中州罷，以縣屬晉州。宋屬平陽府。今為霍州，屬平陽。州南有彘水，有彘城，東南有厲王墓如故。

也，在汾水之上①。"《郡縣志》：汾水經霍邑縣西二里，周厲王陵在縣東北二十五里。《解頤新語》曰②："晉敖、嘗敖③，其汾王之類乎。"

## 燕

王肅曰："燕，北燕國④。"董氏曰："召公之國。"

曹氏曰："武王子初封於韓，其時召康公封於北燕，實為司空，王命以燕眾城之。"朱氏曰："如召伯營謝，山甫城齊，春秋諸候城邢、城楚丘之類。"

---

① 水：庫本脫。

② 《解頤新語》：十四卷，范處義撰。《宋史·藝文志》外不見志目收錄，疑宋後已佚。爲詩解類著述，嚴粲《詩緝》引用較多，據此可窺其一斑。

③ 《左傳》：昭公十三年，葬子干於嘗，實嘗敖。杜注：不成君無號諡者，楚皆謂之敖。孔穎達疏：郟敖與此嘗敖皆不成君，無號諡也。元年《傳》云：葬王於郟，謂之郟敖。此云"葬子干於嘗，實嘗敖"，並以地名冠敖，未知其故。又《世家》楚之先君有若敖、霄敖，皆在位多年，亦稱為敖，不知敖是何義。

④ 《春秋地名考略》卷一二"北燕·國於薊"：召公奭與周同姓，姓姬氏。譙周曰：周之支族也。《史記》：武王滅紂，封召公於北燕。成王時，召公為三公，自陝以西召公主之，自陝以東周公主之。莊三十年遇於魯濟，謀山戎，以其病燕故也，燕之名始見於《春秋》。杜注：燕國，今薊縣。《國語》：齊桓公北伐山戎，刜令支，斬孤竹。《史記》：山戎伐燕，告急於齊，齊桓公救燕，遂伐山戎，至於孤竹而還。燕莊公遂送桓公入齊境，桓公曰：非天子諸侯相送不出境，吾不可以無禮於燕，於是分溝割燕君所至之地與燕，命燕君復修召公之政，納貢於周，如成、康時。皆其事也，自是不復見。至襄二十八年北燕伯朝晉，是為簡公歟。孔疏曰：燕居漁陽薊縣，其國僻小，不通諸夏，自召公至簡公歟二十六世始見於《經》。二十九年齊放其大夫高止於北燕。昭三年北燕伯款出奔齊。六年齊侯伐北燕，將納簡公。七年燕人暨齊平，歸燕姬，賂以瑤罋玉櫝斝耳，不克而還。十二年，齊高偃納北燕伯款於唐，至獻公之世而《春秋》終。其地顓頊時為幽陵，帝堯時為幽都，帝舜時為幽州。昭九年詹桓伯曰：肅慎、燕、亳吾北土也。《世本》曰：召公居北燕。《史記》曰：武王封帝堯之後於薊。張守節《正義》曰：召公始封蓋在北平無終縣，以燕山為名，後漸強盛，乃併薊，徙居之。薊之名則以地有薊丘故，樂毅《報昭王書》所謂"薊丘之植植於汶篁"是也。《燕世家》：王喜二十九年，秦攻拔我薊，王亡徙居遼東。知其常居薊矣。秦置薊縣，屬上谷郡。項羽封臧荼為燕王，都薊。漢盧綰亦封焉，後為廣陽國治。更始二年，光武北狗薊，後為廣陽郡治。魏曰燕郡，晉為燕國，皆治薊。慕容儁嘗都此。《元和志》曰：薊城南北九里，東西十里，開十門，慕容儁鑄銅為馬，故其東南門曰銅馬門。後魏仍為燕郡。隋、唐為幽州，天寶間又嘗置范陽郡，皆治此。遼改縣曰薊，北屬析津府，尋又改為析津縣。金貞元二年改曰大興縣，後屬大興府，元仍之。明屬順天府，今仍之，京師東偏即其地也。薊丘，今在舊縣城西北隅古薊門地。燕莊公送齊桓處在今滄州長蘆縣東北，號曰燕留城。再按《寰宇記》云：燕召公封燕，即今涿水縣，後徙於薊，故以武陽為下都，蓋易為燕之下都，信矣，遂以為召公之故封則未可信。《水經注》云：燕昭王廣延方士，不欲令諸侯之客伺郼燕邦，故別營下都，館之南陲，昭王創之於前，子丹踵之於後，彤牆敗館，尚傳鐫刻之名。依此，則下都營於昭王矣。又昭王所築黃金臺，任昉引《述異記》曰：在幽州燕王故城中，土人呼為賢士臺。李善引《上谷圖經》曰：在易水東南十八里。為說不同。而傅逮《述征賦》云：出北薊，歷良鄉，登金臺，觀武陽。則武陽下都之說洵非妄也。又《記》曰：易者，燕桓侯之別都。又曰：燕文公遷易。二君皆在春秋時，是燕之有易，猶夫晉之曲沃，齊之高唐，以先君所常居而謂之下都，理尤明也。

《地理志》：薊縣，故燕國，召公所封①。今燕山府②。《括地志》："燕山③，在幽州漁陽縣東南六十里。"《國都城記》云："地在燕山之野，故國取名焉。北燕伯款始見《春秋》。"

## 百蠻 追 貊

《補傳》曰："蠻、夷可以通稱，北可稱蠻，猶西可稱夷也。貊為北方之國，先聖有蠻貊之說。追為北方之國，始見於此。"

毛氏曰："因時百蠻長是蠻服之百國也。追、貊，戎狄國。"蘇氏曰："錫之以追人、貊人。"鄭氏曰："韓侯先祖居韓城，為侯伯，其州界外接蠻服。"孔氏曰：北狄亦謂蠻。《史記·匈奴傳》："居於北蠻。"《鄭志》答趙商云："九貊，即九夷也。"又《秋官·貊注》：征北夷而獲是貊者，東夷之種而分居於北，故為韓侯所統。至漢初，其種皆在東北，於并州之北無復貊種。漢高祖四年，北貉、燕人來致梟騎助漢。顏氏注："貉，在東北方，三韓之屬皆貉也④。"《職方氏·九貉注》："北方。"《說文》："貉，北方豸種也。"孔氏曰⑤："貉之為言惡也。"《爾雅疏》："狄類曰穢貊。"鄭氏曰："其後追也、貊也，為玁狁所逼，稍稍東遷。"

## 北國

鄭氏曰："北面之國。"

孔氏曰："《職方氏》：正北曰并州。言受王畿北面之國，當是并州牧也。"曹

---

① 《大清一統志》卷六《順天府·古蹟》：薊州故城，在今大興縣西南。《史記》：周武王克商，封帝堯之後於薊，即此。春秋時為北燕國都。秦始皇二十一年取燕薊城，二世元年韓廣至薊自立為燕王。漢元年項羽更立其將臧荼為燕王，仍都薊。五年入漢，仍為國治。後漢建武二年漁陽太守彭寵反攻幽州牧朱浮於薊，三年寵陷薊城，自立為燕王。五年寵平。初平二年封公孫瓚為薊侯，瓚與幽州牧劉虞不相能，於大城東南更築小城以居。晉建興二年陷於石勒。永和二年燕慕容儁攻拔薊城，因都之。《郡國記》云：薊城南北九里，東西七里，開十門。慕容儁鑄銅為馬，因名銅馬門也。歷後魏、隋、唐皆曰薊縣，為州郡治，始改名析津。今改名曰大興。元至元四年於中郡之東北置城遷都，即今治也。按《禮記·樂記》武王封堯之後於薊。唐陸德明《釋文》：今薊縣即燕國都。孔安國、司馬遷及鄭康成皆以薊、燕為一，而召公即黃帝之後。班固《漢志》亦謂召公封此。或又謂成王時黃帝後封薊者已絕，故今封召公於薊為燕，其說與《史記》封帝堯之後及封功臣召公之文皆不合。張守節《史記正義》：召公始封蓋在北平無終縣，以燕山為名，後漸強盛，乃併薊徙居之。其說是也。又按《明一統志》：舊燕城在府西南，遼、金故都也。《日下舊聞》謂：今之西安門去唐幽州城東北五里，則唐時薊縣、幽都皆當在大、宛二縣之南。
② 《宋史·燕山府路》：燕山府，石晉以賂契丹，契丹建為南京，又改號燕京。金人滅契丹，以燕京及涿、易、檀、順、景、薊六州二十四縣來歸。宣和四年改燕京為燕山府，又改郡曰廣陽。領十二縣。五年童貫、蔡攸入燕山。七年郭藥師以燕山叛，金人復取之。
③ 《山堂肆考》卷一七"山如長蛇"：燕山在順天府玉田縣西北，自西山一帶逶邐東來，延袤數百里，抵海岸。宋蘇轍詩：燕山如長蛇，千里限夷漢。首銜西山麓，尾挂東海岸。
④ 韓：至元六年刻本、合璧本作"歸"，誤。《後漢書·東夷傳》：韓有三種，一曰馬韓，二曰辰韓，三曰弁辰。馬韓在西，有五十四國，其北與樂浪、南與倭接。辰韓在東，十有二國，其北與濊貊接。弁辰在辰韓之南，亦十有二國，其南亦與倭接，凡七十八國，伯濟是其一國焉。大者萬餘戶，小者數千家，各在山海間，地合方四千餘里，東西以海為限。
⑤ 氏：庫本作"疏"。

氏曰："奄受北國蠻夷而為之侯伯。"黃氏曰："即封唐戎索也。""今洺州曲梁①，赤狄也。中山安喜鮮虞國②，真定皷國③，藁城西纍肥國④，皆白狄也。"

————————

① 洺州：庫本作"洛州"，誤。《太平寰宇記》卷五八：洺州，廣平郡，今理永年縣，衡漳在今州南肥鄉縣也。春秋時為赤狄之地，後屬晉。七國時屬趙。秦兼天下，是為邯鄲郡地。漢高帝分置廣平國。自漢至晉或為國或為郡。永嘉末石勒據有其地，石氏滅，又屬慕容儁，至於暐滅，又屬苻堅。後慕容垂得山東，其城復屬焉。周武帝建德六年於郡置洺州，以水為名。隋大業三年罷州為武安郡。唐武德元年又改為洺州，領永年、洺水、平恩、清漳四縣。四年又置曲州、雞澤二縣。六年以磁州之武安、臨洺、肥鄉三縣來屬。貞觀元年又以廢磁州之邯鄲來屬。天寶元年改為廣平郡，乾元元年復為洺州。永泰之後復以武安、邯鄲屬磁州。會昌元年省清漳、洺水二縣入肥鄉，平恩、曲周等縣。元領縣八，今六：永年、平恩、雞澤、曲周、臨洺、肥鄉。二縣割出：洺水（入曲周）、清漳（入肥鄉）。《元豐九域志》卷二：洺州，熙寧三年省曲周縣為鎮入雞澤，六年省臨洺縣為鎮入永年。《輿地廣記》縣五：永年、肥鄉、平恩、雞澤、曲周。

《大清一統志》卷二一《廣平府·古蹟》：曲梁故城，今永年縣治，春秋時為赤狄地。漢元康三年封平干頃王子敬為侯國。北齊移置廣年縣於此。《元和郡縣志》：永年縣，本漢曲梁縣。高齊文宣帝省曲梁置廣年縣。隋仁壽元年改廣年為永年，避煬帝諱也。按：廣年，《志》俱訛作"廣平"，惟《元和郡縣志》不訛，蓋隋避上"廣"字諱，不當並改下字。又漢廣平縣，北齊廢，隋復置，改雞澤縣。《隋志》甚明。特上永年縣，下亦曰舊曰永平者，以平、年字相似而訛耳，考其文義本作"年"也。

② 《輿地廣記》卷一一：中山府，堯時都於此。春秋時為鮮虞。戰國初為中山國，後為魏所并，後又屬趙。秦屬上谷、鉅鹿二郡。漢高帝置中山郡，景帝三年改為國，後漢、晉皆因之。後燕慕容垂移都於此，置中山尹。後魏為中山郡，兼置安州。唐改為定州。宋朝政和三年改中山府中山郡。今縣七：安喜、無極、曲陽、唐、望都、新樂、北平。

《大清一統志》卷三四《定州·古蹟》：安喜故城，在州東三十里。漢置安險縣，屬中山國，武帝封中山靖王子應為侯邑。後漢章帝更名安熹，後譌為安喜。高齊移其名於盧奴而故城廢。《水經注》曰：縣在唐水之西，山高岸險，故曰安險。邑豐民安，故曰安喜。《元和郡縣志》：安喜故城在今安喜縣東三十里。

③ 《大清一統志》卷一八《正定府》：正定縣，附郭，本戰國時中山國東垣邑也。漢初置東垣縣，高帝十一年更名正真定，屬常山郡。武帝元鼎四年置真定國治此。後漢屬常山國。晉為常山郡治。後魏屬常山郡。北齊復為郡治。後周兼為恒州治。隋為恒山郡治。唐初復為恒山治，載初元年改曰中山，神龍元年復曰真定，長慶後為鎮州治，五代因之。宋、金皆為真定府治。元為真定路治。明為真定府治，清朝因之。

《春秋地名考略》卷一四《皷》：昭十五年，晉荀吳帥師伐鮮虞，圍皷。杜注：皷，白狄之別種，鉅鹿下曲陽縣有皷聚。按二十二年《傳》曰：晉之取皷也，既獻而反皷子焉，又叛於鮮虞。六月荀吳略東陽，使師偽糴者負甲以息於昔陽之門外，遂襲皷，滅之，以皷子䁓鞮歸，使涉陀守之。杜注：獻，獻於廟。東陽，晉之山東邑，魏郡、廣平以北。守，守皷之地。涉佗，晉大夫。自此地屬於晉矣。漢置下曲陽縣，屬鉅鹿郡。師古曰：常山有上曲陽，故此為下。晉屬趙國。後魏改為曲陽縣。高齊縣廢入藁城，即今晉州治西五里下曲陽城是也。其地有皷城山，以皷子所居而名。今河北晉縣。

④ 《大清一統志》卷一八《正定府》：藁城縣，春秋為肥子國，後并於晉。漢置藁城縣，屬真定國，後漢省。後魏太和十二年復置，屬鉅鹿郡。北齊改曰高城，兼移鉅鹿郡治焉。隋開皇初郡廢，十年置廉州，十八年復改曰藁城。大業初州廢，縣屬趙郡。義寧元年復置鉅鹿郡。唐武德元年復曰廉州。貞觀元年州廢，縣屬恒州。天祐二年改曰藁平。五代後唐復曰藁城。宋屬真定府，金因之。元太宗六年升為永安州，七年州廢，復為藁城縣，屬真定路。明屬真定府。清朝雍正二年改屬晉州，十二年還屬正定府。藁城故城，在今藁城縣西南。《元和郡縣志》：縣西北至恒州八十里，漢元鼎四年置。《太平寰宇記》：隋大業二年廢廉州，移藁城縣入廢州城，今縣是也，廢舊縣城在今縣西。《縣志》：縣西南邱頭社有故城，即漢故城也。按《魏書·地形志》、《元和郡縣志》、《太平寰宇記》俱云後漢藁城縣屬鉅鹿郡，今《郡國志》不載。肥壘故城，在藁城縣西南，古肥子國，白狄別種也。漢置縣，屬真定國，後漢省。《括地志》：肥壘故城在藁城縣西七里。

《春秋地名考略》卷一四"肥"：杜注："肥，白狄也。綿皋，其君名。鉅鹿下曲陽縣西有肥纍城。"按《史記》：趙王遷三年秦攻赤麗、宜安，李牧與戰於肥下，却之。孔氏曰：戰於肥纍之下也。漢置肥纍縣，屬真定國。《地理志》曰：古肥子國也。後漢省。魏收《志》藁城有肥纍，即此城也，今在藁城縣西南七里。《括地志》同。又《漢志》遼西有肥如縣，應劭曰：肥子奔燕，燕封之於此。今為永平府盧龍縣。又濟南府肥城縣，亦相傳為肥子亡國後所居。

### 淮夷

《書》：成王東伐淮夷。滅淮夷。孔氏曰：周公歸政之明年，淮夷、奄又叛。魯征淮夷，作《費誓》。滅淮夷在成王即政後。

陳氏曰："淮夷之地不一。徐州在淮北，徐州有夷，則淮夷之在北者也。揚州在淮南，揚州有夷，則淮夷之在南者也。《江漢》、《常武》二篇同為宣王之詩，而同言淮夷。召虎既平淮夷，而告成於王矣，《常武》又曰'鋪敦淮濆，仍執醜虜'，故知淮夷之地不一。以地理考之，曰'江漢之滸，王命召虎'者，是淮南之夷也，若在淮北，則江、漢非所由入之路矣。曰'率彼淮浦，省此徐土'者，是淮北之夷也，若在淮南，則徐土非聯接之地矣。"孔氏曰："召公伐淮夷，當在淮水之南。魯僖所伐淮夷，應在淮水之北。當淮之南、北皆有夷也。"

《後漢·東夷傳》：殷武乙衰敝，東夷浸盛，遂分遷淮、岱，漸居中土。周公征之，遂定東夷。厲王無道，淮夷入寇，王命虢仲征之，不克。宣王復命召公伐而平之。

嚴氏曰："周興西北，岐、豐去江漢最遠，故淮夷最難服。從化則後孚，倡亂則先動。周人經理淮夷用力最多。成王初年，淮夷同三監以叛。其後，又同奄國以叛。伯禽就封，又同徐戎以叛。至厲王之時，四夷交侵。宣王一命吉甫，北方旋定。繼命方叔伐蠻荆。其後，又命召公平淮南之夷。又命皇甫平淮北之夷[1]。蓋南方之役至再至三，淮夷未平，則一方倡亂，天下皆危。故至淮夷平，然後四方平，此《江漢》、《常武》所以為宣王之終事，而繫之宣王《大雅》之末也。"朱氏曰："淮夷，夷之在淮上者。"孔氏曰："淮水之上，東方之夷。"《費誓注》："淮浦之夷。"《姓纂》有淮夷氏[2]。

### 江　漢

鄭氏曰："江、漢之水合而東流。"

孔氏曰："大別之南，漢與江合而東流。《漢志》：大別，在廬江安豐縣界。則江、漢合處在揚州之境。""命將在江、漢之上，蓋今廬江左右。江自廬江亦東北流，故順之而行。將至淮夷，乃北行嚮之也。"

---

①　甫：至元六年刻本、合璧本作"父"，嚴粲《詩緝》亦作"父"。
②　《姓纂》：即《元和姓纂》，十卷，唐林寶撰。至宋已頗散佚，難見善本。今存十卷本，爲四庫館臣輯自《永樂大典》者。林寶，濟南人，官朝議郎、太常博士。《元和姓纂》卷三"淮夷"：周有淮夷小國，後世氏焉。

胡氏曰①：“杜預云《禹貢》漢水至大別南入江夏界②。按：漢水入江乃今漢陽軍之大別山③，山之北漢口是也。漢口，亦云沔口，亦曰夏口。江東即鄂州江夏郡也，至安豐一千五百里，豈江、漢相合古今不同哉？”呂氏曰：“胡氏辨江、漢合流，既得之矣，但去淮夷絕遠，於《經》文頗不合。或者會江、漢諸侯之師以伐之與④？”

嚴氏曰：“江漢之滸，指江北接淮南之地。”

林氏曰⑤：“古者畿兵不出，所以重內。調兵諸侯，各從其方之便。高宗伐楚，蓋衰荆旅。武王伐商，實用西土。至於征徐以魯，平淮夷以江、漢。”

陳氏曰：“江、漢去周最遠，不應親臨江、漢之遠而始命召虎也，謂所伐之淮夷自江、漢之滸而入。”

嚴氏曰：《江漢》、《常武》之詩皆以江、漢喻王師。“江漢浮浮”，喻盛大而不可禦。“如江如漢”，止喻盛大。

## 南海

呂氏曰：“淮夷在南，故極其遠而言之，曰‘至於南海’。”

《左傳》：楚子曰：“寡人處南海。”

## 於周受命

鄭氏曰：“岐周。”孔氏曰：以召祖之故地在岐周。岐，是周之所起，有別廟在焉。

嚴氏曰：“周當指豐。”《召誥》：“至於豐。”《注》云：“文王之廟在豐。”《祭統》云⑥：“賜爵祿必於太廟。”“錫山土田”，曹氏曰：“召乃康公分陝之采地，宣王又以岐周山川益封召虎。”

## 程

毛氏曰：“程伯休父始命為大司馬。”

---

① 胡氏：即胡旦，字周父，濱州渤海人，官司封員外郎，著《漢春秋》、《五代史略》、《將帥要略》、《演聖通論》等三百餘卷。《宋史》有傳。引文又見呂祖謙《呂氏家塾讀詩記》卷二七。
② 《漢書·地理志》：江夏郡，高帝置。領縣十四：西陵、竟陵、西陽、襄、邾、軑、鄂、安陸、沙羨、蘄春、鄳、雲杜、下雉、鍾武。
③ 漢陽軍：《呂氏家塾讀詩記》作“漢陽縣”。
④ 與：至元六年刻本、合璧本、庫本作“歟”，《呂氏家塾讀詩記》亦作“歟”。
⑤ 林氏：即林之奇。引文又見段昌武《毛詩集解》卷二五、朱鶴齡《詩經通義》卷一〇。
⑥ 《祭統》：即《禮記·祭統》。

《郡國志》：雒陽 今河南府洛陽縣。有上程聚①，古程國，伯休甫之國也②。關中有程地，《帝王世紀》："文王居程，故此加為上程。"

《楚語》："重黎氏世叙天地，其在周，程伯休父其後也。當宣王時，失其官守而為司馬氏。"《氏族略》："重為火正裔孫，封於程。"

### 淮浦　淮濆

《説文》："浦，水濱也。"

毛氏曰："濆，厓也。"嚴氏曰："先征淮夷，而後及徐方，此兵行猶未及淮夷③，而徐方已震驚。"

### 徐土　徐方

孔氏曰："徐土，當謂徐州之地。"朱氏曰："徐州之土，淮北之夷也，徐方、徐國亦即此。"

曹氏曰："《禹貢》：徐州東至海，北至岱，南及淮。其地廣人衆矣。若淮夷，則東夷之種，散處淮浦者爾。此先伐淮夷，次征徐國，蓋先其小而易者，後其大而難者。"

陳氏曰："徐大而淮夷小。淮夷，即徐州之夷，而服屬於徐。曰徐方者，兼徐、淮而言之。曰徐國者，特言於徐戎也。"

### 徐國

《地理志》：臨淮徐縣④，故徐國。嬴姓。伯益佐禹有功，封其子若木於徐。《郡縣志》：大徐城，在泗州徐城縣北三十里，徐子國。淮水西南自虹縣界流入。今徐城省

---

① 《大清一統志》卷一六三《河南府·古蹟》：上程聚，在洛陽縣東。

② 甫：庫本作"父"。

③ 及：庫本作"反"，誤。

④ 《漢書·地理志》：臨淮郡，武帝元狩六年置。領縣二十九：徐、取慮、淮浦、盱眙、厹猶、僮、射陽、開陽、贅其、高山、睢陵、鹽瀆、淮陰、淮陵、下相、富陵、東陽、播旌、西平、高平、開陵、昌陽、廣平、蘭陽、襄平、海陵、輿、堂邑、樂陵。

《大清一統志》卷九四《泗州·古蹟》：徐縣故城，在舊州城西北，周時徐子國。《春秋》：昭公十三年吳滅徐，徐子章禹奔楚。漢置徐縣，為臨淮郡治。後漢屬下邳國。東晉後省。梁武僑置高平郡及東平、陽平、清河、歸義四郡。東魏併四郡置高平縣。隋開皇十八年改高平縣曰徐城。《括地志》：大徐城在徐城縣北三十里。《元和郡縣志》：徐城縣東至泗州五十里，舊理大徐城，大業四年移於今理。唐開元二十五年移治臨淮縣。宋建隆三年省為鎮入臨淮。《寰宇記》：大徐城周一十二里，徐偃王權造，故名薄薄城，今呼為故故城。《州志》：隋徐城縣在州城北五十里，今為徐城廟。故城在州東北八十里。

為鎮，入臨淮縣①。《檀弓》：徐容居曰：“昔我先君駒王西討，濟於河。”《後漢·東夷傳》：徐夷僭號，率九夷以伐宗周，西至河上。穆王畏其方熾，乃分東方諸侯，命徐偃王主之。偃王處潢池東②，地方五百里，行仁義，陸地而朝者三十有六國。穆王使造父御，以告楚，令伐徐。楚大舉兵而滅之。《費誓》：“徐戎。”孔氏注：徐州之戎。此戎夷，帝王所羈縻統馭，故錯居九州之內，秦始皇逐出之。《左傳》：“周有徐、奄。”徐戎、淮夷二國。《春秋》：昭四年，會於申，有徐子③，又有淮夷。曹氏曰：“宣王北伐獫狁，西征羌戎，南威蠻荊，獨徐方未服。今徐方來朝於王庭，則四方既平矣。”傅氏曰：“在淮之北者，徐戎也。在淮之南者，淮夷也。”

### 日辟國百里

蘇氏曰：“文王之世，周公治內，召公治外，故周人之詩謂之周南，諸侯之詩謂之召南。所謂‘日辟國百里’云者，言文王之化自北而南，至於江、漢之間，服從之國日以益眾。及虞、芮質成④，而其旁諸侯聞之，相率歸周者四十餘國焉。”

陳氏曰：“《風》之終，繫之以《豳》。《雅》之終，繼之以《召旻》。豈非化之衰者必思聖人而正之歟？”

---

① 《大清一統志》卷九四《泗州·古蹟》：虹縣故城，在五河縣西。漢置為縣。後漢曰虹縣。東晉後廢。梁武帝於此置貢城戍。後魏復置虹縣。周大象中省。至唐貞觀十三年移治夏邱而故城廢。虹縣故城，唐武德四年置虹縣，屬仁州，貞觀十三年移於夏邱。城周五里十三步，門五，明萬曆二十三年甃磚，濠廣三丈。清朝乾隆四十二年裁併泗州，即今州城。臨淮故城，在今州治東南，本隋徐城縣。《舊唐書·地理志》：長安四年割徐城南界兩鄉於沙熟淮口置臨淮縣，開元二十三年移治郭下。宋景德二年移徐城驛，為泗州屬縣。《九域志》：臨淮縣在州北六十里。元初復還舊治，仍為泗州治所。《州志》：宋臨淮在州北六十里，今名臨淮舊鎮。

② 李賢注：《水經注》曰潢水一名汪水，與泡水合，至沛入泗。自山陽以東，海陵以北，其地當之也。

③ 《春秋地名考略》卷一一“徐·國於徐”：韓氏曰：“徐與秦俱出伯翳，為嬴姓國。”《路史》曰：伯翳子若木事夏，襲翳之封，後有費昌為湯御，費仲事紂。其立於淮者為嬴氏，夏世有調王命以徐伯主淮夷，周初僭稱王。《後漢書》曰：穆王分東方諸侯命徐偃王主之，偃王處潢池東，地方五百里，行仁義，陸地而朝者三十六國。《史記·趙世家》：徐偃王反，穆王自馳千里馬攻徐偃王，大破之。《博物志》：穆王遣使至楚，使伐之，偃王仁，不忍鬥害其民，為楚所敗，走死彭城武原東山下，百姓隨之者萬數，遂名其山為徐山。《路史》又曰：自若木至偃王，三十二世為周所滅，後封其子宗為徐子。莊二十六年，公會宋人、齊人伐徐，始見於《經》。僖三年，徐人取舒。杜注：徐國在下邳僮縣。昭四年《經》書“楚人執徐子”，知為子爵。三十年冬，吳滅徐，徐子章羽奔楚，楚城夷以處之，後仍為楚所滅。按：徐地漢置徐縣，屬臨淮郡，後漢屬下邳國，晉仍屬臨淮郡，宋屬淮陵郡，齊省。梁於其地改置高平郡，東魏又置高平縣為郡治，隋初郡廢，縣屬泗州，尋改徐城縣，唐仍之。《括地志》：徐城縣西四十里有大徐城，即古徐國也，又西為下邳僮縣。孔穎達曰：杜言下邳僮縣東南有大徐城，此蓋《釋例》之文，合而觀之，知古國正在徐、僮間耳。魏收《志》：武定七年高平郡治大徐城。蓋以漢置徐縣為小徐城也。隋仍置縣於小徐城，因以大徐城為徐城鎮。胡氏曰：鎮在泗州北百餘里。五代時徐城縣屬泗州，宋建隆中省。今泗州北八十里有古城，相傳為徐偃王築。《郡國志》亦謂之薄薄城。晉僮縣故城在今虹縣，境地相接也。再按：穆王與楚共滅徐，《說苑》、《後漢書》作楚文王，《淮南子》作莊王，皆非，同時誤。今江蘇泗洪。

④ 及：蘇轍《詩集傳》卷一七作“蓋”。

# 卷 五

## 周頌

　　鄭氏《譜》曰："《周頌》者，周室成功致太平德洽之詩。其作在周公攝政、成王即位之初。頌之言容。天子之德光被四表，格於上下，無不覆燾，無不持載，此之謂容。於是和樂興焉，頌聲乃作。《禮運》曰：政也者，君之所以藏身也。是故夫政必本於天，殽以降命。命降於社之謂殽地，降於祖廟之謂仁義，降於山川之謂興作，降於五祀之謂制度①。又曰：祭帝於郊，所以定天位。祀社於國，所以列地利。祖廟所以本仁，山川所以儐鬼神，五祀所以本事。又曰：禮行於郊而百神受職焉，禮行於社而百貨可極焉，禮行於祖廟而孝慈服焉，禮行於五祀而正法則焉，故自郊、社、祖廟②、山川、五祀，義之修，禮之藏也。功大如此，可不美報乎？故人君必潔其牛羊，馨其黍稷，齊明而薦之，歌之舞之，所以顯神明，昭至德也。"

## 洛邑

　　孔氏曰："《書傳》曰③：周公將作禮樂，優游之，三年不能作。君子恥其言而不見從，恥其行而不見隨。將大作，恐天下莫我知。將小作，恐不能揚父祖功烈德澤。然後營洛，以觀天下之心。於是四方諸侯率其羣黨各攻位於庭。周公曰：示之以力且猶至④，況導之以禮樂乎？然後敢作禮樂。《書》曰'作新大邑於東國洛，四方民大和會'，此之謂也。"

　　《周書·王會》曰：成周之會，<small>王城既成，大會諸侯及四夷也</small>。天子南面立，絻

---

① 鄭氏注：五祀有中霤、門、戶、竈、行之神，此始為宮室制度。
② 祖：庫本作"宗"。《禮記·禮運》作"祖"，《毛詩譜》亦作"祖"，是。
③ 《書傳》：即《尚書大傳》。
④ 力：庫本作"力役"。

無繁露，朝服八十物，搢珽①。唐叔、荀叔②、周公在左，太公在右，皆紞，亦無繁露，朝服七十物，搢笏，旁天子而立於堂上。堂下之右，唐公、虞公南面立焉③。堂下之左，殷公、夏公立焉④。皆南面，紞有繁露，朝服五十物，皆搢笏。相者太史魚、大行人皆朝服，有繁露。堂下之東面，郭叔掌為天子綠幣焉⑤，紞有繁露。内臺西面正北方，應侯、曹叔、伯舅、中舅，比服次之，要服次之，荒服次之。西方東面正北方，伯父中子次之⑥。方千里之内為比服，方二千里之内為要服，方三千里之内為荒服。是皆朝於内者。堂後東北為赤帝焉。

《作雒篇》曰："作大邑成周於土中。城方千七百二十丈，郭十七里，南繫於洛水，北因於郟山，以為天下湊。"李氏曰：鄭氏謂："成洛邑，居攝五年時。"孔氏謂："朝諸侯，在六年。"按《書》，則周公城洛邑在七年。周公所以朝諸侯者，特相成王以朝諸侯而已，周公非自居南面受諸侯之朝。《書大傳》："諸侯進受命於周公，而退見文、武之尸者千七百七十三諸侯。"

## 高山

朱氏曰⑦："高山，謂岐山也。"

沈括曰："《後漢·西南夷傳》作'彼岨者岐⑧'。"今按：彼書"岨"，但作

---

① 孔晁注：搢，插也。珽，笏也。
② 孔晁注：唐、荀，國名，皆成王弟，故曰叔。《春秋地名考略》卷一三"荀"：桓九年，荀侯伐曲。杜注：荀，國名。按《世本》：荀，姬姓，不知誰滅之。晉大夫有荀氏，蓋晉滅之以賜大夫。臣瓚曰：荀國在河東。《水經注》：古水出臨汾縣西，又西南流逕荀城東，古荀國也。《都邑志》：荀城在絳州正平縣西十五里。正平，隋縣，今絳州東北二十五里有臨汾故城是也。然則荀國當在絳州界矣。再按先儒皆謂"荀"即"郇"，考《詩》云"郇伯勞之"，《竹書》昭王六年賜郇伯命，則郇為伯爵，自不同也。《逸周書·王會解》云：唐叔、荀叔、周公在左。孔晁云：唐、荀皆成王弟。是郇為文昭，荀為武穆，又不同也。孔疏又止云：荀，姬姓，其為兩國無疑。
③ 孔晁注：唐、虞二公，堯、舜後也。
④ 孔晁注：杞、宋二公。整理者按：當作"宋、杞二公"。
⑤ 綠：庫本作"菉"，《逸周書》亦作"菉"，"菉"是。孔晁注：郭叔，虢，文王弟。菉，錄諸侯之幣也。
⑥ 孔晁注：伯父，姬姓之國。中子，於王子中行者也。
⑦ 朱氏：庫本作"鄭氏"。
⑧ 岨：《後漢書·西南夷傳》作"徂"。

"徂"，韓子亦云"彼岐有岨"①，疑或別有所據②。呂氏曰③："大王、文王雖往，而其岨易可行之道昭然皆在④，與山俱存而未嘗亡也。"

### 及河喬嶽

《淮南子》作"嶠嶽"。

范氏曰⑤："古者天子巡守，至於方嶽，以柴望告祭。封禪始於秦，古無有也。"

《公羊傳》："天子有方望之事⑥，無所不通。"

### 二王之後

鄭氏曰："二王，夏、殷，其後杞、宋。"

---

① 韓子：即韓愈。引文見韓愈《岐山操》。

② 《詩疑辨證》卷六《彼徂矣岐》：按《注》、《疏》及宋初諸家本俱"矣"字絕句，朱子據沈括之說定為"岐"字絕句。考《後漢書·南蠻傳》引《詩》："彼徂者岐，有夷之行。"《注》引薛君《章句》云：徂，往也。夷，易也。行，道也。彼百姓歸文王者皆曰：岐有易道可歸往矣。易道謂仁義之道，易行，故岐道險阻而人不難。又劉向《說苑》尹文對齊宣王引《詩》"岐有夷之行"。薛《韓詩說》也，劉《魯詩說》也，皆"矣"字絕句，與毛同，則三家合矣。況即經文觀之，上言"彼作矣"，下言"彼徂矣"，兩兩相應，當從古說為妥。且朱子既知彼書"岨"，但作"徂"，沈氏誤引，而"矣"字正作"者"，如沈氏說，今《集傳》"者"字仍作"矣"，則"徂"字亦不必作"岨"矣。鄭訓"徂"為"往"，與薛合，而以"夷行"為"狄易之道"，孔氏申之，謂"此君其性狄健和易"。狄健與和易實屬兩事，今於一"夷"字中得之，誠為衍說。《集傳》以"行"為"路"。嚴《緝》更謂：不止言道路見，地闢，民聚為都會之地矣。觀《詩》言"柞拔"、"道兌"、"夷喙"，民歸乃所謂"岐有夷行"也，嚴說為得。

③ 呂氏：即呂祖謙。引文見呂喬年《麗澤論說集録》卷三。

④ 岨：《麗澤論說集録》作"坦"。

⑤ 范氏：即范鎮，字景仁，成都華陽人。《宋史》有傳。引文又見《李黃毛詩集解》卷三七、劉瑾《詩傳通釋》卷一九、胡廣等《詩傳大全·詩序》。

⑥ 《注》云：方望，謂郊時所望祭四方羣神、日月星辰、風伯雨師、五嶽四瀆及餘山川，凡三十六所。

《括地志》：“汴州 今開封府。雍丘縣①，古杞國②。”

宋，見前。《王會》曰：“殷公、夏公。”微子，孔氏曰：“微，采地名。”孔安國曰：“畿內國。”③《水經》：“濟水逕微鄉東。”《注》云：“在東平壽張縣西北④。”

---

　　① 《大清一統志》卷一五〇《開封府·古蹟》：雍邱故城，今杞縣治。《春秋》：哀公九年宋皇瑗帥師取鄭師於雍邱。《史記》：韓景侯元年伐鄭，取雍邱。秦始皇五年蒙驁攻魏，定雍邱。二世二年沛公與項羽略地至雍邱，與秦軍戰，大破之。《漢書·地理志》：陳留郡雍邱縣，故杞國也。魏黃初四年徙封弟植為雍邱王。晉太興三年祖逖為豫州刺史，鎮雍邱。《元和志》：雍邱本漢舊縣，亦古之雍國，其城北臨汴河。《元史·地理志》：元初於故城北二里河水北岸築新城置縣，繼又修故城，號南杞縣。《縣志》：張柔城在縣北五里，即元時所築新城。《春秋地名考略》卷一〇“雍丘”：杞封雍丘，杞遷東國，地屬宋，後屬魏。雍，一作雝。漢置雍丘縣，屬陳留郡。晉屬陳留國。後魏置陽夏郡，北齊因之。隋初改置杞州，尋廢州，以縣屬梁郡。唐初仍置杞州，尋廢州，以縣屬汴州。五代晉改為杞縣，漢仍為雍丘，宋因之。金復為杞縣，今因之。今河南杞縣。

　　② 《春秋地名考略》卷一四“杞·國於淳于”：《史記·陳杞世家》：“杞東樓公者，夏后禹之苗裔也。殷時或封或絕。周武王克殷紂，得東樓公，封之於杞以奉夏后祀。”韋昭曰：杞，姒姓。其爵，吳萊曰：杞，公爵也。桓二年書杞侯，莊二十七年書杞伯，自是皆以伯書。惟僖二十三年、二十七年書杞子。《傳》曰：用夷禮。襄二十九年復書杞子，《傳》曰：賤之也。孔穎達曰：用夷禮故賤之。程子曰：杞，二王之後，不應伯爵，疑前世黜之也，中間從夷，故子之，殆不可曉。其地，宋忠曰：在陳留雍丘縣。漢雍丘縣，今杞縣也，不知何時遷於東土，班固曰“春秋時徙魯東北”是也。隱三年《經》書：莒人伐杞，取牟婁。是為杞武公三十一年也，始入《春秋》。杜注：杞國，本都陳留雍丘縣。推尋事跡，桓六年淳于公亡國，杞似并之。襄二十九年晉人城杞之淳于，杞又遷都淳于。按：桓五年冬《經》書：州公如曹。《傳》曰：淳于公度其國危，遂不復。六年春《經》書“寔來”，《傳》曰：自曹來朝，書曰“寔來”，不復其國也。其稱公者，《公羊》曰：天子三公稱公，王者之後稱公。服虔曰：春秋前以黜陟之法進爵為公。胡氏曰：州公諸侯而稱公者，昔畢高以父師而保釐東土，衛武公以列國而入相於周，與後世出入均勞之義同，蓋以為天子三公也。《世本》曰：州國，姜姓，蓋自此滅矣。襄二十七年《傳》：晉平公，杞出也，故治杞。知悼子合諸侯之大夫以城杞，蓋悼公夫人為杞孝公之女，而是時之當國者趙文子也。昭元年祁午數趙文子之功曰“城淳于”。用是知城杞即城淳于，本州國之都，而杞居之，用是知亡州者杞也。若夫隱三年則州未亡，不知杞所居。乃莒人所取之牟婁則在東土，與淳于為隣，杞本弱小，不應立國雍丘而遙屬小邑於千數百里之外也。用是春秋之前杞早居於東土矣。城杞之歲，女叔齊曰：杞，夏餘也，而即東夷。邾、莒以東皆東夷也，僖十九年宋公使邾子用鄫子於次睢之社以屬東夷是也。子太叔曰：晉不惜周家之闕而夏肆是屏。杜注：夏肆，杞也。肆，餘也。屏，城也。鄭氏曰：斬而復生曰肆。杞是夏後，滅而復存，猶木之枿生小栽也。是即杞遷東土之證，特不能詳其事耳。淳于，杜注：州國所都，今城陽淳于縣也。《水經注》：汶水又北過淳于縣西，故夏之斟灌國，周武王以封淳于公，號曰淳于國，春秋州公是也。其城東北則兩川交會處，蓋濰水亦至此會汶而入於海也。斟灌似誤。自杞居之，後人亦曰杞城。漢置淳于縣，屬北海郡。後漢初省，永元九年復置，屬北海國。晉改屬城陽國。劉宋改入高密郡，後屬平昌郡。後齊廢入高密縣。今其廢城在安丘縣東北三十里。

　　③ 《春秋事例》卷七：“東平壽張縣西北有微鄉，微子冢。”今山東東平。《太平寰宇記》卷四五《潞州·潞城縣》：“微子城在縣東北二十里。”今山西潞城。《太平寰宇記》卷五四博州聊城縣：“微子城，紂之庶兄，封邑於此，故有城存。”今山東聊城。

　　④ 《魏書·地形志》：東平郡，故梁國，漢景帝分為濟東國，武帝改為大河郡，宣帝為東平國，後漢、晉仍為國，後改。領縣七：無鹽、范、須昌、壽張、平陸、富城、剛。

《大清一統志》卷一四二《兗州府·建置沿革》：壽張縣，漢東郡范縣地。隋、唐、宋為壽張縣地。金大定七年移置壽張縣，十九年復還舊治。元因之，屬東平路。明洪武初又移治於今縣，屬東平州，十八年改屬兗州府。清朝因之雍正八年分隸東平州，十三年仍屬兗州府。《大清一統志》卷一四二《泰安府·古蹟》：壽張故城，在東平州西南。戰國齊剛壽邑。漢置壽良縣，屬東郡。後漢改曰壽張，屬東平國，光武十二年封樊宏為壽光侯，晉因之。宋改曰壽昌，後魏復曰壽張，皆屬東平郡。隋屬濟北郡。唐武德四年於縣置壽州，又析置壽良縣。五年州廢，省壽良縣入之，屬鄆州，五代及宋因之。金大定七年遷竹口鎮，十九年復舊治。明洪武初始遷今治。《元和郡縣志》：縣東北至州四十五里。

## 西雝

《韓詩·薛君章句》："西雝，文王之雍也。言文王之時辟雍學士皆潔白之人也①。"

王氏曰②："雝，蓋辟廱也。辟廱有水，鷺所集也。"

朱氏曰："先儒多謂辟廱在西郊，故曰西雝。"即旋丘之水，其學即所謂澤宮也。

毛氏曰："雝，澤也。"

李氏曰："杞之地在陳留③，宋之地在睢陽。其來周也，自東徂西。"

## 漆　沮 見前

毛氏曰："岐周之二水。"孔氏曰：以薦獻所取，不宜遠於京邑，故言岐周者，鎬京去岐不遠。

曹氏曰④："漆、沮之水上接涇、渭，下與河通，所以多魚。"

## 四嶽

孔氏曰：諸書皆以岱、衡、華、恒為四嶽，《爾雅·釋山》岱、泰、衡、霍⑤，二文不同，一山而二名也⑥。曹氏曰："言四嶽而不及嵩高，嵩高在王畿之內故也。"

---

① 潔：合璧本作"絜"，庫本作"絜"，《後漢書·邊讓傳》"振鷺之集西雍"注作"皆"。
② 王氏：即王安石。引文又見《詩序補義》卷二三、《欽定詩經傳說彙纂》卷二〇。
③ 《大清一統志》卷一四九《開封府》：陳留縣，春秋時鄭留邑。戰國魏小黃邑。秦置陳留縣。漢元狩元年於縣置陳留郡，兼領小黃縣，後漢因之。晉曰陳留國，移治小黃縣，省陳留入之。後魏太平真君八年又省小黃，太和中復置小黃縣，屬陳留郡。北齊又省。隋開皇六年復置陳留縣，屬宋州。大業初屬梁郡。唐武德四年屬杞州，貞觀元年屬汴州。五代屬開封府，宋、金、元、明不改，清朝因之。陳留故城，今陳留縣治。孟康曰：留，鄭邑也，後為陳所併，故曰陳留。臣瓚曰：宋亦有留，彭城留是也。留屬陳，故稱陳留也。《元和郡縣志》：陳留縣西至汴州五十里，開皇三年分浚儀置。按：陳留《晉志》不載，故《寰宇記》以為西晉末廢，而《隋志》謂為後魏廢。又按《括地志》、《元和志》所記至州道里俱與今縣合。《明統志》云在縣北三十里，誤。
④ 曹氏：即曹居貞。《經義考》卷一一一：曹居貞，宋廬陵人，著《詩義發揮》，永樂中修《大全》多採之。引文又見《田間詩學》卷一一。
⑤ 《爾雅·釋山》：泰山為東嶽，華山為西嶽，霍山為南嶽，恒山為北嶽。郭璞注：即天柱山，潛水所出也。邢昺疏：是解衡之與霍、泰之與岱皆一山而有二名也。若此上云江南衡，《地理志》云：衡山在長沙湘南縣南。張揖《廣雅》云：天柱謂之霍山。《地理志》云：天柱在廬江潛縣。則在江北矣，而云衡、霍一山二名者，本衡山，一名霍山，漢武帝移嶽神於天柱，又名天柱亦為霍，故漢已來衡、霍別矣。郭云：霍山在廬江潛縣西南，別名天柱山，漢武帝以衡山遼曠，移其神於此，今其土俗人皆呼之為南嶽。本自以兩山為名，非從近也。而學者多以霍山不得為南嶽，又言從漢武帝始乃名之。如此言，為武帝在《爾雅》前乎？斯不然矣。竊以璞言為然。何則？孫炎云：以霍山為誤，當作衡山。案《書傳·虞·夏傳》及《白虎通》、《風俗通》、《廣雅》並云霍山為南嶽，豈諸文皆誤？明是衡山一名霍也。《注》：即天柱山，潛水所出此。據作注時霍山為言也，此山本名天柱，漢武帝移江南霍山之祀於此，故又名霍山，其經之霍山即江南衡是也，故上注云：衡山，南嶽也。
⑥ 《左傳》昭公四年"四嶽"條孔穎達疏：諸書史傳讖緯皆以岱、衡、華、恒為四嶽，四嶽必是此四山也。《釋山》又云：泰山為東嶽，華山為西嶽，霍山為南嶽，恒山為北嶽。岱、泰，衡、霍，二文不同者，此二嶽者，皆一山而二名也。

岱在今襲慶府奉符縣，衡在潭州湘潭縣①，華在華州華陰縣，恒在中山府曲陽縣②。

### 允猶翕河

鄭氏曰："河言翕者，河自大陸之北敷為九，祭者合為一。"猶，圖也，皆信按山川之圖而次序祭之。

孔氏曰："九河之名：徒駭、太史、馬頰、覆釜、胡蘇、簡、潔、鉤盤、鬲津。""周時，齊桓公塞之，同為一。《春秋保乾圖》云③："移河為界，在齊呂填閼八流以自廣。"今河間弓高以東至平原鬲、盤④，往往有遺處焉。"蔡氏曰：徒駭

————————————————————

① 《輿地廣記》卷二六：潭州，古三苗國之地，春秋、戰國屬楚。秦置長沙郡。漢為國。東漢復為郡。晉屬長沙及衡陽郡，永嘉元年兼置湘州，宋、齊、梁、陳因之。隋平陳，郡廢，置潭州，以昭潭為名。大業初州廢，置長沙郡。唐武德四年曰潭州，天寶元年曰長沙郡。今縣十一：長沙、衡山、安化、醴陵、攸、湘鄉、湘潭、益陽、瀏陽、湘陰、寧鄉。《宋史·地理志》縣十二：長沙、衡山、安化、醴陵、攸、湘鄉、湘潭、益陽、瀏陽、湘陰、寧鄉、善化。

《大清一統志》卷二七六《長沙府》：湘潭縣，漢置湘南縣，屬長沙國。後漢屬長沙郡。三國吳太平二年分置衡陽郡，治湘南，兼治湘西、建寧二縣，晉因之。宋元嘉中移衡陽郡治湘西，齊省湘南入之。梁始改為湘潭縣。隋平陳，廢郡，并建寧縣，改湘西曰衡山，仍屬長沙郡。唐武德四年復置建寧縣，屬南雲州，貞觀初省。天寶八載改湘西曰湘潭，屬潭州，五代及宋皆因之。元元貞初升湘潭州，屬天臨路。明洪武初復降為縣，仍屬長沙府，清朝因之。湘潭故城，在攸縣西北。梁置縣，陳、隋因之。唐改為衡山縣。《隋書·地理志》：衡山郡領湘潭，平陳，廢茶陵、攸水、建寧、陰山四縣入焉。《元和志》：梁天監中分陰山立湘潭縣，天寶八年改為衡山。《舊志》：其地當在今衡山縣東攸縣界，攸有陰山江可知也。

② 《大清一統志》卷三四《定州》：曲陽縣，本戰國趙曲陽邑。漢置上曲陽縣，屬常山郡。後漢改屬中山國。晉仍屬常山郡。後魏太平真君七年省入新市，景明元年復置屬中山郡。北齊改曰曲陽。隋開皇六年改曰石邑，七年改曰恒陽，屬博陵郡。唐初屬定州，大曆三年屬泒州，九年復屬定州。元和十五年復改曰曲陽，宋因之。金屬中山府。元初置恒州，立元帥府，尋復為曲陽縣，還屬中山府，後又改屬保定路。明初還屬定州。清朝初屬正定府，雍正二年復屬定州。上曲陽故城，在曲陽縣西。《水經注》：本岳牧朝宿之邑，縣在山曲之陽，是曰曲陽，有下，故此為上矣。《元和郡縣志》：恒陽縣東至定州六十里，本漢上曲陽縣，高齊天保七年除"上"字，但為曲陽。隋開皇六年改為石邑，其年移石邑於井陘，於此置恒陽縣，以在恒山之南因以為名。《舊志》：故城在今縣西四里，後魏移今治。

③ 《春秋保乾圖》：《春秋》類緯書之一，《後漢書·樊英傳》李賢注云《春秋緯》有《演孔圖》、《元命包》、《文耀鈎》、《運斗樞》、《感精符》、《合誠圖》、《考異郵》、《保乾圖》、《漢含孳》、《佑助期》、《握誠圖》、《潛潭巴》、《說題辭》十三種。侯康《補後漢書藝文志》以《握誠圖》、《合誠圖》當為一書。而諸書所引又有《命曆序》一種，或即十三種之一。此外尚有《錄運法》等十餘種，姚振宗《隋書經籍志考證》以為大抵皆識書。其書宋後大都不傳。《春秋保乾圖》今有孫瑴、朱彝尊、趙在翰、黃奭、馬國翰、喬松年、王仁俊等輯本。

④ 《大清一統志》卷一五《河間府·古蹟》：弓高故城，在阜城縣西南。漢文帝十六年封韓頹當為侯國，屬河間國。晉省。《魏書·地形志》阜城縣有弓高城。《太平寰宇記》：在縣南二十七里。

鬲盤：孔穎達疏作"鬲津"。《大清一統志》卷一三九《武定府·古蹟》：鬲津故城，在樂陵縣西北。隋開皇十六年析樂陵置，大業初廢。唐武德四年又分饒安地置縣，屬滄州，貞觀元年省入樂陵。整理者按：是漢無鬲津而有鬲縣，鬲津為隋、唐時縣，此處所引為鄭玄語，是"鬲津"誤。又《續漢書·郡國志》平原國有般縣。《大清一統志》卷一二七《濟南府·古蹟》：般縣故城，在德平縣東北。漢置縣，屬平原郡，後漢、晉因之。後魏改屬渤海，熙平中屬樂陵，中興初別置安德郡於此，屬滄州。北齊郡縣俱廢入平昌。隋開皇十六年復置，屬平原郡。唐貞觀十七年仍省入平昌。《太平寰宇記》：在平昌縣東北二十五里。是"盤"當作"般"。

河、《地理志》云滹沱河①，《寰宇記》云在滄州清池②，許商云在平成③。馬頰河、《元和志》：在

---

　　① 滹沱：又作嘑沱、虖沱。《禹貢錐指》卷二：滹沱，大川也。《水經》當自為一篇，頃閱《寰宇記》所引《水經注》滹沱河四條，檢今本無之，則似《水經》元有《滹沱水篇》，宋初尚存而其後散佚，滹沱原委不可得詳，惜哉（歐陽玄《補正水經序》引《崇文總目》云酈注四十卷，亡其五，蓋涇、洛、滹沱等篇皆在此五卷之中，今本仍為四十卷，則後人析之以充其數耳）。《漢志》代郡之鹵城，常山郡之蒲吾、靈壽、南行唐、新市，信都國之信都，河間國之弓高、樂城，勃海郡之成平、東光、參户、東平舒、文安皆有滹沱河，弓高、樂成、參户又有滹沱別水，而發源經過之地未悉。今據《元和志》所載以補《水經》之闕。滹沱水出代州繁畤縣泰戲山，西南流逕唐林縣東，又西南逕崞縣東，又西南逕秀容縣東，東轉，逕定襄縣北，又東逕五臺縣西南，又東逕盂縣北，又東南逕靈壽縣西南，衛水注之，又東南逕真定縣北，又東南逕九門縣西，又東南逕藁城縣東，又東逕鼓城縣北，又東逕深澤縣南，又東逕無極縣北，又東北逕鹿城縣西北，又東逕安平縣南，又東北逕饒陽縣北。自此以下當入瀛、莫二州境而《元和志》亦闕。按《寰宇記》：瀛州河間縣西二十里、高陽縣東北十四里、莫州鄚縣南二里、霸州大城縣北一百三十里、文安縣西北三十里皆有滹沱水，此即《漢志》所云從河東至文安入海者。以今輿地言之，繁畤、代州、崞縣、忻州、定襄、五臺、盂縣、靈壽、真定、藁城、深澤、無極、束鹿、博野、安平、饒陽、高陽、任丘、大城、文安諸州縣界中皆古滹沱水之所行也，宋初猶未改。自塘濼既興，引水歸北，而文安之瀆堙廢，遂以樂成之滹沱別水為滹沱之正流，而故道不可復問，明天啟後漸徙而南。至本朝順治二年自束鹿南決入冀州與漳水渾濤，而安平、饒陽之地不復有滹沱矣。滹沱在河北羣川中溢決尤甚，未有數年不變者，而從冀州合於漳水，亦猶黃河之與淮合，均為古今水道之極變也。
　　② 《大清一統志》卷一七《天津府》：滄州，秦上谷郡地。漢高帝五年置勃海郡，治浮陽縣，屬冀州。後漢移郡南皮，以浮陽為屬縣，晉因之。後魏太和十一年於浮陽縣置浮陽郡，熙平二年又分置滄州，治饒安縣。隋開皇初郡廢，於後周所置長蘆縣置漳河郡，尋廢。十六年又分置景州，十八年改浮陽縣曰清池，大業初二州皆廢為渤海、河間二郡地。唐武德元年復置滄州，治清池。天寶元年改景城郡，乾元元年復曰滄州，屬河北道。興元三年置橫海軍節度使，五代梁乾化三年改曰順化軍，後唐復曰橫海軍，宋亦曰滄州景城郡橫化軍節度，屬河北東路。金仍曰滄州。元屬河間路。明洪武初始以州治清池縣省入，屬河間府。清朝初因之，雍正七年升為直隸州，領南皮、鹽山、慶雲、東光四縣，九年改屬天津府。滄州故城，在今滄州東南。漢置浮陽縣，以在浮水之陽為名。後漢建武十五年封劉植兄歆為侯國，屬勃海郡。後魏太和十一年改署浮陽郡，屬瀛州。景明初羅并章武。熙平二年復置郡，屬滄州，後移郡治饒安，以浮陽屬之。隋開皇十八年改名清池，因作清池得名。唐武德元年移滄州來治，其年州移饒安，四年以縣屬景州，五年屬東鹽州。貞觀元年復自胡蘇移滄州來治，宋、金、元皆以清池為州治，明初始省入州，又徙州治長蘆。《明一統志》：滄州故城在今州東南四十里。《舊志》：一名臥牛城，亦名獅子城。
　　③ 平成：《漢書·溝洫志》引許商語作“成平”，是。

德州安德、平原南東①，《寰宇記》云在棣州滴河北②，《輿地記》云即篤馬河也③。覆鬴河、《通

---

① 《尚書古文疏證》卷六下：按蔡傳馬頰河引《元和志》云在德州安德。平原南東。今按《元和志》：德州安德縣乃郭下，有馬頰河，在縣南五十里，縣東北至平昌縣八十里，平昌縣南十里有馬頰河。於平原縣不相涉，不知何緣認作平原，誤書，思之亦是一過，殆是"昌縣南"三字耳。《大清一統志》卷一二七《濟南府》：平原縣，戰國齊、趙之境，屬平原邑。漢置平原縣，并置平原郡治焉，屬青州。後漢建安十八年以郡屬冀州，晉因之。後魏置東青州，尋與郡俱廢，省縣入鬲。太和二十一年復置，屬渤海郡，中興中屬安德郡。隋屬平原郡。唐屬德州，宋、金、元、明不改。清朝屬濟南府。平原故城，在今平原縣南，古平原邑，齊西境地。屬趙，趙惠文王封弟勝為平原君。《舊唐書·地理志》：平原故城在今縣西南二十五里，今縣治城北齊所禦。《縣志》：有古城二，一在縣南二十餘里，一在縣西南三十里。平昌故城，在德平縣西南，漢縣。後漢顯宗時曰西平昌，以北海有平昌，故加"西"也。後魏始復曰平昌。《太平寰宇記》：縣在德州東北八十里，漢平昌故城在今縣西南三十里，後魏永熙二年移於廢平昌城，高齊天保七年又移於今理。

② 《禹貢錐指》卷一三中之下：《寰宇記》云云篤馬河即古馬頰河，人皆斥其謬。然唐自有馬頰河，出澶州新豐縣界，東北流至平昌縣合篤馬河，二水合流，並得通稱，以篤馬為馬頰，不可謂謬，謬在一"古"字指為九河之第三耳。《元和志》：馬頰河在安德縣南五十里，又在平昌縣南十里，久視二年開決，亦名新河。近志：平原、商河、陽信界中並有馬頰河。皆唐之馬頰也，在鬲津之南，與九河無涉。《畿輔通志》卷二二：蓋此即漢之篤馬河。《水經》所云東北逕安德縣故城，又東北逕平昌縣故城北者也，故瀆久湮。唐復開，名為馬頰，所謂新河而被以舊名者也。樂史不辨《元和志》"新河"二字之義而指為九河之一，紕謬甚矣。

滴河：或作"滴河"。《大清一統志》卷一三九《武定府》：商河縣，漢置朸縣，屬平原郡，後漢省。隋開皇十六年改置滴河縣，屬勃海郡。唐武德四年改屬棣州，八年還屬滄州。貞觀元年屬德州，十七年仍屬棣州。宋改曰商河，金、元因之。明屬濟南府，清朝因之。雍正二年分屬武定州，十二年屬武定府。朸縣故城，今商河縣治。漢置縣，文帝四年封齊悼惠王子辟光為朸侯。應劭曰：般縣東南六十里有朸鄉，故縣也。《元和縣志》：滴河縣東北至棣州八十里，本漢朸縣。《太平寰宇記》：滴河縣在州西南六十里，隋於朸縣故城置。按《通鑑注》云：滴河，漢千乘濕沃縣地，誤。

③ 《大清一統志》卷一三九《武定府·山川》：篤馬河，即馬頰河，亦名陷河。《水經注》：屯氏別河南瀆自平原城北首受大河故瀆東出，亦通謂之篤馬河，自西平昌縣故城北，東經樂陵縣故城北，又東北經陽信縣故城南，又東北入海。《齊乘》：東無棣縣北有陷河，闊數里，西通德、棣，東入海。《太平寰宇記》：馬頰河在樂陵縣東六十里，從滴河縣北界來，即古篤馬河也。《舊志》：在陽信縣南，海豐、樂陵縣北。清朝雍正十三年挑陽信故城南欽風鎮河二千九百餘丈，乾隆九年、十四年、十七年、二十三年河身淤塞，復經動帑濬治，距今順流如故。按今輿圖，陽信在海豐之南、樂陵之東南，若如舊說，河道紆曲已甚，恐不可據。《大清一統志》卷一二六《濟南府·山川》：篤馬河，即馬頰河，自東昌府恩縣流入平原縣之西南境，東北流逕德州東陵縣西，又東北逕德平縣西北入武定府樂陵縣界。《山東通志》：篤馬河亦名馬頰，非禹迹也。

典》云在德州安德。**胡蘇河**、《寰宇記》云在滄之饒安、無棣①、臨津三縣②，許商云在東光③。簡

---

　　①　《大清一統志》卷一七《天津府·古蹟》：饒安故城，在滄州東南。漢置千童縣，元朔四年封河間獻王王子搶為侯國，屬勃海郡。後漢靈帝改置饒安縣。晉仍屬勃海郡。後魏屬浮陽郡。熙平二年置滄州，治此，後又為浮陽郡治。隋開皇初郡廢，大業初廢，仍屬渤海郡。唐武德元年移治故千童城，仍移滄州治焉。六年州移治胡蘇，以縣屬之。貞觀十二年移治故浮水城，此城遂廢。《元和郡縣志》：饒安縣北至滄州九十里，即秦千童城，始皇遣徐福將童男女千人入海求蓬萊，置此城以居之，故名。《金史·地理志》清池縣有舊饒安鎮，即此。《南皮縣志》：饒安故城在縣東南八十里。按：《水經注》、《元和郡縣志》此城本在舊滄州南，南皮東南，鹽山西南，樂陵西北界。《太平寰宇記》以千童城在無棣縣。《輿地記》謂之卯兮城，在鹽山東北。《舊志》又以為在州東北。皆誤。又按：《後漢志》無饒安縣，《前漢志注》、《水經注》皆引應劭曰靈帝改曰饒安，《元和郡縣》志謂即千童城，則饒安與千童即是一城，而《舊唐志》、《太平寰宇記》皆云唐武德初移治故千童城，疑是靈帝時改置，本非一城，或唐以前嘗移治也。無棣故城，在慶雲縣東，相傳即管仲所謂賜履履北至無棣者。隋開皇六年分陽信、饒安二縣地置，屬渤海郡。唐屬滄州。宋治平元年移治保順軍而故城廢。元初又分其西界於故城置縣，仍屬滄州。《齊乘》謂之西無棣縣。明永樂初始改今名。《舊志》：故城在今縣東稍南五里鬲津河東南，元末毀於兵，明洪武六年知縣楊思義移治鬲津河北岸，即今治。按：《元和郡縣志》無棣縣西北至滄州一百二十里，今慶雲縣在州東南一百五十里，然唐時滄州治清池，在今州東南三十餘里，則去無棣正一百二十里也。《宋志》：周置保順軍於無棣縣南二十里。《九域志》：治平元年徙無棣縣於此，今海豐縣在慶雲縣東南四十里。《縣志》：有故城在其縣西北二十里，去慶雲正二十里，則即周為保順軍，宋為無棣者也。《縣志》以隋無棣在慶雲，宋無棣在海豐，其說甚覈，但以《宋志》即於縣置軍使謂在慶雲則少誤矣。

　　②　《尚書古文疏證》卷六下：按蔡傳引《寰宇記》只九河一條已多脫誤矣。云胡蘇河在滄州饒安、無棣、臨津三縣，無棣縣樂史并未云有胡蘇河。又云鬲津河在樂陵東，西北流入饒安，原本乃樂陵西，東北流入饒安。德州安德有馬頰河，德平有馬頰河，滄州樂陵亦有馬頰，止及滴河者，何與？鬲津河既見安德，又見德州將陵而止云樂陵、饒安，又何也？《元和志》止引其及馬頰，若德州安德有鬲津河、將陵有青津河、棣州陽信有鉤盤河槩不之引。《通典》止引其及覆鬴，若安德有馬頰河、滄州東光有胡蘇河亦不之引。且蔡氏誤矣，九河濶二百餘里，長約四百里，豈一二縣所能了此一河哉？勢必分播多縣，揚波注海也明矣。
　　《大清一統志》卷一五《河間府》：寧津縣，漢東光、臨樂二縣地，屬渤海郡。後漢省臨樂。晉置新樂縣，屬樂陵國。後魏省。隋開皇十六年置胡蘇縣，屬平原郡。唐武德四年屬觀州，六年屬滄州，仍移州來治。貞觀元年州還治清池，仍以縣屬觀州，十七年又屬滄州。天寶元年改名臨津，貞元三年屬景州。太和四年又屬滄州。景福元年仍屬景州。五代周顯德二年還屬滄州。宋熙寧六年省入南皮縣。金改置寧津縣，屬景州。元初屬濟南路，至元二年改屬河間路。明、清屬河間府。寧津故城，在今寧津縣西，本漢胡蘇亭。隋置胡蘇縣。唐改名臨津，宋省入南皮。金復置，改曰寧津，至今因之。《縣志》：寧津故城在縣西南二十五里保安鎮，縣初治此，金天會六年圮於水，因移今治。又臨津店在縣西北三十里，南皮縣南五十里，蓋亦以故城得名。
　　③　《大清一統志》卷一五《河間府》：東光縣，漢置東光縣，屬勃海郡，後漢至晉、魏因之。東魏移勃海郡於此。隋開皇初郡廢，九年於縣置觀州。大業初州廢，以縣屬平原郡。唐武德四年於弓高置觀州，以縣屬之。貞觀十七年州廢，縣屬滄州。貞元二年又於弓高置景州，以縣屬之。長慶元年州廢，還屬滄州，二年又屬景州。太和四年又還滄州。景福元年又屬景州。天祐五年移州來治。五代周顯德四年廢景州為定遠軍，屬滄州。宋太平興國六年以軍直隸京師。景德元年改曰永靜軍，屬河北東路。金初仍升為景州，大安間避諱改曰觀州。元初復曰景州，至元二年始移州治蓚縣，以東光為屬縣，明因之。清朝屬河間府，雍正七年改屬滄州，九年還屬河間府。東光故城，在今東光縣東。後漢建武六年封耿純為侯國。東魏移勃海郡治此。《太平寰宇記》：東光故城在今縣東二十里，高齊天祐七年移於今縣東南三十里陶氏故城，隋開皇三年又移於後魏廢勃海郡城，即今理。

潔河①、《輿地記》云在臨津。鉤盤河、《寰宇記》云在樂陵東南②，從德州平昌來。《輿地記》云在樂陵。鬲津河、《寰宇記》云在樂陵東，西北流入饒安。許商云在鬲縣。《輿地記》云在無棣。太史河③。不知所在。漢世近古，止得其三。唐人集累世積傳之語，遂得其六。歐陽忞《輿地記》又得其一。或新河而載以舊名，或一地而互為兩說，皆似是而非，無所依據。漢王橫言：“昔天嘗連雨，東北風，海水溢，西南出，浸數百里，九河之地已為海水所漸。”酈道元亦謂九河、碣石苞淪於海④。後

---

① 《書經集傳》卷二“九河既道”條：九河，《爾雅》一曰徒駭、二曰太史、三曰馬頰、四曰覆釜、五曰胡蘇、六曰簡潔、七曰鉤盤、八曰鬲津，其一則河之經流也。先儒不知河之經流，遂分簡潔為二。

② 《大清一統志》卷一三九《武定府》：樂陵縣，漢置樂陵縣，屬平原郡，為都尉治。後漢建安末置樂陵郡。晉初移郡於厭次，以樂陵為屬縣。後魏初於縣置義興郡，太和中罷，仍移樂陵郡來治。隋開皇初郡廢，屬勃海郡。唐武德四年屬棣州，六年屬滄州，歷宋、金、元不改。至明洪武初改屬樂安州，後屬武定州，清朝因之。雍正十二年屬武定府。樂陵故城，漢初置縣，地節四年嘗封昌高為侯邑。後漢置安東，為郡。《三國·魏·韓暨傳》建安中遷樂陵太守，又《三國·傳》武帝子樂陵王茂正始五年自曲陽徙封，蓋初置為郡，後改為國也。《元和郡縣志》：縣北至滄州一百三十五里，本樂毅攻齊所築。《宋史·地理志》：熙寧二年徙治咸平鎮。《舊志》：明洪武二年又徙治富平鎮，即今治也。有舊樂陵，在縣西南三十里，其墟嶺高丈餘，周三里。又有故縣，在縣西北二十五里，蓋即宋時所徙之咸平鎮也。

③ 《尚書·夏書·禹貢》“九河既道”條孔穎達疏引李巡曰：徒駭，禹疏九河，以徒眾起，故云徒駭。太史，禹大使徒眾，通其水道，故云太史。馬頰，河勢上廣下狹，狀如馬頰也。覆釜，水中多渚，往往而處，形如覆釜。胡蘇，其水下流，故曰胡蘇。胡，下也。蘇，流也。簡，大也，河水深而大也。絜言河水多山石，治之苦絜。絜，苦也。鉤盤言河水曲如鉤，屈折如盤也。鬲津，河水狹小可鬲以為津也。又引孫炎曰：徒駭，禹疏九河，用功雖廣，眾懼不成，故曰徒駭。胡蘇，水流多散胡蘇然。其餘同李巡。

④ 《通鑑地理通釋》卷五《河北道·碣石》：在平州石城縣西南，漢右北平郡驪城縣（《通典》：在平州盧龍縣南二十餘里。《郡縣志》：盧龍縣南二十三里），碣然而立在海旁。《水經注》：驪城枕海，有石如甬道數十里，當山頂有大石如柱形，其山昔在河口海濱，歷世既久，為水所漸，淪入於海，去岸五百餘里（秦築長城，起所自碣石，在今高麗界，與此碣石異）。《禹貢》：夾右碣石，入於河。《山海經》：碣石之山，繩水出焉。《注水經》曰：今在遼西臨渝縣南水中，秦皇刻碣石門，登之以望巨海（漢武帝東巡海上，至碣石）。《通典》：碣石山，在漢樂浪郡遂城縣，長城起於此山。長城東截遼水而入高麗，遺趾猶存（右碣石，即河赴海處，在平州，高麗中為左碣石）。《通鑑地理通釋》卷一〇《燕·碣石》：《地理志》大揭石山在右北平驪成縣西南。《通典》：平州盧龍縣有碣石山（《正義》：燕東南），碣然而立在海旁。《晉太康地志》：秦築長城，所起自碣石，在今高麗界，非此碣石也。《括地志》：在盧龍縣南二十三里。《史記》：驪衍如燕，昭王築碣石宮，身親往師之。《正義》云：碣石宮，在幽州薊縣西三十里寧臺之東（《通典》：碣石山，在漢樂浪郡遂城縣，長城起於此，長城東截遼水而入高麗，遺趾猶存。《禹貢》右碣石在平州南二十餘里，則高麗中為左碣石）。《水經》：在遼西臨渝縣南水中（《注》云：大禹鑿其石，右夾而納河。秦皇、漢武皆登之，海水西侵而苞其山，故言水中）。《山海經》：碣石之山，繩水出焉，東流，注於河。文穎曰：在遼西參縣，今屬臨渝，始皇三十二年刻碣石門，武帝元封元年至碣石。《輿地廣記》：在平州石城縣故驪城。今按：碣石在海旁，雁門有鹽澤，故云“碣石、鴈門之饒”。酈道元言：驪城“枕海，有石如甬道數十里，當山頂有大石，如柱形”。其山昔在河口海濱，歷世既久，為水所漸，淪入於海，已去岸五百餘里矣）。

世儒者知求九河於平地，而不知碣石有無以為之證，故前後異説<sup>①</sup>。

嚴氏曰："《禹貢》河自大陸北播為九河<sup>②</sup>，同為逆河<sup>③</sup>。《注》云：同合為一大河，名曰逆河。然則翕河即逆河也。"

蘇氏曰："翕河，大河受衆水者也。"<small>戴氏曰："祭先河而後海，故以河為主。"</small>

## 魯頌

鄭氏《譜》曰："魯者，少昊摰之墟也。<small>《帝王世紀》："少昊邑於窮桑以登帝位，徙都曲阜縣東北六里。"</small>國中有大庭氏之庫，則大庭氏亦居於茲乎？在周公歸政成王，封其元子伯禽於魯，<small>《左傳》："命以伯禽而封於少昊之墟。"《注》："曲阜也，在魯城内。"</small>其封域在《禹貢》徐州大野、蒙、羽之野。自後政衰，國事多廢。十九世至僖公，當周惠王、襄王時，而遵伯禽之法，養四種之馬，牧於坰野。尊賢養士，修泮宮，崇禮教。十六年<sup>④</sup>，會諸侯於淮上，東略<sup>⑤</sup>，公遂伐淮夷。孔氏曰："《經》、《傳》無文。"二十年，新作南門，又修姜嫄之廟。至於復魯舊制，未

---

① 《禹貢山川地理圖》卷上：詳考平州之南，即滄州之東北也，平、滄隅立之間有山而名碣石者，尚在海中，可望而見，其山蓋近平而遠滄也。夫其從平際之為正南，則從滄際之為東北也。九河播於兗州之北，斜入乎冀矣，而逆河當又在北以受九河，則正直冀之東北而與平州相並也。以其方面位置易地觀之，則平南境之碣石本冀東北境之碣石，而後世淪入於海，甚明也。於是知九河、逆河同淪於海，王橫、張揖、酈道元人更三世，同為一見，具有實證，非空言也。《四書釋地續·九河》：《書》蔡傳遂認為簡潔河，殊可笑甚，且信程大昌，程大昌信王橫，一家之言，未詳考驗者，謂九河包淪於海，不知今濟南、河間府界禹迹固可尋也。某嘗往來燕、齊，西道間，東履清、滄，熟訪九河故道。蓋昔北流，衡漳注之，河既東徙，漳自入海，安知北流之漳非古徙駭河歟？踰漳而南，清、滄二州之間有古河隄岸數重，地皆沮洳沙鹵，太史等河當在其地。滄州之南有大連澱，西踰東光，東至海，此非胡蘇河歟？澱南至西無棣縣百餘里間有曰大河、曰沙河，皆瀕古隄，縣北地名八會口，縣城南枕無棣溝，茲非簡、絜等河歟？東無棣縣北有陷河，闊數里，西通德、棣，東至海，茲非所謂鉤盤河歟？濱州北有士傷河，西踰德、棣，東至海，茲非鬲津河歟？士傷河最南，比他河差狹，是為禹津無疑也。

② 大陸：即大陸澤，位於今河北隆堯、巨鹿、任縣間。《大清一統志》卷二〇《順德府·山川》：大陸澤，在任縣東北，與鉅鹿縣及趙州隆平縣接界。《書·禹貢》"恒、衛既從，大陸既作"，又導河"北過洚水，至於大陸"。《爾雅》：晉有大陸。郭璞注：今鉅鹿北廣阿澤是也。《吕氏春秋·九藪》趙有鉅鹿。《漢書·地理志》：鉅鹿，《禹貢》大陸澤在北。《元和志》：大陸澤，一名鉅鹿，在鉅鹿縣西北五里，東西二十里，南北三十里，葭蘆菱蓮魚蠏之類充牣其中，澤畔又有鹹泉，煑而成鹽，百姓資之。《太平寰宇記》：廣阿澤，一名大陸，一名鉅鹿，一名大麓，一名沃川。《舊志》：大陸澤在今任縣東北十里許，周數十里，諸河之水皆滙於此，一名小東湖，又名張家泊。《通志》：大陸澤，即今南泊。百泉、牛尾、野、澧、沙、洺、劉累、程二寨、聖水、順水、蔡、馬、柳林等河咸入焉，北有穆家口河洩之於北泊，東有雞爪、張滋等五溝洩之於滏河。明弘治時，九河冲決隄防，下渡於塞四十里，惟隆平、鉅鹿均被其害，而任縣居多。嘉靖六年，浚穆家口至羊毛圪塔四十里，水患始息。清朝順治十八年重濬，日久埋塞，五溝亦淤其三，祇有雞爪、張滋不絶如縷。伏秋漲溢，為田廬害。雍正四年，怡賢親王奏開穆家河，長四十里，築長堤，導澤水注之北泊，於是水患始除。引流種稻，營田數百頃。今已淤為平地。隆平縣，即今隆堯縣。

③ 《四書釋地續·九河》：今九河之下即為逆河，殆謂自此而下即海潮逆入矣，蓋名雖為河，其實即海也。海水内吞，九河外灌，不惟藉水力以刷沙，而海之潮汐亦藉河力以敵之。

④ 十六年：《毛詩譜》作"僖十六年冬"。

⑤ 東略：《毛詩譜》作"謀東略"。

徧而薨。國人美其功，季孫行父請命於周，而作其頌。文公十三年，太室屋壞。初，成王以周公有太平制典法之勳，命魯郊祭天①，三望，如天子之禮，故孔子錄其詩之頌，同於王者之後。問者曰：列國作詩，未有請於周者，行父請之，何也？曰：周尊魯，巡守述職，不陳其詩。至於臣頌君功，樂周室之聞，是以行父請焉。周之不陳其詩者，為優耳。其有大罪，侯、伯監之，行人書之，亦示覺焉。"朱氏曰："先儒以為時王襃周公之後比於先代，故巡守不陳其詩，而其篇第不列於太師之職，是以宋、魯無風。"

朱氏曰："今襲慶、東平府、沂、密、海等州即其地也②。成王以周公有大勳，勞於天下，故賜伯禽之禮、樂，魯於是乎有《頌》以為廟樂。其後又自作《詩》以美其君，亦謂之《頌》，舊説皆以為伯禽十九世孫僖公申之時③，今無所考，獨《閟宮》一篇為僖公無疑耳。夫以其詩之僭如此，然夫子猶錄之者，蓋其體固列國之《風》，而所歌者乃當時之事，則猶未純天子之《頌》。若其所歌之事，又皆有先王禮樂教化之遺意焉，則其文疑若猶可予也。況夫子魯人，亦安得而削之哉？"

宋氏曰④："秦有《誓》而《書》亡，魯有《頌》而《詩》絶。"

李氏曰⑤："周有《風》，魯有《頌》，而《春秋》為之作。"

唐氏曰⑥："《王風》而《魯頌》，《詩》之末也。"

劉氏曰⑦："魯之有天子禮樂，殆周之末王賜之，非成王也。昔者魯惠公使宰讓請郊廟之禮於天子，《呂氏春秋》云。天子使史角往，惠公止之。其後在魯實始為墨翟之學。由是觀之，使成王之世魯已郊矣，則惠公奚請？惠公之請也，殆由平王以下乎？"

---

① 祭天：庫本作"祭夭"，誤。

② 《太平寰宇記》卷二二：海州，東海郡，今理朐山縣。春秋魯國之東界。七國屬楚。秦兼六國以為薛郡，後改為郯郡。漢為東海郡。後漢至晉改為東海國。後魏改東海為郯郡。高齊郡縣俱廢。宋明帝失淮北地，於郁州更置冀州。梁改東海郡為北海郡，武帝末年大江以北並附於魏。武帝七年罷青、冀二州為海州，移理於舊州南龍沮故城。隋開皇三年自琅琊城移州於今理，大業三年罷州為郡。唐武德四年復為海州，領朐山、龍沮、新樂、曲陽、沭陽、厚丘、懷仁、利城、東海九縣。六年改新樂為祝其，八年廢龍沮、祝其、曲陽、厚丘、利城五縣，仍以廢環州之東海來屬。天寶元年改為東海郡，乾元元年復為海州。元領縣四：朐山、東海、懷仁、沭陽。《宋史·地理志》：海州，東海郡，建炎間入於金，紹興七年復。隆興初割以畀金，隷山東路，以漣水縣來屬。嘉定十二年復，寶慶末李全據之，紹定四年全死又復，端平二年徙治東海縣。淳祐十二年全子璮又據之，治朐山。景定二年璮降，置西海州。

③ 時：朱熹《詩經集傳》作"詩"。

④ 宋氏：即宋遠孫，字靜吉，號仲山，南宋臨邛人。引文又見《書傳輯錄纂注》卷六。

⑤ 李氏：即李清臣，字邦直，魏人，以詞藻受知神宗，文體各成一家，官中書侍郎。《宋史》有傳。引文又見《宋文選》卷一八《詩論下》。

⑥ 唐氏：即唐仲友。引文見唐仲友《帝王經世圖譜》卷六。

⑦ 劉氏：即劉敞，字原父，臨江新喻人，官知制誥，著《春秋傳》十五卷、《春秋權衡》十七卷、《春秋說例》十一卷。引文見劉敞《春秋意林》卷上。

陳氏曰①："諸侯之有郊禘，東遷之僭禮也，故曰'秦襄公始於諸侯作西畤②，祠白帝，僭端見矣。位在藩臣而臚於郊祀，君子懼焉'，則平王以前未之有也。魯之郊禘，惠公請之也。齊桓公欲封禪③，而晉亦郊鯀④，皆僭禮也。然則《春秋》何以始見於僖公？向者莊公之觀齊社也，曹劌諫曰'天子祀上帝，諸侯會之，受命焉。諸侯祀先王、先公，卿大夫佐之，受事焉'。用見惠公雖請之而魯郊禘猶未率為常也。僖公始作《頌》，以郊為夸焉，於是四卜不從，猶三望⑤，是故特書之，以其不勝譏譏其甚焉者爾。"

《地理志》：魯地⑥，其民有聖人之教化，故孔子曰："齊一變至於魯，魯一變至於道。"言近正也。

《括地志》："兗州曲阜縣 漢為魯縣⑦。外城，即伯禽所築古魯城⑧。"今襲慶府

---

① 陳氏：即陳傅良。引文見陳傅良《春秋後傳》卷五。
② 於：《春秋後傳》作"列於"。《史記·封禪書》：周東徙雒邑，秦襄公攻戎救周，始列為諸侯。秦襄公既侯，居西垂，自以為主少皞之神，作西畤，祠白帝，其牲用騮駒、黃牛、羝羊各一云。
③ 《史記·封禪書》：齊桓公既霸，會諸侯於葵丘而欲封禪。管仲曰：古者封泰山、禪梁父者七十二家。
④ 《左傳》：昭公七年，鄭子產聘於晉，晉侯有疾，韓宣子逆客私焉，曰：寡君寢疾，於今三月矣。並走羣望，有加而無瘳。今夢黃熊入於寢門，其何厲鬼也？對曰：以君之明，子為大政，其何屬之有？昔堯殛鯀於羽山，其神化為黃熊以入於羽淵，實為夏郊，三代祀之。晉為盟主，其或者未之祀也乎？韓子祀夏郊，晉侯有間，賜子產莒之二方鼎。
⑤ 《左傳》：僖公三十一年夏四月，四卜郊，不從，乃免牲。猶三望。杜預注：龜曰卜。不從，不吉也。卜郊不吉，故免牲。免牲縱也。三望，分野之星、國中山、川皆郊祀望而祭之，魯廢郊天而修其小祀，故曰猶。猶者，可止之辭。
⑥ 《漢書·地理志》：魯地，奎婁之分壄也，東至東海，南有泗水，至淮，得臨淮之下相、睢陵、僮、取慮，皆魯分也。東平、須昌、壽張皆在濟東，屬魯。
⑦ 雍正《山東通志》卷九《古蹟志·曲阜縣》：魯縣城，在縣東二里許。漢置縣，為魯國治。《邑志》云：漢置魯國於故城之東，治魯縣，《水經》"泗水西南逕魯縣北"是也。隋開皇四年改曰汶陽，十六年改曰曲阜。自唐至宋初皆治於此。按《水經注》縣即曲阜之地，阜上有武子臺，臺之西北二里有周公臺，臺南四里則孔廟。又按《寰宇記》：武子臺在縣東二百五十步，闕里在縣西南三里，孔林在縣西北三里。《路史》云：壽邱在曲阜縣東北六里。按之悉合。今縣東二里許名古城莊，即其地也。又《水經注》：泗水逕魯縣分為二流，水側有一城，為二水之分會此。則別有遺址，在洙泗書院之東。
⑧ 《大清一統志》卷一三○《兗州府·古蹟》：魯國故城，今曲阜縣治，周時魯國舊都。《元和郡縣志》：兗州曲阜縣，本漢魯縣，其地即古炎帝之墟，自後或為魯國，或為魯郡，而縣屬焉。北齊文宣帝省魯郡，仍於魯城置任城郡。開皇三年罷郡，仍移汶陽縣理此，屬兗州，十六年改汶陽縣為曲阜縣。《府志》：古城，在今曲阜縣城外，周迴延袤可十餘里。《縣志》：在縣城北三里，今為古城村。按《元和郡縣志》闕里、蹕相國俱云在曲阜縣西南三里魯城中，始知《縣志》之古城乃唐時之曲阜，非魯城也。乾隆二十七年聖駕南巡，迴蹕駐蹕曲阜，御製《古泮池證疑》，以今曲阜縣治為古之魯城，足以正府縣志之失而新城、舊城瞭如指掌矣。雍正《山東通志》卷九《古蹟志·曲阜縣》：魯國城，在今縣城外，四周延袤十餘里，魯伯禽之所封也。其城十有二門：正南曰稷門，僖公更高大之，故名高門，一作皋門；南左曰章門；南右曰雩門；正北曰圭門；北左曰齊門；北右曰龍門；正東曰建春門；東左曰始明門，即上東門；東右曰鹿門；正西曰史門；西左曰歸德門；西右曰麥門。又魯郭門北曰萊門，次南第二門曰石門，又北面三門最西者曰子駒門，又公宮之南門曰雉門。

仙源縣①。

《郡縣志》：曲阜，在縣治魯城中，委曲長七八里。

《史記·儒林傳》：高皇帝舉兵誅項籍，圍魯，魯中諸儒尚講誦，習禮樂，弦歌之音不絕。豈非聖人之遺化，好禮樂之國哉？夫齊、魯之間於文學，自古以來其天性也。《世本》云：“周公居少昊之墟，煬公徒魯。”《史記正義》：“少昊墟，即壽丘②。”皇甫謐云：“黃帝壽丘，在魯城東門之北。魯國，即曲阜縣。”

## 坰野

毛氏曰：“坰，遠野也。”“林外曰坰。”

《郡縣志》：“坰澤，俗名連泉澤，在兗州曲阜縣東九里，魯僖公牧馬之地。”

劉公幹《魯都賦》曰：“戢武器於有炎之庫，放戎馬於巨野之坰③。”《寰宇記》：大野，在濟州鉅野縣東五里④，一名鉅野澤。《爾雅·十藪》：“魯有大野。”《注》：“今高平鉅野縣東北大澤⑤。”

---

① 雍正《山東通志》卷九《古蹟志·曲阜縣》：仙源城，在縣東八里，相傳即奄國之墟。按：《寰宇記》撰於宋太宗朝，曲阜縣仍魯縣舊治，至真宗大中祥符元年軒轅降於延恩殿，以曲阜有壽邱，建景靈宮，五年改曲阜為仙源縣，而縣治即在壽邱之前，今所謂舊縣城是也。金天會七年復名曲阜縣，治如故。至明正德九年始徒今治。《邑志》云：曲阜故城在縣東八里，宋、元三遷於此。又云：汶陽城在縣東北四十里。意隋改汶陽時曾遷治東北，改曲阜時復治魯縣，而三遷於仙源耶？存以俟考。

② 雍正《山東通志》卷九《古蹟志·曲阜縣》：壽邱，在縣東北八里，高三丈，《山海經》曰“空桑之北有軒轅山”，即壽邱也。宋大中祥符五年建景靈宮、太極觀，金避孔子諱，改曰壽陵。《史記》“舜作什器於壽邱”亦此地也。

③ 雍正《山東通志》卷九《古蹟志·曲阜縣》：坰野，在縣東九里，魯僖公牧馬之所，魯頌所謂“駉駉牡馬，在坰之野”是也，今名連泉澤。

④ 《大清一統志》卷一四四《曹州府》：鉅野縣，《禹貢》大野地。漢置鉅野縣，屬山陽郡。晉屬高平國。劉宋屬高平郡。後漢屬任平郡，北齊廢。隋開皇十六年復置，屬東平郡。唐武德四年為麟州治，五年州廢，縣屬戴州。貞觀十七年戴州廢，復屬鄆州。五代周廣順二年改置濟州，宋亦為濟州治，屬京東西路。金天德二年徒州治任城，縣廢。元至元六年復置為濟州治，亦嘗為濟寧路治。明洪武初縣屬濟寧府，十八年屬兗州府濟寧州。清朝雍正二年分屬濟寧州，八年改曹州，十三年升州為府，仍隸焉。鉅野故城，在鉅野縣南。《舊志》：元至正八年濟寧路當河水之衝，徒路於濟州，徒鉅野於城北邢家務，蓋即今縣治。

⑤ 《春秋地名考略》卷二“大野”：哀十四年西狩於大野，獲麟。杜注：大野在高平鉅野縣東北大澤是也。按：《禹貢》“大野既瀦”，《職方》十藪魯有鉅野即此也。澤東西百里，南北三百里。秦末昌邑人彭越漁於鉅野澤中為羣盜。漢元光中河決瓠子，東南注於鉅野。晉太和四年桓溫伐燕，至金鄉，遣毛虎生鑿鉅野三百里，引汶水合清河，引舟入河。義熙十四年劉裕伐秦，遣王仲德開鉅野入河，進據滑臺。隋後濟流枯竭，鉅野漸微。元末河徒，涸為平陸。漢置鉅野縣於澤西五里。晉屬高平國。金皇統中析置嘉祥縣於山口鎮，相傳即獲麟處也，其地有獲麟堆。《括地志》云：在鉅野縣東十二里。《國都城記》：鉅野故城東十里澤中有三臺，廣輪四十五步，俗謂之獲麟堆。鉅野縣，唐時嘗置麟州，屢廢，復置嘉祥縣，屢徒。獲麟堆古城在今治西二十五里。

### 泮水　泮宮

毛氏曰：“泮水，泮宮之水。天子辟廱，諸侯泮宮。”

鄭氏曰：“辟廱者，築土廱水之外，圓如璧，四方來觀者均也。泮之言半也。泮水者①，蓋東、西門以南通水，北無也。”朱氏曰：“《說文》曰：泮宮，諸侯鄉射之宮也，西南為水，東北為墻。康成以為東、西門，《說文》以為東、西墻，其說不同。”

程氏曰②：《春秋》凡用民力必書，修泮宮、復閟宮不書，復古興廢為國之先務，如是而用民力，乃所當用也。

《禮器》：“魯人將有事於上帝，必先有事於頖宮。”《注》：“郊之學也，《詩》所謂頖宮。”《疏》：魯以小學為頖宮，在郊。

《通典》：兗州泗水縣③，有泮水④。

《九域志》：襲慶府有泮宮池、泮宮臺。《水經注》：“靈光殿之東南即泮宮也，在高門直北道西。宮中有臺，高八十尺。臺南水東西一百步，南北六十步。臺西水南北四百步，東西六十步。臺、池咸結石為之。《詩》所謂‘思樂泮水’也。”

### 淮夷

《通鑑外紀》：“周襄王八年冬，僖公會諸侯於淮上，《左傳注》：“臨淮郡左右⑤。”謀東略。未幾，遂伐淮夷。”

李氏曰：觀《費誓》，是淮夷世為魯患。僖十六年，會於淮，乃齊桓救鄫，非是淮夷從僖公也。孔氏曰：《禹貢·徐州》“淮夷蠙珠”，則淮夷在徐州。春秋時，淮夷病鄫，齊桓東會於淮以謀之，《左傳》謂之“東略”，是淮夷在東國。昭四年，楚會諸侯於申，有淮夷。淮夷居淮水之上，在徐州之界，最近於魯，於是霸者使魯獨征之。朱氏曰：“或謂僖公未嘗有伐淮夷之事，此乃頌禱之辭，‘狄彼東南’謂淮夷也。”嚴氏曰：“淮夷世為魯患，未必慕泮宮之化，詩人張言泮宮之美，以為淮夷亦將來慕也。”《說文》引《詩》：“玁彼淮夷。”《韓詩》：“獷彼淮夷。”

---

① 泮：庫本作“半”。
② 程氏：即程頤。引文見《程氏經說》卷五。
③ 《大清一統志》卷一二九《兗州府》：泗水縣，春秋時魯卞邑。漢置卞縣，屬魯國，後漢因之。晉屬魯郡，劉宋因之。後魏省，屬鄒縣。隋開皇十六年改置泗水縣，屬魯郡。唐屬兗州，五代及宋、金因之。元至元二年省入曲阜縣，三年復置，仍屬兗州。明、清屬兗州府。
④ 《明一統志》卷二三《兗州府·山川》：泮水，一名雩水，源發曲阜縣治西南馬跑泉，西流至府城東入泗水，《詩》“思樂泮水，薄採其芹”即此。《大清一統志》卷一二九《兗州府·山川》：文獻泉，在曲阜縣城東二里。《舊志》：即魯頌之泮水也。西南流入沂河。
⑤ 《晉書·地理志》：漢武帝分沛、東陽置臨淮郡，宣帝改臨淮為下邳國。及太康元年，復分下邳屬縣在淮南者置臨淮郡。臨淮郡，統縣十：盱眙、東陽、高山、贅其、潘旌、高郵、淮陵、司吾、下相、徐。

《春秋》：僖十四年，杞辟淮夷，遷都，諸侯城緣陵[1]。十六年，鄫為淮夷所病，會於淮，謀鄫[2]。《後漢·東夷傳》：秦并六國，淮西夷皆散為民戶。《左傳》：昭二十七年，季氏甚得其民，淮夷與之。《注》："魯東夷。"

## 附庸

《王制注》："小城曰附庸。"朱氏曰："猶屬城也，小國不能自達於天子而附於大國。"

王氏曰[3]："《孟子》曰：周公之封於魯為方百里也，地非不足而儉於百里。而《周官》以為諸侯之地方四百。蓋特言其國也則儉於百里，并附庸言之則為方四百里也。"

---

① 《春秋地名考略》卷一二 "杞·遷於緣陵"：僖十四年諸侯城緣陵。杜注：緣陵，杞邑。《左傳》：諸侯城緣陵而遷杞焉。杜注：不言城杞，杞未遷也。《公羊傳》曰：孰城之？城杞也。曷為城杞？滅也。孰滅之？蓋徐、莒脅之。孰城之？桓公城之。陸氏曰：明年楚伐徐，諸侯救徐，《公羊》之謬可知。家氏曰：杞未嘗受兵，左氏言病杞為得實。按：是時蓋杞已居淳于矣，迫近淮夷，是以病之。徐、莒脅杞，經傳無文，不可從也，惟齊桓遷杞之說為胡文定所本，當用之。《漢志》：北海郡有營陵縣。應劭曰：即師尚父所封之營丘。薛瓚非之，曰：營丘即臨淄，營陵，《春秋》謂之緣陵是也。蓋齊桓遷杞以自近，如楚遷許於葉，吳遷蔡於州來也。然杜云杞地，則仍為杞地之錯入於齊者耳。高帝封劉澤為營陵侯，後漢、晉因之，北齊省。隋復置。唐武德初權置杞州，以春秋時杞嘗徙治此也，尋廢，今其故墟在昌樂縣東南五十里。或曰緣陵在今諸城縣界。襄二十七年《傳》：復遷淳于。戰國初為楚惠王所滅。

② 《春秋地名考略》卷一四 "鄫"：杜注："鄫國，今琅邪繒縣。"按：鄫，《穀梁》作 "繒"，《國語》或作 "鄫" 或作 "繒"，姒姓，禹後，子爵。史伯曰：繒由太姒。蓋亦封於周初，因武王之母家也。其初封似不在琅邪。鄭桓公當幽王時，而史伯告之曰：申、繒、西戎方強，王若伐申而繒與西戎會之，周不守矣。《史記》：申侯與繒、西夷犬戎攻幽王，殺王驪山下。當是時申伯初受改封之命，國於謝，在楚方城之內，度繒國必與之相近，故得偕舉兵。哀四年楚致方城之外於繒關，豈其故墟乎？其徙於琅邪也，不知在何時。季姬過防，釋之者有二義。《左傳》曰：鄫季姬來，寧公怒止之，以鄫子之不朝也。十五年季姬歸於鄫。杜注：來寧不書而後書歸於鄫，更嫁之文也，明公絕鄫昏，既來朝而還。《穀梁傳》曰：遇者，同謀也。來朝者，來請已也。范寧曰：左氏近合人情。十六年鄫季姬卒城鄫，役人病，不果城而還。十八年鄫子會盟於邾，邾人執鄫子用之。宣十八年邾人戕鄫子於鄫。成二年及鄫人盟於蜀。襄四年晉侯享公，公請屬鄫，孟獻子曰：鄫無賦於司馬，寡君願借助焉。孔疏曰：小國不得自通，多附於大國。冬邾人、莒人伐鄫，臧紇救鄫，敗於狐駘。五年穆叔覿鄫太子於晉以成屬鄫。六年莒人滅鄫。此亦有二義，《左傳》曰：莒恃賂也，晉人以鄫故來討。曰何故亡鄫？杜注：鄫恃貢賦於魯而慢莒，故滅，晉以魯不致力於鄫，故來責。《穀梁傳》曰：莒人滅鄫，非滅也，立異姓以蒞祭祀，滅亡之道也。范寧曰：莒是繒甥，立以為後，非其族類，故曰滅。然尋考後事，鄫竟亡矣。八年莒人伐我東鄙，以疆鄫田。杜注：莒既滅鄫，魯侵其西界，故伐魯以正其封疆。昭四年取鄫，《傳》曰：莒亂，著丘公不撫，鄫叛而來。杜注：鄫，莒邑。蓋此時已屬莒為邑也。十三年會於平丘，叔向謂魯人曰：用諸侯之師，因邾、莒、杞、鄫之怒以討魯罪，何求而弗克？魯人懼，聽命。杜注：鄫已滅，其民猶在，故并以恐魯。哀七年夏公會吳於鄫，吳來徵百牢。蓋此時鄫地猶屬魯，魯應致地主之饋，故吳有是舉也。秋魯入邾，邾人請救於吳，曰：夏盟於鄫衍，秋而背之，西方諸侯其何以事君？杜注：鄫衍即鄫也，鄫盟不書，蓋以鄫國既亡，微小其地而謂之鄫衍也。《史記》：夫差七年敗齊師於艾陵，遂至繒。即此。後為楚地。漢置繒縣，屬東海郡。後漢屬琅邪郡，晉因之，後廢。隋復置鄫城縣，大業初置蘭陵郡，尋併入承縣。唐初復置鄫城縣，為鄫州治。貞觀初州縣俱廢。章懷太子曰：鄫故城在永縣東北。今嶧縣東八十里有鄫城。

③ 王氏：即王安石。引文又見呂祖謙《呂氏家塾讀詩記》卷三一。

李氏曰：顓臾①，魯之附庸也。春秋之時，有邾國②，亦魯之附庸也。鄭氏據明堂位謂封以七百里，欲其強於諸國，其説不然。詩人言"大啟爾宇"，不過諸侯方百里居上等。《春秋》"無駭入極③"，附庸小國。取鄟④、取邿⑤，附庸國。

皇甫謐言："武王伐紂之年夏四月乙卯，祀於周廟，將率之士皆封，諸侯國四百人，兄弟之國十五人，同姓之國四十人⑥。"

《魯世家》：武王既克殷，封周公於少皞之墟。曲阜。

《書大傳》："周公封以魯，身未嘗居魯也。"

## 戎　狄

朱氏曰：西戎，北狄。

《春秋》：公會戎於潛⑦。隱二年。公追戎於濟西。莊十八年。

---

① 《春秋地名考略》卷一四"顓臾"：杜注："顓臾在泰山南武陽縣東北。"按：顓臾在蒙山之陽，魯附庸國。南武陽，漢縣，屬泰山郡，後漢及晉因之。劉宋曰武陽縣。後魏屬泰山郡。隋改顓臾縣，屬沂州。貞觀初省入費縣。今費縣西北八十里有顓臾城，南武陽城在顓臾城東南十里。

② 《春秋地名考略》卷一二"邾"：邾，曹姓，顓頊之後有陸終，產六子，其第五子曰晏安，邾即其後也。武王克商，封其苗裔挾於邾為附庸，居邾。隱元年公及邾儀父盟於蔑，是為十三世邾子克始見於《經》。杜注：邾，今魯鄒縣。《公羊》、《禮記》亦稱"邾婁"。《注》曰：婁，力俱反，邾人語聲後曰"婁"，故曰"邾婁"，其地在鄒山，近魯。哀七年茅成子曰：魯擊柝，聞於邾。劉薈《鄒山記》曰：邾城在山南，去山三里，魯繆公改國號曰鄒，以山為名也。鄒，亦作"騶"。趙岐曰：鄒本邾子之國，至孟子時改號曰鄒。然春秋時亦有稱"騶"者，《鄭語》史伯曰：曹姓，鄒。《史記》吳夫差九年會騶伐魯是也。又孟子，騶人也。漢置騶縣，屬魯國，或曰秦置，漢因之。晉屬魯郡。晉咸和初，石趙將石瞻攻河南太守王瞻於邾，拔之。胡氏曰：即故邾城，亦謂之鄒山。宋為魯郡治，元嘉中魏主燾南侵，自東平趣鄒山，李孝伯謂宋張暢曰"鄒山之險，君家所憑"是也。隋屬兗州，唐因之。金屬滕州。明屬兗州府。《通典》：鄒山周四十里，在縣東南。今縣治為宋時所徙，古邾城在縣東南二十六里。

③ 《春秋地名考略》卷一三"極"：隱二年無駭帥師入極。按《穀梁傳》曰：極，國也。不書氏者，滅同姓，貶也。蓋極為姬姓國矣。無駭，展氏，不書展，故曰不氏。賈逵曰：極，戎邑也。孔穎達曰：時魯與戎好，不應入其邑，賈誤也。本《傳》曰：司空無駭入極，費庈父勝之。杜注：庈父，費伯也，前年城郎，今因得以勝極。沈氏云：因城郎而得勝極，則極是境內，故曰附庸。今兗州府魚臺縣西有極亭。

④ 《春秋地名考略》卷一四"鄟"：成六年取鄟。杜注：附庸國也。按《公羊》以為邾婁之邑，非也。或曰在今沂州郯城縣境。

⑤ 邿：庫本作"郆"，庫本是。《春秋地名考略》卷一四"邿"：襄十三年取邿。杜注：任城亢父縣有邿亭。按：邿，《公羊》作"詩"。《左傳》：邿亂，分為三師救邿，遂取之。後漢建武二年封劉隆為邿侯即此。亢父，秦縣，漢因之，屬東平郡。《地理志》有邿亭，故《詩》國。後漢屬任城國，晉因之。北齊廢。今濟寧州南五十里有亢父故城。又有邿城，在州東南。《水經注》：黃水逕亢父縣詩亭，謂之桓公溝，南至方與縣入於菏水。

⑥ 《羣經補義》卷二：昭二十八年晉成鱄曰："武王克商，光有天下，其兄弟之國者十有五人，姬姓之國者四十人，皆舉親也。"杜無注。《疏》謂僖二十四年《傳》數文之昭有十六國，此言武王兄弟之國十五人者，人異，故説異。此説誤矣。文之昭十六國亦在姬姓四十國之中，此別言兄弟之國者，謂婚姻之國，如齊姜、陳媯之類耳，古人通以婚姻為兄弟。

⑦ 《春秋地理考實》卷一"隱公二年·戎"：杜注："陳留濟陽縣東南有戎城。"《彙纂》：今山東兗州府曹縣故戎城是也。今按：曹縣今屬曹州府。潛，杜注：魯地。《彙纂》：蓋近戎之地，當在今兗州府西南境。

《史記》：“戎狄是膺。”《孟子》言：“周公方且膺之。”黄氏曰：“《春秋》所記：凡魯之自主兵者皆邾、莒、項之小國①，至於所伐大國，皆齊、晉主兵。則膺戎狄，懲荆舒，”“僖公果有是乎？”吳氏曰②：“‘公車千乘’，止‘則莫我敢承’③，考其誼為周公、魯公。設簡編錯亂④，當與‘土田’、‘附庸’為連文。蓋詩人言成王命周公建元子於魯，錫之以山川土田附庸，有千乘之賦，有三軍之衆，使之膺戎狄，懲荆舒也。不然，《孟子》引此詩何以云周公膺之乎？”

### 荆舒 見前

鄭氏曰：“僖公與齊桓舉義兵，北當戎與狄，南艾荆及羣舒，天下無敢禦也。”

孔氏曰：僖四年，《經》書會齊侯伐楚。楚，一名荆。羣舒，又楚之與國，故連言荆、舒。其伐戎狄則無文。

《史記》：“荆荼是徵。”

### 泰山

《説苑》：“泰山巖巖，魯侯是瞻⑤。”

孔氏曰：泰山在齊、魯之界，魯之望也。

李氏曰：《禹貢》海、岱，徐州之地，泰山乃其境。

《史記》：“泰山之陽則魯，其陰則齊。”

《郡縣志》：泰山，一曰岱宗，在兗州乾封縣西北三十里。今奉符縣.

《春秋》：“猶三望。”鄭氏謂海、岱、淮。《公羊傳》：祭泰山、河、海。
《職方氏》：兗州山鎮曰岱山。

---

① 項：至元六年刻本、合璧本、庫本作“項”，《毛詩集解》黃櫄亦作“項”，“項”是。《春秋地名考略》卷一四“項”：僖十七年夏滅項。杜注：項國，今汝陰項縣。按：項後為楚地，項氏世為楚將，封於項即此。漢為項縣治，曹魏因之。晉咸寧五年伐吳，以賈充節度諸軍，荆州平，命充自襄陽移屯項，尋為豫州治。太元八年苻秦大舉入寇，堅發長安至項城。義熙十二年劉裕伐秦，前鋒檀道濟入秦境，秦徐州刺史姚掌以項城降。宋元嘉二十七年魏拔項城，泰始三年拓跋石自懸瓠攻汝陰，不克，退屯陳項，時陳郡治項城也。梁太清初侯景以北揚州歸梁，時治項，景敗，地入東魏。《隋志》：項城縣，東魏置揚州兼置丹陽郡及秣陵縣，開皇初郡廢，改秣陵為項城縣，置沈州治之，尋廢。唐屬陳州，後皆因之。
② 吳氏：即吳澄，字幼清，號草廬，崇仁人，宋咸淳末舉進士不第，入元，官至翰林學士，卒諡文正。《元史》有傳。引文又見何楷《詩經世本古義》卷二四之下。
③ 止：《詩經世本古義》作“至”。
④ 設：《詩經世本古義》作“說”。
⑤ 是：《說苑・雜言》作“所”。

### 龜　蒙

孔氏曰：定十年，齊人來歸鄆[1]、讙[2]、龜陰之田。謂龜山之北田也。《論語》：顓臾為東蒙主。謂主蒙山也。魯之境內有此二山，故言奄有。

曹氏曰："鄒之龜山，費之東蒙[3]。"

《郡國志》：泰山博縣[4]，有龜山。今襲慶府奉符縣。《水經注》："山在博縣北十五里。"《郡縣志》：在兗州泗水縣東北七十五里。孔子有《龜山操》[5]。

---

① 《春秋地名考略》卷二"鄆"：文十二年季孫行父帥師城鄆。公羊作"運"。杜注：鄆，莒、魯所爭者，城陽姑幕縣南有員亭，"員"即"鄆"也。成十六年《傳》：晉人執季孫行父於苕丘，公還待於鄆。杜注：魯西邑，東郡廩丘縣東有鄆城。按《十三州志》曰：魯有東、西二鄆。西鄆在東平，昭公所居。東鄆即莒、魯所爭。季孫城鄆時鄆屬魯，後入於莒。成九年楚子重伐莒，莒潰，楚人入鄆。襄十二年莒人圍臺，季孫宿帥師救臺，遂入鄆。昭元年季孫宿伐莒，取鄆。自此鄆又屬魯。杜氏"楚人入鄆"注曰：鄆，莒別邑。或者遂疑莒別有鄆。然號之會，莒人以取鄆愬諸侯，楚欲執魯使，趙孟曰：莒、魯爭鄆為日久矣。可證莒鄆即魯鄆也。姑幕，漢縣，屬瑯琊郡。晉屬城陽國，太康十年改屬東莞郡。北齊又省入東莞。故《後漢志》曰：東莞有員亭。京相璠曰：姑幕縣南四十里有員亭，在團城東北四十里。團城者，即東莞縣，郡亦治焉。南燕置鎮名團城，以其城正員也，亦曰員亭，劉裕嘗登之以望大峴。宋泰始三年以張讜為東徐州刺史守團城，魏攻取之，亦置東徐州，以成固公為刺史成團城。或訛為"圜城"，聲相近也。隋廢郡，而改縣曰東安，後又改為沂水，至今仍之。有古鄆城在縣治東北四十里。古姑幕城在諸城西四十里。再按：成公四年城鄆，《公羊》亦作"運"。杜注：公欲叛晉，故城之以為備。此西鄆見《經》之始也。昭公孫於齊，二十五年齊侯圍鄆。杜注：欲取以居公。二十六年齊取鄆，公至自齊居於鄆。二十七年鄆潰。定三年齊取鄆以為陽虎邑，六年季孫仲孫圍鄆。杜注：鄆貳於齊，故帥師圍之。十年齊人歸鄆田。皆此也。其地漢屬廩丘縣。周於此置清澤縣及高平郡。隋廢郡，改縣曰萬安，開皇十年置鄆州治此，十八年改縣曰鄆城。唐貞觀八年州移須昌，以縣屬焉。五代時改屬濟州，宋因之。金大定六年河決，徙縣治於盤溝村，即今縣治，屬濟寧州。鄆城舊縣在縣東十六里。廩丘城在今范縣東，與鄆城西界相接，即杜氏所云也。京相璠曰：廩丘縣東八十里有故鄆城。

② 《春秋地名考略》卷二"讙"：杜注："魯地，濟北蛇丘縣西有下讙亭。"按：讙，亦作鄤。《水經注》：蛇水逕下讙亭。《路史》：濟之乘丘有驩亭，或云讙兜國即蛇丘下讙亭，唐人鉅野，後為濟治，今在寧陽縣西。蛇丘，漢縣屬泰山郡。後漢、晉、宋屬濟北國。魏屬東濟北郡。北齊廢。《索隱》：下讙亭在下博縣西南。

③ 《春秋地名考略》卷二"費"：按《尚書大傳》："周初淮浦、徐州並起為寇，伯禽伐之於費，作《費誓》。"《史記》作《肸誓》。賈逵、《索隱》皆以"費"音同"秘"，魯懿公子大夫費伯邑，隱七年費伯帥師城郎是也。僖公與季友，始為季氏邑。襄七年南遺請城費。昭十二年南蒯以費叛。十三年叔弓帥師圍費。定十二年墮費。即此。漢置費縣，屬東海郡。後漢屬泰山郡。晉屬瑯琊國。宋為瑯琊郡。隋屬沂州，至今因之。城凡四移：後漢移薛埘，又移祊城，後魏移陽口山，隋復還祊城，即今治也。春秋時故城在今治西南七十里。或云費伯食邑在今魚臺縣西南，有費亭。非季氏之費也。

④ 《續漢書·郡國志》：泰山郡，高帝置。十二城：奉高、博、梁甫、鉅平、嬴、茌、萊蕪、蓋、南武陽、南城、費、牟。

雍正《山東通志》卷九《古蹟志·泰安縣》：博城，在縣東南三十里舊縣村，本齊博邑。漢置縣，屬泰山郡。後魏改博平。隋改汶陽，又為博城。唐改乾封。宋開寶五年移乾封於岱岳鎮，大中祥符元年改曰奉符，又築新城，在今治東南三里。金置泰安州，復還舊城，元、明因之，即今治也。

⑤ 王伯大重編《別本韓文考異》卷一《龜山操》：孔子以季桓子受齊女樂，諫不從，望龜山而作。魏仲舉編《五百家注昌黎文集》卷一《龜山操》：孫曰："魯定公十四年齊選國中女子八十人以遺魯，季桓子受之。"樊曰："《史記》：季氏受樂，三日不聽政，郊又不致燔俎於大夫。孔子時為大司寇，遂行，宿於屯，而師已送曰：夫子則非罪。孔子：吾歌可夫？歌曰：彼婦之口，可以出走。彼婦之謁，可以死敗。蓋優哉游哉，維以卒歲。師已反，季子曰：孔子何言？師已實告。季子喟然嘆曰：夫子罪我以羣婢也。"韓曰："《古琴操》云：予欲望魯兮，龜山蔽之。手無斧柯，奈龜山何。孔子退而望魯，魯有龜山蔽之，譬季氏於龜山，託勢位於斧柯，言季氏之專政猶龜山之蔽魯也。"

《地理志》：蒙山，在泰山蒙陰縣西南①。《郡縣志》：在沂州費縣西北十里。東蒙山，在費縣西北七十五里。蒙山，在沂州新泰縣東南八十八里②。《書》曰："蒙羽其藝③。"《寰宇

①《漢書·地理志》：泰山郡，高帝置。縣二十四：奉高、博、茌、盧、肥成、蛇丘、剛、柴、蓋、梁父、東平陽、南武陽、萊蕪、鉅平、嬴、牟、蒙陰、華、寧陽、桑丘、富陽、桃山、桃鄉、式。

《大清一統志》卷一四〇《沂州府》：蒙陰縣，春秋魯蒙邑。漢置蒙陰縣，屬泰山郡。後漢省。晉復置，屬瑯邪郡。宋省。後魏改置新泰縣於此，屬東安郡。東魏改曰蒙陰。北齊廢入新泰。元皇慶二年以故新泰復置，屬莒州。明初改屬青州府。清朝雍正八年分屬莒州，十二年改屬沂州府。蒙陰故城，《舊志》：漢故城在今縣西南十五里。又有故城在縣東十里，蓋即後魏所置新泰縣也，北齊廢入新泰，元皇慶中復置於今治。

②《大清一統志》卷一四二《泰安府·建置沿革》：新泰縣，春秋魯平陽邑。漢置東平陽縣，屬泰山郡。後漢省。三國魏改置新泰縣，屬泰山郡。晉改屬東安郡，宋因之。後魏改屬東泰山郡。隋屬琅琊郡。唐武德五年改屬莒州，貞觀中還屬沂州，宋因之。金改屬泰安州。元省入萊蕪，後復置，屬泰安州。明、清屬泰安府。

③《春秋地名考略》卷三"羽山"：昭七年鄭子產曰："昔堯殛鯀於羽山，其神化為黃熊以入於羽淵。"杜注：羽山在東海祝其縣東南。按《禹貢》"羽畎夏翟"，孔傳云：夏翟，雉名，羽中旌旄，羽山之谷有之。曾氏注云：羽山之谷雉具五色，因以羽名，即殛鯀處也。祝其，漢縣，屬東海郡，晉因之，唐廢，地在今海州贛榆縣西五十里，縣西北八十里即羽山，高四里，周圍八里，西距沂州七十里，山下有潭曰羽潭，亦曰羽池，即羽淵也。《寰宇記》曰：羽山在朐山縣西北九十里，漢朐山縣即今海州治。蓋地相接也。再按孔氏《孟子疏》：羽山在東齊海中，今登州東南三十里亦云有羽山，與杜異，不取。《齊乘》曰：近羽山有鯀城，相傳魏將田預所築，因羽山為名。又劉昭云：鍾離城南有羽泉。皆謂舜殛鯀處。《齊乘》云：鍾離在沂州西南百餘里，楚將鍾離昧所築。與杜氏之說亦相近。《春秋地理考實》卷三"羽山羽淵"：《彙纂》："今兗州府沂州東南一百里有山，高四里，周廣八里，其西為羽淵。"今按《禹貢》"蒙羽其藝"，胡渭云：《漢志》祝其縣南有羽山。杜注《左傳》亦云在祝其縣西南。縣之故城在今贛榆縣界，而《隋志》朐山縣有羽山。《元和志》云：羽山在朐山縣西北一百里。又云：在臨沂縣東南一百十里，與朐山縣分界朐山。海州臨沂，今沂州也。近志：郯城縣東北亦有羽山，接贛榆界。《齊乘》云：羽山舊在朐山縣東北九十里。今屬沂州，在東南百二十里。時郯城未復，故在其境也。諸說不同，要之，此山在沂州之東南，海州之西北，贛榆之西南，郯城之東北，實一山跨四州縣之境也。《明一統志》云：在贛榆縣之西北八十里。則誤矣。說者皆以此山為舜殛鯀處，山下有羽潭，即《左傳》所謂羽淵者也。按此地太近，非荒服放流之宅。孔安國《傳》云：羽山東裔在海中，今登州府蓬萊縣有羽山。《寰宇記》云：在縣東十五里，即殛鯀處，有鯀城在縣南六十里。以近殛鯀之地而名，此與孔傳謂在海中者合，當從之。《蓬萊新志》云：羽山在縣東南三十里。《四書釋地又續》卷上《羽山》：《書》有二羽山。一、《舜典》"殛鯀於羽山"，《傳》云：羽山東裔在海中。一、《禹貢》"蒙羽其藝"，《疏》引《地理志》：羽山在東海祝其縣南。今漢祝其故城在贛榆縣西山，即在縣之西北，說者以為舜殛鯀處，山下有羽潭，即左氏所云"其神化為黃熊以入於羽淵"者，某謂此地較三凶殊近，恐非放流之宅。安國言在海中，似確。今登州府蓬萊縣有羽山，北直沙門島。《寰宇記》：在縣東十五里，即殛鯀處，有鯀城，在縣南六十里。以近殛鯀地而名，此與《傳》云在海中者合。《齊乘》：蓬萊縣九目山東北二十里有龍山，又北即羽山。《縣志》：羽山在縣東南三十里。然則《禹貢》之羽在徐域，《舜典》之羽在青域。登州，古萊夷地，三面距海，故謂之海中，殛鯀於此，正荒服，所謂"二百里流"者乎。

記》：蒙山，在海州懷仁縣北七十五里①。《括地志》："在沂州臨沂縣②。"《唐六典注》："在費縣③。"
《輿地記》：蒙陰縣故城，在新泰縣東南。

## 大東　海邦

鄭氏曰："大東，極東也。海邦，近海之國。"

孔氏曰：僖公之時，東方小國見於盟會唯邾、莒、滕④、杞而已。

《爾雅》："東至於泰遠。""東至日所出為太平⑤。"《爾雅注》："遂憮大東。"

---

　　① 《大清一統志》卷七二《海州》：贛榆縣，漢置贛榆縣，屬琅邪郡，後漢初省。建初五年復置，改屬東海郡，三國魏省。晉太康元年復置，劉宋因之。蕭齊屬北海郡。梁分置南、北二青州。東魏武定七年以贛榆縣屬東海郡，又置義塘郡及懷仁縣，屬南青州。高齊廢贛榆縣。隋開皇三年廢義塘郡，以懷仁縣屬東海郡。唐屬海州，五代、宋因之。金大定七年改懷仁縣曰贛榆，仍屬海州，元、明、清俱不改。懷仁故城，在贛榆縣西。《太平寰宇記》：故城在懷仁縣西二十三里，魏武定七年置，後廢為義塘鎮。

　　② 《大清一統志》卷一四〇《沂州府》：蘭山縣，附郭。漢置開陽、即邱、臨沂三縣，皆屬東海郡。後漢建初五年以開陽為琅邪國治。南北朝末移郡治即邱，省開陽、臨沂二縣入之。隋開皇十六年置臨沂縣，為沂州治。大業初為琅邪郡治，省即邱入之。唐、宋、元皆為沂州治。明洪武初省入州。清朝雍正十二年置蘭山縣，為沂州府治。臨沂故城，在蘭山縣北。漢置縣，屬東海郡。後漢改屬琅邪國，晉因之。宋大明五年省。魏武定八年復置，屬郯郡。《魏書·地形志》：即邱縣有臨沂城。北齊省。隋開皇十六年復分即邱置，為琅邪郡治。唐以後為沂州治。元省入州。《舊志》：有臨沂社，在州北五十里，故縣治此。

　　③ 《大清一統志》卷一四〇《沂州府·山川》：蒙山，在蒙陰縣，南接費縣界。《徐州記》：蒙山高四十里，長六十九里，西北接新泰縣界。《論語疏》：山在魯東，故曰東蒙。《齊乘》：龜山在岑費縣西北七十里，蒙山在龜山東，二山連屬，長八十里，《禹貢》之蒙羽、《論語》之東蒙此正蒙山也，後人誤以龜山當蒙山，山為東蒙，而隱沒龜山之本名。明公鼐《蒙山辨》：山高峯數處，俗以在西者為龜蒙，中央者為雲蒙，在東者為東蒙，其實一山未，嘗中斷。龜山自在新泰縣境，其北有沃壤，所謂龜陰之田是也。《舊志》：蒙山綿亘百二十里，有七十二峰、三十六洞、古刹七十餘所，龜蒙頂為最勝。其次曰白雲巖，產雲芝茶。其東有平仙頂、臥仙橛、玉皇頂，皆秀插雲表。

　　④ 《春秋地名考略》卷一二"滕·國於滕"：滕，姬姓，文王子錯叔繡之後。隱九年書滕侯卒，是為叔繡後十七世宣公也，始見於《經》。隱十一年滕侯、薛侯來朝，爭長。滕侯曰：我，周之卜正也。意以得仕王朝為貴。定四年祝鮀曰：武王母弟八人，周公為太宰，唐叔為司寇，耼季為司空。五叔無官，豈尚年哉？杜注：以管、蔡、郕、霍、毛為五叔，蓋謂文昭十六，前八同母，後八異母也。叔繡次在後母中，卜正亦未必當其身，而滕侯云然，意亦與祝鮀同耳。昭四年渾罕曰：蔡及曹、滕其先亡乎？服虔注曰：齊景亡滕。孔穎達非之，謂《史記》言春秋六世楚滅滕是也。夫孟子時且有滕，服言之謬可知矣。《竹書》云：威烈王十一年於越子滅滕。亦誤。其地，杜注：滕國在沛國公丘縣。按：秦置滕縣，漢高祖封夏侯嬰為滕公，尋改置公丘縣，屬沛郡，《地理志》曰：故滕國也。武帝封魯恭王子為侯邑，晉屬魯郡，後廢。今滕縣乃漢之蕃縣，隋改曰滕。金置軍，尋改州。明降為縣，屬濟南府。古滕城在縣西南十四里。《志》云：其城周二十里，中有子城。

　　⑤ 太：《爾雅·四極》作"大"。

## 鳧 繹

《郡縣志》：鳧山，在兗州鄒縣東南三十八里①。嶧山②，一名鄒山，在鄒縣南二十二里。《地理志》：嶧山，在魯國騶縣北③，《禹貢·徐州》"嶧陽孤桐"謂嶧山之陽。《左傳》：邾文公卜遷於嶧。杜氏注："繹，邾邑，魯國鄒縣北有嶧山④。"《水經注》：鄒山，所謂嶧山。邾文公所遷，城鄒山之陽，依巖岨。京相璠曰：繹邑，依嶧山為名。山東西二十里，南北十三里。高秀獨出，積石相臨，殆無土壤，石間多孔穴，洞達相通。秦始皇東巡於魯⑤，登嶧山之上，命李斯勒銘。太史公北涉汶、泗，講業齊、魯之都，觀孔子之遺風，鄉射鄒嶧。今按：嶧山⑥，在邾地，亦頌禱之辭。《鄒山記》曰⑦："鄒山，古之嶧山，魯穆公改為鄒山。嶧陽猶多桐樹。"《春秋》：宣十年，伐邾，取繹。

## 徐宅

朱氏曰："宅，居也，謂徐國。"

曹氏曰："鳧、繹二山在鄒之北，本徐州之地，而魯宅之。"

李氏曰：僖公十五年，楚國伐徐。是徐為楚所服，豈為僖公服乎？

---

① 《大清一統志》卷一二九《兗州府·建置沿革》：鄒縣，春秋邾國，魯繆公時改為騶。漢置騶縣，屬魯國，後漢、晉、宋、魏、隋因之。唐屬兗州，五代因之。宋熙寧五年省為鎮，入仙源縣。元豐七年復置，仍屬兗州。金屬滕州，元因之。明洪武中改屬兗州府，清朝因之。鳧山，在鄒縣西南五十里，接魚臺縣界，即《魯頌》之鳧山也。《齊乘》：鳧山在鄒縣西南五十里，古有伏羲廟，今云有伏羲墓，非也。《府志》：山南有呂公洞，洞有丹井，其上有伏羲廟，廟前有雙栢，可數千年物。《縣志》：山分東、西，名曰雙鳧。

② 嶧：庫本作"繹"。

③ 《漢書·地理志》：魯國，故秦薛郡，高后元年為魯國。縣六：魯、卞、汶陽、蕃、騶、薛伯。

④ 《春秋地名考略》卷一二"邾·遷於繹"：文十三年，邾文公卜遷於繹，史曰：利於民而不利於君。邾子曰：苟利於民，孤之願也。遂遷於繹。五月邾子克卒，君子曰知命。杜注：繹，邾邑，魯國鄒縣北有繹山，徙都於彼山旁，山旁當有舊邑也。邾既遷都於此，竟内應別有繹邑。宣十年公孫歸父帥師伐邾，取繹，《公羊》作"蘱"，必非取其國都，當是取其別邑耳。哀七年魯師入邾，處其公宮，邾衆保於繹。杜注：繹，邾山也。是則棄城而栖山矣。《禹貢》徐州之貢"嶧陽孤桐"，孔疏引下邳縣西之葛嶧山，疑誤。《詩》"保有鳧繹，遂荒徐宅"，毛《傳》云：二山名。蓋"嶧"與"繹"通也。《史記》：始皇二十八年東行郡縣，上鄒嶧山，諸儒刻石紀秦功德，其所刻石嶺名曰書門。郭璞曰：繹山，純石積搆，連屬如繹絲然，故名。《水經注》：嶧山孔穴洞達，往往如數間屋，俗謂之嶧孔，避難者多就之。晉永嘉之亂，太尉郗鑒將鄉曲逃於此，今山南有大嶧，名曰郗公山，北有紀巖，即秦立石處也。宋元嘉中，魏主南侵，踏而僕之。按：《疏》稱邾都鄒縣，嶧山在北，而今之嶧山在縣東南二十五里，蓋古時縣治在山南而今則徙於山北也。又山之西南有故縣村，即鄒縣舊治，可知文公徙都不過稍北數里耳。邾至戰國時為楚所滅，楚宣王遷其遺民於弦、黃之間，謂之邾城。漢初，吳芮為衡山王，都邾。孫、曹時稱江北巨鎮。晉咸和中，豫州刺史毛寶重兵戍之，為石趙所陷，其地遂墟。

⑤ 東巡：庫本作"觀禮"。

⑥ 嶧山：庫本作"鳧嶧"。

⑦ 《鄒山記》：卷次不詳，劉薈撰。是書《水經注》已見引用，《御覽綱目》外不見志目收錄。劉薈，事迹不詳，《隋書·經籍志》有宋寧國令劉薈集七卷。

### 蠻　貊

孔氏曰："南夷之蠻。"《後漢·傳》：平王東遷，蠻侵暴中國。潁首以西有蠻氏之戎①。《春秋》伐蠻子，在河南新城東南②。

傅氏曰："東夷之貊。"《後漢·傳》有貊耳、小水貊、濊貊之屬。孔氏曰："魯僖之時，貊近魯。"《說文》："南方蠻，從蟲。東貉，從豸。"《職方氏》："八蠻九貊。"

### 南夷

毛氏曰："荆楚也。"傅氏曰："上已言荆、舒，此南夷是南蠻也。上所謂蠻貊，亦東方諸種。"嚴氏曰："莫不率從，非願之之辭。"

### 常　許

毛氏曰："魯南鄙、西鄙。"

孔氏曰："常為南鄙，許為西鄙。"

鄭氏曰：常，或作"嘗"，在薛之傍，《春秋》莊三十一年"築臺於薛"是與！周公有常邑③。六國時，齊有孟嘗君，食邑於薛④。《史記正義》："嘗邑，在

---

① 《春秋地名考略》卷一四"蠻氏"：成六年蠻氏侵宋。杜注：蠻氏，戎別種也，河南新城縣東南有蠻城。按：《後漢志》文十七年周敗戎於邧垂，即此戎也。新城縣北有垂亭。襄五年王使王叔陳生愬戎於晉，晉人執之，以其貳於戎也。十六年楚子誘戎蠻子殺之。《公羊》作"戎曼子"。《左傳》：楚子聞蠻子之亂也，與蠻子之無質也，使然丹誘戎蠻子嘉殺之，遂取蠻氏。既而復立其子焉，禮也。哀四年楚人圍蠻氏，蠻氏潰，蠻子赤奔晉陰地，楚師臨上雒，晉士蔑致九州之戎，將裂田以與蠻子而城之，又將為之卜。蠻子聽卜，遂執之與其五大夫以畀楚師，於三戶司馬致邑立宗焉，以誘其遺民，而盡俘以歸。杜注：夷虎，蠻夷叛楚者，楚又詐為蠻子作邑，立其宗主，蓋古者致民常統於宗也。《漢志》：河南新城縣曰蠻中，故蠻子國。《後漢志》：新城有鄤聚，古曼氏。《水經注》：汝水自梁縣東經麻解城北，故鄤鄉城也。蠻、麻聲近，故誤耳。李賢曰：蠻中聚在梁縣西南。今南陽府汝州西南有蠻城。

② 《大清一統志》卷一六三《河南府·古蹟》：新城故城，在洛陽縣南，古戎蠻子國。戰國時為韓邑。《史記》：秦昭襄王十三年白起攻新城，漢二年漢王至雒陽新城，皆此地也。漢惠帝四年置新城縣，屬河南郡，後漢、魏、晉因之。東魏天平初置新城郡，屬北荆州。《魏書·地形志》：郡治孔城，後陷，徙治州城。隋開皇初郡廢，十八年改縣曰伊闕，以伊闕山為名。大業初屬河南郡，唐因之。《元和郡縣志》：縣北至河南府七十里。宋熙寧五年廢為鎮，入河南。六年改隸伊陽，後仍屬洛陽郡焉。又按《元統志》：伊闕故城在嵩州東北九十里，今失其址。

③ 《大清一統志》卷一三〇《兗州府·古蹟》：常邑，在滕縣東南。《府志》：今薛城南十里有孟嘗集，或以為即古常邑。《史記·越世家》：願齊之試兵南陽莒地以聚常、郯之境。《索隱》曰：常，邑名，即田文之所封。

④ 《春秋地理考實》卷一"薛"：《經》："築臺於薛。"杜注："魯地。"《彙纂》：今兗州府滕縣東南有薛城。今按：薛國在滕縣南四十里，魯豈築臺於其國？當是魯地有名薛者耳。《春秋地理考實》卷四《列國興廢說·薛》：孔氏穎達、陸氏淳皆曰小國無紀，世不可知，亦不知為誰所滅（薛當是齊所滅，滕文公云"齊人將築薛"，是已取其地也。齊為田嬰、田文之食邑）。

薛國之南①。"《九域志》：淄州薛邑城，孟嘗君所食之地。《地理志》：魯國有薛縣。《皇覽》有孟嘗君冢②。許，許田也，魯朝宿之邑③。

孔氏曰：桓元年鄭伯以璧假許田，杜氏注：成王營王城，有遷都之志，故賜周公許田以為魯朝宿之邑，後世因而立周公別廟，其地近鄭，故鄭人易之。許田，近許之田。

劉氏曰④：許田，魯本受封之地，"居常與許"是也。地名與國同者，魯多有之，莊公築臺於許⑤、秦⑥，築臺於薛，豈真近秦、近薛哉？魯自地名許田。

《括地志》："許田，在許州許昌縣南四十里，有魯城，周公廟在其中。"《九域志》：潁昌府許田縣，省為鎮，入長社縣⑦。

朱氏曰："常、許皆魯之故地見侵於諸侯而未復者，故魯人以是願僖公也。"

## 徂來

《郡縣志》：徂來山，亦曰尤來山，在兗州乾封縣。今奉符縣。

---

① 《史記·孟嘗君列傳》"薛公文卒諡為孟嘗君"條《集解》：嘗在薛之南，孟嘗邑於薛城。又《索隱》：嘗邑在薛之旁。又《正義》：孟嘗君墓在徐州滕縣五十二里。王應麟此處引文云出自《正義》，未詳所據。

② 皇覽：庫本作"注皇覽曰"。

③ 《毛詩稽古編》卷二四《閟宮》"居常與許"條：《左傳》隱八年鄭易許田，桓元年鄭假許田，孔疏俱引此《詩》，蓋據《箋》為說。此未必然也。築臺於薛，魯地也。孟嘗君之薛，奚仲舊封也。春秋時薛尚存，魯安得築臺於其國中？明是異地而名偶同耳。嘗自在奚仲國旁，與魯之薛邑何預哉？至許田為鄭有，桓公本以易祊耳？豈僖公復以祊易之鄭邪？經傳無明文，亦臆說也。或謂常是齊所侵地，蓋本於《管子》。今案：管仲勸桓公親諸侯，反其侵地，故歸魯常、潛（《國語》亦載其事。"常"作"堂"），桓公始圖霸時事也。僖公即位在桓公二十七年，齊久已稱霸矣，常地之歸當在莊公時，不在僖公時，不應舉以頌僖。又齊在魯北，常為齊侵，定是魯北境，與《傳》南鄙又不相符，此說尤不足信也。

④ 劉氏：即劉敞。引文見劉敞《春秋權衡》卷二。

⑤ 許：《春秋權衡》無，檢《春秋》經傳亦無築臺於許之事，疑"許"為衍文。

⑥ 《春秋地名考略》卷二"秦"：莊三十一年築臺於秦。杜注：東平范縣西北有秦亭。按：魏收《志》東平郡嘗治范縣之秦城即此。《志》云：縣東北四十餘里有魯西門，舊有石門，高數尺，蓋魯、衛之境。今范縣南二里有秦亭。

⑦ 《大清一統志》卷一七二《許州·古蹟》：長葛縣，春秋鄭長葛邑。漢置長社縣，屬潁川郡，後漢、晉、宋因之。後魏自許昌移潁川郡來治。東魏天平初兼置潁川，武定七年州徙治潁陰，縣廢。隋開皇六年復於故縣地置長葛，屬許州。大業初屬潁川郡。唐屬許州，五代因之。宋屬潁昌府，金、元、明因之，俱屬許州。清朝初屬開封府，後分屬許州府，今仍屬許州。長社故城，在長葛縣西。《史記》：秦昭襄王三十三年客卿胡傷攻魏長社，取之，後置縣。漢初樊噲從攻長社、軹轅。《地理志》長社屬潁川郡。晉末宗室司馬楚之據長社降魏，魏為潁川郡治。東魏為潁州治，武定五年侯景以州附西魏，七年高澄復取潁川，以城多傾頹，移治潁陰，而此城廢。《括地志》：故城在長葛縣西一里。《元和志》：西魏大統十三年王思政進拔潁川。東魏高岳率眾圍潁川，造高堰引洧水以灌城，潁川郡陷，水自東北入城。魯城，在州城東南。

《後漢志》"博尤來山"注①：博城縣有徂來山，一名尤來。《水經注》：《鄒山記》曰："徂來山，在兗州梁父、奉高②、博城三縣界③，今猶有美松。赤眉樊崇保此山，自號尤來三老。"《後魏·地形志》：泰山郡梁父縣④，有徂山在北⑤。《輿地廣記》：唐省梁父入博城。今奉符縣。《通典》：梁父故城⑥，在泗水縣地。

## 新甫

《後魏志》：魯郡汶陽縣有新甫山⑦。《通典》：漢汶陽故城⑧，在兗州泗水縣東南。

《九域志》：襲慶府有新甫田⑨。

## 商頌

《鄭氏譜》曰："商者，契所封之地。有娀氏之女名簡狄者，吞乙卵而生契⑩。堯之末年，舜舉為司徒，有五教之功，乃賜姓而封之。世有官守，十四世至湯，則受命伐夏桀，定天下。後世有中宗者，嚴恭寅畏，天命自度，治民祗懼，不敢荒寧。後有高宗者，舊勞於外，爰洎小人。作其即位，乃或

① 整理者按：此《注》見《後漢書·桓帝紀》元熹三年六月"庚子岱山及博尤來山並頹裂"條李賢注，非《志》之《注》。
② 《大清一統志》卷一四二《泰安府·古蹟》：奉高廢縣，在泰安縣東北十七里。漢武帝置，為泰山郡治，後漢、晉、宋因之。後魏屬泰山郡。隋開皇中改曰岱山，大業初廢入博城。唐初復於此置岱縣，屬東泰州。貞觀初又省入博城。
③ 博城：《水經注》作"博"。《大清一統志》卷一四二《泰安府·古蹟》：博縣故城，在泰安縣東南。春秋時齊邑，亦曰博陽。漢元年田安為濟北王都博陽，後改為泰山郡，後漢、晉、宋因之。後魏改曰博平。北齊屬東平郡。隋開皇十六年改曰汶陽，十七年又改曰博城，屬魯郡。唐改曰乾封，屬兗州。宋開寶中移縣於岱嶽鎮，此城遂廢。
④ 《魏書·地形志》：泰山郡，漢高帝置。領縣六：鉅平、奉高、博平、嬴、牟、梁父。
⑤ 徂山：《魏書·地形志》作"徂來山"，是此處引文脫一"來"字。徂來山：又名徂徠山、徂萊山。《大清一統志》卷一四二《泰安府·山川》：徂徠山，在泰安縣東南四十里。《舊志》：上有紫源也，玲瓏獨秀諸峰，及天平、東、西三寨下有白鶴灣，又有竹溪。唐天寶中孔巢父、李白、韓準、裴政、張權明、陶沔嘗結社於巉石峰，號竹溪六逸。宋石介亦築室於下，號徂徠先生。
⑥ 《大清一統志》卷一四二《泰安府·古蹟》：梁父故城，在泰安縣南六十里。漢置縣，屬泰山郡。後漢為侯國。晉仍為縣。南燕慕容德嘗置兗州於此。劉宋仍屬泰山郡，後魏因之。隋改屬魯郡。唐初屬東泰州，貞觀初省。《舊志》：故城與兗州府之泗水縣接界，西南去兗州府寧陽縣九十餘里。
⑦ 《魏書·地形志》：魯郡，秦置為薛郡，高后改為魯國，皇興中改。領縣六（五）：魯、汶陽、鄒、陽平、新陽。
　　新甫：又名宮山。《大清一統志》卷一四二《泰安府·山川》：宮山，在新泰縣西北四十里，接萊蕪縣界，即古新甫山。《詩·魯頌》"新甫之柏"，《魏書·地形志》汶陽有新甫山。《縣志》：相傳漢武封禪於此，見仙人跡，建離宮其上，故改名宮山，亦名小泰山。宋常曾《記》云：漢武易小泰山為宮山，封三峰為義山，山上有望仙臺、雲衢岫，東有毬杖墅，西有冰寨溪、五雲澗，西北有千洞，深遠莫測。
⑧ 《大清一統志》卷一三〇《兗州府·古蹟》：汶陽故城，在寧陽縣東北，本春秋時魯地。漢置汶陽縣，屬魯國。晉屬魯郡，宋及後魏因之。《元和郡縣志》：故汶陽城在龔邱縣東北五十四里。《舊志》：漢章帝元和三年東巡泰山，立行宮於汶陽，世謂之闕陵城。
⑨ 田：庫本作"山"。
⑩ 乙：庫本作"耾"。

諒闇，三年不言，言乃雍。不敢荒寧，嘉靖殷邦。至於小大，無時或怨。此三王有受命、中興之功，時有作詩頌之者。商德之壞，武王伐紂，乃以陶唐氏火正閼伯之墟封紂兄微子啟為宋公，代武庚為商後。其封域在《禹貢》徐州泗濱，西及豫州盟豬之野。自後政衰，喪亡商之禮樂①。七世至戴公，時當宣王，大夫正考父者，校商之名頌十二篇於周太師，以《那》為首，歸以祀其先王。孔子録《詩》之時則得五篇而已，乃列之以備三頌。著為後王之義，監三代之成功②，法莫大於是矣。問者曰：列國政衰，則變風作，宋何獨無乎？曰：有焉，乃不録之。王者之後，時王所客也。巡守述職，不陳其詩，亦示無貶黜客之義也。又問曰：周太師何由得《商頌》？曰：周用六代之樂，故有之。"

《書序》："自契至成湯八遷。"孔氏曰：契居商，昭明居砥石，相土居商丘，湯居亳，見《經》、《傳》有四，其四未聞。商，在商州商洛縣。砥石，或曰即砥柱，在陝州陝縣。商丘，在應天府宋城縣。亳，在應天府穀熟縣西南三十五里。

盤庚曰："不常厥邑，於今五邦。"孔氏注：湯遷亳，湯即位居南亳。後徙西亳，在河南府偃師縣西十四里，本帝嚳之墟。仲丁遷囂，滎陽故城，在鄭州滎澤縣西南七十里，殷時敖地。河亶甲居相，在相州內黃縣東南十三里③。祖乙居耿④，在絳州龍門縣東南十四里耿城⑤。并盤庚遷都殷為五邦。《三代世表》：盤庚徙河南。《括地志》云："盤庚都偃師西亳。"蔡氏曰："以下文'今不承於古'考之，盤庚之前當自有五遷。《史記》言祖乙遷邢，或祖乙兩遷也。"《通典》：在邢州。

《史記》云：武乙去亳，徙河北。《世紀》："帝乙徙朝歌。"在衞州衞縣，今

---

① 喪：至元六年刻本、合璧本、庫本作"散"，《毛詩譜》亦作"散"。
② 三：庫本作"二"。
③ 《大清一統志》卷一五六《彰德府》：內黃縣，漢置內黃縣，屬魏郡，魏晉因之，東魏省。隋開皇六年復置，屬相州，大業初屬汲郡。唐武德四年屬黎州，貞觀十七年還屬相州，天祐三年改屬魏州。宋屬大名府。金改屬滑州，元因之。明屬大名府。清朝雍正二年屬彰德府。內黃故城，在今內黃縣西北。戰國魏黃邑。《漢書注》：陳留有外黃，故加"內"云。東魏天平初併入臨漳。隋開皇六年復置。章懷太子曰：內黃故城在今縣西北。《元和志》：相州內黃西北至州八十里。《寰宇記》：隋於故城東南十九里重置。文德初，朱全忠引兵至內黃敗魏州兵，即今縣也。《縣志》：舊縣城在縣西二十里。
④ 《春秋地名考略》卷一三"耿"：閔元年晉滅耿，賜趙夙。杜注：姬姓國，平陽皮氏縣東南有耿鄉。按《水經注》：汾水西逕耿鄉城北。《書序》曰：祖乙圮於耿。盤庚以耿在河北，迫近山川，乃自耿遷於亳。《史記》：祖乙遷邢。司馬貞曰：邢，音"耿"，即耿也。秦置皮氏縣，惠文君九年渡河取皮氏是也。漢因之，屬河東郡。《地理志》：有耿鄉，古耿國也。晉屬平陽郡。後魏改為龍門縣，蓋因山以名，唐因之。隋屬蒲州，唐屬絳州。《括地志》：故耿城今名耿倉城，在龍門縣東南十二里。宋屬河中府，宣和中改為河津縣，今仍之，屬平陽府。古耿城在縣南十二里。
⑤ 《大清一統志》卷一一八《絳州·古蹟》：皮氏故城，在河津縣西二里。戰國時魏邑。《括地志》：皮氏在絳州龍門縣西。《元和志》：秦置皮氏縣，漢屬河東郡，後魏太武帝改皮氏為龍門縣，因龍門山為名。元王思誠《圖記》：河津縣，宋宣和二年改名，舊縣圮於汾水。元皇慶初移於縣西北一里姑射山麓，即今縣治。皮氏縣在城西二里楊村，二城相對，遺址猶在。

并入黎陽。

三亳。皇甫謐曰："二在梁國①，一在河、洛之間。穀熟為南亳，湯所都也。蒙為北亳，亦曰景亳，湯所受命也。偃師為西亳，盤庚所遷也。"黃氏曰："三亳：南亳、北亳、亳殷也。南亳，今應天府穀熟縣。北亳，拱州考城縣。亳殷，河南偃師縣。"《補傳》曰：湯始居西亳，次居北亳，最後居南亳，三亳皆湯所居。《書》曰《商書》，《頌》曰《商頌》，本契之始封而稱之也。

蘇氏曰②：《商詩》駿發而嚴屬，商人之風俗在此，故其後世有以自振於衰微。

## 宋

《地理志》：梁國睢陽縣③，故宋國，微子所封，<small>今應天府宋城縣。</small>本閼伯之墟。

《左傳》：商主大火。不利子商④。自根牟至於商⑤、衛。<small>宋商，後謂宋為商。</small>

---

　　①　《晉書·地理志》：梁國，漢置。統縣十二：睢陽、蒙、虞、下邑、寧陵、穀熟、陳、項、長平、陽夏、武平、苦。
　　②　蘇氏：即蘇轍。引文見蘇轍《古史》卷四《殷本紀》。
　　③　《漢書·地理志》：梁國，故秦碭郡，高帝五年為梁國。縣八：碭、甾、杼秋、蒙、已氏、虞、下邑、睢陽。
　　④　子：庫本作"于"，《左傳》哀公九年亦作"子"。
　　⑤　《春秋地名考略》卷一四"根牟"：宣九年取根牟。杜注：根牟，東夷國也，今瑯琊陽都縣東有牟鄉。按《公羊》：根牟，邾婁之邑。非也。昭八年蒐於紅，自根牟至於商、衛，革車千乘。即此。今莒州沂水縣東南有牟縣。

《釋例》曰："商、宋一地①。"

孔氏曰：《商頌》五篇，由宋而後得存，故鄭為《譜》，因商而又序宋。

朱氏曰："太史公云：宋襄修仁行誼，欲為盟主，其大夫正考父美之，故追道契、湯、高宗之所以興，作商頌。蓋本《韓詩》之説，諸儒多惑之者。今考此《頌》皆天子之事，非宋所有，且其辭古奧，亦不類周世文，而《國語》閔馬父之言亦與今序合②。"《樂記》："商者，古帝之遺聲也③。""商人識之，故謂之商。"《注》："商，宋詩也。"《韓詩序》曰："《那》，美襄公也。"《法言》曰："正考甫嘗睎尹吉甫矣④。"揚子謂正考甫作《商頌》。韓退之亦云："夫子次列國之風而宋、魯獨稱頌。"

## 生商

《殷紀》：契封於商。鄭氏曰："商國，在太華之陽。"皇甫謐曰："在上洛商縣⑤。"漢屬弘農郡。《括地志》："商州城八十里商洛縣，本商邑，古之商

① 《春秋地名考略》卷一〇"宋·國於商丘"：微子啟，紂庶兄，知紂必亡，告父師、少師而遯於荒野，後歸周，武王封之於宋。武王又封紂子武庚以續殷祀，使管叔、蔡叔監之。武王崩，武庚畔，成王誅之。《書序》云：成王既黜殷命，殺武庚，命微子啟代殷，後作《微子之命》。孔安國傳云：命為宋公，為湯後。孔穎達云：微子初封於宋，不知何爵，此時因舊宋命之為公，令為湯後，蓋向第封之而已，以有武庚為嫡屬，故未為湯後，至是始主湯祀也，其地則為商丘。昭元年公孫僑對叔向曰：昔高辛氏有二子，伯曰閼伯，季曰實沈，居於曠林，不相能也，日尋干戈以相征討，后帝不臧，遷閼伯於商丘，主辰，商人是因，故辰為商星也，殷之先相土嘗居。襄九年宋災，晉侯問於士弱，對曰：古之火正，或食於心，或食於咮，咮為鶉火，心為大火，陶唐之火正閼伯居商丘，祀大火而火紀時焉，相土因之，故商主大火，商人閱其禍敗之釁必始於火是也。孔穎達云：《爾雅》以大火為大辰。昭十七年《傳》云：宋，大辰之虛，是大火為宋星也。《殷本紀》：契生昭明，昭明生相土。相土，契孫也。以是言之，則商丘本殷舊都，武王因以封微子耳。按：襄十年宋公享晉侯於楚丘，請以《桑林》，荀偃士匄曰：魯有《禘樂》，賓祭用之，宋以《桑林》享君，不亦可乎？莊子曰：協於《桑林之舞》。蓋《桑林》者，宋人享祖廟之樂也。又《書傳》言：湯伐桀之後大旱七年，湯禱於桑林之社而雨大至。是桑林又實有其地，乃《呂氏春秋》曰：立湯後於宋以奉桑林。又昭二十一年宋城舊郎及桑林之門。可見桑林即在商丘之境明矣。廟社所在，非舊都而何？隱元年及宋人盟於宿，始見於《經》。杜氏《釋例》云：宋、商、商丘三名一地，梁國睢陽縣也。睢陽，秦縣於此，置碭郡。漢改為梁國，縣如故。梁孝王自大梁徙都於此。《漢書》：孝王築東苑，方三百餘里，廣睢陽城七十里。後漢仍為國。後魏改梁郡。隋廢郡，置宋州，改縣名曰宋城。唐初亦曰宋州，建中時為宣武軍城。五代唐改歸德軍，宋太祖以歸德節度使受命，景德二年升為應天府，大中祥符七年建為南京，城周十五里四十步。金曰歸德府，復縣名曰睢陽，元因之。明初降為州，省縣入州治。嘉靖二十四年復為府，置商丘縣為附郭，今仍之，故城圮於水。弘治間少徙而北，周九里，城西南有商丘，周三百步，世稱閼臺。再按服虔云：相土居商丘，故湯以為國號，皆誤也。《商頌》："天命玄鳥，降而生商。"鄭康成曰：商國在太華之陽。皇甫謐曰：今上洛商縣是也。孔穎達曰：若契之居商，即是商丘，則契已居之，不得云相土因閼伯。若別有商地，則湯之為商不是因相土矣。《傳》言"商主大火"，商即宋也。昭八年魯蒐於紅，革車千乘，自根牟至於商、衛。哀二十四年靈夏對公曰周公、武公娶於薛，孝惠娶於商，此謂宋為商之明驗，故《釋例》曰"商、宋一地"是也。商丘之名偶與初封同，不必牽混可耳。

② 《國語·魯語下》：閔馬父對曰："昔正考父校商之名頌十二篇於周太師，以《那》為首。"韋昭注："馬父，魯大夫也。"

③ 古：庫本作"五"，《禮記·樂記》亦作"五"，"五"是。

④ 吳祕注曰：正考甫，宋宣公之上卿。尹吉甫，周宣王之卿士。尹吉甫深於詩教，作《大雅·崧高·烝民》之詩以美宣王。正考甫慕之，亦能得商頌十二篇以頌湯之盛德。

⑤ 《晉書·地理志》：上洛郡，泰始二年分京兆、南郡置。統縣三：上洛、商、盧氏。

國，卨所封。"

《國語》："玄王勤商，十四世而興①。"

李氏曰："生契謂之商者，契於商也②。"《補傳》曰："地有商山，因是得名。"

## 殷土

鄭氏曰："湯始居亳之殷地。"

孔氏曰："殷是亳地之小別名③。"

《書序》："盤庚將治亳殷。"《注》："商家改號曰殷。"

周氏曰④："商人稱殷自盤庚始，自此以前稱商。自盤庚既都亳，於是殷、商兼稱，故單稱殷。"

《補傳》曰："殷，以㴲水得名⑤。"

## 九有　九圍

毛氏曰："九州也。"

孔氏曰："九分天下，各為九處規圍然，故謂之九圍。"

易氏曰："殷人九州之制不見於經傳，是以後世莫詳焉。《爾雅》云：兩河間曰冀州，河南曰豫州，河西曰雝州⑥，漢南曰荊州，江南曰揚州，濟、河間曰兗州，濟東曰徐州，燕曰幽州，齊曰營州。其九州之名與夫疆域所至與《舜典》異，又與《禹貢》異，後世皆莫得其說。先儒以為殷制，其說誠然。由今考之，有舜之幽、營、徐，而無舜之青、梁、并。是青入於徐，梁入於雍，并入於冀也。既分《禹貢》冀州之境，而復舜之幽州，又併青與徐而復舜之營州，殷之九州粲然可考，而其山川道里亦以類舉。至周人，則又

---

① 《國語注》：玄王，契也，殷祖契由玄鳥而生，湯亦水德，故云玄王。勤者，勤身修德以興其國也。自契至湯十四世而有天下，言其難也。

② 契：庫本作"封"。《毛詩集解》卷四二"天命玄鳥"條李樗曰："生契謂之商者，契封於商也。"疑王應麟此處引文脫一"封"字，或此引文作"封"。

③ 名：至元六年刻本、合璧本脫。

④ 周氏：即周希聖，或作"鄒希聖"，疑即周希孟，字公闢，侯官人，宋嘉祐二年為福州州學教授，著有《詩春秋義》并《文集》。雍正《福建通志》卷四三有傳。引文又見林之奇《尚書全解》卷一八。

⑤ 《詩補傳》卷二九：㴲、潁同音，古㴲水縣乃今陳州之商水縣是也，亦近南京。《大清一統志》卷一七〇《陳州府·山川》：㴲水，即古潁水，自許州郾城縣流逕西華縣南，又東入商水縣北合於潁，俗亦名沙水。《水經注》：大隱水自征羌合小隱水，西逕西華縣故城南，又東逕女陽縣故城北，東注於潁。《元和志》：㴲水經商水縣北，去縣三里。《尚書埤傳》卷八：㴲水在今開封府郾城縣，與亳無涉。

⑥ 雝：庫本作"雍"。

分冀為并，而併營於幽，復禹之青州，而省徐以入於青。"

孔氏曰："《爾雅》九州之名，孫炎以與《禹貢》不同，於《周禮》又異，故疑為殷制，亦無明文。""《地理志》云：殷因於夏，無所變改。"

《王制注》："殷湯更制中國方三千里之界，分為九州，而建千七百七十三國。"

《小雅》："率土之濱。"孔氏曰："謂中國爲九州者[1]，以水中可居曰洲，居民之外皆有水也[2]。"

《韓詩》："奄有九域。"薛君曰："九州也。"《說文》：昔堯遭洪水[3]，民居水中高土，故曰九州。

### 邦畿千里

《王制注》：縣內[4]，夏時天子所居州界名也。殷曰畿，《詩》"邦畿千里"[5]。周亦曰畿。

孔氏曰："殷、周稱畿，唐、虞稱服。"《周禮·大司馬·九畿》："方千里曰國畿[6]。"《職方氏·九服》："方千里曰王畿[7]。"易氏曰：禹之五服，王畿在內。《職方氏》王畿不在九服之內。

《漢志》[8]：殷周因井田而制軍賦。地方一里為井，井十為通，通十為成，成方十里。十成為終，十終為同，同方百里。同十為封，封十為畿，畿方千里。提封百萬井[9]。

---

① 爲：庫本脫。

② 《史記·孟子列傳》引騶衍之說：中國名曰赤縣神州，赤縣神州內自有九州，禹之序九州是也，不得為州數。中國外如赤縣神州者九，乃所謂九州也。於是有神海環之，人民禽獸莫能相通者，如一區中者，乃為一州，如此者九。乃有大瀛海環其外，天地之際焉。

③ 昔：庫本作"晉"。

④ 《禮記·王制》：天子之縣內方百里之國九，七十里之國二十有一，五十里之國六十有三，凡九十三國。

⑤ 千里：庫本脫。

⑥ 《周禮·大司馬·九畿》：乃以九畿之籍施邦國之政，職方千里曰國畿，其外方五百里曰侯畿，又其外方五百里曰甸畿，又其外方五百里曰男畿，又其外方五百里曰採畿，又其外方五百里曰衛畿，又其外方五百里曰蠻畿，又其外方五百里曰夷畿，又其外方五百里曰鎮畿，又其外方五百里曰蕃畿。

⑦ 《周禮·職方氏》：乃辨九服之邦國，方千里曰王畿，其外方五百里曰侯服，又其外方五百里曰甸服，又其外方五百里曰男服，又其外方五百里曰採服，又其外方五百里曰衛服，又其外方五百里曰蠻服，又其外方五百里曰夷服，又其外方五百里曰鎮服，又其外方五百里曰藩服。

⑧ 《漢志》：即《漢書·刑法志》。

⑨ 《漢書·刑法志》：天子畿方千里，提封百萬井，定出賦六十四萬井，戎馬四萬匹，兵車萬乘，故稱萬乘之主。

### 景員維河　陟彼景山

朱氏曰：景，山名，商所都也。《春秋傳》曰“商湯有景亳之命”。員與幅幀義同<sup>①</sup>，蓋言周也。維河，大河也，言景山四周皆大河也。陟彼景山，蓋商所都之山。《衛詩》亦言景山，乃商舊都。

《補傳》曰：“景山，商都之望也。”“商都帶河，盤庚所謂‘惟涉河以民遷’是也。”“今亳有景山，故曰景亳。”

《括地志》：“宋州北五十里大蒙城<sup>②</sup>，為景亳，湯所盟地，因景山為名。”

《九域志》：亳城，古景亳也，本帝嚳之虛，湯都之，《書》云“湯始居亳，從先王居”，在應天府。

嚴氏曰：自湯至盤庚五遷。亳、囂皆在河南，相、耿皆在河北。自盤庚之後，傳三世至武丁，又傳四世至庚丁之子武乙，始去亳徙河北。此《詩》言河<sup>③</sup>，正謂亳也<sup>④</sup>。

《寰宇記》：景山，在應天府楚丘縣北三十八里。高四丈，今屬拱州。

### 禹敷下土方

朱氏曰：“下土方，絕句，《楚辭·天問》‘禹降省下土方’，蓋用此語。”

《書序》：“帝嚳下土方，設居方。”《釋文》曰：“一讀至‘方’字絕句。”

幅幀既長。徐氏曰：“自直方言之曰幅，自周圍言之曰幀。”曹氏曰：“猶云廣輪。”

### 有娀

毛氏曰：“有娀，契母也。”

《離騷經》曰：“見有娀之佚女。”《注》：有娀，國名。契母，簡狄也。

---

① 幀：庫本脫，朱熹《詩經集傳》作“隕”。
② 《大清一統志》卷一五四《歸德府·古蹟》：薄縣故城，在商邱縣西北，與山東曹縣接界，本商景亳，三亳之一也，亦作薄。《史記·殷本紀》注：宋州北五十里大蒙城為景亳，湯所盟地，因景山為名。《水經注》：汳水又東逕大蒙城北，疑即蒙薄也，所謂景薄為北薄也。椒舉云“成湯有景亳之命”者也。春秋為宋邑。《左傳》：莊公十二年宋公子御說奔亳。又僖公二十一年楚執宋公以伐宋，冬會於薄以釋之。漢屬山陽郡，後漢屬梁國，晉省入蒙縣。按：《左傳》及《水經注》縣為北亳，而《元和志》誤以為南亳。漢屬梁國，而《梁節王傳》謂“以濟陰之薄益梁國”，應自山陽改屬濟陰，後改梁國也。
③ 言：嚴粲《詩緝》卷三六《商頌·玄鳥》作“所言”。
④ 正謂亳也：至元六年刻本、合璧本作小注；也：庫本脫。

《呂氏春秋》曰[①]：有娀氏有二佚女，為九成之臺。佚，美也。《淮南子》：有娀在不周之北[②]，長女簡翟，《古今人表》[③]：簡遏。少女建疵。《史記》云：又桀敗於有娀之墟。當在蒲州。今河中府。

朱氏曰："舊説有娀國在不周之北，恐不應絶遠如此。"

### 韋顧

《鄭語》：祝融其後八姓，已姓昆吾、顧，彭姓豕韋。

《左傳注》："東郡白馬縣有韋城[④]。"《郡國志》：有韋鄉。

《通典》：滑州韋成縣[⑤]，古豕韋國。

《郡縣志》：顧城，在濮州范縣東二十八里[⑥]，《寰宇記》：在縣東南。夏之顧國。《古今人表》：韋、鼓。鼓，即顧。故莘城，在汴州陳留縣東北三十五里，古莘國地。湯伐桀，桀與韋、顧之君拒湯於莘之墟[⑦]，遂戰於鳴條之野[⑧]。

《呂氏春秋》：湯立天子，商不變肆，親郼如夏[⑨]。

————————————

① 呂氏春秋曰：原作"呂氏曰春秋"，《春秋》無有娀氏二佚女事，有娀氏二佚女之事見《呂氏春秋·季夏紀·音初》，據乙。

② 不周：即不周山。《淮南鴻烈·原道訓》"昔共工之力觸不周之山"，高誘注："不周山，崑崙西北。"

③ 《古今人表》：即《漢書·古今人表》。

④ 《春秋地名考略》卷一四"豕韋"：襄二十四年《傳》曰："在商為豕韋氏。"按昭二十九年蔡墨之言曰：陶唐氏既哀，其後有劉累，學擾龍於豢龍氏以事孔甲，能飲食之，夏后嘉之，賜氏曰御龍，以更豕韋。之後龍一雌死，潛醢以食夏后，夏后享之，既而使求之，懼而遷於魯縣，范氏其後也。以劉累代彭姓之豕韋，累尋遷魯縣，豕韋復國，至商而滅。累之後世復承其國，為豕韋氏。蓋劉氏始焉代豕韋於夏時，繼復承豕韋於商世，劉氏、彭氏相繼更居豕韋。豕韋之後衰，周尚存。戰國時曰塥津。《史記》：曹參至河內，下修武，度圍津。徐廣曰：東郡白馬有圍津，"圍"、"塥"同。《志》曰：河水至韋城名曰圍津，漢為白馬縣地。隋開皇十六年置韋城縣，屬滑州，唐因之。宋亦為韋城縣，仍屬滑。金時縣圮於水，廢為韋城鎮。今在大名府滑縣東南五十里。《九域志》里數同。

⑤ 韋成：《通典》作"韋城"。

⑥ 《大清一統志》卷一四四《曹州府》：范縣，春秋時晉范邑。漢置范縣，屬東郡，後漢因之。晉屬東平國。後魏泰常中別置東平郡治此，太和末罷，建議中復置。北齊郡、縣俱廢。隋開皇十六年復置范縣，屬濟北郡。唐武德二年兼置范州，五年州廢，縣屬濟州。貞觀八年改屬濮州，宋、金因之。元初屬東平路，至元二年還屬濮州。明屬東昌府。清朝雍正八年分屬濮州，十三年屬曹州府。范縣舊城，在今范縣東南。春秋屬晉，為范武子士會邑。戰國屬齊，蓋子自范之齊是也。《元和志》：濮州范縣西南至州六十里。《縣志》：明洪武十三年河決，城壞，徙今治，即唐莊宗新軍柵地也。舊城在縣東南二十里，城堞如故，一塔孤存，風景較今治為勝。

⑦ 《春秋地名考略》卷七"有莘之墟"：僖二十八年晉侯登有莘之墟以觀師。杜注：有莘，古國名。按：即《國語》所謂莘墟也。《括地志》：陳留縣東五里有莘城，即古莘國。《元和志》：古莘仲國也，在濟陰縣東南三十里，《夏本紀》鯀納有莘氏之女生禹，又伊尹耕於有莘之野，即此。今曹州曹縣北十八里有莘仲集，距陳留東北三十五里。又陳留縣南十五里有空桑城，相傳伊尹生此。蓋亦因莘城而得名。

⑧ 《大清一統志》卷一一七《解州·山川》：鳴條岡，在安邑縣，北與夏縣接界，一名高侯原。《尚書》：戰於鳴條之野。孔《傳》：安邑縣西有鳴條陌。《括地志》：高涯原在蒲州安邑縣北三十里，其南坂口即古鳴條陌也。整理者按：此與莘地距離過於遙遠，二者必有一誤。

⑨ 郼：至元六年刻本、庫本作"鄭"，誤。

## 昆吾

《郡國志》：東郡濮陽縣，古昆吾國。《通典》：濮州濮陽縣，即昆吾之墟，亦曰帝丘。《括地志》："濮陽縣，古昆吾國故城，縣西三十里。昆吾臺，在縣西百步，在顓帝城內，周迴五十步，高二丈，即昆吾虛也。"濮陽，今屬開德府。

《鄭語》：昆吾為夏伯。韋氏注："昆吾，祝融之孫，陸終第一子[①]，名樊，為己姓，封於昆吾。昆吾，衛是也。其後夏衰，昆吾為夏伯，遷於舊許[②]。《傳》曰'高祖伯父昆吾舊許是宅[③]'。"

《左傳》：衛侯夢於北宮見人登昆吾之觀。杜氏云："衛有觀，在古昆吾之虛，今濮陽城中。"

鄭氏曰："湯先伐韋、顧，克之。昆吾、夏桀，則同時誅也。"孔氏曰：昭十八年二月乙卯，周毛得殺毛伯過[④]，萇弘曰"是昆吾稔之日也"，言昆吾以乙卯日亡，與桀同日誅也，故《檀弓注》云"桀以乙卯日亡"。

《寰宇記》：解州安邑縣有昆吾亭。蓋湯伐桀之時，昆吾以兵助桀，同時而滅，故有亭，非國於此也。《郡國志》：河東安邑，有昆吾亭，湯伐桀戰處。朱氏曰：三蘖韋、顧、昆吾。《漢書注》："包有三枿。"

---

① 一：韋昭注作"二"。

② 《春秋地名考略》卷六"舊許"：襄十一年諸侯伐鄭，晉荀罃東侵舊許。杜注：舊許，許之舊國，鄭新邑。按《大紀》曰：武王封四岳，姜姓文叔封於許。隱十一年公及齊、鄭入許。杜注：地在潁川許昌縣。即今許州也。成十五年許靈公遷於葉，為今南陽葉縣，其許昌舊地則為鄭人所有，仍謂之舊許也。

③ 高：韋昭注作"楚之皇"。《春秋地名考略》卷一四"昆吾"：昭四年楚靈王曰：昔我皇祖伯父昆吾舊許是宅。杜注：陸終氏生六子，長曰昆吾，少曰季連。季連，楚子祖，故謂昆吾為伯父。昆吾嘗居許地，故曰舊許是宅。孔疏曰：昆吾是楚遠祖之兄，舊許在鄭，昆吾墟在衛，二居未知孰為先後。杜云昆吾為長子，蓋本《楚世家》，韋云第二子，亦小異也。《竹書》：仲康六年錫昆吾命作伯，帝癸元年昆吾氏出居許，二十八年昆吾會諸侯伐商，三十一年為湯所滅。然則昆吾之滅乃桀黜之。其後仍有昆吾者，或復封，或別封嬖臣，如劉累之代豕韋，都不可知矣。

④ 《春秋地名考略》卷一四"毛"：僖二十四年富辰曰：毛，文之昭。又本年《傳》：以狄師伐周，大敗周師，獲毛伯。杜注：毛，采邑。按《史記》：武王克商，入，立於社南，毛叔鄭奉明水。此即毛國始封之君也。成王顧命，毛伯班第六，領司空。文元年天王使毛伯來錫公命。杜注：毛國，伯爵，諸侯為王卿士者。孔疏云：僖二十四年有毛伯，杜注采邑，此毛與彼計是一人，而注不同者，此毛當是文王之子封為畿外之國而本封絕滅，常稱毛伯，國名尚存，仍為伯爵，復得采邑，為畿內諸侯，故彼云采邑，此云國也。文九年毛伯來求金。宣十五年王子札殺毛伯。昭十八年周毛得殺毛伯過。杜注：伯過，周大夫。得，過之族。二十六年毛伯以王子朝奔楚。蓋世仕於王朝矣。但毛伯故封則不知所在，或云秦州藉水旁有毛泉，近上邽，或曰在河南府宜陽縣境。

### 夏桀

吳起曰： "夏桀之居：左河、濟，右泰華，伊闕在其南[①]，羊腸在其北[②]。"

《寰宇記》：禹自安邑都晉陽，桀徙安邑。《郡縣志》：安邑故城，在陝州夏縣東北十五里[③]，禹所都也。

《書序》孔氏注：桀都安邑，湯升道從陑。陑，在河曲之南。戰於鳴條之野，地在安邑之西。《寰宇記》：解州安邑縣，東北七十五里有鳴條陌。陑，在縣北二十里。《郡縣志》：高堠原，在安邑縣北三十里，原南坂口即古鳴條陌也，戰地在安邑西。桀走保三朡，今定陶也。三朡亭，在曹州濟陰縣東北四十九里。桀自安邑東入山，出太行東南三十里有陑山。

傅氏曰："河曲，即蒲坂，後改河東。"

### 荆楚

毛氏曰：荆州，言楚國也。孔氏曰："周有天下，始封熊繹為楚子。於武丁之世，不知

---

① 《大清一統志》卷一六二《河南府‧山川》：闕塞山，在洛陽縣南，一名伊闕山，亦名龍門山《水經注》：昔大禹疏以通水，兩山相對，望之若闕，伊水歷其間北流，故謂之伊闕，春秋之闕塞也。《括地志》：伊闕在洛南十九里，今名鍾山，或又謂之龍門。宗祁曰：伊闕，洛陽南面之險也，自汝潁北出必通。伊闕之間，山谷相連，阻阨可恃。《舊志》：山在府南二十五里，山之東有香山，西有龍門，又曰龕澗，又有八節灘，在龍門下。

② 《通鑑地理通釋》卷四《夏都》：羊腸坂，在太原晉陽西北九十里。《史記正義》：《汲冢古文》云："太康居斟尋，羿亦居之，桀又居之。"《書》云"太康失邦，兄弟五人須於洛"，此即太康居近洛也。臣瓚云：斟尋在河南，蓋後遷北海也。《周書‧度邑篇》武王問太公"吾將因有夏之居"，即河南是也。《括地志》：故鄩城在洛州鞏縣西南五十八里，蓋桀所居夏亭，故城在汝州郟城縣東北五十四里，蓋夏後所封。

③ 《大清一統志》卷一一七《解州》：安邑縣，漢安邑縣地。後魏太和十一年始置分南安邑縣，屬河北郡。隋曰安邑，開皇十六年於縣置虞州。大業初州廢，屬河東郡，義寧元年置安邑郡。唐武德元年復曰虞州，三年析安邑置興樂縣，貞觀元年省，十七年州廢，屬蒲州。乾元元年改曰虞邑，割屬陝州。大曆四年復曰安邑，元和三年屬河中府。五代漢乾祐元年改屬解州，宋、金元因之。明屬平陽府解州。清朝屬解州。南安邑故城，在安邑縣西一里，古禹都及漢置安邑縣，在今夏縣界北。魏分置南安邑縣。隋曰安邑。《元和志》：縣南至陝州一百一十里。《寰宇記》：在解州西南四十五里，縣東三里，即廢虞州之地。按《元和志》以安邑縣為本夏舊都，後皆因之，不知此後魏所分之南安邑也。孔安國《書傳》鳴條在安邑縣西，今鳴條岡實在夏縣之西、安邑之北，則故安邑在夏縣可知。《水經注》鹽水逕安邑故城南，今縣在水南。《魏書‧地形志》：北安邑，二漢、晉曰安邑，屬河東。南安邑，太和十一年置。今縣乃夏縣之城南，則為南安邑可知。《括地志》云：安邑故城在夏縣。故特改正。安邑故城，在夏縣北。《帝王世紀》：禹都安邑，春秋時魏絳自魏徙此，戰國為魏都，至惠王九年徙都大梁。秦孝公十年衛鞅將兵圍安邑，降之。蓋在徙都之後。其後嘗還屬魏。至昭襄王二十一年左更錯攻魏河內，魏獻安邑，始定屬秦。漢置安邑縣，為河東郡治。後魏改為夏縣。《括地志》云：安邑故城，在夏縣西，蓋後魏移治也。《元和志》：古安邑城在縣西北十五里。《縣志》謂之夏王城，據鳴條岡，周三十里，西南遺址尚存。夏縣，夏都安邑。戰國魏都。漢置安邑縣，為河東郡治，後漢及晉因之。東晉移郡治蒲坂。後魏改縣曰北安邑，太和十一年屬河北郡，十八年改曰夏縣，後置安邑郡。隋開皇初郡廢，屬蒲州，大業三年屬河東郡。唐武德初屬虞州。貞觀十七年州廢，屬絳州。大足元年屬陝州，尋還屬絳州。乾元三年又屬陝州，五代及宋因之。金貞祐三年改屬解州，元因之。明屬平陽府解州。清朝屬解州。

楚君為何人。"《補傳》曰："或者謂周成王始封熊繹於荆①。至周惠王之時，魯僖公元年，始有楚號。遂疑商時未有荆楚，乃欲假此以實韓氏宋襄公之説。殊不思荆自帝嚳九州已有荆州之名②，至《禹貢》分荆州之荆也③。" "詩人以有二荆④，故以荆楚别荆岐耳。既自古有荆，孰謂周封熊繹始有荆哉?"

蘇氏曰："《易》曰'高宗伐鬼方，三年克之'，蓋謂此與⑤?"

《書大傳》："武丁側身修行，三年之後，諸侯以重譯來朝者六國。"

罙入其阻。《箋》云："謂踰方城之隘。"方城山，在唐州方城縣東北五十里。《左傳》：楚國方城以為城⑥。

太史公曰："夫荆楚僄勇輕悍，好作亂，乃自古記之矣。"

吕氏曰⑦："楚之於中國，自商以來迭為盛衰。"

《春秋正義》："荆、楚，一木二名，故以為國號亦得二名⑧。莊公之世，《經》皆書'荆'。僖之元年，乃書'楚人伐鄭'，蓋始改為楚。"

## 氐羌

鄭氏曰："夷狄國，在西方。"《後漢·西羌傳》云："武丁征西戎鬼方，

---

①　謂：庫本作"爲"；封：至元六年刻本、合璧本脱。

②　思：范處義《詩補傳》作"知"。

③　此句范處義《詩補傳》作"至禹貢分别山川則荆及衡陽為荆州"。

④　《詩補傳》卷二八："荆及衡陽為荆州"，乃在南，即荆楚也。"荆岐既旅"、"至於荆山"乃在西，蓋雍州之荆，非荆州之荆也。

⑤　與：蘇轍《詩集傳》作"歟"。

⑥　《春秋地名考略》卷八"方城"：屈完曰："楚國方城以為城。"杜注：方城山，在南陽葉縣南，以言竟土之。按：方城，山名。《括地志》云：葉縣西南十八里有方城山，今在裕州東北四十里。蓋州境本古葉地，今葉縣正在州北也。楚人因山為固，築連城東向以拒中國，則屈完所謂方城以為城也。文三年晉陽處父帥師伐楚以救江門於方城。襄十六年荀偃伐楚，侵方城之外。哀四年謀北方，致方城外於繒關。十六年葉公居方城之外。每以内外出入為言，知有城甚明。杜氏但言封境之遠，似未盡矣。蓋屈完時所保止此，其後拓地漸東，又以申、息為重鎮。文公十六年羣蠻叛楚，申、息之北門不啟，哀十七年子穀曰"文王縣申、息封畛於汝"是也。申即今之南陽，居西。息即今之息縣，居東。蓋申在方城内，息在方城外也。靈王滅陳、蔡，規舊許，城東、西兩不羹，方城之外封竟甚遠，而申之會則又召諸侯於方城之内，當是時方城之守似輕。至平王初立乃復置守於葉，鯷鯷以方城外蔽為慮。前後參觀，方城之重於楚可知矣。《史記》：魏使公孫喜、韓使暴鳶攻楚方城，曹魏太和二年張郃伐吳屯於方城，即此。其築城之迹亦時見於書傳。荀子曰：限之以鄧林，緣之以方城。《水經注》：潕水出黃城，東北逕方城。郭仲嘉曰：苦萊於東之間有方城，東臨溪水。苦萊即黃城，及於東通為方城矣。盛弘之：葉東界有故城，始犨縣，東至瀙水，逕泚陽界，南北連連數百里曰方城，一謂之長城。《水經注》又云：楚盛周衰，控霸南土，欲爭强中國，多築列城於北方，以逼華夏，號曰萬城，亦曰方城。唐勒《奏土論》曰：我是楚也，世霸南土，自越以至葉垂，弘境萬里，故曰萬城。犨城在今魯山縣東，潕水即舞水，與瀙水俱歷舞陽、泌陽之境。古泚陽縣，更始立，在今唐縣界，今自葉縣之方城山至唐縣，連接數百里，一曰長城山，即古方城舊蹟也。若萬城之名，亦偶為侈大耳。或者謂訛方城為萬城，又轉萬為桓，輕量古人乃爾，愚悖極矣。方城山，漢屬堵陽縣，後魏於其地置方城縣，為襄城郡治。西魏改郡名襄邑。隋初郡廢，縣屬淯州。唐初置北澧州，後改魯州，尋省，以縣屬唐州。金為裕州治。明初以州治方城縣省入，今仍之。

⑦　吕氏：即吕祖謙。引文見吕祖謙《左氏傳説》卷一。

⑧　國：庫本脱。

三年乃克，故其《詩》曰‘自彼氐羌，莫敢不來王’。”

賈捐之曰[①]：“武丁、成王，殷、周之大仁也，然地東不過江[②]、黃[③]，西不過氐羌，南不過蠻荊[④]，北不過朔方，是以頌聲並作。”

《通鑑外紀》：成湯 云云。海外肅慎[⑤]、北發[⑥]、渠搜[⑦]、氐羌來服。

《地理志》：隴西郡有氐道、羌道[⑧]。

《郡縣志》：“夏桀之亂，犬夷入居岐、邠之間，成湯伐而攘之。武王伐商，羌、髳會於牧野。”

《括地志》：“隴右岷、洮[⑨]、叢等州[⑩]，西羌也。”

曹氏曰：“商居河、洛之間，則荊楚乃國之南鄉而已，非若氐羌之極遠

---

① 賈捐之：字君房，賈誼之曾孫，主張棄珠厓，事具《漢書》卷六四下本傳。

② 《春秋地名考略》卷一三“江”：僖二年及江人盟於貫。杜注：江國，在汝南安陽縣。按：江，嬴姓。四年及江人伐陳。文三年楚人圍江，晉陽處父帥師伐楚以救江。四年楚人滅江。漢安陽縣屬汝南郡，應劭曰：安陽有江亭，故江國。晉曰南安陽，以河北有安陽也。劉宋復為安陽。自後漢至魏皆屬汝南郡。隋省入真陽。《括地志》：安陽故城在新息縣西南八十里。今故安陽城及江城皆在汝寧府真陽縣東。《晉志》誤於汝南郡陽安縣下《注》云：故江國，《輿地志》襲其訛，繆甚。

③ 《春秋地名考略》卷一三“黃”：桓八年楚子合諸侯，黃不會。杜注：黃國，嬴姓，今弋陽縣。按《史記》：黃帝末孫陸終之後封於黃。莊十九年楚子伐黃，敗黃師於踖陵。僖二年盟於貫，《左傳》“服江、黃也”，《公羊》曰“遠國也”。三年會子陽穀，四年伐陳，黃皆與焉。胡氏曰：齊桓公遠結江、黃以制楚也。五年楚人滅弦，弦子奔黃。十一年楚人伐黃，十二年滅黃。《傳》曰：黃人恃諸侯之睦於齊也，不共楚職，曰：自郢及我九百里，焉能害我？楚滅黃。弋陽，漢縣，屬汝南郡，晉因之。後魏常置弋陽郡於此，高齊改為定遠縣，弋陽之名遂隱。今其故城在光州東，又州西十二里有黃城。

④ 蠻荊：庫本作“荊蠻”。

⑤ 《春秋地名考略》卷一四“肅慎”：昭九年，肅慎吾北土也。杜注：肅慎在玄菟北三千餘里。按《國語》：仲尼在陳，有隼集於陳侯之庭而死，楛矢貫之，石砮其長尺有咫。陳惠公使問仲尼，仲尼曰：隼之來遠矣，此肅慎氏之貢矢也。昔武王克商，肅慎氏貢楛矢、石砮，其長尺有咫，先王欲昭全德之致遠也，銘其楛曰：肅慎氏之貢矢。以分元女大姬配胡公而封諸陳，君若使有司求諸故府，其可得也。使求得諸金櫝，如之。《書序》：成王時息慎來賀，王使榮伯賜息慎之命。即肅慎也。韋昭曰：肅慎去扶餘千里。孔疏：玄菟在遼東北。金為上京會寧府地。今為興京所屬地。

⑥ 《大戴禮記·少閒》：北發，北狄地名，其地出迅走鹿。《漢書·公孫弘傳》：北發渠搜。師古曰：言威德之盛北則徵發於渠搜。渠搜，遠夷之國也。

⑦ 《尚書地理今釋·渠搜》：《涼土異物志》云：“古渠搜國在大宛北界。”《隋書·西域傳》云：鏺汗國（《文獻通考》云：鏺汗國東去瓜州五千五百里），都蔥嶺之西五百餘里，古渠搜國。渠搜當在西域，非朔方也。傅寅《禹貢集解》云：陸氏曰《漢志》朔方郡有渠搜縣，《武紀》云“北發渠搜”是也。然考漢朔方之渠搜非此所謂渠搜，此亦當是金城以西之戎也。後世種落遷徙，故漢有居朔方者，當禹時渠搜居朔方則不應浮積石，陸說非也。

⑧ 《大清一統志》卷二一一《階州·古蹟》：羌道廢縣，在州境西固所西北。漢置，屬隴西郡。後漢屬武都郡，晉省。《魏書·地形志》：武都郡石門縣有羌道城。《明統志》：西固城千戶所在岷州衛南，元置漢番軍民千戶所，明改名鞏昌。

⑨ 《通典》卷一七四：臨洮郡，洮州，今理臨潭縣。秦、漢以來為諸戎之地。後為吐谷渾所據。至後周武帝逐吐谷渾，得其地，置洮陽郡，尋立為洮州。隋初郡廢，而洮州如故，煬帝初廢，置臨洮郡。唐為洮州，或為臨洮郡。領縣一：臨潭。

⑩ 《舊唐書·地理志》：叢州，貞觀五年黨項歸附置也，領縣五，與州同置。《新唐書·地理志》：叢州，貞觀三年置。縣三：寧遠、臨泉、臨河。為羈縻州，隸松州都督府。是二書所載其置立年不同。

也。成湯之時，氐羌之國近者以時聘享，遠者亦來，終王氐羌，自謂此商之典常也，荆楚豈得獨廢之邪？日祭月祀，時享歲貢，終王，此所謂典常也。"

《漢志》顔師古注："氐，夷種名也。羌，即西域婼羌之屬也①。"

孔氏曰："氐羌之種，漢世仍存，其居在秦、隴之西。"

黄氏曰："羌本姜姓，三苗之後，居三危②，今疊③、宕④、松諸州皆羌地⑤。"

《説文》：西方羌，從羊。

《爾雅疏》：戎類，曰耆羌。

《山海經》：伯夷父生西岳，西岳生先龍，先龍是始生氐羌。氐羌，乞姓。

---

① 婼羌：漢西域小國，出陽關自近者，王號去胡來王。《漢書》有傳。
② 《春秋地理考實》卷三"昭公元年·三苗"：《傳》："虞有三苗。"杜注：三苗，饕餮放三危者。今按吳起云：三苗之國，左洞庭，右彭蠡。《史記正義》云：今江州、鄂州、岳州也。江州，今江西九江府。鄂州，今湖廣武昌府。岳州，今岳州府。此所指太廣。胡渭謂：三苗，今為岳州府地也，舜竄其君及民於三苗之地。《水經注》云：三危山在敦煌縣南。《括地志》云：在沙州燉煌縣東南四十里。漢敦煌，唐分為瓜、沙二州，今為嘉峪關外廢沙州衛地。
③ 《太平寰宇記》卷一五五：疊州，合川郡，今理合川縣。歷代為諸羌保據。後周建德六年西逐諸戎，始有其地，因置恒香郡，尋改為疊州，蓋取其地多山重疊以名郡也。隋初廢州，以其地并隸同昌郡，大業末陷入吐蕃。唐武德二年復置疊州，以其地領合川、樂川、疊川三縣。五年又置安化、和戎二縣以處黨項，尋廢。貞觀二年省疊川、樂川縣，十三年置都督府，督疊、岷、洮、巖、津、序、壹、柘、嶂、玉、蓋、立、橋等州。永徽元年罷都督。上元元年吐蕃入寇密恭、丹嶺二縣，殺掠並盡，於是廢二縣。神龍元年廢芳州為常芳縣來屬。天寶元年改為合川郡，乾元元年復為疊州。元領縣二：合川、常芳。
④ 宕：黄度《尚書說》作"岩"。整理者按：據文意及所述三州地理方位計，疑以"宕"為是。《太平寰宇記》卷一五五：宕州，懷道郡，今理懷道縣。秦、漢、魏、晉諸羌處之。後魏招撫四夷，統有其地，拜彌忽為宕昌王，其後遂相傳襲，稱藩於魏，因封其地為宕昌蕃。周置巖昌郡，武帝改為州。按《隋圖經集記》云：周天和元年改為蕃，置為宕州，隋為宕昌郡。唐武德元年置宕州，領懷道、良恭、和戎三縣。貞觀三年省和戎入懷道。天寶元年改為懷道郡，乾元元年復為宕州。元領縣二：懷道、良恭。
⑤ 《太平寰宇記》卷八一：松州，交州郡，治嘉城縣。諸羌居焉。漢武帝西逐諸羌，乃渡河湟，築令居塞，始置護羌校尉。王莽末，四夷內侵，及莽敗，衆羌還據西海。建武九年以牛邯為護羌校尉。在晉內附，以其地屬汶山郡，宋、齊亦得之，後為西魏所有。後周保定五年於此置龍涸防，天和元年改置扶州，領龍涸郡。隋初廢州、郡，以其地併入汶山、同昌二郡。唐武德元年置松州，貞觀二年置都督府，督崐、懿、嵯、闊、麟、雅、叢、可、遠、奉、巖、諸、羪、彭、軌、蓋、直、肆、位、玉、璋、祐、臺、橋、序等二十五羈縻州，永徽之後生羌相繼或降或叛，屢有廢置。儀鳳二年復加整比，督文、扶、當、祐、静、翼六州，都督羈縻三十八州：研州、劍州、探那州、忉州、毘州、斡州、瓊州、犀州、拱州、龕州、陪州、如州、麻州、霸州、瀾州、光州、至涼州、蠠州、嘩州、黎州、邏州、思帝州、眺州、成州、統州、穀邛州、樂客州、達違州、卑州、慈州等。據《天寶十二年簿》：松州都督府一百四州，其二十五州有額戶口，但多羈縻逃散，餘七十九州皆生羌部落，或臣或否，無州縣戶口，但羈縻統之。天寶元年改松州為交州郡，乾元元年復為松州。按：貞觀初分十道，松、文、扶、當、悉、拓、静等州屬隴右道，永徽之後據梁州之境割屬劍南道也。元領縣三：嘉城、交州、平康。

**商邑**

朱氏曰："商邑，王都也。""極中之表也。"

《周禮疏》："堯治平陽，舜治安邑，唯湯居亳，得地中。"

《史記》："昔唐人都河東，殷人都河內，周人都河南。三河在天下之中，若鼎足，王者所更居也。"

《韓詩》："京師翼翼，四方是則。"《孟子》："武丁朝諸侯，有天下，猶運之掌也。"

# 卷　六

## 序

### 大庭

《帝王世紀》："神農氏營曲阜，故《春秋》稱魯大庭氏之庫。"《水經注》："魯縣，即曲阜之地，少昊之墟，有大庭氏之庫。"劉公幹《魯都賦》曰："戢武器於有炎之庫。"兗州，今襲慶府仙源縣。

### 虞

《括地志》："故虞城，在陝州河北縣今平陸縣。東北五十里虞山之上。"
皇甫謐曰："堯以二女妻舜，封之於虞，今河東大陽山虞城是[①]。"

### 有夏

《世紀》："禹受封為夏伯，今河南陽翟是也。"《地理志》：潁川郡陽翟，夏禹國。今屬潁昌府。

---

① 《史記·趙世家》"孟姚也"條《索隱》：舜後封虞，在河東太陽山西，有上虞城，是亦曰吳城，虞、吳音相近，故舜後亦姓吳，非獨太伯、虞仲之裔。雍正《河南通志》卷八〇《辨疑·郡縣府州》：虞，今歸德府虞城縣，係禹封舜之子商均，夏氏之世虞思妻少康以二姚者也。杜預云：梁國有虞縣，嗣後或失或續，至武王克商乃復求舜裔孫閼父為周陶正，封諸陳以奉舜祀，則當武王封陳之時虞已絕封久矣。虞、虢之虞乃泰伯、仲雍之後，是時周章已君吳，因而封之，復封周章弟於周之北故夏墟，其地在河東太陽縣，今為平陸縣。《後漢志》：太陽有吳山，上有虞城，亦曰吳城。《正義》曰：處中國為西吳，後世謂之虞公。是"吳"與"虞"通也。晉獻公之時虢在陝州，晉欲伐虢，道出太陽，故來假道，卒以滅虞。《史記》謂之州北虞公是也。媯水出河東虞鄉縣。《帝王世紀》亦云：舜嬪於虞，虞城是也。蓋舜以虞著號，本因河東太陽之虞，堯初封舜為諸侯，及即位，遂為天子之號。禹受舜禪，又別封商均於豫州之域為虞國，易其地而仍取虞為名，從祖氏也。武王既封舜後於陳，因以舜太陽故地封仲雍之後，號曰虞仲，因其地而遂以為國號，從舊名也。春秋之虞與古虞國原委歷然矣。

### 商

見前

### 周

見前

### 陶唐

《郡縣志》：曹州定陶故城，堯所居也。堯先居唐，故曰陶唐氏。

《世紀》："堯始封於唐，今中山唐縣。"定州①。

《書》："惟彼陶唐，有此冀方。"《正義》云："堯都平陽。"今晉州臨汾縣②。

### 五霸

《左傳》："五伯之霸也。"《注》："夏伯昆吾，商伯大彭、豕韋，周伯齊桓、晉文。"或曰齊桓、晉文、宋襄、秦穆、楚莊。昆吾、豕韋，見前。大彭，《郡

---

① 《太平寰宇記》卷六二：定州，博陵郡，今理安喜郡。帝堯始封唐之地。春秋為白狄之地。戰國時為中山國。後為魏所併，亦屬晉，卒為趙所并焉。秦并天下為趙郡、鉅鹿二郡之地。郡理中山城，城中有山，故曰中山。漢景帝改為中山國，後漢因之，魏、晉不改。後燕慕容垂都之，仍置尹焉。後魏於此又置安州，至道武末改為定州，以定安天下為名。周置總管府，領鮮虞郡。隋初廢郡為州，大業三年改博陵郡，九年改為高陽郡。唐武德四年移置定州，領安喜、義豐、北平、深澤、毋極、唐昌、新樂、恒陽、行唐、望都等十縣。貞觀元年以廢廉州之鼓城來屬，十七年以廢深州之安平來屬，先天二年以安平還深州。天寶元年改為博陵郡，乾元元年復為定州。大曆三年以鼓城隸恒州，曲陽縣隸洹州，九年廢洹州，曲陽復來屬。元領縣十一，今八：安喜、蒲陰、唐、陘邑、北平、望都、新樂、曲陽。三縣割出：毋極入祁州、深澤入祁州、博雅建寧邊軍。《宋史·地理志》：中山府，次府，博陵郡，本定州，政和三年升為府，改賜郡名曰中山。縣七：安喜、無極、曲陽、唐、望都、新樂、北平。

② 《大清一統志》卷一一八《絳州·古蹟》：臨汾故城，在州東北。戰國曰汾城。漢置臨汾縣，屬河東郡。後魏太平真君七年併入泰平，太和十一年復置，屬平陽郡。北齊省。《括地志》：臨汾故城在絳州正平縣東北二十五里。《州志》：一名晉城，與太平縣接界。

縣志》：徐州彭城縣①，古大彭氏國。

## 共和

《古史》②："共伯和者，厲王時之賢諸侯也，諸侯皆往宗焉，因以名其年，謂之共和，凡十四年。"按《汲冢紀年》：共伯和於王位③，故曰"共和"。

《左傳》：王子朝奔走告於諸侯曰："厲王戾虐，萬民弗忍，居於彘，諸侯釋位以間王政，宣王有志而後效官。"則厲、宣之間，諸侯有去其位而代王為政者矣。

《莊子》曰："共伯得乎丘首。"《釋文》云："共山，在河内共縣西。魯連子云：共伯後歸於國，得意共山之首。"

《郡縣志》：衛州共城縣，本周共伯國。共伯奉王子靖，立為宣王，共伯

---

　　① 《元和郡縣志》卷一○：徐州，彭城，今為徐泗節度使理所，管徐州、宿州、泗州、濠州，管縣一十六。本《禹貢》徐州之域。春秋時屬宋、滕、薛、小邾、偪陽之地。六國時屬楚。秦併天下為泗水郡。楚、漢之際楚懷王自盱眙徙都之。後項羽遷懷王於郴，自立為西楚霸王，又都於此。漢改泗水郡為沛郡，又分沛郡立楚國。按：楚國即今州理是也。宣帝地節元年更為彭城郡，尋復為楚國。自漢以來或理彭城，或理下邳。晉氏南遷，又於淮南僑立徐州。安帝始分淮北為北徐州。宋永初二年加淮南徐州曰南徐州，而改北徐州曰徐州。明帝時淮北入魏。梁初蹔收，太清之後尋復入魏，徐州復理彭城，仍立彭城郡，高齊及後周不改。隋開皇二年於此置總管，罷郡，其所領縣並屬徐州，十四年廢總管府為彭城郡。武德四年改置徐州總管府，七年改為都督，貞觀十七年罷都督。初，宋高祖經略中原，以彭城險要，置府於此。按：自隋氏鑿汴以來，彭城南控埇橋以扼汴路，故其鎮尤重。管縣五：彭城、蕭、豐、沛、滕。
　　《春秋地名考略》卷一○"彭城"：成十八年楚子伐宋，宋魚石復入於彭城。杜注：彭城，宋邑，今彭城縣。按：堯封彭祖於彭城，號大彭氏，國於此，《國語》大彭為商伯是也。春秋為宋地。成十八年楚伐宋，拔之，以納魚石。《公羊》曰：封魚石也。襄元年諸侯之師救宋，圍彭城。《左傳》曰：非宋地，追書也。孔穎達曰：謂楚以彭城封魚石，既列為國，非復宋地矣。後彭城降晉。《史記》：楚共王拔宋彭城以封宋左師魚石，四年諸侯共誅魚石而歸彭城於宋。即此事。又《韓世家》：文侯二年伐宋，至彭城，執宋君。秦置彭城縣，屬泗水郡。始皇二十八年自琅邪還過彭城，欲出周鼎泗水。二世二年秦嘉立景駒為楚王，軍彭城東，既而楚懷王都此。《史記》沛公、項羽聞項梁軍破，乃與呂臣軍俱引而東，呂臣軍彭城東，項羽軍彭城西，沛公軍碭是也。及項羽自立為西楚霸王，亦都此。孟康曰：舊名江陵為南楚，陳為東楚，彭城為西楚。文穎曰：彭城，故東楚也。項羽都，謂之西楚。漢六年封弟交為楚王。宣帝地節元年改為彭城郡，尋復故。後漢亦為楚國，章帝改為彭城國，晉因之，仍立徐州。東晉嘗為重鎮，再陷於石勒、苻堅。太元九年謝玄取之。宋仍為徐州治，又立彭城郡治。泰始中沒於後魏。自梁迄陳迭屬南、北。隋初置州，後亦為彭城郡。唐復為徐州，後屢改為郡，又置軍。宋仍為徐州，元因之，省彭城縣入州，屬歸德府，旋升路，又改為武安州。明初復為徐州，屬鳳陽府，後直隸南京。今屬江南省。《水經注》曰：城東北角起層樓，號彭祖樓，下有彭祖冢。
　　② 《古史》：六十五卷，蘇轍撰。存。轍以《史記》多不得聖人之意，乃因遷之舊，上自伏羲、神農，下訖秦始皇，爲本紀七、世家十六、列傳三十七。四庫館臣云："自謂追錄聖賢之遺意以明示來世，至於得失成敗之際亦備論其故。""與遷書相參考，固亦無不可矣。"引文見《古史》卷五《周本紀》。
　　③ 於：至元刻本、合璧本作"干"。《經典釋文》卷二八《莊子·讓王》"得乎共首"條："《紀年》云：共伯和即于王位。"《史記·三代世表》"共和"條《索隱》："皇甫謐云：共伯和干王位。""干王位，言篡也。"整理者按：疑以"干"爲是。

復歸於國。

## 周南・召南

### 雍州　岐山之陽
見前。

### 美陽縣
《地理志》：右扶風美陽縣，《禹貢》岐山在西北中水鄉，周大王所邑。

《郡縣志》：鳳翔府扶風縣，本漢美陽縣地。武德三年分岐山縣置圍川縣[①]，貞觀八年改為扶風。

《續漢志》：美陽縣，有周城，在縣西北，南有周原。

### 江　漢　汝
見前

### 雍　梁　荊　豫　徐　揚
《論語集注》：天下歸文王者六州[②]，惟青、兗、冀尚屬紂。

### 豐
見前

### 周召之地
見前

### 周公封魯，召公封燕，元子世之，其次子亦世守采地在王官
魯、燕。見前。

宣王時召穆公虎。春秋時周公黑肩閱召伯奐、盈[③]。召公采邑在孟州王屋縣。周公采邑未詳，雍縣東北之周城，春秋時已屬秦。

---

① 《大清一統志》卷一八四《鳳翔府・古蹟》：圍川故城，今扶風縣治，唐置。《元和志》：扶風縣西至鳳翔府一百里，本漢美陽縣地，武德三年分岐山縣置圍川縣，取今縣南漳川水為名，近代訛作圍。貞觀八年改為扶風。《寰宇記》：後周天和元年置燕州於此，隋末廢。

② 六州：荊、梁、雍、豫、徐、揚。

③ 《左傳》：昭公二十二年王子還與召莊公謀。昭公二十四年召簡公南宮嚚以甘桓公見王子朝。杜預注：莊公，召伯奐，子朝黨也。簡公，召莊公之子召伯盈也。

# 徐 吳 楚 江 黃 六 蓼 邾 滕 紀 莒

徐國。泗州臨淮縣徐城鎮。

吳國[①]。平江府吳縣[②]。

---

① 《春秋地理考實》卷二"宣公八年·吳"：杜注："吳國，今吳郡。"《疏》：吳，姬姓，周大王之子大伯、仲雍之後。大伯無子而卒，仲雍嗣之。武王封其曾孫周章於吳，為吳子，又別封章弟虞仲於虞。自大伯五世而得封，十二世而晉滅虞。虞滅而吳始大，至壽夢而稱王。壽夢以上世數可知而不紀其年。壽夢元年魯成公之六年。夫差十五年獲麟之歲也，二十三年魯哀公之二十二年而越滅吳。

② 《輿地廣記》卷二二：平江府，周初封太伯為吳國，春秋末為越所併。戰國屬楚。秦置會稽郡，漢因之。東漢順帝置吳郡，晉、宋、齊、梁、陳皆因之，陳兼置吳州。隋平陳郡廢，改州曰蘇州，因姑蘇山為名。大業初州廢，復置吳郡。唐武德四年曰蘇州，天寶元年曰吳郡。南唐升為中吳軍節度。宋朝太平興國三年改曰平江軍，政和三年升為平江府。今縣五：吳、長洲、崑山、常熟、吳江。

《大清一統志》卷五四《蘇州府·建置沿革》：吳縣，附郭，治府西南偏。周初大伯邑。春秋吳國都。秦置吳縣，為會稽郡治，漢因之。後漢永建四年於縣置吳郡。三國屬吳。晉及宋、齊以後因之。陳為吳州治。隋開皇初為蘇州治，大業初復為吳郡治。唐仍為蘇州治，五代、宋因之，政和後為平江府。元為平江路治。明、清為蘇州府治。

楚國。初都丹陽，今歸州秭歸縣東南七里。後徙枝江，今江陵府枝江縣。文王都郢①，今江陵縣。

江國。在汝南安陽縣。安陽故城，在蔡州新息縣西②。

---

① 《春秋地名考略》卷八"楚·遷於郢"：《史記》熊繹五傳熊渠，立其長子康為句亶王。張瑩曰：句亶，今江陵，蓋即郢也。厲王暴虐，熊渠畏其伐，去王號。熊渠卒，子熊摯紅立。七傳熊儀，是為若敖。若敖傳霄敖，霄敖傳蚡冒。蚡冒傳熊通，復稱王，是為楚武王。武王之子文王熊貲始都郢。文王立於魯莊公五年。依此，則春秋初楚尚都丹陽也。乃桓二年書"蔡侯、鄭伯會於郢"，《左傳》曰"始懼楚也"。杜注：楚國，今南郡江陵縣北紀南城也。桓六年楚武王侵隨，武王立十九年而入春秋，然則都郢不始於文王矣。孔穎達曰：《世本》及《譜》皆云武王徙郢也。按：昭二十三年子囊城郢。沈尹戌曰：若敖、蚡冒至於武、文，土不過圻，慎其四境，猶不城郢，今土數圻而郢是城，不亦難乎？依此，則楚之居郢已久，并不始於武王。又疑諸侯徙都必數世而後定，楚人徙郢當亦如是，故樂武子言"若敖、蚡冒篳路藍縷，以啟山林"，可見經營已久，至武、文而始定耳。《漢·地理志》曰：南郡江陵縣，故楚郢都。蓋謂紀南城在其境內也。宋仲子曰：南都江陵縣北有郢城。蓋即以紀南為郢也。語雖似不齊而實與杜合。《皇覽》云：孫叔敖冢在南郡江陵故城中白土里。民傳孫叔敖曰："葬我廬江陵，後當為萬戶邑。"去故楚都郢城北二十里，尤明確矣。蓋江陵有三城，紀南城其一也。其二曰故郢城，秦克郢而置郢縣，漢因之，屬南郡。《漢志注》曰：楚別都，又曰故郢。蓋楚未都紀南時常居之，或即若敖、蚡冒之所營而不可考矣。其三曰江陵城，《輿地記》：秦分郢為江陽縣，漢景帝三年改名江陵。此說似誤。秦封共敖為臨江王，都江陵，則秦時已名江陵矣。紀南城在今荊州府北十里。《春秋》：襄十四年楚子囊將死，遺言謂：子庚必城郢。杜注：楚徙都郢，未有城郭，公子燮、公子儀因城郢為亂，事未得訖，子囊欲訖而未遂，故遺言見意。昭二十三年囊瓦城郢。杜注：楚用子囊遺言已築郢城矣，今畏吳，復增修以自固。定四年吳入郢。五年吳師敗還，楚復入郢。《楚記》：楚郢都南面舊有二門，一曰修門，一曰龍門。東面亦有二門。秦昭襄王二十九年大良造白起攻楚，取郢。《水經注》：江陵西北有紀南城，楚文王自丹陽徙此，平王居之。胡氏曰：江陵舊有三城。陳光大二年遣吳明徹圍江陵，後梁主巋出頓紀南，周將高琳等與梁將王操守江陵三城，擊敗陳軍。蓋漢郢縣至後漢已省入江陵，獨有城在，故謂之三城也。《元和志》：江陵有東、西二城。蕭詧稱藩於魏，居西城。魏置總管以輔之，居東城。是又指郢縣、紀南二城也。紀山在府城北四十里，府之主山也，紀南城以山而名。再按《史記索隱》：楚都郢，今在江陵北紀南城，是平王更城郢，今江陵東北故郢城是。此誤也。杜預歷注甚明，始終止一紀南城，並無平王所城別是一城之說，且《漢·地理志》言平王所城即文王所遷之郢，《水經注》亦然，故郢別都不見於《春秋》，或在春秋以前耳。又《荊州記》：昭王十年吳通漳水灌紀南，入赤湖，進灌郢，遂破楚。又楚子革曰：我先君辟處荊山以供王事，遂遷紀、郢。此尤不經之說。《傳》稱吳師自豫章與楚夾漢而軍，五戰及郢，昭王遂出走。是則楚未嘗守，吳未嘗攻，安得有決水灌城之事？且吳未入郢時亦未嘗過郢而西也。弟言先灌紀南，次及郢。則紀南非郢，復與杜注相違矣。若子革所言先君則熊繹也，如謂熊繹已居郢，誰居丹陽乎？況紀南之名非春秋時所有，安得出於子革之口，種種難合，殆不可信。江陵城即春秋時之渚宮。《水經注》：今江陵城，楚船官地，即春秋之渚宮也。晉大司馬桓溫及其弟沖皆保據渚宮、上明。梁元帝及荊南高從誨於此築臺樹亦仍渚宮之名。蓋相傳甚久也。漢高帝時為南郡治。景帝二年封子閼為臨江王，都江陵。中二年復為南郡，東漢以後因之。三國初屬蜀漢，後屬吳。東晉後嘗為重鎮。梁元帝都此，為西魏所陷，遷後梁居之為藩國。隋并梁，置荊州。大業末蕭銑據之，唐平銑，復為荊州。上元初建為南都，尋罷。五代時高季興據此稱南平。宋曰江陵府。元改路。隋、唐嘗改州為郡，宋、元亦屢改府、路之名，然皆不久復故也。明曰荊州府，治江陵縣。府城相傳為蜀將關羽所築，內有牙城，謂之金城，晉、宋時凡城內牙城皆謂之金城。

② 《大清一統志》卷一七六《光州·古蹟》：新息故城，在息縣東，古息國。《左傳》：隱公十一年息侯伐鄭，莊公十四年楚子滅息。漢置新息縣，應劭曰：縣故息國，其後東徙，故加新也。後漢建武十九年封馬援為新息侯。劉宋分置南、北二新息縣。北齊省北新息，以廣陵城為新息，而故城遂廢。《元和志》：新息故城在縣西南十里。《縣志》：今為新息里，又有古息里在縣西南十五里，即息侯國，為楚所滅者。

黃國。在汝南弋陽縣①。今光州定城縣②。

六國。廬江六縣。故城，在安豐軍安豐縣南百二十里③，皋繇所封④。

蓼國⑤。在安豐縣。

邿國。襄慶府鄒縣。

滕國。徐州滕縣西南十四里滕城⑥。

---

①《大清一統志》卷一七六《光州·古蹟》：弋陽故城，在州西，本漢縣，屬汝南郡。漢昭帝元鳳元年封任宮為弋陽侯，後漢建武二年封族弟國為弋陽侯。《三國志》：建安中田豫遷弋陽太守。《晉志》：弋陽郡，魏文帝置。劉宋太始二年弋陽太守郭確擊趙伯於金邱。《水經注》：黃水東北逕弋陽郡東。後魏分置南、北二弋陽縣，北齊併入定城縣，而弋陽之名遂廢。《寰宇記》：弋陽城在定城縣西二里。

②《太平寰宇記》卷一二七：光州，弋陽郡，光山縣，今理定城縣。春秋時弦子國。魯僖公五年楚人滅弦。秦屬九江郡。漢為西陽縣，屬江夏郡。魏分置弋陽郡。晉元康末分弋陽為西陽郡，歷東晉、齊、梁皆為弋陽郡。梁末於光城置光州。後魏又為弋陽郡。北齊置南郢州。後周又改為淮郡。隋初郡廢為州，煬帝初又為郡。唐武德三年改為光州，以定城縣為弦州，殷城縣為義州，以宋安郡廢為谷州。光州領光山、樂安、固始三縣。貞觀元年省弦州及義州，以定城、殷城來屬，又省谷州，以宋安併入樂安。天寶元年改為弋陽郡，乾元元年復為光州。元領縣五，今四：定城、光山、僊君、固始。一縣廢：殷城（併入固始）。《大清一統志》卷一七六《光州·建置沿革》：北齊廢定郡，省北弋陽入南弋陽，改曰定城縣。隋開皇初州、郡皆廢，以縣屬弋陽郡。元省定城縣入州。

③ 二十：至元六年刻本、合璧本、庫本作“三十”。《史記·夏本紀》“英六”條《索隱》引《括地志》作“三十二”，《史記·項羽本紀》“九江王都六”條《正義》引《括地志》亦作“三十二”，《楚世家》“吳伐取楚之六潛”條《正義》引文同。

④《春秋地名考略》卷一四“六”：文五年六人叛楚即東夷，秋，楚師滅六。《世紀》：六，偃姓，子爵，皋陶次子甄，是為仲甄，封於六是也。六既滅，地入於楚。秦為六縣，屬九江郡。漢封黥布為淮南王，都六。武帝時為六安國治。後漢為六安侯邑，屬廬江郡。三國魏為六安縣。晉復為六縣，仍屬廬江郡。東晉末省入安豐。梁於其地置岳安縣。隋改霍山，屬廬州。唐改為盛唐縣，屬壽州，移治騶虞城。宋改為六安縣，政和中置六安軍。元升為州。明省附郭六安縣入之。《括地志》：故六城在壽州安豐縣南百三十里。蓋即所謂騶虞城，今之六安城也。近志云古六城在舒城東南六十里，似誤。《寰宇記》：舒城西南二十里有高陽城，相傳為高陽氏封其子處，亦無可考。

⑤《春秋地名考略》卷一四“蓼”：文五年冬楚滅蓼。杜注：蓼國，今安豐蓼縣。按：漢蓼縣，高祖封孔聚為侯邑，尋屬六安國。《地理志》：故國也。後漢屬廬江郡。晉屬安豐郡，後廢。《水經注》：決水經蓼縣故城東，灌水會焉。

⑥《大清一統志》卷一二九《兗州府》：滕縣，周時滕、薛、小邾三國地。戰國時為齊地。秦為薛縣地。漢置蕃縣，屬魯國，後漢因之。晉屬魯郡，元康中改屬彭城郡，宋因之。後魏孝昌二年置蕃郡，元象二年省，武定五年復置。北齊郡廢。隋開皇十六年改蕃曰滕縣，屬彭城郡。唐屬徐州，五代因之。宋兼置滕陽軍。金大定二十二年置滕陽州，二十四年改置滕州，仍治滕縣，屬山東東路，元因之。明洪武二年州廢，以縣屬濟寧府，十八年改屬兗州府，清朝因之。滕國故城，在滕縣西南十四里，周文王子叔繡所封。秦為滕縣。漢置公邱縣，屬沛郡。後漢屬沛國。晉咸寧三年改屬魯郡。《前漢書》：沛郡公邱侯國，故滕國，周懿王子錯叔繡所封國，後為秦滅之。漢武帝元朔三年封魯共王子順為侯國。《元和郡縣志》：古滕國在滕縣西南十四里滕城是也。公邱故城在縣西南十五里，夏侯嬰初為滕令，號滕公。此時高祖未立滕縣，故滕為秦縣。至成帝改為公邱縣，屬沛國。又《縣志》：故城俗呼文公里，城周二十里，內有子城。按《左傳》：滕，文之昭。則叔繡之為文王子明甚，《漢志》誤以為懿王子，顏師古已辯之矣。

紀國①。青州壽光縣有故城②。

莒國。密州莒縣。

## 邶・鄘・衛

### 大行

《述征記》："太行山，首始於河內。《郡縣志》：在懷州河內縣北二十三里③，修武縣北四十二里，武德縣北五十里④。自河內北至幽州，凡有八陘⑤。"

### 衡漳

《禹貢注》："漳水橫流入河，謂之衡漳。"衡，古"橫"字。

---

① 《春秋地名考略》卷一二"紀・國於紀"：孔疏：《世族譜》：紀，姜姓，侯爵，桓九年書"紀季姜歸於京師"是也。隱元年紀人伐夷，始見於《經》。桓五年齊、鄭朝紀，欲以襲之，紀人知之。六年公會紀侯於郕，咨謀齊難也。冬紀侯來朝，請王命以求成於齊，公告不能。莊元年齊師遷紀郱、鄑、郚。杜注：齊欲滅紀，故遷其三邑之民而取其地。蘇氏云：直取其地不取其民，故不言所往之處，志在去之而已。三年紀季以酅入於齊。《左傳》：紀於是乎judge判。杜注：齊欲滅紀，故紀以酅入齊為附庸。《公羊》曰：請後五廟以存姑姊妹。《穀梁》曰：酅，紀之邑也。入於齊者，以酅事齊也。胡氏曰：紀季所以不書"奔"者，有紀侯之命矣。四年紀侯大去其國。《左傳》曰：紀侯不能下齊以與紀季，大去其國，違齊難也。《公羊》曰：大去者何？滅也。孰滅之？齊滅之，復仇也。何仇爾？遠祖也。哀公烹乎周，紀侯譖之。幾世乎？九世矣。穀梁曰：大去者，不遺一人之辭，言民之從者四年而始畢。杜注：季奉社稷，故不言滅。大去，不返之辭。然自是紀已亡矣，《春秋》不書滅，特以義存之焉爾。成二年齊侯使賨媚人以紀甗、玉磬賂晉。杜注：甗、玉甑，皆滅紀所得是也。其地，杜注曰：紀國在東莞劇縣。劉昭曰：劇縣西有紀城，亦曰紀亭，城內有臺，俗曰紀臺。戰國時為齊之劇邑。漢因置劇縣，屬齊國，後屬北海郡。後漢初為張步所據，建武五年耿弇平之，帝幸劇，尋為北海國。三國魏屬東莞郡，晉因之，北齊省。今其故城在青州壽光縣東三十里，又有紀城，亦在縣東南。再按《城冢記》：鄒縣東南二十五里有紀城及紀侯冢，相傳為紀侯去國避難處。
② 《大清一統志》卷一三四《青州府》：壽光縣，本古斟灌氏地。春秋為紀國地。漢置壽光縣，屬北海郡。後漢屬樂安國，三國魏及晉因之。宋省壽光，改置博昌縣於此，仍屬樂安郡，後魏因之。北齊廢。隋開皇六年復置，復故名曰壽光，仍屬北海郡。唐武德二年屬乘州，八年州廢，還屬青州，宋因之。金屬益都府。元屬益都路。明、清屬青州府。壽光故城，在今壽光縣東。漢置。後漢建武二年封更始子鯉為候邑。《元和郡縣志》：壽光縣西南至青州七十里，隋開皇六年於縣北一里博昌故城置。
③ 三：至元六年刻本、合璧本、庫本作"五"，《元和郡縣志》卷二〇《懷州・河內縣》作"五"。
④ 《大清一統志》卷一六〇《懷慶府・古蹟》：武德故城，在武陟縣東南。秦縣也，始皇東巡置。漢屬河內郡。後漢延康元年封曹睿為侯邑。晉省。隋析置武陟縣，後併入修武。《元和志》：隋武陟縣理武德故城，在今武陟縣東二十里。
⑤ 《元和郡縣志》卷二〇《懷州・河內縣》：太行陘，在縣西北三十里。連山中斷曰陘。《述征記》曰：太行山首始於河內，凡有八陘。第一曰軹關陘，今屬河南府濟源縣，在縣理西四十一里。第二太行陘，第三白陘，此兩陘今在河內。第四滏口陘，對鄴西。第五井陘。第六飛狐陘，一名望都關。第七蒲陰陘，此三陘在中山。第八軍都陘，在幽州。太行陘闊三步，長四十里。

薛氏曰①："濁漳，出潞州長子縣②，東至磁州武安縣入清漳③。清漳，出平定軍樂平縣④，合虖池、易水⑤，東北至滄州清池入海。清漳，即衡水也。"

---

① 薛氏：即薛季宣，字士龍，永嘉人。《宋史》有傳。引文見薛季宣《書古文訓》卷三。

② 《大清一統志》卷一〇三《潞安府》：長子縣，周初史辛甲所封地。春秋晉長子邑。漢置長子縣，為上黨郡治。後漢末移郡治壺關，以縣屬焉。晉太元中西燕慕容永都此。後魏析置樂陽縣，俱屬上黨郡。北齊並廢。隋開皇九年復置，曰寄氏縣。十八年復曰長子，屬潞州。大業初屬上黨郡。唐屬潞州，五代因之。宋屬隆德府。金屬潞州，元因之。明、清屬潞安府。長子故城，在今長子縣西。春秋時為晉邑，後為趙地。後漢為關城都尉治所。晉仍為長子縣。《府志》：金天會九年於東南隅別建小城，徙治之，即今治也。

③ 《太平寰宇記》卷五六：磁州，滏陽郡，今理滏陽縣。本漢魏武安縣地。周武帝於此別置滏陽縣及成安郡。隋開皇十年廢郡於縣置磁州，以昭義縣界有磁石山出磁石，因取為名。大業二年廢州，以縣屬相州。唐武德元年復置磁州，領滏陽、臨水、武安三縣。四年割洺州之臨洺、武安、邯鄲、肥鄉來屬。六年以臨洺、武安、肥鄉三縣屬洺州，磁州領滏陽、武安、邯鄲三縣。貞觀元年廢磁州，以滏陽、武安屬相州，以邯鄲入洺州。永泰元年於滏陽復磁州，領滏陽、武安、昭義、邯鄲四縣。天祐三年勑以與西慈州同名，改為惠州，天祐十三年却復為舊"磁"字。《元豐九域志》卷二：磁州，太平興國元年改昭義縣為昭德，熙寧六年省昭德縣為鎮入滏陽。

《大清一統志》卷一五六《彰德府》：武安縣，戰國趙武安邑。漢置武安縣，屬魏郡，後漢因之。魏、晉屬廣平郡。東魏天平初仍屬魏郡。隋開皇三年屬相州，十年改屬磁州，大業初屬武安郡。唐武德四年屬磁州，六年屬洺州，永泰九年還屬磁州，五代、宋、金因之。元至元二年併入邯鄲，後復置，仍屬磁州，明因之。清朝雍正四年屬彰德府。武安故城，在今武安縣西南。戰國趙邑。漢置武安縣。《括地志》：武安故城，在武安縣西南七里。《舊志》：有東故城，在縣西南，又有西故城在縣西。

④ 《太平寰宇記》卷五〇：平定軍，治平定縣，本并州廣陽縣，宋朝平晉陽，以此縣先歸，於是乃立平定軍，仍改廣陽縣為平定縣，并樂平縣以屬焉。領縣二：平定、樂平。

《大清一統志》卷一一二《平定州》：樂平縣，漢置沾縣，屬上黨郡，後漢因之。建安中於縣置樂平郡，又分置樂平縣屬焉，三國魏及晉因之。後魏太平真君九年樂平郡、縣俱罷，以沾縣屬太原郡。孝昌二年復置樂平郡及樂平縣，俱治沾城。隋開皇初廢郡，十六年於郡置遼州。大業初州廢，屬太原郡。唐武德三年復置遼州，六年移州治遼山縣，以縣屬受州，州廢，還屬并州。開元十一年屬太原府，五代因之。宋乾德初置平晉軍，尋罷。太平興國四年又改屬平定軍。金初因之，興定四年升為皋州。元初州廢，至元二年省樂平縣入平定州，七年復置。明屬太原府平定州。清朝初屬太原府，雍正二年屬平定州。

⑤ 《大清一統志》卷三〇《易州·山川》：易水，南在州南，源出州西，東流入保定府定興縣界，亦名中易水。《漢書·地理志》：故安縣閻鄉，易水所出，東至范陽入濡。《水經注》：易水出故安西山寬中谷，東逕五大夫城南，又東左與子莊溪水合，又右會女思谷水，又東屆關門城，西南與礬石山水合，又東歷燕之長城，又東逕漸離城南，又東逕武陽南，兼武水之稱，左得濡水支津，世又謂為故安河，又東出范陽，與濡水合。《元和郡縣志》：易州因州南三十里易水為名。按《太平寰宇記》：易水有三，濡水為北易，鼂水為南易，此為中易，以在濡、鼂之中也。南易水，在州南六十里，源出州西南，東流入保定府安肅縣。《後漢書·郡國志》：故安，鼂水出。《水經注》：代之易水出代郡廣昌縣東南郎山東北石虎岡東，其水東流，有悶水南會，渾波同注，俗謂之為鼂河。又東逕西故安城南，即閻鄉城也。歷送荊陘北，又東屆逕長城西，又東流過武遂縣南。班固、闞駰之徒咸以斯水謂之南易。濡水，在州北，即北易水也，東南入定興縣界，《漢書·地理志》故安縣濡水亦至范陽入淶。《水經注》：濡水出故安縣西北窮獨山南谷，東流，與源泉水合，又東南逕樊於期館西，又東南逕荊軻館北，又東逕陽城西北舊堨，支流南入城，逕相支西故瀆，南出，屈而東轉，又分為二瀆，一水東注金臺陂，一水逕故安城西側城南注易水。濡水自堰又東逕紫池堡，西屈而北流，有渾塘溝水注之。又東至塞口古鸞石堰水處也，濡水舊支分南入城東大陂，今無水。濡水又東得白楊水口，東合檀山水，又東南流於容城縣西北大利亭東南合易水而注拒馬水。《太平寰宇記》：北易水，一名安國河。《舊志》：在州北三十里，源出州西北，會數水入定興縣界為沙河，即古濡水也。按《廣輿記》謂：濡水出州北窮獨山，一名聖女水，後又名之曰安國河，實為三易上源之一。濡，應讀如字，與永平之濡音乃官反者無涉，《舊志》誤加牽合，不知北方稱濡水者不一，如涿郡之濡則《說文》所謂出安東入漆涑者是也，河間之濡則《左傳》所謂出高陽者是也，并易州之濡數之，是在直隸境內者已有三源，蓋取濡潤為義，故多蒙此名耳。

易氏曰："洺州洺水縣，本漢斥漳縣地①，屬廣平國②，有衡漳故瀆，俗名阿難渠③，在縣西二百步。"

### 兗州桑土之野

《禹貢·兗州》："桑土既蠶。"《注》云："其地尤宜蠶桑，因以名之。"蔡氏曰："兗地宜桑，後世之濮上桑間猶可驗。"

孔氏曰：今濮水之上地有桑間。濮陽，在濮水之北，是有桑土。

《樂記注》："桑間，在濮陽南。"今開德府濮陽縣。

### 三監：管叔、蔡叔、霍叔　紂城

管，鄭州管城縣。

蔡，蔡州上蔡縣。

霍，晉州霍邑縣。

紂城。《括地志》："紂都朝歌故城，在衛州東北七十三里朝歌故城是也，在衛州衛縣西二十二里，謂之殷虛。"衛縣，今省入黎陽為鎮。

## 王

### 周東都王城

《郡縣志》：河南府，《禹貢》豫州之域，在天地之中，故三代皆為都邑。陽翟，夏城，禹都也。偃師，西亳，湯都也。周成王定鼎於郟鄏，使召公先

---

① 整理者按：斥漳當作"斥章"。《大清一統志》卷二一《廣平府古蹟》：斥章故城，在曲周縣東南。漢置斥章縣，屬廣平國。後魏屬鉅鹿郡。晉曰斥章，屬廣平郡。後魏太平真君三年併入列人，太和二十年復置。東魏天平初屬魏郡。北齊省入平恩縣。隋開皇六年改置洺水縣，屬武安郡。唐初屬洺州，會昌省。《元和郡縣志》：洺水縣西至州五十里，本漢斥章縣，漳水經其城，其地斥鹵，故曰斥漳。開皇六年以縣西近洺河，改為洺水。《太平寰宇記》：高齊天保七年移平恩縣理斥漳城，隋開皇六年以縣西近洺河於此立洺水縣，唐會昌三年併入曲周。

② 《漢書·地理志》：廣平國，武帝征和二年置為平干國，宣帝五鳳二年復故。縣十六：廣平、張、朝平、南和、列人、斥章、任、曲周、南曲、曲梁、廣鄉、平利、平鄉、陽臺、廣年、城鄉。

③ 《大清一統志》卷二一《廣平府·山川》：阿難渠，在曲周縣南。《元和郡縣志》：衡漳故瀆，俗名阿難渠，在洺水縣西二百步，魏將李阿難所導，故名。又阿難枯渠在曲周南十四里。

相宅，乃卜澗水東、瀍水西①，是為東都，今苑内故王城是也。又卜瀍水東，召公往營之，是為成周，今河南府故洛城是也。

《續漢志》：河南縣②，周公所城雒邑也，春秋時謂之王城。東城門名鼎門，北城門名乾祭。《帝王世紀》曰："河南城西有郟鄏陌。"雒陽縣，周時號成周。《地道記》曰："王城，去雒城四十里。"

### 豫州太華，外方之間　北得河陽，漸冀州之南

《郡縣志》：太華山，在華州華陰縣南八里。嵩高山，在河南府登封縣北八里，亦名外方山。河陽縣南城，在縣西，四面臨河，即孟津之地，亦謂之富平津③。唐屬河南府，後為孟州。冀州之南河内。襄王以河内賜晉文公。

### 鎬京　宗周　西都　豐　洛邑　王城，今河南　成周，今洛陽

並見前。

### 申　犬戎　戲

申國，今鄧州南陽縣。

犬戎，《周語》："穆王將征犬戎。"《注》："西戎之別名，在荒服。"《漢·匈奴傳》：隴以西有畎戎。

---

① 雍正《河南通志》卷一二《河防一·河南府》：瀍水，源出洛陽縣西北穀城山，自高廟溝起與九眼泉合入洛陽縣界，由邙山西北注向東南，轉折而東，至北窰南入洛河。澗水，源出澠池縣東北白石山，由新安至洛陽縣西七里橋東流入洛河。胡胐明曰：古時澗水經河南府故城西入洛，瀍水經河南府故城東入洛，故澗水東、瀍水西為王城，而瀍水東為下都，《洛誥》之文甚詳也。自周靈王壅穀水，使東出於王城之北，則其勢必入於瀍水，而合流歷王城之東以南注於洛，時二水猶未經洛城也。迨東漢建都於此，自河南縣東十五里之千金堨引水繞都城南北以通漕，而瀍始與穀水俱東注矣。古時瀍不合澗，亦不過洛陽南而東至偃師也。
② 縣：庫本脫。
③ 孟津：亦名盟津。《春秋地名考略》卷一"盟"：王與鄭人蘇忿生之田盟。杜注：今盟津。按：武王會諸侯於盟津即此也。地後歸晉，謂之河陽，僖二十年天王狩於河陽是也。後屬魏。《史記》：趙惠文王十一年董叔與魏氏伐宋，得河陽。漢置河陽縣，屬河内郡，晉、魏因之。北齊置河陽關。周滅齊，仍為重鎮。隋置河陽宮。唐仍曰河陽縣，會昌中置孟州於此。《元豐志》云：懷州南至河陽七十里，河陽東南至河陰一百六十二里。金大定中城為河水所壞，築城徙治。明改州為縣，即今治也。古陽城在縣西南三十里。《河南通志》卷八○《辨疑·郡縣府州》：古孟津非今孟津縣，武王會諸侯於孟津，春秋時為晉河陽地。水北曰陽，在河之北岸，是在大河之北也。唐武宗於河陽縣置孟州。明初改曰孟縣，屬懷慶府。孟津縣在河南岸，金改河清縣置，因徙治孟津渡，故名，今屬河南府。《大清一統志》卷一六二《河南府·建置沿革》：孟津縣，古孟津地。春秋周平陰邑。秦置平陰縣。漢屬河南郡，後漢因之。三國魏改河陰，晉、宋因之。後魏太宗併入洛陽，正始二年復置。東魏元象二年置河陰郡。隋開皇初郡廢，大業初仍併縣入洛陽。唐為洛陽、河清二縣地。宋開寶元年徙河清縣於此，屬河南府。金改曰孟津，貞祐三年升縣為陶州，尋復為縣。元屬河南路。明、清屬河南府。孟津，在孟縣南十八里，在洛北，都道所湊，古今以為津，以武王濟此，呼為武濟。武王伐紂，與八百諸侯咸同此盟，故曰孟津，亦曰盟津，又曰富平津，又謂之陶河。

戲，《郡縣志》：古戲亭，在京兆府昭應縣<sup>①</sup>本周驪戎國<sup>②</sup>，秦為驪邑，漢改新豐<sup>③</sup>，唐改昭應，今臨潼縣<sup>④</sup>。東北三十里。周幽王為犬戎所逐，死於戲。幽王陵，在縣東北二十五里。

## 鄭

### 宗周畿內咸林之地，今京兆鄭縣

《郡縣志》：古鄭城，在華州鄭縣西北三里<sup>⑤</sup>。漢屬京兆。後魏置東雍州，改為華州。鄭縣，其地一名咸林。《世本》："桓公居咸林。"宋忠云："舊地名封，桓公乃名為鄭。"《史記》：魏築長城，自鄭濱洛。今州東南三里魏長城是也。《秦紀》：武公十一年，初縣鄭。

---

① 《大清一統志》卷一七九《西安府·古蹟》：戲亭，在臨潼縣東北，一名幽王城。《後漢書·郡國志》：新豐有戲亭。《水經注》：戲水北歷戲亭東。蘇林曰：邑名，在新豐東南三十里，昔周幽王敗於戲水之上，身死驪山之北，故《國語》曰"幽滅"者也。《元和志》：古戲水在昭應縣東北三十里。《寰宇記》：昭應縣幽王城，一名幽王壘。《長安志》：幽王城在縣東南戲水上，高八尺，周二百八十步。昭應故城，今臨潼縣治。《唐書·地理志》：天寶三載析新豐、萬年置，會昌縣七載更縣曰昭應。《舊唐書·地理志》：昭應縣置溫泉宮之西北。《寰宇記》：縣在雍州東五十八里，天寶初明皇每歲十月幸溫湯，歲盡而歸，以來去湯泉稍遠，四年置會昌縣，後以太宗昭陵之故，數有徵應，宰臣稱賀，改為昭應。《長安志》：開寶九年詔秦始皇廟去昭應縣十里，今移縣就廟。大中祥符八年避玉清昭應宮名，改縣曰臨潼。

② 《春秋地名考略》卷一三"驪戎"：莊二十八年晉獻公伐驪戎。杜注：驪戎在京兆新豐縣，姬姓，其爵，男也。按《史記》：始皇二十五年秦置驪邑，三十五年徙三萬家於麗邑，即驪邑故城也。漢置新豐縣，屬京兆郡。《後漢志》：新豐，古驪戎國。唐析置昭應縣，省新豐入之。宋改臨潼縣，今仍之。縣東二十四里有驪戎城、驪山，蓋以戎國而得名。驪山左右峻嶺如雲霞繡錯，故有繡嶺之名。天寶改曰會昌山，又改昭應山。

③ 《大清一統志》卷一七九《西安府·古蹟》：新豐故城，在臨潼縣東北。《史記》：高帝十年更名驪邑曰新豐。《漢書·地理志》：京兆尹新豐，秦曰麗邑，高祖七年置。應劭曰：太上皇思東歸，於是高祖改築城寺街里以象豐，徙豐民以實之，故號新豐。後漢靈帝封段熲為侯國，自故城西至霸城五十里。《舊唐書·地理志》：隋新豐縣置古新豐城北，垂拱二年改為慶山縣，神龍元年復為新豐，天寶七載省。《寰宇記》：昭應縣東十二里有故城，即漢新豐縣理所，後漢靈帝末移安定郡陰槃縣寄理於此城，今亦謂之陰槃城，其新豐縣自陰槃寄理之後又移理於故城東三十里，蓋在零水側。周閔帝元年又徙於天寶中廢豐縣東南七里。隋大業六年又移於天寶中廢縣所治。《長安志》：陰槃城在臨潼縣東北十四里。《兩京道里記》曰：湯泉水徑陰槃故城東門外，去昭應十五里，漢新豐邑即此，是城東西南北各三千一百步，往來大路必由此城。按：新豐治所屢移，今細考之，《括地志》云新豐故城在今新豐縣西南四里，宋白云昭應縣東十三里有故城，《寰宇記》云新豐城在昭應縣東十二里，此皆以漢縣言，即晉、魏之陰槃，《舊唐志》之古城，《長安志》所志縣東北十四里之陰槃城也。《元和志》云新豐故城在昭應縣東十八里，今志亦云在縣東北十八里，此乃隋以後之新豐縣治，即《舊唐志》所云治古城北者，《寰宇記》云天寶中廢縣是也。至故城東三十里零水側之新豐縣治，即漢末及晉、魏所治。天寶廢縣東南七里之新豐，則後周所治。今遺址多湮，府、縣《志》混為一城，非是。

④ 《大清一統志》卷一七八《西安府·建置沿革》：臨潼縣，春秋驪戎國，秦為驪邑。漢高帝七年置新豐縣，屬京兆尹，後漢因之。晉屬京兆郡，後魏及隋因之。唐垂拱二年改曰慶山，天授二年屬鴻州，大足元年還屬雍州，神龍元年復曰新豐，天寶三載析置會昌縣，七載省新豐，改會昌曰昭應，五代因之。宋大中祥符八年改曰臨潼，金因之。元屬奉元路。明、清屬西安府。

⑤ 三：庫本作"二"，《元和郡縣志》卷二亦作"三"。

濟、洛、河、潁之間

虢、鄶

鄢、蔽、補、丹、依、疇、歷、華，君之土也

取十邑之地

右洛左濟

前莘後河①，食溱、洧焉

今河南新鄭

鄢，音"偃"。

濟水，在孟州濟源縣西北三里。本軹縣，屬河内。平地而出。有二源：東源，周回七百步，深不可測；西源，周回六百八十五步，深一丈，源出王屋山。《山海經》云：王屋之山，（水聯）水出焉。郭璞注云②："（水聯），沇水之源。沇水，出王屋縣王屋山，東流，至濟源縣而名濟水，又南流一百廿里而入於河。"孔安國云：濟水入河，並流十數里而南截河，又並流數里而溢，自溢處又東南流二百三十里至鄭州滎澤縣。本漢滎陽縣地。

洛水，出商州洛陽縣西冢嶺山③，東北流，至河南府鞏縣會伊④、瀍、澗之水，東經洛汭，北對郎渚⑤，謂之洛口，亦名什谷，而入河。

河東流，經鞏縣，又東流孟州汜水縣⑥，本成皋縣，一名虎牢。

---

① 莘：至元六年刻本、合璧本作"華"。《國語·鄭語》作"莘"，韋昭注云：莘，莘國也。整理者按：據下文，疑此處當以"華"是。

② 整理者按：今郭璞《山海經注》無此條。

③ 整理者按：宋商州有洛南縣，無洛陽縣，《寰宇記》洛水出洛南縣冢嶺山，是此處"洛陽"當作"洛南"。《大清一統志》卷一九二《商州·山川》：秦嶺山，在州西接雒南縣界。《三秦記》：秦嶺東起商雒，西盡汧隴，東西八百里。《太平寰宇記》：山在上洛縣西南一百里，高九百五十丈。《地理通釋》：在上洛縣西八十里，嶺北為秦山，南為漢山。《州志》：山在西百里。《雒南縣志》：秦嶺在縣北，即終南山，隨地易名，橫亘三百里，自繞山入界，山之陰即太華，稍東即潼關，重峰疊嶂，自縣西抵北而東為洛水發源處，即冢嶺山矣。

④ 雍正《河南通志》卷一二《河防一·河南府》：伊水，源出盧氏縣悶頓嶺，由嵩縣、洛陽至偃師縣高莊與洛河合流，至鞏縣東北洛口入黃河。

⑤ 郎渚：《水經注·洛水》作"琊琊渚"。

⑥ 《大清一統志》卷一四九《開封府·建置沿革》：汜水縣，春秋鄭虎牢邑。戰國韓成皋邑。秦置成皋縣。漢屬河南郡，後漢、魏、晉因之。義熙中於縣置司州。後魏泰常末改豫州，太和十九年罷州，置東中府。東魏天平初復置北豫州，兼置成皋郡。後周改置滎州。隋開皇初改曰鄭州，十八年改成皋縣曰汜水，大業初屬滎陽郡。唐武德四年復置鄭州，七年移州治管城，以汜水屬之，顯慶二年改屬洛州。垂拱四年改縣曰廣武，神龍元年復曰汜水。乾元後屬河陽三城使。會昌三年屬孟州，五代因之。宋慶曆三年屬河南府，熙寧五年省入河陰，元豐二年復置，仍屬孟州。金改屬鄭州，元、明因之。清朝屬開封府，雍正二年屬直隸鄭州，十二年仍屬開封府。

　　潁水，出河南府陽城縣乾山①，乾，音“干”。自汝州襄城縣流入潁昌府長社縣②，自長社流入臨潁縣③，自順昌府汝陰縣流入潁上縣④，至壽春府下蔡縣入淮⑤。

　　韋昭注：“四水之間，謂左濟、右洛、前潁、後河。”濟，本作“泲”，音“姊”。

　　虢，東虢，虢仲之後。《水經注》：“索水東逕虢亭南。應劭曰：滎陽，故虢之國⑥。”今鄭州。《郡縣志》：孟州汜水縣，古東虢國，鄭之制邑，漢之成

---

　　① 乾山：按《漢書·地理志》、《水經注》、《元和郡縣志》、《太平寰宇記》諸書及王應麟《困學紀聞》、《通鑑地理通釋》“潁水”條俱云出陽城“陽乾山”，是此處“乾山”當作“陽乾山”，脫一“陽”字。《大清一統志》卷一六二《河南府·山川》：陽乾山，在登封縣東南。《漢書·地理志》陽城縣有陽乾山。《元和志》云：陽乾山在潁陽縣東二十五里，少室山正南。

　　② 《大清一統志》卷一七二《許州》：襄城縣，春秋鄭汜邑。戰國魏襄城邑。秦置襄城縣。漢屬潁川郡，後漢因之。晉泰始二年於縣置襄城郡。後魏永安中以郡屬廣州，武定中徙廣州治襄城。後周改曰汝州。隋開皇初郡廢，大業初州廢，縣屬潁川郡。唐武德元年復置汝州，貞觀元年州廢，縣屬許州。開元四年屬伊州，二十六年改屬汝州，二十八年還屬許州，天寶七載屬臨汝郡。乾元初又屬汝州，五代及宋因之。金泰和七年屬許州，元、明因之。清朝初屬開封府，後分屬許州府，今仍屬許州。襄城故城，在今襄城縣西。《水經注》：汝水東南逕襄城縣故城南，楚靈王築，其城南對汜水，京相璠曰：周襄王居之，故曰襄城。《舊志》：古城在今縣西塘外，遺跡連亘達於城隅，其南又有一城名小古城，規制甚狹而堅。

　　③ 《大清一統志》卷一七二《許州》：臨潁縣，漢置臨潁縣，屬潁川郡，後漢至隋因之。唐初屬許州，建中二年屬溵州，貞元二年還屬許州，五代因之。宋屬潁昌府。金、元、明俱屬許州。清朝初屬開封府，後屬許州府，今仍屬許州。臨潁故城，在今臨潁縣西北。《元和志》：隋大業四年自故城移於今理。《舊志》：故城在今縣之北五十里。

　　④ 《宋史·地理志·京西北路》：順昌府，汝陰郡，舊潁州，政和六年改為府。縣四：汝陰、泰和、潁上、沈丘。
《大清一統志》卷八九《潁州府》：潁上縣，春秋楚慎邑。漢置慎縣，屬汝南郡，後漢因之。晉改屬汝陰郡，宋廢。梁僑置潁川郡。東魏改曰下蔡郡，齊廢郡。大業初改縣曰潁上，屬汝陰郡唐。屬潁州，五代及宋因之。金元光二年改屬壽州。元初還屬潁州，至元二年省入州，後復置，仍屬潁州，明因之。清朝雍正十三年改屬潁州府。潁上故城，在今縣南，即古鄭城也。梁普通六年裴邃拔魏鄭城，汝陰間皆響應。《舊唐書·地理志》：潁上縣，隋置治古鄭城，武德四年移今治。《元和志》：潁上縣西北至潁州一百七十里，本漢慎縣地。《寰宇記》：鄭城在今潁上縣南。

　　⑤ 《輿地廣記》卷二一：壽州，春秋戰國屬楚，漢屬九江、沛二郡。東漢屬九江郡，兼置揚州。魏、晉、宋、齊、梁屬淮南郡。齊兼置豫州。後魏曰揚州。梁曰南豫州。東魏曰揚州。陳曰豫州。後周曰揚州。隋屬汝陰、淮南二郡。唐屬潁、壽二州。後唐天成三年升為忠正軍節度，周顯德中自壽春徙治潁州之下蔡，宋朝因之。今縣五：下蔡、安豐、霍邱、壽春、六安。《宋史·地理志》：壽春府，壽春郡，本壽州。開寶中廢霍山、盛唐二縣。政和六年升為府，八年以府之六安縣為六安軍。紹興十二年升安豐為軍，以六安、霍邱、壽春三縣來隸。三十二年升壽春為府，以安豐軍隸焉。隆興二年軍使兼知安豐縣事，乾道三年罷，壽春復為安豐軍。縣四：下蔡、安豐、霍丘、壽春。
《大清一統志》卷八七《鳳陽府·古蹟》：下蔡故城，在鳳臺縣北三十里。春秋州來邑。《左傳》：成公七年吳伐楚，入州來。哀公二年蔡昭侯自新蔡遷於州來，謂之下蔡。《漢書·地理志》：沛郡下蔡，故州來國，為楚所滅，後吳取之是也。後漢屬九江郡。晉屬淮南郡。劉宋時廢。南齊建元三年垣崇祖在壽陽，恐魏人復寇淮北，乃徙下蔡戍於淮東。梁大通中魏亂，梁得下蔡，改置汴州及汴郡。北齊郡廢。隋仍為下蔡縣，屬汝陰郡。唐武德四年於縣置渦州，八年州廢，縣屬潁州。五代周顯德四年徙壽州治下蔡，自後常為州治，至明省入州。《舊志》：下蔡鎮在壽州西北三十里，西抵正陽鎮五十五里。按《水經注》：淮水自硤石北逕下蔡故城東，淮之東岸又有一城，下蔡新城也，二城對據，翼帶淮瀆。《寰宇記》：梁大同中於硤石山築城以拒東魏，即今縣城也。故城，淮水東岸者是也。

　　⑥ 虢：《水經注》作“虢公”。

皋縣，一名虎牢。襄二年，諸侯城虎牢。十年，諸侯城虎牢而戍之①。《史記注》："徐廣曰：虢在成皋。"《左傳注》："虢②，今滎陽。"

　　鄶。《周語》：鄶由叔妘，是外利離親者也③。《詩》作"檜"。見前。

　　鄢。《國語》："鄢之亡也，由仲任。"《注》："鄢，妘姓之國，為鄭武公所滅。"《春

<hr>

　　①　戍：至元六年刻本、合璧本作"成"，誤。

　　②　《春秋地名考略》卷一二"虢·國於上陽"：僖五年宮之奇曰：虢仲、虢叔，王季之穆也，為文王卿士。杜注：虢仲、虢叔，王季之子，文王之母弟也，仲、叔皆號君字。《晉語》：胥臣曰："文王敬友二虢。"又曰："詢於八虞而諮於二虢。"韋昭曰：善兄弟為友。賈逵曰：虢仲封東虢，制是也；虢叔封西虢，虢公是也。孔穎達曰：據《傳》，鄭滅一虢，晉滅一虢，不知誰是仲後，誰是叔後，賈言無明證，不可審知。賈最近古，且諸家所用不可易矣。西虢初封在秦之雍地，秦宣太后於此起虢宮。漢置虢縣，屬右扶風，《漢志》雍為西虢是也。後漢省入雍縣。魏太延中置武都郡治此。西魏又置洛邑縣。隋廢郡，改縣曰虢，唐仍之。《元和郡縣志》：虢縣，古虢國，周文王弟虢叔所封，是曰西虢。蓋用賈說也。宋亦因之。《九域志》：在鳳翔府南三十五里。元省入寶雞。今其故城在寶雞東六十里。西虢之君在西周時嘗為王室卿士。《周語》：宣王不藉千畝，虢文公諫。韋昭曰：文公，虢叔之後，西虢也。宣王都鎬，在畿內。此又用賈說矣。《史記》幽王時有虢石父，《竹書紀年》又有虢公翰，不知其出於東、西。隱元年鄭人以王師、虢師伐衛，始見於《經》。杜注：虢，西虢國也，弘農陝縣東南有虢城。蓋已從平王而東徙矣。然《鄭語》史伯謂鄭桓公曰：當成周者西有虞、虢，王之支子母弟也。是平王前已徙東土，不可考矣。《秦本紀》：武公十一年滅小虢。蓋虢既東遷，文庶之留於雍者也，今在寶雞東五十里，亦曰桃虢城。隱三年王貳於虢。杜注：西虢公也。八年虢公忌父始作卿士於周。桓五年王伐鄭，以虢公林父將上軍。僖二年晉荀息假道於虞以伐虢。五年晉侯圍上陽，滅虢，虢公醜奔京師。蓋見於春秋者有三公焉。杜注：上陽、虢國都在弘農陝縣東南。上陽之虢亦稱"郭"。《公羊傳》晉獻公曰"吾欲伐郭則虞救之，伐虞則郭救之"是也。蔡邕《郭有道碑》：大曰王季之穆，有虢叔者，實有懿德，文王咨之，建國命氏，或謂之"郭"。此亦用賈說也。班固則又謂之北虢，《漢志》曰北虢在大陽是也。大陽地在河北，當是時虢都上陽，而下陽則在河北大陽之境，豈以其跨河之北而成周在河南故謂之北虢，與上陽在漢陝縣地，屬弘農郡，晉仍之，今在陝州東南。杜佑云：陝州之虢為北虢。又云：虢都在陝郡平陸縣，今屬山西平陽府。蓋欲附會北虢之義，而顯與《傳》文違戾，不可從矣。按《後漢志》：弘農陝縣本虢仲國，河南滎陽有虢亭，虢叔國。賈氏之說又見於虞翻、韋昭，皆無異辭。又馬融云：虢叔同母弟虢仲封下陽，異母弟虢叔封上陽。孔穎達以為上陽、下陽同是復虢國之邑，不得分封二人也，若二人共處鄭，其安所得虢國而滅之。是矣。以臣愚測之，融所謂虢仲封下陽，誠誤矣。所謂虢叔封上陽，則依然賈逵之說。蓋古來相傳如是，未可輕非也。惟是杜預明云皆母弟，而馬氏分同母、異母，其意蓋謂西虢大而東虢小，不應弟封大國，兄反封小國，故以同母、異母別之，不知周室班爵尚德不尚年，祝鮀論之詳矣。又《春秋公子譜》亦曰：上陽，虢叔之後。《春秋地名考略》卷一三"虢"：東虢。隱元年鄭莊公曰：制，巖邑也，虢叔死焉。杜注：虢國，今滎陽縣。按《漢志》：東虢在滎陽。賈逵曰：虢叔之封東虢，制是也。《國語》史伯謂鄭桓公曰：濟、洛、河、潁之間，子、男之國虢國為大。韋昭注：東虢，虢仲之後，姬姓也，叔者，其君之字也。孔穎達曰：虢叔封西虢，仲封東，而此云虢叔東虢君者，言所滅之君字曰叔也。桓十年虢仲譖其大夫詹父於王。杜注：虢仲，即虢公林父，是叔之子孫，字曰仲也。西虢後亦有叔。莊二十一年鄭、虢納王，鄭伯將王自圉門入，虢叔自北門入是也。春秋燕國有二，則一稱北燕；邾國有二，則一稱小邾。此虢國有二，而經傳不言東、西虢者，於時東虢已滅，故西虢不復稱西也。昭元年會於虢，即此。《漢志》河南郡滎陽縣，應劭云：故虢國，有虢亭。《通典》：洛之汜水為東虢國。《世紀》云：成皋為虢，虢叔之封。誤也。整理者按：據考古發現，按出土文物，北虢在西周初年即已建立，都上陽（今河南陝縣），即以上所謂西虢也，為晉所滅。東虢在今河南滎陽，即所謂制，為鄭所滅。西虢亦稱城虢，在今陝西寶雞，東遷後支族仍留在原地，稱小虢，為秦所滅。

　　③　外：至元六年刻本、合璧本作"水"，庫本作"求"。《國語·周語》作"外"，"外"是。

秋》："鄭伯克段於鄢①。"《漢·地理志》：陳留郡傿縣②，應劭曰"克段於傿"是也。《郡縣志》：故鄢城，在宋州寧陵縣 今屬拱州。南五十三里，漢鄢縣，鄭伯克段於此。《史記·韓世家》："秦伐敗我鄢③。"

蔽、補、丹、依。未詳。

疇。《國語》作"疄"。《周語》："摯、疇之國也，由大任。"《注》："摯、疇，二國，任姓。"

歷。未詳。

華。《水經注》：黃水東南流經華城西。韋昭曰："華，國名。"《史記》：秦昭王二十四年，白起攻魏，拔華陽，走芒鄉④。司馬彪曰："華陽，在密縣。"今屬鄭縣，亭名。《史記正義》："故華城，在鄭州管城南三十里。"

《詩正義》云八國，韋昭注云八邑。

前莘後河⑤。《鄭語》曰："前莘後河。"《注》："莘，莘國也。"《郡縣志》：故莘城，在汴州陳留縣東北三十五里，古莘國。

溱、洧。《郡縣志》：溱水，源出鄭州新鄭縣西北三十里平地。洧水，縣

---

① 《春秋地名考略》卷六"鄢"：杜注："鄢，今潁川鄢陵縣。"成十六年晉楚戰於鄢陵。杜注：鄭地，今屬潁川郡。按：杜注鄢與鄢陵為一地，蓋鄢，古國也。《國語》富辰曰：昔鄢之亡由仲壬。韋昭曰：鄢，妘姓之國，仲壬氏女為鄢夫人。鄶亦妘姓。富辰又曰：鄶因叔妘。注曰：鄶娶同姓也。鄶亡以女嬎，即公羊氏之說，而鄢事不可考，豈總由叔妘耶？韋昭又曰：鄢為鄭武公所滅。唐尚書云：鄢、鄶皆武公所滅。鄭既滅鄢，初仍其故名，後乃改為鄢陵耳。鄭亡，為韓地。《史記》：秦始皇二十二年李信攻楚鄢郢。胡氏曰：時楚遷壽春，所謂鄢者即此，郢即陳州也。漢為鄢陵縣，屬潁川郡，晉、魏因之。北齊省入許昌。隋復置。唐移今治。古鄢陵城在今縣西南四十里。今河南鄢陵。

② 傿：庫本作"鄢"，誤。《漢書·地理志》：陳留郡，武帝元狩元年置。縣十七：陳留、小黃、成安、寧陵、雍丘、酸棗、東昏、襄邑、外黃、封丘、長羅、尉氏、傿、長垣、平丘、濟陽、浚儀。《大清一統志》卷一五四《歸德府·古蹟》：傿縣故城，在柘城縣北，亦作"鄢"，通作"鄢"。後漢屬梁國，晉省。《寰宇記》：鄢城，在柘城縣北二十九里。按：潁川有鄢陵，故屬鄭地，在今開封鄢陵縣西北，此陳留之鄢非也，應劭說誤。《元和志》、《寰宇記》俱仍其謬。

③ 《史記正義》：今許州鄢陵縣西北十五里有鄢陵故城是也。

④ 鄉：庫本作"卯"，《水經注》、《史記》作"卯"，"卯"是。

⑤ 莘：至元六年刻本、合璧本作"華"。《毛詩稽古編》卷五：《鄭詩譜》引《國語》史伯之言曰疇、歷、華，又曰前華後河，《疏》引韋昭注云：華，華國。今《國語》"疇"作"疄"，兩"華"字及韋注華國皆作"莘"。"疇"、"疄"音義俱近，或屬通用（《史記注》引亦作"疄"）。至"華"、"莘"音、義各別，因字形相似，遂致互異，兩書必有一誤矣。案《史記·鄭世家注》虞翻、司馬貞引《國語》皆作"歷華"，與《詩譜》同。《水經注》引"華，君之土也"以證華城，謂《史記》秦拔魏華陽即此（又云司馬彪注謂：華陽，亭名，嵇叔夜傳《廣陵散》於此。虞，三國人。酈元，魏人。司馬，唐人。所見《國語》皆作"華"，則《詩譜》不誤矣。又案宋庠《國語補音》"歷華"無音，反獨標"前華"字音"所巾反"，《玉海》引《詩譜》及《水經注》皆作"華"，引《國語》"前華後河"作"莘"。意《國語》兩"華"字，宋世尚一"華"一"莘"，後則俱變為"華"，其誤固有漸乎？要之"前華"、"前莘"猶屬兩可，"歷華"之"華"非"莘"斷無可疑也。又案："歷華"在八邑內，又云"皆君之土"，則鄭邑也。"前華"與濟、洛並列，則鄭境所距，非鄭地也。兩華定是兩地。韋注所云"莘國"，本指"前莘"之"莘"，《水經注》引"歷華"而係以韋注，是誤合兩華為一，疏矣。又案：《玉海》引《郡縣記》：故莘城，在汴州陳留縣東北三十五里，古莘國。以證《國語》之"前莘後河"。《一統記》：開封府鄭州有華城，云即十邑（併虢、鄶為十邑）中之"華"。此皆後人之傅會。

西北二十里灌潁渠①。見前。《鄭語》："主芣騩而食溱、洧。"《注》："芣騩，山名。
主為神主。食謂居其土，食其水。"《郡縣志》：大騩山，在河南府密縣南東五十里②，本具茨山。黃
帝見大隗於具茨，故亦謂大騩③。

　　新鄭。《郡縣志》：新鄭縣，本有熊氏之墟，又為祝融之墟，於周為鄭武
公之國都。韓哀侯滅鄭，自平陽徙都之。秦為潁川郡。漢為新鄭縣，屬河南
郡。隋重置，屬鄭州。

　　《鄭語》：史伯對曰："王室將卑，戎狄必昌，不可偪也。當成周者，雒

　　①　《元和郡縣志》卷九《鄭州·新鄭縣》：灌潁渠首受洧水，西魏遣王思政固守長社城，東魏相
高澄遣將清河王高岳攻之，築堰通洧水渠，灌破長社城，即此渠也。
　　②　南東：庫本作"東南"。
　　③　《大清一統志》卷一四九《開封府·山川》：大騩山，在禹州北，亦曰具茨山。《漢·地理
志》：密縣有大騩山。開封府舊志：大騩山在禹州北四十里，接密縣東界、新鄭縣西南界。《明一統
志》：在新鄭縣西南四十里。

邑。南有荆蠻、申、呂、應、鄧①、陳②、蔡、隨③、唐④，北有衞、燕、翟、

① 《春秋地名考略》卷一三"鄧"：桓七年鄧侯吾離來朝。《釋例》曰：鄧國，今義陽鄧縣。按：鄧，曼姓，侯爵。桓十三年入告夫人鄧曼。杜注：鄧曼，楚武王夫人。莊六年，楚文王伐申，過鄧，鄧侯曰：吾甥也。止而享之。還年楚子伐鄧。十六年楚復伐鄧，滅之，地入於楚，成九年鄭伯會楚公子成於鄧是也。秦昭襄王元年大良造白起攻楚，取鄧，置鄧縣，屬南陽，漢因之。應劭曰：鄧，侯國也，更始二年封王常為鄧王。《晉志》有鄧縣，屬義陽郡。《注》曰：古鄧侯國。又有鄧城縣，屬襄陽郡，蓋分置也。晉末僑置京兆郡，宋為實土，鄧縣屬焉，其後但有鄧城而郡、縣不復見，蓋已併入郡城矣。後周鄧城縣廢。魏於其地置安養縣。唐改置臨漢縣，已，仍為鄧城縣，屬襄州，宋因之。元省。今為鄧城鎮，在襄陽府城東北二十里。陸機《辨亡論》"魏氏浮鄧塞之舟，下漢陰之眾"謂此。《水經注》：鄧塞者，鄧城東南小山，淯水經其東。王氏《通釋》謂此即古鄧國。習鑿齒《襄陽記》：楚王城，鄧之濁水去襄陽二十里。

② 《春秋地名考略》卷一〇"陳·國於宛丘"：《史記》："陳胡公滿者，帝舜之後也。舜已崩，傳禹天下，而舜子商均為封國。夏后之時或失或續，至於周武王克殷紂，乃復求舜後封之於陳以奉帝舜祀。"襄二十五年子產曰：昔虞閼父為周陶正以服事我先王，我先王賴其利器用也與其神明之後也，庸以元女大姬配胡公而封諸陳以備三恪。杜注：閼父，舜後，為武王陶正。元女，武王之女。胡公，閼父之子滿也。周得天下，封夏、殷為二王，後又封舜後謂之恪，并二王後為三國。孔穎達曰：《樂記》云武王克殷，未及下車，乃封帝舜之後於陳。陳之封地則在宛邱。隱三年衞莊公娶於陳，曰厲媯，始見於《傳》。杜注：陳，今陳國陳縣。昭八年楚滅陳，以穿封成為陳公。十三年楚復封陳，獲麟後三年復滅陳。楚頃襄王徙都之，號郢。陳，秦屬潁川郡，陳勝於此自立，號張楚。漢置陳縣，又置淮陽國治此。後漢改陳國。晉屬梁國。劉宋置陳郡於項縣，省陳縣入之。後魏因之。隋復於故陳縣地置宛丘縣為陳州治，唐、宋因之。明初，省附郭宛丘縣入州。州城南三里有宛丘，高二丈，又州城內東北隅有池，即《詩》所謂東門之池也。

③ 隨：庫本作"隋"，誤。《春秋地名考略》卷一三"隨"："桓六年楚武王侵隨。杜注：今義陽隨縣。按孔疏：隨國，姬姓，不知始封為誰。桓八年，楚子合諸侯，隨不會。楚子伐隨，隨侯逸。冬，隨及楚平。時鬬伯比曰：漢東之國，隨為大。莊四年楚營軍臨隨，隨人懼，行成。僖二十年《經》書"楚子伐隨"，《傳》曰：隨以漢東諸侯叛楚，鬬穀於菟帥師伐隨，取成而還。孔疏曰：隨自此為楚私屬，不與諸侯會同矣。昭十七年楚敗吳師，獲其乘舟，使隨人守之。定四年吳入郢，楚昭王奔隨，吳人從之，謂隨人：周之子孫在漢川者，楚實盡之，周室何罪？君若顧報周室，施及寡人，君之惠也。隨人卜，與之不吉，卒辭吳人。依此，知隨為姬姓矣。孔疏曰：隨在楚之東，吳人尚在楚，更東來，謂與隨有恩，可保守故也。哀元年楚子、隨侯圍蔡。杜注：隨世服於楚，不通中國，昭王奔隨，隨人免之，楚以此德隨，列於諸侯，故得見《經》。孔疏曰：其後不知為誰所滅。秦置隨縣，屬南陽郡，漢因之。晉屬義陽郡，太康中分置隨國。劉宋改郡、縣名皆曰隨陽，尋去"陽"字。西魏置并州，尋改隨州。隋廢郡，州如故。歷唐、宋至元，時復置郡，尋罷，大率皆為隨州。元屬德安府。明省附郭隨縣入州，今仍之。宋紹興以後州城屢徙，至元中始定於今治。《城邑考》：古城在州南。

④ 《春秋地名考略》卷一四"唐"：宣十二年楚子告唐惠侯。杜注：唐，屬楚之小國，義陽安昌縣東南有上唐鄉。按司馬貞曰：唐本堯後，封於夏墟，在今晉陽，周成王滅之以封叔虞，又分徙之於許、郢之間，春秋唐惠侯是其苗裔也。定三年唐成公如楚。杜注：成公，惠侯之後。四年吳子、唐侯伐楚，吳入郢。五年子期與子蒲滅唐。哀十七年楚子穀曰：武王得觀丁父以服隨、唐。蓋唐故楚之屬國也，至是滅。秦為隨縣地。《漢志》曰：蔡陽縣之上唐鄉，故唐國也。師古曰：《漢紀》云元朔五年以零陵泠道之舂陵鄉封長沙王子買為舂陵侯，至戴侯仁以舂陵地下濕，上書請徙南陽，元帝許之，以蔡陽之白水鄉徙仁為舂陵侯，由是復立舂陵縣，屬南陽郡，而上唐鄉在其境，蘇伯阿過之曰：氣佳哉，鬱鬱葱葱然。即此。東漢改曰章陵。《水經注》：魏黃初二年改章陵曰安昌，晉仍之，屬義陽郡，後廢。後魏置洈西縣於下溠戍，蓋其境內也。隋改唐城，屬漢東郡，尋省。《括地志》：故唐城在棗陽縣東南百五十里。開元中復置唐城縣，屬隨州。元省。今為唐城鎮，在隨州西北八十五里，蓋即古之上唐鄉也。《春秋地理考實》卷二"唐"：晉義陽安昌縣，今河南南陽府鎮平縣也。又今南陽府唐縣，本唐之唐州，蓋亦古之唐國。

鮮虞、潞、洛、泉、徐、蒲，西有虞、虢、晉、隗①、霍、楊②、魏、芮，東有齊、魯、曹、宋、滕、薛、鄒、莒，是非王之支子、母弟、甥、舅也，則皆蠻荊、戎翟之人也。非親則頑，不可入也。”公曰：“南方不可乎？”對曰：“荊，重黎之後也。若周衰，其必興矣。姜、嬴、荊、芊③，實與諸姬代相干也。”姜，齊姓。嬴，秦姓。芊，楚姓。公曰：“謝西之九州何如？”謝，宣王之舅，申伯之國也，今在南陽。謝西有九州。一千五百家曰州。《後漢志》：棘陽縣，東北一百里有謝城。對曰：“其民沓貪而忍，不可因也。惟謝、郟之間，郟南謝北，虢、鄶在焉。郟後屬縣④。鄭衰，楚取之。《傳》曰“鄶敖葬郟”是也。《郡縣志》：郟城縣⑤，本鄭地，屬汝州。其冢君驕侈，其民怠沓其君，而未及周德，是易取也，且可長用也。”公曰：“若周衰，諸姬其孰興？”對曰：“其在晉乎？”

幽王八年而桓公為司徒，九年而王室始騷，十一年而斃，及平王末，而秦、晉、齊、楚代興。

## 齊

### 爽鳩氏之墟

《左傳》：晏子曰：“昔爽鳩氏始居此地，少皞氏之司寇。季萴因之，虞、夏諸侯。有逄伯陵因之，殷諸侯。蒲姑氏因之，殷、周之間代逄公。博昌縣北有蒲姑城。《郡縣志》：薄姑故城，在青州博昌縣東北六十里。今博興縣。《齊世家》：胡公徙都薄姑。而後太公因之。”

《地理志》：成王時，薄姑氏與四國共作亂⑥，成王滅之以封師尚父。

### 營丘

《地理志》：齊郡臨淄縣，師尚父所封。臣瓚曰：“臨淄，即營丘也。今

---

① 《通鑑地理通釋》卷六：隗，姬姓，未詳其地。

② 《春秋地名考略》卷五“楊氏”：應劭曰：“楊，侯國，伯僑自晉歸周，封於楊。晉滅楊以賜羊舌赤。”漢置楊縣，屬河東郡。魏屬平陽郡，晉因之。後魏改屬永安郡。隋屬晉州，義寧初改為洪洞縣，唐以後因之。

③ 芊：至元六年刻本、合璧本、庫本作“芋”，誤。下同。

④ 縣：庫本作“鄭”。據下文文意，疑“鄭”是。

⑤ 《大清一統志》卷一七四《汝州》：郟縣，春秋鄭郟邑，後屬楚。漢置郟縣，後升為郡，後漢因之。晉改屬襄城郡。後魏曰塊城，僑置南陽郡，又置順陽郡及龍山縣。北齊廢塊城縣。隋開皇初改龍山曰汝南，三年二郡皆廢，十八年改縣曰輔城，大業初又改曰郟城，屬襄城郡。唐屬汝州，五代、宋初因之。崇寧四年改屬潁昌府。金屬汝州。元至元三年省入梁縣，大德八年仍置郟縣，屬汝州，明、清因之。龍山故城，在郟縣東南。《元和志》：父城故城，在縣東南四十里。蓋“父”、“輔”聲近而訛也。

⑥ 師古曰：四國謂管、蔡、商、奄也。

齊之城中有丘，即營丘。"

《郡縣志》：營丘，在青州臨淄縣北百步外城中。《爾雅》曰：水出其前，經其左，曰營丘。今臨淄城中有丘，淄水出其前，經其左，故曰營丘。

## 九畿

《大司馬·九畿》：方千里曰國畿，其外侯、甸、男、采、衞、蠻、夷、鎮、藩。畿，言其有界畫。

## 東至於海

吳公子札曰："表東海者，其太公乎！"

《地理志》：太公以齊地負海舄鹵，通魚鹽之利。

漢田肯曰："齊東有琅琊、即墨之饒。"琅琊，密州，東至大海一百六十里。即墨縣，屬萊州①，海在縣東四十三里，又在縣南百里。即墨故城②，在膠水縣東南六十里③。

---

① 《太平寰宇記》卷二〇：萊州，東萊郡，今理掖縣，古萊子國。秦為齊郡。漢高帝四年韓信虜齊王廣，分齊郡，因置東萊郡，領縣十七，理掖縣。後漢移理黃縣，魏不改。晉武帝太康四年徙遼東王蕤為東萊王，郡復理掖。宋時郡改理曲成，後魏初亦然，及皇興四年分青州置光州，取界內光水為名，領東萊郡，州與郡同理掖縣，高齊及後周不改。隋文帝罷郡，仍改光州為萊州。煬帝二年罷州復為東萊郡。唐武德初為萊州，天寶元年改為東萊郡，乾元元年復為萊州。元領縣四：掖、萊陽、即墨、膠水。

② 《大清一統志》卷一三八《萊州府》：即墨縣，戰國齊即墨邑地。漢置不其縣，屬琅邪郡。後漢為不其侯國，屬東萊郡。晉仍曰不其，咸寧二年置長廣郡於此。劉宋因之，太始四年又分置東青州於此。後魏移長廣郡治膠東，以不其為屬縣。北齊縣廢。隋開皇十六年始復置即墨縣，屬東萊郡。唐屬萊州，五代及宋、金因之。元太祖二十二年改屬膠州，至元二年省入掖、膠水二縣，尋復置。明初屬青州府，洪武二年改屬膠州，仍隸萊州府。清朝屬萊州府。即墨故城，在平度州東南，故齊邑。《史記·田敬仲世家》"即墨大夫"《正義》曰：萊州膠水縣南六十里即墨故城是也。漢元年項羽徙齊王田市為膠東王，都即墨，尋復為即墨縣，屬齊國。文帝十六年封悼惠王子白石侯熊渠為膠東王，都即墨。景帝四年封子徹為膠東王，中二年改封子寄。後漢建初元年封賈復子宗為即墨侯國，屬北海郡。後魏屬長廣郡，北齊廢。隋復置即墨於不其縣界，非故縣也。《齊乘》：沽水經朱毛城，即故即墨城也。《舊志》：土人名為康王城。

③ 《大清一統志》卷一三八《萊州府·古蹟》：膠水故城，今平度州治。《漢書·地理志》：王莽改膠東國曰鬱秩，蓋移國治此也。《後漢書·賈復傳》：建武十三年更封膠東侯食六縣，首鬱秩，建初元年國除，更封復少子邯為膠東侯。蓋即改鬱秩為膠東也。晉、宋因之。後魏為長廣郡治。《隋書·地理志》云：膠水舊曰長廣，仁壽元年更名。唐膠水縣屬萊州。《元和郡縣志》：縣北至萊州府一百里。歷宋、金、元至明始省入州也。

《齊語》：通魚鹽於東萊①。

《爾雅》十藪，齊有海隅。

《齊世家》："自泰山屬之琅邪②，北被於海。"

## 西至於河

《春秋正義》：九河故道，河間成平以南，平原鬲縣以北，徒駭最西，以次而東。齊之西竟當在九河之最西。徒駭，齊之西界。《寰宇記》：在滄州清池。

## 南至於穆陵

《郡縣志》：穆陵山③，在沂州沂水縣一百九十里。

①　《春秋地名考略》卷一四"萊"：宣七年齊侯伐萊。杜注：萊國，今東萊黃縣。按：《禹貢》"萊夷作牧"。《史記》：太公封營丘，萊人來伐，與之爭營丘，營丘邊萊。萊人，夷也。紂之亂而周初定，未能集遠方，故與齊爭國。是萊國在周之前矣。宣九年齊侯伐萊，成十八年王湫奔萊，襄二年齊侯伐萊，夏齊姜薨，齊侯使諸姜宗婦來送葬，召萊子，萊子不會，故晏弱城東陽以逼之。依此，則萊國，姜姓也。六年齊侯滅萊。《左傳》：齊師入萊，萊共公浮柔奔棠。晏弱圍棠，滅之，遷萊於郳。十四年衛獻公奔齊，齊人以郳寄衛侯。杜注：郳，即所滅萊國。襄二十八年齊慶封田於萊。定十年齊侯使萊人以兵刦魯侯。杜注：萊人，齊所滅萊夷也。哀五年齊置羣公子於萊。杜注：萊，東鄙邑。秦於此置黃縣。漢屬東萊郡。後漢黃縣為東萊郡治。晉仍屬東萊郡。隋屬萊州，尋改牟州，唐因之。神龍二年改置蓬萊縣於蓬萊鎮，登州治焉。先天元年復析置黃縣於今治。今亦曰黃縣，屬登州府。故黃縣在縣東二十五里，又縣東南二十里有萊子城，即龍門山也，山峽巉巖，鑿石通道，極為險峻，俗名萊子關。

②　《大清一統志》卷一三四《青州府·山川》：琅邪山，在諸城縣東南一百五十里。漢置琅邪郡，以此取名。《史記》：始皇二十八年南登琅邪，作琅邪臺。《水經注》：琅邪山孤立特顯出於衆山，上下周二十餘里，傍濱巨海，所作臺基三層，層高三丈，上級平敞，方二百餘步，高五里，臺上有神淵。《括地志》：山在縣東南一百四十里。《縣志》：其山三面皆海，惟西南通陸。

③　《春秋地名考略》卷三"穆陵"：僖四年管仲對楚子曰："賜我先君履"，"南至於穆陵，北至於無棣。"杜注：穆陵、無棣，皆齊境也。按：穆陵關在青州府臨朐縣東南一百五里大峴山上，山高七十丈，周迴二十里，道徑危惡，一名破車峴，其左右有長城、書案二嶺，峻狹僅容一軌，故為齊南天險。

### 北至於無棣

《郡縣志》：滄州鹽山縣①，本齊無棣邑②。漢置高城縣，屬渤海郡③。隋改鹽山。無棣河④，在饒安縣南二十里。無棣縣⑤，隋置，以南臨無棣溝為名⑥。

### 岱山之陰，濰、淄之野　紀侯

《史記》：泰山之陽則魯，其陰則齊。齊帶山、海，膏壤千里。

《禹貢》："海、岱惟青州。"東北據海，西南據岱。岱，即泰山也。在兗州。

《左傳》：晉伐齊，東侵及濰。

《禹貢·青州》：濰、淄其道。濰水，出密州莒縣濰山北，東至青州博興

---

① 《大清一統志》卷一七《天津府》：鹽山縣，後魏太和中屬浮陽郡，興和中分立東西河郡及隸城縣，武定末罷，仍屬浮陽郡。隋開皇十八年改曰鹽山，屬渤海郡。唐武德四年置東鹽州，貞觀元年州廢，改屬滄州，五代、宋、金、元明俱因之。清朝初屬河間府，雍正七年屬滄州，九年改屬天津府。高城故城，在鹽山縣東南。漢縣，隋改名鹽山。《太平寰宇記》：鹽山縣在滄州東六十里，本漢高城縣，故城在今縣南四十里。高齊天保七年移於今邑。《縣志》：舊城鎮在縣東北三十里，明洪武九年移治香魚館，即今治。

② 《春秋地名考略》卷三"無棣"：按《齊地記》："無棣在漢渤海高城縣。"《水經注》：清河入南皮縣界分為無棣溝，流逕高城入海。隋改高城為鹽山，屬滄州，唐仍之。隋又分陽信縣地置無棣縣，屬棣州，唐因之。宋徙治於周之保順軍，屬滄州。金廢。元分其地置兩無棣縣，一仍舊治，屬河間路之滄州，一屬濟南路之棣州。明改河間之無棣為慶雲，屬滄州。改濟南之無棣為海豐，屬武定州。蓋二縣皆與鹽山接壤也。今海豐、滄州之境皆有無棣溝，舊合禹津河東入海。唐永徽初滄州刺史薛大鼎開禹津河，因疏無棣溝以通濱海魚鹽之利，亦曰無棣河。今淤。

③ 整理者按：渤海，當作"勃海"；高城，當作"高成"。《漢書·地理志》：勃海郡，高帝置。縣二十六：浮陽、陽信、東光、阜城、千童、重合、南皮、定、章武、中邑、高成、高樂、參戶、成平、柳、臨樂、東平舒、重平、安次、修市、文安、景成、束州、建成、章鄉、蒲領。

④ 《大清一統志》卷一七《天津府·山川》：無棣河，自南皮縣流逕滄州南，又東逕鹽山、慶雲二縣入海豐縣界。《水經注》：清河自東光又東北，無棣溝出焉，東逕南皮縣故城南，又東逕樂亭北，又東逕新鄉城北，又東分為二瀆，又東逕樂陵郡北，又東逕宛鄉故城南，又東南逕高城縣故城南與枝瀆合。枝瀆上承無棣溝，南逕樂陵郡西，又東南逕千童縣故城東，又東北注無棣溝。無棣溝又東北逕鹽山東北入海。《唐書·地理志》：清池縣西南五十七里有無棣河，開元十六年開。又無棣縣有無棣溝通海，隋末廢，永徽元年刺史薛大鼎開。《太平寰宇記》：無棣河，一名赤河，在饒安縣東南四十里，東流經無棣縣南，又東與禹津、沽溝合而入海。《舊志》有古河，自南皮縣流經鹽山縣南四十里，又東逕慶雲縣北十二里，又東至崔家口與南津河會，經海豐縣入海，從即無棣河，或以為即古黃河也。《畿輔通志》卷二二《川·天津府》：無棣河故道，在滄州及南皮、鹽山、慶雲之南，亦名無棣溝。

⑤ 《大清一統志》卷一七《天津府·古蹟》：無棣故城，在慶雲縣東。隋開皇六年分陽信、饒安二縣地置，屬渤海郡。唐屬滄州。宋治平元年移治保順軍而故城廢。元初又分其西界於故城置縣，仍屬滄州，《齊乘》謂之西無棣縣。明永樂初始改今名。《舊志》：故城在今縣東稍南五里禹津河東南，元末毀於兵，明洪武六年知縣楊思義移治禹津河北岸，即今治。按《元和郡縣志》：無棣縣西北至滄州一百二十里，今慶雲縣在州東南一百五十里，然唐時滄州治清池在今州東南三十餘里，則去無棣正一百二十里也。《宋志》：周置保順軍於無棣縣南二十里。《九域志》：治平元年徙無棣縣於此。今海豐縣在慶雲縣東南四十里。《縣志》：有故城在其縣西北二十里。去慶雲正二十里，則即周為保順軍，宋為無棣者也。《縣志》以隋無棣在慶雲，宋無棣在海豐，其說甚覈，但以《宋志》"即於縣治置軍使"，謂在慶雲，則少誤矣。無棣鎮，在慶雲縣東，即故縣也。

⑥ 爲：庫本作"因以爲"，《元和郡縣志》亦作"因以爲"。

縣本博昌。入海。淄水，出淄州淄川縣原山，東至青州壽光縣博昌故城。入濟。

紀侯。見前。《齊語》：桓公正封疆，東至於紀酅[1]。

## 魏

### 虞舜夏禹所都之地

舜都蒲坂。河中府河東縣。

禹都平陽、晉州臨汾縣。安邑。陝州夏縣。

孔氏曰："魏皆近之。"

### 冀州雷首之北，析城之西

《郡縣志》：雷首山，一名中條山，在河中府河東縣南十五里，陝州今屬解州安邑縣南二十里。析城山，在河南府王屋縣今屬孟州。西北六十里。峰四面，其形如城，有南門焉，故曰析城。在澤州陽城縣西南七十五里[2]。

### 南枕河曲，北涉汾水

《地理志》：魏國，在晉之南河曲，故《詩》曰"彼汾一曲，寘諸河之側"。

---

① 《春秋地名考略》卷一二"酅"：紀邑，在齊國東安平縣。按《國語》：齊桓公初立，正封域，東至於紀酅。蓋特存之也。劉昭曰：安平有酅亭。徐廣曰：安平即古酅邑也。《齊世家》：平公割齊安平以東為田成封邑。湣王末，燕師入齊，齊田單走安平，既而齊襄王封田單為安平君是也。漢置東安平縣，屬菑川國，後屬北海國。晉改屬齊國。北齊廢。今臨淄縣東十九里有安平城，又有酅亭，亦在縣東。

② 《太平寰宇記》卷四四：澤州，高平郡，今理晉陽縣。春秋時屬晉。戰國時屬韓，後趙屬上黨，本韓之別郡，遠韓近趙，後卒降趙。秦使白起破趙於長平，即今州北高平縣北二十一里長平故城是也。秦兼天下，今州即上黨郡高都縣之地也，二漢至晉因之。後魏道武帝置建興郡，理高都城，孝莊改為建州。北齊亦為建州及置平陽、高都二郡。後周併二郡為高平郡。隋初郡廢，置澤州，蓋取濩澤為名。隋為長平郡。武德元年改為蓋州，領高平、丹川、陵川，又置蓋城四縣，又濩澤縣置澤州，領濩澤、沁水、端氏三縣。三年於今理置晉城縣，六年廢建州，自高平移蓋州治之，八年移澤州治端氏，九年省丹川、蓋城。貞觀元年廢蓋州，自端氏縣移理澤於今治。天寶元年改澤州為高平郡，乾元元年復為澤州。元領縣六：晉城、高平、陽城、端氏、陵川、沁水。

《大清一統志》卷一〇七《澤州府・建置沿革》：陽城縣，戰國魏濩澤邑。漢置濩澤縣，屬河東郡。後漢為侯國。晉屬平陽郡。後魏屬安平郡。隋屬長平郡。唐武德元年於縣置澤州，八年州移治，以縣屬之。天寶元年改為陽城。天祐二年朱全忠復曰濩澤。五代唐復曰陽城，宋因之。金元光二年升為勣州。元復曰陽城縣，屬澤州，明因之。清朝雍正六年屬澤州府。

《左傳》：秦伯師於河西①，魏人在東。今河北縣，於秦為在河之東。

《水經》：河水又東，永樂澗水注之。《注》：水北出於薄山，南流，逕河北縣故城西，故魏國，今河中府永樂縣。汾水，出太原汾陽縣北管涔山，今憲州靜樂縣。西過皮氏縣南②，河中府龍門縣。又西至汾陰縣北，西注於河。河中府榮河縣③。

## 舜耕於歷山，陶於河濱

《郡國志》：河東蒲坂有雷首山。《注》：縣南二十里有歷山，舜所耕處。

《括地志》："蒲州河東縣雷首山，亦名歷山，南有舜井。"

《郡縣志》：媯汭水，源出河東縣南雷首山。州城即蒲坂城也，城中有舜廟，城外有舜宅及二妃壇。故陶城④，在縣北四十里。

《尚書大傳》曰："舜陶於河濱。"

《括地志》："陶城，在縣北三十里。"

## 與秦、晉鄰國，日見侵削

孔氏曰："西接於秦，北鄰於晉。"

《左傳》：桓三年，芮伯萬出居於魏。四年，王師、秦師圍魏，執芮伯以歸。閔元年，晉侯滅魏。

---

① 《春秋地名考略》卷一一"河西"：文十三年秦伯師於河西。按：此河西在今同、華二州之境。河自龍門而南，至華而東，晉在西河之東，南河之北，而太行遶其東，所謂表裏山河者。秦初起岐雍，未能以河為境。晉強，遂跨河而滅西虢，兼舊鄭，以汾、澮為河東，故以虢略、華陰為河西。僖九年秦穆公援立夷吾，夷吾請割河外列城五，《史記》作"河西八城"，既而背約不與，即此也。韓原之戰，卜徒父筮之曰：涉河，蓋秦人所心艷而不得者惟此。其後晉獻河西地，秦始征晉河東，置官司焉。然不久仍為晉有。少梁、北徵、彭衙、刳首之爭皆在此矣。三家分晉，地入於魏。自晉文公初霸，攘白翟，開西河。魏得之為西河、上郡。秦孝公初立出兵東圍陝城，十二年東地渡洛。惠王六年魏始納陰晉，八年魏納河西地，十年魏納上郡十五縣。陰晉，今華陰縣。河西，孔氏曰：同、丹二州。丹州今宜川縣，上郡今延安以北，由是河西之地盡入於秦。

② 《大清一統志》卷一一八《絳州·古蹟》：皮氏故城，在河津縣西二里。戰國時魏邑。《史記·秦本紀》：惠文君九年渡河取皮氏。《括地志》：皮氏在絳州龍門縣西。《元和志》：秦置皮氏縣，漢屬河東郡。後魏太武帝改皮氏為龍門縣，因龍門山為名。元王思誠《圖記》：河津縣，宋宣和二年改名。舊縣圮於汾水。元皇慶初移於縣西北一里姑射山麓。即今縣治。皮氏縣在城西二里楊村，二城相對，遺址猶在。

③ 榮河縣：整理者按：宋河中府無榮河縣。《元豐九域志》卷三《河中府》："大中祥符四年改寶鼎縣為榮河，隸慶成軍。熙寧元年廢軍，以榮河縣隸府，即縣治置軍使。"《宋史·地理志》同。是此處"榮河縣"當作"榮河縣"。

④ 《大清一統志》卷一〇一《蒲州府·山川》：媯汭水，在永濟縣南六十里，源出歷山，西流入河。《尚書·堯典》："釐降二女於媯汭。"《帝王世紀》：媯水在虞城歷山西。《水經注》：歷山，媯、汭二水出焉，南曰媯水，北曰汭水，西逕歷山下。孔安國曰：居媯水之內。王肅曰：媯汭，虞地名。皇甫謐曰：納二女於媯水之內。馬季長曰：水所出曰汭。按：媯、汭水異源同歸，本為一水，如洛汭、渭汭，不可強分也，安國所訓於義為允。陶城，在永濟縣北。《舊志》：今為陶邑鄉。

## 唐

### 帝堯舊都　太原晉陽是堯始都，此後乃遷河東平陽

《地理志》：太原晉陽縣，故《詩》唐國。河東平陽縣，堯都也，在平河之陽[1]。

《帝王世紀》："帝堯始封於唐，今中山唐縣是也，堯在焉，唐水在西北入唐河[2]。後又徙晉陽。及爲天子，都平陽，於《詩·風》爲唐國。"

晉陽，漢太原郡所治，龍山在西北，晉水所出。北齊分晉陽置龍山縣。隋開皇十年，改龍山曰晉陽，而以古晉陽爲太原縣。自北漢劉氏以前，郡治太原、晉陽二縣。太平興國四年，王師下北漢，徙州治陽曲縣，本漢狼孟縣地[3]。而空其故城。《通志》：今平定軍有古晉陽城，是其地。

平陽，隋改平河縣，屬晉州，又改臨汾。堯廟，在縣東八里，汾水東。

### 成王封叔虞於堯之故墟，曰唐侯，南有晉水。至子燮，改為晉侯

《郡縣志》：太原府，本高辛氏之子實沈、又金天氏之子臺駘之所居也。又爲唐國，帝堯爲唐侯所封。又爲夏禹所都。《帝王世紀》：禹自安邑都晉陽。周成王以封弟叔虞。

晉水，源出晉陽縣西南懸甕山，東入汾。《水經注》曰：出懸甕山，東過其縣南。智伯遏晉水灌晉陽城。

---

① 《大清一統志》卷一〇一《蒲州府·山川》：平水，在臨汾縣西，源出臨汾縣西南平山，東流至縣西五里平湖，湖又分流至襄陵縣界入汾，一名平陽水。應邵曰：平陽縣在平河之陽。《水經注》：平水出平陽西壺口山，其水東逕狐谷亭北，又東逕平陽城內，又東入汾，俗以爲晉水。《魏書·地形志》：平陽縣有晉水。《寰宇記》引《冀州圖》云：平陽故縣西南十五里有平水，而晉水也。

② 《大清一統志》卷三四《定州·山川》：唐水，在州北十里。《水經注》：盧奴城西北平地泉湧而出，俗亦謂之爲唐水，東流至唐城西北隅，竭而爲河，下注滱水。《舊志》：源出州西北二十五里南宋村之白龍泉，東流合滱水，有清、濁之分，今名清水河。《大清一統志》卷一〇《保定府·山川》：唐河，即滱水也，源出山西大同府靈邱縣，由倒馬關流入，逕完縣西北唐縣西南界，長二百里，又東南過定州人望都縣南界，又逕祁州南會沙、滋二水，又東北逕博野、蠡二縣南，又東北逕高陽東，又北逕安州城東入白洋澱。《舊志》：唐河自倒馬關口流入，逕完縣西北七十里入唐縣界，舊逕縣西南二十里折而東，逕縣南十里，其後自下素決而南趨，自符城以東潰爲沙川十餘里，歷定州北，又東南逕祁州南十五里，至州東南三岔口與沙、滋二河合入博野縣界，名蟾河，自此折而東北，逕縣東南二十里入蠡縣界，又名楊村河，舊入河間府境，明正德十二年北決，逕縣東入高陽縣界爲馬家河，逕縣東三里，又東北入安州界爲邱家道口河，至州東南三十里滙於白洋澱。其下流逕雄縣西南二十里爲高陽河，過蓮花澱合易水。

③ 《大清一統志》卷《太原府·古蹟》：狼孟故城，在陽曲縣東北三十六里。《史記》：始皇十五年大興兵至太原，取狼孟。漢以爲縣，屬太原郡。晉末省。城左右夾澗，幽深，南面大塹，俗謂之狼馬澗，舊斷澗爲城，今餘壁猶存。《通典》：漢狼孟故城，今名黃頭寨。《縣志》：在縣東北六十里。

故唐城，在晉陽縣北二里，堯所築，唐叔虞之子燮父徙都之所。晉祠，一名王祠，叔虞祠也，在縣西南十二里。

## 冀州太行、恒山之西，太原、太岳之野

太行山，連亘河北諸州，為天下之脊。

《郡縣志》：恒山[①]，在定州恒陽縣北百四十里。今中山府曲陽縣。

太原，臺駘之所居。晉荀吳敗狄於大鹵，中國以高平曰"太原"，夷狄曰"大鹵"，其實一也。秦初置太原郡，治晉陽，即太原。見前。

太岳，《郡縣志》：霍山，一名太岳，在晉州霍邑縣東三十里。《禹貢》："壺口、雷首，至於太岳。"鄭玄注曰："今河東彘縣霍太山是也。"霍邑，本彘縣。

## 成侯南徙居曲沃，近平陽

《左傳注》：曲沃，在河東聞喜縣。晉別封成師之邑。

聞喜縣，唐屬絳州。今屬解州。

## 穆侯又徙於絳

《郡縣志》：故翼城，在絳州翼城縣東南十五里，晉故絳都也。

## 秦

### 秦者，隴西谷名　近雍州鳥鼠之山

《地理志》：秦，今隴西秦亭秦谷。《興地廣記》：秦州隴城縣有秦谷。

《郡縣志》：鳥鼠山，今名青雀山，在渭州渭源縣西七十六里，渭水所出，凡有三源並下。其同穴鳥如家雀，色小青。其鼠如家鼠，色小黄。本漢首陽縣。《地理志》：鳥鼠同穴山在西南。渭源縣，熙寧三年置渭源堡，屬熙州狄道縣[②]。《爾雅·

---

① 《大清一統志》卷三四《定州·山川》：恒山，在曲陽縣西北，亦曰常山，亦曰北嶽，亘正定府西境及山西大同府東境。《元和郡縣志》：恒山，在曲陽縣地一百四十里，漢以避文帝諱改曰常山，周武平齊復名恒山。元和十五年更恒嶽曰鎮嶽。《名山記》：恒山高三千九百丈，上方三十里，周迴三千里，有五名：一曰蘭臺府、二曰列女宮、三曰華陽臺、四曰紫微宮、五曰太乙宮。《夢溪筆談》：北嶽恒山，一名大茂山。宋以大茂山脊與遼分界。

② 《大清一統志》卷一九八《蘭州府·建置沿革》：狄道州，漢置狄道縣，為隴西郡治，後漢因之。三國魏屬隴西郡，晉初因之，惠帝時為狄道郡治。張駿改縣曰降狄道，為武始郡治，尋復曰狄道。後魏屬武始郡。隋開皇初郡廢，屬金城郡。唐初屬蘭州，天寶三載復於縣置狄道郡，乾元初為臨州治，實應初廢。宋熙寧五年復置狄道縣，為熙州治，九年省，元豐二年復置。金為臨洮府治，元、明不改。清朝乾隆三年移府治蘭州，升狄道縣為州治，屬蘭州府。

山海經注》：其鳥為鵌，其鼠為鼵，共處一穴，鼠在内，鳥在外，故山以為名。《禹貢注》<sup>①</sup>：“鳥鼠共為雌雄，同穴處此山<sup>②</sup>。”張氏《地理記》<sup>③</sup>：“不為牝牡。”

《沙州記》<sup>④</sup>：“寒嶺，去大陽川三十里，有雀鼠同穴之山。”

**非子養馬於汧、渭之間，孝王封非子為附庸，邑之於秦谷**

《地理志》：汧水，出右扶風汧縣，西北入渭。今隴州汧源縣，本汧縣<sup>⑤</sup>，在汧水之北。

《郡縣志》：汧水，在隴州汧陽縣南一里<sup>⑥</sup>，渭水在南，由縣南四十里。本汧縣地<sup>⑦</sup>。又在鳳翔府岐山縣南三十里。

《括地志》：故汧城，在隴州汧源縣南三里。《世紀》云“襄公徙居汧”，即此城。郿縣故城，在岐州郿縣東北十五里，文公東獵汧、渭之會，卜居之，乃營邑焉，即此城也。今按：汧、渭之間當在隴州。

**襄公討西戎以救周，平王東遷王城，乃以岐豐之地賜之，遂橫有周西都宗周畿內八百里之地**

---

① 《禹貢注》：即《尚書·禹貢傳》。
② 同：至元六年刻本、合璧本作“仝”。下同。
③ 《禹貢錐指》卷一一上：《後漢志注》、《禹貢正義》並引張氏《地理記》，張氏不知其名，豈即此所稱張君邪？程大昌以為張揖。按：《隋·經籍志》有魏博士張揖撰《廣雅》二卷而無張氏《地理記》，未審張君是揖否？整理者按：此書或稱《土地記》、《地里記》，郭璞注《爾雅》、《山海經》已見引用，《隋書·經籍志》及兩《唐志》不見收錄，據此，則本書著者不詳，成書當在漢魏間，南北朝時期或已散佚。今有《漢唐地理書鈔》王謨輯錄。
④ 《沙州記》：又名《吐谷渾記》，南朝宋新亭侯段國撰。《隋志》作二卷，《御覽綱目》後不見收錄，北宋中期後或已散佚。今有《說郛》輯本及《二酉堂叢書》張澍輯本一卷，《附錄》一卷。《漢唐地理書鈔》王謨輯本一卷。沙州，十六國前涼私立，唐沙州敦煌郡治所在今甘肅敦煌。
⑤ 《大清一統志》卷一八四《鳳翔府·古蹟》：汧縣故城，在隴州南，漢置。《元和志》：隴州，秦文公所都，後魏置東秦州，西魏文帝改名隴州，因山為名，東至鳳翔府百五十里，治汧源縣，本漢汧縣地，在汧水之北。《寰宇記》：後魏初於今汧源縣界置隴東郡，孝明正光三年分涇州岐山之地兼置東秦州於故汧城，孝昌三年為萬俟醜奴所破，孝武永熙元年於今州東南八里復置東秦州，仍於所理置汧陰縣。西魏大統十七年改為隴州。周明帝二年移州及縣於今所。《舊志》：汧源縣，明初始省入州。按《元史·地理志》隴州領縣二：汧源、汧陽。《仁宗紀》：延祐四年十一月併汧源縣入隴州，自後未見復置縣事，蓋縣之省入州始於元代，《舊志》以為明初省入者，考之未審耳。今陝西隴縣。
⑥ 《大清一統志》卷一八三《鳳翔府》：汧陽縣，漢置隃麋縣，屬右扶風。後漢為隃麋侯國。晉省入汧縣。後周置汧陽縣，兼置汧陽郡，尋廢郡。隋屬扶風郡。唐屬隴州，宋因之。金移隴州來治。元仍屬隴州。明嘉靖中改屬鳳翔府，清朝因之。汧陽故城，在今汧陽縣西。《元和志》：汧陽縣西至隴州八十里。周武帝置汧陽郡及縣，尋省郡，以縣屬隴州。《寰宇記》：後周天和五年於今縣西四十里馬牢故城置汧陽縣及汧陽郡，以在汧山之陽為名，建德四年移於今理。《縣志》：汧陽故城在今縣西五里汧河之東、暉河之西，其北里許又有故城，乃隋、唐、宋以來舊治。元至正二年南徙於此，謂之新城。明嘉靖二十六年為大水衝陷，明年始移今治。
⑦ 本汧縣地：庫本作“本汧縣之地”。《元和郡縣志·隴州》：汧源縣，本漢汧縣地，屬右扶風，在汧水之北。汧陽縣，本漢隃麋縣地，汧水在縣南一里。

東至迆山，在荆、岐、終南、惇物之野

西戎，犬戎。

王城。見前。

岐豐，岐陽，在鳳翔府扶風縣岐陽鎮。漢美陽縣地。豐，《通典》：周文王作鄷，今京兆府長安縣西北靈臺鄉豐水上是也。岐山，在鳳翔府岐山縣東北。豐水，出京兆府鄠縣東南，北流入渭。

宗周豐鎬，宗廟所在。漢婁敬曰[1]：“秦地被山帶河，四塞以為固[2]。”呂氏曰[3]：“敬所談秦之形勢，乃周之形勢也。”

迆山，孔氏曰：“迆謂靡迆，《禹貢》無迆山。”

荆山，《郡縣志》：在京兆府富平縣 今屬耀州。西南二十五里，在岐山東。《禹貢》“荆、岐既旅”是也。北條荆山，《漢志》在左馮翊懷德縣南。

岐山，亦名天柱山，在鳳翔府岐山縣東北十里。

終南山，在京兆府萬年縣南五十里，鳳翔府郿縣南三十里。

惇物山[4]，《漢志》：垂山，古文以為敦物，在扶風武功縣東。《郡縣志》：武功，蓋在渭水南，今鳳翔府郿縣地。

## 德公又徙雍

雍縣，漢屬右扶風，故城在鳳翔府天興縣南七里。

---

① 婁敬：即劉敬，說劉邦都關中。《史記》、《漢書》有傳。
② 司馬貞《史記索隱》卷七《漢興以來將相名臣年表》“都關中”條：咸陽也，東函谷，南嶢、武，西散關，北蕭關，在四關之中，故曰關中，用劉敬、張良計都之也。又《史記》卷六九《蘇秦列傳》“秦四塞之國”條，張守節《正義》：東有黃河，有函谷、蒲津、龍門、合河等關，南有南山及武關、嶢關，西有大隴山及隴山關、大震、烏蘭等關，北有黃河南塞，是四塞之國也。
③ 呂氏：即呂祖謙。引文見呂祖謙《大事記解題》卷九“帝西都關中”條，其論辯闡釋則詳見呂祖謙《左氏博議》卷一四《晉文請隧》條：言周、秦之彊弱者，必歸之形勢，其說始於婁敬。謂敬所見者，特平王之周耳，曷嘗見文、武、成、康之周哉！敬以周之形勢為弱，秦之形勢為強，抑不知敬之所謂秦乃文、武、成、康之周也。文、武、成、康之世，岐豐乃周之都，如敬之言被山帶河四塞以為固者，蓋皆周之形勢，當是時安得有所謂秦者耶？迨至平王東遷，輕捐岐豐之地以封秦，遂成秦之強，是秦非能自強也，得周之形勢而強也。秦得周之形勢，以無道行之，猶足以雄視諸侯，并吞天下，況文、武、成、康本之以盛德，輔之以形勢，其孰能禦之耶？是天下形勢之強者莫周若也，敬何所見而遽以弱名周耶？吾故曰：敬所見者平王之周而未見文、武、成、康之周也。
④ 《水經注·禹貢山水澤地所在》：華山為西嶽，在弘農華陰縣西南，古文之惇物山也。惇物山，在扶風武功縣西南也。《陝西通志》卷八《山川一》：華山，古文以為惇物（《括地志》）。華山，古之惇物山也，高七千丈，周迴二十里（《雲笈七籤》）。按《尚書》孔傳：惇物，垂山也。《疏》云：垂山，古文以為惇物，或別是一山）。《關中勝蹟圖志》卷七：太白山即《禹貢》所云惇物山。《潛邱劄記》卷三：惇物山，在武功縣東南二百里。《漢志注》：縣東有垂山，古文以為惇物。孔氏曰：敦物即太華山。似誤。《尚書地理今釋》：惇物，惇物山，武功，今陝西鳳翔府郿縣，考圖志不載是山，《禹貢錐指》以為太一之北峰在縣東四十里者是也。

# 陳

## 太皥虙犧氏之墟

《左傳》：陳，太皥之虛也。

《稽古録》：都宛丘。今淮寧府宛丘縣。《郡縣志》：包羲氏、神農氏並都此。

## 封嬀滿於陳，都於宛丘之側①

見前。

## 在豫州之東，西望外方，東不及明豬

明，音"孟"。

外方。見前。

明豬，《禹貢》謂之"孟豬"，《職方氏》謂之"望諸"，《春秋傳》謂之"孟諸"，《史記》謂之"明都"，《漢志》謂之"盟豬"，其實一也。《郡縣志》：孟諸澤，在宋州 今應天府。虞城縣西北十里②，周迴五十里，俗號"盟諸澤"。《漢志》：盟諸澤，在梁國睢陽縣東北。虞城，本漢虞縣③。蓋此澤介乎二邑之間④。

---

① 於宛：至元六年刻本、合璧本作"宛於"，誤。

② 《大清一統志》卷一五四《歸德府·建置沿革》：虞城縣，夏時虞國。秦置虞縣，漢屬梁國，後漢及晉因之。後魏省，延昌初僑置蕭縣，兼置沛郡。北齊廢。隋開皇十六年復置虞城縣，屬宋州，大業初屬梁郡。唐武德四年置東虞州，五年州廢，縣屬宋州。光化二年改屬輝州，五代因之。宋屬應天府。金屬歸德府，後廢。元初復置，屬東平路，至元二年并屬單父縣，三年復置，屬濟州。明嘉靖中屬歸德府，清朝因之。

③ 《大清一統志》卷一五四《歸德府·古蹟》：虞縣故城，在虞城縣西南，古虞國，商均所封。

④ 《春秋地名考略》卷一〇"孟諸"：僖二十八年余賜女孟諸之麋。杜注：孟諸，宋藪澤，水草之交曰麋。按《禹貢》："導菏澤被孟豬。"孔安國傳：菏澤在胡陵。孟諸，澤名，在菏東北，水流溢覆被之。孔穎達曰：《地理志》山陽有胡陵縣，不言有荷澤。又云：菏澤在濟陰定陶縣東北，孟諸在梁國睢陽縣東北。以今地驗之，則胡陵在睢陽之東，定陶在睢陽之北，其水皆不流溢被孟豬也。然郡縣之名隨代變易，古之胡陵當在睢陽之西北，故得流溢被孟豬耳。考《水經注》：菏水分濟於定陶東北，歷成武、昌邑、方與之境，即《禹貢》"導濟水出於陶丘北，又東至於菏"也。又云："導菏澤被孟豬。"闞駰曰：不言入而言被，明不常入也，水盛乃覆被矣。今菏澤在曹州東，濟水自考城來會。孔傳本無誤，穎達意謂水不逆溢，致生疑辨，似過也。哀十四年來告逢澤有介麋焉。杜注：《地理志》逢澤在開封縣東北，遠，疑非。孔穎達曰：臣瓚案《汲郡古文》梁惠王廢逢忌之藪以賜民，今浚儀有逢忌陂，宋都睢陽，計去開封四百餘里，非輕行可到，故杜以為疑，蓋於宋都之旁別有逢澤也。或曰：逢，猶遇，澤即孟諸，此說近是。今歸德府治東北有孟諸澤，接虞城縣界。又虞城縣北有孟諸臺，故澤地也，俗謂之湄臺，即杜預所謂水草之交曰麋矣。《大清一統志》卷一五四《歸德府·山川》：孟諸澤，在商邱縣東北，接虞城縣界。《元和志》：在虞城縣西北十里，有孟諸臺，接商邱縣界，即湄臺也，梁孝王築，東苑方三百里，孟諸澤皆在其下。金、元後逐漸湮沒。

# 檜

**祝融之墟，在外方之北，榮波之南，居溱、洧之間**

**祝融氏，名黎，其後八姓，唯妘姓檜**

《左傳》：鄭，祝融之虛也。

榮波，《職方氏·豫州》：其川滎、洛，其浸波溠，是為二水①。

《郡縣志》：滎澤，鄭州滎縣北四里②，《禹貢》濟水亦不復入，鄭康成謂“滎今塞為平地，滎陽民猶謂其處為滎澤”。薛氏曰：“濟源謂之沇，東流於濟，至懷州修武縣入河，河水泛溢，則南、北被為滎澤。《左傳》‘衛侯及狄戰於滎澤’，在河之北。孔穎達說滎澤跨河南、北是也。”蔡氏曰：“今濟水但入河，不復過河之南。滎水受河水③，有石門，謂之滎口石門④。”易氏曰：“孔安國言滎澤在敖倉東南一⑤。”《水經》：濟水東合滎瀆。

---

① 《尚書地理今釋·滎波》：即滎澤，在今河南開封府滎陽縣南三里古城村。《禹貢錐指》云：按馬、鄭、王本“波”並作“播”，伏生今文亦然，孔安國解作一水，非二水。以為二水自顏師古始，宋林之奇本之，引《周·職方·豫州》“其川滎、雒，其浸波溠”，《爾雅》“水自洛出為波”，別滎、波為二水，蔡氏因之。然按圖究義，以滎波為二水終無是處。傅氏寅曰：上文言導洛，此則專主導濟，言不當。又泛言洛之支水，《職方》所記山川非治水次第，不必泥也。《山海經》：婁涿之山，波水出於其陰，北流，注於穀水。今本作“陂”。郭璞云：世謂之百谷水。非屬波水，證一。惟酈注引作“波”，然亦出於山，不出於洛。非屬波水，證二。《水經》：洛水又東，門水出焉。《注》云：《爾雅》所謂“洛別為波”也，惟此堪引，然余考門水下流為鴻關水，今謂之洪門堰，在商州洛南縣，東北至靈寶縣而入河。何曾見水豬為澤乎？非屬波水，證三。且《職方》豫州之波出魯山縣。鄭注謂“即滎播”固非，而洛南之波水則與滎澤相距五六百里，中隔大山，總撮而言之曰“滎波既豬”乎？

② 滎縣：《元和郡縣志》作“滎澤縣”。是此處脫一“澤”字。

③ 滎水：蔡沈《書經集傳》卷二作“滎瀆水”。是此處脫一“瀆”字。

④ 雍正《河南通志》卷一二《河防一·鄭州》：石門渠，在滎澤縣西二十里，滎瀆受河處，即《禹貢》導河之道，亦曰滎口。始皇二十六年王賁斷故渠，引水灌大梁，謂之梁溝水，即此水也。《水經注》“濟水又東合滎瀆”是也。蘇代曰“決滎口，魏無大梁”亦指此。後漢永平中河流入汴，兗、豫皆被其害，明帝使王景修治之，即其處也。又靈帝建寧四年於敖城西北壘石為門以遏浚儀渠口，水門廣十餘丈，西去河三里，渠水盛則通於河，水耗則輟流。魏黃初中大水，河、濟泛溢，鄧艾議開石門以通之。周、齊之間更其名曰汴口堰。隋開皇七年使梁濬增築漢古堰，遏河入汴，自是又更名曰梁公堰。大業初又開通濟渠，自板渚引河，經滎澤入汴。胡氏曰：大河自板城渚口東過滎陽，滎蕩渠出焉。是渠南出為汴水，漢之滎陽石門即其地也。唐開元二年河南尹李傑請開梁公堰以通漕，公私便利。十四年洛陽人劉宗器請於滎澤口開梁公堰置斗門以通淮、汴。明年命將作大匠范安及檢行鄭州河口斗門，疏決舊河，旬日而畢。胡三省曰：自漢築滎陽石門，而濟與河合流入海，不入滎瀆矣。

⑤ 一：庫本無，疑為衍文。

《水經注》：穀水又東①，波水注之。《山海經》：瞻諸山西三十里，婁涿之山，波水出於其陰，謂之百答水，北流，注於穀。《爾雅》云：水自洛出為波②。在河南府。

溱、洧。見前。

祝融八姓，《鄭語》：史伯曰："己姓昆吾、蘇、顧、溫、董③。董姓鬷

---

① 《禹貢錐指》卷八：《漢志》弘農新安縣下云：《禹貢》澗水在東南，入雒。黽池縣下云：穀水出穀陽谷，東北至穀城入雒。《水經注》：澗水出新安縣南白石山，東北流，歷函谷東入特阪，舊與穀水亂流，南入於洛。今穀水東入千金渠，澗水與之俱東入洛矣。穀水出弘農黽池縣南墦冢林穀陽谷，東北流，歷黽池川又東，逕秦、趙二城南，又東逕土崤北，又東左會北溪，又東逕新安縣故城，又東逕千秋亭南，又東逕缺門山，廣陽川水注之。又逕白超壘南，又東會石默溪。又東逕函谷關南，東北流，皂澗水注之。又東北逕關城東，又合桑爽之水，又東澗水注之，自下通謂之澗水，故《尚書》曰伊、洛、瀍、澗既入於河而無穀水之目。又東波水注之，又東少水注之，又東俞隨之水注之，又東逕穀城南，又東逕河南王城北，又東逕乾祭門北，此周靈王壅穀入瀍之故道也。下文"東至千金堨"以下則東漢以後陽渠、九曲、千金、五龍諸渠之故道，瀍、澗二水自此東注，而不復至王城東南入洛矣。今按《後漢書·王梁傳》：建武五年為河南尹，穿渠引穀水注陽城，東寫鞏川，及渠成而水不流。《張純傳》：建武二十三年為大司空，明年上穿陽渠，引洛水為漕，百姓得其利。太子賢注云：陽渠在洛陽城南。以酈注考之，堨東穀水有二道：一在洛陽城北，自皋門橋東歷大夏門、廣莫門，屈南逕建春門石橋下，蓋即王梁之所引，道元所謂舊瀆者也；一在洛陽城南，自閶闔門南歷西陽門、西明門，屈東歷津陽門、宣陽門、平昌門、開陽門，又東逕偃師城南，又東注於洛，蓋即張純之所穿。《洛水篇》云"洛水東過偃師縣南，又北陽渠水注之"是也。此皆周靈王壅穀後歷代遞遷之水道，非禹迹也。澗、穀二源至新安而合流，自下得通稱，古謂之澗，周室東遷謂之穀，而澗之名遂晦。《大清一統志》卷一六二《河南府·山川》：魏太和七年暴水，流高三丈，此地停流成湖渚，造溝以通水，東西十里，洪湖以注瀍水。穀水又逕河南王城北，又東逕乾祭門北，又東歷千金堨東注，謂之千金渠。又東左會金谷水，又東分為二：一水東徑金墉城北，又逕洛陽小城北，又東出為陽渠；一水南自閶闔門，東至偃師城南，注於洛。《隋書·煬帝紀》：大業元年開通濟渠，自西苑引穀洛水達於河。考《通典》、《外傳》：所謂穀水本澗水，水經都城苑中入洛。《元和志》：穀水在澠池縣南二百步，又在新安縣南二里。《金史·地理志》：澠池縣有澠河，新安縣有穀水。按：穀、澗、瀍三水久混，據《周書》"澗東"之文，其水應在王城之西南流入洛，即《水經注》所謂死穀也。澗水既合於穀，不知何時又東合於瀍，《禹貢錐指》謂周景王壅穀入瀍亦無確據。《水經注》自千金渠以東乃瀍水經流，非澗、穀故道也。今輿圖載澠水在澠池南，東流，即穀水也。澗水發源澠池東北白石山，至縣東南即合流，其水通謂之澗水，下流至洛陽西南入洛，不通瀍水，則又一變，而與《周書》合。至以在澠池南者為澠水，別指新安西界南流入澗者為穀水，誤。
② 《大清一統志》卷一六二《河南府·山川》：波水，在新安縣東南。《水經注》：《山海經》曰婁涿之山，波水出於其陰，謂之百答水，北流，注於穀。《舊志》：有城潢河，在縣南十五里，東入穀。疑即波水。
③ 《路史》卷二六《國名紀三·高陽氏後》：蘇，己姓，子忱，在夏曰伯。今懷之武德有蘇古城，在濟源西北二里。董，己姓，伯，聞喜東有董池陂，董澤之陂也。稽，彭姓，亳之譙有稽山。舟人，禿姓，楚地，昔常壽過克息舟城而居之者。

夷、豢龍。彭姓彭祖、豕韋、諸①、稽。禿姓舟人。妘姓鄔②、鄶、路、偪陽③。曹姓鄒、莒。羋姓夔④、越⑤、荆。斟姓無後。"

孔氏曰："檜，祝融之後，復居祝融之墟。"

---

① 《路史》卷二六《國名紀三·高陽氏後》：諸，彭姓，密之諸城西北三十，春秋之諸國。漢諸縣故城在西南，本魯邑。《春秋地名考略》卷二"諸"：莊二十九年城諸。杜注：諸，今城陽諸縣。按：文十二年季孫行父城諸，即此諸也，地在石屋山東北，濰水之南。漢置諸縣，屬瑯琊郡。晉屬城陽國。劉宋屬東莞郡，魏因之。北齊省入東武。隋改東武為諸城，即今縣治也。古諸城在今治西南三十里。

② 《路史》卷二六《國名紀三·高陽氏後》：鄔，妘姓，春秋二鄔，一在晉（司馬彌牟為大夫者，太原鄔縣），一鄭地（隱十一王取鄔，今在懷。杜云緱氏西南有鄔聚。緱氏，熙寧為鎮人偃師）。《春秋地名考略》卷一"鄔"：隱十一年王取鄔之田於鄭。杜注：鄔在河南，緱氏縣西南有鄔聚。按：《後漢書》緱氏有鄔聚即此也，今在偃師縣西南。《春秋地名考略》卷五"鄔"：昭二十八年魏獻子為政，司馬彌牟為鄔大夫。杜注：鄔，太原鄔縣。按《漢·地理志》：太原郡有鄔縣，為司馬彌牟邑。《水經注》：侯甲水又西合嬰侯之水，逕鄔縣故城南，即司馬彌牟邑也，俗亦曰盧水，又西北入鄔陂。《史記》：曹參從韓信擊趙相夏說於鄔東，又圍趙別將於鄔城中。漢鄔縣，晉、後魏因之，北齊廢。今故址在介休縣東北二十七里。《志》云：鄔城歷隋、唐至宋始圮於水，城北接文水，東接祁縣境，縣東北有鄔城泊，合中都水注於汾河，或謂之蒿澤，隋漢王諒拒楊素於蒿澤即此。

③ 《春秋地名考略》卷一四"偪陽"：襄十年遂滅偪陽。杜注：偪陽，妘姓國，今彭城傅陽縣也。按：偪陽，《穀梁》作"傅陽"。漢傅陽縣屬楚國，《地理志》：故偪陽國也。師古曰：偪，音"福"。後漢屬彭城國，晉因之。東晉省入呂縣。魏收《志》：呂縣有偪陽地。《水經注》：相水出於楚之相地，春秋襄公十年會吳於相是也。京相璠曰：宋地，今彭城偪陽縣西北有相水溝，去偪陽八十里。此直以"傅陽"為"偪陽"，益知二字通用矣。章懷太子曰：偪陽故城，在承縣南。今在兗州府嶧縣南五十里，今城西有相水。古承縣亦在嶧境。

④ 羋：至元六年刻本、庫本作"芊"。
《春秋地名考略》卷一四"夔"：僖二十六年楚人滅夔，以夔子歸。杜注：夔，楚同姓國，今建平秭歸縣。按《左傳》：夔子不祀祝融與鬻熊，楚人讓之，對曰：我先王熊摯有疾，鬼神勿赦，而自竄於夔，吾是以失楚，又何祀焉？楚成得臣、鬬宜申帥師滅夔，以夔子歸。杜注：祝融，高辛氏之火正，楚之遠祖也。鬻熊，祝熊之十二世孫。夔，楚之別封。故亦世祖其祀。熊摯，楚嫡子，有疾不得嗣位，故別封為夔子。孔疏曰：高陽之後重黎為高辛氏火正，帝嚳命曰祝融，後重黎誅，弟鬻熊孫熊繹封楚，故祝融、鬻熊皆為楚之遠祖也。自祝融至鬻熊無世數，杜言十二世，不知出何書。劉炫計其時得千二百年，不應止傳十二世。孔以為兄弟伯叔相繼其間，故年多而世少也。孔又曰：熊摯封夔，世家無其事，不知為何君之適？何時封夔？惟《鄭語》孔晁注云：熊繹玄孫曰熊摯，有疾，楚人廢之，立其弟熊延，熊摯自竄於夔，子孫有功，王命為夔子。不知其何據也。再按《楚世家》：熊繹五傳為熊渠，渠長子康，早卒，中子熊摯紅立。摯紅卒，弟熊延代立。是則熊摯即所謂熊摯紅也。熊摯紅初封鄂王，又立為君而死，其非夔之始祖明矣。蓋孔晁妄也。夔地即楚之丹陽，為熊繹始封之地。當時熊摯自竄不過逃居國都之側，楚人因而封之。及其後楚國徙於枝江，夔乃獨為一國，然則夔以世守宗邑，而承祀尤為不可廢墜也。夔既滅，其地為歸鄉。宋忠曰：歸，即夔也。漢置秭歸縣，屬南郡。《地理志》：古夔國。孟康曰：秭，音"姊"。孫吳以後嘗為建平郡治。今為歸州治，治東二十里有夔子城。《水經注》：江水東南經夔子城南，其城跨據川阜，周迴一百八十步。又《州志》云：州西三里有夔子城，地名夔沱，宋端平間徙州治此，州東南七里即丹陽城。漢益州都尉治魚復，在歸州之西。公孫述述自以承漢土運，白龍出井中，號魚復曰白帝城。先主改為永安。蕭梁置信州。唐改夔州。今為夔州府，遙取夔國為名也。

⑤ 《春秋地名考略》卷一一"越·國於會稽"："《史記》：越，禹之苗裔，帝少康之庶子也，封於會稽以守禹之祀。《世族譜》：越，姒姓，自號於越，濱於南海，不與中國通。""會稽，山名。司馬遷曰：禹會諸侯於江南，計功而崩，因葬焉，命曰會稽。會稽者，會計也。"蓋陵墓所在，故分封支庶以守之也。至於越之名，則不知所始。《國語》云：妘姓夔、越。是越地不但封禹後。師古曰：越之號其來已久，少康封庶子以主禹祠，君於越地耳，蓋猶夫楚封於周成王，而《商頌》先有荆楚也。"

### 北隣於虢

《地理志》：河南郡滎陽縣，滎陽、成臯，見前。應劭曰：故虢國，今虢亭是也。《郡縣志》：縣東至鄭州六十里。

《左傳》："制，巖邑也，虢叔死焉。"《注》：虢叔，東虢國也①。虢君②，今滎陽縣、成臯縣，故虎牢，或曰制。

《寰宇記》：東虢，即今成臯。

## 曹

### 兗州陶丘之北

陶丘，《郡縣志》：曹州 今興仁府。理中城，蓋古之陶丘也，一爲左城③。《帝王世紀》："舜陶於河濱，即《禹貢》之陶丘④，今濟陰定陶西有陶丘是也。"《爾雅》曰："再成爲陶丘。"成，猶"重"也。《漢志》：在定陶西南陶丘亭。《水經注》：墨子以爲釜丘。《竹書紀年》：魏襄王十九年，薛侯來會於釜丘。薛氏曰："陶丘，在廣濟軍定陶縣。"

### 封叔振鐸於曹，今濟陰定陶

《郡縣志》：曹州濟陰縣，本漢定陶縣之地，屬濟陰郡，於周爲曹國之地。曹國，在州東北三十七里濟陰界故定陶城是也。在縣東北四十七里⑤，自曹叔至伯陽凡十八葉。後魏於定陶城置西兗州。周武帝改爲曹州。隋置濟陰縣。定陶，舊爲濟陰縣之鎮，太平興國三年，置廣濟軍，分爲定陶縣。

《水經注》：定陶縣，故三鬷國。三鬷亭，在濟陰縣東北四十九里。

### 在雷夏、菏澤之野

菏，音"柯"。

雷夏，《山海經》云：澤中有雷神，龍身而人頰，鼓其腹則雷。然則本夏澤也，因其神，名之曰"雷夏"。

---

① 國：庫本作"君"杜預注作"君"，"君"是。
② 君：庫本作"國"，杜預注作"國"，"國"是。
③ 爲：庫本作"名"，《元和郡縣志》作"名"，"名"是。
④ 丘：合璧本作"秋"，誤。
⑤ 十：合璧本作"中"，誤。

《郡縣志》：雷夏澤，在濮州雷澤縣北郭外①，《括地志》：在縣郭外西北。灉、沮二水會同此澤②。隋開皇六年，於郕陽縣置雷澤縣③，因縣北雷夏澤為名。菏澤，在曹州濟陰縣東北九十里故定陶城東北，濟陰縣南三里，其地有菏山，故名其澤為菏澤④。今東平、濟南、淄川、北海界中有水流入於海，謂之"清河⑤"，實菏澤。

① 《禹貢錐指》卷三：《水經注》云瓠子河故瀆自句陽縣西（句陽故城在今曹州北），又東迤雷澤北，澤在大成陽故城西北十餘里，其陂東西二十餘里，南北十五里，即舜所漁也。又云：雷澤西南十里許有歷山，山北有小阜，澤之東北有陶墟。墟阜聯屬，濱帶瓠河，其北即廩丘縣（今范縣東南有廩丘故城）。瓠河與濮水俱東流，《經》所謂過廩丘為濮水者也，然則雷澤在瓠河之南，成陽故城之西北，陶墟之西南，歷山之東北矣。整理者按：自宋代黃河決口於曹、濮間，灉水、沮水及雷夏澤皆為之淤塞，今已無迹可尋。

② 《禹貢錐指》卷三：《括地志》曰雷夏澤在濮州雷澤縣郭外西北，灉、沮二水在澤西北平地。《元和志》曰：灉水、沮水二源俱出雷澤縣西北平地，去縣十四里。蔡《傳》：灉、沮，二水名。曾氏曰：《爾雅》水自河出為灉，許慎云河灉水在宋，又云汳水受陳留浚儀陰溝，至蒙為灉水，東入於泗。《水經》：汳水出陰溝，東至蒙為狙、獲（《水經》：汳水東至蒙縣為灉水，又獲水出汳水於蒙縣北。並無"狙獲"，蓋灉、獲二字之誤）。則灉水即汳水也。灉之下流入於睢水。《地志》：睢水出沛國芒縣，睢水其沮水歟？晁氏曰：《爾雅》自河出為灉，濟出為濋。求之於韻，沮有濋音，二水，河、濟之別也。二說未詳孰是。渭按：汳、沮皆出豫入徐，於兗無涉。《水經注》云：濮陽縣北十里即瓠河口。《禹貢》"雷夏既澤，灉沮會同"，《爾雅》曰"水自河出為灉"，許慎曰"灉者，河灉水也"，其意以瓠子為灉，此則在兗域。然禹河不經濮陽，以瓠子為《禹貢》之灉亦非也。沮雖有濋音，今考《水經注》，汜水西分濟，瀆迤濟陰郡南。《爾雅》曰："濟別為濋。"昔漢祖即帝位於汜水之陽，張晏曰：在濟陰界也（汜，音"泛"，今曹縣定陶皆有汜水）。汜水又東合菏水而北注於濟瀆，然則濋水即汜水，出入皆在豫域，安得讀"沮"曰"濋"以當之邪？韓汝節謂汳、睢在豫、徐之境，無與於兗，而兗州自有灉、沮，其說是矣。然以小清河為沮，以章丘縣之漯水入小清河者為灉，則又大非。《括地·元和志》明有灉、沮二水出雷澤縣西北平地（《寰宇記》同），而諸儒皆莫之考，妄引他水，於《經》奚當焉？《爾雅》先儒以為周公作，或以為子夏作，皆無明徵，大抵多後人所附益。如"水自河出為灉"，據汳水而言，禹時未有鴻溝，南河不與淮、泗通也。今曹州南二十五里有灉河，自東明縣流入，又東北入郓城縣界，《志》以為即禹貢之灉，妄也。禹時河由大陸，去此甚遠，安得有別出之灉？竊謂灉、沮皆濟水所出，而河不與焉。或疑灉沮不入雷澤。余按裴駰《史記集解》引鄭康成說云：雍水、沮水相觸而合入此澤中。百詩曰：下一"觸"字鄭蓋以目驗知之，殆無可疑。惟雷澤之下流未知何往，大抵不南注濟則北注濮濮，亦終歸於濟也。

③ 郕陽：《隋書·地理志》作"城陽"。

④ 雍正《山東通志》卷六《山川志·曹州府·曹縣》：荷山，在縣西十里。《地理志》：荷山在濟陰、定陶間。《大清一統志》卷一四四《曹州府·山川》：荷山，在荷澤縣東南三十里，以近荷澤名。荷澤，在定陶縣北。《括地志》：荷澤今名龍池，亦名九卿陂。《宋史·河渠志》：廣濟河導河水自開封陳留、曹、濟、郓，其廣五丈。按：荷澤之"荷"，《尚書》作"菏"。《說文》："菏"從水，苟聲。《水經》或作"荷"，或作"菏"，或作"河"。考《史記》、《漢書》引《尚書》"導荷澤"，又"東至於荷"，俱作"荷"。顏師古注："荷"，音"菏"，則"菏"之為"荷"在漢時已然，固不必泥於《說文》之音矣。至於澤之在定陶、胡陵，諸家辨論不一。考胡陵之說，許慎本之孔安國，而定陶則本之班固。孔傳，偽書，自不若班書專志地理之為可據。或又以為在定陶者其澤，在胡陵者其流，則又存調停遷就之見。蓋荷澤乃濟水所經，至此瀦為澤。今已湮沒。

⑤ 《禹貢錐指》卷一五：濟水自東平以下唐人謂之"清河"。

《水經》：濟水又東北，菏水東出焉①。

薛氏曰：“菏水分濟，自興仁府乘氏縣東至單州魚臺縣為菏澤②，入泗。”

《郡縣志》：兗州魚臺縣，本漢方與③。菏水，即濟水也，一名五丈溝，西自金鄉縣界流入④，去縣十里，又東南流，合泗水。泗水，東北自任城縣

---

① 《大清一統志》卷一四六《濟寧府·山川》：菏水故道，自曹州府鉅野縣流逕金鄉縣北，又東逕魚臺縣南七里入於泗水。《水經》：濟水至乘氏縣西分為二，南為菏水，北為濟瀆。又其一水東流者過乘氏縣南，又東過昌邑縣北，又東逕金鄉縣南，又東過東緡縣北，又東過朱鮪冢，又東過方與縣北為菏水，東逕重鄉城南注，又東逕武棠亭北，又東逕泥母亭北，又東與鉅野黃水合，又東逕秦梁，又東過湖陸縣南東入於泗，又曰菏水，即沛水之所苞注以成湖澤者也，而東與泗水合於穀亭城下，俗謂之黃水口。《元和郡縣志》：魚臺縣菏水，即濟水也，一名五丈溝，西自金鄉縣界流入，去縣十里，又東南流合泗水。按：菏即濟水分流，其上流在令曹州府及定陶、鉅野二縣界，《禹貢》所謂導菏澤及濟水東至於菏是也，而其下流則自金鄉、方與至湖陸以合於泗。方與、湖陸即今魚臺縣地。《禹貢》所謂“浮於淮、泗，達於菏”，蓋自泗至菏，自菏至濟也。又按《水經》：濟水東過方與縣北為菏水，泗水南過方與縣東，菏水從西來注之。是菏水入泗當在今魚臺縣南境，《舊志》作東逕魚臺縣北入泗，於水道未協，今從《縣志》。金朝以後逐漸湮塞。

② 《大清一統志》卷一四四《曹州府·古蹟》：乘氏故城，今府治，後魏縣也，漢乘氏在鉅野縣界，宋廢。後魏太和十二年復置，取漢故乘氏縣為名。隋屬濟陰郡。唐屬曹州。《元和志》：縣南至曹州府五十四里。《金史》：大定八年遷曹州治於古乘氏城。《金史·康元弼傳》：河決曹、濮，遣元弼相視改築於北原。明洪武元年省縣入州，又以水患徙安陵集，二年徙盤石鎮。今為曹州府治。

《太平寰宇記》卷一四：單州，今理單父縣，本宋州之單父縣。《續漢書》云：單父，侯國也，屬濟陽郡。後魏濟北濟陰郡。隋開皇六年廢郡，還置單父縣，屬戴州。唐貞觀十七年廢戴州，縣入宋州。朱梁開平初單父縣置輝州。後唐同光二年改輝州為單州。元領縣四：單州，宋州割到；碭山，宋州割到；成武，曹州割到；魚臺，兗州割到。

《大清一統志》卷一四六《濟寧州·建置沿革》：魚臺縣，春秋魯棠邑地。戰國為宋方與邑。秦置方與縣。漢屬山陽郡，後漢因之。晉屬高平國，宋及後魏因之。北齊廢。隋開皇十六年復置，屬彭城郡。唐初屬金州，尋屬戴州。貞觀十七年改屬兗州。寶應元年改縣曰魚臺。五代後唐以縣屬單州，宋、金因之。元太宗七年屬濟州，至元二年省入金鄉縣，三年復置。明初屬徐州，尋屬濟南府，洪武十八年改屬兗州府，清朝因之。乾隆四十一年改屬濟寧州。

③ 方與：庫本作“方與縣”。《大清一統志》卷一四六《濟寧州·古蹟》：方與故城，在魚臺縣北，春秋時宋之方與邑。秦置方與縣。《元和郡縣志》：漢方與縣屬山陽郡，高齊文宣帝廢。開皇十六年復置方與縣，屬戴州。貞觀十七年廢戴州，縣屬兗州。寶應元年改為魚臺縣，因縣北有魯君觀魚臺為名，縣理城即漢方與城也。《太平寰宇記》：魚臺縣，唐元和四年八月淄青李師道請移縣置於黃臺市，即今治也。縣北有小城，即故縣治。按：《隋志》方與縣屬彭城郡，《元和郡縣志》云屬戴州，誤。

④ 《大清一統志》卷一四六《濟寧州·建置沿革》：金鄉縣，秦置昌邑縣。漢為山陽郡治，昌邑兼領東緡縣。後漢分置金鄉縣。晉改山陽為高平國，仍治昌邑，領金鄉縣。劉宋移高平郡治高平，省昌邑入金鄉屬之。隋屬濟陰郡。唐武德四年於縣置金州，五年州廢，又徙戴州治此。貞觀十七年州廢，縣屬兗州。五代周廣順二年改屬濟州，宋、金因之。元屬濟寧路。明初屬濟寧府。洪武十八年改屬兗州府，清朝因之。乾隆四十五年間改屬濟寧州。

流入①，經縣東與菏水合，又東流，入徐州沛縣界②。

## 帝堯嘗遊成陽，葬焉　舜漁於雷澤

《地理志》：濟陰郡成陽縣，有堯冢、靈臺，《禹貢》雷澤在西北。

《史記》：堯作遊成陽。《正義》曰："濮州雷澤縣是。"

《郡縣志》：雷澤縣，本漢郕陽縣③，古郕伯國，周武王封弟季載於郕④，漢以為縣。堯陵，在縣西三十里⑤，自堯即位至永嘉三年，二千七百二十一年，記於碑。堯母廟，在縣西南四里。《皇覽》云："堯冢，在成陽。"《呂氏春秋》："堯葬穀林。"皇甫謐云："穀林，即成陽。"後漢肅宗元和二年，使使者祠唐堯於成陽靈臺。安帝延光三年，又祠。《注》云："郭緣生《述征記》曰：成陽縣東南有堯母慶都墓，上有祠廟。堯母陵，俗亦名靈臺大母。"《金石錄·漢成陽靈臺碑》亦以為堯母冢⑥。

雷澤。見前。

---

① 《春秋地名考略》卷一四"任"：任至戰國時猶存，為齊附庸。漢置縣，屬東平國。後漢元和初為任城國，晉因之，後國廢縣存。後魏復置任城郡。高齊改置高平郡治焉。隋郡廢，縣屬兗州，唐因之。宋屬濟州。金為州治。元徙濟寧路治此。明改府，又改州，省附郭任城縣入之。今仍為濟寧州。再按《水經注》：黃水逕亢父故城西，夏后氏之任國也，漢章帝別為任城縣，王莽之延就亭也。似誤。

② 《大清一統志》卷六九《徐州府》：沛縣，春秋時沛邑。秦置沛縣，二世二年漢高帝起於此，稱沛公，後屬沛郡。後漢屬沛國，晉因之。宋屬沛郡，後魏因之。北齊廢。隋開皇十六年復置，改屬彭城郡。唐屬徐州，五代、宋因之。金改屬邳州，後屬滕州。元太宗七年移滕州來治，憲宗二年州廢，復為縣，至元二年省入豐縣，三年復置，八年屬濟寧路，十三年屬濟州。明初還屬徐州，清朝因之。沛縣故城，在沛縣東。高祖十二年過沛，曰：其以沛為朕湯沐邑。後以屬沛郡，亦謂之小沛。《水經注》：泗水逕沛縣東，合黃水，南逕小沛縣東，縣治故縣南垞上，是謂小沛，在故縣黃水之南。《元和郡縣志》：縣理城即秦沛縣縣城。《太平寰宇記》：縣東南微山下有故沛城。《縣志》：舊城在今治西北，元至正十七年同僉孔士亨據其地築小土城，周二里有奇。歲久圮。明洪武二年知縣費忠信徙今治。又沛縣故城在沛縣東北，清朝乾隆四十八年避湖水，徙治戚山下。

③ 郕陽：《漢書·地理志》作"成陽"。

④ 《春秋地名考略》卷一三"郕"：隱五年衛師入郕。杜注：郕國也，東平剛父縣西南有郕鄉。按：郕，公羊作"盛"。孔疏曰：《管蔡世家》稱"郕叔武，文王子，武王之母弟"，後世無所見，不知其謚號。十年齊人、鄭人、入郕。莊八年師及齊師圍郕，郕降於齊師。十二年郕伯來奔，《傳》曰：郕伯卒，郕人立君，太子以夫鍾及郕邦來奔，公以諸侯逆之。孔氏曰：因此知郕為伯爵。杜注"東平剛父縣"，《晉志》作"剛平"，或預時嘗有此稱，或傳寫之誤都未可定。戰國屬齊，曰剛邑，秦昭王三十六年取齊剛壽是也。漢置剛縣，屬泰山郡。後漢屬濟北國。晉曰剛平縣，屬東平國。《後漢志》濟北國又有成縣，《注》曰：本國。劉昭曰：即《春秋》所云衛師入郕也。至晉已無之，蓋省於晉前，其地則入剛平，故杜氏云然也。《水經注》：洸水上承汶水於岡縣西，又西南經盛鄉城西。京相璠曰：岡縣西南有盛鄉城。洸水又南至寧陽。此岡縣即漢剛縣，郕元時晉剛平縣已省，故但舉漢縣也。因剛平訛為剛父，後人又改為亢父。張洽《集傳》曰：郕國在單州任城縣。蓋以亢父廢縣在其境，故有此言，不知晉亢父縣自屬任城國，不屬東平國也，豈得并其國號而改之乎？今兗州府寧陽縣東北三十四里有埕城壩，即漢剛縣故地，而郕在其西南，蓋益近寧陽矣。魯成邑在寧陽東北九十里，蓋亦以近郕而得名。再考：《括地志》漢濟陰成陽縣為成伯之國，乃今曹州界。《近志》：汶上縣西北有郕城。並誤。

⑤ 三十：合璧本作"三百"，庫本作"三"，《元和郡縣志》作"三"，"三"是。

⑥ 《金石錄》：三十卷，宋趙明誠撰。今存。是書以所藏三代彝器及漢、唐以來石刻仿歐陽修《集古錄》例編排成帙，紹興中其妻李清照表上於朝。清照或亦筆削其間。趙明誠，字德父，密州諸城人，歷官知湖州軍州事。《漢成陽靈臺碑》見《金石錄》卷一六。

《郡縣志》：歷山<sup>①</sup>，在雷澤縣西北十六里。《史記》：舜耕歷山。姚墟，在縣東十三里。舜生於姚墟。馮衍《顯志賦》："皋陶釣於雷澤兮，賴虞舜而後親。"《注》："《呂氏春秋》'舜漁於雷澤'，今書'皋陶'，未詳。"

### 夾於魯、衛之間

《郡縣志》：曹州，東至兗州三百七十里，<sub>魯地。</sub>西北至滑州二百里。<sub>衛地。</sub>

### 豳

### 邰

《郡縣志》<sup>②</sup>：京兆府武功縣，<sub>後周於故斄城置。</sub>古有邰國，堯封后稷之地。故斄城，<sub>邰，音"同"。</sub>一名武功城，在縣西南二十二里，古邰國。<sub>后稷祠、姜嫄祠，在縣西南二十二里。</sub>

《帝王世紀》："后稷始封邰，今扶風斄是也。"

### 栒邑

《郡縣志》：栒邑故城，在邠州三水縣東二十五里，即漢栒邑縣，屬右扶風，古郇國也。《左傳》云："郇<sup>③</sup>，文之昭也。"古豳城，在縣西三十里，公劉始都之處。

### 雍州岐山之北，原隰之野
### 大王又避戎狄之難而入處於岐陽

岐山。<sub>見前。</sub>

原隰。<sub>見前"隰原"。</sub>

岐陽，《郡縣志》：鳳翔府岐陽縣，貞觀七年置，以在岐山之南，因名之<sup>④</sup>。<sub>今省為鎮，入扶風。</sub>

---

①　雍正《山東通志》卷六《山川志》：濟南府歷城縣，歷山，在縣南五里，又名千佛山，或云乃仙袯，訛音也。《齊乘》曰：圖記皆謂齊之南山為歷山，故名其縣曰歷城。《一統志》歷山一在蒲州，一在濮州，一在濟南府，皆稱舜耕處，未知孰是。曹州府荷澤縣，歷山，在縣東北六十里，上有虞帝廟。曹州府濮州，歷山，在州城東南七十里，《一統志》舜耕歷山，在濮州，今入荷澤縣，山南有虞帝祠。

②　志：合璧本作"去"，誤。

③　郇：庫本作"邠"，誤。

④　因：庫本作"故因"，《元和郡縣志》作"因以"。

### 周公出居東都

《金縢》"周公居東二年"，居國之東也，鄭氏謂"避居東都"，未知何據。

### 豳公

《帝王世紀》：公劉徙邑於豳，《詩》稱"於豳斯館"，今新平漆之東有豳亭是也。《括地志》："豳州新平縣，即漢之地。"豳州，開元改為"邠"①。太王徙邑於岐山之陽，南有周原，始改號曰"周"。

## 小雅·大雅

### 西都豐鎬

見前。

## 魯頌

### 少昊摯之墟，國中有大庭氏之庫

見前。

### 徐州大野　蒙羽之野

《郡縣志》：鄆州鉅野縣 今屬濟州。大野澤②，一名鉅野，在縣東五里。南北三百里，東西百餘里。《地理志》：在山陽郡鉅野縣北③。《爾雅》十藪，魯有大野。西狩獲麟於此澤。獲麟惟在縣東十二里④。蒙山，在沂州新泰縣東南八十八里。《書》曰："蒙羽其藝。"又，蒙山，在沂州費縣西北八十里。東蒙山，在縣

---

① 開：庫本作"間"，誤。

② 鉅野：合璧本作"鉅"。

③ 《漢書·地理志》：山陽郡，故梁，景帝中六年別為山陽國，武帝建元五年別為郡，莽曰鉅野，屬兗州。縣二十三：昌邑、南平陽、成武、湖陵、東緡、方與、橐、鉅壄、單父、薄、都關、城都、黃、爰戚、郜成、中鄉、平樂、鄭、瑕丘、甾鄉、栗鄉、曲鄉、西陽。

④ 惟：庫本作"澤"，《元和郡縣志》作"堆"，"堆"是。雍正《山東通志》卷九《古蹟志·兗州·嘉祥縣》：獲麟堆，在縣西二十五里，傳是西狩獲麟處。《都城記》云：鉅野縣十二里澤中有三臺，廣輪四十五步，俗謂之獲麟堆。今析入縣境。

西北七十五里。顓臾為東蒙主。羽山，在海州朐山縣西北一百里①，殛鯀即此。沂州臨沂縣東南一百一十里，與朐山縣分界。《地理志》：蒙山，在泰山郡蒙陰縣西南。今沂州費縣。羽山，在東海郡祝其縣南②。今海州朐山縣。

### 淮上　淮夷

見前。

### 命魯郊祭天三望

三望，《公羊傳》：泰山、河、海。《左傳注》：分野之星，國中山、川。

劉氏《春秋意林》曰③：魯之有天子禮樂，殆周之末王賜之，非成王也。魯惠公使宰讓請郊廟之禮於天子，天子使史角往，惠公止之。其後在魯實始為墨翟之學。見《呂氏春秋》。使成王之世魯已郊矣，則惠公奚請？惠公之請也，殆由平王以下乎？

---

①　《大清一統志》卷七二《海州·古蹟》：朐縣故城，在州南，秦置。《史記》：始皇三十五年立石東海上朐界，以為秦東門闕。《漢志》：東海郡朐有鐵官。後漢建武五年董憲等自郯城保朐，吳漢進圍朐。劉宋泰始三年垣崇祖自魏將部曲奔朐山，據之。蕭道成叛為朐山戍主。《齊志》：東莞、琅邪二郡治朐山。梁天監十年琅邪民萬壽殺東莞、琅邪二郡太守鄧晰，以朐山降魏，魏徐州刺史盧昶遣將胡文驥據之，詔馬仙琕圍朐山。侯景之亂，沒於東魏。《魏書·志》：琅邪郡領縣朐。梁天改為招遠。武定七年復有朐城，朐山縣治。《水經注》：朐山側有朐縣故城。《太平寰宇記》：古盧王城在朐山西北九里，即漢朐縣。梁天監中魏將盧昶屯據此城，權假王號，故以為名也。《舊志》：宋寶慶末為李全所據，端平二年徙州治東海縣，淳祐十二年全子璮復據朐山，景定二年璮降，改置西海州，而海州仍治東海縣，尋復以西海州為海州。
②　《漢書·地理志》：東海郡，高帝置。領縣三十八：郯、蘭陵、襄賁、下邳、良成、平曲、戚、朐、開陽、費、利成、海曲、蘭祺、繒、南成、山鄉、建鄉、即丘、祝其、臨沂、厚丘、容丘、東安、合鄉、承、建陽、曲陽、司吾、于鄉、平曲、都陽、陰平、郚鄉、武陽、新陽、建陵、昌慮、都平。
《大清一統志》卷七二《海州·古蹟》：祝其故城，在贛榆縣南。谷漢置祝其縣，屬東海郡。《後漢志》：祝其，春秋時曰祝其夾谷地。劉宋省。《水經注》：游水自羽山又北逕祝其縣故城西，縣東有夾口浦。唐武德四年置新樂縣，屬海州，六年改曰祝其，八年省入懷仁。《太平寰宇記》：祝其故城在縣南四十二里。《舊志》：在縣西五十里夾谷山西南五十里。
③　《春秋意林》：二卷，宋劉敞撰。今存。《宋史·藝文志》作二卷，《玉海》作五卷。《文獻統考·經籍考》則併《春秋權衡》、《春秋傳》、《春秋意林》總題三十四卷，按：《春秋權衡》為十七卷，《春秋傳》十五卷則《春秋意林》為二卷，與《宋史·藝文志》合，則《玉海》誤。元時已稱其為未竟之書，四庫館臣又從之，云"其為隨筆劄記，屬稿未竟之書，顯然可證"。引文見劉敞《春秋意林》卷上"盟於宋"條。

## 商頌

### 契所封之地

《括地志》：商州東八十里商洛縣，本商邑，古之商國，卨所封。漢弘農郡商縣。

### 閼伯之墟，封微子啟為宋公，在徐州泗濱西及豫州盟豬之野

《郡縣志》：宋州，《禹貢》豫州之域，即高辛氏之子閼伯所居商丘，今州治是也。周為青州之域。宋城縣，漢睢陽縣。州城，古閼伯之墟。契孫相土亦都於此。春秋為宋國都。今應天府。自微子至君偃，三十三世，為齊、楚、魏所滅。

《地理志》："周封微子於宋，今之睢陽是也，本陶唐氏火正閼伯之虛①。"

### 泗濱

泗濱、泗水，在兗州泗水縣，至淮陽軍宿遷縣南入淮②。

### 盟豬

見前。

《左傳》：文十年，宋逆楚子，遂道以田孟諸。《爾雅》十藪、《呂氏春秋》九藪：宋有孟諸。

---

① 虛：庫本作"墟"，《漢書·地理志》作"虛"。
② 《太平寰宇記》卷一七：淮陽軍，理下邳縣，本泗州下邳縣，宋朝太平興國七年移縣理置淮陽軍，仍割下邳、宿遷二縣屬焉。《元豐九域志》卷首：淮陽軍，太平興國七年以徐州下邳縣置軍，治下邳縣。《輿地廣記》卷：淮陽軍，春秋、戰國屬宋、魯。秦屬薛郡。漢屬東海郡。後漢為下邳國，晉、宋因之。梁為武州及下邳郡。後魏為東徐州。後周為邳州。隋開皇初郡廢，大業初州廢，復屬下邳郡。唐置邳州，後州廢，屬泗州，又屬徐州。
《大清一統志》卷六九《徐州府·建置沿革》：宿遷縣，漢置厹猶縣，屬臨淮郡，後漢省。晉義熙中改置宿預縣，屬淮陽郡，宋因之。後魏太和中置宿預郡，兼置南徐州，景明初廢為鎮。梁天監八年改置東徐州。東魏武定七年改置東楚州。陳大建七年改曰安州。周大象二年改曰泗州。隋開皇初郡廢，大業初廢，改置下邳郡。唐武德四年復曰泗州，開元二十三年移州治臨淮縣，以宿豫屬之。寶應元年避諱，改曰宿遷。元和中改入徐州，五代因之。宋太平興國七年屬淮陽軍。金初屬邳州，元光二年省入邳州。元至元十二年復置，屬淮安軍，十五年還屬邳州。明初屬淮安府，清朝因之。雍正三年以縣屬邳州，十一年改屬徐州府。

　　《詩譜》曰："魯人大毛公為故訓，傳於其家，《釋文》曰①：河間人大毛公。河間獻王得而獻之，以小毛公為博士。"《儒林傳》：毛公，趙人，為河間獻王博士。《後漢·儒林傳》：趙人毛萇。《郡縣志》：毛公墓，在瀛州高陽縣東南三十里②。

　　鄭玄，字康成，北海高密人③，高密縣，隋、唐屬密州。《郡縣志》：鄭玄墓，在縣西七十里。著《毛詩譜》。《經典·序錄》④："鄭玄《詩譜》二卷，徐整暢，太叔裘隱⑤。"

---

　　① 曰：庫本作"云"。
　　② 《太平寰宇記》卷六六：瀛州，河間郡，今理河間縣。周為唐叔所封之邑。春秋時屬晉，在太行之東，又為晉東陽邑。七國時三家分晉為趙地，亦燕、趙二國之境。秦併天下為邯鄲郡地。漢為河間國，後漢亦如之。魏文帝黄初二年封弟幹為河間王，尋改封樂城王。晉永嘉亂後地没苻、石。後魏太和十一年分定州河間、高陽、冀州三郡置瀛州，以瀛海為名，其河間郡自樂城移理於今樂壽縣西一里樂壽亭置城，歷高齊及周郡不改。隋開皇三年廢郡，置瀛州，煬帝初州廢為河間郡。唐武德四年改為瀛州，領河間、樂壽、景城、文安、束城、豐利六縣。五年又置武垣、任丘二縣。貞觀元年省豐利入文安，省武垣入河間，割蒲州之高陽、鄚，故景州之平舒，故蠡州之博野、清苑五縣來屬。又以景城屬滄州。景雲二年割鄚、任丘、文安、清苑四縣屬莫州。天寶元年改為河間郡，乾元元年復為瀛州，元領縣七，今四：河間、束城、高陽、景城。三縣割出：樂壽入海州、博野入深州、平舒入霸州。
　　《大清一統志》卷一〇《保定府》：高陽縣，戰國時燕高陽邑。漢初置高陽縣，屬涿郡。後漢屬河間。晉屬高陽國。後魏為高陽郡治。隋開皇初郡廢，十六年於縣置莫州，大業初州廢，屬河間郡。唐武德四年復置莫州，貞觀元年又廢，仍屬瀛州，五代因之。宋至道三年由唐興砦徙順安軍來治，熙寧六年省為鎮，八年復為縣，仍為順安軍治。金天會七年升軍為安州，大定二十八年州徙葛城，以高陽為屬縣，泰和八年改屬莫州，尋復故。元屬安州。明洪武八年併入蠡縣，十二年復置，永樂後屬保定府，清朝因之。高陽故城，在今高陽縣東。應劭曰：在高河之陽。《太平寰宇記》：縣在瀛州西北七十里。《舊志》：明洪武三年河溢，縣始遷豐家口，即今治，東北去古城二十五里。按司馬貞《索隱》：縣即古高陽氏所興。《高陽記》：故城一名化龍城，周迴九里，顓頊所築，今其地名化龍村，皆傳訛也。
　　③ 《大清一統志》卷一三八《萊州府》：高密縣，漢初置高密縣，屬齊國。文帝十六年分置膠西國。元封三年國除，為膠西郡。本始元年改置高密國，治高密，兼領夷安縣。後漢建武十三年省高密國，二縣皆屬北海國。晉初屬城陽郡，元康十年復置高密國，二縣屬之。宋孝武仍併屬北海。後魏延昌中復置高密郡，治高密，領夷安。北齊徙郡治東武，省夷安縣人之。隋屬高密郡。唐屬密州，武德六年移縣治夷安城，五代及宋、金因之。元改屬膠州。明初屬青州府，洪武九年改屬膠州，仍隸萊州府。本朝屬萊州府。高密故城，在高密縣西南，故齊邑。漢文帝十六年封齊悼惠王子卬為膠西王，都高密。後漢建武十三年封鄧禹為高密侯。《舊唐書·地理志》：高密，漢縣，隋末廢之。唐武德三年於義城堡置高密縣，六年併高密、膠西兩縣移就故夷安城，而此城廢。《括地志》：在縣西北二十里。
　　④ 《經典·序錄》：即陸德明《經典釋文·序錄》。
　　⑤ 《隋書·經籍志》：《毛詩譜》三卷，吳太常卿徐整撰。《毛詩譜》二卷，太叔求及劉炫注。《玉海》卷三八《藝文·詩》"漢詩細詩譜詩解"條：《鄭玄傳》著《毛詩譜》。《唐志》：鄭玄《譜》三卷（《隋志》二卷，太叔求及劉炫注。《古今書錄》有徐正陽《注書目》、歐陽修《補亡》）。《隋志》吳太常卿徐整《毛詩譜》三卷。《國史志》：《詩譜》世傳太叔求注，不在祕府。《經典釋文·叙錄》所稱"徐整暢太叔裘隱"，蓋整既暢演，而裘隱括之，"求"字訛也。

# 參 考 文 獻

《國語》，士禮居黃氏叢書本。

《管子校釋》，岳麓書社，1996 年。

《荀子集釋》，臺灣學生書局，1979 年。

《呂氏春秋注疏》，巴蜀書社，2002 年。

《司馬法》，中華書局，1936 年。

《山海經校注》，上海古籍出版社，1980 年。

《穆天子傳》，商務印書館，1925 年。

《戰國策》，士禮居黃氏叢書本。

《越絕書校注》，商務印書館，1956 年。

（漢）賈誼《新書》，浙江書局本。

（漢）司馬遷撰《史記》，中華書局，1975 年。

（漢）班固撰《漢書》，中華書局，1962 年。

（漢）劉向《說苑》，商務印書館，1919 年。

（漢）劉向《古列女傳》，商務印書館，1919 年。

（漢）孔鮒《孔叢子》，商務印書館，1927 年。

（漢）王逸《楚辭章句》，中華書局，2007 年。

（漢）劉安撰，何寧集注《淮南子集釋》，中華書局，1998 年。

（漢）荀悅《漢紀》，四部叢刊本。

（漢）戴德《大戴禮記》，四部叢刊本。

（漢）揚雄《法言》，中華書局，1987 年。

（漢）鄭玄《發墨守》，浙江書局本。

（漢）鄭玄《駁五經異義》，浙江書局本。

（漢）韓嬰《韓詩外傳》，中華書局，1980 年。

（漢）劉珍等《東觀漢記》，中州古籍出版社，1987 年。

（漢）班固《白虎通》，中華書局，1994 年。

（漢）桓寬《鹽鐵論》，中華書局，1992 年。

（漢）趙曄《吳越春秋》，上海古籍出版社，1997 年。

（漢）應劭《風俗通義》，中華書局，1936 年。

（魏）鄭小同《鄭志》，四庫全書本。

（魏）王肅《孔子家語》，上海同文書局石印本。

（魏）劉熙《釋名》，上海古籍出版社，1984 年。

（魏）張揖《廣雅》，商務印書館，1936 年。

（吳）陸璣《毛詩草木鳥獸蟲魚疏》，文明書局本。

（晉）陳壽撰《三國志》，中華書局，1975 年。

（晉）張華撰，范寧校正《博物志校正》，中華書局，1980 年。

（晉）常璩撰，劉琳校注《華陽國志校注》，巴蜀書社，1984 年。

（晉）杜預《春秋釋例》，商務印書館，1936 年。

（北魏）酈道元撰，（清）楊守敬、熊會貞疏《水經注疏》，上海人民出版社，
　　　1984 年。

（北魏）楊衒之《洛陽伽藍記》，中華書局，1991 年。

（南朝宋）范曄撰《後漢書》，中華書局，1965 年。

（南朝梁）梁元帝《金樓子》，龍谿精舍叢書本。

（北齊）魏收《魏書》，中華書局，1974 年。

（梁）沈約《宋書》，中華書局，1983 年。

（梁）蕭子顯《南齊書》，中華書局，1983 年。

（梁）昭明太子蕭統編，（唐）李善、呂延濟、劉良、張銑、呂向、李周翰注《文
　　　選》，四庫全書本。

（梁）沈約《竹書紀年》，商務印書館，1936 年。

（隋）虞世南編《北堂書鈔》，中國書店，1989 年。

（隋）佚名撰，（宋）阮逸注《中說》，北京圖書館出版社，2003 年。

（唐）魏徵等撰《隋書》，中華書局，1982 年。

（唐）李百藥撰《北齊書》，中華書局，1983 年。

（唐）徐堅等編《初學記》，中華書局，1962 年。

（唐）房玄齡等撰《晉書》，中華書局，1974 年。

（唐）歐陽洵撰《藝文類聚》，上海古籍出版社，1982 年。

（唐）劉禹錫《劉賓客文集》，中華書局，1936 年。

（唐）李吉甫撰，賀次君點校《元和郡縣圖志》，中華書局，1983 年。

（唐）令狐德棻等撰《周書》，中華書局，1983 年。

（唐）姚思廉撰《陳書》，中華書局，1982 年。

（唐）姚思廉撰《梁書》，中華書局，1983 年。

（唐）李延壽撰《南史》，中華書局，1985 年。

（唐）李延壽撰《北史》，中華書局，1975 年。

（唐）杜佑撰《通典》，中華書局，1984 年。

（唐）陸德明《經典釋文》，中華書局，1983 年。

（唐）杜牧《樊川集》，商務印書館，1919 年。

（唐）林寶《元和姓纂》，金陵書局本。

（唐）柳宗元《柳河東集》，上海人民出版社，1974 年。

（唐）佚名撰，陳直校證《三輔黄圖校證》，陝西人民出版社，1982 年。

（後晉）劉昫等撰《舊唐書》，中華書局，1975 年。

（宋）樂史《太平寰宇記》，金陵書局本。

（宋）晏殊《類要》，清鈔本。

（宋）李燾《續資治通鑑長編》，中華書局，1993 年。

（宋）王應麟《玉海》，江蘇古籍、上海書店，1987 年。

（宋）王應麟《漢書藝文志考證》，浙江書局本。

（宋）王應麟《困學紀聞》，遼寧教育出版社，1998 年。

（宋）王應麟撰，張保見校注《通鑑地理通釋校注》，四川大學出版社，2009 年。

（宋）晁公武撰，孫孟校證《郡齋讀書志校證》，上海古籍出版社，1990 年。

（宋）趙希弁《讀書後志》，（臺）商務印書館，1983 年。

（宋）尤袤《遂初堂書目》，現代出版社，1990 年。

（宋）陳振孫撰，徐小蠻、顧美華點校《直齋書錄解題》，上海古籍出版社，1987 年。

（宋）宋祁、歐陽修等撰《新唐書》，中華書局，1975 年。

（宋）王堯臣等編撰，錢東垣等輯《崇文總目》，商務印書館，1937 年。

（宋）孫復《春秋尊王發微》，粵東書局本。

（宋）王存等撰，王文楚、魏嵩山點校《元豐九域志》，中華書局，1984 年。

（宋）李昉等編《太平廣記》，中華書局，1981 年。

（宋）王欽若等編《冊府元龜》，中華書局，1982 年。

（宋）歐陽修《詩本義》，四庫全書本。

（宋）曾慥《類說》，福建人民出版社，1996 年。

（宋）羅泌《路史》，叢書集成初編本。

（宋）王象之《輿地紀勝》，（臺）文海出版社，1980 年。

（宋）薛季宣《浪語集》，金陵書局本。

（宋）祝穆《方輿勝覽》，（臺）文海出版社，1980 年。

（宋）呂祖謙《大事記解題》，（臺）商務印書館，1983 年。

（宋）李昉等編《太平御覽》，中華書局，1960 年。

（宋）陳祥道《禮書》，四庫全書本。

（宋）朱熹《四書章句集注》，中華書局，1983 年。

（宋）王安石《周官新義》，叢書集成初編本。

（宋）朱熹《詩經集傳》，掃葉山房本。

（宋）王昭禹《周禮詳解》，（臺）商務印書館，1969 年。

（宋）陳騤等《南宋館閣録》，中華書局，1998 年。

（宋）易祓《周官總義》，（臺）商務印書館，1969 年。

（宋）呂祖謙編《宋文鑑》，中華書局，1992 年。

（宋）唐仲友《帝王經世圖譜》，北京圖書館出版社，2003 年。

（宋）歐陽忞撰，李勇先、王小紅點校《輿地廣記》，四川大學出版社，2003 年。

（宋）薛居正《舊五代史》，中華書局，1976 年。

（宋）歐陽修《新五代史》，中華書局，1974 年。

（宋）朱熹《楚辭集注》，上海古籍出版社，1979 年。

（宋）洪興祖撰，白化文等點校《楚辭補注》，中華書局，1983 年。

（宋）章如愚《群書考索》，上海古籍出版社，1992 年。

（宋）朱熹《晦庵集》，四庫全書本。

（宋）傅寅《禹貢說斷》，四庫全書本。

（宋）林之奇《尚書全解》，四庫全書本。

（宋）衛湜《禮記集説》，四庫全書本。

（宋）蘇軾《書傳》，四庫全書本。

（宋）黎靖德等編《朱子語類》，中華書局，1986 年。

（宋）鄭樵《通志》，浙江古籍出版社，1988 年。

（宋）王與之《周禮訂義》，四庫全書本。

（宋）司馬光《資治通鑑》，中華書局，1956 年。

（宋）蘇軾《東坡全集》，叢書集成初編本。

（宋）司馬光《稽古録》，北京師範大學出版社，1988 年。

（宋）司馬光《資治通鑑考異》，四部叢刊本。

（宋）程大昌《考古編》，四庫全書本。

（宋）程大昌《禹貢後論》，四庫全書本。

（宋）朱熹編《二程遺書》，上海古籍出版社，2000 年。

（宋）曾鞏《元豐類稿》，四庫全書本。

（宋）范仲淹《范文正奏議》，四庫全書本。

（宋）呂本中《春秋集解》，粵東書局本。

（宋）佚名《州縣提綱》，四庫全書本。

（宋）劉恕《資治通鑑外紀》，北京圖書館出版社，2003 年。

（宋）宋庠《國語補音》，（臺）商務印書館，1983 年。

（宋）邵雍《皇極經世書》，四庫全書本。

（宋）范處義《詩補傳》，四庫全書本。

（宋）蘇轍《詩集傳》，四庫全書本。

（宋）宋敏求《長安志》，中華書局，1991 年。

（宋）宋敏求撰，（清）徐松輯，張保見整理《河南志》，四川大學出版社，
　　2007 年。

（宋）程大昌《雍録》，中華書局，2002 年。

（宋）呂祖謙《呂氏家塾讀詩記》，四庫全書本。

（宋）戴溪《續呂氏家塾讀詩記》，四庫全書本。

（宋）晁以道《景迂生集》，四庫全書本。

（宋）時瀾《增修東萊書說》，四庫全書本。

（宋）蘇轍《古史》，四庫全書本。

（宋）魏仲舉《五百家注昌黎文集》，四庫全書本。

（宋）蔡沈《書經集傳》，四庫全書本。

（宋）沈括《夢溪筆談》，中華書局，1957 年。

（宋）陳傅良《春秋後傳》，粵東書局本。

（宋）薛季宣《書古文訓》，通志堂經解本。

（宋）王應麟《小學紺珠》，浙江書局本。

（宋）王應麟《詩考》，浙江書局本。

（宋）王應麟《浚儀遺民自志》，適園叢書本。

（宋）呂祖謙《左氏博議》，中國書店，1986 年。

（宋）李攸《宋朝事實》，墨海金壺本。

（宋）佚名《宋文選》，四庫全書本。

（宋）周密《齊東野語》，中華書局，1983 年。

（宋）朱熹《詩序》，照曠閣本。

（宋）晁補之《雞肋集》，商務印書館，1919 年。

（宋）李明復《春秋集義》，四庫全書本。

（宋）劉敞《春秋權衡》，粵東書局本。

（宋）劉敞《春秋意林》，粵東書局本。

（宋）劉敞《春秋傳》，粵東書局本。

（宋）曾鞏《隆平集》，（臺）文海出版社，1967 年。

（宋）程大昌《禹貢山川地理圖》，四庫全書本。

（宋）佚名編《李黄毛詩集解》，通志堂經解本。

（宋）葉適《習學記言》，中華書局，1977 年。

（宋）歐陽修《集古録》，四庫全書本。

（宋）呂祖謙《左氏傳續説》，江蘇廣陵書局刻印社，1983 年。

（宋）黃度《尚書説》，四庫全書本。

（宋）王伯大重編《別本韓文考異》，四庫全書本。

（宋）嚴粲《詩緝》，清嘉慶十五年刻本。

（宋）朱鑑《詩傳遺説》，通志堂經解本。

（宋）呂喬年《麗澤論說集録》，北京圖書館出版社，2003 年。

（宋）段昌武《毛詩集解》，四庫全書本。

（宋）佚名《程氏經説》，四庫全書本。

（宋）魏了翁《鶴山集》，四庫全書本。

（宋）陳師道《後山集》，四庫全書本。

（宋）祝穆《方輿勝覽》，綫裝書局，2001 年。

（元）脱脱等編《宋史》，中華書局，1979 年。

（元）脱脱等編《宋史藝文志補·附編》，商務印書館，1957 年。

（元）脱脱等編《金史》，中華書局，1975 年。

（元）趙汸《春秋集傳》，粵東書局本。

（元）梁益《詩傳旁通》，四庫全書本。

（元）許謙《詩集傳名物鈔》，四庫全書本。

（元）陳櫟《書集傳纂疏》，四庫全書本。

（元）董鼎《書傳輯録纂注》，粵東書局本。

（元）劉瑾《詩傳通釋》，北京圖書館出版社，2006.

（元）王天與《尚書纂傳》，四庫全書本。

（元）郝經《續後漢書》，叢書集成初編本。

（元）馬端臨《文獻通考》，中華書局，1986 年。

（元）朱倬《詩經疑問》，通志堂經解本。

（元）胡三省《通鑑釋文辯誤》，北京圖書館出版社，2005 年。

（元）袁桷《延祐四明志》，北京圖書館出版社，2003 年。

（元）吳澄《春秋纂言》，北京圖書館出版社，2006 年。

（元）于欽撰，莊劍點校《齊乘》，四川大學出版社，2007 年。

（明）凌迪知《萬姓統譜》，四庫全書本。

（明）陶宗儀等編《說郛三種》，上海古籍出版社，1988 年。

（明）馮複京《六家詩名物疏》，四庫全書本。

（明）李賢等撰《明一統志》，三秦出版社，1985 年。

（明）趙用賢《趙定宇書目》，古典文學出版社，1957 年。

（明）楊士奇等《文淵閣書目》，商務印書館，1937 年。

（明）解縉等編《永樂大典》，中華書局，1986 年。

（明）宋濂《元史》，中華書局，1976 年。

（明）胡廣等《書經大全》，四庫全書本。

（明）孫能傳《內閣藏書目錄》，清抄本。

（明）陳第《世善堂藏書目錄》，知不足齋叢書本。

（明）彭大翼《山堂肆考》，明萬曆刻本。

（明）朱睦㮮《萬卷堂書目》，觀古堂書目叢刊本。

（明）季本《詩説解頤字義》，四庫全書本。

（明）張次仲《待軒詩記》，四庫全書本。

（明）晁瑮《晁氏寶文堂書目》，明抄本。

（明）高儒《百川書志》，觀古堂書目叢刊本。

（明）范欽《天一閣書目》，清嘉慶刻本。

（明）楊慎《丹鉛錄》，叢書集成初編本。

（明）董説《七國考》，四庫全書本。

（明）卓爾康《春秋辯義》，四庫全書本。

（明）方以智《通雅》，四庫全書本。

（明）程榮《漢魏叢書》，育文書局，1917 年。

（明）何遜《春秋左傳屬事》，四庫全書本。

（明）陸粲《左傳附注》，四庫全書本。

（明）何楷《詩經世本古義》，四庫全書本。

（明）王圻《續文獻通考》，浙江古籍出版社，1988 年。

（明）焦竑《國史經籍志》，明刻本。

（明）劉城《春秋左傳地名錄》，明崇禎刻本。

（明）胡廣等《詩傳大全》，明末刻本。

（清）蔣廷錫《尚書地理今釋》，叢書集成初編本。

（清）胡渭《禹貢錐指》，上海書局本。

（清）朱鶴齡《尚書埤傳》，四庫全書本。

（清）顧棟高《毛詩類釋》，四庫全書本。

（清）乾隆《大清一統志》，四庫全書本。

（清）嘉慶《大清一統志》，四部叢刊續編本。

（清）趙宏恩等監修雍正《江南通志》，四庫全書本。

（清）孫之騄輯《尚書大傳》，四庫全書本。

（清）江永《春秋地理考實》，四庫全書本。

（清）高士奇《春秋地名考略》，四庫全書本。

（清）孫星衍《岱南閣叢書》，嘉慶孫氏刻本。

（清）王謨《漢唐地理書鈔》，中華書局，1961 年。

（清）全祖望撰，朱鑄禹滙校集注《全祖望集滙校集注》，上海古籍出版社，
　　　1980 年。

（清）朱右曾《逸周書集訓校釋》，萬有文庫本。

（清）玄燁《御批資治通鑑綱目》，經香閣本。

（清）傅恆等《御纂詩義折中》，清同治七年刻本。

（清）阮沅校刻《十三經注疏》，中華書局，1980 年。

（清）湯求等《世本八種》，商務印書館，1957 年。

（清）岳濬等監修雍正《山東通志》，四庫全書本。

（清）馬國翰輯《玉函山房輯佚書》，上海古籍出版社，1990年。

（清）紀昀等編撰《四庫全書總目提要》，中華書局，1981年。

（清）胡玉縉撰，王欣夫輯《四庫全書總目提要補證》，中華書局，1962年。

（清）張玉書等編《欽定佩文韻府》，商務印書館，1937年。

（清）黎庶昌輯《古逸叢書》，江蘇廣陵古籍刻印社，1990年。

（清）傅澤洪《行水金鑑》，南京水利實驗處，1955年。

（清）毛奇齡《毛詩寫官記》，清乾隆刻本。

（清）錢大昕《十駕齋養新錄》，上海書店，1983年。

（清）石麟等監修雍正《山西通志》，四庫全書本。

（清）黃廷桂等監修雍正《四川通志》，四庫全書本。

（清）黃虞稷撰，瞿鳳起等整理《千頃堂書目》，上海古籍出版社，1999年。

（清）朱彝尊《經義考》，中華書局，1998年。

（清）阮元《四庫未收書目提要》，商務印書館，1937年。

（清）邵懿辰撰，邵章續錄《增訂四庫簡明目錄標注》，上海古籍出版社，1979年。

（清）程恩澤撰，狄子奇箋《國策地名考》，中華書局，1991年。

（清）張琦《戰國策釋地》，廣雅書局叢書本。

（清）朱鶴齡《詩經通義》，四庫全書本。

（清）王謨《漢魏遺書鈔》，嘉慶三年刻本。

（清）王鴻緒等撰《欽定詩經傳說彙纂》，江南書局本。

（清）許文靖《竹書紀年統箋》，藝文印書館，1966年。

（清）王夫之《詩經稗疏》，南菁書院本。

（清）顧炎武《肇域志》，清抄本。

（清）顧炎武《天下郡國利病書》，四部叢刊本。

（清）嚴虞惇《讀詩質疑》，四庫全書本。

（清）范家相《三家詩拾遺》，四庫全書本。

（清）趙宏恩等《江南通志》，四庫全書本。

（清）顧祖禹《讀史方輿紀要》，續修四庫全書影印稿本。

（清）朱右曾輯《汲塚紀年存真》，清刻本。

（清）畢沅《經訓堂叢書》，同文書局本。

（清）黃奭《漢學堂叢書》，光緒十九年刻本。

（清）孫廷銓《顏山雜記》，四庫全書本。

（清）閻若璩《尚書古文疏證》，南菁書院本。

（清）姜炳璋《詩序補義》，四庫全書本。

（清）沈廷芳《十三經注疏正字》，四庫全書本。

（清）朱右曾《詩地理徵》，皇清經解續編本。

（清）桂文燦《毛詩釋地》，光緒二十二年刻本。

（清）尹繼美《詩地理考略》，同治鼎吉堂刻本。

（清）李衛等監修《畿輔通志》，四庫全書本。

（清）許容等監修雍正《甘肅通志》，四庫全書本。

（清）顧鎮《虞東學詩》，四庫全書本。

（清）顧炎武《左傳杜解補正》，中華書局，1991年。

（清）顧炎武《日知録》，學海堂本。

（清）劉於義等監修雍正《陝西通志》，四庫全書本。

（清）沈炳巽《水經注集釋訂訛》，四庫全書本。

（清）趙一清《水經注釋》，（臺）華文書局，1970年。

（清）王士俊等監修雍正《河南通志》，四庫全書本。

（清）閻若璩《四書釋地》，四庫全書本。

（清）畢沅《關中勝蹟圖志》，四庫全書本。

（清）姚振宗《漢書藝文志條理》，民國浙江省立圖書館鉛印本。

（清）姚振宗《漢書藝文志拾補》，民國浙江省立圖書館鉛印本。

（清）姚振宗《後漢書藝文志》，適園叢書本。

（清）姚振宗《三國志藝文志》，適園叢書本。

（清）丁國鈞《補晉書藝文志》，清光緒刻本。

（清）錢澄之《田間詩學》，四庫全書本。

（清）陳啟源《毛詩稽古編》，學海堂本。

（清）姚振宗《隋書經籍志考證》，開明書局鉛印本。

（清）顧櫰三《補五代史藝文志》，廣雅書局叢書本。

（清）倪燦《宋史藝文志補》，廣雅書局叢書本。

（清）倪燦《補遼金元藝文志》，廣雅書局叢書本。

（清）錢大昕《元史藝文志》，潛研堂全本本。

（清）錢謙益《絳雲樓書目》，清嘉慶抄本。

（清）錢曾王《述古堂藏書目》，述古堂抄本。

（清）黃中松《詩疑辨證》，四庫全書本。

（清）余蕭客《古經解鈎沉》，四庫全書本。

（清）徐乾學《傳是樓書目》，清道光抄本。

（清）毛奇齡《詩傳詩説駁義》，四庫全書本。

（清）姚覲元《清代禁毀書目四種》，清光緒刻本。

（清）吳任臣《山海經廣注》，四庫全書本。

（清）閻若璩《潛邱劄記》，四庫全書本。

（清）段玉裁《説文解字注》，上海古籍出版社，1988年

（清）張廷玉等奉敕撰《欽定書經傳説彙纂》，四庫全書本。

（清）王引之《經義述聞》，讀書札記叢刊第二集第二十三冊，（臺）世界書局，1975 年。

（清）趙翼撰，王樹民校證《廿二史劄記校證》，中華書局，1984 年。

（清）王念孫《讀書雜誌》，江蘇古籍出版社，1985 年。

（清）周中孚《鄭堂讀書記》，吳興叢書本。

（清）繆荃孫等撰，吳格整理點校《嘉業堂藏書志》，復旦大學出版社，1997 年。

（清）陳芳績《歷代地理沿革表》，叢書集成新編本。

史念海《河山集》，三聯書店，1963 年。

王恢《括地志新輯》，臺灣新世界書局，1974 年。

賀次君《括地志輯校》，中華書局，1980 年。

郭慶藩《莊子集釋》，中華書局，1961 年。

王國維《王國維遺書》，上海古籍書店，1983 年。

龔延明《宋代官制辭典》，中華書局，1997 年。

劉琳、沈治宏編著《現存宋人著述總錄》，巴蜀書社，1995。

王仲犖《敦煌石室地志殘卷考釋》，上海古籍出版社，1993 年。

譚其驤主編《清人文集地理類彙編》，浙江人民出版社，1986 年。

余嘉錫《四庫提要辨證》，中華書局，1985 年。

周振鶴《中國歷史文化區域研究》，復旦大學出版社，1997 年。

李茂如等《歷代史志書目著錄醫籍匯考》，人民衛生出版社，1994 年。

吳楓主編《簡明中國古籍辭典》，吉林文史出版社，1987 年。

譚其驤主編《中國歷史地圖集》（1—8 冊），中國地圖出版社，1989 年。

劉緯毅輯《漢唐方志輯佚》，北京圖書館出版社，1997 年。

上海圖書館編《中國叢書綜錄》（1—3 冊）上，上海古籍出版社，1983 年。

吳澤、楊翼驤主編《中國歷史大辭典》（史學史卷），上海辭書出版社，1984 年。

吳楓《隋唐歷史文獻分析》，中州古籍出版社，1987 年。

蔣見元、朱杰人《詩經要籍解題》，上海古籍出版社，1996 年。

廣東修訂組等編《辭源》，商務印書館，1998 年。

黃葦等著《方志學》，復旦大學出版社，1993 年。

周谷城《中國學術名著提要》（歷史卷），復旦大學出版社，1995 年。

國務院古籍整理出版規劃辦公室編《古籍整理圖書目錄》（1949—1991），中華書局，1992 年。

周振鶴《西漢政區地理》，人民出版社，1987 年。

李曉傑《東漢政區地理》，山東教育出版社，1999 年。

杜石然主編《中國古代科學家傳記》，科學出版社，1997 年。

譚其驤主編《中國歷代地理學家評傳》，山東教育出版社，1990 年。

靳生禾《中國歷史地理文獻概論》，山西人民出版社，1987 年。

楊正泰《中國歷史地理要籍介紹》，四川人民出版社，1987年。

李勇先《〈輿地勝紀〉研究》，巴蜀書社，1998年。

陳垣《二十史朔閏表》，中華書局，1978年。

張國淦編著《中國古代方志考》，中華書局，1962年。

《二十五史補編》，開明書店輯印，1937年。

王毓瑚《中國農學目錄》，農業出版社，1964年。

國家出版局版本圖書館編《古籍目錄》(1949·10—1976·12)，中華書局，1985年。

陳橋驛《中國都城辭典》，江西教育出版社，1999年。

黃葦主編《中國地方志辭典》，黃山書社，1986年。

周振鶴《地方行政制度志》，上海人民出版社，1998年。

鄭炳林《敦煌地理文書匯集校注》，甘肅教育出版社，1989年。

孫啓治等《古佚書輯本目錄》，中華書局，1997年。

張林川等《中國古籍書名考釋詞典》，河南人民出版社，1993年。

朱鼎玲等《天一閣藏明代方志選刊》，上海古籍書店，1981年。

魏嵩山主編《中國歷史地名大辭典》，廣東教育出版社，1995年。

李健明《〈三字經〉作者考》，《圖書館論壇》，2006年1期。

李良品《〈三字經〉的作者究竟是誰》，《文史雜志》，2005年1期。

李良品《〈三字經〉的成書過程與作者歸屬考略》，《社會科學家》，2004年5期。

武利紅《王應麟與圖書編撰學》，《山東圖書館季刊》，2005年3期。

魏殿金、楊渭生《論王應麟的學術成就及其特點》，《浙江學刊》，1995年3期。

張祝平《王應麟〈詩考〉版本源流厘正》，《南通師專學報》，1994年2期。

蔣秋華《王應麟的〈詩經〉學》，《開封大學學報》，1997年1期。

展龍、吳漫《〈困學紀聞〉版本流傳考述》，《圖書館工作與研究》，2006年1期。

布仁圖《篳路藍縷，開前人之所未開——談王應麟在文獻學方面的貢獻和成就》，
《內蒙古社會科學》，1997年5期。

唐燮軍《論王應麟的蒙學》，《寧波大學學報（教育科學版）》，2001年2期。

趙茂林《宋代疑經思潮與三家〈詩〉的輯佚》，《雲夢學刊》，2005年6期。

唐明貴《鄭玄〈論語注〉探微》，《中華文華論壇》，2005年2期。

李永忠《王應麟書目著作評述》，《山東圖書館季刊》，1991年3期。

方如金、陳欣《王應麟的考據學理論及其對清代的影響》，《安徽師範大學學報
（人文社科版）》，2004年2期。

陳叙《試論〈詩〉地理學在漢代的發生》，《南京社會科學》，2006年8期。

陳叙《詩地理考》，《南京師範大學文學院學報》，2006年2期。